LES DÉCENTRÉS

Pour en découvrir davantage sur mon univers, suivre mes projets, consulter la liste des *trigger warnings* ou encore participer à l'écriture du tome 2, rendez-vous sur :

www.morgan-e.fr

LES DÉCENTRÉS

Tome 1 - Corps étranger

MORGAN E.

Mentions légales

Les Décentrés : Corps étranger (tome 1)

Publié de manière indépendante.
Soyons (07130), France.

Impression à la demande via Amazon KDP.
Dépôt légal : mars 2026.
ISBN : 979-10-983302-0-9

Crédits

Texte et conception de l'ouvrage : Morgan E.
Correction : Gaëlle Bonnassieux.
Couverture réalisée à partir d'images et éléments sous licence.
Aucun contenu de cet ouvrage n'a été généré par une intelligence artificielle.

À mon très cher C.

J'ai vu partout cette ombre amie.
Partout où, sous ces vastes cieux,
J'ai lassé mon cœur et mes yeux,
Saignant d'une éternelle plaie ;
Partout où le boiteux Ennui,
Traînant ma fatigue après lui,
M'a promené sur une claie ;
Partout où j'ai voulu dormir,
Partout où j'ai voulu mourir,
Partout où j'ai touché la terre,
Sur ma route est venu s'asseoir
Un malheureux vêtu de noir,
Qui me ressemblait comme un frère.

Qui donc es-tu, morne et pâle visage,
Sombre portrait vêtu de noir ?
Que me veux-tu, triste oiseau de passage ?
Est-ce un vain rêve ? Est-ce ma propre image
Que j'aperçois dans ce miroir ?
Qui donc es-tu, spectre de ma jeunesse,
Pèlerin que rien n'a lassé ?
Dis-moi pourquoi je te trouve sans cesse
Assis dans l'ombre où j'ai passé.
Qui donc es-tu, visiteur solitaire,
Hôte assidu de mes douleurs ?
Qu'as-tu donc fait pour me suivre sur Terre ?
Qui donc es-tu, qui donc es-tu, mon frère ?

— Ami, je suis la Solitude.

Alfred de Musset, *La Nuit de décembre,* 1835

FIN

Je vais mourir. *Bientôt.* Mais pas d'inquiétude ! Ce n'est ni un diagnostic ni une condamnation (ni l'une de ces prophéties à dormir debout, tout juste bonnes pour les contes). Ce n'est que ma propre décision.

Je vous le concède, formulé ainsi, cela semble encore plus alarmant… Croyez-moi, il n'en est rien ! Mon seul regret est qu'il est plus difficile de crever qu'il n'y paraît. Voyez-vous, il ne me suffit pas de laisser bien sagement mon funeste destin opérer, telle toute héroïne tragique respectable : aucun mauvais sort ne prévoit de s'abattre sur ma petite personne. Je vis dans une cage dorée, une tour d'ivoire, un palais de cristal (ou qu'importe le nom que vous lui donnerez), si bien que rien – rien du tout – ne risque de m'arriver.

À mon avis, c'est même le cœur du problème et la raison pour laquelle j'attends depuis si longtemps n'importe quelle catastrophe susceptible de me faire passer l'arme à gauche : un piano en chute libre qui irait m'aplatir par mégarde au détour d'une ruelle, une noix de coco qui se déciderait à m'assommer lors d'une sieste dans mon hamac, ou bien, dans le genre plus spectaculaire, une météorite qui aurait bravé l'immensité du cosmos pour venir, *in fine,* me pulvériser la cervelle.

Comme vous pouvez le constater, ces prières sont jusqu'ici restées bien vaines. Je n'ai donc d'autre choix que de prendre les devants. Pour en finir une bonne fois pour toutes, il me faut élaborer un plan infaillible, trouver le mode opératoire de mon propre assassinat et, bien entendu, l'orchestrer correctement. C'est loin d'être gagné, mais j'y parviendrai !

Rassurez-vous toutefois : chaque fin est un commencement, et celui-ci sera le nôtre.

CHAPITRE 1 : L'IDÉE

Il est tard. Seule sur mon lit, les doigts de pied en éventail contre mon mur violet, je me creuse la cervelle à la recherche de la bonne idée : comment diable vais-je pouvoir me foutre en l'air ? Globule, mon gros chat noir roulé en boule sur mon oreiller, me fixe de son œil jaune, l'air de savoir tout et rien à la fois.

Par pendaison ? Figurez-vous que j'ai déjà essayé. L'architecture de ma chambre, bien que luxueuse, ne s'est pas montrée très coopérative. Et oui, ce n'est qu'une jolie manière de vous signaler que le plafond n'a pas résisté au poids de mes fesses. J'ai dû le faire réparer dans le dos de mon père. Vous me direz, comme celui-ci n'est jamais à la maison, mais constamment entre deux voyages d'affaires, ça n'a pas été très compliqué. Je n'ai eu qu'à soudoyer notre majordome, Hubert, pour son silence, et à payer les artisans de ma poche en toute discrétion. En quelques jours, c'était réglé ! *Papounet* remarquera-t-il quelque chose ? Au fond, je ne m'en inquiète pas. Après tout, ce n'est pas comme s'il *vivait* avec moi... !

On toque avec fébrilité à ma porte.

— Je n'ai besoin de rien, Hubert, merci !

Mais elle s'entrouvre. Je me dévisse la tête. C'est mon père. Il est donc de retour.

— Mon avion a eu un peu d'avance, se justifie-t-il.

Je rétorque :

— Tu devais rentrer il y a trois jours.

— C'est vrai...

Il hésite, se gratte la gorge.

— Tu as passé une bonne semaine, ma princesse ?

— Nickel.

Il reste sur le seuil, mal à l'aise comme souvent. Je le fixe, il détourne les yeux.

— Tu as déplacé ta bouteille de sable ?

Il désigne un vide sur l'une de mes étagères, entre une carte postale et une bougie à la vanille. C'est là, semble-t-il, tout le changement qu'il est capable de remarquer. C'est mieux que rien, mais ma réaction est épidermique :

— Qu'est-ce que ça peut te faire ? Je l'ai cassée.

Il acquiesce, songeur. Puis, le temps d'une phrase, comme cela se produit parfois dans sa voix, il reprend son doux accent, celui dans lequel les *r* forment des vagues, celui qui me rappelle le chez-moi que je n'ai presque pas connu :

— Si tu le souhaites, on pourra en remplir une autre, lorsque l'on retournera voir la famille.

— Chouette. Rendez-vous dans dix ans !?

Il ne trouve rien à répondre, et je m'impatiente :

— Tu voulais me dire quelque chose ?

— Je... Non, rien. Enfin, si. J'ai quelque chose pour toi.

Il agite alors un petit paquet doré, joliment noué, sans doute par une vendeuse ou par l'une de ses secrétaires.

— Hum, tu n'as qu'à le poser avec le reste...

Et je lui indique, près de ma coiffeuse au miroir encadré de conques nacrées, ma toute dernière création. C'est la montagne de ses cadeaux, que j'ai rassemblés en un équilibre aussi fragile que notre relation. Je l'ai intitulée « la pyramide de la culpabilité paternelle ». Ça claque, non ?

Ne sachant que faire d'autre, il y ajoute son présent, m'adresse un sourire embarrassé, puis s'éclipse sans un mot, sans commenter l'odeur de peinture fraîche. Je soupire. *Encore un collier,* me dis-je. *Ou peut-être une montre, pour changer.* À combien de carats a-t-il estimé sa dernière absence, cette fois ? Je n'ouvre pas le paquet, je refuse même de le regarder. Je retourne plutôt à mon calepin et à ma liste : « Les dix meilleures façons de clamser », par moi, Cassandre Deulort.

Bon. Où en étions-nous ? Ah, oui ! À la pendaison ! Pour les raisons techniques susmentionnées, elle est donc exclue. Me jeter dans le vide ? En voilà une mort rapide et dramatique ! Cela ferait son petit effet... Sauf que j'ai aussi tenté ce coup-là. Au moment fatidique, un puissant vertige m'a clouée sur place. Pourtant, je saute régulièrement et sans souci en parachute, au point que mon père m'a offert un avion et son pilote. Cependant, il est vrai qu'il a tendance à m'offrir tout et n'importe quoi. Quand une fille normale dit à son paternel qu'elle aime les pommes, celui-ci se contente d'en prendre deux ou trois kilos au supermarché, juste histoire de l'en écœurer quelques jours, quelques mois, tout au plus. Mon père, lui, ferait l'acquisition de plusieurs hectares de vergers !

Bref, laissons tomber le saut dans le vide. Il faut croire que l'instinct de préservation existe malgré tout chez moi. L'immolation ? Non, mais vous m'imaginez endurer ce genre de supplice infernal, tout ça pour sentir le cochon grillé, pile au moment de trépasser... ? Sans ironie mal placée : jamais de la vie ! Et pourquoi ne pas jouer à Un, deux, trois, soleil avec un TGV ? Hum. Trop classique. Ça manque de panache. En plus, les dernières personnes à penser à moi seraient des voyageurs pressés qui râleraient à cause du retard de la compagnie et un ou une conductrice traumatisée. Sans façon ! Me couper les veines dans une baignoire ? Beurk. Grève de la faim sans pourparlers ? Trop risqué. Je tiens deux heures sans manger, après, je perds la raison. Je pourrais abandonner le projet un peu vite... Overdose ? Bof. Tir dans la tempe ? Quelle horreur ! Strangulation ? Asphyxie ? Électrocution ! J'envisage tout, rien ne me convainc. Par chance, on dit la nuit source d'inspiration...

Il est bientôt midi. Je fais la planche dans ma piscine couverte et chauffée, bien trop grande pour ma seule petite personne. Je contemple, de l'autre côté de la verrière, le bleu uniforme du ciel et son soleil déjà haut, éternellement brillant dans ce coin du monde. La lune n'est pas allée se coucher. Je songe qu'elle veille sur moi. Allez savoir pourquoi, mais c'est à ce moment-là, précisément, que tout à coup, l'idée s'impose : ce sera par noyade, et ici même, ce soir.

C'est parfait !

Il reviendra à l'un de nos domestiques de trouver mon corps, puisque mon père sera reparti. C'est ce que je veux ! Malgré son absentéisme chronique et son désengagement affectif, *dixit* ma psy, il ne mérite pas ça.

Enfin ! J'ai hâte !

À ce stade, vous vous demandez sans doute pourquoi je suis si pressée de me trucider. Vous vous dites peut-être que je suis la victime d'un effroyable traumatisme, que je subis les affres d'une maladie incurable et douloureuse, ou encore que je lutte contre un trouble mental qui déforme mes pensées et les assombrit au point de m'ôter tout espoir de m'en sortir… Je vous déçois peut-être, mais non, rien de tout cela. Ce n'est que la solitude qui me pèse, ou me creuse, pour être exacte. D'ailleurs, voilà sans doute pourquoi je m'adresse à toi, public invisible… !

Maintenant, j'imagine que vous vous dites que ce n'est pas une raison suffisante, que ce n'est que le caprice d'une gosse de riche. Pourtant, je ne mens pas quand je dis espérer trouver du réconfort dans la mort. Tout ce que je ressens au quotidien, c'est ce trou énorme, béant, dans la poitrine, ce gouffre abyssal qui jamais ne me quitte. Je me lève et me couche avec, encore et encore, sans connaître sa cause. C'est peut-être parce que j'ai tout, ou peut-être parce qu'il me manque le plus important. J'ai des amis à foison, mais peut-être trop pour qu'ils soient vrais… Alors, même si je suis de toutes les soirées, de toutes les fêtes, de tous les concerts, tout ce que je retiens, c'est ce sentiment de décalage, ce contre-courant, le non-sens de mon existence. C'est comme si, depuis le début, je n'étais pas destinée à être l'héroïne de ma propre histoire. Peu importe : la mort, enfin, m'en délivrera, moi, Cassandre Deulort.

Ce soir, donc.

CHAPITRE 2 : ADIEU, SAUVEZ-MOI

Le soleil ne va pas tarder à se coucher. J'ai enfilé ma plus belle robe et, au bord de la piscine, sur les margelles poreuses, j'ai étalé tout mon matériel, c'est-à-dire des menottes flambant neuves. Rien de plus. Mon plan est simple : laisser l'eau faire son œuvre.

— Il est temps, me dis-je tout haut pour m'encourager.

Je pose un pied sur l'échelle, puis le deuxième et j'entre dans l'étendue tiède. C'est agréable, pour ce que je m'apprête à faire. Je m'enfonce d'abord jusqu'à mi-cuisses, puis je m'immerge presque tout entière, de sorte à ne garder que la tête et les mains à la surface. Quand c'est fait, je referme l'un des bracelets de métal sur mon poignet droit. Avant de plonger, je prends une vigoureuse inspiration (les réflexes du corps sont pleins d'ironie !).

Et je descends, je descends le long de l'échelle. Elle est très longue, car la piscine est très profonde. Mon père a toujours eu la folie des grandeurs.

Mes pieds touchent enfin le fond carrelé. J'ai la tête serrée par la pression de l'eau, mais c'est bon, ça me fait du bien. Au-dessus de moi, il doit bien y avoir deux mètres. Une impulsion et quelques brasses suffiraient pour remonter, mais ce n'est pas ce qui est prévu. À la place, je passe la chaîne des menottes entre les dernières marches de l'échelle, puis je scelle le second bracelet autour de mon poignet gauche.

Alors que je me félicite de cette excellente stratégie, je m'aperçois que, depuis tout ce temps, je tiens la clef dans la main ! Je l'ai emportée malgré moi ! Au fond de l'eau, celle-ci luit entre mes doigts. Quelle idiote ! Pourquoi ai-je pris cette fichue clef ?

Je la serre dans ma paume, si fort que ses dents mordent ma chair. Puis, avant d'y voir un acte manqué, une volonté inconsciente de ne pas crever au fin fond d'une piscine chlorée, je m'empresse de la placer sur ma langue et l'avale tout rond. C'est un peu excessif, mais de cette manière, il ne m'est plus possible de faire marche arrière.

Il n'y a plus qu'à attendre...

Le temps passe d'abord avec une extrême lenteur, puis tout s'accélère quand je souffle mes dernières bulles, que je les regarde remonter, haut, très haut au-dessus de ma tête. Les deux mètres qui me séparent de la surface m'en paraissent soudain six, dix, vingt ! La peur s'installe, très vite, se change en panique.

Qu'ai-je fait ? Mais qu'ai-je fait ! Je ne veux pas mourir !

Tout mon être se contracte, se révulse, se refuse à cette mort. J'essaye de nager, de remonter, mais, bien sûr, je ne le peux pas. Alors, je tire sur mes chaînes de toutes mes forces, encore et encore, prenant même appui contre le mur avec mon pied, puis les deux : rien à faire, c'est du solide ! Je tente de recracher la clef, sans résultat. Je ne fais qu'avaler de l'eau et c'est pire...

— Au secours ! Au secours !

Je hurle, mais ma voix est assourdie.

Ma gorge se serre. J'étouffe, je suffoque. Je me plie en deux. Ça ne change rien. Malgré moi, j'ouvre la bouche, et le chlore se déverse dans mes voies respiratoires, me brûle les poumons comme de l'acide. La douleur est atroce, intolérable, impensable. L'oxygène commence sérieusement à manquer, et dans mes tentatives désespérées pour reprendre de l'air, j'inhale encore de l'eau.

Peu à peu, je perds mes repères. Je ne sais plus où est le haut, où est le bas. Je me débats, gesticule, m'épuise... Mes muscles se tétanisent. Mon corps tout entier devient lourd, plus lourd qu'une ancre de plomb qui coule, qui coule vers le fond, tout au fond.

Mes membres s'engourdissent. Je me sens faible, si faible... J'ai de nouveau envie d'en finir. Je n'ai plus de forces.

Alors, je cesse de lutter.

Et je me laisse flotter.

L'eau est froide, maintenant. Ou peut-être est-ce moi.

Je pense à tout ce que j'aurais pu accomplir, mais il est trop tard. Je ferme les yeux.

Bientôt, c'est la nuit noire, celle tant attendue...

— Joyeux anniversaire, me dis-je avant un dernier battement de cœur.

Car aujourd'hui, j'ai dix-huit ans.

Silence dans tout mon corps.

CHAPITRE 3 : NAUFRAGE

La mort est une drôle d'expérience ! À un moment donné, il s'est produit comme un déclic et, à partir de là, je n'ai plus rien ressenti, ni la douleur ni le froid, pas même l'eau autour de moi. Et puis, j'ai compris pourquoi : j'ai quitté mon corps, je gravite à côté de lui, qui n'est plus qu'une coquille vide.

Alors que je me contemple, moi, ou ce qui était moi, cette masse sombre toujours retenue à l'échelle, cette morte dont les plis de la robe ondulent, j'ai soudain l'impression d'être tirée en arrière. Puis le lien se resserre, et comme un pantin attaché par un fil dans le dos, je remonte ! Je rejoins la surface, la dépasse, m'éloigne de mon corps au point de flotter au-dessus de la piscine. Je reconnais l'homme à tout faire, en temps normal déjà parti à cette heure-ci, mais qui, pour une raison inconnue, est revenu sur ses pas. Horrifié, il porte une main à la bouche : il vient de découvrir mon cadavre.

Sans réfléchir, il plonge et nage jusqu'à celui-ci. L'eau s'agite, puis il remonte dans un remous, les mains vides. Il a dû voir les menottes et se rendre compte que j'étais solidement attachée à cette échelle ! Il ne remarque pas le fantôme que je suis devenue. Il regarde tout autour de lui, puis replonge, mais sans se diriger vers mon corps. Il semble chercher quelque chose au fond de la piscine, sans doute la clef. Quand il comprend qu'il ne la trouvera pas ici, il remonte, s'essuie le visage d'une main trempée, se hisse sur le bord, se râpant les jambes au passage, qui saignent et colorent l'eau. Il fouille encore, près des margelles maintenant. Bien sûr, il n'y a rien. La clef est bien au chaud, au fond de mon estomac, là-bas, tout au fond. Enfin, au chaud… À quelle vitesse un noyé se refroidit-il ? Et depuis quand suis-je morte ? Car je suis morte, pas vrai ?

Les yeux grands ouverts malgré le chlore, la bouche déformée par une panique sans borne, il se précipite hors de la véranda. Il va demander de l'aide, me dis-je. Ou alors il ne souhaite pas être accusé du meurtre de l'enfant chérie d'un milliardaire et se met en route pour le Mexique... Ce n'est pas grave. Il est trop tard, de toute façon. C'était bien ce que je voulais, non ? Pourtant, je m'attendais à éprouver quelque chose de nouveau, ou à ne rien ressentir du tout. Mais pas cet entre-deux. C'est étrange.

Le fil dans mon dos continue à me tirer vers le haut.

Je n'ai jamais cru à une vie après la mort, cependant, peut-être l'aurais-je dû, car je me demande jusqu'où je vais aller comme ça... Au moins, je ne descends pas ! C'est bon signe, me semble-t-il. J'atteins le plafond, puis passe à travers et me retrouve à contempler le toit de verre brillant au-dessous duquel se trouve la piscine. Je ne m'en étonne pas. Je suis étrangement calme. Mon corps n'est plus qu'une ombre au fond de l'eau.

Je remonte encore, assez pour embrasser toute la villa et ses hectares de terrains d'un seul coup d'œil. C'est l'été. Il fait beau, il fait chaud, l'herbe est dorée, sauf là où elle a été arrosée.

Bientôt, je discerne même les villes aux alentours, puis toute la topographie environnante : les montagnes, leurs plateaux, le fleuve et ses sillons. Mon horizon continue de s'élargir. Au loin, le soleil se couche dans le feu d'artifice du ciel, paré d'une agréable teinte orangée, zébrée de rose et d'azur.

Soudain, je suis enveloppée par un cotonneux nuage blanc. D'abord, je ne vois plus rien, sinon sa brume. Puis je le traverse tout à fait, basculant ainsi du côté nuit, où les étoiles scintillent déjà. Tout est calme en moi. Je me sens enfin en paix avec moi-même, avec le monde, et avec la vie aussi ! C'est quand je le comprends, quand je prends conscience de ce que je viens de faire, qu'un sursaut se produit dans mon esprit : je ne souhaite pas mourir !

— J'ai encore trop de choses à vivre ! soufflé-je en me débattant contre le fil invisible.

Rien à faire. On m'entraîne toujours vers la voûte céleste.

— Laissez-moi !

Je cligne frénétiquement des yeux.

— Je veux rentrer chez moi ! pleuré-je.

C'est un cauchemar, je vais me réveiller, je veux me réveiller ! Mais non. Non, tu t'es bien tuée, ma pauvre ! Et toute seule, sans l'aide de personne, comme une grande !

Lorsque je rouvre les yeux, je constate avec effroi que j'ai atteint des hauteurs vertigineuses, des hauteurs spatiales : je surplombe la terre, ronde et déjà si petite en dessous de moi. Je discerne même sa partie éclairée, là où il fait toujours jour, et à l'opposé, sa nuit, où la lumière des plus grosses villes trace des constellations sur son écorce.

Je monte encore, et tout s'accélère. Je bascule, transcende l'espace et le temps. Quand ma vitesse diminue enfin, j'ai l'impression de me trouver dans un tunnel. La fin ? La lueur blanche n'est pas à son bout. Ce sont les parois elles-mêmes qui brillent tandis que l'horizon s'obscurcit. L'on dirait une image en négatif. J'approche du bord, puis ne discerne plus rien du tout, sinon un gouffre, comme une éclipse, comme un trou noir. Une poussée mystérieuse me propulse tout à coup en avant, et je chute avec une force qui dépasse tout ! Je tente de freiner, de ralentir, mais c'est impossible ! Je tombe, toujours plus vite ! Alors que je prie tous les dieux dont j'ai pu retenir le nom (c'est-à-dire pas beaucoup) de me ramener sur la terre ferme, chez moi, dans mon corps, je remarque un arc lumineux, qui enfle et s'étend entre l'abîme et moi.

— Je n'aime pas ç...

Je n'ai pas le temps de finir ma phrase. L'arc éclate et produit un jet aveuglant. Avec du retard, je vois que ce dernier se dirige droit vers moi, et à une vitesse hallucinante ! Un météore ? Un rayon laser ? Qu'est-ce que c'est que ça ? Je n'ai jamais rien vu de tel ! Ce truc va me pulvériser ! Je fais tout pour m'écarter de son chemin : je me tords, me penche, m'agite en tous sens, mais c'est peine perdue. Dans ce vide, je n'ai aucune prise. Inévitablement, le rayon et moi nous télescopons. La lueur me foudroie au plus profond de mon être. Je ne vois plus rien, n'entends plus rien. L'impact se produit dans un silence éclatant.

Je suis morte pour de bon, ça y est, pensé-je. Je suis désagrégée, atomisée ! Attendez. Comment puis-je penser, si je ne suis plus ?

Quelque chose remue alors au fond de ma conscience, quelque chose comme une présence, comme un intrus.

— Qui est là ? demandé-je.

— *Est là... là... ?* répète l'écho.

J'insiste.

— Qui est là ?

— *Est là... là...*

— Comment es-tu arrivé ici ?

— *Ici... ici... ?*

— Pourquoi es-tu dans ma tête ?

— *Ma tête... tête...*

— Qui es-tu ?

— *Es-tu... tu... ?*

— Qui es-tu ?!

Cette fois, il y a un silence, puis l'écho répond :

— *Qui je suis... suis... ?*

Je n'ai pas le temps de réagir. La vue me revient, juste assez pour m'apercevoir que je dégringole toujours, mais à présent en sens inverse, non plus vers le trou noir, mais en direction de notre système solaire, de la Terre.

— Oh non ! Non, non, non, non, non !

— *Non... !* répète l'écho.

— Nous allons nous écraser !

— *Écraser... !*

Notre allure est vertigineuse. Je suis une météorite, un boulet de canon lancé à travers l'univers. L'écho et moi hurlons de concert :

— Aaah !

— *Aaaaah... !*

Tout se passe très vite, en une effrayante cascade d'images : le ciel, les nuages que je traverse, le sol qui se rapproche. Un battement de cils, et je suis déjà au-dessus de la villa, de la véranda, de la piscine, comme si je ne l'avais jamais quittée ! Mon corps a été sorti de l'eau. Je le percute de toutes mes forces. Le vide que je ressens alors est plus douloureux qu'un millier de fractures. Je suis incapable de bouger, de parler, de pleurer.

— Aïe... gémit l'écho, mais avec ma voix, avec mes lèvres.

Puis nous sombrons dans le néant.

CHAPITRE 4 : DIVISION

Avez-vous déjà songé que vous pourriez, du jour au lendemain, ne plus pouvoir commander à vos bras et à vos jambes de bouger ? à votre bouche de parler ? à vos lèvres de sourire ? En bref, perdre votre capacité à contrôler votre propre corps? Moi, non. C'est pourtant bien ce qui m'est arrivé, ce jour-là, dans cette fichue piscine! Je ne suis pas devenue tétraplégique comme vous vous le figurez peut-être. C'est pire, bien pire! Bon, d'accord, ce n'est pas un concours, mais c'est bien plus mystérieux! La vérité, c'est que l'écho a pris ma place.

Je ne l'ai pas compris tout de suite. Lui et moi avons d'abord dormi longtemps, si longtemps, côte à côte, plongés dans un coma étrange et surréel dont je ne me souviens pas très bien. Puis, à notre réveil, je me suis trouvée reléguée au rang de conscience, de petite voix, presque de fantôme, comme une ombre parmi les ombres, coincée dans mon propre corps ou tout près, mais incapable d'avoir mon existence individuelle, ma matérialité personnelle. L'écho, lui, possédait et contrôlait l'enveloppe, l'emballage, le physique. C'est là que j'ai commencé à élaborer des hypothèses.

Lors de nos premiers jours de véritable cohabitation, passé le choc, la rage, le chagrin, j'ai d'abord envisagé l'intervention divine. J'ai cru que cet intrus, cet écho, avait été envoyé à moi par quelque entité supérieure afin de me remettre sur le droit chemin, de me prodiguer une leçon, histoire de guider mes pas, de me redonner le goût du bonheur, ou un truc de développement personnel de ce genre... !

Sauf que le temps s'est écoulé, lentement mais sûrement, et... je n'ai rien appris du tout! J'en ai conclu que je devais plutôt être la victime d'une malédiction pire que la mort, que j'étais punie pour avoir refusé la vie et condamnée à demeurer la spectatrice d'une pièce de théâtre dans laquelle tout le monde peut jouer, excepté moi (le rôle principal m'ayant été volé par ce fichu écho !).

Ce n'est que lorsque celui-ci a commencé à penser, à l'intérieur de notre tête, lorsque j'ai pu entendre et ressentir ce qu'il ressentait, que j'ai pu entrevoir tout ceci de son point de vue et saisir enfin ce qu'il était : mon double, mon reflet, *mon autre moi-même*. Au fond de cette piscine, face à ce trou noir, au moment où la lumière nous a frappés, elle m'a fragmentée. L'écho n'est donc rien de moins qu'une partie de moi. Nous sommes une, divisées en deux.

Bien que nous l'ayons compris, elle et moi entretenons depuis une relation d'amour-haine souvent houleuse. Certains jours, je la traite en ennemie, en voleuse de corps, et elle me voit comme une indésirable, le boulet de son passé. Elle m'en veut d'ailleurs de m'en souvenir alors que j'envie son amnésie.

Apparemment, la division n'a pas partagé notre mémoire en deux. Je suis la seule à devoir en supporter le poids, en particulier celui de ce jour funeste, de cette monumentale erreur commise dans cette fichue piscine ! Oh ! comme je me déteste d'avoir cherché la mort, de l'avoir trouvée ! Et comme je la hais plus encore de ne pas s'en souvenir !

C'est injuste, elle me le répète, et j'en ai conscience. En plus, personne, nulle part, ne lui a raconté cet événement de façon claire. Ils donnent tous à ma tentative un joli petit sobriquet : *l'accident*. Ce seul mot a suffi à réécrire la réalité pour elle. Mon autre moi-même se figure à cause de lui un dérapage en voiture, une chute dans les escaliers, un incident en poney, tout, plutôt que la pathétique vérité : j'ai essayé de me suicider. Malgré ma rancœur, je sais que je n'aurai jamais le courage de le lui révéler. Appelez cela de la fierté ou de la compassion, pour elle ou pour moi, enfin pour nous, peu importe. J'emporterai ce secret dans ma tombe, si, un jour, j'en obtiens une.

Sept ans après *l'accident*...

CHAPITRE 5 : RÉVEIL

Je me plantai devant le lit d'hôpital, où mon autre moi-même dormait encore.

— *Allez, réveille-toi... !* lui ordonnai-je.

Ses yeux roulèrent sous ses paupières, si bien que je crus un instant qu'elle allait m'obéir, mais elle détourna la tête pour replonger dans le sommeil.

— *À quoi bon posséder mon corps si tu ne t'en sers que pour ronfler !*

Je retournai marcher en rond, en longeant les parois de notre cage. Je respirai alors, malgré moi, la puanteur de cette fichue chambre imbibée de javel. Le bouquet d'iris bleus, abandonné sur le rebord de la fenêtre, ne la dissimulait plus depuis bien trop longtemps !

— *Rah ! Si je pouvais te secouer... !* la menaçai-je. *Allez, réveille-toi... !* répétai-je au lieu de m'économiser.

Chaque mot me coûtait en effet une énergie colossale ; or, celle-ci s'étiolait depuis l'accident. Je m'éteignais peu à peu, je le sentais bien. Combien d'années encore aurais-je la force de parler, de penser ? Cela se comptait-il seulement en années ? La destinée de mon autre moi-même était peut-être de me remplacer, la mienne de disparaître pour de bon. Cet endroit maudit serait-il mon tombeau ?

Je frappai le mur avec rage, mais ma main, immatérielle, passa à travers. Cela ne fit que me frustrer davantage.

— *Stupide mur ! Stupide mur et stupide peinture de mur, qui pue le neuf et l'artifice !*

Ils avaient tout repeint récemment, et l'air, déjà asphyxié par la javel, était devenu irrespirable. Ils avaient bien laissé la fenêtre ouverte des journées et des nuits entières, mais il était resté confiné à l'intérieur, comme si les barreaux l'y retenaient aussi. Tout ce qu'ils avaient réussi à faire, c'était à nous transir de froid.

— *Tu parles d'une rénovation !* pestai-je.

La couleur était abjecte, d'ailleurs, ou plutôt son absence, puisqu'ils avaient choisi cet affreux blanc aseptisé. Pourquoi ce choix ? Pourquoi cette idée ? Avaient-ils pensé nous tromper, nous faire croire que cet endroit sordide, cet asile de malheur, n'était pas sur le point de s'écrouler ?

Pour me calmer, j'essayai de me remettre à ce jeu de mon invention, qui consistait à compter les marques laissées par le rouleau. Elles n'étaient visibles que sous un certain angle, ce qui rendait l'activité difficile, ou du moins, l'avait rendue difficile. Il fallait dire qu'à force, je savais où se trouvait chaque coulure et chaque débordement, ici sur les plinthes, là sous la fenêtre, partout où le blanc avait été appliqué à la hâte. Je connaissais par cœur chacune des fissures dans les murs, que personne n'avait jamais pris la peine de colmater. Elles n'étaient donc qu'en partie bouchées par la peinture, ce qui avait le don de me rendre folle ! Celle-ci commençait à craqueler : c'était l'événement le plus palpitant de ces derniers jours... !

— *Ouvre les yeux...* répétai-je.

Au fond, je la comprenais : dormir était sa façon – la seule – d'échapper à cet endroit. Sauf que j'en éprouvais une acide jalousie :

— *Pas de corps, pas de repos !* me lamentai-je.

Je soupirai.

— *S'il te plaît, réveille-toi ! Je meurs d'ennui...*

Mais je ne croyais pas vraiment à ces mots, car la vie ne devenait pas bien plus palpitante avec elle éveillée. Nos échanges restaient en effet très limités. Pour commencer, elle ne m'entendait pas toujours. Ensuite, je n'étais à ses yeux, à ses oreilles, qu'une petite voix, une conscience, disait-elle. Malgré tout, je pouvais au moins écouter le flot de ses pensées, et ça me donnait la presque impression d'une conversation.

— *Allez, debout...*

Je pouvais aussi voir ses rêves, puisque nous partagions un cerveau, mais je savais déjà ce que j'y trouverais en ce moment : ce jeune homme blanc aux cheveux roux auquel elle songeait constamment... Et, croyez-moi, boire cette fichue javel au goulot serait moins pénible que de subir encore cette vision ! À la place, je recommençai à faire les cent pas dans cet espace exigu. Nous y aurions étouffé, s'il n'avait pas été si peu encombré : la pièce se voulait juste fonctionnelle. À part une petite commode, une table haute sur roulettes, une tablette de chevet et le lit, il n'y avait rien. Seul un dictionnaire, posé ici, nous appartenait. C'était un cadeau d'anniversaire de Frank, l'un des infirmiers, pour nos vingt-cinq ans. Mon autre moi-même en était dingue. Elle adorait la compagnie des mots (ce qui n'était pas mon cas...).

À part cela, rien de personnel : ni tableaux ni bibelots. Tout était rangé et nettoyé chaque jour. Le moindre son était donc condamné à rebondir en écho, du sol au plafond, d'un coin à l'autre, comme au fond d'un aquarium. Sinon, il y avait le silence, absolu et tout aussi aliénant... Bref. Rien à faire, rien à voir ! Et bientôt, il n'y aurait plus rien à penser. Que serais-je alors ?

Le temps s'écoula, le soleil continua sa course. Entre les rideaux, il fit briller l'acier du fauteuil roulant, celui du lit, puis tomba enfin sur ses yeux. Mon autre moi-même grimaça, tenta vainement de se tourner, mais elle oubliait les menottes qui la retenaient aux barreaux de son lit et les électrodes qui rattachaient sa tête au moniteur. Notre asile était aussi notre prison. Le geôlier ne devait d'ailleurs plus être loin.

— *Réveille-toi,* me répétai-je, inquiète. *Si Robert te trouve encore en train de dormir...*

Frank, notre infirmier, faisait peut-être des cadeaux pourris et était d'un ennui mortel, mais Robert, son collègue, nous serait un jour fatal ! Mon autre moi-même le surnommait le « tortionnaire », ce qui ne constituait qu'une bien maigre revanche...

Robert ne nous aimait pas. Pire, il nous haïssait ! Il nous appelait d'ailleurs le « parasite » depuis notre arrivée ici. Très vite, il s'était mis à nous piquer le bras matin et soir, car il s'était découvert une passion sadique pour les hématomes. Puis les choses avaient dégénéré, petit à petit, insidieusement. À présent, Robert nous forçait à avaler des somnifères, même en pleine journée, puisque c'était plus commode comme ça. Il adorait aussi nous renverser du thé brûlant sur la peau, mais plusieurs fois de suite, pour appliquer ensuite de l'alcool sur les cloques et voir mon autre moi-même se tordre de douleur. Robert, il vous refusait l'accès aux toilettes, parce qu'il était trop occupé à aligner des bonbons sur son téléphone pour vous détacher ou pour vous aider à marcher. Par contre, il se tenait toujours prêt à vous humilier quand vous souilliez inévitablement le lit. Il vous laissait seul, dans le linge humide et poisseux toute la journée ou toute la nuit, en général les deux, dans le but, disait-il, de vous faire retenir une leçon. On n'a jamais su laquelle !

Parfois, Frank s'en apercevait. Souvent, les draps séchaient. Chaque fois, les larmes coulaient.

Je vouais à Robert une haine viscérale, si puissante que, si je venais à trouver un moyen de commander à mes bras et à mes jambes de bouger, ce que je ferais en premier, je l'avais juré, serait de l'étriper pour tout le mal qu'il nous avait fait ! Mon autre moi-même était incapable d'une telle violence. C'était une petite chose fragile et enfantine qui n'avait pas l'ombre d'une mauvaise pensée, certes du courage, occasionnellement, mais que Robert avait réduit à néant à force de menaces. J'en frissonnai de peur et de colère.

— *Ouvre les yeux, sérieux... !*

Trop tard. Un entrechoquement de clefs venu du couloir brisa le silence. L'une d'elles fut introduite dans la serrure. Elle produisit alors le bien trop familier et retentissant *clang* qui accompagnait toujours le tour du verrou.

— *Robert… ! Il faut te réveiller, tout de suite !* hurlai-je dans sa tête comme je le pus.

Elle se redressa dans une effroyable aspiration d'air, et soudain, la porte claqua. Le tortionnaire fit irruption dans la chambre, le regard brillant de noirceur au-dessus de son masque chirurgical. Il donna aussitôt un grand coup de coude dans l'interrupteur. Aveuglée, mon autre moi-même ne put que fermer les yeux. Les menottes lui ôtaient toute possibilité de se protéger le visage. Robert se glissa à son chevet et leva le bras. Dans sa main, un scalpel aiguisé luisit de son éclat métallique. Elle recula par instinct dans son lit.

— Bien dormi, le parasite ?

Là, derrière son masque, il devait sourire de toutes ses dents. Elle retint son souffle, se débattit quand il posa la paume contre son épaule. C'était peine perdue. Il pesait de tout son poids sur elle.

— On m'a demandé de changer ton implant, cracha-t-il.

Robert remonta sa manche sans ménagement pour découvrir son bras, puis avança le scalpel vers sa peau, notre peau, ma peau. Sans plus de cérémonie, sans même une crème anesthésiante, il en plongea la pointe dans sa chair, bien plus profondément que nécessaire, pour l'ouvrir sur une bonne dizaine de centimètres.

Le sang jaillit. Elle hurla, se tordant, se cabrant en vain dans son lit tandis que la grosse patte de Robert et les menottes la maintenaient en place. Le rouge dévala, allant imbiber les draps blancs. J'eus beau me planter entre elle et lui, c'était inutile. Je n'étais qu'une conscience, qu'un fantôme invisible et impuissant.

— Tiens-toi tranquille ou je le sectionne en entier, la menaça-t-il.

Mais la douleur était trop forte, et elle gesticulait en tous sens.

— *Tiens bon…* murmurai-je en me retenant moi-même de pleurer.

Robert finit par plonger ses doigts gantés dans la plaie, farfouillant interminablement à l'intérieur, lui arrachant des larmes et des hurlements pour lui jubilatoires.

Au bout d'une éternité, il se lassa. Il se résolut donc à extraire le petit implant, long d'à peine d'un centimètre. Il la relâcha, prit le temps d'admirer son œuvre tandis qu'elle gémissait, la respiration brisée, à bout de cris et de sanglots. La blessure béante saignait toujours.

— Plus qu'à le remplacer par le nouveau ! s'enthousiasma-t-il en tirant un sachet plastique de sa poche.

Mon autre moi-même ouvrit de grands yeux horrifiés, secoua la tête, implorant sa pitié, mais déjà, il se penchait sur elle.

— Le petit-déj' est servi ! s'écria soudain quelqu'un depuis le seuil, d'une voix nasale que je ne connaissais que trop bien.

Le poids sur mon cœur se désagrégea : Frank venait d'entrer.

— Oups, je suis en avance ? plaida-t-il.

Robert, en paravent entre elle et l'intrus, ne se redressa pas tout de suite. Il observa le sang, les draps, la plaie béante, sembla réfléchir à un moyen de justifier cela, puis releva la tête avec une fausse expression contrite imprimée sur le visage.

— Frank, tu tombes bien ! Regarde ce que cette imbécile a encore fait ! Elle s'est débattue et en a foutu partout.

L'intéressé ravala sa bonne humeur en découvrant le carnage.

— C'est une vraie... *boucherie*... souffla-t-il.

— Ouais, tu l'as dit ! C'est une bonne à rien !

Frank croisa les yeux suppliants de sa patiente.

— Tu devrais aller te changer, je vais finir, proposa-t-il à son collègue, un tremblement dans la voix.

Robert pesa le pour et le contre, sembla hésiter. Frank attendit, la main crispée autour de son chariot à petit déjeuner tandis que le sang continuait à s'écouler de notre bras.

— Ouais, t'as raison, merci ! trancha-t-il.

Il jeta ses gants poisseusement écarlates dans la petite poubelle en partant :

— Elle est toute à toi. Amuse-toi bien !

La tête de mon autre moi-même retomba sur l'oreiller quand la porte se referma enfin derrière le monstre. Frank se hâta alors de récupérer une seringue ainsi qu'un kit de sutures dans un tiroir.

— Il ne t'a pas épargnée... constata-t-il en lui injectant un anesthésiant local.

Elle hoqueta quand l'aiguille pénétra sa peau, mais se détendit ensuite peu à peu. Frank observa l'implant neuf que Robert lui avait laissé, le fit rouler entre ses doigts, mais le fourra dans sa poche :

— Tu as assez souffert, déclara-t-il avant de s'atteler à la lourde tâche de recoudre son épiderme.

Je protestai :

— C'est ridicule ! Il vaut mieux le faire tant qu'elle est anesthésiée et déjà ouverte !

Il m'ignora. Tout en rapiéçant sa chair, il se mit à lui parler comme il savait si bien le faire, monologuant alors qu'elle refermait les yeux.

CHAPITRE 6 : DERNIER REPAS

Quand son bras fut pansé, le sang épongé, Frank tira les rideaux, et le soleil déversa son éclat naturel partout dans la pièce. Mon autre moi-même fronça les sourcils, serra les paupières, prête à se rendormir malgré tout, mais l'infirmier rapporta près d'elle son petit chariot, lequel eut un soubresaut en roulant sur le joint de séparation entre la chambre et le couloir. Cela fit tinter son maigre chargement : une théière, une tasse, une boîte en inox, des pots, une assiette et des couverts. Je me décalai pour le laisser passer. C'était bien inutile, mais je ne m'habituerais jamais à être traversée comme un spectre !

— Quel beau soleil ! s'enthousiasma Frank comme si l'épisode du charcutage n'avait jamais eu lieu. Dire qu'ils annonçaient de l'orage ! Tu y crois, toi ? De l'orage... N'importe quoi ! Avec un ciel aussi dégagé, ça m'étonnerait. Leurs prédictions tombent toujours à côté. Au fait, tu te souvenais que c'était le début du printemps, aujourd'hui ? Moi, j'avais oublié. C'est Clarisse qui me l'a rappelé tout à l'heure. Mais bon, il n'y a plus de saisons, et le temps passe vite, pas vrai ?

Elle battit des paupières sans lui répondre. Nous étions habituées à ses bavardages et nous savions par expérience qu'il était bien inutile de nous forcer à parler, car Frank n'avait besoin de personne pour se donner la réplique. Il enchaîna d'ailleurs :

— Alors, bien dormi ? Je suis sûr que oui, mais voyons ça.

Il approcha le nez du moniteur, appuya sur quelques boutons qui émirent un bip à chaque pression et plissa les yeux, tâtant les poches de sa blouse, blanche comme sa peau.

— J'ai encore perdu mes lunettes, marmonna-t-il.

Il tapota le sommet de sa tête où il les oubliait parfois, avant de se résigner. J'eus beau les lui désigner, là, par terre, il ne les vit pas.

— J'imagine que monsieur Burish devra consulter les données lui-même, aujourd'hui, déclara-t-il en grattant la mince cicatrice gravée sur sa joue. Je vais les enregistrer !

Il appuya de nouveau sur les boutons, puis éteignit le moniteur, sous le regard attentif de mon double.

Je savais très bien à quoi elle pensait : quand l'occasion de nous enfuir se présenterait (parce qu'elle finirait bien par se présenter), il nous faudrait répéter les gestes de Frank. Sans cette procédure, l'appareil se mettrait à vociférer lorsque l'on enlèverait les électrodes, et notre aventure s'arrêterait là. Robert, ce fichu cerbère, serait prévenu et nous clouerait au lit – littéralement. Frank lui adressa un clin d'œil :

— Dis-moi, tu as rêvé de ton prince charmant ? Attends, non, ne me dis rien, je le devine à ton regard !

Cette remarque lui arracha un bête petit sourire. Bien sûr qu'elle avait rêvé de lui ! Encore ! Je poussai un soupir. Elle s'était amourachée de ce type que nous n'avions jamais vu en dehors de ses songes, et cela avait tourné à la véritable obsession. Certes, on s'ennuyait ferme, ici, mais elle y pensait toute la journée, m'imposant le souvenir de son visage, de ses cheveux roux, de ses yeux... Je préférerais compter les fissures sur les murs jusqu'à ce qu'il n'en restât plus rien plutôt que de subir une seule remarque de plus à ce sujet. Frank m'épargna cette peine :

— Tu es prête ? demanda-t-il.

Il lui retira avec délicatesse les électrodes et fit glisser les draps encore mouillés de son sang. Nous frissonnâmes en même temps. La pièce, pourtant chauffée par le soleil, demeurait froide. L'infirmier sortit un trousseau et défit ses menottes. Il abaissa la barre du lit, l'aida à s'asseoir. Elle laissa ses pieds nus pendre dans le vide. Quand elle fut stable, il fit rouler la table pour la placer devant elle. Il rapporta ensuite de son chariot tout le nécessaire, dont la boîte en inox. Le métal du couvercle racla lorsqu'il le dévissa.

— Devine quoi ! s'exclama-t-il, le nez plongé dedans. C'est le jour des gaufres !

Il les huma et releva la tête.

— Tu es contente ? À quoi tu les veux ? Confiture ? Non, ne me dis rien ! Pâte à tartiner, n'est-ce pas ?

Je m'assis à l'écart, sur la commode. Ça me manquait de pouvoir manger. Je ressentais parfois le goût des aliments, mais de loin, à peine. Sans surprise, tout est plus fade quand on est privé de son corps !

— Et qu'est-ce que tu veux boire ? Du thé ? J'ai du thé vert à la sauge. Allez, je t'en sers, d'accord ? Tu vas voir, c'est bon pour la mémoire.

Je ris jaune. Je me souvenais un peu de mon ancienne vie, de celle vécue dans ce corps que je regardais saliver devant deux gaufres. Mais elle, elle ne se rappelait rien, comme si elle avait surgi du néant. Alors, quand elle ne songeait pas à son mystérieux bellâtre ou qu'elle ne réfléchissait pas avec moi à un moyen de s'évader d'ici, elle était tout entière tournée vers le gouffre laissé par son passé. Frank pensait-il vraiment qu'une malheureuse tasse de thé suffirait à réparer les choses ?

— On ne sait jamais, peut-être que ça débloquera quelque chose, dit-il pourtant de sa voix nasillarde en la servant.

Elle réclama son dictionnaire du doigt, qu'il s'empressa de lui rapporter. Elle le feuilleta de sa main valide, se rendit au mot *sauge*. Mais quand elle vit que Frank s'appliquait à remplir les alvéoles des gaufres à sa place, elle le referma.

— J… Je peux me débrouiller, bégaya-t-elle.

Il m'était encore étrange d'entendre sa voix, ma voix, dans sa bouche à elle. J'avais beau accéder à ses pensées à longueur de journée, elles n'avaient pas les mêmes inflexions lorsqu'elles franchissaient ses lèvres – mes lèvres. Notre voix avait-elle toujours été aussi rauque ? Elle semblait sans âge.

L'infirmier lui répondit par un sourire en lui tendant la cuillère pleine de pâte. Elle la saisit maladroitement et prit le relais. Une fois que sa tâche fut accomplie, elle s'empara de l'une des gaufres et mordit dedans avec appétit. Frank sortit alors un pilulier. Je grimaçai : ces médicaments nous rendaient bizarres. Il ouvrit l'une des cases et déposa son contenu dans un coin de l'assiette. Au moins, il n'en ajoutait pas de son cru, à la différence de Robert…

— N'oublie pas ton traitement, dit-il avant de s'adosser au mur, les mains dans les poches.

Alors que nous attendions tous deux la fin de son repas, une voix en colère s'éleva derrière la porte. Je l'aurais reconnue entre mille : c'était celle de mon père.

Le son nous parvenant étouffé, nous ne comprîmes pas les mots qu'il prononçait. Une autre, réduite à un murmure, lui répondit avec une profonde indifférence dans le ton.

— On dirait que monsieur Deulort a enfin trouvé monsieur Burish, commenta Frank, le regard rivé dans la direction des cris. Il le cherchait dans le couloir tout à l'heure.

Je m'approchai, curieuse de connaître les raisons et l'issue de cette dispute. J'avais aussi envie de voir mon père. Depuis quelque temps, il ne nous rendait plus visite. Comme je m'étais découvert un talent caché pour traverser les portes et les murs, il m'aurait été facile d'assister à toute la scène, si mon corps, *elle*, ne restait pas à l'autre bout de la pièce.

Nous étions liés, lui, elle et moi, et je ne pouvais pas m'écarter d'eux à plus de quelques mètres. C'était même pire que cela, car si je ne suivais pas mon double quand elle se déplaçait, j'étais ramenée à elle aussi sec, sous l'impulsion d'une force mystérieuse, comme nouée à mon corps par un gros élastique. J'avais bien essayé de m'en débarrasser, en vain. Là, j'étais presque assez proche, mais impossible d'aller plus loin.

— Ils sont tendus, ces derniers temps. Je me demande pourquoi. C'est qu'ils ne me disent pas grand-chose, à moi, tu sais, poursuivit Frank alors que je faisais rageusement du surplace. Et puis, tu vois, c'est pas comme si je pouvais leur poser la question !

Je me rassis en boudant sur la commode, ouvris grand les oreilles, ou ce qu'il m'en restait, mais cette porte était trop épaisse. Il fallut me résigner.

— Selon Clarisse, ton père s'impatiente. Il ne comprend pas pourquoi tu n'as toujours pas recouvré la mémoire. Il en veut à monsieur Burish pour ce qui t'arrive. Tu y crois, toi ? Comme si c'était de sa faute ! s'indigna Frank.

Je devinais la suite de son discours, répété mille et une fois. Il défendait systématiquement corps et âme son cher monsieur Burish alors que celui-ci le méprisait ouvertement... D'accord, cet homme méprisait tout le monde avec la plus parfaite équité, mais tout de même ! Je ne comprenais pas ce qu'il lui trouvait. Monsieur Burish était effrayant, autant que Robert, sinon plus.

— Ce n'est quand même pas la faute de monsieur Burish ! s'exclama-t-il comme je m'y attendais. Tu reviens de loin, après tout ! Sans lui, qui sait ce que tu serais devenue ? Tu ne te serais peut-être jamais réveillée de ton coma. Si tu veux mon avis, ton père devrait plutôt le remercier !

C'en était trop.

— *Dis-lui de se taire...* ordonnai-je à l'oreille de mon double.

Mais elle ne m'écoutait pas, tout comme elle ne prêtait pas attention à Frank. Elle semblait ailleurs et faisait sauter la ficelle de son sachet de thé comme si un petit poisson, au fond de la tasse, allait mordre à l'hameçon. Je me tournai vers ses pensées. Elle était tout occupée à se remémorer son dernier rêve : une énième rencontre avec son prince charmant. C'en était dégoulinant de niaiserie ! J'eus envie de me cogner la tête contre la porte, mais je n'avais accès ni à l'une ni à l'autre.

— Quand je songe que les médecins disaient que tu ne te réveillerais jamais…

Je me résignai à endurer l'éloge de ce type odieux.

— Deulort devrait avoir foi en monsieur Burish, car c'est un génie ! Il trouvera bien une solution pour ta mémoire. Ce n'est qu'une question de temps, j'en suis sûr, conclut-il plus par ferveur que pour la rassurer.

Frank guetta dans son regard quelque chose, une réaction, un battement de cils, mais elle restait impassible. Elle sirotait son thé en silence, sans lever le nez de la tasse fumante, malgré les grondements de la voix de mon père qui nous parvenaient encore.

— C'était très bon, articula-t-elle entre deux gorgées.

L'infirmier jeta un œil à l'assiette vide.

— Tu sais que tu es ma patiente préférée, toi ?

— Je suis ton unique patiente, lui rappela-t-elle, très sérieuse.

— Ce n'était qu'une boutade, expliqua-t-il avec douceur.

Elle ne la saisit pas pour autant. Il changea de sujet :

— Tu penses pouvoir prendre ta douche toute seule, aujourd'hui ?

Il lorgna son bras, le bandage.

— Mais il faudra faire attention à *ça*.

Elle leva la tasse bien haut au-dessus de sa tête pour en boire la dernière goutte, puis acquiesça. Il l'aida alors à se mettre sur ses pieds et poussa la porte de la salle de bain, où il l'invita à entrer.

CHAPITRE 7 : MIROITEMENT

Frank s'approcha de la commode. Par réflexe, je m'écartai. Il en sortit des habits pliés qu'il alla déposer avec soin sur le bord de l'évier.

— Je t'attends là, d'accord ?

Et il s'appuya sur la barre du lit qu'il venait de remonter.

Mon autre moi-même referma la porte de la salle de bain derrière elle. Je la suivis, passant au travers comme un fantôme. Elle se dévêtit, accrocha avec prudence sa robe de chambre au crochet, tel que Frank le lui avait montré, puis demeura un moment interdite devant le miroir, face à face avec notre reflet. Chaque fois, elle ne pouvait s'empêcher de l'étudier, de le détailler comme une chose curieuse. L'engrenage de ses pensées était lancé. Je les écoutai malgré moi.

Elle ne comprenait pas pourquoi elle ne reconnaissait pas ce petit être à la peau noire, en culotte, qui lui faisait face. Il lui paraissait grossier, tant elle s'y sentait empotée, enserrée, engoncée. Il avait pour elle quelque chose de trop corporel qui le lui rendait étrangement dérangeant.

Elle plongea un instant dans le reflet de ses iris noirs, si noirs qu'à moins de les regarder de très, très près, on n'en discernait pas la pupille. J'en étais persuadée : depuis l'accident, ils s'étaient assombris. De mon vivant, ils étaient d'un brun profond qui, sous la bonne lumière, laissait transparaître des sillons plus foncés et miroiter quelques effets acajou. Elle s'en détourna, préférant considérer les jambes fortes, pourtant si fragiles, qui la portaient bon gré, mal gré depuis notre arrivée dans cet asile. Elle repensa à son fauteuil, et avant cela, à son premier réveil ici, où elle n'avait pas même pu se redresser.

Ne devrait-elle pas ressentir pour ces jambes un peu de

reconnaissance, au lieu de cette sorte de répulsion bizarre qui lui parcourait toujours l'échine ? Était-ce cela, un complexe ? Elle n'en était pas certaine. Elle ne les jugeait ni belles ni laides. Ce qui la gênait, ce n'était pas leur apparence, mais simplement qu'elles se trouvaient là. Les médecins lui avaient expliqué que cette sensation était normale, qu'elle provenait de l'amnésie, qu'elle s'y habituerait, qu'il fallait faire avec… Mais pour elle, c'était comme habiter le corps d'une étrangère. Lui, il avait conservé les marques du temps. Et elle, elle ne se souvenait pas d'y avoir grandi. Il avait ses mémoires gravés dans sa chair – des histoires que, peut-être, elle ne se rappellerait jamais. Qu'avait-il vécu, qu'elle avait oublié ?

Mon autre moi-même contempla d'un air rêveur une longue cicatrice au niveau de ses mollets parsemés de poils noirs. Elle caressa du bout du doigt sa légère boursouflure, lisse, douce, sans aucune aspérité. Un trait similaire, un peu plus petit, se logeait sous son poignet, sous la gourmette en argent où était inscrit *Cassandre*. Mais Cassandre, selon elle, c'était moi. Elle n'était plus Cassandre.

Comment ce corps s'était-il retrouvé avec ces marques ? À la suite de quels événements ? Une chute à vélo dans l'enfance ? Une marche ratée dans un escalier en acier ? Elle n'en savait rien. Elle n'avait aucun moyen de le savoir. Elle vivait donc avec ces symboles, en ignorant ce qu'ils signifiaient, en ignorant les mystères qu'ils renfermaient. J'éprouvais des sentiments opposés : ces marques, pour moi, demeuraient familières. Mais les voir sur une peau qui, il fallait bien m'y résoudre, n'était plus mienne, soulevait en moi une profonde angoisse.

Contrairement à elle, qui, en secret, désirait subsister sans corps, qui avait la sensation d'y être à l'étroit, j'avais, moi, l'impression de ne plus être que l'ombre de moi-même, sans lui, d'être devenue minuscule, insignifiante. Et pourtant, tout au fond de moi, je m'interrogeais souvent : avais-je envie de le récupérer ? Le vide que je ressentais de mon vivant était à présent de l'histoire ancienne.

À côté de ces anciennes blessures se trouvaient des plaies nouvelles, dont nous connaissions très bien l'origine toutes les deux.

— *Il nous le payera tôt ou tard*, lui promis-je.

Au niveau des poignets, la peau était lésée à force d'être en contact avec le métal. Quant à ses avant-bras, elle les avait griffés elle-même jusqu'au sang, lors de ses premières semaines ici. C'était pour cette raison – soi-disant – qu'elle devait supporter chaque jour et chaque nuit une paire de menottes. Elle remonta, ajusta le bandage autour de son biceps. Ne préférant plus y songer, elle repoussa ce souvenir au fond de sa mémoire. Elle effleura ses genoux, ses cuisses. Les poils y étaient un peu plus fins, un peu plus clairsemés. Elle remonta encore. D'autres, plus épais et plus sombres, dépassaient un peu de sa culotte. Près des hanches et sur les fesses, une multitude de lignes horizontales, irrégulières, zébraient sa peau. Notre infirmier appelait ça des vergetures. Elle pensa que ce mot ne leur rendait pas honneur. Elles témoignaient, selon lui, d'une époque où ce corps avait grandi ou grossi trop rapidement. L'épiderme n'avait pas eu le temps de s'étirer aussi vite. Alors, il avait éclaté, craquelé et cicatrisé ainsi, dans un élégant effet marbré. Dire qu'elle ne se souvenait pas de ce fascinant événement !

Elle poursuivit son exploration, passant par-dessus un pli du ventre, suivant la ligne de poils qui remontait vers son nombril. Qu'il est étrange d'avoir un nombril, quand on ne se rappelle pas sa mère ! Qui avait bien pu engendrer ce petit corps ? Un malaise nous étreignit toutes les deux. Nous cessâmes de le contempler.

Sa poitrine était assez développée – du moins, c'était ce qu'elle en avait déduit en se comparant aux quelques femmes du service et aux actrices des rares films autorisés ici. Ses seins retombaient un peu, celui de gauche plus que le droit. Quand elle avait fait part de cette asymétrie à Frank, il lui avait expliqué qu'à gauche, il y avait notre cœur – son cœur – et qu'il prenait de la place. C'était lui qui provoquait ce décalage.

Elle considéra les deux bras rattachés à son buste. Quand elle les contractait, ils étaient plutôt musclés. Ce n'était pas étonnant : même si l'on faisait travailler ses jambes, ses séances de sport en fauteuil concernaient surtout le haut. Ce n'était pas pour lui déplaire. Elle se sentait si vulnérable au quotidien, que ces bras avaient quelque chose de réconfortant – enfin, quand ils n'étaient pas pleins de sutures...

Elle redressa la tête et plongea à nouveau dans ces iris noirs. Ils engloutissaient tout, ils amenaient notre malaise à son paroxysme, et surtout, ils lui rendaient cet incroyable engin, son corps, très étranger. En vérité, tout ce qu'il produisait la troublait : le sang qui pulsait sous ses tempes, les gargouillis dans son ventre, l'air qui gonflait et dégonflait ses narines, ou encore la démangeaison d'un poil se relevant après une friction. Quelle bizarre machinerie, à la fois si puissante et si fragile, capable de fonctionner seule, sans ordre intentionnel !

Elle se dit d'ailleurs qu'elle marchait beaucoup mieux quand elle n'essayait pas d'y réfléchir. Si elle avait le malheur de prendre conscience de ses rouages, tout s'enrayait ! Elle pensait à déglutir ? Alors, elle avalait de travers. Elle envisageait de mettre un pied l'un devant l'autre ? Voilà qu'elle perdait l'équilibre ! Elle songeait à cligner des yeux ? Et elle ne trouvait plus comment les rouvrir. Ce corps était indépendant... Comment pouvait-il être le sien ? Comment avait-il pu être le mien ? Elle avait besoin d'espace, elle n'était pas à sa place, ici. Cette personne, dans la glace, était une inconnue, et elle nous dévisageait.

— Je n'entends pas l'eau couler ! lança Frank depuis la chambre. Tu es encore en train de t'admirer dans le miroir ? Oui, tu es belle ! Allez, à la douche ! la sermonna-t-il.

On toqua à la porte, celle qui donnait sur le couloir.

— Ah, t'es encore là. Je croyais que c'était mon tour pour la toilette.

Elle reconnut la voix du tortionnaire. Un frisson remonta le long de son échine.

— Non, c'est le mien, répondit Frank.

Il mentait.

— Et le para... Cassandre, se reprit-il, elle est où ?

— Elle se douche.

— Toute seule ? s'étonna Robert.

— Oui. Elle en est capable.

— Tss, siffla Robert. Tu te donnes trop de peine. Faut passer cette crasseuse au jet, comme je le fais.

Frank ne réagit pas.

— Enfin, tu fais bien comme tu veux ! conclut-il sèchement. À la prochaine !

Puis la porte claqua, et nous pûmes à nouveau respirer.

Non sans effort, mon autre moi-même s'arracha à son reflet. Elle enleva sa culotte et entra avec prudence dans la douche. Elle ouvrit le robinet, mais se tint loin de l'eau, qui coulait toujours glacée les premières secondes. Cette dernière ne tarda pas à se réchauffer et emplit la cabine d'une vapeur tiède. Tendant la main pour vérifier la température, elle l'augmenta un peu plus, avant de se glisser sous le jet.

Mon double veilla à ne mouiller ni le bandage ni ses cheveux crépus, que Frank avait une fois de plus tenté de tresser. Le résultat, encore frais, n'était pas très homogène, pas très esthétique, mais au moins avait-il essayé ! Comme souvent, il avait dû s'y reprendre plusieurs fois, après avoir trop, puis pas assez serré, sans abandonner pour autant. Robert, lui, avait insisté pour les raser, alléguant que nous allions avoir des poux. Heureusement, Frank avait eu le dernier mot !

Elle saisit un petit savon, lequel faillit lui échapper, et frictionna notre corps – son corps. Elle manquait de coordination, restait même par moments surprise de pouvoir remuer les mains et les pieds. C'était drôle et lassant à la fois ! Elle tenait ses paumes en coupe pour les emplir d'eau quand Frank l'interpella à nouveau :

— Dépêche-toi ! Tu sais ce que pense monsieur Burish du gaspillage.

Elle sursauta à ce nom et obéit aussitôt. Elle se rinça, ferma consciencieusement le robinet, sortit de la cabine et saisit sa serviette, qu'elle tamponna contre sa peau lésée, comme Frank le lui avait appris. Elle jeta un dernier coup d'œil au miroir qui, couvert de buée, ne refléta plus rien, sinon une ombre floue et sombre. Elle enfila gauchement les habits déposés sur le bord de l'évier, une manche après l'autre, une jambe après l'autre. Quand elle émergea de la salle de bain, Frank bondit aussitôt pour la soutenir.

— Ce n'est pas la peine, je peux marcher, murmura-t-elle de sa voix éraillée.

Mais il l'ignora en l'asseyant sur le fauteuil roulant. Il sortit ensuite de ses poches deux nouvelles paires de menottes, qui tintèrent. En quelques *zips* et quelques *clacs*, il les referma sur les accoudoirs d'un côté, sur ses poignets de l'autre, puis il ouvrit la porte de notre cellule.

— Tu es prête à rencontrer le doc ? Il est arrivé hier. Tu peux être reconnaissante, monsieur Burish l'a engagé rien que pour toi.

Puis il poussa le fauteuil en avant, hors de notre prison.

CHAPITRE 8 : MENACE

À plusieurs étages de là, monsieur Burish déambulait dans les couloirs, les mains croisées dans le dos, l'air préoccupé. C'était un petit homme trapu, à la barbe drue et au visage rond et ridé par des années de concentration et de fatigue. Il avançait sans se presser, sous l'éclairage cru des néons qui faisait briller son crâne dégarni. Sous ses pieds, le sol avait été usé par des années d'allées et venues qui dataient d'un autre temps. Il gondolait par endroits, se décollait à d'autres.

Monsieur Burish était en pleine réflexion et fixait toujours un même point, loin devant lui. Il n'en décrochait le regard que lorsqu'il empruntait un escalier, car il prenait au moins garde aux marches. Tout absorbé par ses pensées, il ne prêtait en revanche aucune attention aux personnes qu'il croisait sur sa route. C'était à peine s'il cillait quand celles-ci le saluaient. Elles se trouvaient obligées de s'écarter pour éviter la collision. Robert, qu'il croisa, ne fit pas exception.

Monsieur Burish passa ensuite devant trois employées prenant leur pause dans un couloir en bavardant, un café à la main, un dossier sous le bras. En le voyant approcher, deux d'entre elles se séparèrent et retournèrent travailler en toute hâte. La troisième, la plus téméraire, se contenta de baisser les yeux et de se taire.

À force d'errance, monsieur Burish atteignit des étages inoccupés où l'on ne rencontrait plus une seule âme. Ainsi, ses pas résonnèrent dans le silence. Quand il leva le nez sur une porte qu'une affiche défendait aux personnes non habilitées de franchir, il s'arrêta. Il avait le droit d'aller plus loin, mais il ne le fit pas. À la place, il se contenta de se tenir immobile et de tendre l'oreille.

Il reconnut bien vite le timbre nasal, mais plein d'enthousiasme de Frank, l'infirmier. Monsieur Burish consulta sa montre : celui-ci avait dû entrer quelques minutes à peine avant son arrivée. Ce n'était toutefois pas ce qu'il cherchait : il guettait plutôt son étrange voix à elle. Depuis qu'elle avait prononcé ses premiers mots, elle le fascinait, elle l'obsédait, si bien qu'il atterrissait machinalement ici, derrière la porte de sa chambre, plusieurs fois par jour. Il n'en franchissait cependant plus le seuil.

Il continua à écouter le bavardage incessant de l'infirmier – bien qu'il n'en distinguât pas les termes – dans l'unique espoir de l'entendre elle. Il resta si longtemps ainsi, sans bouger, le corps tendu, que l'éclairage automatique le plongea dans le noir. Seul le bout de ses chaussures demeura lustré par la lumière qui s'échappait de sous la porte, à travers le joint en plastique. Une voix l'interpella depuis le fond du couloir, le tirant de ses réflexions :

— Monsieur Burish ! Monsieur Burish ! cria-t-elle, mécontente.

Un pli se creusa entre ses sourcils. Il soupira, mais avec une lenteur délibérée, pivota.

La voix appartenait à une silhouette, grande, fine et noire, qui se précipitait à grandes enjambées dans sa direction. L'éclairage, avec un temps de retard, dévoila un homme tiré à quatre épingles. Celui-ci parvint, essoufflé, à hauteur de monsieur Burish. Ses traits étaient dilués, sa mâchoire crispée. Il était plus jeune que l'autre, mais ses cernes profonds, véritables vallées de larmes, vieillissaient son regard de dix ans.

— Monsieur Burish, répéta-t-il d'un ton de reproche, je vous trouve enfin !

L'intéressé le salua, impassible :

— Monsieur Deulort.

— J'ai à vous parler, lâcha-t-il après avoir inspiré.

— Je vous écoute, répondit monsieur Burish en l'invitant à poursuivre d'un geste las.

Monsieur Deulort, qui reconnut la porte derrière lui, se troubla.

— Allons en discuter dans votre bureau, proposa-t-il sans la quitter des yeux.

Son interlocuteur, sans dissimuler son agacement, balaya sa remarque d'un revers de main :

— Nous sommes très bien ici. Parlez, je vous écoute.

L'autre sembla hésiter, mal à l'aise. Il se reprit, rajusta son costume et reporta son attention sur monsieur Burish, qui daignait à peine le regarder.

— Avez-vous trouvé une solution ? demanda-t-il de but en blanc.

Monsieur Burish feignit de ne pas comprendre.

— Une solution ? répéta-t-il.

— Pour ma fille, Cassandre ! s'exclama monsieur Deulort en pointant la porte de l'index.

— Ah ! fit monsieur Burish, presque amusé. Je crains que non.

Monsieur Deulort contint l'irritation qui le gagnait, non sans mal. Une octave plus bas, la mâchoire crispée, il lui ordonna plus qu'il le questionna :

— Combien de temps vais-je devoir encore attendre ?

— Je l'ignore, répondit l'autre laconiquement.

— J'ai été plus que patient, monsieur Burish.

Il serra le poing et fit un pas en avant, mais le savant demeura imperturbable.

— C'est certain, affirma-t-il.

Monsieur Deulort lui jeta un regard noir, menaçant.

— Vous deviez me ramener ma fille !

Il y eut un long silence.

— N'est-ce pas ce que j'ai fait ?

Monsieur Deulort commençait à fulminer. Ses yeux s'assombrirent davantage, et sa voix tonna :

— Vous rendez-vous compte qu'elle ne se rappelle rien ? Pas même moi, son père !

— Oui, fit monsieur Burish.

Monsieur Deulort en trembla de rage. Son visage se déforma sous la colère et le chagrin.

— Et c'est regrettable, commenta monsieur Burish.

Monsieur Deulort n'en put plus :

— Regrettable ? Regrettable ! hoqueta-t-il, hors de lui.

Monsieur Burish, plus ennuyé qu'autre chose, consulta sa montre et se gratta la barbe.

— Monsieur Deulort… dit-il calmement.

— Non, taisez-vous ! le coupa-t-il. Quand vous êtes venu me trouver, j'étais désespéré. Pourtant, vous êtes parvenu, par je ne sais quel miracle, à la sortir du coma ! Je vous ai fait confiance, admit-il, les yeux brillants, mais votre machine a détruit sa mémoire !

Monsieur Burish ouvrit la bouche, mais ne put émettre un commentaire :

— Et depuis, vous ne faites plus rien pour l'aider, rien pour réparer votre erreur ! Je vous jure que si vous ne trouvez pas très vite une solution… ! le menaça monsieur Deulort.

— Allons, allons, fit monsieur Burish, dont un faible sourire étirait les lèvres.

— Nous avions un marché !

À ces mots, ses commissures retombèrent. Cela n'échappa pas à monsieur Deulort, qui poursuivit alors avec plus d'aplomb :

— Sans moi, vous n'êtes rien, et vous le savez.

Monsieur Burish, piqué, croisa les bras sur sa poitrine d'une façon volontairement théâtrale et pianota sur son biceps avec impatience. Monsieur Deulort eut un rire triomphal, mais sans joie.

— J'ai sauvé votre peau, Burish. Je vous ai caché, comme vous me l'aviez demandé. J'ai payé pour tout ceci ! s'égosilla-t-il en agitant les mains. J'ai racheté cet endroit, je l'ai fait remettre à neuf, pour vous ! J'ai financé tout le matériel dont vous aviez besoin, tout le personnel que vous m'aviez réclamé ! Je vous ai laissé mener vos petites expériences en toute liberté, sans poser de questions, et j'ai gardé votre secret. En échange, vous deviez me ramener ma fille ! Ça, lâcha-t-il en désignant la porte du menton, ce n'est pas ma fille.

Monsieur Burish fit une moue :

— Est-ce pour cette raison que vous n'allez plus la voir ?

— Cela vous amuse ! s'indigna monsieur Deulort.

Ses paroles se muèrent en grognement :

— Ce que vous croyez avoir découvert, je m'en contrefiche ! Cassandre ne sera pas votre rat de laboratoire !

De ses yeux injectés de sang et de larmes, il foudroya monsieur Burish. Il semblait prêt à se jeter à sa gorge, quand la lumière automatique les plongea soudain dans le noir. Monsieur Burish, sans bruit, recula, et sa voix, dans l'obscurité, se fit caressante :

— Monsieur Deulort, les choses sont plus complexes que vous le pensez. Toutefois, je vous assure que nous mettons tout en œuvre pour...

L'éclairage se ralluma brusquement quand monsieur Deulort gesticula et manqua d'abattre son poing sur le nez de monsieur Burish.

— Assez ! tonna-t-il. Ne me servez pas votre baratin, c'est bon pour votre politique ! Je ne suis pas si naïf ! Je vois bien que sa perte de mémoire vous fascine. Je ne sais pas ce que vous manigancez, Burish, mais je suis certain que vous ne faites rien pour la ramener !

— Je vous jure, au contraire, monsieur Deulort, que...

— Taisez-vous ! Et ne jurez pas.

En détachant chaque mot, il ajouta :

— Trouvez une solution.

Monsieur Burish ouvrit la bouche pour répliquer, mais monsieur Deulort murmura :

— N'oubliez pas que, si vous ne respectez pas notre marché, rien ne m'oblige à le respecter en retour. Si vous m'êtes inutile... Si vous n'essayez pas de remettre les choses en ordre…

— Je suis le seul à pouvoir tout remettre en ordre, intervint avec gravité monsieur Burish.

Il avait parlé tout bas, sans le regarder, comme si ses propos ne lui avaient pas été adressés, en fixant un point au loin. Un ange passa. Monsieur Deulort le scruta avec méfiance, mais son adversaire finit par cligner des yeux :

— Bien, si vous le permettez, j'ai à faire ! Je dois aller discuter avec notre dernière recrue : un psychiatre ! Il est arrivé hier soir et a étudié mes notes toute la nuit. Je dois le rencontrer, si possible, avant son rendez-vous avec votre fille.

Disant cela, il consulta à nouveau sa montre.

— Avec son aide, qui sait ? Nous parviendrons peut-être à lui faire recouvrer la mémoire !

Il tapota le bras de monsieur Deulort et repartit à petits pas tranquilles, comme il était venu. Monsieur Deulort, les bras ballants, resta muet en le regardant s'éloigner. Quand il jura contre le vieil homme, il était trop tard : monsieur Burish avait filé et disparu depuis longtemps.

CHAPITRE 9 : CLEF

Le cabinet du psychiatre avait été installé derrière une modeste porte à hublot, au rez-de-chaussée du bâtiment principal, à quelques couloirs à peine de celui de monsieur Burish. L'espace avait été en partie restauré et possédait une belle hauteur sous plafond, mais étant orienté nord et n'ayant qu'une petite fenêtre à barreaux, il ne recevait pas beaucoup de lumière. Les murs, repeints en vert bouteille, achevaient de l'assombrir. Un long bureau en bois massif, encombré au possible, avait été placé sous l'ouverture, avec d'un côté un large fauteuil, plutôt contemporain, et de l'autre, face à lui, deux chaises aux courbes modernes.

On avait équipé le psychiatre d'un ordinateur flambant neuf et d'une imprimante dernier cri, mais la pièce sentait le renfermé, le papier encré et le café froid. Elle semblait inoccupée. Le docteur se tenait pourtant bien là, installé à son bureau comme depuis la veille, mais dissimulé dans l'ombre dressée par de hautes piles de dossiers.

Son nez, plongé dans l'un des documents qu'il gardait à prudente distance d'une rangée de cinq ou six tasses plus ou moins remplies, soutenait une paire de lunettes aux verres épais, derrière laquelle roulaient, fatigués, des yeux en amande. Ceux-ci s'évertuaient à lire et à relire, encore et encore, des lignes et des lignes, des pages et des pages, que le psychiatre tournait et retournait entre ses doigts comme les pièces d'un puzzle refusant de s'emboîter. Dans sa précipitation, un peu plus tôt, il avait froissé certains coins de feuilles et s'était coupé. Un mouchoir taché de sang avait atterri par terre, manquant la poubelle de peu. Maintenant, il luttait pour ne pas s'endormir, se tenait voûté, le dos ankylosé. Après une nuit blanche à travailler, il était las.

Le psychiatre appuya le coude sur le bureau et soutint ainsi sa tête. Il remonta ses lunettes en bâillant. Son nœud papillon jaune – la seule excentricité qu'il se permettait – tressauta sur sa gorge. Il s'étira avec peine, déposa son dossier en haut d'une pile et en saisit un de plus, un énième, sur une autre pile, qui ne diminuait jamais.

Ces documents contenaient un mélange de comptes rendus, de photos, de tableaux, de graphiques, de résultats divers et variés d'analyses médicales. Des notes, tantôt manuscrites, tantôt tapuscrites, avaient été rédigées dans un style télégraphique : « Avons réussi réveiller patiente », pouvait-on lire en haut d'une page.

Elles étaient parfois agrémentées de petits dessins qui ressemblaient plus à des gribouillis qu'à de véritables schémas. Pour ne rien arranger à cette confusion, ces notes n'avaient pas toutes été tracées par la même personne. Une calligraphie se retrouvait toutefois plus souvent qu'une autre : celle de monsieur Burish. Elle était reconnaissable, car, lorsqu'il écrivait sur du papier blanc, sans lignes, sans marges, ses phrases ou morceaux de phrases penchaient vers le haut – obligeant ainsi le psychiatre à tourner ou la feuille, ou la tête.

Alors qu'il ajustait ses lunettes, celui-ci remarqua un espace, comme un petit creux entre les pages d'un dossier du bas de la pile face à lui. Avec prudence, il extirpa le dossier en question. La pile vacilla, mais ne s'écroula pas. L'ensemble était anormalement épais. En l'examinant, il découvrit, glissée entre ses feuillets, une clef USB scotchée à un cahier. Il l'étudia, mais elle ne comportait aucune inscription. Il pivota donc vers l'ordinateur et l'y inséra.

« Installation du périphérique », indiqua une fenêtre de chargement.

Une autre s'ouvrit bientôt, dévoilant son contenu : plus d'une centaine de vidéos numérotées, toutes nommées « Projet

Cassandre ».

Le psychiatre, heureux de faire une pause dans ses lectures, cliqua sur le premier fichier. Sur son écran, il vit apparaître une jeune femme très amaigrie, allongée dans un lit d'hôpital, la tête surélevée par des oreillers. Il s'agissait de sa patiente, Cassandre, qu'il allait rencontrer d'ici peu.

Son visage était celui d'une poupée : lisse, dénué d'expression. Ses yeux étaient bien ouverts, mais il n'y brillait aucune lueur de vie. Ils ne suivaient pas le médecin, qui s'évertuait pourtant à capter son attention en faisant de grands gestes avec les mains, de part et d'autre de sa couche. Sa poitrine se soulevait doucement, signe qu'elle respirait – c'était tout. Ses paupières retombèrent. Le médecin baissa les bras. Un homme assis près d'elle, qui lui ressemblait beaucoup, détourna le regard. Le psychiatre ne l'avait jamais rencontré, toutefois, il devina qu'il s'agissait de monsieur Deulort, le père de Cassandre. Il se frotta l'œil pour chasser une poussière et reporta son attention sur le petit cahier. En le feuilletant, il s'aperçut qu'il légendait les vidéos. Il se rendit donc à la première page : « Cassandre. 18 ans. Suite à coma profond (six mois) avec respiration assistée, réveil partiel. Conscience minimale. PET-scan excellent. Pas de lésions. Hémisphères intacts. Mais très rares réactions aux stimuli et très peu de progrès. »

Le psychiatre repoussa le dossier qu'il lisait un peu plus tôt – manquant de peu de faire s'écrouler cette fois toutes les piles – pour étaler le petit cahier devant lui. Il lança une deuxième vidéo, tournée près de deux ans plus tard. À nouveau, la jeune femme apparut à l'écran, mais assise dans un fauteuil, les yeux mi-clos. Le docteur crut reconnaître la pièce. C'était l'une de celles que l'assistant de monsieur Burish lui avait fait visiter en urgence, la veille au soir. Cassandre battait des cils et semblait lutter pour rester éveillée. Une personne en blouse blanche lui demanda de lui serrer la main, de bouger les orteils, puis se tourna, ravie, vers monsieur Deulort, mais celui-ci demeura préoccupé. Un petit homme entra alors dans le champ, plein de fierté. Le psychiatre n'ignorait pas qu'il s'agissait là du légendaire monsieur Burish, son employeur. Ce dernier donna une tape dans le dos de monsieur Deulort en lui souriant de toutes ses dents. L'autre le remarqua à peine : il n'avait d'yeux que pour sa fille.

Le psychiatre lut sur le cahier, à côté du numéro qui correspondait : « Confirmons succès de l'expérience, Cassandre répond de plus en plus aux stimuli. » Il tourna les pages pour en apprendre plus sur cette fameuse expérience, mais ne trouva rien. En vérifiant les titres des vidéos, il s'aperçut qu'il y avait un trou dans la numérotation. Par dépit, le docteur s'intéressa à ce qui venait juste après ce vide. Il se pencha sur les notes : « Expérience concluante. Réponse émotionnelle forte. À confirmer. » Il lança l'extrait.

Sur l'écran, la patiente demeurait couchée dans un lit, les paupières closes. Monsieur Deulort attendait près d'elle, les mains jointes, en murmurant quelque prière du bout des lèvres.

Voyant qu'il ne se passait rien, le psychiatre fit défiler la vidéo jusqu'à discerner du mouvement : monsieur Burish apparut, et la jeune femme, les yeux toujours fermés, se mit à verser de chaudes larmes, comme traversée par un chagrin intense, inconsolable. Cette peine silencieuse se changea peu à peu en hoquets, puis en des sanglots qui soulevèrent sa poitrine par saccades. Son visage trempé luisit sous l'œil de la caméra, qui s'en détourna. Monsieur Deulort, à ses côtés, commença à pleurer lui aussi, mais de joie. Gagné par l'euphorie, il décolla monsieur Burish de terre. Ce dernier eut bien du mal à se dégager de cette étreinte. Par chance, son ravisseur retourna vite auprès de sa fille.

La vidéo s'arrêta. Le psychiatre contempla sa propre figure, émue, dans le reflet de l'écran noir. Il se contenta de jeter un œil à la suite. Il s'agissait pour l'essentiel de séances de kinésithérapie. Une femme aidait Cassandre à tendre et détendre ses muscles contractés en insistant sur ses mains, si crispées, qu'elles étaient repliées en griffes. Il la vit aussi réapprendre à s'alimenter avec de la nourriture solide. Il nota que sa maigreur était toujours inquiétante, mais qu'elle paraissait avoir bon appétit. Il tomba plus loin sur une séquence intéressante :

— *Tu n'as pas oublié comment parler,* expliquait un orthophoniste. *En fait, les mots, dans ta mémoire, sont comme des livres dans une bibliothèque mal rangée. Parfois, il est difficile de retrouver celui que l'on cherche, mais cela ne veut pas dire qu'il n'y est pas. Tu comprends ?*

Après quelques longues secondes, la jeune femme hocha la tête. L'orthophoniste lui proposa alors d'essayer de nommer des images. L'exercice commença, mais la voix de la patiente était si faible, qu'elle s'entendait à peine sur l'enregistrement. Le psychiatre dut augmenter considérablement le volume. Il s'aperçut bien vite que Cassandre se trompait presque chaque fois, appelant « pétale » une étoile et « sœur » un cœur. Quand elle tenta de prononcer une phrase, elle inversa l'ordre des mots, si bien que le pauvre homme ne put en comprendre le sens.

Il sauta plusieurs pages du cahier. Il lut « Amnésie persistante » et appuya sur *play*. La jeune femme se trouvait face à monsieur Deulort, son père. Elle le repoussait, répétant en hurlant et en pleurant qu'elle ne le connaissait pas. Elle lui donna un grand coup lorsqu'il s'avança malgré tout. La vidéo s'arrêta ainsi, sur monsieur Deulort, en train de se frotter la joue.

Le docteur prit quelques minutes de réflexion, visionna le clip suivant : une nouvelle séance de kinésithérapie où la patiente pédalait allongée dans son lit. Il s'attarda plus attentivement sur celui d'après, se rapprochant de l'écran en ajustant ses lunettes. On avait donné un miroir à la jeune femme, et elle contemplait son reflet comme une chose étrange, sans se reconnaître. Le psychiatre, voyant cela, chercha une séquence similaire. À la place, il en trouva une avec son père : Cassandre, les traits tirés, regardait à peine monsieur Deulort. Ce dernier lui avait apporté des albums photos qu'il passait en revue avec elle, ou plutôt, devant elle. Il lui décrivait des lieux, des événements, tentait de faire remonter des souvenirs, nommait des proches, les parents et amis d'une autre vie. De son côté, elle essayait de se concentrer sur chaque instantané, mais plus la vidéo progressait, plus elle clignait souvent des yeux. Monsieur Deulort, qui ne semblait pas s'apercevoir de son épuisement, déposa un cliché dans ses mains.

— *Tu la reconnais ?* demanda-t-il avec douceur.

Elle détailla le visage qu'il pointait du doigt.

— *C'est Cassandre,* articula-t-elle après quelques secondes de réflexion.

Le psychiatre remarqua à peine son expression plus aisée, car il était bien plus frappé par son emploi de la troisième personne pour se désigner elle-même.

— *Et qui est Cassandre ?* insista son père.

La jeune femme secoua la tête, en proie à la confusion.

— *Je ne sais pas. Je ne sais plus,* répéta-t-elle, anxieuse.

— *C'est toi,* répondit patiemment monsieur Deulort.

Il fit glisser le doigt vers le second visage. La caméra s'approcha et montra la photographie en question.

— *Et à côté, qui est-ce ?*

Sa fille hésita.

— *C'est toi ?* demanda-t-elle en relevant le nez.

Le psychiatre, qui ne s'y attendait pas, retint un petit rire. Monsieur Deulort, lui, la contempla avec de grands yeux vides.

— *Non,* souffla-t-il en sortant de son hébétude.

Il inspira.

— *Non,* répéta-t-il, *ce n'est pas moi.*

Il se massa la nuque.

— *C'est Globule, ton chat.*

Le psychiatre perdit pour de bon le contrôle de ses nerfs. Sur la photo, Cassandre, encore petite fille, apparaissait penchée en avant, le sourire aux lèvres, le regard pétillant de malice, avec sur ses épaules un gros félin noir, bien rond et bien dodu, qui s'y tenait en équilibre.

— *On a pris cette photo au cours d'une partie de cache-cache. Tu étais très forte à ce jeu, tu t'en souviens ? Ce jour-là, Globule m'avait mené jusqu'à toi.*

— *D'accord,* répondit-elle simplement.

Le psychiatre, à bout, ne put ravaler un nouveau ricanement face à la mine déconfite de monsieur Deulort. Son hilarité ne dura cependant pas longtemps face à la vidéo suivante.

CHAPITRE 10 : TABLEAU

Le psychiatre entendit, avant de les voir, les hurlements de la jeune femme. Il se jeta sur les haut-parleurs pour baisser le volume, mais un ultrason persista. Toujours alitée, Cassandre était en proie à la terreur. La bouche déformée, elle se débattait, se griffait jusqu'au sang dans ses draps. Elle avait d'ailleurs arraché ses perfusions, et du sang coulait le long de ses avant-bras. Un infirmier s'approcha pour la rassurer, mais elle lui lacéra le visage avec les ongles. Son collègue injecta alors quelque chose dans la cuisse de la démente. L'effet fut presque immédiat : elle retomba en arrière, s'enfonça dans le matelas, sans cesser de sangloter pour autant.

— *Pitié... pitié... Je ne veux pas y retourner... Je ne veux pas... Pitié...*

Ses mots hantèrent le psychiatre, pourtant habitué à de telles suppliques. Il les entendit résonner dans son crâne, longtemps après avoir fermé la vidéo. En regardant ce que l'on avait indiqué dans le cahier, il découvrit que la jeune femme faisait des *cauchemars*, qu'elle *délirait* chaque nuit. Il ne s'en étonna pas, mais cela lui laissa un goût amer sur la langue. Il lança d'autres séquences pour se changer les idées.

Il y constata que la patiente employait de plus en plus souvent la première personne. Un enregistrement d'une séance de kinésithérapie, où elle se tenait sur ses jambes et s'entraînait à marcher entre deux barres, lui apprit qu'elle retrouvait l'usage de ses membres. Il nota qu'elle reprenait du poids et que son visage paraissait plus ouvert malgré ses cernes.

Les images précédentes repassèrent dans son esprit. *Pitié... pitié...*

entendit-il au fond de lui. En hâte, il lança une nouvelle vidéo. Sur celle-ci, Cassandre faisait des progrès avec des objets du quotidien : une brosse à dents, un stylo, un téléphone portable. Il la vit s'entraîner à lire et à écrire. Elle semblait avoir un talent naturel pour la lecture, qu'elle effectuait avec une rapidité déconcertante. Un seul coup d'œil, et elle déchiffrait une phrase entière. Bien vite, elle abandonna les livres d'images pour les gros dictionnaires, qui paraissaient la passionner.

Le docteur tourna les pages du petit cahier. Au numéro correspondant, il n'y avait rien écrit, mais une feuille pliée en quatre, glissée là comme par négligence. C'était celle que Cassandre tenait à l'écran. Il l'étala sur le bureau, y découvrit de drôles de dessins.

En l'examinant de plus près, il constata que ces dessins, presque des schémas, se répétaient, avec des variations. Des idéogrammes ? Il s'agissait peut-être d'une autre langue. Le psychiatre était un piètre linguiste, mais cela ne ressemblait à rien de ce qu'il connaissait ! Il émit l'hypothèse que la jeune femme avait parlé ou étudié des langues étrangères, peut-être même un dialecte ancien, dont elle avait conservé la maîtrise sans le savoir. Après tout, la mémoire est une drôle de boîte noire... Était-il possible, sinon, qu'elle en ait inventé une pour combler un manque ? Cette réflexion occupa le psychiatre un moment, et il ne put s'empêcher de passer nerveusement les doigts sur la page.

Prenant soudain conscience de l'heure qui tournait, il se dépêcha de lancer une dernière vidéo. La jeune femme y apparut, très calme. Monsieur Deulort se trouvait en face d'elle. Elle murmurait quelque chose. Le docteur réaugmenta le volume et tendit l'oreille. Sa voix était moins heurtée, mais elle conservait son timbre particulier.

— *Je ne suis plus Cassandre. Je ne suis plus ta fille,* dit-elle avec lenteur à monsieur Deulort, sans le quitter des yeux.

Le ton neutre qu'elle employait contrastait avec la violence de ses paroles. Son père secoua la tête.

— *Ne dis pas n'importe quoi ! Tu es encore en pleine confusion, tu délires, tu...*

— *Non,* le coupa-t-elle sans états d'âme. *Je ne suis plus ta fille. Tu dois renoncer.*

Monsieur Deulort laissa rouler deux grosses larmes sur ses joues.

— *Ne dis pas ça !* s'indigna-t-il, un tremblement dans la voix. *Bientôt... bientôt tu recouvreras la mémoire ! Et tout rentrera dans l'ordre... Ce n'est qu'une question de temps ! Monsieur Burish va s'en occuper, je te le promets !*

Il avança la main vers son visage, mais elle recula.

— *Laissez-moi. Partez.*

Voyant qu'il ne réagissait pas, elle répéta, plus fort :

— *Partez !*

Monsieur Deulort, pris de colère, se tourna vers quelqu'un hors champ. Il tonna :

— *Tout ça, c'est de votre putain de faute !*

L'enregistrement se coupa net. Le psychiatre regarda le détail de la vidéo. Elle datait de plus de six mois, mais c'était la dernière. Il ferma donc le dossier et débrancha la clef, qu'il remit dans le cahier, là où il l'avait trouvée. Du coin de l'œil, il remarqua le calepin noir que lui avait laissé l'assistant de monsieur Burish. Il l'avait survolé en premier, en arrivant hier soir, sans parvenir au bout de sa lecture. Il avait craint de se tourmenter l'esprit s'il allait plus avant, que ces drôles d'idées réussiraient à se frayer un chemin dans sa tête. Mais le petit matin était là, et il fallait bien s'y confronter...

Il tendit donc le bras, le saisit du bout des doigts et l'ouvrit. Il y retrouva l'écriture élégante mais appuyée de monsieur Burish qui, au fil des pages, devenait toutefois plus énergique et se brouillait. Certaines lettres grossissaient tandis que d'autres se réduisaient à des taches informes. Les barres des t s'allongeaient, les points sur les i se transformaient en traits, les virgules rayaient les mots. Le texte occupait peu à peu tout l'espace, refusant de respecter les marges. Vers la fin, monsieur Burish avait manqué de place et rajouté des remarques partout où il l'avait pu, même entre les lignes. Les dernières pages, noircies, étouffées par les lettres, étaient presque illisibles. Le psychiatre, qui s'inquiétait surtout de ce qu'elles contenaient, en eut la chair de poule : chaque proposition dessinait petit à petit une théorie fumeuse, troublante, digne de celle d'un savant fou.

Il blêmit, referma d'un coup sec le calepin en ajustant ses lunettes, qui avaient encore glissé. Il le déposa derrière un tas de papiers, comme si l'ôter de sa vue pouvait le faire disparaître pour de bon. Il se massa l'arête du nez et, le corps tremblant, entreprit de remettre un peu d'ordre sur le bureau. Il repoussa les dossiers de façon à les aligner au mieux, arrangeant les feuilles pour ne plus les laisser dépasser des piles. Il admira son œuvre un instant, inspira et se renfonça dans son fauteuil. La fatigue le saisit à nouveau. Il bâilla.

Après deux ou trois courtes minutes de repos, peut-être davantage, il se tourna vers l'ordinateur, le menton posé dans la main. De celle qui était libre, il empoigna la souris et ouvrit un fichier – le seul que contenait la machine. Il s'agissait d'un tableau préconçu par monsieur Burish, lequel estimait avoir un droit de regard sur sa pratique. Il avait été expressément demandé au psychiatre – pour ne pas dire ordonné – de le compléter lors de son rendez-vous avec la patiente.

Maussade, il consulta l'horloge au bas de l'écran, ce qui lui fit l'effet d'un coup de fouet. Il se redressa pour se hâter de mettre en forme le document. Il fallait, au moins, que celui-ci fût à son goût. Dans le silence de son bureau, les *clics, clics, clics* se multiplièrent. Il ajusta les trois colonnes nommées « Observations », « Propos rapportés » et « Analyses », puis ajouta des lignes et des lignes jusqu'à obtenir deux pages de tableau. Un œil sur l'horloge, il se dépêcha de les élargir, d'agrandir le texte, de centrer les titres. Il mit un peu de couleur, souligna le mot «date» inscrit par monsieur Burish. Il n'y avait déjà plus une minute à perdre, alors il compléta un peu vite la case située tout en haut, à gauche, que monsieur Burish avait laissée libre. Il s'empressa d'enregistrer le document, dont il ne changea pas le nom, et lança son impression. L'appareil ne s'activa pas tout de suite. Le docteur s'impatienta : Cassandre n'allait pas tarder à arriver !

L'imprimante sursauta enfin – le psychiatre avec elle. Elle émit un son suraigu avant de ronronner, puis produisit le grincement annonciateur d'une nouvelle copie. Dans un roulement, l'une des feuilles du bac fut aspirée par la machine qui s'ébranlait. Elle se manifesta par une succession de petits claquements entre lesquels le papier fut repoussé par à-coups. Une seconde plus tard, il fut ravalé, et l'opération se répéta pour le verso. Le psychiatre saisit la page aussitôt l'impression achevée, en l'arrachant presque de force. L'encre, qui n'avait pas eu le temps de sécher, bava par endroits et tacha ses doigts. Il ne s'aperçut pas qu'il s'était sali les mains. Il repoussa les dossiers et, à nouveau, manqua de justesse de les faire tomber. Il étala la copie face à lui, se pencha au-dessus pour la relire.

— Mince ! pesta-t-il en repérant une faute de frappe.

Il saisit un stylo rouge. Le docteur s'apprêtait à raturer le mot en question, quand quelqu'un fit presque voler la porte :

— Bonjour, Doc !

Le psychiatre, toujours la pointe de son stylo appuyée sur la feuille, bondit sur sa chaise, traçant par accident une balafre écarlate sur toute sa largeur. Passablement agacé, il frotta son doigt sur la ligne, comme pour l'effacer, avant de lever les yeux et de reconnaître son patron : monsieur Burish. Il se releva alors avec une précipitation telle, qu'il se cogna le genou au bureau. Bien sûr, il s'efforça de ne rien laisser transparaître, mais monsieur Burish sourit en coin.

— Monsieur Burish, c'est un honneur, balbutia-t-il.

CHAPITRE 11 : HYPOTHÈSES

Monsieur Burish fit un pas dans le bureau du psychiatre, un gros chat noir dans les bras.

— Globule, je présume ? hasarda le docteur.

Monsieur Burish lui sourit de toutes ses dents. Il déposa la boule de poils sur le parquet, qui partit aussitôt en exploration.

— Je vois que vous maîtrisez votre sujet, Doc. Je peux vous appeler Doc ?

— C'est-à-dire que...

— Parfait !

L'autre dut se résigner. Monsieur Burish jeta un regard circulaire à la pièce. Il contempla le désordre qui y régnait, les dossiers et les tasses à café.

— Je constate que votre nuit a été studieuse.

Le psychiatre hocha la tête. Ses lunettes glissèrent un peu, et il les remonta aussitôt.

— C'est bien, approuva monsieur Burish, pensif. Je passais simplement pour vous saluer avant votre première entrevue avec elle. C'est un sacré phénomène ! Nerveux ?

Il lui répondit d'un timide mouvement de menton. Monsieur Burish suivit Globule du regard, lequel se frottait à chaque meuble.

— Auriez-vous donné votre langue au chat, Doc ?

— Non, monsieur, parvint-il à articuler.

— Ah ! les psychiatres !

Il le scruta en silence sans se départir de son sourire, ce qui mit son employé plus mal à l'aise encore.

— Ce n'est que la fatigue, se justifia-t-il. Pardonnez-moi.

— Allons, allons, ne vous excusez pas ! Je vous ai fait venir au pied levé et forcé à passer la nuit sur mes gribouillis. Je ne m'attendais pas à vous trouver très *frais*, du moins pas ce matin.

Le psychiatre ne sut que répliquer. Il esquissa un vague sourire.

— Vous comprenez, quand j'ai une idée en tête, je n'aime pas perdre de temps !

— Je comprends.

Monsieur Burish changea de sujet :

— Votre nouveau cabinet vous plaît-il, Doc ? J'estime, pour ma part, certains éléments un peu tape-à-l'œil, mais je vous avoue avoir délégué la décoration de la pièce à mon assistant.

Disant cela, il pointa l'espace salon, dont la séparation avec le bureau était signalée par une armoire en fer. Il y trônait un bel aquarium, où des poissons colorés nageaient au gré du courant artificiel, passant parfois sous des souches ou sous des arches en pierres marbrées. L'éclat de ses néons produisait un reflet qui dansait à ses pieds, sur le tapis rond en velours noir, donnant l'impression qu'il s'agissait là de la surface d'un gouffre profond rempli d'une eau abyssale. Autour de lui avaient été installés un fauteuil molletonné et une banquette sans accoudoirs.

— Vous pouvez déjà vous estimer heureux qu'il n'ait pas choisi une tapisserie à carreaux, renchérit monsieur Burish.

L'autre se souvint de la chemise de l'assistant et sourit.

— C'est un très bel espace de travail, merci.

— Ne me remerciez pas. Remerciez plutôt monsieur Deulort. Il ne le sait pas encore, mais c'est lui qui l'a financé.

Il avança d'un pas et referma la porte derrière lui, puis se pencha vers son interlocuteur, comme pour une messe basse :

— Il aime bien quand on le brosse dans le sens du poil. Et comme il estime que tout ici, ou presque, lui appartient...

Globule, qui avait fini de faire le tour de la pièce, vint se frotter aux jambes du docteur. Il se mit à ronronner.

— Le chat aussi, ajouta monsieur Burish en le pointant du doigt.

Le psychiatre baissa les yeux sur le félin.

— Vous le lui rendrez après la séance. Il ne sait pas que je l'ai pris. J'ai pensé qu'il vous serait utile, avec elle.

— C'est une délicate attention de votre part.

— Nous verrons, conclut monsieur Burish en souriant.

Globule s'éloigna et leva le nez en découvrant l'aquarium. Il s'assit devant et se mit à fixer les poissons avec gourmandise.

— Disons que j'espère obtenir quelques réponses, ajouta monsieur Burish.

Il jeta un regard torve au psychiatre, qui assura machinalement :

— Je comprends.

Ce dernier l'invita à s'installer dans l'une des chaises face à lui, mais monsieur Burish déclina l'offre d'un geste.

— Non, je n'ai pas le temps. Vous savez que je suis dans une impasse. Mon assistant a dû vous le dire, et vous l'avez sans doute constaté de vous-même en lisant nos rapports.

Le psychiatre acquiesça.

— Pour ne rien vous cacher, monsieur Deulort me presse. Il devient gênant, mais il m'est trop utile pour que je puisse m'en *défaire* sans attirer l'attention, vous comprenez ? Il nous faut donc nous dépêcher.

— Je ferai tout ce que je peux pour l'aider à recouvrer la mémoire, monsieur, promit-il.

Monsieur Burish s'empressa de lui demander :

— À ce propos, Doc, avez-vous consulté mon calepin ? Je l'avais remis à mon assistant. Il contient une hypothèse sur laquelle j'aimerais que vous vous concentriez.

Le psychiatre passa un doigt entre le col de sa chemise et son nœud papillon. Monsieur Burish le scruta, attendant sa réponse.

— Oui, je l'ai parcouru, dit-il enfin. Mais, monsieur, avec tout le respect que je vous dois, je ne suis pas certain que votre théorie soit…

Il hésita, mais monsieur Burish l'invita à poursuivre de son menton barbu.

— … soit valide, monsieur, avoua-t-il d'une voix mal assurée.

Monsieur Burish ne se vexa pas.

— Pourquoi donc ? demanda-t-il, ce sourire énigmatique toujours aux lèvres.

— Avec ce que j'ai vu sur les vidéos et ce que j'ai pu lire dans le cahier et aussi dans les différents dossiers, je pense, pour l'instant, et puisqu'aucune lésion n'apparaît…

— Venez-en au fait ! s'impatienta monsieur Burish.

— Je pense qu'il s'agit d'une amnésie dissociative avec un trouble de l'identité en réponse à un épisode traumatique, débita le psychiatre.

— Vous réfutez donc ma théorie ? s'enquit tranquillement monsieur Burish.

— Monsieur, encore une fois, sans vouloir vous manquer de respect, elle me paraît un peu…

— Oui ?

Il conclut plus bas :

— Un peu extravagante.

— Extravagante ?! répéta monsieur Burish tout haut.

Sans le regarder, le docteur tenta de s'expliquer :

— Ce que j'essaye de vous dire, c'est qu'il y a une justification rationnelle à tout ceci…

— Et ma théorie ne vous semble pas rationnelle, Doc ?

Ne sachant plus sur quel pied danser, l'intéressé se décida enfin à répondre avec franchise :

— Non. C'est de la science-fiction, monsieur.

Contre toute attente, monsieur Burish éclata de rire. Le pauvre psychiatre ne sut comment réagir.

— Vous n'êtes pas le premier à me prendre pour un illuminé.

— Ce… ce n'est pas ce que je… bégaya-t-il.

Monsieur Burish balaya ses propos d'un revers de main :

— Je suis un illuminé, affirma-t-il avec fierté. Et je sais que vous aussi !

— Vous vous trompez.

Monsieur Burish sourit.

— Je me trompe rarement. D'ailleurs, pourquoi, selon vous, ai-je fait appel à un ancien psychiatre, radié de l'ordre, si ce n'est parce qu'il est un illuminé tout comme moi ?

— Je ne comprends pas, balbutia le docteur. Je pensais que vous m'aviez contacté pour aider Cassandre à retrouver la mémoire.

— Et vous le ferez, si vous le voulez. Mais j'ai surtout besoin que vous confirmiez ou réfutiez mon hypothèse, après avoir rencontré Cassandre, bien sûr.

— Dans ce cas, je ne suis pas la personne qu'il vous faut.

— Allons, allons. J'ai lu vos travaux sur les phénomènes paranormaux. Vous vous y débattiez comme un beau diable !

— Ces idées datent d'une autre époque, une sombre époque, se dépêcha de répondre le psychiatre. Il n'y a rien de vrai là-dedans !

— Ah non ? s'amusa monsieur Burish. Vous y croyiez pourtant assez pour tuer l'une de vos patientes.

Le cœur du docteur manqua un battement. Les veines de son cou épaissirent.

— C'était un accident, s'étrangla-t-il.

— Ne vous inquiétez pas. Je m'en moque !

— Monsieur, parvint-il à articuler.

— Je connais toute votre histoire, Doc. Votre expérience de mort imminente, les visions qui en ont découlé, votre prise de conscience des forces surnaturelles qui nous entourent, votre *accident*, énuméra-t-il un sourire en coin.

— J'ai laissé tout cela derrière moi, se défendit le psychiatre.

— Oui, oui, je le sais bien, s'impatienta monsieur Burish. Vous êtes devenu *raisonnable*, ajouta-t-il dédaigneusement. Mais, voyez-vous, je n'ai pas fait appel à vous pour que vous restiez raisonnable. Je veux que vous rouvriez votre esprit à toutes les possibilités. Si vous finissez par observer, vous aussi, ce que je pressens chez elle, alors mon hypothèse était fondée, et je la considérerai comme valide. Si vous ne remarquez rien… Je ne vous cache pas que je serai déçu, mais ainsi va la science !

À ces mots, le psychiatre envisagea de le contredire, cependant, monsieur Burish s'avança vers lui, posa une main sur son épaule et la serra en murmurant à son oreille :

— Je suis sûr que vous ferez ce que j'attends de vous. Nous savons tous deux que vous avez besoin de ce travail, n'est-ce pas ?

Le docteur se tut.

— Faites-moi plaisir, ne reniez pas vos illuminations.

Et il ajouta d'un air grave :

— Elle est la clef, et le temps presse…

— La clef ? s'entendit demander le psychiatre.

— Oui ! Parfaitement ! La clef ! La clef de tout ! La réponse que j'attendais, et c'est l'univers qui me l'envoie ! s'emporta monsieur Burish.

On toqua à la porte. Frank passa la tête dans l'entrebâillement.

— Doc ? Elle est prête, déclara-t-il de sa voix nasale.

— Une seconde, fit monsieur Burish d'un ton sec.

L'infirmier se tordit le cou pour le voir.

— Oh ! Bonjour, monsieur Burish ! Je ne savais pas que vous étiez là. Je ne vous dérange pas plus.

La tête flottante disparut. La porte se referma. Monsieur Burish la contempla, l'air rêveur. Puis, sans crier gare, il fit volte-face et plongea les yeux dans ceux du psychiatre :

— À vous de jouer, Doc. Confirmez ou réfutez mon hypothèse, mais faites-moi avancer.

— Je vais creuser, promit l'autre à contrecœur.

— Je l'espère, répondit monsieur Burish en souriant. Sinon, à quoi me servirez-vous ?

Il rit et donna une tape dans le dos du docteur, qui en perdit ses lunettes. Ce dernier se baissa pour les ramasser, les remit d'un geste tremblotant sur son nez.

— Allons, allons, s'amusa monsieur Burish. Je suis certain qu'avec vous, le projet Cassandre est entre de bonnes mains. Si vous trouvez quelque chose, vous serez grassement récompensé, comme convenu. En attendant, n'hésitez pas à faire appel à mon assistant. Si vous avez besoin de quoi que ce soit, cherchez la chemise à carreaux parmi les blouses !

Son interlocuteur, fébrile, hocha la tête. Monsieur Burish sortit en riant, puis s'arrêta pour baisser les yeux sur la jeune femme menottée au fauteuil roulant. Il la scruta avec attention, presque avidité, mais elle détourna le regard.

Quand le psychiatre invita sa patiente à entrer d'une voix chevrotante, Frank la poussa aussi sec dans le bureau, l'arrachant sans le vouloir à l'examen de monsieur Burish. Globule, à l'approche des roues, sursauta et tenta de fuir, mais l'infirmier l'en empêcha en refermant du pied la porte derrière lui.

CHAPITRE 12 : ENTREVUE

L'infirmier s'excusa platement en arrêtant le fauteuil au milieu de la pièce :

— Navré de vous avoir dérangé tout à l'heure.

Le psychiatre le salua d'un signe de tête et se replaça près de son bureau, dans un silence que Globule troubla d'un grattement de griffes contre la porte.

— Vous avez une petite mine, commenta Frank.

Le docteur ajusta son nœud papillon.

— La nuit a été longue...

Frank prit la liberté de tirer l'une des chaises et de la repousser sans ménagement dans un coin. Elle racla le sol. Tous grimacèrent, elle plus que les autres.

— Faites attention au parquet !

— Il était déjà bien abîmé. Il grince de partout, regardez !

Il sautilla d'un pied sur l'autre, ne s'arrêtant que lorsqu'il remarqua la mine renfrognée du médecin. Il revint prestement au fauteuil roulant, qu'il poussa dans l'espace ainsi libéré, face au bureau, puis désigna Cassandre d'un ample geste de la main :

— Votre patiente !

Mais le psychiatre ne lui jeta pas un coup d'œil.

— Préférez-vous que je lui retire ses menottes ?

À ces mots, le docteur tiqua et osa enfin baisser le nez, arquant les sourcils en découvrant les poignets entravés de la jeune femme.

— Des menottes !

L'infirmier suivit son regard sans comprendre :

— Euh, oui, des menottes.

— En métal ? s'indigna-t-il.

Frank afficha un air contrit.

— C'était une idée de Robert, mon collègue.

— Pourquoi des menottes ?

— Elle s'en prenait aux soignants. J'en ai fait partie.

Disant cela, il désigna la cicatrice sur sa joue. Mais, comme les sourcils du psychiatre ne redescendaient pas, il ajouta :

— Et elle se faisait du mal à elle-même. Regardez ses bras. Enfin, pas celui-ci, avec le bandage, ça, c'est autre chose, mais...

— Mais pourquoi des menottes en métal ? N'avez-vous jamais entendu parler de contentions lors de votre formation ?

Frank se prit de passion pour le bout de ses pieds.

— C'est que, monsieur, je n'en ai pas vraiment suivi. Et puis, Robert voulait...

— Vous n'êtes pas infirmier ?

L'intéressé pinça les lèvres.

— Aide-soignant ? insista-t-il.

— J'ai juste été embauché par monsieur Burish...

Le psychiatre rajusta les lunettes sur son nez.

— Mais j'apprends vite, vous savez. Dites-moi ce qui ne va pas !

— Dès que possible, remplacez ça par des contentions, grommela le docteur.

Frank se gratta la tête.

— Ce sont des sangles !

— Je... je vais essayer de trouver ça.

— C'est une patiente, pas une prisonnière, se sentit-il obligé de le sermonner. Et détachez-la !

Frank s'empressa de défaire les menottes de la jeune femme, qui n'avait rien perdu de cet échange. Elle se frotta les poignets et sourit au psychiatre, reconnaissante.

— Qu'a-t-elle au bras ? demanda-t-il.

— Elle est tombée.

L'autre fronça les sourcils, mais ne dit rien.

— Vous pouvez nous laisser, dit-il à l'infirmier.

— D'accord. J'attendrai dans le couloir. Il ne faut pas hésiter à m'appeler en cas de problème !

— Je n'y manquerai pas, répondit le docteur, passablement énervé, avant de se rendre compte que Frank s'était adressé à sa patiente.

Ce dernier le salua, puis pivota sur ses talons. Globule, qui guettait une nouvelle ouverture de porte, tenta sa chance. Frank le vit et se glissa à l'extérieur à reculons, en veillant à ne pas le laisser s'échapper. Le félin, pris au piège, courut se cacher sous la banquette du petit salon. Le psychiatre passa derrière le paravent de dossiers dressé sur son bureau. Il s'abandonna à son fauteuil.

— Excuse-moi, dit-il en désignant le bazar, ce n'est pas dans mon habitude d'être si désordonné.

Alors qu'il écartait les tas qui l'empêchaient de voir sa patiente, celle-ci émit un timide :

— Bonjour.

Il eut un brusque geste de recul, et l'une des piles s'écroula. La plupart des feuilles se déversèrent sur le sol, virevoltèrent et s'éparpillèrent. Il n'en saisit qu'une au vol, qui eut toutefois le temps de passer sous le nez de Cassandre. Il se dépêcha d'aller ramasser les autres. Pendant quelques longues secondes, l'on n'entendit plus que le léger froissement du papier dans le froid silence de la pièce.

— Bonjour, répondit-il enfin en retournant s'installer à son bureau.

Ne sachant que faire de toutes ces pages, il les déposa dans un coin, pêle-mêle. Il remonta les lunettes sur son nez, saisit un stylo, qu'il fit cliqueter bien plus que nécessaire, s'empara du tableau qu'il avait imprimé avant l'arrivée de monsieur Burish et pivota vers son ordinateur. Il jeta un coup d'œil au calendrier, recopia la date, en profita pour corriger sur le papier la coquille qu'il avait laissée, puis s'efforça d'adresser un sourire chaleureux à sa patiente.

Elle le trouva bizarre et inquiétant.

— Sais-tu qui je suis et pourquoi l'on a fait appel à moi ?

Il semblait également se le demander. La jeune femme demeura muette.

— Je suis psychiatre. J'ai été engagé par monsieur Burish.

Elle le dévisagea en silence. Il se racla la gorge.

— Je viens t'aider à recouvrer la mémoire, ajouta-t-il en ajustant son nœud papillon jaune. Nous allons travailler ensemble pendant quelque temps, si tu le veux bien.

Elle ne cilla pas.

— Je suis là pour t'écouter avant tout, mais je te poserai aussi des questions pour te guider. Si tu ne sais pas y répondre, ce n'est pas grave, tu n'y es pas obligée.

Il attendit de voir si elle allait réagir, mais elle se contenta de le fixer de ses prunelles noires.

— Euh, alors, comment te sens-tu, ce matin ? lança-t-il en guise d'introduction.

Sa patiente haussa les épaules. Le docteur s'inclina vers elle, curieux d'entendre ce qu'elle allait ajouter, mais elle n'en fit rien.

— Que faisais-tu avant de me rejoindre ?

— J'ai pris une douche. Et mon petit déjeuner.

Il sourit. Ils pouvaient commencer.

— Était-il bon, ce petit déjeuner ?

— Oui. J'aime bien les gaufres.

À ce mot, le ventre du psychiatre gargouilla. Il n'avait rien avalé depuis hier, sinon des litres de café. Il opta pour une question plus sérieuse :

— Y a-t-il des événements dont tu voudrais me parler ?

Mais elle redevint aussitôt mutique. Il dut insister :

— Des souvenirs te sont-ils revenus ? De simples bribes, peut-être ?

Cassandre tourna la tête vers l'aquarium, se désintéressant de leur conversation. Le psychiatre croisa les mains, songea qu'il ne devait pas précipiter les choses.

— Tu aimes les poissons ? demanda-t-il à tout hasard.

— C'est la première fois que j'en vois. Enfin, je crois.

— Dans ce cas, tu préfères peut-être que l'on s'en rapproche en allant s'installer au petit salon ?

De longues secondes s'écoulèrent, mais elle finit par acquiescer. Le docteur s'empara donc d'un stylo, de sa feuille de notes et du premier dossier venu en guise de support.

— Tu peux marcher ?

Elle hocha la tête. Il lui tendit tout de même une main, mais elle ne la saisit pas, aimant mieux se relever par ses propres moyens. Il l'invita alors à s'asseoir sur la banquette. Lui s'installa dans le fauteuil, en face. Il soupira d'aise quand sa colonne rencontra le rembourrage. Voyant que sa patiente se tenait droite à l'excès, il dit avec douceur :

— Tu peux te laisser aller, Cassandre.

Elle le fusilla du regard.

— Non, pas Cassandre !

Puis elle se tortilla, regrettant son intervention, sèche, brusque, instinctive.

— D'accord, pas Cassandre, nota le psychiatre.

Rassurée, elle tourna la tête vers l'aquarium et s'abandonna à nouveau à sa contemplation. Il pesa chacun de ses mots :

— Si tu n'es pas Cassandre, qui es-tu ?

Elle ne réagit pas, au point que le docteur se demanda si elle l'avait entendu. Elle finit pourtant par répondre :

— Je suis l'autre.

— L'autre ? Peux-tu m'en dire plus ?

— Nous sommes une, divisées en deux. Je suis l'autre.

Elle ne quittait pas les poissons des yeux.

— Et toi, tu n'as pas de prénom ?

Elle baissa la tête en contemplant ses mains. Il avait visé juste.

— On ne m'en a jamais donné. Ils m'appellent tous Cassandre, mais je ne suis pas elle...

Elle dit cela d'une toute petite voix, en faisant rouler la gourmette à son poignet. Le psychiatre prit des notes.

— Tu pourrais t'en choisir un, proposa-t-il.

Mais elle tordit ses lèvres en une moue peu inspirée.

— Tu es libre d'être qui tu veux, l'encouragea-t-il.

Elle hocha la tête, lui sourit poliment, pourtant, il ne parvint pas à soutenir son regard. Il changea donc de sujet :

— Où est passé ce chat ?

Il observa partout autour de lui, mais ne vit rien. Sa patiente ne se donna pas cette peine : elle haussa les épaules une fois de plus.

— N'es-tu pas contente qu'il soit là ?

— C'est juste que... je ne le reconnais pas.

— C'est réciproque, on dirait, plaisanta-t-il.

Elle ne rit pas. Le docteur s'empressa de clore le sujet :

— Il finira bien par réapparaître.

Il remonta les lunettes sur son nez et reprit :

— J'ai lu dans les notes de monsieur Burish que tu entendais parfois une voix. Veux-tu bien m'en dire plus ?

Elle hésita, puis acquiesça.

— Bien. Alors, pour commencer, est-ce que tu entends cette voix comme la mienne, comme si elle te venait de l'extérieur ?

Il désigna ses propres oreilles du bout de son stylo, qu'il appuya ensuite entre ses yeux :

— Ou bien est-ce que tu l'entends à l'intérieur de toi, comme une conscience ?

Par inadvertance, il avait utilisé le stylo du mauvais côté. Un petit point apparut au milieu de son front. Ceci décrocha un sourire à la jeune femme.

— Vous avez un peu de... dit-elle en indiquant la marque.

Le psychiatre se frotta la peau du bout des doigts, cependant, cela ne fit qu'étaler l'encre.

— Un peu de sommeil serait salutaire, soupira-t-il.

Puis il la relança :

— Alors ?

Elle le regarda sans comprendre, avant de se souvenir de la question. Elle haussa d'abord machinalement les épaules, mais prit ensuite le temps d'y réfléchir. Pour cela, elle ferma les yeux :

— Un peu des deux. Elle est à la fois à l'intérieur et à l'extérieur.

Le psychiatre nota sa réponse.

— À quoi ressemble-t-elle ? Pourrais-tu me la décrire ? Par rapport à la tienne, par exemple, comment est-elle ? Plus aiguë, plus grave ? Parle-t-elle fort ?

— C'est la même.

— La même ?

— Oui, la même, répéta-t-elle.

— Tu veux dire la même voix que celle avec laquelle tu me parles ?

Elle opina.

— Donc, il s'agit de ta propre voix.

Il se pencha sur son tableau pour ajouter la remarque dans l'une des cases.

— Non.

— Non ? reprit le psychiatre, qui avait perdu le fil.

— Non, ce n'est pas ma propre voix, s'agaça-t-elle.

Il acquiesça, pensif, rayant la ligne pour la remplacer par une autre. Il veillait à faire en sorte que chaque mot, chaque phrase prît place dans l'une des cellules bien compartimentées du tableau. Sa calligraphie n'était toutefois pas plus claire que celle de monsieur Burish dans ses mauvais jours. Elle était moins appuyée, et les lettres qu'il traçait étaient si minces, si serrées entre elles, qu'il devenait compliqué de les déchiffrer.

— L'entends-tu en ce moment, cette petite voix ?

— Mal, avoua-t-elle après quelques secondes. Mais elle est là.

— D'accord, dit le psychiatre.

Il replongea aussitôt le nez dans ses notes. Il dut tourner la page au milieu d'une phrase et s'attaquer au verso. Elle bruissa dans le silence qui s'était installé.

— Elle n'a rien à déclarer pour l'instant, ajouta-t-elle, mais je sens qu'elle écoute.

Disant cela, elle pivota vers un coin de la pièce. Le psychiatre tressaillit, sans trop savoir pourquoi. La pointe de son stylo eut un raté.

— Je l'entends plutôt la nuit, surtout lorsque je n'arrive pas à dormir, poursuivit-elle. Mais elle n'est pas toujours très nette.

La voix de la jeune femme, elle, s'éclaircissait au fur et à mesure et perdait de sa rocaille. Son timbre gardait cependant un peu de son voile, ce qui lui donnait cet étrange écho. Le stylo du psychiatre reprit là où il s'était arrêté en raclant plus énergiquement le papier, qui noircissait à vue d'œil.

— Tu fais toujours des cauchemars ?

Elle fit non de la tête.

— D'accord, nous en reparlerons. Concentrons-nous sur cette histoire de voix pour l'instant. Est-ce qu'il y a d'autres moments où tu la sens plus présente ?

Elle réfléchit.

— Oui, je l'entends aussi beaucoup quand monsieur Deulort est avec nous.

Le psychiatre releva le nez.

— Ton père ?

Une ligne se dessina entre ses sourcils.

— Le père de Cassandre, le corrigea-t-elle.

Elle se détourna et suivit des yeux deux poissons qui se poursuivaient. Le docteur l'observa un instant, puis se remit à écrire. Bien qu'il eût serré les lettres, il commençait à manquer de place. Il se résigna à sortir des cases.

— À ton avis, pourquoi l'entends-tu davantage quand tu es avec ton père ? Je veux dire, avec monsieur Deulort.

— On dirait que ce corps le reconnaît, expliqua-t-elle à voix basse, presque pour elle-même.

— C'est une drôle de façon de parler de soi.

Elle se tut. Il la pointa du bout de son stylo :

— Si je comprends bien, tu as l'impression que ce corps n'est pas le tien.

Elle battit des cils un peu plus rapidement qu'à son habitude, sans répondre. Le psychiatre attendit. Elle finit par acquiescer, à contrecœur. Il en prit note.

— C'est sans doute dû à la perte de mémoire, dit-il tout haut.

— C'est ce qu'ils m'ont dit...

Il releva la tête et ajusta ses lunettes.

— Quel est ton souvenir le plus ancien ?

Elle haussa les épaules.

— Prends ton temps, insista-t-il.

Alors, elle referma les yeux pour se concentrer.

— Je crois, répondit-elle sans les rouvrir, que c'est le jour où je me suis réveillée ici.

Ne laissant pas le psychiatre parler, elle ajouta d'une traite, les paupières toujours closes :

— Il y avait monsieur Deulort à mon chevet. Je m'en souviens bien. Il était très heureux. Puis les médecins et monsieur Burish sont arrivés. Je ne sais plus ce qu'ils m'ont dit ni ce qu'ils se disaient entre eux, seulement que quelque chose en moi implorait le silence...

Quand elle rouvrit les yeux, elle dévoila deux petites billes au noir profond qu'elle plongea dans ceux du docteur. À nouveau, ce regard le frappa. Peut-être était-ce parce qu'il ne pouvait discerner ses iris, mais il se figea sur place, la pointe du stylo à quelques millimètres du papier. À cet instant, la pompe de l'aquarium crachota une bulle d'air. Le psychiatre sursauta. Pour se redonner une contenance, il s'éclaircit la gorge, renfonça les lunettes sur son nez.

— Et, euh, tu ne te souviens de rien de ce qui a précédé ton réveil ?

Elle fit non de la tête alors qu'il s'accrochait à son stylo.

Considérant son tableau rempli, le docteur déclara :

— J'aimerais que l'on essaye un petit exercice, si tu le veux bien.

CHAPITRE 13 : HYPNOSE

— *Il se tient trop penché sur la feuille pour que je puisse lire*, pestai-je par-dessus l'épaule de ce doc.

À quoi bon être invisible si l'on ne peut pas en profiter pour jouer les espionnes ? *Tu parles d'un superpouvoir !* râlai-je de plus belle. Mon autre moi-même me sollicita tout à coup :

— *Tu crois qu'on peut se fier à lui ?* me demanda-t-elle en pensée.

Assise sur la banquette, imperturbable, elle n'avait rien laissé transparaître de cette question muette.

Je voulus lui répondre que je n'en étais pas bien sûre, que cet homme ne m'inspirait pas confiance, mais que nous n'étions pas obligées d'avoir une foi aveugle en lui. J'eus envie de lui rappeler qu'au fond, nous n'avions pas bien d'autre choix que de l'écouter, qu'après tout, nous ne risquions pas grand-chose et que son petit exercice serait toujours plus distrayant que les murs blancs de notre cellule. Mais, dans les faits, il restait très difficile de mener une conversation avec elle. Lui parler me coûtait beaucoup d'énergie. Il fallait me frayer un chemin dans son esprit, ouvrir un canal entre nous. Je ne le réussissais qu'imparfaitement, et pas systématiquement. D'autres fois, sans pouvoir me l'expliquer, elle entendait tout ce que je pensais.

— *Rien... à perdre*, parvins-je à murmurer.

Elle acquiesça et se laissa aller contre le dossier.

— Que dis-tu ? demanda le psychiatre.

Nous le scrutâmes. Nous avait-il entendues ?

— Je n'ai rien dit.

Il remonta les lunettes sur son nez.

— Il m'a semblé que tu avais parlé... Je suis sans doute très fatigué ! Es-tu d'accord, alors, pour te soumettre à ce petit exercice ?

Elle hocha la tête.

— Tout à l'heure, tu as fermé les yeux pour te replonger dans ton premier souvenir, fit-il remarquer. Mon exercice fonctionne un peu sur le même principe. Tu vas tâcher de te détendre et de te recentrer sur toi-même.

Elle était tout aussi sceptique que moi, et je m'en amusai.

— Trouve-toi une position confortable. Essaye de te coucher, par exemple. Et ferme les yeux.

Elle obéit, s'allongea sur la banquette, les épaules du côté de l'aquarium, les paupières closes.

— Tu es bien installée ?

Non, elle ne l'était pas. Je devinais que cette banquette était effroyable pour notre dos. Elle gesticula d'ailleurs et remonta un peu, jusqu'à renverser la tête dans le vide. Cela intrigua le psychiatre :

— Es-tu sûre que c'est une position confortable ? Ne risques-tu pas d'avoir mal à la nuque ?

Elle ne répondit pas. Elle rouvrit les yeux et contempla les poissons. Que leur trouvait-elle de si intéressant ? Je me rapprochai pour les regarder de plus près, histoire de passer le temps, moi aussi.

— Je vais prendre ça pour un oui.

Le doc sourit et rangea son stylo dans la poche de sa chemise.

— Je vais éteindre la lampe, pour que tu ne sois pas éblouie.

Il traversa la pièce en quelques pas, en profita pour déposer sur le bureau sa feuille de notes et le dossier qui avait servi de support, puis appuya sur l'interrupteur. Il se dirigea ensuite vers la fenêtre et baissa les stores, mais cela ne changea pas grand-chose : le temps s'était couvert, et l'ouverture minuscule laissait à peine passer la lumière. Le psychiatre prit quelques secondes pour habituer ses yeux à l'obscurité, puis retourna s'asseoir face à mon autre moi-même.

Il ne restait, pour éclairer la pièce, que l'écran de veille de l'ordinateur et les néons de l'aquarium. Ils projetaient des ombres en tous sens qui s'allongeaient, se multipliaient, se superposaient. À cause des reflets de l'eau mouvante, ces ombres se mirent à danser sur les murs. Je tapotai sur la vitre. Cela n'eut, bien sûr, aucun effet.

— Ferme les yeux et laisse-toi guider par le son de ma voix, murmura le docteur.

Elle aurait préféré continuer à regarder l'ondoiement à la surface. Je devais le reconnaître, il y avait quelque chose d'hypnotique là-dedans. Elle imprima donc cette image sous ses paupières, puis finit par les abaisser.

— Bien, dit tout bas le psychiatre. Concentre-toi sur ton corps.

Elle protesta en pensée contre cette formule. Elle le lui avait déjà dit : celui-ci n'était pas le sien. Je songeai, moi, qu'il fallait bien qu'il fût à quelqu'un.

— Focalise ton attention sur son poids, sur son contact avec la banquette, sur la façon dont il s'y enfonce.

Quelle idée farfelue !

Après quelques minutes, je dus pourtant admettre qu'elle s'apaisait. La voix du doc était calme, harmonieuse, régulière... Et propice au sommeil !

— C'est bien. Imagine que tu es en train de faire le tour de toi-même avec un crayon, en partant du sommet de ton crâne jusqu'à tes doigts de pieds.

Je m'amusai de cette nouvelle consigne. Comptait-il ensuite lui demander d'installer de la rubalise et de se prendre pour un cadavre tout fraîchement découvert par les flics ? Le psychiatre laissa quelques secondes s'égrainer, puis poursuivit sur le même ton :

— À présent, concentre-toi sur tes orteils, la plante, puis les talons. Sens-tu comme ils sont lourds ?

— Oui, souffla-t-elle.

Le doc opina, satisfait. J'écoutai un instant les battements de notre cœur, de son cœur. Ils étaient réguliers. Jamais elle n'était parvenue à se détendre ainsi – du moins, pas sans l'injection de quelque substance...

— Si tes pensées s'égarent, ce n'est pas grave. Pour l'instant, contente-toi de les ramener vers toi.

Son dernier mot se perdit dans son propre bâillement.

— Avec lenteur, tu vas remonter le long de ton corps en suivant les contours imaginaires que tu as tracés.

Sa voix, à nouveau, se fit douce, plus douce encore, car alanguie. Nos paupières étaient lourdes. J'étais prête à parier que celles du doc l'étaient tout autant. Il les ouvrait et les fermait de plus en plus paresseusement.

— Essaye à présent de ressentir ton pouls au niveau de tes mollets, puis de tes genoux, et de tes cuisses, énuméra-t-il sans énergie. Remonte lentement, très lentement, jusqu'à tes hanches, ton pubis, et enfin, ton ventre. Sens-tu ce dernier se gonfler et se dégonfler avec cette calme régularité ?

Le psychiatre semblait sombrer dans un état proche de la somnolence. Mon autre moi-même le rejoignait dans cette lenteur. J'en étais affectée, moi aussi. À mon tour, j'eus envie de bâiller. Elle le fit à ma place.

— Passons aux mains... poursuivit-il. Ressens leur poids, la façon dont elles sont posées, leurs points de contact avec le tissu, avec le reste de ton corps.

Sereine, elle était concentrée sur la voix du doc et sur ses consignes. Il tourna la tête vers l'aquarium et contempla, lui aussi, l'ondulation hypnotique des plantes. Chaque nouvelle phrase semblait lui coûter des efforts monstrueux.

— Dirige ton esprit vers les pulsations dans les paumes de tes mains, puis au-dessus... au niveau de tes poignets... de tes avant-bras... dans le creux de ton coude...

Le bandage la démangea, elle tenta d'en faire abstraction.

— Remonte lentement, plus lentement encore, jusqu'à tes

épaules. Et relâche-les, dit-il dans un souffle.

Ce furent les siennes qui retombèrent. Et elle, elle soupira, détendue.

— Nous allons passer à la tête. Essaye d'en dessiner les contours comme tu l'as fait jusqu'à présent. Cette fois, du sommet du crâne jusqu'à la nuque. Desserre les dents, libère tes mâchoires. Laisse ta langue reposer dans ta bouche…

Le psychiatre étouffa un énième bâillement en pressant le poing contre ses lèvres, puis glissa un doigt sous ses lunettes pour essuyer son œil larmoyant. Je m'assis au bout de la banquette, à côté d'elle, l'esprit ensommeillé.

— Comment te sens-tu ?

— Bien, dit-elle tout bas, quelques secondes plus tard.

— Parfait. Relâche la tension qu'il te reste au niveau du front. Ne fronce plus les sourcils. Ne les arque pas non plus. Ne force plus sur tes yeux. Non… Laisse tes paupières fermées, reposées. Profite du calme. Inspire en profondeur par le nez et suis le passage de l'air, de tes narines à tes poumons, de tes poumons à tes narines. Lentement. Voilà, très lentement… Puis expire par la bouche, doucement. Très doucement…

Notre poitrine se souleva et s'abaissa, paisible.

— Respire de cette façon encore trois fois… Nous allons compter ensemble. Un… deux… et trois… énuméra-t-il au rythme de ses propres soupirs.

Le calme de cette séance et notre engourdissement avaient empli la pièce d'une atmosphère tranquille. Le doc regardait sa patiente sans la voir. Il était perdu dans le vague. Il dut faire un effort considérable pour s'arracher à sa léthargie :

— Es-tu prête ? souffla-t-il. Nous allons pouvoir nous occuper de ta mémoire. Garde les yeux fermés et concentre-toi bien sur ta respiration. Est-ce que tu retiens toujours tes pensées ? Ce n'est plus la peine. Libère-les. Laisse-les aller… Laisse-les vagabonder, se poser où elles le veulent.

Tandis que nos idées se mêlaient, se démêlaient, s'entremêlaient, se déliaient, il se tut quelques longues minutes. J'eus l'impression de l'entendre avec plus de netteté ensuite.

— Où vont-elles ? Où vont tes pensées ? Dis-moi ce que tu vois, ce que tu ressens.

Elle entrouvrit les lèvres, mais aucun son n'en franchit le seuil.

— Prends ton temps, chuchota-t-il.

— Je vois... l'homme que j'ai vu cette nuit, souffla-t-elle au bout d'un moment.

Je le contemplai, moi aussi, à travers sa mémoire. Un garçon, grand, à la peau pâle et aux cheveux roux. *Encore lui !* pensai-je en vain. *Passez-moi le bidon de javel, que j'en finisse !* Mais très vite, la vision se brouilla. Il ne resta plus que les yeux de ce type, où dansaient quelques flammes.

— Tu as vu un homme cette nuit ? s'étonna le psychiatre.

— Oui, dans mes rêves.

— Ah, je comprends mieux. S'agit-il d'une personne que tu connais ?

Mon autre moi-même fronça les sourcils. Non, nous ne le connaissions pas. Il ne m'était pas même vaguement familier.

— Je ne l'ai jamais rencontré ailleurs que dans mon esprit, expliqua-t-elle tout bas.

Le psychiatre regarda autour de lui, cherchant sa feuille et son stylo, mais il les avait reposés sur son bureau un peu plus tôt.

— Peux-tu me le décrire ?

Elle en dressa un bref portrait.

— J'entends aussi sa voix, précisa-t-elle.

Le doc se pencha, vérifiant que ses notes ne se trouvaient pas par terre, sous son fauteuil.

— Comment est-elle ?

Sa question nous parvint du bout de la pièce. Il s'était levé et fouillait son bureau à la lueur de l'écran de l'ordinateur.

— Elle n'est pas très claire. On dirait qu'il y a d'autres voix avec la sienne. C'est difficile à expliquer, mais celles-ci, je suis certaine de ne pas les entendre avec mes oreilles. Elles sont moins… Elles sont plus… profondes, acheva-t-elle.

— Pas avec tes oreilles, se répéta le docteur à voix basse, sans doute en vue de mémoriser cette remarque et de la consigner.

Il mit enfin la main sur son tableau. Il ne lui manquait plus que son stylo…

— Je sais que ça peut paraître insensé, fit-elle, mais je suis presque sûre qu'il existe, quelque part dans ce monde. Sauf que je ne l'ai jamais croisé avec ce corps.

Ses mots piquèrent la curiosité du psychiatre, qui releva la tête et l'observa. Il revint s'asseoir, sans rien pour écrire.

— Comment cela ? demanda-t-il.

— J'ai… J'ai l'impression de le rencontrer ailleurs, ailleurs qu'ici.

— Ailleurs que dans ton sommeil ?

Il remonta les lunettes sur son nez.

— Je ne sais pas. Peut-être. Mais ça ne ressemble pas à un rêve. Pas complètement. Il y a quelque chose… Quelque chose d'autre.

— Es-tu sûre que ce n'est pas quelqu'un de ton passé ?

— Certaine. Lui, je m'en serais souvenue.

Le psychiatre croisa les jambes.

— Bon, dans ce cas, nous en parlerons lors de notre prochaine séance. Concentrons-nous d'abord sur ton amnésie.

Elle acquiesça, et il reprit d'une voix douce et monocorde :

— Détends-toi. Laisse à nouveau tes pensées t'échapper, mais cette fois-ci, guide-les, oriente-les. Oblige-toi à rebrousser chemin, à revenir en arrière, dans ton passé, à fouiller le fond de ta mémoire…

Nos esprits s'embrumèrent.

— Visualise ton réveil ici, à côté de monsieur Deulort. Puis, retourne-toi sur ce qu'il y avait avant cela. Souviens-toi. Souviens-toi… répéta-t-il plus bas.

Il essaye de nous marabouter, me moquai-je.

Tandis qu'elle refermait les yeux, j'ouvris les miens et restai alors stupéfaite : entre elle, le psychiatre et moi, au beau milieu de la pièce, dansait un point blanc, scintillant !

CHAPITRE 14 : EMPORTÉE

Je restai interdite devant la curieuse lumière, cet étrange feu follet, qui venait d'émerger entre le psychiatre, mon autre moi-même et moi, et qui commençait à s'élargir, à grossir, à s'étendre, se distendre. Il prit une forme rectangulaire, puis son éclat se tarit, et je dus alors me faire à cette idée : ce que je contemplais était bel et bien une immense porte blanche, matérialisée là comme par enchantement, au beau milieu de la pièce.

— Je crois que j'aperçois quelque chose, déclara mon double.

Quelque chose ! Comment cela, quelque chose ? C'était une porte, une véritable porte, sortie de nulle part !

— Je ne pense pas que ce soit un souvenir de mon passé. Je ne sais pas ce que c'est...

Ne la voyait-elle donc pas ?

— Continue, chuchota le psychiatre.

Il ne voyait rien non plus. Étais-je la seule à avoir remarqué cet énorme battant, là, en lévitation, en plein milieu du tapis ?

J'avais eu mon lot de découvertes fabuleuses : mon invisibilité, mon inaudibilité, ma capacité à traverser les murs, mais pas le sol et certains meubles, mon lien paranormal à ce corps qui ne m'appartenait plus... Mais une porte magique ? Ça, c'était nouveau. Et intéressant. Je m'en approchai avec prudence. Dans son bois blanc était grossièrement gravée une étrange spirale dorée dont je suivis les courbes. Celles-ci, tout en rondeurs, partaient du centre, tourbillonnaient et s'enroulaient les unes autour des autres.

À l'instant même où la simple pensée de l'ouvrir m'effleura, le battant grinça en s'écartant tout à fait, comme s'il avait lu dans mon esprit. Stupéfaite, je me retrouvai à contempler ma propre image. Dans un miroir ? Non, l'aspect était trouble. Je m'y repris à plusieurs fois, mais osai toucher cette matière du bout des doigts. Mon reflet se mit à ondoyer. De l'eau ? Plutôt de l'acier liquide. J'y plongeai la main, sans rien ressentir. Soudain, l'étrange surface se transforma en cascade, emportant mon image. Je reculai d'abord, mais envisageai ensuite de la traverser. Que risquais-je à jeter un coup d'œil ?

— Il y a sans doute un blocage. Cherche encore, remonte plus loin, entendis-je insister le psychiatre.

Je crus un instant qu'il s'était adressé à moi, mais non. Elle, qui n'avait pas bougé, prit une grande inspiration et renversa un peu plus la tête en arrière. Il y eut une minute de silence. Un long et terrible silence. Dehors, il s'était mis à pleuvoir. Les gouttes frappaient la vitre entre les barreaux.

Quand mon autre moi-même commença à remuer d'une manière étrange, je compris que quelque chose n'allait pas : une ombre était en train de s'extraire de notre organisme, par tous les pores de sa peau. Cette ombre prit forme humaine et vint se tenir à mes côtés. Je restai pétrifiée. Heureusement, elle m'ignora, fit un pas en avant, vers la cascade, puis se jeta sans hésiter à travers elle. Je fixai, hébétée, l'eau qui l'avait absorbée.

— Je ne vois rien du tout, déclara notre corps, un tremblement dans le timbre.

— C'est normal, ce n'est que le déb…

— Non. C'est un monde de ténèbres, le coupa-t-il d'une voix blanche. Elles sont partout. Il n'y a que le vide. Il n'y a que le vide !

— Tout va bien, tout va bien, voulut le rassurer le psychiatre.

Mais, d'un ton neutre à glacer le sang, il, elle, notre corps, chuchota :

— C'est un univers sans chaleur. La vie n'y a pas sa place.

J'en eus la chair de poule, si cela était encore possible. Le doc n'en menait pas large non plus. Il déglutit et arrangea ses lunettes. Son bras effleura la poche de sa chemise où il retrouva enfin son stylo égaré. Il l'en extirpa et le fit cliqueter fébrilement. Le bruit résonna dans l'épais silence, au milieu de la pluie battante. Il l'appuya sur la feuille, la main tremblante, mais sans parvenir à écrire quoi que ce soit. Le tonnerre se mit à gronder.

— C'est... c'est un début, balbutia-t-il.

Il me sembla que la pièce s'était rafraîchie. Un reflet passa sur les lunettes du doc. Sa vision, fixée sur mon double, parut l'entraîner malgré lui vers d'étranges conjectures. Je sentis son inquiétude à lui à travers sa peau à elle. Tout à coup, ses yeux, mes yeux, les nôtres – je ne savais plus ! – se révulsèrent ! Le psychiatre manqua de tomber à la renverse. Puis ceux-ci restèrent écarquillés, n'exprimant plus rien : ni peur ni joie, rien. Le doc retira ses lunettes, appuya les doigts sur ses paupières. J'eus, moi, l'effroyable impression de me retrouver face à une morte, à mon propre cadavre. Cela dit, ce n'était que la deuxième fois !

Quelque chose détourna mon attention. Ça avait bougé, là, dans le dos du médecin ! Je fouillai la pièce, mais ne vis rien.

— C'est la caféine ou le manque de sommeil, c'est la caféine ou le manque de sommeil, scanda le psychiatre.

Il s'obligea à rouvrir les yeux, remit de ses doigts tremblants les lunettes sur son nez et pivota avec lenteur pour regarder à son tour derrière lui. Comme moi, il ne remarqua rien. Quelques gouttes perlèrent sur son front. Il reporta son attention sur sa patiente, toujours immobile, et sur ses horribles globes. Il inspira, une main sur le cœur, puis se pencha vers elle, vers nous.

— C-Cassandre ? l'appela-t-il en la poussant de l'ongle.

Un éclair fulgurant zébra le ciel et illumina la pièce au moment où leurs peaux entrèrent en contact. Une masse sombre surgit alors de sous la banquette. Le doc étouffa un cri. L'ombre noire s'arrêta net face à lui. Ce n'était que Globule ! Mais le soulagement ne dura pas : celui-ci, les yeux brillants, les oreilles en arrière, fixait très précisément quelque chose derrière le fauteuil. L'animal se mit à faire le dos rond, hérissant tous ses poils et crachant, se déplaçant en crabe pour contourner l'obstacle invisible pour nous, puis il courut se tapir sous le bureau, à l'autre bout de la pièce. Le psychiatre, qui tremblait déjà de la tête aux pieds, bondit de son siège.

— Arrêtons-nous là pour aujourd'hui ! s'étrangla-t-il.

Il fendit l'air et atteignit l'interrupteur. La lumière ne chassa qu'une partie des ombres, mais elle révéla la pâleur du docteur et me donna à voir ses cernes noirs. Mon autre moi-même ne réagit pas, ne bougea pas, ne cligna pas. Pourtant, la blessure sur son bras se rouvrit soudain, et le sang imbiba le tissu blanc. Le psychiatre, découvrant cela, se jeta sur la porte, arrachant presque la poignée. Il se raccrocha à l'encadrement, luttant pour ne pas détaler comme un lapin. Il héla l'infirmier qui attendait un peu plus loin.

— Nous avons fini ! Ramenez-la et menottez-la ! ordonna-t-il.

Sa voix suraiguë surprit l'intéressé, qui accourut. Il le dévisagea en passant, mais se rendit au chevet de sa patiente.

— Qu'est-ce qu'elle a ? demanda-t-il, soucieux.

Le psychiatre, livide, se borna à secouer la tête. Sa protégée gardait les yeux écarquillés, rivés sur l'aquarium. Elle ne s'en détacha pas, même lorsque l'infirmier la releva. Son crâne, lourd, retomba. Frank dut glisser une main sous sa nuque. La porte blanche au milieu du tapis noir commença à se rabattre.

— Tout va bien ? s'inquiéta Frank.

Alors, seulement, ses paupières s'abaissèrent, lestées. Ses lèvres murmurèrent, somnolentes :

— Je suis… à l'étroit… J'ai besoin… d'espace…

Frank jeta un regard perplexe au psychiatre, qui s'en détourna. L'autre n'insista pas et l'installa dans son fauteuil. Elle ne protesta pas, se laissa faire mollement. Je la sentais vidée de toute énergie. Sa tête roula d'un côté, puis de l'autre, avant de retomber en avant. Frank hésita à lui remettre les menottes, mais les fourra dans la poche de sa blouse. Il jeta un dernier coup d'œil au médecin, toujours aussi pâle, et murmura à sa patiente :

— Qu'est-ce qui lui prend ? On dirait qu'il a vu un fantôme…

Mais elle ne répondit rien, alors il poussa le fauteuil hors de la pièce. Moi, je demeurai en arrière, près de la banquette, encore sous le choc. Il me fallut quelques secondes pour prendre conscience qu'elle s'était éloignée et surtout pour comprendre que le lien entre elle et moi s'était distendu, allongé. Ce matin même, je n'aurais pas pu me tenir à une telle distance de notre corps !

Le psychiatre était resté sur le seuil. Il hésitait à retourner dans son bureau. Le parquet grinça dans un coin où ni lui ni moi ne nous trouvions. Cela lui suffit ! Il claqua le battant de toutes ses forces en laissant tout en plan derrière lui. Je scrutai l'angle d'où le grincement était venu, mais ne vis rien. La porte blanche, en revanche, lévitait toujours au même endroit. Elle continuait à se refermer. Il ne restait plus qu'un tout petit interstice.

Mue par je ne sais quel instinct, par je ne sais quelle imprudente curiosité, je l'arrêtai du pied. Qu'avais-je à perdre ? La vie ? Juste avant de traverser la cascade, j'entraperçus une ombre qui me fixait.

SAUGE, N. F.

Du latin « *salvia* », du verbe « *salvare* », « sauver ».

La sauge est une plante de la famille des Labiacées, dont les différentes variétés servent de plantes ornementales et sont utilisées en cuisine ou sont connues pour leurs propriétés médicinales ou ésotériques.

La sauge blanche est par exemple utilisée dans les rituels chamaniques pour bénir, purifier et guérir. Sa fumigation permettrait d'accéder à une dimension sacrée.

II

CHAPITRE 1 : ORAGE DANS L'AIR

Dans une ville à une cinquantaine de kilomètres de là, loin des manigances de monsieur Burish, vivaient trois colocataires mal assortis. Deux d'entre eux, Lucien et Gabriel, rentraient ce soir sous une pluie torrentielle, dans la solitude d'une rue pavée. Ils avaient été surpris par un orage lors d'une course à pied.

— Reviens, Lucien ! s'égosilla Gabriel.

L'intéressé, qui l'avait distancé, ne lui répondit pas. Gabriel pressa le pas. Sous le hâle de sa peau mate, ses joues avaient un peu rosi, échauffées par l'effort. Il enjamba une flaque que Lucien venait de troubler de son talon et traversa la route après lui. Ce dernier s'évertuait à mettre le plus d'espace possible entre eux. Pourtant, Gabriel pouvait le suivre de loin, puisqu'il se fondait mal dans la grisaille de la ville : le rougeoiement de ses cheveux, ternis, car gorgés d'eau, restait reconnaissable à plusieurs mètres.

Lucien marchait tête nue, vainement penché en avant pour éviter le ruissellement vers ses yeux. Son survêtement était si bien imbibé, qu'il paraissait noir. De son côté, Gabriel s'était réfugié sous sa capuche. Avec soin, il y avait mis ses bouclettes brunes à l'abri et carrait les épaules de peur que le tissu n'en glissât.

La pluie avait diminué, mais tout autour d'eux, l'eau continuait à jaillir des gouttières, dévalant dans les caniveaux, emportant feuilles et ordures avec elle.

— Lucien ! tenta à nouveau Gabriel.

Ils atteignirent l'un après l'autre l'avenue principale. Gabriel entreprit de longer les murs pour profiter des quelques pans de trottoirs épargnés par l'orage grâce aux corniches, aux porches et aux devantures. Lucien, lui, accéléra. Il y avait du monde dans les rues. Il essaya de fendre la foule, mais se la prit de plein fouet. Derrière lui, Gabriel esquiva le ballet des parapluies pressés et fila à contre-courant sans même se faire remarquer.

Il n'était plus qu'à quelques mètres de Lucien. Il contourna le brouhaha des restaurants où les gens s'amassaient plus tôt qu'à l'accoutumée et le rattrapa presque. Des effluves de nourriture flottaient sporadiquement dans l'air humide, contrastant avec les odeurs d'urine qui, malgré un bitume lavé à grandes eaux, restaient tenaces. Elles se mêlaient de façon écœurante aux fumées des pots d'échappement. Le trafic demeurait toujours très dense par ici.

Gabriel descendit du trottoir et longea des voitures garées sur le bas-côté. Au milieu des klaxons mécontents et impatients, la pluie battait sur les toits, tintait, claquait. Les gouttelettes, sur les parebrise, reflétaient en de minuscules kaléidoscopes colorés et brillants les écrans de publicité et les enseignes lumineuses des boutiques. Lucien emprunta un passage piéton. Le feu devint rouge pour Gabriel, vert pour les automobilistes, mais l'embouteillage était tel, que les véhicules ne purent avancer que d'un mètre ou deux. Gabriel remercia un conducteur et se faufila sur les traces de Lucien, entre le chuintement des essuie-glace et le ronflement des moteurs.

— Lucien ! Attends-moi !

Entre deux immeubles, un éclair fendit le ciel, surpassant un instant les lumières artificielles. L'orage gronda quelques secondes à peine plus tard. Le tonnerre roula dans l'air, grogna contre les murs et les voitures. Sa menace éclipsa le tapage nocturne de la ville. Cette dernière se tut, très brièvement, comme la cigale que l'on surprend, avant de reprendre ses vibrations incessantes. Au loin, la sirène d'une ambulance annonça un malheur.

Lucien emprunta une rue moins bondée. Gabriel trottina et parvint enfin à le rattraper. Lorsqu'il l'atteignit, Lucien grommela, tout en évitant une énième flaque noire :

— À cause de toi, je vais perdre mes orteils. Ils sont congelés !

Il posa le pied sur l'une des rares plaques d'égout à ne pas être submergée, qui résonna entre les immeubles. Un peu d'eau gicla du bout de ses chaussures.

— Roh ! Arrête de râler ! Il fallait bien faire du sport, c'est important pour ta santé !

Gabriel le dépassa, un sourire aux lèvres, bien à l'abri sous sa capuche.

— Ton cœur me remerciera un jour !

— À l'avenir, laisse mon cœur tranquille, bougonna Lucien.

Une voiture déboula dans la rue, roula à toute vitesse dans une flaque devenue mare, qui retomba en cascade boueuse sur Lucien. Gabriel bondit à temps sur le côté et fut ainsi épargné. Il se remit en marche, sans remarquer que son ami, derrière lui, avait connu un sort différent.

— Gabriel… l'interpella Lucien entre ses dents.

— Oui ?

Limité par sa capuche, il dut pivoter tout entier sur ses jambes pour lui faire face. Il découvrit alors Lucien, trempé de la tête aux pieds, et ne put s'empêcher de pouffer.

— Je te déteste.

— Je n'y crois pas une seule seconde, s'amusa Gabriel d'un air mutin.

Lucien, tout dégoulinant, le dépassa en ronchonnant. Gabriel trotta derrière lui.

— Allez, Luce, arrête de bouder ! Je pouvais pas deviner qu'il allait pleuvoir ! Tu ne vas quand même pas encore prendre la foudre de tempête ?

Lucien s'immobilisa, les sourcils froncés, puis une lueur de compréhension traversa son regard.

— On dit « prendre la poudre d'escampette », Gab, soupira-t-il. Ester te l'a déjà demandé : laisse tomber les expressions.

— Poney blanc, blanc poney, répondit Gabriel en haussant les épaules.

Lucien leva les yeux en se remettant en marche.

— « Bonnet blanc, blanc bonnet », le corrigea-t-il.

Ils s'aventurèrent dans une rue étroite et déserte.

— Tu m'en veux pour de vrai ? Luce, attends !

Alors que son ami passait sous le ciel de pluie d'un lampadaire, Gabriel parvint à lui agripper le bras. Lucien fit volte-face, se planta devant lui.

— Pourquoi n'as-tu pas regardé la météo ?

— Parce que toi, tu l'as regardée, peut-être ?

— Il se trouve que moi, je ne t'ai pas forcé à aller courir !

— Forcé ! s'indigna Gabriel. Tu exagères !

Lucien pinça les lèvres.

— D'accord, d'accord, je téléchargerai une application, abdiqua Gabriel.

Lucien arqua les sourcils, et une goutte d'eau ruissela dangereusement vers sa bouche.

— Tu veux dire que, parmi toutes celles présentes sur ton téléphone, tu n'en as pas même une pour la météo ?

Gabriel haussa les épaules.

— En revanche, le pseudo-traducteur canin installé hier, ça, tu t'es dit que c'était utile !

— On aurait pu rencontrer un chien pendant notre balade, tenta Gabriel.

Lucien lui fit les gros yeux.

— La prochaine fois, penses-y avant de me traîner dehors, soupira-t-il.

— La prochaine fois ? répéta Gabriel, aux anges.

— Ne t'emballe pas.

Mais Gabriel le poussa de l'épaule. Ils échangèrent un sourire complice. Lucien essaya de dissimuler le sien sous une fausse rancœur, sans y parvenir tout à fait. Gabriel, qui n'avait pas lâché son bras, resserra sa prise.

— Tu m'exaspères, murmura Lucien en posant la main sur la sienne.

Des perles d'eau sur les cils, il baissa la tête lorsqu'il croisa les yeux brillants de Gabriel.

— Allez, viens, on va se mettre au sec.

Ils s'éloignèrent peu à peu du réverbère, furent avalés par la pénombre. Lucien, gêné par une goutte, porta l'index à son visage pour l'essuyer. Gabriel dut lâcher son bras. Ne sachant plus que faire de cette main libre, et comprenant que Lucien ne la saisirait plus, il la rangea au fond de sa poche.

Le vent se leva et emporta l'orage, ne laissant derrière lui qu'une pluie fine et régulière. Lucien et Gabriel s'avancèrent dans une autre ruelle qui terminait en impasse. C'était là qu'ils habitaient, tout au bout, dans une maison de ville un peu vieillotte. Celle-ci était la seule de tout le quartier, constitué exclusivement d'immeubles. Le plus grand n'était pas très imposant, mais il suffisait à la faire paraître minuscule. Comme écrasée par ces colosses, elle penchait un peu en avant. Elle semblait prête à céder, mais résistait encore.

La peinture rouge de ses volets s'était écaillée avec le temps. Des années de pollution avaient noirci la façade et tracé des coulées grisâtres sous le toit et sous les rebords des fenêtres. La maisonnette était modeste, mais belle à sa façon. Elle n'avait ni cour ni jardin. L'éclairage public avait été fixé à même le mur. La porte d'entrée, dont la vitre était protégée par d'élégants barreaux en fer torsadés, donnait donc directement sur la minuscule placette dont les voitures se servaient pour faire demi-tour.

Ils se dirigèrent droit vers elle, Lucien avec un peu plus d'empressement que Gabriel. Sous le porche, il fouilla les poches de sa veste, mais Gabriel agitait déjà les clefs sous son nez. Ce dernier ouvrit et l'invita à l'intérieur avec une courbette malicieuse. L'autre leva les yeux au ciel, mais ne se fit pas prier. Il se débarrassa de ses chaussures trempées sans même se donner la peine de défaire ses lacets. À cloche-pied, il retira ses chaussettes, qu'il mit à sécher sur le radiateur le plus proche. Il ébouriffa ses cheveux roux dont les pointes rebiquaient. Gabriel, lui, prit le temps d'accrocher sa veste au porte-manteau. Ses bouclettes brunes avaient frisotté. Il les arrangea coquettement dans le miroir, quitta son sweat-shirt et enfila le peignoir violet qui traînait sur la rambarde de l'escalier.

L'entrée se réduisait à un étroit couloir, qui ne desservait que deux pièces : le salon tout d'abord, donnant du côté de l'impasse, puis la cuisine, au fond. Tout le reste était à l'étage : les toilettes, la salle de bain et quatre toutes petites chambres. Lucien se dirigea vers l'espace de vie et se laissa tomber sur le canapé. Les ressorts grincèrent sous son poids.

— Tu dégoulines ! râla Gabriel.

— À qui la faute ?

Puis il s'adoucit :

— Je me suis assis sur la couverture, le rassura-t-il.

Le salon était séparé en deux. Au fond se trouvait une table à manger en vieux bois pouvant accueillir au moins six convives. Tout près d'elle, une haute et large bibliothèque se hissait jusqu'au plafond. Une plante, placée trop loin de la fenêtre, tendait désespérément ses tiges vers cette pauvre source de lumière. C'était sous celle-ci qu'avaient été disposés le canapé et le fauteuil dépareillés, l'un en tissu jaune et l'autre en cuir marron déchiré.

Gabriel se dirigea vers la cuisine. Dans le salon, à force de contorsions, Lucien retrouva la télécommande dans son dos et alluma la télévision. Quand Gabriel revint, deux verres d'eau à la main, il trouva son ami, la tête à l'envers, les pieds contre le mur, en train de regarder un film de superhéros.

— Qu'est-ce que ça raconte ? demanda-t-il en déposant les boissons sur la table basse.

— Aucune idée. J'imagine qu'ils vont encore sauver la Terre d'une terrible menace extraterrestre, répondit Lucien, désabusé.

Gabriel s'assit à ses côtés. Ils restèrent silencieux, les yeux rivés sur les petits personnages en costumes.

— Bientôt, quand on sera au fond du gouffre, on ne les supportera plus, fit Lucien.

— De quoi tu parles ?

Lucien pointa l'écran du doigt.

— De ces types en collant qui font semblant de nous secourir. Ça nous paraîtra risible, abject, trop gros pour être vrai.

Gabriel opina mollement.

— J'ai lu quelque part, poursuivit Lucien, que ces personnages ne peuvent exister qu'entre deux crises. Il faut que le spectateur se sente désespéré, mais pas trop, pour y croire.

— Et toi, tu n'y crois pas, constata Gabriel.

Lucien ne répondit pas.

— C'est l'orage qui te rend maussade comme ça ?

— Non.

— Tiens, bois un peu d'eau. J'aime pas quand tu es morose, Luce.

Sans entrain, son ami se rassit à l'endroit, le temps de vider son verre à moitié, puis reprit sa position préférée, la tête à l'envers. Gabriel secoua ses bouclettes brunes en le regardant faire.

— Tu devais être une chauve-souris dans une autre vie...

— Peut-être même que je suis un vampire, se moqua Lucien en imitant des crocs avec ses doigts.

Gabriel ricana.

— J'ai déjà vérifié ! J'ai glissé de l'ail dans presque tous mes plats !

— J'avais remarqué, répliqua Lucien avec une grimace.

Gabriel roula des yeux dans sa direction.

— Sérieux, pourquoi tu aimes te mettre à l'envers, comme ça ?

Lucien reporta son attention sur l'écran.

— Il y a des détails que l'on ne voit que d'en bas.

Gabriel plissa les paupières et se dévissa la tête, dans un sens, puis dans l'autre, pour tenter d'apercevoir les choses sous cet angle, mais n'observa rien de particulier. Il afficha une moue dubitative en se massant la nuque.

— Je ne sais pas comment ton corps supporte cette position. Mes yeux seraient déjà sortis de leurs orbites, à ta place. Ils se seraient soulevés, m'auraient fait un doigt d'honneur, comme ça, puis seraient partis voir ailleurs si j'essuie.

— On prononce : « si j'y suis », le corrigea Lucien.

— Luce, je ne plaisante pas, regarde-toi ! Tout ton sang remonte vers ton crâne. Ta tête va exploser, tu es tout rouge !

En guise de réponse, Lucien leva les bras au ciel – c'est-à-dire en direction du plancher.

— Tu n'as qu'à prendre cela comme une preuve supplémentaire de mon non-vampirisme.

— Les vampires n'ont pas de sang ?

Lucien se tourna vers lui, l'air grave :

— Pourquoi voleraient-ils celui de leurs victimes, sinon ?

— À moins que... fit Gabriel, très sérieux.

Lucien cligna des yeux, attendant la suite.

— À moins que ce soit justement le sang de tes victimes qui te monte à la tête !

Lucien lui jeta un coussin en lui montrant les dents :

— Tu seras peut-être la prochaine !

— Mais je t'en prie, badina Gabriel en lui tendant son poignet.

Contre toute attente, Lucien le saisit. Il approcha les lèvres de la peau tiède de Gabriel et déposa la brûlure d'un baiser sur ses veines. Puis il s'écarta. Gabriel s'était figé. Il contemplait son bras, qu'il ne ramena à lui qu'une seconde plus tard. Lucien le regarda faire, un sourire en coin. Gabriel s'en aperçut. Il saisit son verre, le porta à sa bouche et tenta de dissimuler le tremblotement de sa main que le clapotis de l'eau trahissait malgré tout. Il fit semblant de se replonger dans le film. Lucien l'imita.

— Si tu pouvais avoir un superpouvoir, tu choisirais lequel ? demanda Gabriel d'un ton un peu trop léger.

Lucien prit un air de profonde réflexion. Gabriel avala une goulée plus assurée.

— Je crois, répondit-il avec gravité, que je voudrais ne plus t'entendre faire ces bruits quand tu bois.

— Très drôle.

Lucien haussa les épaules :

— Je dis que ce n'est plus une bouche que tu as, mais un siphon.

— Parle pour toi !

Sa plaisanterie vint à bout de l'embarras de Gabriel. Ce dernier prit un air menaçant et brandit son verre encore à moitié plein au-dessus de la tête de Lucien.

— Vas-y, dit Lucien. À cause de toi, je suis déjà trempé de toute manière !

Gabriel le défia du regard.

— Tu as pensé au canapé ? plaida Lucien en riant.

— Il y a la couverture, rétorqua l'autre avec malice.

Et il inclina le récipient. Une goutte tomba sur le front de Lucien, qui se récria aussitôt :

— Je me rends ! Je me rends ! Tu as gagné. Arrête !

Gabriel, victorieux, porta théâtralement le verre à sa bouche.

— Je te verrais bien cracher du feu, déclara-t-il en le reposant.

Lucien le scruta sans comprendre.

— En guise de superpouvoir.

— Je m'entraîne chaque fois que tu cuisines tes spécialités orientales !

Gabriel croisa les bras sur la poitrine et releva le menton :

— Tu n'apprécies pas les épices à leur juste valeur.

— Ce doit être ça ! pouffa Lucien.

Gabriel s'appliqua à lui jeter un regard noir.

— Tu es adorable quand tu te vexes.

— Réponds à ma question.

— Quelle question ?

Gabriel s'impatienta :

— Ton superpouvoir !

— Ah, oui, soupira Lucien. Je ne sais pas. Je choisirais sans doute… d'être invisible.

Gabriel s'indigna :

— Invisible ! Parmi tous les superpouvoirs, toi, tu prends l'invisibilité ? Ça ne casse pas trois pattes à un cafard, ça.

Lucien, toujours la tête à l'envers, leva les yeux au tapis.

— À un canard, le corrigea-t-il.

— Quoi ?

— On dit : « Ça ne casse pas trois pattes à un canard. »

— Ça n'aurait pas de sens, les canards n'ont que deux pattes !

Lucien se mordit les lèvres, mais ses commissures remontèrent.

— Bref, se vexa l'autre. Tu ne voudrais pas plutôt… Je ne sais pas, pouvoir voler ? Ou te déplacer à la vitesse de l'éclair ?

Lucien fit non de la tête.

— La super-force ? Des rayons laser à la place des yeux ?

Lucien l'arrêta d'un geste :

— Avec ça, je me retrouverais au milieu d'un combat. L'invisibilité, c'est très bien !

Gabriel prit le temps de la réflexion, puis déclara tragiquement :

— Et tu priverais donc l'humanité de ta beauté, sans états d'âme ?

Lucien perça l'air d'un rire franc :

— Je suis convaincu que tu saurais toujours me voir !

Sa réponse déstabilisa son ami, qui se tortilla et marmonna :

— Ce n'est pas drôle d'être invisible. Crois-moi.

— Parce que tu l'as déjà été quelque part, toi ?

Gabriel ne répliqua pas, mais se tordit les mains. Le visage de Lucien se ferma. Il serra les dents. Gabriel changea de sujet :

— Et pourquoi pas la télépathie, lire dans les esprits ?

— Quelle horreur !

— Comment ? Ça ne te plairait pas ? Je trouve que ce serait pourtant intéressant de savoir ce que l'autre, ce que *les autres* pensent, se corrigea-t-il.

— Non. Ce serait douloureux. Entendre le mal résonner sans cesse…

— Le mal ! s'exclama Gabriel en riant. Rien que ça ! Tu nous joues les poètes torturés ?

Lucien se renfrogna et ne lui répondit pas.

— Les gens ne sont pas tous mauvais, Luce. Tu le croirais si tu sortais un peu plus souvent de ta grotte. Certaines personnes essayent de faire le bien. Comme moi ! Voilà pourquoi je voulais t'emmener courir ! Sinon, tu restes là, à ressasser tes idées noires. Ce n'est pas bon pour toi.

— Et est-ce que tout le bien que tu fais compense tout le mal que l'on observe partout ?

Gabriel le regarda, l'air chagrin.

— Tu te prends trop la tête, Luce. Je n'aime pas te voir comme ça.

Lucien se rassit.

— Désolé, murmura-t-il.

Il posa la main sur la cuisse de Gabriel qui la fixa, surpris de la découvrir là. Son cœur s'affola, mais une seconde seulement, car le contact de Lucien le plongeait toujours dans une tranquillité d'esprit merveilleuse.

CHAPITRE 2 : APPEL

La porte d'entrée s'ouvrit dans un fracas. Lucien retira aussitôt la main de la cuisse de Gabriel, qui se redressa.

— Ester ? C'est toi ? demanda Gabriel.

— Non, c'est le pape en porte-jarretelles ! lui répondit-on depuis le couloir.

Lucien rit :

— Aucun doute, c'est bien elle.

Ester se traîna dans le salon en bâillant à s'en décrocher la mâchoire, l'air revêche.

— Tu arrives tard, commenta Gabriel.

— Mauvaise journée ? renchérit Lucien.

Elle opina et défit sa queue de cheval d'un geste. Ses longs cheveux bleu ciel retombèrent de part et d'autre de ses épaules. Elle se vautra dans le canapé aux côtés de Lucien en se massant le crâne du bout des doigts, puis elle considéra enfin les deux jeunes hommes de ses yeux gris.

— Vous êtes en survêtement ? s'étonna-t-elle.

— On est allés courir.

— *Nager* serait plus exact, ronchonna Lucien.

— Il ne pleuvait pas quand on est partis, se défendit Gabriel. On a raté la poche, c'est tout.

— Le coche ! s'exclamèrent en chœur les deux autres.

— Comme vous voulez.

Lucien s'apprêtait à répliquer, mais Ester demanda :

— On mange quoi ?

— Gab a préparé un gratin.

— Pas n'importe quel gratin ! J'ai cuisiné *le* gratin, le *numero uno* des gratins. Autrement dit, le gratin des gratins. C'est une recette ancestrale, transmise de...

— Il l'a trouvée hier soir sur le net, le coupa Lucien.

Gabriel lui donna un coup de coude.

— Tu casses toujours mes effets.

Lucien rit.

— En attendant, elle a été notée quatre étoiles et demie sur cuistotd'enfer.fr !

— Ah ! mais si elle a reçu quatre étoiles *et demie*, alors...

— Vous me fatiguez, intervint Ester à l'instant où Gabriel s'apprêtait à étouffer Lucien avec un coussin.

Elle se massa les tempes.

— Désolé, murmura Gabriel.

Ils se turent, et tous contemplèrent l'écran de télévision. C'est Ester qui finit par rompre le silence :

— Vous matez quoi ?

— Un film avec des superhéros, fit Gabriel.

— Oui, merci, je le vois, mais c'est quoi l'histoire ?

— On ne sait toujours pas, avoua-t-il.

— On est arrivés il n'y a pas très longtemps, se justifia Lucien.

Ester lui jeta un regard suspicieux.

— Je vois.

Elle s'enfonça dans le canapé, ferma les yeux. Lucien, au contraire, se releva.

— Je vais prendre une petite douche.

— Bonne idée ! Je te trouve un peu sec, aujourd'hui, le provoqua Gabriel.

Lucien, qui avait déjà atteint le couloir, revint sur ses pas, ses chaussettes chaudes et mouillées à la main. Il les brandit en l'air, les agita sous le nez de Gabriel.

— Je me vengerai, articula-t-il en silence.

Gabriel sourit. Il le suivit du regard tandis qu'il disparaissait dans l'escalier. Ester, les paupières encore closes, guetta le bruit de la douche, puis demanda :

— Du nouveau ?

Gabriel soupira en se passant les doigts dans les cheveux.

— Non, toujours rien, répondit-il en jetant de petits coups d'œil prudents au couloir.

Ester, qui n'avait pourtant pas cillé, s'impatienta :

— Il ne peut pas t'entendre de là-haut !

— Ne parle pas si fort… ! s'alarma Gabriel.

— Il ne peut pas nous entendre, répéta-t-elle un ton plus bas.

— Je suis presque sûr qu'il en est, chuchota-t-il, à moitié rassuré. Mais on dirait qu'il fait tout pour ne pas le montrer.

— Donc, toujours pas de preuve ?

Gabriel secoua la tête. Ester ouvrit un œil.

— T'as pas essayé de le pousser à se dévoiler un peu plus ?

— Tu rigoles ? Je tente un nouveau truc tous les jours pour l'obliger à sortir de sa zone de confort. Pourquoi je l'ai emmené courir alors qu'il allait pleuvoir, selon toi ? se défendit-il.

— T'as intérêt à trouver une solution. J'ai pas envie de finir ma vie dans cette piaule !

— J'essaye !

— Ça dure depuis des mois, Gab, s'exaspéra-t-elle. Soit tu fais mal ton boulot, soit Céleste s'est trompée.

Gabriel carra les épaules.

— Et on sait tous les deux que Céleste ne se trompe jamais.

Piqué, il répliqua :

— Alors, pourquoi fait-on tout ça, si madame est infaillible ?

— J'imagine qu'on n'est jamais trop prudents. C'est pas à toi que je vais apprendre ça.

Gabriel secoua ses boucles brunes.

— J'en ai ma flaque de ces missions !

— Claque, Gab. On dit « ma claque ».

Il ne répondit rien, se contenta de fixer obstinément l'écran.

— Sinon, on peut leur dire qu'on tient notre preuve, et puis c'est tout, proposa Ester au bout d'un moment. Après tout, ils sont obligés de nous croire sur parole.

— Mentir ? Non, on ne peut pas faire ça.

— Et pourquoi pas ?

— C'est contraire aux règles.

Ester souffla du nez.

— C'est bien ce que je pensais. Dans ce cas, t'as pas le choix, faut t'bouger !

— Mais c'est ce que je fais !

Elle croisa les bras.

— Arrête. Ça se voit que tu tentes rien avec lui. Toi et moi, on travaille ensemble depuis... Quoi ? Bientôt cinq ans ? Et c'est la première fois que t'arrives pas à en débusquer un. Tu te ramollis.

Il baissa la tête et entreprit de diviser l'une de ses boucles en deux, puis en trois.

— Ester, dit-il tout bas. Je ne veux plus faire ça.

Elle fronça les sourcils, mais ne dit rien. Il crut qu'elle ne l'avait pas entendu.

— Je ne veux plus faire ça ! répéta-t-il plus fort.

Il se tourna aussitôt vers le couloir, craignant d'avoir alerté Lucien. Mais l'eau de la douche coulait toujours.

— Pourquoi donc ? fit Ester.

Gabriel s'absorba dans la contemplation d'une nouvelle mèche qu'il s'enroulait autour du doigt.

— Je ne veux plus lui mentir, murmura-t-il.

— Ça ne t'a jamais dérangé, avec les autres.

— C'est différent, cette fois.

Il releva vers elle des yeux timides. Ceux d'Ester s'ouvrirent en grand et s'arrondirent.

— J'en étais sûre ! s'écria-t-elle.

— Pas si fort ! paniqua Gabriel.

— Écoute, Gab, il est trop tard pour faire machine arrière. On doit aller au bout.

— On le pourrait. Il suffirait de demander à Véra une nouvelle équipe, pour nous remplacer.

— Même si Véra acceptait, tu sais que c'est pas possible ! On n'est pas assez nombreux. Tout le monde est déjà occupé. Tu vois bien qu'on m'envoie toujours courir à droite à gauche pour combler les trous.

— Alors, on pourrait échanger avec un autre binôme, insista-t-il, plein d'espoir.

— Mais bien sûr ! ironisa Ester. Et Lucien n'y verrait que du feu, c'est certain !

Elle l'imita grossièrement, les mains sur les hanches :

— Tiens donc, mais où sont passés Ester et Gabriel, et qui sont ces gens sur mon canapé ?

— Pas la peine de monter sur tes grands chauffe-eau.

Il baissa la tête et craqua ses doigts un par un. Ester s'abstint de le corriger.

— Et si on... persista-t-il.

— Arrête, le coupa-t-elle. Même entiché de ce mec, tu devras faire avec jusqu'à ce qu'on puisse le ramener ou pas à la réserve. Le sujet est clos.

— Je ne me suis pas entiché de lui, marmonna-t-il.

Elle arqua un sourcil, sceptique.

— Ah non ?

— Non. Je l'aime, avoua-t-il du bout des lèvres.

Ester se passa une main sur le visage.

— Mais qu'est-ce que tu lui trouves ! Il a l'air paumé, tout le temps !

— Ce n'est pas vrai.

— Il a peur de mettre le nez dehors. Il a toujours des idées sombres. Il est défaitiste, pessimiste, taciturne…

— Ne dis pas ça, le défendit Gabriel.

Ester renchérit cependant :

— Ce type est un trou noir émotionnel. Il absorbe tout, même la joie de vivre.

— C'est faux, auprès de lui, je me sens plus léger.

— À moi, il me file le bourdon. Il n'a rien à faire avec toi. Tu mérites mieux. Toi, tu es lumineux, tu es solaire, tu…

Rencontrant les yeux pétillants de Gabriel, elle ravala ses compliments :

— Bref, t'es pas mal, par rapport à lui.

— En fait, tu t'inquiètes pour moi, constata-t-il.

— Pas du tout, se défendit Ester.

— Si, tu t'inquiètes, minauda-t-il.

Ester croisa bras et jambes. Gabriel déposa un baiser sur son front.

— Je ne m'inquiète pas pour toi ! grommela-t-elle.

Gabriel vérifia à nouveau que Lucien n'était pas redescendu, puis se tourna vers son amie.

— Moi, je le trouve mystérieux.

Elle roula des yeux.

— Et beau.

— Si tu le dis.

— À côté de lui, je fais poêle figure.

— Poêle figure ? s'amusa Ester.

— Oui, tu sais, c'est quand on a une apparence un peu plate, un peu banale, comme une poêle.

Ester joignit ses index et les appuya contre ses lèvres. Elle inspira.

— Alors, déjà, c'est pâle figure, Gab, et ensuite, ne raconte pas n'importe quoi ! T'as rien de commun avec… avec une poêle !

Gabriel lui adressa un sourire mitigé.

— Il est lumineux, poursuivit-il.

— Mouais.

— Il l'est à sa façon, en tout cas. Si tu le connaissais comme je le connais, tu verrais que c'est quelqu'un de très sensible.

Ester ricana.

— Je pourrais me damner pour ses yeux, continua Gabriel.

— Tu plaisantes ? On ne sait même pas de quelle couleur ils sont ! Ils sont tout... tout... hésita-t-elle. Tout mélangés ! Du gris, du vert, du brun, c'est n'importe quoi !

— Ce sont de beaux iris noisette, fit rêveusement Gabriel.

— Oui, et c'est ce qu'il y a de plus banal.

— Non, ce sont les miens qui le sont. Marron, ce n'est pas une couleur...

— Les tiens sont plus jolis. Et j'aimerais bien avoir tes cils !

— Peut-être, mais dans les siens, il y a une sorte de couronne cuivrée autour de sa pupille. Parfois, on dirait du feu. Tu es comme pris de vertige, et il te consume, si tu te penches assez près pour le voir...

Gabriel se perdit dans ses pensées. Ester claqua des doigts sous son nez.

— Oh, oh ! Le poète ! Redescends sur Terre ! Et fais ton travail.

— Oui, cheffe...

Ils restèrent ainsi quelques longues minutes : Gabriel, plongé dans ses réflexions, Ester, luttant contre la fatigue. Ils fixèrent sans le regarder l'écran de télévision où s'amorçait une scène de bataille. Gabriel s'empara de la télécommande et baissa le volume. Les explosions et les cris furent réduits à un fond sonore à peine audible. Une vibration saccadée brisa ce presque silence. Ester soupira et se contorsionna pour tirer à contrecœur le téléphone de sa poche. Il trembla plus fort dans le creux de ses mains. Elle fixa une seconde le nom qui s'affichait, hésita à décrocher. Gabriel l'incita d'un mouvement de tête à accepter l'appel. Elle s'y résolut en soufflant.

— Quoi !? fit-elle en portant l'appareil à son oreille.

Une petite voix lui répondit.

— Ce soir ? protesta-t-elle.

La petite voix acquiesça.

— Mais t'as vu l'heure ! Je viens juste de rentrer, se plaignit-elle. J'irai demain. Comment ça, non ? Mais tu te prends pour qu... C'est ça, oui, passe-la-moi !

Gabriel fronça les sourcils, et Ester articula en silence à son attention, une main sur le micro :

— Véra veut me parler.

Elle se redressa brusquement :

— Madame Tisset, bonsoir. Céleste m'a informée que... Oui, je comprends bien, mais...

Gabriel se dévissa le cou et colla sa joue contre celle d'Ester.

— Je le sais bien, oui, continua Ester.

Elle se leva sans faire attention à Gabriel, qui manqua de s'affaler. Elle se mit à arpenter le salon de long en large. Gabriel se redressa à son tour.

— Personne d'autre ne peut s'en occuper ?

Ester hocha la tête.

— Oui, je vois.

Puis la secoua.

— Non, aucun résultat avec lui...

Gabriel lui fit de grands gestes. Elle compléta :

— ... pour l'instant.

Elle se rassit, les épaules basses, imitée par Gabriel.

— D'accord. Je vais m'en charger. Laissez-moi juste le temps de manger, je n'ai encore rien... Oui, je me dépêche, oui. Vous me repassez Céleste ? D'accord.

Le ton poli s'évapora :

— Dis-moi ce que je dois savoir, lâcha-t-elle, amère.

Elle recommença à faire les cent pas en acquiesçant

régulièrement.

— Qu'est-ce qui se passe ? demanda Gabriel. Une nouvelle mission ?

Ester lui fit signe de se taire. Il vint à nouveau coller son oreille contre le dos du téléphone.

— Comment ça, un cas particulier ?

Ester se remit en mouvement, si bien que Gabriel demeura un instant la tête inclinée sur du vide.

— Tu me dis ça chaque fois qu'on se parle. Ils sont tous de plus en plus puissants avec toi. D'accord, d'accord. Écoute, tout ça, c'est pas mes oignons. Je la récupère, et Gabriel se chargera du reste.

— Qui ça ? Moi ?! s'étonna-t-il.

— Envoie-moi l'adresse, soupira Ester.

La petite voix marmonna, et Ester fronça les sourcils.

— Mais ça, c'est pas au milieu de nulle part ?

La petite voix ajouta quelque chose.

— C'est pas comme si j'avais le choix, pas vrai ? Je te tiens au courant. Et dis à Véra que je lui souhaite une bonne soirée. *Bye*, Céleste.

Elle raccrocha et fixa froidement son téléphone. Gabriel, qui demeurait dans l'expectative, s'impatienta :

— Une nouvelle mission ? Alors, on pourrait...

Sans redresser la tête, Ester leva l'index pour l'intimer au silence.

— Je t'arrête tout de suite. Y a aucun binôme pour s'en occuper. Donc, cette fois, j'dois pas juste me contenter d'une extraction. Il va falloir en accueillir une de plus. On pourra pas échanger avec une autre équipe. En fait, on va devoir faire le boulot de deux équipes.

— Mais, et Lucien ?

Ester soupira :

— Désolée, mais tu vas devoir te coltiner Lucien encore un moment, avec la nouvelle en prime.

— C'est une femme, donc.

— D'après Céleste, oui.

Gabriel se passa la main dans les boucles et jeta un œil par la fenêtre, contemplant la pluie fine qui tombait toujours.

— Ils sont de plus en plus nombreux. On parviendra pas à suivre à ce rythme.

Il vit Ester opiner du menton dans le reflet de la vitre.

— Véra et Céleste essayent de comprendre pourquoi, expliqua-t-elle.

— Je ne la sens pas, cette nouvelle mission.

— On nous laisse pas bien le choix, de toute façon.

Il pivota vers elle.

— Je n'arrive déjà pas à débusquer Lucien. Comment je vais faire, s'ils sont deux ?

— Tu t'en sortiras, s'impatienta Ester.

— Et si ce n'est pas le cas ?

Elle roula des yeux.

— Fais-toi un peu confiance.

— Je ne la sens pas, insista-t-il. Et puis, imagine que la présence d'une nouvelle personne bouscule notre équilibre ?

— Notre équilibre ? répéta Ester, incrédule.

Gabriel fit craquer ses doigts.

— Oh ! Je vois !

— Quoi donc ? fit-il, innocent.

— Ne t'inquiète pas, je suis sûre que ton cher Lucien n'aura toujours d'yeux que pour toi, lâcha-t-elle, sarcastique. Après tout, il t'a bien dit qu'il t'aimait, pas vrai ?

Gabriel ouvrit la bouche pour répliquer, mais Ester reçut un message et ne l'écouta pas. Elle consulta l'écran.

— C'est bon, j'ai l'adresse, dit-elle tout haut.

Elle vérifia la carte.

— Super, râla-t-elle. C'est dans le trou du cul du monde !

— Tu pars quand ? s'enquit-il.

— Après manger, répondit-elle en se massant le front du bout des doigts. Je me moque de ce que veut Céleste. C'est pas la porte à côté. Il faut que je me repose et que je reprenne des forces. C'est facile, pour elle ! Elle est jamais sur le terrain. Elle se rend pas compte !

Il y eut un blanc, puis Gabriel lança :

— Au moins, tu vas pouvoir goûter mon gratin !

Ester leva ses yeux gris au ciel :

— Gé-nial.

Puis elle se laissa tomber dans le canapé et renversa la tête en arrière.

CHAPITRE 3 : CUISINÉ

La cuisine était dans son jus. La crédence avait jauni, et les portes des placards semblaient bancales. La table, recouverte d'une toile cirée à motif floral, achevait de donner à l'ensemble une apparence assez kitsch. Gabriel s'était néanmoins chargé d'équiper le plan de travail, qui se retrouvait encombré de tout un tas de petits appareils électroménagers jurant avec le reste.

Un peu avant l'heure du dîner, il s'y rendit pour réchauffer le fameux gratin qu'il avait préparé. Il enfila à la va-vite son tablier de cuisine, sur lequel était floqué, côté cœur, un artichaut au large sourire qui criait « Miam ! ». Lucien le rejoignit peu de temps après, en pyjama.

— Hum, ça sent divinement bon par ici ! lança-t-il en humant l'air.

Gabriel lui offrit une mine radieuse. Son colocataire s'aperçut alors qu'il n'avait pas noué son tablier :

— Attention ! Les attaches traînent par terre ! Laisse-moi faire.

Gabriel se retrouva dos à lui. Les liens en question étant très longs, Lucien dut réaliser un double tour. De ce fait, il se rapprocha d'un pas de son ami. Tous deux retinrent leur respiration. Lucien l'enserra de ses bras pour se passer les ficelles d'une main à l'autre et lui effleura, par un heureux accident, le creux des reins. Quand il eut terminé, il recula pour s'appuyer contre le plan de travail. Gabriel, les joues rosies, un peu chancelant, pivota pour lui faire face et, embarrassé, tira sur le tissu pour l'ajuster.

— J'ai trop serré ?

— Non, c'est parfait, répondit l'autre dans un souffle, en venant se tenir tout contre lui.

À tour de rôle, ils entrouvrirent les lèvres, sans jamais trouver le courage de se parler à cœur ouvert. Enfin, le cuisinier bredouilla :

— Ce… c'est assez chaud.

Lucien parut décontenancé, alors Gabriel désigna le four du pouce. Cela fit rire le premier, qui saisit les maniques accrochées un peu plus loin pour les lui lancer. Gabriel ne s'y attendait pas et ne parvint à n'en rattraper qu'une sur les deux.

— Pardon, s'excusèrent-ils d'une même voix en se penchant pour ramasser celle qui avait fini au sol.

Leurs doigts s'effleurèrent, quelques millièmes de seconde de trop pour parler de hasard. Lucien se releva vivement.

— Je vais mettre la table !

Il pivota vers les placards, tournant ainsi le dos à Gabriel, toujours accroupi. Ce dernier contempla la moufle en tissu restée entre ses doigts, puis se dirigea à regret vers le four. La chaleur se dissipa à son ouverture. Gabriel jeta quelques coups d'œil soucieux à Lucien, mais celui-ci se dérobait à son examen en alignant chaque couvert à la perfection, dans une lenteur délibérée. Pourtant, quand il apporta le gratin sur la table, son ami glissa un dessous de plat en son centre, juste à temps avant que le cuisinier, distrait, ne le posât à même la nappe.

— Merci, bredouilla-t-il.

— De rien, répondit Lucien tout bas, en s'installant à sa place.

Gabriel fit quelques pas vers le couloir pour héler Ester.

— J'arrive ! hurla-t-elle en retour.

Gabriel alla donc s'asseoir en face de Lucien et chercha ses yeux, mais ce dernier concentrait toute son attention sur un petit bout de pain, dont il grignotait la mie. Des miettes tombaient en pluie sur la nappe. Entre le ronron du four qui refroidissait et le *tic-tac* de la vieille horloge murale, un lourd silence s'était abattu. L'attente d'Ester se fit cruellement sentir. Gabriel, sous la table, tira sur ses doigts.

— Je crois, annonça Lucien au bout d'un moment, que tu avais raison. Ça m'a fait du bien de sortir un peu.

Gabriel se renversa contre le dossier de sa chaise.

— Pardon, tu peux répéter ? J'avais *raison* ?! C'est bien le mot que tu viens d'utiliser ?

— Tu n'as aucune preuve, marmonna Lucien, avec néanmoins un sourire en coin.

— Tu voudrais donc bien retourner courir ?

Lucien leva les paumes :

— Minute, ce n'est pas ce que j'ai dit.

Les cils noirs de Gabriel papillonnèrent. Il tordit les lèvres en une petite moue boudeuse.

— Bon, d'accord, d'accord ! abdiqua Lucien. Mais tu me dois une nouvelle paire de chaussures !

— Je te prendrai des palmes, se moqua Gabriel.

Ester se traîna enfin dans la cuisine, deux verres à la main.

— Vous en aviez déjà. Vous les aviez laissés sur la table basse.

— J'ignore quel est le mien, fit Lucien.

— C'est important ? grommela-t-elle.

Les jeunes hommes s'observèrent, s'attardant chacun sur les lèvres de l'autre.

— Non, répondit doucement Lucien.

Ester prit place à côté de lui. Tous se servirent une part de gratin. Gabriel se jeta sur sa fourchette dès qu'il le put, mais eut un mouvement de recul et recracha dans sa serviette aussitôt.

— Tu t'es brûlé, constata Ester alors que l'imprudent agitait la main en exhalant.

— Tiens, bois un peu, dit Lucien en remplissant son verre.

Gabriel l'avala d'une traite et se resservit. Les deux autres rirent à ses dépens.

— Moquez-vous, moquez-vous ! ne trouva-t-il qu'à répéter,

contraint de contempler son assiette avec frustration.

Ester souffla avec précaution sur sa première bouchée. Lucien goûta la sienne du bout de la langue.

— Ce n'est pas si chaud, fit-il.

— Ça ne s'est peut-être pas réchauffé de façon homogène.

— Sans doute, acquiesça Lucien, la bouche pleine. Ou alors je suis bel et bien prêt pour devenir cracheur de feu !

Ester arqua un sourcil, mais ne chercha pas davantage à comprendre.

— Comment s'est passée ta journée, Ester ? demanda-t-il pour faire la conversation.

— Plutôt mal, avoua-t-elle.

Elle échangea un regard avec Gabriel, que Lucien surprit.

— Disons qu'en ce moment, j'accomplis seule le travail de plusieurs personnes, fit-elle d'un ton de reproche.

Gabriel se tassa un peu sur son siège.

— Ils n'essayent pas d'embaucher ? l'interrogea Lucien.

— Si, mais tout le monde n'est pas *qualifié* pour ce genre de boulot.

— J'ignore toujours en quoi il consiste, l'encouragea-t-il en portant un morceau de gratin à ses lèvres.

— J'suis tueuse à gages.

Lucien s'étouffa à moitié.

— Détends-toi, je déconne ! Promis, je suis pas payée à buter des gens !

Mâchant consciencieusement, elle ajouta ensuite :

— Pour ça, j'suis bénévole.

Lucien se força à rire. Gabriel, trop préoccupé pour apprécier la sombre plaisanterie, ne fit aucun commentaire.

— Par contre, c'est clair que j'ai pas de bureau, poursuivit-elle en buvant un coup. Tu m'imagines, moi, le cul vissé sur la même chaise toute la putain de journée ?

— Certes non.

— Et toi, t'en es où ? Tu comptes toujours laisser tomber tes études ?

Lucien, qui allait pourtant reposer son verre, avala une deuxième gorgée d'eau. Il opina sans la regarder.

— L'Histoire, ça n'te plaît plus, alors ?

— Je vais tenter de trouver un petit boulot, en attendant de découvrir quelle est ma voie.

Elle acquiesça.

— À ce propos, Gab, l'interpella Lucien, ils ne chercheraient pas quelqu'un dans ta boîte ? J'aimerais bien travailler à distance, comme toi.

— N-non, pas à ma connaissance. Et puis, ça ne te plairait pas. Ce n'est pas très intéressant. Beaucoup de bureautique. Pas de quoi te faire palpiter. Non, sérieux, je te le déconseille.

— Pourtant, tu ne t'en plains jamais.

— Oui, mais moi, c'est moi…

— C'est lui, approuva Ester avec amusement.

— Pourrais-tu au moins leur parler un peu de moi ? S'il te plaît, Gabriel.

Ce dernier mot, comme une caresse, plongea l'autre dans un profond embarras.

— C… c'est comme si c'était fait.

— Bien joué, glissa Ester.

Chacun crut que cette remarque lui était adressée. Le tintement des couverts reprit, jusqu'à ce qu'Ester demandât abruptement :

— Tu te sens différent, parfois, Lucien ?

Il rit.

— Pourquoi me poses-tu cette question ?

Haussant les épaules, elle moulina dans le vide avec sa fourchette :

— Une intuition.

— J'imagine que tout le monde se sent parfois un peu différent, éluda-t-il.

— Sans doute, répliqua Ester, mais toi, pourquoi ?

Le feu monta aux joues de son interlocuteur, qui bredouilla :

— Je… Je ne sais pas trop… Je…

— Tu fais des rêves étranges ? T'as des absences ? Tu ressens les choses plus fort. T'as déjà entendu parler d'hypersensorialité ?

Assailli par tant de questions, il répéta lentement :

— Hypersensorialité ?

— Oui, tu es sensible à la lumière et au bruit, non ? Ça vaut pas aussi pour les odeurs ?

Gabriel coula un regard désapprobateur à Ester, qui l'ignora.

— Je ne saisis pas…

— Et le toucher ? Y a des choses que tu supportes pas toucher ? Tu supportes qu'on te touche, toi ?

En disant cela, elle posa une main sur son avant-bras, qu'il contempla, perplexe. Les traits d'Ester se figèrent. Son sourire s'évapora, le temps d'un étrange flottement pendant lequel elle conserva les yeux baissés sur ce contact. Quand elle releva la tête, les pupilles contractées, Lucien questionna Gabriel d'un regard en coin, mais ce dernier la dévisageait, abasourdi.

— Ester ?

Lucien eut un rire embarrassé :

— Tu me fais passer un interrogatoire ? Tu es détective, en fait ?

Ester s'arracha alors à son trouble. Elle recula vivement sa main, puis s'adossa en se recomposant un air malin. La fourchette toujours dressée, elle se justifia :

— Je demandais juste, comme ça, pour savoir.

Elle allait rouvrir la bouche, quand, sous la table, Gabriel lui donna un léger coup de pied.

— Oh ! Arrêtez de vous peloter, c'est ma jambe, ça ! soupira-t-elle en abattant sa fourchette.

Gabriel piqua un fard et se cacha derrière son verre. Lucien se tourna vers lui, étonné, et Ester en profita pour adresser un clin d'œil victorieux à son adversaire, qui lui donna donc un second coup de pied, cette fois-ci vengeur. Adroite, elle l'évita sans bouger d'un pouce à la surface.

— Désolé, Ester, intervint Lucien.

Ils pivotèrent vers lui, tous deux surpris.

— Je ferai plus attention, à l'avenir, s'excusa-t-il.

Gabriel tenta de dissimuler le petit sourire qui creusait sa fossette, ce qui conduisit Ester à lever les yeux aussi haut que possible.

Le reste du repas s'écoula avec la même inertie qui l'avait caractérisé jusqu'ici, ponctuée çà et là de plates plaisanteries, d'inconfortables flirts, de miettes de pain égarées au milieu de silences inassumés et d'assiettes saucées entre deux banalités. Il régnait entre eux comme une attente, ou plutôt un vide. Au dessert, Gabriel, qui ne pouvait s'empêcher de contempler Lucien, croisa son regard, avala de travers et se mit à tousser.

— N'oublie pas de respirer, se moqua Ester.

Plus tard, Lucien complimenta Gabriel sur sa cuisine, et elle approuva en silence, tout en se renfrognant devant le *tic-tac* de l'horloge.

— Je sors ce soir, annonça-t-elle.

— Une fête ? demanda Lucien.

— Pas tout à fait, mais il s'peut que je ramène une fille ici, si ça te dérange pas !

— Bien sûr que non. C'est aussi chez toi, depuis le temps.

— Elle pourrait prendre la dernière chambre ? C'est juste pour cette nuit, précisa-t-elle.

Ses mots étonnèrent Lucien.

— La chambre d'amis ? Quand tu disais que tu allais ramener quelqu'un, je croyais que tu voulais dire…

Il n'acheva pas sa phrase, car il avait remarqué que Gabriel se tordait les doigts.

— Tout va bien ?

L'intéressé les rangea sous la table, mais Lucien ne fut pas dupe.

— Il est surmené au travail, répondit Ester à sa place. Une autre bonne raison de ne pas devenir son collègue, s'il t'en fallait une.

Gabriel approuva un peu vite du menton. Lucien, le front pourtant toujours plissé, n'ajouta rien. Il tendit la main vers Gabriel, puis se ravisa et se tourna plutôt vers Ester :

— Il y a des draps propres dans le placard, déclara-t-il.

Elle le remercia en s'empressant de débarrasser son couvert.

— Il faut que j'y aille.

Un instant plus tard, cette dernière s'élançait dans le couloir, récupérait son sac à dos à la volée et attrapait ses clefs de voiture. Elle pivota une fois sur le seuil.

— Bonne soirée ! cria-t-elle à pleins poumons.

Gabriel, qui l'avait en fait suivie et se trouvait tout près, fit mine de se déboucher l'oreille. Elle lui reprocha cette plaisanterie d'un regard faussement agacé. Elle tenait à lui, c'était évident.

— Bonne soirée ! lança Lucien en écho depuis la cuisine.

Gabriel se pencha et chuchota :

— Comment fera-t-on, les prochaines nuits ?

— Comment ça ?

— Tu as dit à Lucien que c'était juste pour cette nuit.

— On avisera. Si c'est possible, on enverra la nouvelle à l'hôtel du coin de la rue.

Gabriel n'y crut pas une seconde. Madame Tisset s'en était mêlée, puisqu'elle avait tenu à parler à Ester au téléphone. C'était le signe qu'Ester ne se lançait pas dans une mission comme les autres. La nouvelle recrue n'était peut-être pas n'importe qui. Il l'imaginait déjà s'installer ici – et par *ici*, il entendait entre lui et Lucien.

— Tu as raison, chaque chose en son étang.

— En son temps, Gab, en son temps, soupira-t-elle.

Elle recula de quelques pas avant de s'élancer sous la pluie. Elle atteignit en trois enjambées la petite voiture noire, discrète et passe-partout, qu'elle avait garée à quelques mètres. Ses phares firent scintiller les gouttelettes qui tombaient encore, si bien que celles-ci eurent l'air de chuter plus vite, de s'éparpiller pour fuir cet éclat. Ester démarra dans la rue déserte, fit demi-tour sur la placette en dérangeant une flaque d'eau.

— Je m'occupe de la vaisselle ! cria Lucien depuis la cuisine.

— D'accord ! répondit machinalement Gabriel en regardant Ester disparaître.

À quoi ressemblerait la nouvelle ? Il fit craquer ses doigts et referma la porte. Lucien aurait-il plus d'affinités avec quelqu'un comme elle, plutôt qu'avec quelqu'un comme lui ?

CHAPITRE 4 : CONFUSIONS

Où suis-je ?

L'obscurité, autour de moi, est aveuglante, pleine de bruits et de voix.

Suis-je toujours à l'hôpital ? Je ne peux pas être ailleurs. Mais tout est si confus…

Où sommes-nous ?

L'une d'elles surplombe les autres. Elle est plus proche. Elle est familière.

Qui es-tu ?

Elle gravite autour de moi. Elle parle tout contre mon oreille. Je nous sens connectées, elle et moi, par un lien invisible, par quelque étrange mais rassurant sortilège. Sa présence est réconfortante. Moi, je suis si petite, si perdue, si seule. Je la voudrais auprès de moi pour toujours, cette voix, mais elle s'éloigne dans l'écho.

Il y a quelqu'un ? L'obscurité est infinie.

Reviens ! Elle est appelée par la lumière. Moi, par les ténèbres.

— *Réveille-toi…*

Comment ? Comment me réveiller ? Suis-je seulement encore en vie ? Je tourbillonne dans un espace sans fin, vertige de l'éternité.

Mais ma petite voix repousse ma conscience. Vers où ? Vers quoi ? Je ne le sais pas. Et je ne veux pas le savoir. Il faut pourtant que je m'en aille, pas vrai ? Une part de moi, tout au fond de moi, le croit. Néanmoins, je marche dans la nuit, vers ce ténébreux chant de sirènes. Un escalier sans fin se dessine sous mes pas. Je descends.

— *Réveille-toi.*

Le tonnerre des voix se mue en vagues assourdissantes et

déferlantes. J'avance dans une étendue noire, qui me happe. Le brouhaha incessant cesse. Je suis submergée. Et j'accepte mon sort, de me confondre avec l'eau. Mais quelque chose me retient pourtant. Non, pas quelque chose, quelqu'un : une main.

— *Réveille-toi... Il faut rentrer.*

CHAPITRE 5 : VISION NOCTURNE

Quand l'odeur foudroyante de peinture remonta dans mon crâne, je sus avec certitude que j'étais de retour dans ma cellule. Pour ouvrir les yeux, il me fallut déployer une énergie colossale, car ce mauvais rêve pesait du plomb sur mes paupières. Quand j'y parvins, je compris que ma chambre était éteinte. Le soleil aussi. Non, pas éteint, mais *couché*, bien sûr. Le soleil était couché. L'effet était le même cependant. J'échangeais une pénombre pour une autre. Au moins, celle-ci était bien réelle... Je m'en assurai en prenant douloureusement conscience du reste de ce corps que l'on disait mien. Un instant, j'avais cru le quitter, mais il n'avait pas bougé. Il était allongé dans son inconfortable lit à barreaux, et moi, j'étais toujours coincée dans cette peau, entre ces quatre murs blancs. Rien ne m'était plus familier. Je grimaçai en inclinant la tête d'un côté, puis de l'autre. J'étais toute courbaturée. Que m'était-il arrivé ?

Je remarquai que les rideaux n'avaient pas été tirés. C'était inhabituel. Frank, mon infirmier, les refermait avant de me border. C'était pour le simple plaisir – j'en étais certaine – de les arracher au petit matin. Pour l'instant, ils s'ouvraient béatement sur la nuit, celle du dehors. Je m'aperçus qu'il pleuviotait au léger crépitement de l'eau contre la vitre. Sur le rebord de ma fenêtre, je reconnus une petite masse : mon bouquet d'iris bleus. À contre-jour, ou plutôt à contre-lune, il se découpait dans l'ombre.

Il y avait quelque chose de différent dans la pièce. À bien y regarder, tout était pourtant en ordre. Ma chambre était aussi vide qu'à l'accoutumée. Je n'avais peut-être pas l'habitude de la voir éclairée par la nuit. Ou alors, le changement ne s'était pas produit à l'extérieur, mais à l'intérieur. Je m'écoutai. Ma petite voix me parut plus lointaine.

Mais pourquoi, bon sang, mon infirmier n'avait-il pas tiré les rideaux ? Je tentai de me rappeler le coucher, mais n'y arrivai pas. Pourtant, ces jours-ci – même si je n'avais pas accès aux souvenirs précédant l'accident – il me suffisait de réfléchir un peu pour retrouver un événement récent. Alors, pourquoi ce trou dans ma mémoire ?

Je me concentrai, encore et encore, mais rien ne me revint. Je persévérai. Toujours rien. Je poussai davantage mon esprit… Rien non plus ! Une pulsion secoua ma main, qui voulut tirer avec violence sur une mèche de cheveux, comme si le souvenir en question avait pu se tenir à son bout ! Elle en fut empêchée. Frank avait peut-être oublié de fermer les rideaux, mais pas de me menotter au lit. De rage, je forçai sur ce bras, provoquant une douleur brève mais foudroyante là où se trouvait mon bandage, là où Robert avait joué au tortionnaire.

Alors que la séance de charcutage repassait dans mon esprit, quelque chose, ou plutôt l'absence de quelque chose m'alerta : le métal n'avait pas crissé, les chaînes n'avaient pas tinté. Je baissai le regard sur ces poignets, mes poignets. Ils étaient enserrés dans un matériau souple, un peu rugueux. Des paroles me revinrent en mémoire, par vagues, suivies de près par quelques bribes d'images enchevêtrées. Des piles de dossiers. Des lunettes qui glissent sur un nez. Des yeux en amande. Le doc ! Oui ! Cela me revenait ! J'avais rencontré un *psychiatre*.

Je me souvenais de sa discussion avec mon infirmier. Il lui avait reproché de m'avoir mis des menottes en métal. Il lui avait demandé de les remplacer par des… sangles ? Non. Des contentions ! J'ajoutai avec fierté le terme à mon répertoire mental, puis modérai mon enthousiasme : ce n'était qu'une toute petite pièce du puzzle. Quand avais-je vu ce fameux docteur ? N'était-ce pas ce matin ? Je scrutai le ciel par la fenêtre comme si la lune pouvait me donner l'heure. Étions-nous seulement encore aujourd'hui ? Je me repassai ces images, m'accrochai à cette conversation. Il fallait enrouler le fil à partir de là.

Voyons… Mon infirmier m'avait accompagnée chez le doc, comme il l'appelait, où j'avais croisé monsieur Burish. Brrr ! Cette pensée me fit froid dans le dos ! Cet homme me regardait avec une telle acuité… Il allait bien finir par voir à travers moi. Je secouai la tête pour chasser le souvenir. Que s'était-il passé, ensuite ? Ensuite… Ensuite, j'étais entrée dans le bureau du psychiatre. C'était à ce moment-là que le doc avait fait sa remarque à Frank sur les menottes. Bien. J'avais le début. Oui, et après ? Après, les événements s'embrouillaient. Il s'était produit quelque chose *d'important*, quelque chose *d'inhabituel*, cela, j'en étais certaine, mais quoi donc ?

J'avais un drôle de pressentiment sur la langue. Pouvais-je dire un *postsentiment* ? Ma petite voix se manifesta. Elle me renvoya l'image d'une porte, mais je n'étais pas d'humeur pour les charades.

— Laisse-moi me concentrer, dis-je tout haut.

Mais mes pensées ne firent que dévier davantage. Au milieu des ombres étirées des meubles, mes yeux tombèrent sur mon fauteuil roulant. Il scintillait à cause des reflets de la lune.

Depuis longtemps, je n'en avais plus la nécessité. Sauf sur de grandes distances, je pouvais marcher. On continuait pourtant à me l'imposer. Je détestais cela ! Le fauteuil leur donnait à tous la possibilité de me déplacer, au gré de leurs envies, tel un objet inanimé. Stupide fauteuil ! Je l'aurais bien balancé par la fenêtre ! D'ailleurs, je n'étais pas vexée de le voir utilisé par quelqu'un d'autre, comme, en ce moment même, le faisait cette ombre.

Je la saluai. Elle me salua en retour.

Je ne devais être qu'imparfaitement réveillée, car tout cela me sembla normal. Quelque chose s'agita au fond de ma conscience : ma petite voix.

L'ombre n'avait ni yeux ni bouche, et ses contours étaient mouvants et indéfinis. Pourtant, sa posture laissait penser qu'elle m'observait. *Quelle étrange créature...* songeai-je.

Un bruit de clefs me tira de ce demi-sommeil. Je reconnus mon infirmier à la façon de les faire tinter. L'instant d'une ouverture de porte, un rayon artificiel venu tout droit du couloir se fraya un chemin et balaya le seuil. L'ombre de Frank s'allongea, toucha presque le spectre inconnu qui recula, puis le battant se referma, remportant la lumière avec lui.

Je ne vis pas les traits de Frank, mais j'eus l'intime certitude qu'il était préoccupé : il était silencieux, trop silencieux. Je le scrutai pour en avoir le cœur net, mais la réadaptation de ces yeux – mes yeux – au noir presque complet prenait toujours une éternité.

Et quels yeux stupides ! Si délicats, si fragiles ! Ils ne supportaient rien. Ils s'acclimataient avec difficulté au jour, mais paniquaient dans les ténèbres. Ils se mettaient sans cesse en quête de la moindre source lumineuse pour aller s'y griller les cils, comme les ailes d'un papillon sur une flamme. Ils n'aimaient ni le froid ni le chaud, l'eau non plus, et encore moins le vent ! Je l'avais appris à mes dépens. Une seule fois, j'avais franchi ces murs. Une seule fois, Frank m'avait fait sortir, en douce. Ça avait été sur un balcon, à quelques portes à peine de ma chambre, mais j'avais eu l'impression d'être partie au bout du monde. La vue m'avait coupé le souffle – littéralement, car j'avais fait une crise d'angoisse.

J'avais découvert à quel point nous nous trouvions au milieu de nulle part. Mon infirmier m'avait dit qu'à l'horizon, à une cinquantaine de kilomètres, il y avait une grande ville, mais que l'on ne pouvait pas l'observer, pas même la nuit quand ses lumières brillaient, car elle était hors de portée. La forêt s'étendait à perte de vue, au sens propre comme au figuré. J'avais maudit ces yeux de ne pas voir plus, voir mieux, voir plus loin, au-delà des cimes des arbres. Moi, je voulais tout voir ! Au lieu de ça, j'avais senti, pour la première fois, la brise sur mon visage. Je ne connaissais alors pas le vent, son souffle, sa fraîcheur, le goût de sa liberté. Ces maudits yeux s'étaient mis à larmoyer, puis avaient pleuré, pleuré jusqu'à s'assécher. Je n'avais rien pu y faire, et Frank non plus.

— Tu es réveillée ? me demanda-t-il à voix basse.

CHAPITRE 6 : RÉMANENCES

— Est-ce que tu es réveillée ? répéta mon infirmier plus fort.

L'étais-je ? Je me redressai un peu en grimaçant. Ma nuque était endolorie. Dans son coin, l'ombre m'observait toujours.

— Je crois, répondis-je d'une voix éraillée.

— Tu n'en es pas sûre ?

Il rit, nerveux. Quelque chose n'allait pas. Malgré moi, mes muscles se contractèrent.

— Si, bien sûr, le rassurai-je.

— Tu as dormi presque toute la journée.

Voilà qui expliquait pourquoi je ne me souvenais pas du reste. Mais quand m'étais-je assoupie, exactement ? Je n'avais tout de même pas piqué du nez au beau milieu de ma séance avec le doc ? Après tout, pourquoi pas... Il m'arrivait souvent, au début, de somnoler dans des endroits insolites.

— Je venais vérifier que tout allait bien, se justifia-t-il. J'ai refait tes points et ton bandage. Tu as besoin d'un antidouleur ?

Il fit quelques pas en avant qui me parurent hésitants. Du coin de l'œil, je vis l'ombre remuer, se lever et s'approcher de lui. Je l'observai. Il suivit mon regard.

— Tu te sens bien ? me demanda-t-il, inquiet.

Je ne lui répondis pas. J'étais bien trop captivée par l'intruse. Elle le tâtait à présent, le sondait. J'eus l'envie irrépressible d'aller vers elle, mais aussitôt que j'en formulai la pensée, elle s'évapora dans la nuit. Le visage de Frank apparut dans mon champ de vision :

— Tu m'entends ?

Je pris conscience du malaise ambiant.

— Je vais bien, répondis-je, un peu sonnée.

Il se détendit malgré tout, et l'atmosphère parut tout à coup bien plus respirable. Il combla le fossé nous séparant. Sa main sur la mienne réveilla les fourmis qui s'y étaient accumulées. La sangle était trop serrée.

— Tu m'as fait peur, tu sais. Quand je t'ai ramenée tout à l'heure, tu n'étais plus que l'ombre de toi-même. On aurait dit une poupée de chiffon dans mes bras ! Tu ouvrais les yeux de temps en temps, mais à peine.

Il tapota mon front :

— Il n'y avait plus personne là-dedans.

Je battis des cils.

— Qu'est-ce qui t'est arrivé ? Que t'a fait ce doc ? Il t'a donné des médicaments, c'est ça ?

J'avais espéré qu'il éclairerait ma lanterne à ce sujet. Je haussai les épaules.

— Un instant, j'ai bien cru que tu étais retombée dans le coma !

Était-ce possible ? Je m'en inquiétai. Si cela advenait, perdrais-je encore la mémoire ? Oublierais-je tout ce que j'avais vécu depuis mon réveil ? Devrais-je tout réapprendre, encore une fois, tout recommencer ? Ma petite voix me fit remarquer qu'au moins, dans ce cas, je ne me souviendrais pas non plus d'avoir passé des mois d'ennui entre ces quatre insupportables murs... Mais c'était à supposer que je me réveillerais à nouveau.

— Monsieur Burish a eu beau vanter les mérites du doc à tout un chacun, pour une fois, je crois qu'il s'est trompé.

Je le dévisageai. Jamais encore il n'avait critiqué une décision de monsieur Burish.

— Ce doc, il se donne de grands airs, mais si tu veux mon avis, c'est un charlatan.

Il se mit à parler de plus en plus vite. Je connaissais ce regard, celui qu'il adressait au mur et non plus à moi, et qui signifiait qu'il allait mener la conversation pour deux. Je me renfonçai un peu sous les draps. Si ses bavardages m'irritaient quelquefois, la plupart du temps, ils avaient quelque chose de rassurant. Je me laissai bercer.

— Tu vois, j'ai fait mes petites recherches. Je n'avais rien de mieux à faire pendant votre séance. Enfin, si, bien sûr, mais j'ai préféré attendre près de la porte. J'ai bien fait ! Bref, figure-toi qu'il n'est même plus un vrai psychiatre !

Il se mit à chuchoter.

— Et, sans vouloir t'effrayer, il aurait été impliqué dans une histoire de *meurtre*.

— Hum, hum, fis-je.

Je l'écoutais distraitement.

— Tout ce que j'ai retrouvé, ce sont quelques papiers, quelques articles qu'il a écrits. Tu vas pas me croire, je le sais, mais dis-toi que ça parlait de fantômes et d'esprits vengeurs. Ça m'a filé la chair de poule !

S'en apercevrait-il si je fermais les paupières ? Il n'avait pas rallumé. Comme moi, il ne devait pas voir plus loin que le bout de son nez.

— Tu me feras remarquer que, moi, je ne suis pas un vrai infirmier, et il me l'a bien rappelé, d'ailleurs ! Quel culot, quand j'y pense ! En ce qui me concerne, c'est différent. Tu le sais, toi, pas vrai ? Je n'ai pas été radié de l'ordre, moi, au moins.

J'avais arrêté d'écouter, mais je reconnus à son intonation qu'il attendait une réponse, ou tout du moins un semblant de réponse. J'opinai du menton. En général, ça lui suffisait.

— Je me demande ce qu'il a pu te dire ou te faire pour te mettre dans un état pareil. Rassure-moi, il ne t'a pas fait de mal ?

— Il m'a posé des questions, dis-je.

Je m'aperçus soudain que d'autres souvenirs me revenaient. Oui, il s'était contenté de m'interroger, et ensuite... Sa voix parasita mes réflexions :

— Des questions ? C'est tout ? Quel genre de questions ?

— Hum ? fis-je.

— Qu'est-ce qu'il t'a demandé, par exemple ?

J'avais piqué sa curiosité. Je m'en mordis la langue. Le problème n'était pas là...

— Je ne me souviens pas, éludai-je.

Il s'esclaffa :

— Ah ! Le grand spécialiste qui doit t'aider à recouvrer la mémoire te pose des questions dont tu ne peux même pas te souvenir !

Il porta le doigt à son nez.

— Tu vois, je l'ai senti tout de suite qu'il était incompétent, ce type.

J'avais l'habitude de ses commérages, mais il n'avait jamais été aussi véhément. Ma petite voix me rappela l'épisode des menottes. Ceci expliquait cela, le doc l'avait vexé.

— Je me demande ce qui est passé par la tête de monsieur Burish, continua-t-il. D'habitude, on peut se fier à lui les yeux fermés, tu sais. C'est un génie qui voit les choses avec clarté, qui...

Il reprit son soliloque, et je pus m'assoupir. Ma petite voix soupira au fond de moi.

Après d'interminables éloges, un silence me dérangea. J'ouvris un œil. Il me fixait.

— Alors ? dit-il.

Mince, j'avais raté quelque chose. Je tentai le haussement d'épaules.

— Non, mais dis-moi la vérité. Comment ça s'est passé ?

— Avec le doc ?

— Évidemment avec le doc ! s'impatienta-t-il.

Je ne le savais pas. J'étais fatiguée. Je n'avais pas très envie de réfléchir. Je refermai l'œil. Des images roulèrent pourtant sous mes paupières. Une pile de dossiers, les lunettes du psychiatre, ses yeux en amande, les feuilles qui volent. Je me laissai entraîner avec elles...

— Il ne s'est tout de même pas contenté de te poser des questions ? entendis-je insister mon infirmier.

Le pelage d'un chat. Le son de la pluie. Une odeur de café. Le cliquetis entêtant d'un stylo...

— Tu m'écoutes ?

La page noircie et le raclement sur le papier. Le nœud papillon jaune, qui tressaute; le tissu rêche du canapé, l'écran de veille de l'ordinateur. Les souvenirs épars m'emportaient, tourbillonnaient dans mon esprit.

— Nous avons fait un exercice, m'entendis-je répondre d'une petite voix lointaine.

— Et c'est cet exercice qui t'a transformée en légume ? C'était quoi ?

— Hypnose... affirma cette voix qui était mienne.

— Sérieux ? Trop cool. Enfin, pas avec ce charlatan, mais j'ai toujours rêvé d'essayer ! Une fois, mes parents m'ont emmené à un spectacle de magie...

Le voilà reparti, pensai-je vaguement.

— Le type avait fait monter une femme sur scène, pour l'hypnotiser. C'était hallucinant ! Mais tu vois, moi, j'estime que...

Sa voix me parvenait étouffée, comme de l'autre côté d'une vitre épaisse – une vitre similaire à celle de l'aquarium dans le bureau du doc. L'aquarium... Il y avait eu ces poissons. Je les avais trouvés étranges. Oui, parce que je les avais regardés à l'envers, la tête renversée. Dans ce sens, leurs branchies forment des sourires. On en oublie leur prison de verre. Un aquarium, c'est une cellule comme une autre, comme la mienne.

Les plantes se balançaient au gré du courant. De droite, à gauche. De gauche, à droite. Au-dessus d'eux... Non, au-*dessous* d'eux, l'eau ondulait à la surface. Le mot *souface* existait-il ? C'était là, en tout cas, que tout avait commencé. J'avais regardé l'eau par-dessous. Le plafond lui-même était devenu liquide. J'avais été au fond d'un aquarium. L'ondoiement du remous ? Hypnotique. Je m'y étais perdue. La banquette s'était mise à tanguer, et bercée par les roulis de mon esprit, j'avais contemplé une cascade, dans l'encadrement d'une porte. Une porte ? Oui. Elle m'avait engloutie. Cela avait été tout naturel. Je m'étais laissée dériver. Encore maintenant, je sentais son appel tandis que la voix de Frank, au loin, me parvenait par vagues :

— Tu me crois, tu me crois pas, mais c'est de cette manière qu'elle s'est retrouvée à faire l'autruche sur scène !

Allongée sur la banquette, je le contemplai, lui et les lunettes sur son nez.

— Je sais, ça paraît fou !

L'image de Frank était trouble, mouvante. Un mur d'eau nous séparait. Il y avait quelque chose d'incohérent là-dedans. D'inquiétant aussi, peut-être. Je ne le savais plus trop.

— Tu vas me dire, c'était peut-être une complice, mais tu vois, j'en doute...

Le visage du psychiatre et celui de l'infirmier. Son bureau et ma chambre. J'observai mon corps tout à la fois allongé sur le lit à barreaux et sur la banquette. D'autres pièces m'apparurent. Je ne les avais jamais parcourues. Je ne m'en étonnai pas. Le temps et l'espace se confondaient. Mes souvenirs se superposaient de façon chaotique. J'étais traversée d'images qui s'entremêlaient. Avec une profonde indifférence, je les regardai se fragmenter, se démultiplier.

— ... parce que je suis presque certain de l'avoir croisée dans la queue, à la billetterie.

Je remarquai à peine que je ne ressentais plus mon corps, que mon esprit s'était engourdi. Les angoisses me quittaient. Les joies aussi. Le brouhaha des voix, comme une cascade, devint assourdissant. Il avala celle de Frank. Quelque chose m'enveloppa. Je me laissai absorber...

Non ! Un sursaut de conscience me frappa tout à coup. Je devais lutter ! Il serait bientôt trop tard ! Vite ! Je reculai, mais sombrai dans la nuit.

Au milieu des ténèbres, un silence abyssal me reçut. Je contemplai le reflet au-dessus de moi. Ou peut-être au-dessous. Mon reflet. La surface. Je ne ressentais rien. L'eau noire m'avait eue. J'étais résignée. Je ne lutterais pas. Les choses étaient ce qu'elles étaient, je n'avais plus de questions. Je me laissai couler un peu plus. Je vis mon double. Non ! Il fallait faire machine arrière ! Je reculai et passai à travers le mur, liquide.

— ... C'est pour ça, tu vois, que s'ils m'avaient permis de suivre cette voie, j'aurais fait un bon magicien, moi aussi...

Je battis des paupières et ouvris les yeux. J'étais de retour à ma place, sanglée aux barreaux du lit. Tout me paraissait plus petit cependant, si minuscule ! Le plafond était si bas, le sol si haut. L'infirmier, la pièce, les meubles, mon corps. Je baissai le nez pour en prendre la mesure. J'étais à l'étroit, murée dans la chair. Une bouffée de chaleur gagna mes tempes.

— Ça m'aurait plu, la scène, la musique, les costumes, les paillettes... !

Le tambourinement de mon cœur résonnait comme une sentence. Ce corps se refermait sur mon âme ! Il la pressait de toutes parts. J'avais besoin d'espace ! Je suffoquais. J'allais imploser. Vite, de l'air !

— Détache-moi ! hurlai-je.

Frank se figea.

— Détache-moi ! Je ne peux plus respirer !

Je luttai pour inspirer autant d'oxygène que j'en avais expiré, mais une main invisible serrait mon cou de toutes ses forces. Mon infirmier ne chercha pas à comprendre, ne posa pas de questions. Il se jeta sur l'interrupteur. Aveuglée, je vis sa silhouette se précipiter sur moi et sentis la pression autour de mes poignets se relâcher. Il défaisait mes sangles.

— Calme-toi, tout va bien, calme-toi, répétait-il alors que je me débattais contre celle qui m'étouffait.

— Je ne peux plus respirer... fis-je d'une voix rauque.

Je toussai, crachai, luttant pour reprendre mon souffle.

— Calme-toi ! Si tu peux parler, tu peux respirer.

Je haletai. Il courut ouvrir la fenêtre et revint aussitôt à mon chevet. Le vent frais et humide de la nuit s'engouffra dans ma chambre et dans ma gorge. Une autre main repoussa celle qui m'étranglait. J'inspirai de grandes goulées d'air saccadées. Mon infirmier me frotta le dos.

— Ne me touche pas, crachai-je.

Il s'écarta immédiatement.

— Pardon.

— J'ai besoin d'espace !

Il recula. La respiration toujours irrégulière, le cœur battant, je tâchai de me calmer. Il m'observa, soucieux. Une ombre, à côté de lui, se pencha sur moi à son tour. Était-ce elle qui m'avait attaquée ? Je la scrutai. Elle était bien plus petite et n'avait pas l'air belliqueuse.

— Ça va mieux ? demanda-t-il.

J'opinai en me forçant à inspirer et à expirer comme il me l'avait appris.

— Ça faisait longtemps que tu n'avais pas fait de crise d'angoisse, constata-t-il.

— C'était différent, cette fois, répondis-je, la voix éraillée.

J'eus envie de tout lui raconter. L'eau, les abysses, le reflet. La main qui m'avait sauvée et celle qui avait tenté de m'étrangler. À la dérobée, je jetai un coup d'œil à l'ombre qui se tenait à mon chevet. Le reste avait disparu, mais elle, elle n'avait pas bougé. D'une voix mal assurée, je demandai à Frank :

— Est-ce que tu la vois, toi aussi ?

— Quoi donc ?

CHAPITRE 7 : JEUX D'OMBRES

— Tu me crois, tu me crois pas, c'est de cette manière qu'elle s'est retrouvée à faire l'autruche sur scène !

Frank était si rasoir… Comment mon autre moi-même pouvait-elle encore le supporter ?

— *Dis-lui… de se… taire…* ordonnai-je assez fort dans sa tête, ma tête, pour être entendue.

Mais elle m'ignora, comme elle l'ignorait lui. Je me penchai sur ses pensées : elle divaguait. Mes yeux, ses yeux, étaient fermés, mais j'accédai à son tourbillon mental. Je me concentrai sur celui-ci, d'abord parce que je ne voulais pas écouter Frank radoter, ensuite car j'espérais que le phénomène, celui auquel j'avais assisté dans le bureau du psychiatre, se reproduirait.

Je la sentis sombrer à nouveau dans la confusion. Je trépignai, attendant une nouvelle apparition de la porte blanche. Très vite, elle se matérialisa en effet, au milieu de la chambre. Je m'empressai de la rejoindre et de l'ouvrir. Comme prévu, je me retrouvai nez à nez avec une cascade.

Ce matin, j'avais découvert qu'elle permettait d'accéder à un univers parallèle. Du moins, c'était ainsi que je me le figurais. Je n'étais pas allée très loin : mon autre moi-même s'y était perdue, il avait fallu la tirer de là.

Cette fois, je l'abandonnai au désordre de ses pensées et au bavardage de l'infirmier. Je traversai le mur d'eau, prête à poursuivre l'exploration de ce nouveau monde. Comme un peu plus tôt, des marches se dessinèrent sous mes pieds. Je me retins de les dévaler. Prudence ! C'était un territoire inconnu…

Je pris le parti de progresser doucement et je fis bien, car une ombre émergea de la brume, remontant quatre à quatre l'escalier. Elle fondit droit sur moi. Je reculai d'un pas. Elle était grande, plus grande que celle aperçue ce matin, dans le bureau du psychiatre, et bien plus imposante que celle qui s'était installée dans le fauteuil roulant. C'en était une autre, une de plus, la troisième. D'où venaient-elles et qu'étaient-elles ? Je n'eus pas le loisir de lui poser la question. Elle me passa devant pour franchir la cascade en sens inverse. Aussitôt, un cri glacial résonna depuis la chambre, que la chute d'eau ne suffit pas à étouffer.

— *Détache-moi !*

C'était ma voix, non, sa voix, à elle.

— *Détache-moi ! Je ne peux plus respirer !* hurla-t-elle.

Je me précipitai en arrière.

— Calme-toi, tout va bien, calme-toi, répétait l'infirmier.

Il me fallut une seconde pour comprendre ce qui se passait : elle se débattait contre l'ombre qui, penchée au-dessus d'elle, enserrait sa gorge de ses mains brumeuses.

— Je ne peux plus respirer… fit mon autre moi-même d'une voix étranglée.

— Calme-toi ! Si tu peux parler, tu peux respirer.

Je me jetai sur le spectre tandis que Frank courait à la fenêtre. Je l'empoignai, essayai de la repousser, mais je n'avais ni sa force ni sa taille. Pourtant, elle parut reconsidérer ses envies de meurtre. J'avais dû la surprendre. Elle me dévisagea d'un air étrange, puis desserra sa prise.

— Ne me touche pas, cracha mon double à l'infirmier.

— Pardon.

— J'ai besoin d'espace !

À ces mots, l'ombre se figea tout à fait. Elle recula et pencha son semblant de tête sur le côté, nous observant comme une bête curieuse. J'en fus singulièrement émue. Personne ne m'avait regardée, moi, depuis des années. Elle avança d'un pas. Je me positionnai entre elle et mon autre moi-même – comme si cela changeait la donne –, mais elle s'arrêta.

— Ça va mieux ? demanda l'infirmier.

Je ne me retournai pas. Je restai sur le qui-vive, les yeux rivés sur l'ennemie.

— Ça faisait longtemps que tu n'avais pas fait de crise d'angoisse, remarqua-t-il.

— C'était différent, cette fois, répondit-elle, la voix éraillée.

— *Va-t'en,* dis-je à l'ombre.

Contre toute attente, celle-ci recula. Je crus un instant que c'était pour mieux revenir à la charge, mais elle s'évapora. La brume qui composait son être retourna à la porte, que je claquai aussitôt. Soulagée, je me tournai vers mon corps. C'est alors que, pour la première fois, je croisai mes yeux, ses yeux.

— Est-ce que tu la vois, toi aussi ? demanda-t-elle à son infirmier.

— Quoi donc ?

CHAPITRE 8 : FENÊTRE

— De quoi tu parles ? insista Frank.

— De l'ombre à côté de toi. Tu ne la vois pas ?

Il eut un rire nerveux.

— Tu plaisantes, pas vrai ?

Comprenant que j'étais sérieuse, il écarquilla les yeux :

— Pas vrai… ? répéta-t-il d'une voix tremblante.

Je regardai tour à tour l'ombre et lui, lui et l'ombre. Elle aussi semblait attendre une réponse. Je finis par secouer la tête. Lentement, Frank se tourna vers l'endroit que je lui indiquais du menton.

— Je… je ne vois rien.

Je chuchotai :

— Pourtant, elle est là.

Le mutisme dans lequel il se mura m'inquiéta bien plus que s'il s'était mis à crier. J'avais ressenti le besoin de lui parler de l'ombre, parce que j'avais espéré qu'il me rassurerait, qu'il se moquerait, qu'il se lancerait dans l'une de ses histoires à dormir debout que la mienne lui aurait évoquée. À la place, il me prenait au sérieux. Je retins mon souffle, attendant un mot, un geste. Sa paupière commença à tressauter, puis le reste de son corps suivit.

— Dis quelque chose ! paniquai-je.

Mais il serra la mâchoire. Les jambes de pacotille dont j'étais affublée, bien qu'étendues, se mirent à flageoler.

— J'ai entendu des rumeurs, déclara-t-il enfin.

Des rumeurs ? À propos de quoi ? de moi ? de l'ombre ? Quelqu'un d'autre l'avait-il vue ?

— Robert en était convaincu. Je ne les ai pas crues, mais…

Il n'acheva pas sa phrase. Il porta les doigts à sa cicatrice, puis les enfouit aussitôt dans sa poche.

— C'est Clarisse qui a vendu la mèche, jugea-t-il bon de me préciser.

Je ne connaissais Clarisse que de nom. Frank l'avait qualifiée une fois de bavarde, ce que j'avais trouvé effrayant, venant de lui.

— Tout à l'heure, elle est allée voir l'assistant de monsieur Burish, poursuivit-il. Tu sais, c'est ce type, celui qui porte toujours une chemise à carreaux.

J'opinai vivement.

— *Abrège...*

— D'ailleurs, tu savais qu'ils étaient ensemble, Clarisse et lui ? L'assistant, pas monsieur Burish, bien sûr. Incroyable, non ? Ils sont si différents ! Enfin, ce n'est pas ça l'important.

En effet, m'impatientai-je en chœur avec ma petite voix. D'un mouvement de tête, je le pressai de continuer.

— Quand elle est arrivée à son bureau, le doc était là. Elle a reconnu ses cris. Tu vas me dire que c'est mal d'écouter aux portes, et je suis d'accord, mais c'est ce qu'elle a fait. Je ne lui jette pas la pierre.

Je résistai à l'envie de le secouer. L'ombre prit son semblant de tête entre ce qui lui servait de mains, comme exaspérée, elle aussi.

— Pour faire court...

Un rire – qui n'était pas le mien – jaillit dans mon crâne.

— Elle a entendu le doc et l'assistant parler de toi.

De moi ?

— Ce charlatan était dans tous ses états.

Que disait-il ?

— Il racontait des choses qui n'avaient pas de sens. Il était incohérent. Il divaguait. Parfois, il criait, aussi. Il répétait que c'était impossible. Mais l'assistant, lui, tu vois, n'était pas surpris. Il n'a pas nié ce que disait le doc, tu comprends ?

Non, je ne comprenais pas !

— Ensuite, quand le doc est parti, elle en a touché deux mots à l'assistant. Et il lui a avoué que c'était vrai, que monsieur Burish attendait de pouvoir confirmer sa théorie. Bien entendu, il lui a fait promettre de n'en parler à personne pour l'instant, mais tu connais Clarisse… Tout le monde ne parle plus que de ça. Il y a ceux qui pensent que tu es folle et ceux qui y croient. Moi, je n'y croyais pas, mais je commence à me demander si… Mon Dieu ! Et Robert qui répète à qui veut l'entendre qu'ils vont t'ouvrir la tête…

Ils vont quoi ?! L'horrible image de ma cervelle répandue en morceaux visqueux sur le carrelage froid d'un laboratoire me souleva le cœur.

— *Papa… Papa ne les laisserait pas faire…* affirma ma petite voix.

— *Monsieur Deulort ?* lui répondis-je en pensée. *Est-il seulement au courant des projets de monsieur Burish ? Il ne vient même plus nous voir !*

— *La faute… à qui… !* vitupéra-t-elle.

— *Ça ne peut pas nous arriver, ce n'est pas possible. Ils ne peuvent pas faire ça. Pourquoi feraient-ils ça ? Robert veut nous faire peur, c'est tout.*

Un profond silence tomba dans l'habitacle étroit de ma tête.

— Quelle est la théorie de monsieur Burish ? demandai-je à Frank.

Il sembla se rappeler ma présence.

— Je… je ne devrais pas te le dire, bégaya-t-il. J'en ai déjà trop dit. Je suis désolé.

Comment ça, trop ? Il se moquait de moi !

— S'il te plaît, insistai-je.

Je jetai un coup d'œil à l'ombre, car elle avait bougé. Frank suivit mon regard et croisa les bras. J'espérais naïvement qu'il avait froid, à cause de la fenêtre toujours grande ouverte.

— Je vais te remettre tes sangles, d'accord ? C'est plus prudent.

Plus prudent ? Pour qui ? Il s'approcha de moi à pas lents et me rattacha avec beaucoup d'appréhension. Soudain, je compris : il avait peur de moi ! Je pouvais l'entendre claquer des dents. Ses gestes étaient hésitants, malhabiles. Ses doigts tremblotaient, et de la sueur perlait sur son front. Puis j'en eus la certitude : un clignement de paupières, et il bondirait en arrière.

J'envisageai, une demi-seconde, de l'effrayer davantage pour me libérer. Il serra la sangle autour de mon poignet gauche. Il ne me restait plus beaucoup de temps ! Ma petite voix m'envoya des images de fuite, plusieurs à la seconde : moi repoussant l'infirmier, moi me détachant de ma main libre, moi me précipitant hors de la chambre, puis dans l'ascenseur... Mais l'idée s'arrêtait ici. Où irions-nous ensuite ? Je n'avais personne, et nulle part où nous réfugier.

— *Mieux vaut être perdues... que trépanées...*

Mais encore fallait-il ne pas succomber à la faim ou au froid, là dehors ! De ce que j'avais retenu de notre escapade sur le balcon, nous étions au beau milieu de rien, quelque part en forêt. Et quand bien même j'atteindrais une ville, je ne connaissais du monde que ce que j'en avais vu dans les films et lu dans les quelques bouquins que m'avait dénichés l'infirmier. J'avais, certes, l'aide de cette petite voix, mais serait-ce suffisant ? Ne courrais-je pas à ma perte, là-bas, toute seule, hors de ces quatre murs ?

Frank serra la sangle autour de mon poignet droit, scellant mon sort. Il se tourna vers le moniteur, me remit les électrodes à la va-vite en évitant tout contact direct avec ma tête.

— J'y vais.

— Tu ne me bordes pas ?

— Bonne nuit, me répondit-il à la place.

Sans oser me tourner le dos, il se dirigea vers la sortie. L'on aurait dit qu'un monstre tapi dans l'ombre attendait l'occasion de lui sauter à la gorge. Il éteignit la lumière et claqua aussitôt le battant derrière lui, en oubliant de refermer la fenêtre.

— *On n'a pas... entendu... le verrou...* susurra ma petite voix.

Un espoir aussi vain qu'insensé me ranima. La liberté, à portée de main ! Je me trémoussai dans mon lit, mais les contentions me ramenèrent très vite à la réalité. Cet oubli ne changeait rien, puisque je ne pouvais pas me lever. Pourquoi ne l'avais-je pas empêché de m'attacher… ! La fenêtre me nargua. Elle était restée grande ouverte, et le froid s'engouffrait dans la pièce, à grand renfort de courants d'air. Des poils se hérissèrent d'abord sur mes bras, puis sur tout ce fichu corps qui n'était décidément pas fait pour ces températures.

— Normal… On est nées… sur une île…

Oui, et cela avait dû le façonner. Il était fait pour le soleil, pour la caresse brûlante du sable entre les orteils, pour l'étreinte iodée des alizés, éventuellement pour quelques nuits vivifiantes, une ou deux vagues fraîches, au pire pour la moiteur des pluies. Mais pas pour les morsures de ce fichu climat polaire ! Les couvertures blanches, froissées, gisaient à mes pieds, tout au bout du lit. J'étais presque nue, à découvert. Impossible de me soustraire à cette atmosphère. Je jetai un regard à l'ombre, qui m'observait toujours.

— Va-t'en ! hurlai-je, à bout.

Elle se dissipa comme la fumée du bois qui brûle.

Livrée à moi-même, je tentai de remonter les draps en les attrapant entre mes orteils. Je me tortillai, gesticulai en tous sens, mais ne parvins qu'à les ramener à hauteur de mollets. Dans ma lutte, bien sûr, il fallut que je fisse sauter un coin de housse. Maudit lit ! Maudit corps ! Toujours à avoir froid, faim, sommeil ! Je ne m'y habituerais jamais. J'y étais à l'étroit… À l'étroit et glacée ! Je n'avais qu'une chemise de nuit et cette peau. Ce n'était pas assez. Ce ne serait jamais assez ! Mais ce serait peut-être bientôt fini… Comment pouvaient-ils envisager de me disséquer ? Pour quoi me prenaient-ils ? Avec rage, je serrai le poing, sans autre choix que de grelotter jusqu'au petit matin, sinon celui de mourir d'une pneumopathie…

Par bonheur, la colère me réchauffa un moment. Qui était cet homme, ce maudit monsieur Burish, pour prétendre détenir une vérité sur moi dont j'ignorais tout ? Ce cœur, dans ma poitrine, s'emballa. Il me meurtrit un peu les côtes. Il fallait me calmer... Cette théorie n'était peut-être qu'un diagnostic ? Les mots de Robert, une menace ? La réaction de mon infirmier se joua encore et encore dans ma mémoire. Mais pourquoi aurait-il peur d'un diagnostic ? Non, ça n'avait pas de sens...

Si seulement il y avait quelqu'un à qui parler, quelqu'un pour m'aider à comprendre... Je n'avais, pour toute compagnie, que cette petite voix dans ma tête, pas très loquace, peu agréable ; cette petite voix que Frank disait être ma conscience. L'idée qu'elle était moi, que j'étais elle, me faisait me sentir plus seule encore.

Plusieurs heures – sans doute – après le départ de mon infirmier, je ne parvenais toujours pas à sombrer. Le froid m'engourdissait, mais j'avais assez dormi dans la journée pour veiller toute une vie. L'insomnie me frappait, d'autant plus que mes étranges et incroyables voyages dans les ténèbres me hantaient. Étaient-ils bien réels, ou étais-je folle ? Ils me le répétaient sans cesse, monsieur Deulort le premier, que j'étais malade, que j'hallucinais. Une folle, une aliénée, oui, je l'étais. J'étais prête à le reconnaître, à l'accepter. Mais j'espérais en secret, tout au fond de moi, qu'il y avait un peu de vrai dans mes drôles de rêves. Ils étaient terrifiants, mais je m'y sentais chez moi et libre ! Je n'y étais plus la prisonnière de qui que ce soit, de quoi que ce soit, pas même de ce petit corps encombrant. Ni une fille ni une patiente, rien qu'une ombre parmi les ombres.

Au bout d'un moment, excédée, je tapai des pieds sur le matelas, faisant voler les draps pour de bon. Dormir, je voudrais dormir ! Ne plus ressasser ! Et puis j'aimerais retourner auprès de lui, lui que je croisais au carrefour de deux songes et grâce à qui mes angoisses disparaissaient.

Ces derniers temps, son image s'était précisée chaque nuit. De mouvante, réduite à une simple silhouette, une ombre de plus, elle était devenue nette et claire. J'avais pu m'approcher de lui, j'avais pu distinguer les taches de rousseur sur sa peau diaphane. Cependant, je le retrouvais toujours dans un espace bruyant où il était difficile d'isoler sa voix du brouhaha ambiant. Aussi n'avions-nous jamais pu communiquer… J'avais reconnu son timbre, une fois, au milieu des autres. Jamais je ne l'oublierais. Cette nuit-là, j'avais pu me pencher assez pour découvrir ses yeux. La profondeur abyssale de ses pupilles m'avait donné la vertigineuse impression de m'être confondue avec l'humanité tout entière. J'avais eu, au fond de moi, l'intime conviction qu'il me comprendrait. Peut-être m'attendait-il en ce moment même alors que mon corps se refusait au sommeil. C'est étrange, quand quelqu'un que vous ne connaissez pas vous manque…

Ma petite voix se moqua de mes pensées fleur bleue, et je me sentis soudain ridicule, allongée là, dans le froid, les jambes à l'air, à me faire des films. Je me tortillai dans mon lit. Qu'il était énervant de ne pas pouvoir changer de position ! Si seulement je pouvais atteindre mon dictionnaire, pour me distraire… Parcourir toutes ces lettres, ces définitions, me permettait, non pas de comprendre cet univers, mais de mesurer sa complexité. Et cela me calmait. J'avais l'impression d'être moins isolée, moins perdue, car je comprenais à travers la langue que tout le monde l'était, puisque tout, même le plus modeste des mots, pouvait prêter à confusion. *Maudites sangles !* pestai-je. *Maudit corps ! Maudit… tout !* Je tournai la tête en soupirant.

La fenêtre était grande ouverte sur le ciel nocturne, sur la cime des arbres. Le temps s'était couvert à nouveau. Les nuages dissimulaient la lune. Je songeai aux ombres, peut-être cachées dans le noir, mais n'en fus pas effrayée. La seule chose qui m'inquiétait, c'était l'obscurité même, ou plutôt l'envie qu'elle faisait naître en moi. Elle me donnait l'étrange sensation de ne plus savoir où se trouvaient les limites de mon corps. De pouvoir, si je n'y prenais pas garde, aller me confondre avec la nuit. C'était grisant.

Une agitation de la poignée de la porte me tira de ces pensées.

— *Pas trop tôt,* grommela ma petite voix en songeant, comme moi, à Frank.

Il revenait sans doute, sinon s'excuser, du moins refermer la fenêtre et me border. À la place, une lumière blanche me foudroya. Mes mains eurent le vain réflexe de se lever pour protéger mon visage, mais les sangles les en empêchèrent. Je ne pus que serrer les paupières, de toutes mes forces. Je ne les rouvris qu'en une très légère fente, de façon à identifier la personne qui venait de brûler sans vergogne les tréfonds de mes rétines. Le faisceau balaya toute la pièce, fouilla chaque recoin, avant de retomber sur moi. La lumière me frappa encore. Une seconde décharge courut le long de mes nerfs à travers ma tête. Je laissai échapper un râle.

— Merde, pardon, fit une voix avant de l'abaisser.

Ce n'était assurément pas celle de mon infirmier.

CHAPITRE 9 : ESTER

Je restai muette devant la silhouette inconnue. Ce n'était pas Frank, mais une jeune femme. À la lueur de sa lampe torche, braquée sur le sol, son visage m'apparut dur et froid.

— C'est quoi, ce bordel… maugréa-t-elle.

Je fouillai ma mémoire à la recherche de ces traits, de cette voix. Les connaissais-je ? Elle referma la porte derrière elle, sans bruit, avant de déposer la lampe par terre, au beau milieu de la pièce.

— C'est elle ?

De quoi parlait-elle ? Et surtout, à qui ? J'allais le lui demander quand la lumière grésilla.

— Parfait, déclara-t-elle en la ramassant.

Je n'en crus pas mes yeux, pas mes oreilles. Venait-elle d'avoir une conversation avec… une ampoule ? Ma conscience sembla tout aussi déroutée. La jeune femme déposa son amie la lampe sur ma table de chevet. Son visage, éclairé en plein, me parut moins menaçant. Ma petite voix souffla qu'elle était sublime. Ses cheveux, attachés en queue de cheval, avaient de féeriques reflets bleutés. Je suivis une mèche rebelle qui retombait sur son bras et remarquai alors qu'elle portait une blouse. Ses larges épaules y étaient à l'étroit.

— Vous travaillez ici ? demandai-je.

— Juste ce soir, répondit-elle avec un clin d'œil.

Ses iris clairs avaient quelque chose d'électrique, d'intimidant. Aurais-je oublié un regard comme celui-ci ? Elle semblait irréelle, cette belle inconnue au milieu de la nuit. Comme je la dévisageais d'un air bête, elle me sourit et désigna le badge sur sa blouse. J'y lus *Robert*. Elle avait dû la lui emprunter, car elle et ce monstre n'avaient rien de commun. Sinon, j'avais définitivement perdu l'esprit ! Elle me fit non du doigt :

— Moi, c'est Ester.

— *Ester...* souffla ma petite voix, sous le charme.

Elle me tendit une main que je ne pus que fixer.

— Je vois, fit-elle.

L'avais-je vexée ? Je lui désignai mes sangles du menton. Ses yeux s'arrondirent.

— Je vois ! répéta-t-elle.

Elle m'examina, les sourcils froncés. Mon cœur me sembla soudain très nu.

— Comment tu t'appelles ?

Incapable d'articuler un mot, je haussai les épaules.

— Tu veux pas me l'dire ?

— *Ne la fais pas... fuir...* s'épuisa ma petite voix.

— Je n'ai pas de nom, expliquai-je.

— Tu n'as pas de nom ?

Nouveau haussement. Elle se massa la tempe.

— T'es un drôle de cas, toi.

Ma langue m'échappa :

— Mais moi, je ne parle pas aux lampes !

Je me la mordis en représailles, m'attendant à voir Ester tourner les talons. Au contraire, elle m'adressa un grand sourire.

— Touchée.

Je ne pus m'empêcher d'admirer la lueur qui traversa ses yeux. Quelque chose, chez Ester, donnait envie de placer tous ses espoirs entre ses mains.

— Tu dois te demander qui j'suis et ce que j'fais là, pas vrai ?

J'opinai malgré ma timidité.

— Une petite idée ?

J'en avais bien quelques-unes qui trituraient ma cervelle... Par exemple, elle pouvait être une connaissance dont j'avais oublié l'existence. Dans ce cas, je savais d'expérience qu'elle le prendrait mal lorsque je lui dirais que même ses yeux ne me rappelaient rien. Les premiers jours, monsieur Deulort avait fait venir des amis, ceux d'une autre vie. Certains avaient pleuré. Une seule était revenue, quelquefois, mais elle s'était vite lassée et avait abandonné ses visites. Ça pouvait se tenir, sauf qu'il était peu probable que monsieur Deulort m'ait adressé Ester en pleine nuit.

— *Il n'est... peut-être pas... au courant...* réfléchit ma petite voix.

J'acquiesçai. Deuxième possibilité, Ester travaillait bien ici, mais ça n'élucidait pas cette blouse empruntée et la remarque sur le caractère exceptionnel de sa venue. Et puis, qui l'aurait envoyée à mon chevet ? Peut-être Frank, qui se serait aperçu de son erreur, mais aurait eu trop peur de revenir lui-même ou de demander l'aide de Robert ?

— *Mais... la blouse...*

— *Au pressing ?* proposai-je.

— *Et... la lampe... ?*

Cela, je ne me l'expliquais pas, mais je préférais encore une incohérence à ma dernière hypothèse : la folie. Ester pouvait n'être qu'une hallucination de plus, le rêve délirant d'un cerveau déjà malade – et très probablement en train de mourir d'hypothermie. Non, Ester portait une blouse. Elle était médecin ou infirmière. Pas besoin de chercher plus loin !

— Vous êtes venue me couvrir ? demandai-je d'une petite voix.

Elle parut surprise.

— Exact.

Ce simple mot souleva tout le poids qui pesait sur ma poitrine. Je n'étais pas folle, pas complètement, pas maintenant.

— Merci, soufflai-je. Je suis gelée.

Elle leva un sourcil. Je lui désignai les draps d'un regard appuyé.

— Ah ! Non, je suis pas ici pour te *couvrir*, pas dans ce sens-là...

Qu'est-ce que cela pouvait bien vouloir dire d'autre ? Elle

remonta pourtant la couette sur mon corps pétrifié.

— Pourquoi t'es là, dans cet... *hôpital* ?

Elle hésita sur ce dernier mot.

— Je me fais soigner, je passe des examens, je réapprends à marcher, à parler, je vois un doc, je...

Elle m'interrompit.

— Non, je veux dire... Pourquoi t'es là ? Qu'est-ce que t'as ?

Je restai muette. Ou bien je ne comprenais pas la question, ou bien elle ne travaillait pas ici.

— T'as perdu ta langue ?

Mes pensées s'entrechoquèrent trop vite pour répondre. D'impatience, Ester se mit à arpenter la pièce de long en large.

— Céleste ne m'avait pas prévenue... marmonna-t-elle.

Quelques allers-retours plus tard, elle revint à moi, les traits crispés sous un sourire de surface.

— Bon, tu vas me dire ce que t'as, oui ou non ?

Peut-être une voleuse égarée ? Je bégayai :

— Euh, ici, rien, pas grand-chose, du linge et...

— Tu le fais exprès !

Je me tassai sur moi-même.

— Désolée, se reprit-elle. On ne m'avait pas précisé que tu serais...

Elle n'acheva pas sa phrase.

— Ce que je veux savoir, c'est ce que t'as, comme maladie.

Alors, je répondis avec timidité :

— Monsieur Deulort dit que c'est une maladie mentale, mais ils ignorent laquelle.

— Je vois...

Je la fixai. Les questions continuèrent à se bousculer dans ma tête, mais je n'osai pas les lui poser.

— Quels sont tes symptômes ?

À nouveau, mes lèvres me trahirent, et je bégayai :

— D-des pertes d-de mémoire.

Mon malaise s'intensifia. Je transpirai. Ma petite voix, pétrie de honte, me répéta de la boucler.

— Et… c'est tout ? s'étonna-t-elle en lorgnant mes sangles.

Que devais-je lui répondre ? Que pouvais-je lui répondre ? Ma langue trébucha tandis que j'essayais de composer une phrase :

— Non, je… je vois, j'entends des choses aussi, mais, ce… ce n'est pas… c'est…

— Je vois, me coupa-t-elle.

Elle désigna mes poignets de l'index.

— C'est pour ça ?

Je pris mon courage à deux mains et, au lieu d'une réponse, j'osai une question.

— Mais qui êtes-vous ?

— C'est vrai, j'aurais dû commencer par là… soupira-t-elle en se massant les paupières. Bon, mon boulot, en gros, c'est de dépanner les gens dans ton cas. Si tu veux, je peux t'aider. Je peux te faire sortir d'ici et t'emmener rencontrer d'autres personnes comme toi.

Ce *comme toi* m'accrocha le cœur. Celui-ci s'emballa un peu vite. Sortir d'ici ? Quitter cet endroit ? Je me sentis sourire. C'était mon rêve depuis des mois, peut-être des années ! Ma petite voix poussait déjà des cris de joie, que je tâchai d'étouffer.

— *Accepte…*

Mais nous… *Je* ne connaissais pas Ester.

— *Ce sera toujours préférable à… une… vivisection…*

Certes. *D'autres personnes comme moi…* me répétai-je.

— Vous voulez dire des patients amnésiques ?

Ester esquissa un sourire.

— Non, ça, c'est une première, même pour moi… Céleste va m'entendre, d'ailleurs ! Et tu peux me tutoyer.

Je restai indécise.

— Je ne peux pas t'en dire beaucoup plus pour l'instant, donc si t'as envie de venir avec moi, tu vas être obligée de m'faire confiance. C'est aujourd'hui ou jamais !

Face à cet ultimatum, mes pensées s'affolèrent. Ma petite voix se mit à hurler :

— *Suis-la… ! Suis-la… !*

Laisse-moi réfléchir ! lui dis-je. Comment faire le bon choix ? Ester était intimidante. Pourquoi lui faire confiance ? J'ouvris les yeux, que j'avais fermés sans m'en apercevoir. Et là, je la reconnus, l'ombre. Elle se tenait derrière Ester, qui suivit mon regard et sourit, l'air satisfait. La voyait-elle aussi ? Était-elle… comme moi ? J'eus soudain l'intime conviction qu'Ester serait à jamais mon alliée.

— Je vous fais confiance, m'entendis-je rétorquer.

Ester pointa les sangles.

— T'as pas répondu à ma question. J'peux te les retirer ? Tu ne vas pas me sauter à la gorge, m'arracher la carotide avec les dents ?

Je la fixai, les yeux ronds.

— Ça va, on se détend, je déconne ! Je veux juste savoir si t'es un danger pour les autres, ou pour toi-même.

— Plus maintenant, dis-je avec tout l'aplomb dont j'étais capable.

En vérité, je l'ignorais. On ne m'avait pas laissée tenter l'expérience. La bouche d'Ester dessina une moue, sceptique. J'ajoutai :

— J'ai fait du mal à des soignants, il y a longtemps. Et je me suis blessée aussi, mais c'est du passé !

Elle désigna mon bandage.

— C'est toi qui t'es fait ça ?

— Non, ça, c'est… Je me suis cognée.

Elle leva un sourcil :

— Contre quoi ? Du verre brisé ?

— Ce n'est rien.

— Hum. Et qui m'dit que tu vas pas recommencer ?

Craignait-elle pour sa sécurité ? Je ne pus retenir un petit rire.

Ester était grande et forte, visiblement athlétique. Je n'avais pas la prétention de pouvoir la blesser, pas même dans mon imagination, pas même dans un accès de folie, pas même armée jusqu'aux dents ! Elle m'enverrait au tapis en une simple pichenette ! Il n'y avait qu'à comparer nos deux corps... Ma petite voix acquiesça, amusée par cette perspective. Pourtant, les iris gris d'Ester brillaient d'un éclat grave, grave ou...

— ... *triste ?*

L'ombre derrière Ester posa son semblant de main sur son épaule.

— Tu vas devoir me faire confiance, tentai-je.

Ester plissa les yeux.

— Toi, tu me plais bien.

Elle défit mes sangles. Le sang palpita en toute liberté jusqu'au bout de mes doigts. Je secouai mes poignets engourdis.

— Faut aussi qu'on t'enlève ces machins, décréta Ester en désignant les électrodes.

Elle entreprit de les ôter de ma tête, mais aussitôt, le moniteur vociféra des bips suraigus. Je l'arrêtai alors qu'elle s'apprêtait à le fracasser d'un coup de poing.

— Laisse-moi faire.

— Dépêche ! J'ai piqué cette blouse, mais si on nous surprend, je ferai pas illusion longtemps. Je soigne personne, moi. Même les plantes vertes, je les fais crever !

Quand le bruit cessa, elle ne se détendit pas davantage. Elle ordonna :

— Habille-toi et ramasse tes affaires. Juste le strict nécessaire.

J'acquiesçai et me dirigeai vers la commode. Ester se posta devant la fenêtre.

— Cet endroit n'est pas très bien gardé, mais il faut rester prudentes.

Je l'écoutai, distraite. Je venais d'ouvrir le meuble avec émotion. C'était la toute première fois que je choisissais moi-même ma tenue !

La lampe torche d'Ester n'éclairait malheureusement que faiblement la pièce et, comme je n'osais appuyer sur l'interrupteur, j'opérai dans l'obscurité. J'enfilai des sous-vêtements à la va-vite. La culotte me donna du fil à retordre. Je me trompai de côté et recommençai à trois reprises. Je quittai ma chemise de nuit et fouillai un autre tiroir à l'aveuglette. J'en tirai mon pull préféré – le plus doux de ceux rapportés par monsieur Deulort. Je le passai avec maladresse, en veillant à ne pas me faire des nœuds aux bras. Je m'emparai d'un pantalon confortable, m'embrouillai un peu les jambes, mais parvins à l'enfiler à cloche-pied. Je roulai une paire de chaussettes. L'un de mes doigts de pied se fit la malle par un trou que je n'avais pas remarqué. Tant pis! Je m'empressai de chausser mes baskets par-dessus. Je sortis quelques autres vêtements au hasard, pour les emporter. Je me précipitai ensuite dans la salle de bain. J'y récupérai ma brosse à dents et mon peigne.

— Il ne me manque que mon savon, chuchotai-je.

Ester ne prit pas la peine de me regarder.

— On t'en prêtera.

Je ne demandai pas qui était ce *on*. Je lui présentai la petite pile de mes maigres effets.

— Je n'ai pas de sac où les ranger.

Ester se dirigea à son tour vers la commode. Elle en tira une longue jupe qu'elle noua solidement d'un côté. C'était une jupe blanche, assez classique, dans laquelle je n'avais jamais été à l'aise à cause des coutures.

— Mets tout là-dedans.

Elle me tendit la jupe-sac.

— Voilà. Je suis prête!

— C'est tout? s'étonna Ester en soupesant l'ensemble.

— Oh, tu as raison, j'oublie l'essentiel!

Je me dépêchai de récupérer mon ouvrage. La lèvre supérieure d'Ester s'ourla dans une drôle de grimace.

— Mais c'est quoi, ce truc ?

— Mon dictionnaire.

Elle referma la bouche, inspira en joignant les index.

— On ne va pas pouvoir l'emporter...

— Ah bon ? Pourquoi ?

Elle me le prit des mains et le laissa s'écraser sur mon lit.

— Parce que ça pèse une tonne et que ça sert à rien !

Je restai figée.

— Je t'en trouverai un autre, promit-elle. À part ça, tu n'as pas de traitements, de médicaments ?

— Non, mentis-je.

— Je vois... Et t'as pas des objets persos ? des photos ? une vieille peluche, peut-être ? On reviendra pas !

— J'ai un Globule. Enfin, presque. C'est celui de monsieur Deulort.

— Un *globule* ?

— C'est un chat.

Ester se frotta les yeux.

— D'accord, m'en veux pas, mais je crois qu'on va le laisser avec ce monsieur Dalort.

Je me contentai d'approuver en silence. De toute façon, Globule ne me portait pas dans son cœur.

— J'ai trouvé une entrée secondaire, pour éviter la caméra principale que j'ai pas pu désactiver, mais avant de filer, j'aimerais bien faire un crochet par le cabinet du doc dont t'as parlé tout à l'heure.

Je la regardai sans comprendre.

— Ce serait bien d'avoir ton dossier médical, s'expliqua-t-elle. C'est quel genre de doc ?

— Du genre psychiatre.

— Génial... maugréa-t-elle. Tu penses pouvoir retrouver son bureau ?

— Je crois, oui. C'est dans un autre bâtiment, par contre. Il y a une passerelle qui y mène. Et c'est au rez-de-chaussée.

Je me rappelais assez nettement le trajet que mon infirmier m'avait fait faire ce matin, de ma chambre jusqu'au docteur. L'adrénaline réveillait en moi des souvenirs très précis.

— OK, je vois. Dépêchons-nous.

— L'ascenseur n'est pas très loin.

— Non, pas d'ascenseur. On va prendre les escaliers. J'ai coupé l'électricité dans ce bâtiment. Il risque de ne pas fonctionner. Et puis, c'est plus discret.

Ester éteignit la lampe et ouvrit la porte avec prudence. Elle s'arrêta sur le seuil, tendit une oreille avant de passer la tête par l'entrebâillement. Alors, elle ralluma et inspecta le couloir.

— On peut y aller, chuchota-t-elle en arrière. T'as bien tes affaires ?

Je lui montrai la jupe, qu'elle nota du coin de l'œil.

— Parfait. Dans ce cas, c'est parti ! Et surtout, fais pas de bruit !

D'un pas leste et assuré, elle sortit la première. Je tâchai de la suivre, mon baluchon de fortune sur le dos.

— De ce côté, m'indiqua-t-elle tout bas.

CHAPITRE 10 : DÉTONATION

Ester marchait vite, bien plus vite que moi. Ses pas feutrés lui donnaient une allure féline, quand mes pieds à moi, comme deux gros sabots de bois, claquaient au sol. Elle devait se déplacer sur la pointe des orteils pour faire si peu de bruit. Comment un si grand corps pouvait-il se faire si discret ? Ma petite voix ne put s'empêcher de se la représenter en panthère et de me grimer, moi, en pachyderme boiteux derrière elle.

— *Ce n'est pas drôle,* lui répondis-je en pensée. *En plus, c'est* ton *postérieur !*

Je lui fis d'ailleurs remarquer que l'analogie fonctionnait mal : les éléphants sont connus pour leur mémoire infaillible ! Elle y vit une ironie qui l'amusa plus encore.

— *Arrête de rire. Et si l'on nous repérait à cause de moi ?*

— *Lève... les genoux,* proposa-t-elle.

J'essayai de marcher plus souplement, mais cela ne me rendit que plus gauche. Je jetai un coup d'œil à Ester, que je n'entendais plus du tout. Ses orteils, j'étais prête à le parier, ne touchaient plus terre à présent. Ma petite voix avait au moins raison sur ce point, elle était une véritable panthère ! Elle avançait, rapide, précise, aérienne, efficace, dans un silence presque absolu. Seul le léger froissement de sa blouse trahissait ses gestes, mais ce n'était qu'un murmure à peine audible. Moi, le boulet à son pied, je couinais des semelles !

Pire, ce corps entier, mon corps, produisait un tintamarre ahurissant. Je maudis un à un chacun de mes organes, à commencer par cette stupide pompe à sang ! Ma petite voix avait beau soutenir le contraire, à mes yeux – ou plutôt à mes oreilles –, elle cognait si fort, qu'on l'entendait à plusieurs kilomètres à la ronde! Un peu plus bruyante à chaque pas, elle tapait frénétiquement dans ma poitrine comme la grosse caisse d'une batterie devenue dingue. Fichu cœur! Et fichus poumons! Ma respiration s'affolait de concert. Je fermai aussitôt la bouche pour en finir avec cette soufflerie, mais mon nez, outré, se mit à siffler. Je le maudis mille fois! On allait m'entendre! La peur commença à me creuser le ventre. La réponse de mon corps fut : encore plus de bruit. Mes dents se percutèrent, s'entrechoquèrent, claquetèrent comme de véritables castagnettes.

C'était sans espoir! J'étais une cause perdue! Autant m'asseoir là, au beau milieu du couloir, et attendre d'être retrouvée et ramenée par la peau des fesses dans ma cellule. Ils étaient sans doute déjà tous en chemin : Frank, mon infirmier, monsieur Deulort, mon géniteur, Robert le tortionnaire, et toute l'armada de l'effroyable monsieur Burish. Ma petite voix protesta contre mes jérémiades. Pour elle, il fallait continuer. C'était notre unique chance de nous sortir d'ici. Mais je me trouvais des excuses, lui affirmant que c'était presque une victoire : jamais nous ne nous étions à ce point éloignées de notre chambre!

— *Regarde...* s'exaspéra-t-elle.

Elle obligea mes yeux à revenir en arrière. Je mesurai alors la distance parcourue et déchantai. Ma porte se dressait juste là, encore à notre portée. Ma petite voix s'esclaffa. Nous n'avions marché que quelques mètres. Ester ne me laissa ni l'occasion de m'apitoyer sur mon sort ni le temps de tergiverser.

— Bouge! m'ordonna-t-elle.

Elle flotta en direction d'un nouveau couloir. Je claudiquai à sa suite, faisant bringuebaler le maigre contenu de la jupe-sac que je portais à bout de bras, et gardai les yeux rivés sur les pieds d'Ester, priant pour ne pas m'emmêler les jambes. Pour respecter la cadence, je comptai ses pas. Un, deux, un, deux, un... Mais ma petite voix – qui avait eu un coup de cœur pour notre inconnue – me déconcentra :

— *Elle est… si belle…*

C'était vrai. Les mouvements d'Ester étaient harmonieux en plus d'être légers et précis. C'était une ballerine, une danseuse étoile qui faisait des pointes !

— *Sublime…*

Je m'imaginai avec elle qu'Ester avait minutieusement chorégraphié cette échappée. Elle l'avait répétée des mois durant sur les planches d'un vieux théâtre. À tout instant, l'envolée d'une douce mélodie se ferait entendre, un délicieux air d'opéra s'élèverait entre nous. Alors, Ester dessinerait des arabesques, quelques pas de bourrée et un ou deux entrechats.

Dommage pour elle, le seul ensemble qui l'accompagnait ce soir, c'était le mien, celui que jouait mon drôle de corps et tout son attirail de bras et de jambes, de pieds et de mains, de doigts et d'orteils, de nez, de bouche, de dents et de ventre, comme un millier d'instruments, de tambourins et de grelots désaccordés. J'étais une femme-orchestre chaotique dont la fanfare tonitruante et déchaînée ne pouvait que dissoner absolument d'avec la grâce et l'élégance d'Ester. Elle était une danseuse de ballet, et j'étais le vacarme furieux et burlesque qui venait saccager l'œuvre de la plus belle des virtuoses.

Pour ma défense, je ne maîtrisais rien. J'étais empêtrée dans ce corps comme dans un costume trop serré, mais vivant et autonome. Plus je me concentrais sur mes gestes et plus j'en perdais le contrôle. J'en oubliais même comment marcher ! J'avançais moitié en canard, moitié en crabe, en suppliant mon pied gauche de ne pas *crochepatter* le droit. Je zigzaguais dans les couloirs, vacillais, évitais de justesse les murs aux tournants. Le sol, lui, restait fatalement en contact avec mes gros sabots. Maudite gravité !

Ester s'envola dans une cage d'escalier, sans même se retourner. Elle allait finir par me semer ! Ma petite voix me rassura, moqueuse :

— *Comment t'oublier… ?*

Je pressai le pas. Une lourde porte coupe-feu s'était refermée sans bruit derrière Ester. Je la poussai de toutes mes forces, mais je perdis l'équilibre. Je basculai de l'autre côté pour aller m'affaler de tout mon long aux pieds d'Ester. Mon insupportable petite voix eut le temps, pendant ma chute, de me faire remarquer qu'elle ne portait pas de chaussons comme je me l'étais figuré. La jupe-sac, que je tenais de côté, n'amortit pas le coup. Mon ventre heurta le sol dans un choc sourd. Le sac éclata, et toutes mes affaires se répandirent par terre. Sous mes yeux ébahis, mon peigne bondit et rebondit, tout droit en direction de l'escalier. Il dégringola alors, une à une, interminablement – et le plus bruyamment possible – ses innombrables marches. Nous pûmes entendre sa course se poursuivre longtemps, très longtemps, puis il l'acheva contre un mur.

Je levai avec timidité le nez vers Ester, qui me toisait. Elle posa l'index sur ses lèvres et se figea ainsi, à l'affût du moindre murmure. De ballerine, elle se fit statue de marbre. Je me maudis plus encore. J'avais provoqué un raffut de tous les diables. J'avais alerté tout le monde de mon évasion, jusqu'au fin fond du troisième tiroir du bureau de monsieur Burish. Quelqu'un n'allait pas tarder à venir vérifier ce qui se tramait ici. Ils me reconnaîtraient et me ramèneraient *illico presto* dans ma cellule, où ils me ligoteraient à mon lit comme un vulgaire rôti ! Robert me tuerait... C'était l'occasion qu'il espérait.

Nous attendîmes la catastrophe, elle debout, tendue, moi, ventre à terre, liquéfiée. Une narine commença à me démanger. Le sol était froid et poussiéreux. Je me mordis la joue.

— Reste tranquille... dis-je à mon nez.

Si j'éternuais, Ester me bâillonnerait, aussi sûr qu'un et un font deux.

Suspicieusement, ni éternuement ni catastrophe ne vinrent. Ester reprit vie et forme humaine, bien que, selon ma petite voix, *divine* eût été un adjectif plus approprié. D'un geste, elle se pencha vers moi et me remit debout. Mon pied roula cependant sur quelque chose, et elle me rattrapa *in extremis* alors que j'allais retomber, cette fois-ci sur mon derrière. Ma petite voix s'en serait volontiers caché les yeux de honte. Ester soupira, s'accroupit et rassembla mes affaires après s'être assurée que je tenais à peu près sur mes jambes. Je m'agenouillai à côté d'elle pour l'aider. J'aperçus ma brosse à dents, dont les poils, tordus par mon talon, avaient traîné dans la poussière. Ester la glissa dans l'une de ses poches.

— Il ne faut pas laisser de traces, dit-elle tout bas.

Et je songeai au peigne. Nous remîmes tout le reste dans la jupe-sac. Je la soulevai de terre, mais – et parce que l'univers se moquait de moi – tout le contenu s'en déversa par le bas sur mes chaussures. Je levai la jupe au-dessus de ma tête. Le nœud qu'avait fait Ester avait cédé. Toute patience envolée, celle-ci me l'arracha des mains, renoua l'ensemble avec rage et y fourra mes vêtements au fond, en boule. Elle ne me rendit pas le sac. Elle le balança sur son épaule. Je voulus disparaître...

Ester posa un orteil sur la première marche, mais se figea aussitôt. Nous venions d'entendre, dans l'un des couloirs derrière nous, ce que je redoutais plus que tout : des bruits de pas ! Elle prit conscience de l'urgence bien avant moi, qui fixais bêtement la porte. Elle m'attrapa par le poignet et m'entraîna dans l'escalier à une vitesse folle. Je crus que mon bras allait se décrocher. Une douleur fulgurante remonta dans mon épaule et, tandis que je priais pour que ma plaie ne se rouvrît pas, je vis des éclairs passer sous mes paupières. Ô joie ! mon vœu de tout à l'heure fut exaucé ! Comme elle, mes pieds cessèrent de toucher terre ! Nous descendîmes tout un étage à la lueur stroboscopique de la lampe torche. Ensuite, Ester l'éteignit, et je fus obligée de m'en remettre à elle. Elle attrapa la rambarde pour négocier un virage. Je n'eus d'autre choix que de me laisser porter. Elle nous précipita dans un couloir. J'aperçus mon peigne, mais n'eus pas l'occasion de le récupérer. Ester m'entraînait avec force dans la direction opposée. Une porte se présenta à mon nez.

« Personnel uniqu... », eus-je à peine le temps de lire.

Puis elle claqua dans mon dos.

Quand Ester ralluma la lampe, je considérai un instant la pièce étroite où elle nous avait enfermées et sursautai en tombant nez à nez avec une serpillière. Nous étions dans un placard, où il y avait péniblement assez de place pour un seul corps. À ma droite, sur des étagères, se trouvaient des produits d'entretien dont je sentais d'ici le parfum de désinfection. J'étais en train de déchiffrer une étiquette affublée d'une tête de mort lorsqu'Ester nous plongea dans le noir. J'entrouvris la bouche pour protester, mais un doigt se posa sur mes lèvres. Il était froid et doux à la fois.

— Silence, j'essaye d'écouter !

Elle s'appuya contre moi, faute de place, et j'entendis le très léger choc de son oreille contre la porte, bien loin au-dessus de moi. Seule la jupe-sac faisait barrière entre nos deux corps. Ma petite voix jalousa cette proximité tout en regrettant qu'elle ne soit pas plus parfaite. Je lui fis remarquer que ce n'était pas le moment, mais ce fut ce même instant que mon estomac jugea propice à ses manifestations gutturales : une punition qu'il m'imposait, car je n'avais rien mangé depuis ce matin. Il gargouilla monstrueusement entre nous, puis un terrible borborygme remonta dans ma gorge, pourtant serrée de peur et d'embarras. Un épouvantable écho suivit, entre les quatre murs du placard exigu.

Ester se pencha. Dans le noir, je sentis ses yeux d'aciers plantés dans les miens. Elle enfonça avec plus de sévérité le doigt sur mes lèvres, qui commençaient à remuer quelques piètres excuses. Je me tus. Elle reprit sa position. Je n'osai plus bouger d'un cil.

— Silence, souffla-t-elle.

C'est alors qu'ils résonnèrent à nouveau, ces terribles bruits de pas, tout proches de notre cachette. Ester se raidit contre mon corps, qui réagit, lui aussi, mais avec moins de panache et de sang-froid.

Mon cœur se mit à palpiter, mes jambes à flageoler et mes mains à trembler, comme les dernières feuilles mortes de l'automne.

De la lumière dessina le contour de notre porte. Je songeai au peigne : c'était une flèche braquée sur nous. Nous étions fichues, fichues, complètement fichues ! Le *tchak-tchak* de mon sang pulsait si fort à mes oreilles, qu'il m'ôtait l'ouïe, m'empêchant d'estimer la distance entre nous et celui ou celle qui nous traquait.

Tout à coup, la poignée de la porte s'actionna dans mon dos.

CHAPITRE 11 : MANQUER LE COCHE

Ester comprit ce qui se passait. Elle étouffa de sa main le cri qui montait dans ma gorge et nous appuya de tout notre poids contre le battant de ce placard exigu.

Je restai en apnée.

La poignée continua de s'agiter.

Ester tint bon.

Ce ne fut qu'au bout de la plus longue seconde de ma vie que la porte s'avoua vaincue. Je ne criai pas victoire pour autant : qu'en conclurait la personne de l'autre côté ? Avec un peu de chance, elle s'imaginerait que ce n'était qu'un cagibi ordinairement fermé à clef. Il était toutefois plus probable qu'elle ait décelé la supercherie ! Était-elle partie chercher du renfort, ou campait-elle dans le couloir ? Impossible à dire. Mes pensées s'agitaient trop. Je n'entendais que le sang qui pulsait dans mes veines, dans mon crâne et dans mes lèvres, contre la main d'Ester, toujours posée dessus. J'allais d'ailleurs manquer d'air et commençais à tourner de l'œil.

Juste au moment où le sol se dérobait sous mes pieds, Ester ralluma la lampe torche. Plutôt que d'y voir la confirmation que nous étions tirées d'affaire, je m'affolai. Par chance, elle m'empêchait de hurler.

— Il ou elle est parti, m'assura-t-elle.

Je baragouinai dans sa main :

— Meh s'il... ou... lait... chercher... aide ?

— Qu'est-ce que tu dis ?

Avec prudence, Ester décolla les doigts de mon visage. J'eus honte d'y laisser un petit filet de bave brillant, qu'elle essuya sur sa blouse.

— Et s'il ou elle allait chercher de l'aide ? répétai-je plus intelligiblement.

— Réfléchis. Il ou elle ne se serait pas éloigné de la porte. Il ou elle aurait utilisé son téléphone.

Peut-être, oui.

— Je sors, murmura Ester quand je fus calmée. Ne bouge pas d'ici. Je reviens.

J'obéis bien volontiers ! Ce placard à balais n'était-il pas cosy, après tout ? J'étais prête à y rester *ad vitam æternam*. Tout, plutôt qu'affronter le dehors !

Dans une valse bien maladroite, je laissai passer Ester. Elle referma la porte derrière elle, ce qui me replongea dans le noir, le noir complet, et seule, très seule, à l'étroit, comme au fond d'un cercueil. La serpillière me tomba dessus.

— J'ai changé d'avis ! Je veux venir avec toi ! dis-je à travers le bois.

Mais Ester ne me répondit pas.

Ils l'avaient eue, bien sûr ! C'était un piège ! Et moi, je ne pouvais pas rester ici pour toujours ! Je devais manger, boire, et... Oh non ! À peine la pensée formulée, je ne pus plus me concentrer sur autre chose que sur cette envie pressante. Il fallait en plus qu'un tuyau fuitât au fond du placard. Le goutte-à-goutte me mit au supplice. Je dansai d'un pied sur l'autre, me trémoussai, appelant Ester mentalement, la priant de me revenir. Quand la porte s'ouvrit à la volée, je faillis me faire dessus.

— T'en fais une tête.

— J'ai cru qu'ils t'avaient attrapée !

Offensée, Ester répliqua :

— Je t'avais dit que je reviendrais.

J'acquiesçai.

— Allez, il faut qu'on bouge au cas où il ou elle ramènerait des renforts.

— Mais tu pensais que ce n'était pas possible...

Ester balaya ma remarque :

— Tout est possible. De quel côté se trouve la passerelle ?

J'eus à peine le temps d'indiquer le chemin qu'Ester était déjà repartie. Cette fois, je me précipitai à sa suite. Dans ma course, j'en oubliai ma vessie et mon envie pressante. Je ne m'en étonnai pas : cet organe me dupait souvent.

Il nous fallut descendre, quatre à quatre, deux étages supplémentaires, Ester avec sa souplesse légendaire, moi avec mon habituelle maladresse. Je me tins à la rampe tout du long. Mon corps reprit sa fanfare. Dans chacun de mes pas sonnèrent tambours et trombones, timbales et trompettes. Malgré tout, je parvins au bas des marches en un seul morceau. Nous empruntâmes la passerelle, puis un nouvel escalier et nous arrivâmes enfin au cœur du complexe, au rez-de-chaussée. Si je ne m'étais pas trompée, le bureau du doc se trouvait tout près.

— De quel côté ? demanda Ester.

Trois couloirs s'offraient à nous. Je les envisageai tour à tour.

— Alors ? me pressa Ester.

Mais je n'étais plus sûre de rien après avoir parcouru ce dédale de long en large.

— *Une chance... sur trois,* se résigna ma petite voix.

Je pointai d'un doigt tremblant le seul passage qui me semblait un peu familier. Ester s'y engouffra sans se poser de questions. Je la suivis, rongée par le doute.

Nous avancions à bonne allure, d'une porte à une autre, d'une bifurcation à une autre, mais je n'en reconnaissais aucune. Je m'apprêtais à avouer à Ester, avec très peu de courage, que nous nous étions perdues, quand je découvris avec horreur qu'elle s'était volatilisée ! Mon cœur bondit sur ma langue. J'allais hurler son nom, mais c'est elle qui m'interpella :

— Tu viens ou tu comptes prendre racine ?

Je pivotai. Elle s'était arrêtée devant une porte. Je l'avais bêtement dépassée. Je la rejoignis en essayant de dissimuler les larmes futiles qui m'étaient montées aux yeux. Elle les remarqua, mais n'en eut cure. Elle poussa le battant. Je reconnus le bureau du doc.

— Comment l'as-tu trouvé ? demandai-je.

— C'est un don. Quoi que je fasse, j'termine toujours chez les psys !

En voyant mon air stupide, elle sourit.

— Ça va, je plaisante. Je sais juste lire.

Et elle m'indiqua du pouce la plaque fixée tout près : « Cabinet du psychiatre ». Je me sentis bien ridicule.

Ester entreprit de fouiller la pièce, la lampe torche entre les dents. Je restai les bras ballants, sans trouver qu'en faire. Quelque chose me troublait. C'était bien le bureau du doc, mais je le reconnaissais à peine. L'endroit paraissait plus étroit, les murs moins hauts, le plafond plus bas. Peut-être n'était-ce que parce que je me tenais debout, cette fois. Derrière les vitres de l'aquarium éteint, je devinai les silhouettes des poissons endormis. L'eau avait perdu son caractère hypnotique. Le faisceau de la lampe torche frappa brièvement son verre. Ses occupants se réfugièrent d'un coup de nageoire sous les plantes et les rochers. Ester jura. Je relevai le menton.

— C'est fermé à clef ! cracha-t-elle, les doigts autour du cadenas de la grande armoire en fer noir.

Elle l'inspecta.

— C'est trop épais. J'ai pas mes outils.

Elle se dirigea vers le bureau, en fit le tour et ouvrit les tiroirs un à un. Alors, je mis le doigt sur ce qui me dérangeait, ce qui me manquait. Où étaient passées toutes les piles de dossiers ?

— Ils sont vides ! s'étonna Ester.

— Le doc n'a peut-être pas encore eu le temps de les remplir.

— Comment ça ?

— Il est nouveau. Il n'est arrivé qu'hier soir.

Ester me dévisagea.

— Tu te fiches de moi ?!

C'était l'une de ces questions qui n'appelaient pas de réponse. Ma conscience me souffla de faire profil bas.

— Tu m'as dit que tu voyais ce doc ! s'irrita-t-elle.

— Je ne l'ai vu qu'une seule fois, ce matin, bredouillai-je.

Elle se pinça l'arête du nez et prit une profonde inspiration. Je me recroquevillai.

— *Bravo*... ironisa ma petite voix.

Ester se tourna vers l'ordinateur, en silence. Elle appuya sur un bouton, et son visage fut éclairé par-dessous. Je le vis comme je l'avais découvert un peu plus tôt : sévère, dur et froid. Dans une valse étourdissante, ses doigts pianotèrent sur le clavier.

— Il a eu le temps de choisir un mot de passe, s'énerva-t-elle.

Elle fit glisser ses mains sous le bureau.

— Ah, ah !

Triomphante, elle en tira un post-it, qu'elle colla sur le bord de l'écran et recopia. La lumière vacilla sur son visage, puis l'éclaira de plus belle. Toute colère évanouie, ses yeux se mirent à la recherche de fichiers.

— Il n'y a rien. Tous les dossiers sont vides !

Ses doigts repartirent dans leur danse.

— Ah ! Non, attends ! Je tiens quelque chose.

Puis elle parut déçue :

— Tableau vierge, lut-elle en soupirant.

Je me remémorai la séance de ce matin. Le doc avait pris des notes, oui, mais à la main ! Elles devaient être rangées au même endroit que son encombrante paperasse. Je m'avançai d'un œil morne vers la grande armoire. Tout devait se trouver là-dedans.

— Il y a quand même deux ou trois petites choses... chuchota Ester.

Un ultrason retentit dans la pièce, suivi d'un bruit sourd et d'un grincement. Je me pétrifiai.

— Relax, c'est l'imprimante. On va embarquer ce tableau.

Je ne me risquai pas à lui faire remarquer que c'était une idée dangereuse, que nous pouvions donner l'alerte avec tout ce bruit. Les petits *clacs* se multiplièrent du côté de l'appareil. Ester, assise dans le fauteuil du doc, pivota avec nonchalance d'un côté, puis de l'autre en attendant la fin de l'impression. Quand la machine recracha la feuille, elle s'empressa de la plier en quatre et de la glisser dans sa poche, avec ce qu'il restait de ma brosse à dents.

— Faut y aller, déclara-t-elle.

Elle patientait déjà devant la porte, mais le regret pesait du plomb dans mon ventre. Les réponses à toutes mes questions se trouvaient peut-être ici. *Qui suis-je ? Que suis-je ?* Je levai difficilement le pied.

— Ce couloir me dit quelque chose, fit-elle tout bas. Il doit y avoir une salle de pause dans le coin. Elle donne sur une terrasse. C'est par là que je suis passée. On n'aura plus qu'à sauter et traverser le parc.

— Sauter ? m'étranglai-je.

— Le rez-de-chaussée est juste un peu surélevé, tenta-t-elle de me rassurer.

Je déglutis.

— Je suis garée plus loin, entre des arbres, mais t'en fais pas, on se dépêchera. Si quelqu'un nous aperçoit, on sera déjà parties.

Je n'avais pas pris conscience que nous serions à découvert. J'opinai d'un menton tremblant, mais ajoutai cette angoisse à ma liste. Je fixai une dernière fois cette maudite armoire, puis Ester entrouvrit la porte avec précaution, mais la referma d'un geste brusque.

— Il y a quelqu'un ? demanda une voix venue du couloir.

Je me figeai sur place, tétanisée. Ester, sans surprise, conserva son calme.

— Qui est là ? répéta la voix, plus proche.

Le front plissé, Ester jeta un regard circulaire à la pièce, espérant sans doute trouver une autre issue. Il n'y en avait pas. La seule fenêtre avait de solides barreaux. Nous cherchâmes ensemble une solution, une cachette, n'importe quoi. Nos yeux tombèrent en même temps sur le verrou de la porte.

— Qui est là ?! se récria la voix, qui ne devait plus être qu'à quelques mètres.

Ester posa avec délicatesse les doigts sur le mécanisme. Elle le fit basculer très lentement. On entendit un léger *clac !* lorsqu'il s'enclencha. Je me mordis les lèvres. Ester me fit signe de me décaler. Je me collai au mur. Les bruits de pas résonnèrent encore. Je me couvris la bouche des deux mains. Il suffirait d'une clef pour ouvrir cette porte…

Les pas retentirent plus fort. Mon rythme cardiaque s'emballa de concert. Du coin de l'œil, je vis Ester tirer un petit objet brillant de sa poche. Une lame. Elle fléchit les genoux, comme un fauve prêt à bondir sur sa proie. Mon cœur affolé cogna, tambourina dans ma cage thoracique.

Les pas marquèrent un arrêt, juste derrière notre porte.

CHAPITRE 12 : FIN DE COURSE

— Doc ? C'est vous ? demanda-t-on de l'autre côté.

C'était une femme, sans doute d'âge mûr.

La poignée s'agita, la porte s'enfonça légèrement. Je levai les yeux au ciel, retins mon souffle. Le verrou l'arrêta. Je me plongeai un peu plus loin les ongles dans la peau.

— Il y a quelqu'un ? répéta la voix en s'éloignant.

Nous entendîmes d'autres battants s'ouvrir et se fermer, puis plus rien. Le silence complet. Ester, figée dans sa position, attendit tout de même quelques minutes supplémentaires, puis elle se redressa et déverrouilla la porte avec une extrême prudence. Elle l'entrouvrit, passa la tête dans le couloir.

— Elle est partie, chuchota-t-elle en arrière. Allez, ne traîne pas !

Elle s'élança. Je la suivis sans réfléchir. Hors de question de la perdre de vue dans ce labyrinthe !

— Ici, m'indiqua-t-elle.

Elle prit à droite.

— Par là.

Je tournai à gauche. Nous fîmes face à une nouvelle porte, qu'Ester poussa avec prudence.

En découvrant les immenses baies vitrées de la salle de pause, je restai bouche bée. Derrière elles, la pleine lune illuminait le ciel. Tout était baigné de sa lueur blanche : dehors, le bois de la terrasse et la cime des arbres balancée par le vent; dedans, les tables et les chaises, et les machines à café que je devinais plus loin. Quelques plantes vertes endormies reposaient à côté. Ester éteignit sa lampe torche, la glissa dans sa poche. Elle s'approcha de l'une des baies et la fit coulisser. Le sifflement de la brise et le bruissement des feuilles s'infiltrèrent dans la pièce. La pluie nous offrait une accalmie.

— Tu viens ?

Je la suivis sans un mot. L'air frais caressa mon visage. L'odeur de terre, d'herbe et de mousse mouillées m'emplit la tête. Je restai un instant suspendue à ces parfums. Mes yeux versèrent une larme que je laissai rouler sur le bord de mes joues. Je reniflai.

— Une minute, s'il te plaît.

Les tambours de mon cœur se calmèrent. Celui-ci reprit un rythme régulier, en parfait accord avec la symphonie du vent, ses envolées mystérieuses.

Ester tira sur ma manche et pointa une direction. Je regardai l'horizon sans comprendre. Elle articula quelque chose que j'eus du mal à assimiler. Elle m'entraîna alors à l'extrême bord de la terrasse. Et là, je saisis. C'était le moment de sauter ! Sans lâcher la balustrade, je me penchai au-dessus du vide, mesurant la hauteur qui me séparait d'une mort assurée.

— Ne regarde pas en bas ! fit Ester.

Trop tard. La peur prit le dessus. Ma brève communion avec la nature me parut une vaste blague. Une telle course, une telle échappée, pour terminer aplatie comme une crêpe quelques mètres plus bas ! Quel gâchis ! Ma petite voix, elle, trépigna. Elle voulait se sentir libre, à n'importe quel prix !

Ester ne put s'empêcher de rire en découvrant ma mine déconfite.

— La pelouse amortira ta chute, t'inquiète !

Mais elle balança aussi sec la jupe-sac par-dessus la rambarde, qui coula à pic et s'écrasa au sol dans un choc sourd. Je regardai Ester, paniquée.

— Il n'y a pas un escalier ?

Son sourire s'élargit.

— Si, mais avec une caméra juste devant. C'est à toi de voir : tu sautes ou tu restes ici.

Ester enjamba la balustrade en un battement de cils. Je retins mon souffle. Sans peur, elle pivota de façon à tourner le dos au vide. Agrippée ainsi à la rambarde, elle se laissa pendre de tout son long, prit le temps de m'adresser un clin d'œil, avant de tout lâcher. Je me précipitai pour voir si tout allait bien, mais elle avait atterri avec souplesse sur ses pieds, comme un chat. Elle se frotta les mains et leva la tête vers moi.

— À ton tour !

Mais je reculai, lâche. C'était trop haut ! trop bas ! Je ne pouvais pas le faire... Ce corps que je me trimballais était bien plus court que celui d'Ester, bien plus fragile. Mathématiquement, si je sautais, je tomberais plus longtemps et je me briserais les os en mille morceaux. Je considérai l'œil de la caméra un peu plus loin, en contrebas de l'escalier, surmonté d'un panneau solaire comme d'un gros sourcil inquisiteur.

La petite voix en moi s'impatienta. Ester aussi.

— Saute ! m'ordonnèrent-elles.

Hors de question. Je fermai les yeux et reculai encore d'un pas.

— *Saute...*

— Vas-y, saute ! Dépêche-toi ! me pressa Ester.

— Je ne peux pas, leur répondis-je d'une voix étranglée.

— Saute, je te rattrape !

J'ouvris un œil sur les bras tendus d'Ester et, d'un mouvement de tête, lui indiquai mon refus. Elle pointa alors un doigt courroucé dans ma direction.

— Descends ou je remonte et j'te balance moi-même par-dessus bord !

— Je ne peux pas... pleurai-je.

J'étais terrifiée à la simple idée de m'approcher de la rambarde. Il devait bien y avoir une autre solution, un escalier de secours, une échelle, n'importe quoi d'un peu plus solide que l'air ! Ester soupira.

Elle s'apprêtait à grimper au mur pour mettre sa menace à exécution, quand résonna dans mon dos une voix à nous glacer le sang : celle de Robert.

— Eh ! Qu'est-ce que tu fiches ici, parasite ? Retourne dans ta cage ! vociféra-t-il.

Je fis volte-face et croisai ses yeux furibonds. Il se précipita dans ma direction. Je me pétrifiai. Je n'étais qu'un insecte misérable dont il allait arracher les pattes et les ailes une à une, qu'il allait épingler et disséquer sans anesthésie, puis écraser sous sa botte, comme les pauvres mouches qui se retrouvaient parfois prisonnières de ma cellule. Je voulus fuir, mais mon esprit cogna en vain contre les parois de mon corps. Celui-ci resta les pieds cloués au sol. Je désespérai de m'en sortir. Soudain, pourtant, et sans pouvoir dire ni comment ni pourquoi, il se mit à bouger. Au lieu de courir dans la direction opposée, il se tourna vers le monstre et marcha droit sur lui. Je me retrouvai spectatrice de cette catastrophe. Robert s'immobilisa, sans doute surpris de me voir me jeter dans la gueule du loup.

— C'est bien, t'es une bonne petite, s'amusa-t-il.

Mais mon corps ne se contenta pas d'avancer. Je regardai mon bras valide se contracter, lever le poing et lui asséner un violent uppercut, direct dans la mâchoire. Robert tituba, certes plus étonné que blessé, mais son adversaire ne lui laissa aucun répit : il sauta sur son dos et tenta de l'étrangler. Le tortionnaire se débattit vigoureusement, essaya de l'en arracher, mais il était trop lourd et manquait trop de souplesse pour y parvenir.

— Qu'est-ce qui se passe ? cria Ester d'en bas.

Mon corps, au beau milieu d'un rodéo, ne put lui répondre.

— Je remonte, prévint Ester.

Robert rua, beugla, gémit. De rage, il entreprit de se jeter contre la balustrade, mais son attaquant compris ses intentions. Il se laissa glisser avant qu'il ne l'y écrasât tout contre. À la place, ce fut donc la colonne vertébrale de Robert qui encaissa le choc. Celui-ci poussa un mugissement plaintif que prolongea la vibration métallique de la barrière. Mes jambes tentèrent de s'enfuir et de sauter pour rejoindre Ester, mais le tortionnaire saisit son rival par les tresses et le projeta sur le sol.

— Pas si vite, parasite ! rugit-il.

Le souffle coupé, mon corps ne parvint pas à se relever. Il ne put que ramper en direction de la balustrade. Robert le rattrapa avec facilité, cette fois par les pieds, et comme un vulgaire gibier, le traîna sans ménagement vers la salle de pause. Ce fut à cet instant qu'Ester enjamba la barrière.

— T'es qui, toi ? cracha Robert.

— Quelqu'un dont tu te souviendras.

Robert vit rouge et lâcha prise pour se précipiter sur elle, mais Ester évita le premier coup. Mon corps en profita pour se relever et tituber jusqu'au bord de la terrasse. Il parvint à passer un pied par-dessus bord, puis l'autre, et s'abandonna au vide. Il retomba durement sur le derrière. Ce choc me fit retrouver ma place en son sein. Ester atterrit à mes côtés et m'entraîna aussitôt par le bras. Dans la panique, je ne cherchai pas à comprendre. Les fesses trempées de pluie et d'herbe, je cavalai après elle, oubliant même la douleur sous mon bandage. Nous détalâmes à travers le parc, non sans trébucher pour ma part sur deux ou trois pierres, sans buter contre quelques racines. Robert nous suivait-il ?

Nous parvînmes au pied d'un mur. Ester m'évita, de justesse, de déraper dans une flaque de boue. À peine essoufflée, elle ajusta sa queue de cheval. Pliée en deux, à côté d'elle, le poing enfoncé dans un foudroyant point de côté, je crachais mes bronches. Elle ne me laissa pas le temps de reprendre ma respiration. Elle balança la jupe-sac par-dessus le mur. Je luttai pour inspirer une goulée d'air.

— On ne va… quand même pas…

Mais Ester fléchit les genoux et me présenta ses mains en coupe.

— J'te fais la courte échelle. Mets un pied dedans, et j'te fais grimper.

C'était pire que tout ce que j'avais imaginé. Elle envisageait très sérieusement de me catapulter par-dessus ce mur ! Je fis non de la tête, mais la mine résolue d'Ester, ainsi que mes capacités pulmonaires, m'ôtèrent toute force d'argumentation. Je me vis propulsée dans les airs, puis me retrouvai à califourchon sur la pierre. En bas, Ester se frotta les mains.

— Et toi, qui va te faire la courte échelle ?

Elle eut un petit rire.

— Pas besoin !

Elle jaugea la paroi d'un rapide coup d'œil comme s'il ne s'agissait que d'un muret de pacotille qu'elle franchissait tous les matins au saut du lit. Elle tâta la pierre, y trouva des prises et hissa son grand corps au sommet en un rien de temps. Elle se laissa aussitôt retomber de l'autre côté, puis me tendit les bras. Cette fois, j'acceptai son aide. Elle me rattrapa sans fléchir et me déposa au sol. Ma petite voix était aux anges. Ester vérifia que je tenais à peu près sur mes appuis, puis me relâcha. Alors, elle m'adressa le sourire le plus lumineux qu'il m'ait été donné de voir :

— On y est presque. Suis-moi !

Je la regardai s'élancer à toutes jambes.

— Génial… ! De la course à pied, encore… !

Ce petit corps malingre allait me le faire payer pendant des mois. Je trottinai malgré la douleur.

Au bout de quelques mètres, je jetai un coup d'œil aux murs qui s'éloignaient derrière moi. Où était passé Robert ? Où était ma chambre, ma cellule ? Laquelle de ces fenêtres avait été la mienne ? Laquelle de ces pièces avait été ma prison ? Qu'importe ! J'étais sortie de là, je n'y retournerais pas !

Le soulagement me gagna peu à peu, allégeant mon cœur et mon corps qui retrouvèrent une nouvelle vigueur. J'étais libre, réalisai-je. Libre ! Le soulagement se changea en euphorie. Ma petite voix s'écria en chœur avec moi : *libres* ! Un sourire monta irrésistiblement à mes lèvres, et je le laissai s'exprimer. J'accélérai le pas, au point de rattraper Ester. Elle écarquilla de grands yeux surpris quand je la doublai en riant.

— La dernière arrivée est une vieille limace ! lançai-je à pleins poumons.

D'un air de défi, Ester augmenta la cadence. Elle repassa en tête, mais je n'en eus cure. J'exultais. Il me poussait des ailes. Elle mêla son rire au mien. Jamais je ne m'étais sentie aussi libre… Jamais je n'avais *été* aussi libre ! Et ce n'était pas que grâce à Ester. Ma petite voix abonda dans mon sens : celle-ci n'avait fait que nous en donner l'occasion. Nous serions parties tôt ou tard. Mais Ester ou pas, jamais nous n'y serions parvenues sans mon corps. Je ne l'en avais pas cru capable, et voilà qu'il avait dépassé toutes mes espérances. Quelle force ! Quelle endurance ! Adieu, fauteuil, mon vieil ami ! Je jubilais à l'idée de laisser derrière moi cet endroit sordide, Robert et son amère défaite. Une vague d'amour-propre toute nouvelle m'emplit. Elle lui était destinée, à lui, à mon corps. *Mon* corps. Il avait réussi ! *Nous* avions réussi ! Et nous voici libres ! Libres !

La joie me porta sur les derniers mètres, jusqu'à la voiture d'Ester garée en lisière de forêt. Sans surprise, elle arriva avant moi et elle m'ouvrit, en reprenant son souffle, la portière. Je la rejoignis. Elle leva une main vers moi. Je la regardai sans comprendre.

— Tape dedans ! s'exclama-t-elle.

Je claquai ma paume contre la sienne, avec maladresse, mais vigoureusement. Ester referma ses doigts autour des miens.

— Bien joué ! me dit-elle, les joues rosies par l'effort.

Elle m'invita à entrer. Dans ses yeux brillait une lueur de vie qu'un peu plus tôt ils n'avaient pas.

— Attends… il me reste… une petite… chose… à faire… haletai-je.

Je lui montrai mon poignet où se trouvait gravé dans l'acier le prénom *Cassandre*. Je tentai d'enlever la gourmette, mais le fermoir résista. Alors que je commençais à sentir le ridicule de cette idée me monter aux joues, Ester me prit la main, mais je refusai son aide. J'inspirai et parvins enfin à briser le mécanisme, me libérant ainsi de cette dernière menotte. Je fis quelques pas en direction de la forêt. Je respirai un grand coup solennel, puis la lançai. Bien sûr, avec ma force de mouche, elle n'alla pas bien loin, mais cela lui suffit pour finir engloutie par l'ombre des fourrés.

Je me transportai, exaltée, côté passager, le cœur vibrant d'une émotion toute fiévreuse. Ester fit le tour de la voiture en quelques virevoltantes enjambées et se laissa tomber derrière le volant. Elle me scruta de son regard clair.

— Un dernier mot pour cet endroit ?

— Oui, adieu ! lançai-je dans un éclat de rire.

Ester enfonça la pédale. Le moteur gronda. Nous nous enfuîmes dans un nuage de poussière soulevé par les roues. Les arbres se mirent à défiler à toute vitesse. Adieu, maudite prison ! Adieu !

— Merci, soufflai-je, des larmes aux yeux, quand nous atteignîmes le bitume d'une route civilisée.

— Non, merci à toi, fit Ester tout bas. J'avais oublié pourquoi j'aimais ce boulot !

CHAPITRE 13 : DES RACINES

Les abysses… Elles sont ici. Je les vois. Juste au-dessus de moi. Au-dessus ? Oui.

— *Pourquoi tout est si bruyant ?*

Mon autre moi-même est là, elle aussi. Elle a envie d'aller vers elles, vers l'ombre, vers le silence. Elle s'avance, droit vers le précipice. Elle nage ? Elle vole. Elle flotte… Elle est débarrassée de son fauteuil. Mon corps, son corps ne lui pose plus de problèmes, ici. Ce n'est pas tout à fait de l'eau. Ce n'est pas tout à fait de l'air. Ce n'est pas le vide non plus, mais ça y ressemble, du moins, je l'imagine. L'apesanteur doit donner cette impression, celle d'être sans racines.

Elle se penche au-dessus du gouffre qui s'étire à l'infini sous ses pieds. Je me tiens à ses côtés. Nous contemplons, à la surface, l'ondoiement de notre reflet. Entre les vagues, il nous dévisage. Ester est là, également. C'est elle qui nous a escortées, ses cheveux libres dans le vent. Bon sang, qu'est-ce qu'elle est belle !

Je suis déjà venue ici. Mon autre moi-même aussi. Nous en avons conscience. Une ombre se tient à nos côtés. Elle la regarde. Plus loin, il y en a une deuxième. Celle-ci lui semble familière, mais elle s'en moque. Le gouffre l'appelle. Ces eaux, ces profondeurs mystiques, elle les reconnaît ! Pour une fois, quelque chose lui évoque son passé…

— *Non, tu ne dois pas y retourner !*

Mais elle le désire, de toute son âme. Je proteste. Elle ne m'entend pas. Elle n'a pas le choix. Elle recule. Non, elle s'avance ! Chaque pas qu'elle fait en arrière la ramène au bord du gouffre.

— *Fais attention !*

Le bord se rapproche, inexorablement. Impuissante, je la regarde sombrer. Elle contemple sa fin, ou son début. On ne sait plus. Les ténèbres sont là. C'est tout ce qui compte. Elle les a déjà vues, elle y retourne. Et elle dégringole, à travers le vide.

— *Non !* hurlai-je.

CHAPITRE 14 : PETIT MATIN

Notre corps sursauta, baigné de sueur et de larmes.

— Ce n'était qu'un cauchemar ! me dis-je.

Mais depuis quand pouvais-je rêver à nouveau ? Ce ne devait pas être mes pensées, mais les siennes. Un mystérieux grincement se fraya un chemin jusqu'à nous. En tournant la tête, je découvris la porte blanche, gravée d'une spirale, en train de se refermer. *Clac.* Elle disparut. L'avions-nous traversée sans le vouloir ? Mon autre moi-même s'assit et frotta ses yeux encore collés de nuit.

— Où suis-je ? l'entendis-je se demander.

Elle regarda autour d'elle. Aucune trace de peinture en train de s'écailler. Pas d'odeur de javel. Ce n'était pas notre cellule ! Nous nous tournâmes vers la fenêtre, vers sa douce lumière. De longs pans beiges, alourdis de pompons qui traînaient sur le sol, brisaient la vue. Dans les quelques rayons qui s'en échappaient dansaient des paillettes de poussière.

Elle considéra le reste. L'ensemble de la décoration était datée. Un papier peint à fleurs roses chargeait les murs d'innombrables détails et de gros meubles taillés dans un bois plein de nœuds encombraient la pièce. Leur vernis luisait avec délicatesse. Nous devions être au petit matin. Je me tins à la tête de lit, qui semblait lourde et solide. Mon autre moi-même se tordit le cou pour la découvrir. Au-dessus, des photographies encadrées formaient une drôle de mosaïque, dont la forme rappelait celle d'un arbre inversé. Certaines images étaient en noir et blanc, d'autres en couleurs. Le papier était brillant pour les plus récentes, mat et délavé pour les plus anciennes, et même un peu écorché, parfois. Elle ne reconnaissait, comme moi, aucun des visages souriants, nerveux ou insouciants, jeunes et vieux qui posaient devant l'objectif. Elle fut toutefois saisie par le regard intense que lançait une femme rousse en train de bercer un nouveau-né. Sur le mur opposé, des étagères couvraient l'espace. Elles étaient ornées de tout un tas de gros livres et encombrées de statuettes et de plantes.

Elle inspira. Mon cœur, son cœur, se gonfla d'espérance. Ici, ça sentait le renfermé : un mélange de vieux journaux, de fonds de coffres et de dentelles. Elle sut, en elle-même, que cette chambre avait été un lieu de vie, que les joies et que les peines s'y étaient mêlées des années durant, au rythme de la longue procession de ses occupants. Ceux-ci, peut-être, y résidaient encore, d'une façon ou d'une autre, tout comme je me donnais l'impression de hanter leur demeure. Notre cellule n'était qu'une zone stérile face à ce cocon. Un pincement lui serra le cœur. Je sentis, comme si c'était la mienne, sa douloureuse sensation d'avoir été privée d'amour.

Une question restait en suspens : comment étions-nous arrivées jusqu'ici ? Elle fouilla son esprit à la recherche d'une explication. La mémoire me revint avant elle. Nous n'avions pas encore échangé ce matin. Ma voix, pour ainsi dire, était enrouée.

— *Ester...* susurrai-je péniblement.

À ce nom, le flot des événements de la veille se déversa dans sa tête. Ester, la belle Ester, nous avait emmenées dans cette maisonnette cachée au milieu d'une grande ville. Nous avions pris la route toutes les trois. Ce trajet en voiture avait été le premier de son existence – le premier dont elle pouvait se souvenir. À moi, il m'en avait rappelé d'autres. Le voyage, de nuit, avait fait surgir quelques images de ma vie d'avant. Je m'étais revue, enfant, observer la lune qui nous suivait, puis faire semblant de dormir après un long périple. Je m'étais remémoré mon père, quand il me portait jusqu'à mon petit lit. Je n'arrivais pas à croire qu'elle, cette autre moi-même, l'avait oublié au point de l'appeler par notre nom de famille : Deulort.

Après l'euphorie de notre fuite était venue une fatigue écrasante. Elle n'était pas restée éveillée bien longtemps. Sa tête n'avait cessé de retomber d'avant en arrière. Son poids l'avait régulièrement tirée de son sommeil, mais sans jamais la réveiller tout à fait. Elle avait commencé sa nuit ainsi, par à-coups. Seule la ceinture de sécurité l'avait empêchée de s'écrouler sur le tableau de bord. Et moi, j'avais passé le trajet à observer Ester. Jamais la matérialité ne m'avait tant manqué. Jamais je n'avais tant eu envie d'être vue, d'être entendue, surtout dans cette secrète pénombre.

Ester s'était garée devant une maison, celle dans laquelle nous nous trouvions en ce moment. Ester avait secoué la rêveuse par l'épaule, et mon corps l'avait suivie, comme un automate. Je m'étais alors aperçue que j'avais encore gagné du lest. Notre espèce de lien mystique s'était distendue un peu plus. C'était ce que j'avais espéré tant de fois ! Pourtant, ce matin, en sentant cette distance entre nous... Qui serais-je, absolument sans corps ?

Je lus dans ses pensées le vague souvenir d'avoir grimpé les marches d'un vieil escalier. Il avait grincé sous notre poids, sous le leur. Ester lui avait fait signe de se taire, comme si ça avait été elle, et non le bois, le véritable responsable. Puis Ester nous avait conduites jusqu'à cette chambre. Nous l'avions alors découverte d'un œil, sans l'étudier. Sous l'éclairage du vieux lustre, et sous des paupières gonflées de fatigue, elle nous avait paru quelconque. Tout semblait si différent ce matin ! Ester la lui avait attribuée, avec ce lit, ce grand lit deux places rien que pour elle, pour elle toute seule. Un lit immense, épais et sans barreaux. Un lit douillet, sans moniteur, sans menottes... C'était presque trop beau ! Ester lui avait souhaité bonne nuit, lui avait dit de venir la chercher en cas de soucis – sans préciser où se trouvait sa chambre –, puis nous avait laissées.

Mon autre moi-même s'était dévêtue, les yeux fermés, puis glissée, déjà à moitié endormie, sous la grosse couette froide et molletonnée qui sentait la lavande. J'avais, moi, résisté tout ce temps à l'envie de traverser les murs pour aller retrouver Ester. Ce n'était pas approprié. Mais ça m'avait démangée, et je n'avais pu m'empêcher d'y penser. Une bulle tiède s'était formée tout autour de notre corps chaud. Elle et lui avaient fait la paix.

Elle sourit à ce souvenir et se rallongea. Oui, cette nuit, elle l'avait aimé. Ils avaient été en accord. À bout de force, elle l'avait remercié, puis, sans lutter davantage, elle avait succombé au sommeil. Elle était morte de fatigue, bien emmitouflée dans ces draps de lin, seule, et c'était tout. À présent, un nouveau jour se levait derrière les rideaux. J'en voyais déjà la couleur. Notre cœur tambourinait de joie.

CHAPITRE 15 : MÈCHE

Le matelas épousait si bien mon corps ! Je le sentais à peine. J'étais sur un petit nuage. De bonne humeur, je m'étirai de tout mon long, librement, et le plus loin possible, quitte à cogner contre le bois de la tête de lit. Je le regrettai vite. Une douleur fulgurante traversa mes bras et mes jambes. Mes muscles, je le crus, s'étaient déchirés comme les pages d'un livre bon marché. *Maudit corps… !* hoquetai-je. N'avions-nous pas enterré la hache de guerre, cette nuit ? Non. Il me faisait payer ma petite escapade de la veille. Je l'avais poussé trop loin, bien au-delà de ce dont il avait l'habitude, de ce dont il était capable. Il était tout plein de raideurs qui tiraient sur mes articulations.

J'eus une pensée pour mon fauteuil roulant. Nous l'avions laissé là-bas, dans cet endroit maudit. C'était peut-être une erreur… Tous mes muscles étaient durs, ankylosés et irradiaient de souffrance. Quelle douloureuse leçon d'anatomie… ! Je me demandai un instant si je n'étais pas couverte d'hématomes. Combien de fois étais-je tombée hier soir ? Et s'il s'agissait de fractures ? Les sutures sur mon bras avaient forcément lâché.

Ma petite voix, exaspérée, s'éloigna. Je ne savais pas depuis quand elle en était capable, mais ce fut un soulagement. Je pus respirer avec un peu plus de liberté. Pourtant, ça me donna aussi le vertige, comme si j'avais inspiré bien trop d'air, bien trop vite. Je grimaçai et ramenai les bras contre moi, ce qui ne m'apaisa pas. Il fallait m'étirer encore. Je le regrettais d'avance ! Avec une extrême précaution, et parce que j'étais persuadée que mes membres ne tenaient plus qu'à un fil, qu'à un maigre tendon, je dépliai mon corps un nerf à la fois. De l'eau monta à mes yeux. Je gémis. Je n'avais pas de courbatures, *j'étais* une courbature ! Une énorme !

Je me remémorai la veille, le travail de ce corps, mon corps. La fuite, la course dans le labyrinthe de couloirs, la cavalcade à travers le parc. Mes chutes, mes sauts. *Il a tenu bon,* me dis-je, partagée entre malaise et fierté. Mes muscles se détendirent peu à peu. Je repris mon souffle avec peine. Je pris conscience que j'avais réussi. J'étais partie pour de bon !

Ce soulagement fut bref. Une crainte sourde remonta dans ma gorge, celle de perdre ce que je venais de gagner : ma liberté. Et si monsieur Deulort, mon infirmier, ou même ce doc, monsieur Burish, ou pire, Robert le tortionnaire, se mettaient à ma poursuite ? Pouvaient-ils me retrouver, ici ? *Autant chercher une aiguille dans une botte de foin...* tentai-je de me rassurer.

L'air frais mordit mes épaules nues qui dépassaient de la couette. Je me blottis sous les couvertures, que je remontai au-dessus de ma tête. Si seulement l'obscurité et la chaleur pouvaient arrêter le temps. Ce lit était si confortable ! Je ne souhaitais pas affronter le monde et risquer de tout perdre. Je préférerais rester ici, pour toujours et plus encore, demeurer pour l'éternité entre veille et sommeil. Mon ventre protesta. Il fallait me lever. J'avais faim et j'étais dévorée par la curiosité.

Ester avait en effet promis de m'emmener rencontrer des personnes comme moi. Je ne savais pas ce qu'elle avait voulu dire. Elle avait refusé de répondre à mes questions dans la voiture. J'avais été trop fatiguée pour insister. J'avais juste compris que cette maison, cette chambre, c'était temporaire. Mais maintenant éveillée, j'étais pétrie de doutes.

Et si j'avais commis une erreur ? Une très, très grosse erreur ? Et si c'était un piège ? Qu'étais-je venue faire là ? Et si Ester n'était pas digne de confiance !? Que savais-je d'elle, après tout ? Pourquoi m'étais-je aventurée dehors, dans une demeure étrangère, dans une ville inconnue !

Je fis le point sur les informations dont je disposais. Elles étaient bien maigres... Je pouvais dire qu'Ester s'appelait Ester, et non pas Robert – la belle affaire. Je devinais qu'elle n'était pas infirmière, en partie parce qu'elle demandait aux patients en fauteuil de sauter du haut d'une terrasse sans sourciller. Aussi, elle conversait avec les lampes torches ! Je me frottai les yeux. Le plus intrigant dans cette histoire, c'était surtout qu'elle avait eu l'air de me chercher, d'être venue pour moi, exprès. Mais pourquoi moi ? Et comment avait-elle su où me trouver, tout en s'étonnant de me découvrir attachée ?

Mon estomac se souleva à l'idée d'avoir fait le mauvais choix. L'engrenage de mes angoisses s'était mis en marche. La panique me gagnait peu à peu. J'avais quitté les seules choses qui m'étaient familières pour me lancer dans l'inconnu avec cette étrangère, et sur la base de quoi ? Une promesse que je n'étais pas sûre d'avoir comprise et la présence d'une ombre fantomatique à ses côtés ? Je manquais d'air. Je repoussai la couette avec vigueur malgré les protestations de mes muscles.

Il faut éclaircir tout ça ! m'encourageai-je. Commençons par des éléments simples, comme cette maison. Je m'assis douloureusement au bord du lit et touchai d'un orteil le plancher gelé. Un frisson remonta dans mon genou. Je rassemblai cependant mes forces et me levai. Sous mes pas, les lattes grincèrent, ou peut-être mes articulations.

Je grimaçai en découvrant mes habits de la veille. Ils étaient en boule par terre, pleins de boue et d'herbe. Ma jupe-sac était un peu plus loin, dans un état similaire. Je n'avais pas le courage de me baisser. Je me fis donc une cape de l'édredon du lit, que je passai autour de mes épaules nues. Je fis un pas vers la fenêtre et tirai les lourds rideaux beiges. Les gros œillets roulèrent sur la tringle. Je fus aussitôt éblouie.

Les sourcils froncés, j'essayai malgré tout de reconnaître la ruelle sur laquelle donnait ma chambre. Nous étions bien arrivées par là cette nuit, avec Ester, mais tout semblait différent ce matin. Peut-être n'était-ce que parce que je me trouvais en hauteur, ou qu'il faisait jour et que l'orage s'était dissipé. Un voile blanchâtre de soleil et de pollution auréolait les immeubles. Des voitures étaient stationnées en file d'un côté, entre des réverbères et des arbres encadrés de goudron. Quelques quidams allaient et venaient tout au bout de l'impasse, s'amassant sur un passage piéton à moitié effacé.

Sur la placette sous ma fenêtre, il n'y avait pas un chat. Enfin, si, il y en avait un, blanc, tacheté de noir, perché sur le bord d'un balcon. Vigilant, il observait, en dessous de lui, une dame en talons et son gros chien, dont la queue en plumeau se balançait en cadence, au rythme de leur démarche chaloupée. L'animal renifla un lampadaire et leva la truffe vers le félin, qui fit le dos rond. Le canidé aboya. La femme dut tirer sur la laisse. Le chat, lui, déguerpit. Cela attira l'attention d'un jeune homme qui, sur le trottoir d'en face, s'éloignait les mains dans les poches. Il tourna la tête, me permettant d'apercevoir une mèche échappée de sa capuche noire. Des cheveux roux. Cette vision me frappa.

Bien sûr, ce ne pouvait être lui, lui dont je rêvais depuis toutes ces années, mais mon corps se mit à trembler malgré tout. Quelque chose dans sa démarche ne m'était pas inconnu. Je le suivis aussi loin que possible. Je le perdis à plusieurs reprises derrière des voitures ou sous le feuillage des arbres. Il réapparut, mais tourna à l'angle de la rue et disparut pour de bon. *Maudits yeux,* pestai-je en ouvrant la fenêtre, comme si c'était elle l'obstacle entre lui et moi.

CHAPITRE 16 : MISE À NUE

Dès que j'ouvris la fenêtre, une sirène retentit, et le trafic hurla en furie. Le bruit de la ville, jusqu'alors réduit à un distant roulis par la vitre, me vrilla les tympans. Ce fut comme si toutes les voitures, tous les klaxons s'étaient massés sous ma chambre. En fond, des souffleries, peut-être des voix humaines confondues. Une odeur d'essence, mêlée de bitume et de pluie séchée, acheva de me faire tourner la tête. Je refermai sans plus attendre et me jetai sur le lit. J'enfouis mon nez dans la taie d'oreiller brodée de trois initiales inconnues et inspirai son parfum de lavande à pleins poumons. Un acouphène siffla encore de longues secondes contre mon tympan. Je me concentrai sur le souvenir de la mèche rousse, gravée sur ma rétine. Le calme finit par se rétablir, dans ma tête, dans ce corps, mais je restai prostrée.

Que faire à présent ? Je n'osais passer la porte. Ester vivait avec deux autres personnes, ainsi qu'elle me l'avait expliqué. Deux hommes. Que leur dirais-je en tombant sur eux ? Car j'allais forcément tomber sur eux. Étaient-ils *comme moi* ? Je tergiversai encore une éternité avant de prendre la très courageuse décision d'attendre Ester sans bouger. Dormait-elle toujours ?

Les minutes s'égrainèrent comme des heures. Des siècles plus tard, j'entendis enfin un grincement.

— *Elle arrive...* susurra ma petite voix, lointaine, comme venue d'une autre pièce. *Elle est là !* répéta-t-elle en s'approchant.

La poignée s'enclencha, mais on interrompit son ouverture :

— Ester !

— Qu'est-ce que tu veux, Gab ? marmonna Ester.

Elle se tenait tout près, derrière ma porte fermée. Ma petite voix se trémoussa. Elle avait envie de la retrouver. Je pivotai sur le lit et me levai, mal assurée. J'atteignis le battant en deux pas, mais hésitai. Il était étrange d'être libre de ses mouvements et de ses choix. Je restai là, à contempler son bois, indécise.

— Tu es rentrée à pas d'heure. Ça s'est bien passé ?

— Plutôt bien, éluda Ester.

— Et c'est tout ? Raconte ! Je me suis inquiété.

— Plus tard, j'ai même pas eu le temps d'prendre mon café, grommela-t-elle. J'allais la réveiller.

Il y eut un blanc. Ester poussa un long soupir.

— On a réussi à s'échapper, c'est tout ce qui compte.

— S'échapper ?!

— Pas si fort ! Tu veux rameuter tout le quartier ou quoi ?

— Lucien est sorti, répondit-il comme si cela faisait sens.

Un drôle de gargouillis parcourut mon ventre à ce nom.

— Comment ça, tu as dû t'échapper ?

— Disons que Céleste ne m'avait pas tout dit...

Ester l'avait déjà mentionnée cette nuit, dans ma cellule. Elle râla :

— Elle m'a envoyée dans un trou paumé, au milieu d'une forêt. Un peu plus, et vous auriez retrouvé mon corps bouffé par des loups ! Ça, au moins, ça lui aurait fait les pieds !

Il s'esclaffa.

— On sait très bien qui aurait eu le pot de qui !

Petit choc.

— Aïe ! fit-il.

— C'est pour que ça rentre dans ton crâne. On dit « avoir la peau de », pas « le pot de ». Arrête les expressions.

Il l'ignora et demanda :

— Tu as dû la retrouver dans la forêt ?

Ils parlaient de moi, et cela me confirmait une chose : Ester n'était pas tombée sur moi par hasard. Cette nuit, elle avait été à ma recherche.

— En quelque sorte. Il y avait un vieux bâtiment là-bas. Très moche, d'ailleurs, avec un parc. Elle y était enfermée.

Ma petite voix et moi songeâmes à l'hôpital. Il était étrange d'entendre Ester décrire ainsi le lieu où nous avions vécu tout ce temps, mais on pouvait difficilement lui donner tort. Cet endroit était plus que laid !

— Enfermée ?

— Yep, fit Ester, t'as bien entendu. Au début, j'ai cru que c'était une prison, mais à l'intérieur, il y avait des labos, du matériel médical et tout le tintouin.

Ma gorge se noua. Je me revis ballottée d'une salle d'examen à une autre.

— C'était un hôpital !? s'alarma soudain l'interlocuteur d'Ester.

— Difficile à dire. Ça y ressemblait. Je parierais plutôt sur un ancien centre de cure, un truc pour vieux, quelque chose comme ça. Peut-être de la désintox. Mais il y avait aussi des bureaux et des appartements. Et beaucoup, *beaucoup* de portes condamnées. C'était à moitié retapé, à moitié à l'abandon. Très étrange. Jamais vu ça avant ! Si c'est bien un hosto, il ne doit pas être très légal... Le plus bizarre, c'est que ça avait l'air d'être la seule patiente.

— Une patiente !

Ester dut lui faire les gros yeux, parce qu'il répéta dans un chuchotis :

— Une patiente... !

— Ouais. Et évidemment, Céleste me l'avait pas dit ! Il y avait de quoi flipper... Je me suis retrouvée nez à nez avec une nana amnésique, sanglée à son lit. Bien sûr, c'est encore pour notre pomme. Ester et Gabriel, les bonnes poires !

Ester et Gabriel, notai-je. En temps normal, j'aurais réfléchi à la propension de cette langue à faire de ses expressions des salades de fruits, mais Ester rit, et j'en eus la boule au ventre. Ma petite voix essaya de me rassurer, en vain. Elle n'était pas objective. Elle idolâtrait Ester. Je me demandais même si elle n'en était pas tombée amoureuse. Notre conscience pouvait-elle aimer en toute indépendance ? Le sang battit à mes tempes.

— Mais bon, t'imagines les dégâts qu'elle aurait pu faire si ça n'avait pas été moi ? Au moins, j'ai géré. Et puis, t'inquiète pas, j'ai pas l'impression qu'elle soit aussi dérangée que ça. Je pense qu'elle saura se maîtriser !

— Tu es en train de m'annoncer que tu as kidnappé une... une malade mentale ! s'étrangla-t-il.

— Mais non, je l'ai pas *kidnappée*. Je l'ai juste, disons, emmenée avec moi...

— Mais c'est ça, la définition de *kidnapper* ! s'égosilla-t-il.

Un choc retentit contre ma porte. Je sursautai. Il ne se passa rien toutefois. Ester avait dû s'y adosser.

— N'en fais pas tout un plat, Gab. Je lui ai demandé si elle voulait venir, et elle est venue, c'est tout, point final.

— Tu n'aurais pas dû ! s'affola-t-il. On doit la ramener là-bas.

Quoi ?

— Hors de... question... !

— C'est notre boulot. Je vois pas ce qui te choque, répondit sèchement Ester.

Leur boulot ?

— Si c'est une folledingue, comment peux-tu être sûre qu'elle avait envie de venir avec toi ?

Là, je me vexai. C'était moi qu'il traitait de folledingue ? J'en voulus à Ester de lui avoir parlé de ça. Jusqu'à présent, c'était tout ce que j'avais été, la malade, la folle, et même l'hystérique plus d'une fois. J'espérais être plus... Je refusais de finir à nouveau considérée comme un monstre et d'être regardée telle une extraterrestre tombée du ciel ! Ici, ce devait être un nouveau départ.

Ester lui rit au nez, et je l'en remerciai.

— Si tu l'avais vue se précipiter à ma voiture, tu te poserais pas cette question !

— On ne peut pas la garder.

Pour quoi me prenait-il, au juste, celui-là ? Un chien errant ?

— Ce sont les ordres.

J'encourageai mentalement Ester à me défendre. Malgré ses propos un peu durs tout à l'heure, je lui faisais confiance. Ce ton bourru cachait une grande douceur, j'en avais l'intime conviction. Et puis, je la voulais de mon côté. Il fallait bien que quelqu'un le soit...

— Je m'en moque. Hors de question d'avoir ça sous notre toit.

— *Ça* ? répéta Ester, choquée.

— Oui. Je refuse de m'occuper d'une dégénérée ! C'est trop dangereux, et on a déjà bien assez de soucis comme ça.

— Non, mais tu t'entends ?!

— Tu préfères que je dise quoi ? la cinglée ? la barjo ? la détraquée ? Ça ne change rien au problème, s'énerva-t-il.

Je hoquetai de stupeur. Vu le lourd silence, Ester devait être tout aussi choquée que moi. On m'avait traitée de bien des noms, mais jamais avec autant de haine, pas même Robert.

— Ça va pas ou quoi ? Va falloir te calmer ! On parle pas des gens comme ça.

— Tu ne comprends pas, maugréa Gabriel.

— Si, je vois très bien de quoi il s'agit, le coupa-t-elle.

— Ester, je ne peux pas faire ça... fit-il piteusement.

Elle se radoucit.

— T'es plus un enfant, Gab. Elle pourra pas te faire de mal.

Il ne dit rien.

— T'as pas le choix de toute façon. En plus, j'suis sûre que cette gamine te plaira. Elle est empotée, mais elle a de la ressource.

Ma petite voix me souffla qu'Ester me défendrait contre vents et marées. Une boule chaude se forma dans notre cœur.

— Une gamine ? répéta Gabriel.

Il ne s'avouait pas vaincu.

— Mais non, j'exagère ! Elle doit avoir notre âge, se corrigea-t-elle. *Gamine*, c'est affectif.

— Toi, affective ? se moqua-t-il. Mais aïe ! Cesse de me frapper !

— Arrête d'abord de faire l'idiot.

Nouveau silence.

— N'empêche, tu aurais dû prévenir Véra. Elle n'était peut-être pas au courant qu'elle était... malade, conclut-il du bout des lèvres, comme si ce mot lui arrachait les dents.

— À tous les coups, elle le savait déjà. Elle a trop insisté pour que ce soit moi qui m'y colle. Et puis, j'allais quand même pas la laisser là-bas...

— Bien sûr que si ! Surtout s'il lui faut des soins, des médecins !

Il ne lâcherait donc jamais l'affaire !

— Gab... s'exaspéra Ester.

— Selon le protocole, les personnes mineures, ou inconscientes, ou...

Ne pouvait-il pas se taire une seconde !

— Gabriel ! Je connais les règles, merci ! l'interrompit Ester. J'ai décidé de les ignorer. Le sujet est clos.

Je retins ma respiration, guettant la réaction de cet oiseau de malheur. Un silence pesant tomba des deux côtés de la porte.

— Comment est-ce qu'elle s'appelle ? soupira-t-il, vaincu.

— Elle n'a pas de nom, ou le sien ne lui plaît pas. Elle a balancé une vieille gourmette dans la forêt. Y avait écrit *Cassandre* dessus.

— On est mal barrés... marmonna Gabriel.

— *Tu* es mal barré, ricana Ester.

Que voulait-elle dire ? Elle n'allait tout de même pas me confier à ce type !

— C'est peut-être une personne trans, suggéra Ester en reprenant son sérieux.

Je n'avais aucune idée de ce que cela signifiait.

— Ça expliquerait la gourmette, oui. Dessus, c'était peut-être un prénom imposé à sa naissance.

Là, il visait juste, en quelque sorte.

— Tu ne lui as pas demandé son genre ?

— Bah voyons ! C'est pas un truc qu'on demande comme ça !

— Et pourquoi pas ?

— Eh ben... Je sais pas. T'as sans doute raison. Enfin, peu importe. De toute façon, figure-toi que j'ai pas trouvé le temps de bien lui faire la causette, tu sais, pendant qu'on essayait de se barrer de son putain d'asile hanté !

Gabriel laissa échapper un rire. Ester se radoucit :

— Son *âme* s'est présentée à Céleste comme celle d'une femme. Je suppose que cette sorcière a *encore* raison, mais on demandera confirmation à notre nouvelle recrue.

Elle appuya sur ces mots comme si elle refusait de les prendre au sérieux.

— Tu penses qu'elle en est vraiment une ? l'interrogea Gabriel.

— Une quoi ? Une femme ?

— Mais non !

Une quoi, alors ? Bon sang ! Une quoi ? m'égosillai-je en silence. Il me semblait qu'ils avaient changé de sujet.

— Céleste ne s'est jamais trompée, répondit-elle comme si cela expliquait tout.

Je ne comprenais plus rien à cette conversation. Je me mis à me ronger les ongles.

— D'ailleurs, je crois qu'elle a vu Céleste à son tour.

Qui ? Moi ?

— *L'ombre...* me suggéra ma petite voix.

Ne l'avais-je pas inventée ? Les ombres étaient réelles ? Mais alors, celle qui m'avait étranglée... Gabriel me tira de ces réflexions :

— Sérieux !? Mais, d'habitude, il leur faut beaucoup plus de temps que ça avant de...

— Je sais, le coupa-t-elle.

— C'est un problème.

— Oui.

Je m'arrachai un bout de peau autour de l'ongle. Mais de quoi parlaient-ils, à la fin ?

— Tu penses que tu vas quand même t'en sortir, si tu t'en occupes...

De qui ? De moi ? Pitié, non !

— ... en plus de Lucien ?

Lucien. À nouveau, ce nom éveilla quelque chose en moi. La pièce se mit à tourner. Dévorée par la curiosité, et malgré les roulis, je collai un œil à la serrure. Je ne vis rien. Ester se tenait devant, trop près.

— Tu l'as dit toi-même, je n'ai pas le choix, se plaignit-il.

Je grimaçai. Ce type était décidément très antipathique !

— Ça va être très compliqué, surtout si on ne sait rien d'elle, ajouta-t-il.

— Tu n'auras qu'à en apprendre plus.

Hors de question ! m'indignai-je.

— Facile ! maugréa-t-il.

— Étant donné la situation, je crois qu'il vaut mieux exclure l'hôtel. Je vais voir avec Lucien pour qu'elle reste ici.

Ici ? Dans cette chambre ? Voilà qui changeait la donne...

— Et s'il refuse ?

— *Rabat-joie...*

— Tu l'as entendu hier soir au dîner, j'ai le droit d'inviter qui je veux. C'est aussi chez moi. Et puis, cette chambre est libre !

Et je suis prête à endurer la présence de ce Gabriel de malheur jusqu'à la fin de ma vie, si c'est pour conserver ce grand lit confortable en échange !

— Mais ça reste d'abord chez lui. Il t'a dit ça pour des filles de passage, pas pour y faire emménager une inconnue !

— Il acceptera.

— Tu ne pourras pas l'y forcer.

— Je sais bien ! Tu crois quoi ? Que je vais lui glisser un couteau sous la gorge ?

— Non, ce n'est pas ton style... ! ironisa Gabriel.

Une chose était certaine, mon avenir ici dépendait de ce fameux Lucien. Il allait falloir me le mettre dans la poche.

— Il va forcément poser des questions... s'inquiéta Gabriel.

— On mentira. On dira que c'est une amie.

Ne l'étais-je pas ? Mon cœur se troua un petit peu.

— On lui dira qu'elle n'a plus d'endroit où vivre. En plus, c'est vrai.

— Il va bien se rendre compte qu'elle est... Tu vois...

Quoi, Gabriel ? cinglée ? barjo ? détraquée ?

— *Folle... ? Hystérique... ?* poursuivit ma petite voix.

— Elle est juste un peu bizarre, comme lui d'ailleurs. Ça ira, Gab, détends-toi.

— Mais, et s'il lui pose des questions... ?

Ah, une bonne remarque. En effet, et s'il me posait des questions ?

— Elle mentira.

Je mentirai ?

— Comment tu peux en être si sûre ? Tu la connais à peine !

— J'lui fais confiance, déclara Ester.

Sa réponse pansa mon cœur. Je me sentis prête à mentir pour elle. C'était peut-être à cause de ma petite voix qui déteignait sur moi, ou parce que je gardais espoir d'enfin trouver ma place. J'avais beau ne rien comprendre, Ester avait promis de m'emmener rencontrer d'autres personnes comme moi, et je ne demandais qu'à la croire, quoi que cela voulût dire. J'attendrais s'il le fallait.

— Qu'est-ce que tu lui as dit, au juste, à cette fille ? Tu ne lui as tout de même pas tout déballé ?

Si seulement ! Je me sentirais un peu moins perdue…

— Bien sûr que non ! Mais, Gab, je ne pouvais pas rester muette, je l'ai quand même *kidnappée*.

Je devinai le sourire sur ses lèvres à ce dernier mot.

— Ester ! s'indigna Gabriel.

L'œil toujours collé à la serrure, je vis du mouvement. Ester se tourna vers ma porte. Je me relevai aussitôt, mais me cognai contre la poignée. Je me frottai le crâne en grimaçant. L'édredon que je tenais en cape glissa au sol. Le battant s'ouvrit, et je croisai les yeux d'Ester, ronds comme des billes. Quant à Gabriel, je ne pus qu'entrapercevoir son visage, qu'il cacha de ses mains.

— Tu es nue, constata Ester avant de se tourner de trois quarts.

CHAPITRE 17 : HONTE

Oh non ! Oh non, non, non ! La honte ! La honte intergalactique ! Pourquoi ça m'arrive à moi ! Devant elle, devant Ester, et l'autre en prime ! Oh non... !

Vous voyez cet horrible cauchemar, celui où vous vous retrouvez nu comme un ver, en public ? Je nageais en plein dedans, sauf que ce n'était pas un rêve et que je ne pouvais ni me réveiller ni m'enfuir...

Par réflexe, je me plaçai en paravent entre mon corps et la belle, la sublime Ester, et son acolyte. Bien sûr, c'était inutile ! Je restais transparente. Transparente et impuissante, condamnée à regarder notre derrière, mon derrière, exposé à la vue de nos hôtes.

— *Cache-toi...* l'implorai-je.

Mais elle était sur une autre planète, à des années-lumière de la gêne. La nudité, pour elle, n'était qu'un habit de peau, rien de plus. Elle ne comprenait rien à la situation.

— *Tu nous fais... honte...*

Toujours pas de réponse. Je fis un tour dans ses pensées. Elle se remémorait la conversation d'Ester et de Gabriel. Elle se sentait redevable envers Ester. Moi aussi. Mais elle trouvait que quelque chose clochait. C'était vrai. Les horribles paroles de Gabriel repassaient dans sa tête. De la haine montait dans son cœur. Il ne m'inspirait pas confiance non plus... D'ailleurs, à sa place, je lui aurais volontiers envoyé un bon coup de pied dans quelque coin obscur de son anatomie – mais avant cela, j'aurais rhabillé la mienne !

Je la conjurai de nous mettre quelque chose sur le dos :

— *Tu nous... ridiculises...*

CHAPITRE 18 : PRÉNOMMÉE

Je contemplai l'édredon à mes pieds. Mon habit de peau semblait les déranger, mais je ne comprenais pas la honte que ressentait ma petite voix ni les ordres qu'elle vociférait à mes oreilles.

— Couvre-toi, m'intima Ester.

Elle le dit avec autorité, mais ne put s'empêcher de sourire. Ma petite voix se liquéfia. Je me sentis bête.

— Pardon. Souvent, c'est l'un de mes infirmiers qui me prépare. Je ne savais pas que c'était un problème... Désolée, bredouillai-je. Je ne me montrerai plus toute nue.

— Tout*e*, hein ? fit Ester en insistant sur le *e*.

Elle échangea un regard avec Gabriel, qui acquiesça.

— Tu ne m'avais pas dit qu'elle parlait, lui chuchota-t-il.

Je me rembrunis. *Elle parle et elle t'entend très bien,* eus-je envie de répliquer. Ma petite voix envisagea une riposte plus musclée, mais il ne fallait pas leur donner une raison de nous mettre dehors. Je la modérai et gardai nos réflexions pour nous, me contentant de fulminer.

— Et pourquoi ne parlerait-elle pas ? répondit Ester tout haut, assez fort pour embarrasser Gabriel.

Il se tut.

— T'as besoin d'aide pour t'habiller ? me demanda-t-elle.

— Non, ça va aller.

Je cherchai mes affaires des yeux. Je soulevai et posai la jupe-sac sur le lit. Le tissu blanc était taché de boue et d'herbes séchées. Je l'ouvris avec précaution pour éviter que des écailles de terre finissent dans mes draps, puis enfilai maladroitement les premiers vêtements que je trouvai.

— C'est bon, annonçai-je.

Ester pivota, et nous nous observâmes. L'on aurait dit notre première rencontre. Ma petite voix la jugea plus belle encore avec le jour. Ses cheveux, d'un bleu très clair, presque blanc, comme la lune ou comme le vent, étaient enchanteurs. Elle les avait lâchés, et ils tombaient, raides, jusqu'au milieu de son dos. La douceur de ses traits était réconfortante, à condition de faire abstraction de son regard d'acier tranchant. Du fait de sa taille, il vous toisait nécessairement.

Gabriel, à côté d'elle, était plus petit, à peine plus grand que moi. Il me jeta un coup d'œil prudent entre ses doigts avant de se découvrir le visage. Il avait le teint hâlé, d'une belle couleur de miel. Ses traits étaient harmonieux, charmants même. Ses sourcils, assez hauts, se perdaient dans une masse de bouclettes, brunes comme ses yeux. Sa façon de m'observer me fit l'effet d'une caresse sur la joue. Une telle sensibilité dans le regard inspirait confiance, ce qui ne collait pas du tout avec l'image que je m'en étais faite en l'entendant parler. Comment des lèvres si tendres avaient-elles pu prononcer des mots si durs ? Silencieux, il semblait presque sympathique ! Mais les apparences sont souvent trompeuses, paraît-il…

Ester lui donna un coup de coude, alors il me tendit une main, tout en amenant l'autre à son cœur :

— Enchanté, moi, c'est Gabriel, bredouilla-t-il.

Je regardai sa paume, mais refusai de la saisir. À la place, il la passa dans ses boucles. La seconde demeura posée sur sa poitrine, jusqu'à ce qu'il reçût un nouveau coup.

— Et toi ?

Je restai muette, me contentant de le dévisager. Il m'adressa un sourire contrit qui dessina une fossette dans le creux de ses joues. Il y avait là-dedans quelque chose de très irritant, et en même temps d'adorable. Ma petite voix eut un avis plus tranché. Elle voulut le forcer à avaler toutes ses dents, après les lui avoir fait mâcher avec ses gencives tout juste mises à nu... et j'étais presque partante. Pensait-il que je ne l'avais pas entendu tout à l'heure ? Ou me croyait-il assez gourde et à ce point sans amour-propre pour ne pas en tenir compte ? Je lui adressai mon regard le plus sombre.

— Qu'est-ce que tu as au bras ?

Du coin de l'œil, je vérifiai mon bandage. La plaie ne semblait pas avoir saigné, mais la gaze était de travers, ses bords recourbés et noircis après cette nuit agitée. Comme je ne lui répondais pas, il se tourna vers Ester, les lèvres pincées. Celle-ci haussa les épaules, un sourire en coin.

— Elle ne me comprend pas ?

— Je te comprends très bien, fis-je sèchement.

Il poursuivit pourtant de la même manière :

— Il lui faut un prénom avant que Lucien n'arrive.

Ester scruta mon air farouche.

— Ester, insista Gabriel.

— Vous n'avez qu'à en trouver un ensemble !

Hors de question.

— Tiens, prends ça.

— Qu'est-ce que c'est ?

Il déplia la feuille aux coins froissés.

— La seule chose qu'on a pu rapporter. Je vous laisse faire connaissance... Moi, j'ai rendez-vous avec mon café !

Je renonçai à mon air renfrogné. Elle n'allait tout de même pas m'abandonner, pas vrai ?

— Mais... amorça Gabriel.

Ester me jeta un clin d'œil alors que je la suppliais en pensée de ne pas me quitter.

— Je sens qu'on va bien s'amuser ! lança-t-elle, déjà dans le couloir.

— Ester ! cria Gabriel.

C'était trop tard. Elle s'était dépêchée de disparaître, et je contemplais la place vide laissée entre nous. Gabriel et moi nous regardâmes comme deux idiots. Il esquissa un nouveau sourire, toujours aussi contrit, toujours aussi antipathique.

— Asseyons-nous, proposa-t-il au bout d'un moment.

Il désigna le lit. J'hésitai, puis finis par me sentir stupide, debout, les bras ballants. Je mis cette faiblesse sur le compte de mes courbatures et, avec réticence, le rejoignis.

— Il n'y a pas grand-chose sur ce truc, fit-il en agitant le papier.

Il s'agissait du tableau que nous avions imprimé cette nuit depuis l'ordinateur du doc. Je dus résister à l'envie de me pencher à mon tour sur la page. Je ne voulais pas abolir la prudente distance que j'avais en toute conscience laissée entre lui et moi.

— Il y a noté *Cassandre*, ici, fit-il.

— Non, je ne m'appelle pas Cassandre, m'agaçai-je.

— Il paraît, oui.

Il hésita.

— Et là, à côté, c'est ton prénom ?

Il pointa du doigt une case, tout en haut, à gauche. Mes yeux mirent un peu de temps à lire ce qu'il me montrait. Il y avait bien un mot. Je le fixai, me perdant un instant dans ses lettres.

— Alors ? C'est le tien ? insista Gabriel.

— Oui… m'écoutai-je répondre d'une petite voix.

En vérité, j'ignorais si c'était le mien. Officiellement, ça ne pouvait pas l'être ! Ce corps s'appelait Cassandre. Je n'avais jamais vu, lu, ni même entendu un autre prénom que celui-ci pour le désigner, mais il me plaisait. Il résonnait en moi, au-delà de ma chair.

— Dans ce cas, enchanté, *Aline*.

Je ne voulais pas lui donner la satisfaction de sourire, mais mon visage s'éclaira malgré moi. Je ne pus l'en empêcher. *Aline*. Ce prénom sonnait délicieusement à mes oreilles. Et, je devais le reconnaître, la voix de Gabriel le portait bien. *Aline*. Oui, ça me plaisait bien. *Aline*. Personne ne m'avait jamais appelée ainsi. C'était un nouveau prénom, pour une nouvelle vie! *Aline*. Je le répétai. *Aline*, je suis *Aline*! Ma petite voix le scanda avec moi, touchée par la même joie que moi. *Aline, Aline, Aline.*

— *Aline, c'est toi*... susurra-t-elle.

Gabriel me rendit mon sourire. Il me parut véritable et sincère, mais je ne m'y laissai pas prendre malgré mon exultation.

Gabriel se pencha à nouveau sur le tableau.

— Par contre, je me demande bien pourquoi il y a un point d'interrogation juste après.

Je relus la case où il était en fait inscrit : *Aline?* Quelqu'un, là-bas, avait peut-être eu l'intuition que ce prénom me plairait. Je songeai au doc, mais préférai croire qu'il s'agissait d'une idée de Frank.

— Ce n'est pas très important, j'imagine, conclut Gabriel.

Il vérifia le dos de la feuille, cependant, il n'y avait pas d'autres informations. Il n'y avait que des lignes, des colonnes et leurs titres. Il se tourna vers moi. Je parlai avant lui :

— Est-ce que tu es comme moi ?

C'était sorti tout seul.

— Comme toi ? répéta-t-il, incrédule.

Je baissai la tête sur mes ongles. Une petite croûte de sang s'était formée à côté de celui que j'avais rongé tout à l'heure.

— Ester a promis qu'elle m'emmènerait voir des personnes comme moi, avouai-je.

Idiote, tais-toi, me dis-je. Gabriel se concentra sur ses propres mains. Il se tordit les doigts.

— Qu'est-ce qu'elle t'a dit, exactement ?

— Juste ça.

Il acquiesça, soulagé, tout au contraire de moi. J'avais tant de questions. Je le fixai, il bégaya :

— Tes iris sont très... Ils sont si...

— Est-ce qu'elle m'a menti ? le coupai-je.

Je devais le savoir. Il battit des cils.

— Non. Elle t'a dit la vérité. C'est bien ce qu'on va faire, mais avant, il faut... Disons que l'on doit apprendre à mieux se connaître, pour vérifier.

— Vérifier quoi ?

Il se tordit davantage les mains. Son petit doigt craqua.

— Vérifier que tu es bien comme ces gens.

— Et comment sont-ils, ces gens ? insistai-je.

— Ça, je ne peux pas te le dire. Pas encore. En plus, ça fausserait les résultats.

Ce fut à son tour de me fixer. Je ne parvins pas non plus à soutenir son regard. Ses yeux étaient d'un marron intense, vivifiant.

— Je suis désolé, dit-il avec douceur. Je sais que c'est effrayant, mais on ne peut rien te dire de plus. Nous sommes tenus de suivre une procédure bien particulière. Le protocole...

— Ne me renvoyez pas là-bas ! l'implorai-je soudainement.

Je me mordis les doigts de ce nouvel aveu.

— Non, bien sûr que non ! Au contraire, cette procédure nous oblige à garder un œil sur toi, pendant un certain temps, du moins. Ensuite, si tout se passe bien... Eh bien, Ester remplira sa promesse.

J'allais demander autre chose, mais il ajouta :

— Enfin, à condition que tu ne nous causes pas de problèmes et que tu fasses profil bas.

Je ravalai ma salive. Cela voulait dire : ne pas poser trop de questions, je le comprenais. J'en osai une dernière cependant :

— Qu'est-ce que vous comptez me faire ?

Gabriel se gratta la nuque.

— Nous ? Mais rien ! Tu peux t'en aller, si tu préfères...

Je plantai mon regard dans le sien, résolue. Son air déçu me rappela qui j'avais en face de moi.

— Alors, tu peux dormir ici et manger avec nous, si ça te dit, jusqu'à ce que le protocole nous autorise à nous mettre en route.

C'était mon unique souhait, rester dans cette chambre et rencontrer un jour des gens comme moi. Ne plus me sentir seule au monde. Trouver qui j'étais. Trouver ma place dans ce monde.

— *Et ne pas quitter...*

... Ester, oui, aussi.

— Pour le reste, tu seras libre, déclara Gabriel.

Libre ?

— Tu n'as aucune obligation envers nous, à part, bien entendu, de tenir ta langue.

Mes pensées fusèrent à toute vitesse. Un toit, un endroit où manger, et je serais libre !

— *Et auprès... d'Ester...*

S'il suffisait de se taire, d'accord. Tant pis pour nos questions.

— Ça te conviendrait ? demanda Gabriel du bout des lèvres.

J'opinai vivement.

— Marché conclu, souffla-t-il.

Je croisai son regard sous ses boucles. Ses iris brillaient comme du chocolat fondu.

— Il y a juste un petit problème...

Mon cœur eut un raté. Un problème ?

— Une autre personne vit ici : Lucien. En fait, la maison est à lui. Nous sommes ses colocataires. Il ne doit pas savoir pour toute cette histoire. Les discussions entre Ester, toi et moi doivent rester secrètes. C'est la procédure, c'est comme ça, se justifia-t-il une fois de plus.

Il se massa le creux de la main, un air coupable sur le visage.

— Ce qui veut dire qu'il faudrait...

— Que je mente, conclus-je.

Il acquiesça.

— Je vous ai entendus à travers la porte, expliquai-je d'un regard appuyé.

Il opina, sincèrement navré, mais ne prononça aucune excuse.

— Je peux mentir, lâchai-je au bout d'un interminable silence.

Et cela ne me dérangerait pas. Après tout, ce n'était pas comme si je savais grand-chose de tout ce qui se tramait ici ! En fait, je n'avais presque rien compris… Ce ne serait pas bien difficile. Et puis, cela signifierait garder mon état pour moi. C'était l'excuse parfaite pour commencer un nouveau chapitre sans m'encombrer de mes anciennes étiquettes. Je ne souhaitais plus que l'on me catalogue, comme Gabriel l'avait fait en quelques secondes. Ester était la seule avec qui je voulais bien être honnête. Le reste importait peu.

— Tu ne devras pas lui dire d'où tu viens.

— Que dois-je lui dire, au juste ?

— Tu prétendras être une amie d'Ester et t'être retrouvée à la rue. C'est pour ça que tu as besoin de loger ici quelque temps.

Il m'adressa un regard appuyé, attendant mon assentiment. Comme l'expliquait Ester tout à l'heure, ce n'était, au fond, que la stricte vérité.

— Et s'il me demande pourquoi ?

— Bonne question… marmonna Gabriel. Dans ce cas, dis-lui que c'est à cause d'une rupture. Ça devrait t'éviter le sujet. S'il insiste, tu pourras répondre : « C'est compliqué » ou « Je n'ai pas envie d'en parler ». Tu t'en souviendras ?

J'acquiesçai tout en notant qu'il avait l'habitude de mentir.

— Gabriel ? demandai-je.

Il sursauta en entendant son prénom dans ma voix. Je ne m'en étonnai pas. Elle faisait parfois cet effet aux gens.

— Oui ?

— Pourquoi Ester a-t-elle déclaré que tu devais t'occuper de moi en plus de Lucien ?

Il enroula l'une de ses boucles autour d'un doigt.

— Pour quelqu'un qui a une mauvaise mémoire, tu te souviens bien de ma conversation avec elle… murmura-t-il.

— Mon amnésie ne concerne que les événements datant d'avant l'accident.

Ou presque, mais je me gardai bien de le lui dire. Je souhaitais lui faire comprendre que je l'avais entendu cracher son mépris. Je voulais le voir culpabiliser, se repentir.

— L'accident ? répéta-t-il.

Je lui adressai mon sourire le plus factice :

— C'est compliqué, je n'ai pas envie d'en parler.

Mais cela le fit rire.

— Pour répondre à ta question, se reprit-il, c'est à moi que revient la charge de vous déclarer aptes à partir ou non avec nous.

Il donnait l'impression de réciter un script.

— Partir où ?

— Voir ces autres personnes promises par Ester.

Cette conversation tournait en rond, mais cela m'apprenait au moins que ce Lucien était potentiellement comme moi. Je ravalai mon sourire narquois et me tus, ce qui laissa à mon estomac le champ libre pour ses manifestations.

— Toi, tu as un petit nœud !

Étrange formulation. L'expression n'impliquait-elle pas plutôt un creux ? Mon regretté dictionnaire ne pouvait plus me le confirmer.

— Je n'ai rien mangé depuis hier matin… me plaignis-je.

— Depuis hier matin ! Mais comment ça se fait ? Ils ne te nourrissaient pas ? s'indigna-t-il, soudain très sérieux.

Frank, à la différence de Robert, m'avait toujours apporté mes repas. Cet oubli était une exception. Je n'avais pas envie de faire pitié à mon hôte, mais s'il s'imaginait que l'on m'avait affamée, il aurait peut-être un peu moins le cœur de me renvoyer là-bas. J'omis donc de lui répondre.

— Ma pauvre Aline. Je ne peux pas te laisser comme ça. Viens avec moi. Tu verras, ici, on est de bons vivants.

Cette fois encore, la formule me parut intrigante. Je la connaissais, il l'avait bien employée, mais n'était-elle pas curieuse ?

Pouvait-on être un *mauvais vivant* ?

CHAPITRE 19 : RENCONTRE

Gabriel se leva du lit et me tendit la main. Je la pris machinalement. Son contact, tiède, me fit prendre conscience de mon geste. Je la lâchai aussitôt. *Ne pas baisser sa garde...* me sermonnai-je. Gabriel ne commenta pas ma réaction. Il se contenta de m'adresser un bref sourire qui ne monta pas jusqu'à ses yeux.

— *Hypocrite...* maugréa ma petite voix.

Je me relevai en grimaçant.

— Tout va bien ? s'enquit-il.

— Courbatures, soufflai-je.

— Alors, il faut t'hydrater, viens.

— J'aimerais d'abord passer au petit coin et me laver.

— Bien sûr, c'est par ici.

Je le suivis dans le couloir.

— Cette porte, c'est les toilettes. Celle-ci, la salle de bain.

— Je n'ai pas d'affaires de douche, réalisai-je.

Gabriel entra et ouvrit un placard. Je restai sur le seuil. Il en sortit une petite boîte en carton, d'où il tira un joli savon violet qu'il porta à son nez.

— Lavande, chuchota-t-il. J'adore cette odeur, pas toi ?

Il me le tendit. Je l'acceptai avec réticence. Je voulais, sinon le détester, au moins le trouver déplaisant, mais il me rendait la tâche difficile...

— *Méfie-toi... !*

Je n'oubliais rien. Je notais juste qu'il devait faire partie de ces gens qui savent se faire aimer. Il déplia une épaisse serviette et me la donna.

— Si tu as besoin de quelque chose d'autre, n'hésite pas, sers-toi. Tu peux farfouiller dans les placards. Pour le shampoing, tu peux prendre le mien. Il est pour cheveux secs, me dit-il en me présentant un flacon. Celui de Lucien aussi, mais il est bon marché, ajouta-t-il avec une grimace.

Je tentai de rester stoïque.

— Rejoins-moi quand tu es prête. La cuisine est en bas, tout au fond, à gauche.

J'opinai. Il demeura cependant planté là.

— Thé ? Café ? Autrement, j'ai du jus d'orange, du sirop, ou juste de l'eau. Qu'est-ce que tu préfères ?

Il attendit ma réponse, sauf que je n'avais pas l'habitude d'avoir le choix.

— Euh, je, euh… Je ne sais pas, balbutiai-je.

— Tu te décideras plus tard, dans ce cas !

Puis il partit, et je restai seule face au miroir. *Méfie-toi,* me rappelai-je, *méfie-toi.*

Je passai d'abord aux toilettes. Les fesses posées sur la cuvette froide, je me frottai les paupières. Mes pensées s'embrouillaient. Tout me semblait très confus. Les événements s'étaient enchaînés d'une façon très curieuse. Je me sentais dépassée.

Face à l'évier de la salle de bain, je soufflai et me confrontai à mon reflet, tout en faisant attention à ne pas me regarder dans les yeux. Quelquefois, cela me provoquait un drôle de vertige, l'impression d'être étrangère au monde, et que les choses, les êtres et moi, étions pris dans un flot absurde, abstrait, qui s'écoulait à l'envers. Je me concentrai donc toujours sur des détails. Cela valait mieux.

Je parcourus ma peau. Elle était tirée, mes cernes marqués. Ce corps, mon corps, avait souffert. Je me dévêtis et m'auscultai. J'avais bien quelques bleus de la veille et de belles éraflures, mais rien de bien méchant, au contraire de ce que j'avais imaginé. Pas de nouvelles plaies, pas de fractures, pas même une dent en moins ! J'arrachai le vieux bandage. Miracle ! Les points de suture avaient tenu ! J'enjambai alors le rebord de la baignoire d'un pied tremblant. Je levai avec peine le pommeau au-dessus de moi et délassai enfin mon corps sous une eau bien chaude, puis frottai le sang séché et la poussière incrustée que je contemplai se mêler, se changer en boue et disparaître dans le tourbillon du siphon. Et si j'étais faite de glaise ? Non, ce serait absurde. Le muscle de mon bras tressauta. Je m'empressai de diluer du shampoing et de masser le cuir chevelu entre mes tresses avant d'être à court d'énergie.

La discussion entre Ester et Gabriel bouclait dans ma mémoire. Mes pensées se mirent à vagabonder. Que me cachaient-ils ? Mon index traça des lettres dans la buée. Je le regardai faire. Je lus *Aline*. Je me répétai ce prénom, mon prénom. *Aline*. J'avais enfin un nom à moi. Rien qu'à moi. Je songeai soudain aux ombres. Pour chasser ce souvenir, je me rinçai la tête. Une mèche rousse surgit dans mon esprit. L'image du jeune homme, s'éloignant à travers la rue, les mains dans les poches. Je la renvoyai pour me replonger dans la musique de mon nouveau prénom. *Aline*.

J'aurais volontiers passé la journée sous le jet, si la faim ne m'avait pas douloureusement rappelée à la réalité. Je sortis donc, entraînant avec moi un nuage de vapeur. Il peina à se dissiper dans la petite pièce. De l'eau roula le long de mon dos, et je me dépêchai de me draper dans l'épaisse serviette avant d'inonder tout le sol. Comme la couverture du lit, comme le savon, elle sentait la lavande. Je la portai à mon visage, que je tamponnai avec délicatesse. Le miroir, plein de buée, ne refléta rien d'autre qu'une ombre quand je m'y regardai.

La peau de mon crâne me semblant de plus en plus raide à mesure qu'elle séchait, j'ouvris un tiroir à la recherche d'un soin. À la place, j'y trouvai une boîte de pansements. Je dus coller deux des plus larges pour recouvrir la blessure à mon bras. Enfin, je tombai sur un petit pot ambré contenant de l'huile de coco.

Le corps propre, les cheveux nourris et le cuir chevelu calmé, je me sentis revigorée. J'étais une nouvelle personne, pour une nouvelle vie ! Je me rhabillai et arrangeai un peu mes tresses du bout des doigts, non sans une pensée émue pour mon peigne, perdu lors de notre fuite. Il devait se trouver à même le sol, dans la poussière, quelque part dans le coin d'une cage d'escalier reculée. Soudain, l'angoisse resurgit. Et si on le retrouvait malgré tout ? Pourrait-on remonter jusqu'à moi à cause de lui ? Sans doute pas. Pourtant, à cette heure-ci, ils avaient déjà dû remarquer mon absence. Un vulgaire peigne pouvait-il trahir ma position ? Je luttai de toutes mes forces contre cette pensée absurde. Je refusais de me laisser atteindre. Je voulais n'éprouver que la joie de ma libération.

Guidée par un délicieux parfum de cannelle qui flottait dans l'air, je rejoignis Gabriel dans la cuisine. Je découvris Ester à table, un café encore fumant dans une main, son téléphone dans l'autre. Elle ne leva pas le nez quand j'entrai. M'avait-elle remarquée ? Gabriel, occupé à peler des pommes de terre, me mit en garde :

— Ne fais pas attention à elle, elle n'est pas du matin !

Je feignis de ne pas m'en préoccuper, mais la vis se masser le front. Je me détournai.

— Ça sent bon, dis-je par politesse.

Gabriel fit volte-face, les yeux brillants. On aurait dit que je venais de lui faire le plus beau compliment du monde.

— C'est parce que j'ai fait des ghoribas, chantonna-t-il. Ils sortent tout juste du four. Tu en veux ?

Difficile de savoir sur quel pied danser avec lui ! J'acquiesçai malgré ma suspicion. Qui refuserait une pâtisserie ? Gabriel s'empressa de placer une boîte à gâteaux dans mes mains. Ils étaient tout en rondeurs, dorés et craquelés sur le dessus. Leur parfum chaud et sucré emplit mes narines. J'y devinai une pointe de vanille. Je dus me retenir de tous les dévorer sur-le-champ.

— Merci, dis-je le plus stoïquement possible.

Si ces gâteaux s'avéraient aussi bons qu'ils avaient l'air appétissants, il allait être très difficile de mépriser Gabriel à long terme… Ces fichues papilles me rendaient faible ! Ma petite voix me rappela ses paroles blessantes. Je me raisonnai.

— Ne reste pas debout, installe-toi, me dit Gabriel.

Je tirai la chaise à côté d'Ester.

— C'est la place de Lucien, marmonna-t-elle, le nez toujours collé à son téléphone.

Je la repoussai, fis le tour de la table, m'assis en face d'elle.

— Ça, c'est celle de Gabriel.

— Laisse-la, Ester. Elle peut bien se mettre où elle veut ! N'écoute pas cette ogresse, me rassura-t-il en la pointant du bout de son épluche-légumes. Madame a ses petites habitudes ! Tu peux rester à ma place, Aline, ça ne me dérange pas.

Ester leva le nez, ignorant avec superbe la pique de Gabriel.

— Aline ? répéta-t-elle.

Un sourire me monta aux oreilles.

— C'est pas mal, me complimenta-t-elle avant de retourner à son café.

Je ne m'étonnai pas de cette réaction. Je commençais à comprendre qu'Ester semblait toujours un peu distante, mais ce compliment avait l'air sincère.

— Que veux-tu boire ?

— Euh, du thé ?

— J'ai de la menthe fraîche. Ça te dit ?

Il désigna les vigoureuses herbes aromatiques qui poussaient dans leurs pots, face à la fenêtre.

— Volontiers.

Gabriel sourit, comme si j'avais donné la bonne réponse, et s'empressa de tailler quelques feuilles. Il s'empara d'une boîte remplie d'un thé au vert fané et s'attela à la confection du breuvage. Ses gestes étaient méthodiques, mais fluides, comme ancrés dans la mémoire de son corps. Il allait déposer du sucre dans la théière, mais s'arrêta.

— Du sucre ? me proposa-t-il.

— S'il te plaît.

Encore ce sourire. Peu après, il disposa une tasse et une petite cuillère devant moi. Il servit sa potion ambrée en levant haut la théière. Une mousse légère se forma à la surface qui fumait délicatement. Je m'y réchauffai les mains.

— Merci, soufflai-je.

La cuisine n'était pas très grande, mais assez pour trois ou quatre personnes. La décoration était datée, comme celle de la chambre. Gabriel, penché au-dessus d'une marmite, saupoudra des épices qui me chatouillèrent le nez.

— Que prépares-tu ? demandai-je en humant l'air et en salivant.

— Une soupe, pour ce soir.

J'opinai en songeant que, si tout se passait bien, j'aurais l'occasion de la goûter.

— *Enfin autre chose que les plats... trop fades... de l'hosto...* commenta ma petite voix.

Gabriel se mit à chantonner. Lui qui était tout à l'heure si tendu, si réticent à mon arrivée, semblait plus calme, heureux de partager sa cuisine. Il était dans son élément. Il rayonnait, diffusant dans la pièce une sérénité à la saveur particulière. Je pouvais presque la toucher du bout du doigt. Je voulais rester méfiante, mais...

— *Pas de... mais...* me contredit ma petite voix.

... mais son entrain était communicatif. Mon pied se mit à taper en rythme sous la table. Il chantonna un peu plus fort. Son timbre était chaud et tendre à la fois. Entre les *tic-tac* de la vieille horloge qui battait la mesure et le contenu de la marmite qui bullait à gros bouillons, je me laissai bercer.

J'observais les miettes du biscuit que je trempais dans mon thé depuis trop longtemps couler inexorablement au fond de l'eau, quand Ester me ramena sur Terre.

— Aline ?

Dans sa bouche, ce prénom prenait du relief.

— Oui ? fis-je d'une voix timide.

— C'est mon jour de congé.

Disant cela, elle s'étira et plongea ses yeux clairs dans les miens.

— Ça te tente un peu de shopping ?

— Pourquoi pas, répondis-je, le cœur battant, car je n'en avais jamais fait.

— On t'achètera des fringues et des trucs utiles, comme une nouvelle brosse à dents.

Je serrai la mâchoire. Y pensait-elle parce qu'elle sentait mon haleine depuis l'autre côté de la table ? Peut-être bien... Les ghoribas et le thé n'avaient pas dissipé le goût de nuit pâteux collé à ma langue.

— Tu t'arrêtes au supermarché ? intervint Gabriel.

Il tira une petite note d'un tiroir.

— Il me faudrait ces quelques ingrédients, pour demain.

Elle le toisa, mais prit le papier et le déplia.

— *Quelques* ?!

Gabriel lui fit les yeux doux.

— S'il te plaît, Ester... C'est pour essayer une nouvelle recette.

Elle soupira.

— Bon...

— Tu es la meilleure !

— C'est pas un scoop.

— Arrête ou ta tête ne passera plus les portes, la taquina-t-il.

— Mais j'aimerais bien, ça me donnerait une excuse ! Céleste ne pourrait plus m'envoyer à Perpète-les-Bains !

Gabriel, en me jetant un petit coup d'œil, s'essuya un peu trop longtemps les mains dans son torchon.

— En parlant du loup, nous dit Ester en désignant son téléphone.

Elle s'éclipsa, nous laissant une nouvelle fois en tête-à-tête. Je reportai mon attention sur le dernier gâteau de la boîte.

— On partage ? me demanda-t-il en s'installant.

J'opinai du menton. Gabriel le coupa en deux et m'en tendit une part. Nous la dégustâmes en silence.

— Lucien ne va pas tarder à rentrer, fit-il au bout d'un moment. Il faut que je sois sûr que tu as retenu ce qu'on s'est dit tout à l'heure.

Me prenait-il pour une idiote ? Je me renfrognai.

— Tu ne dois pas lui dire où tu étais avant. Tu es une bonne amie d'Ester. À la suite d'une rupture, tu t'es retrouvée à la rue. Ester a proposé de t'héberger.

Je mordis dans ma part.

— Et s'il te demande des détails, tu réponds...

Il attendait que je termine sa phrase. La bouche pleine, je répétai comme un perroquet :

— C'est compliqué, je n'ai pas envie d'en parler.

Je jetai une dernière miette sur ma langue.

— Et que dois-je lui dire, à propos de nous deux ?

Il papillonna.

— Je ne comprends pas.

— Ester et moi sommes amies, mais toi et moi, quelle relation est-on censés avoir dans ton scénario ?

— La meilleure façon de mentir, c'est d'être honnête, donc dis-lui la vérité : tu ne me connaissais pas avant ce matin.

Était-il arrivé à cette conclusion après des années et des années de ruses, de subterfuges et de mensonges ? Ou n'était-ce qu'un conseil ordinairement sensé ? Ma petite voix et moi délibérions encore quand la porte d'entrée claqua. Ce qui restait de la tranquillité de Gabriel partit en poussière.

— *Lucien...* devina-t-elle.

Je me levai. Les ghoribas roulèrent au fond de mon ventre comme des pierres. La gorge serrée, je remis mes tresses en place, déplissai un peu mon haut. Je n'avais pas le droit à l'erreur.

— C'est moi ! Je suis allé chercher le pain ! cria une voix, profonde, sonore et vibrante.

Je manquai une respiration. Ce timbre…

— *Impossible…*

— Je rentre tard, parce que j'ai aussi déposé des C.V. !

On l'entendit se rapprocher. Mon cœur déréglé distança les *tic-tac* de l'horloge. Interdite, je fixai la porte.

— J'espère que vous n'avez pas mangé tous les…

Il s'arrêta net sur le seuil. Ce regard, qu'il m'adressa, n'aurait pas pu me bouleverser davantage.

— Bonjour, souffla-t-il.

Impossible d'oublier ce timbre. Plus impossible encore d'oublier ces cheveux roux et ce visage en dessous. Je restai muette, paralysée, me contentant de le fixer d'un air bête. Impossible de faire autrement. Impossible ! Mes yeux s'étaient amarrés aux siens. En retour, ceux-ci les y soudaient avec une force qui dépassait tout. L'incendie qui brûlait en lui s'en servit de pont. Il embrasa tous mes sens, cautérisant toutes mes peurs. La masse qui pesait sur ma poitrine se liquéfia. Ce cœur, mon cœur, déborda d'une lave furieuse, qui pulsa à travers mes veines et mes artères, changeant mes entrailles en du magma bouillonnant.

Il ne restera bientôt plus rien de moi… songeai-je dans une lueur de lucidité, *car je me consume.*

— Lucien, entendis-je annoncer Gabriel, je te présente Aline. Aline, Lucien.

Dans la brume de notre rencontre, il désigna nos deux corps, mais mon âme s'était décrochée. Il me parlait à travers du verre. J'aurais reconnu ces yeux entre mille, cette vertigineuse impression de se jeter dans le vide.

AMOUR, N. M.

Du latin « *amor* ». Sa forme actuelle a été influencée par l'ancien provençal, langue des troubadours qui chantaient la *fine amor*, l'amour courtois.

Il désigne un sentiment, un attachement envers un autre être, fondé sur une attirance affective et/ou physique.

Par extension, ce sentiment s'applique à d'autres types de relations (amicales, familiales, etc.), mais aussi à des objets, des activités, des idées, des valeurs...

L'article contient plus d'exemples que de définitions,
comme s'il peinait à en cerner le sens véritable.

Remarque : « amours » au pluriel est féminin.

CHAPITRE 1 : FOUDROIEMENT

— Moi, c'est Lucien.

Il se tenait là, devant nous, devant Aline et moi. Je n'en revenais pas… ! Aline entra dans un brouillard fiévreux. Il y eut un rire forcé, celui de Gabriel.

— Oui, c'est ce que je viens de dire. Et elle, c'est Aline… se répéta-t-il.

Lucien l'ignora avec superbe. Gabriel se gratta le menton.

— *Tu n'es pas au bout de tes peines…* murmurai-je comme s'il pouvait m'entendre. *On croirait deux âmes sœurs…*

Et en effet, Lucien et Aline se fixaient avec une intensité inconfortable. Songeant qu'en définitive, c'étaient mes yeux qu'il détaillait ainsi, je me sentis plus que jamais à côté de mon corps, barbouillée dans tout mon être. Aline, elle, était aux anges, envoûtée ! Son cœur battait comme le tambour d'une machine à laver. Il faisait des loopings dans sa poitrine, lesquels lessivaient ses dernières pensées cohérentes :

— *Je suis morte ? Mon cœur s'est arrêté. Oui, ce doit être cela. Non, non… Il bat trop vite. Ces yeux, ces yeux ! Il me fixe. Dis quelque chose, bon sang ! Qui d'autre entend le sang qui pulse dans mes tempes ? Tout le monde, oui, tout le monde. C'est forcé. Mes joues me brûlent. Ma nuque est moite. Oh ! non ! une goutte de sueur ! Sous mon bras. Elle roule jusqu'à mon coude… Essuie-la, vite, vite avant qu'il ne la voie ! Le corps est répugnant. Non, pas le sien, pas du tout… ! Essuie-la. Non, pas si vite, discrètement ! Il m'a vue ? Il m'a vue. Pourvu que non. Maudit corps ! Quel traître… !*

À cette température, sa cervelle allait rétrécir !

— *Arrête de baver...* soupirai-je.

Mais elle ne m'entendit pas. Sa propre voix se déployait bien trop dans notre tête, écrasant et brouillant la mienne.

— *Dis-lui quelque chose... !* criai-je.

Gabriel lui jeta un coup d'œil inquiet.

— Aline est une amie d'Ester, déclara-t-il à sa place.

Mais il n'y eut aucun répit pour le pauvre cœur tout essoré d'Aline, car Lucien n'accorda pas même l'ombre d'un battement de cils à Gabriel. Je ne pus m'empêcher de tourner autour de Lucien. Que lui trouvait-elle ?

— *Comment, avec mon corps, peux-tu désirer quelqu'un qui ne me plaît pas ?*

Cette réflexion-là, elle l'entendit. Elle se demanda aussitôt si Lucien était agréable à regarder. Elle s'interrogea sur les critères de beauté, qui étaient *ô combien aléatoires*, tout cela pour en conclure - bien sûr - que ce n'était pas ce qui l'intéressait chez lui.

Je me fendis d'un grand rire :

— *À d'autres... !*

Lucien était séduisant. Ça lui crevait les yeux, le cœur et l'esprit aussi. Et je devais bien reconnaître, même s'il n'était pas mon genre, qu'il avait un visage harmonieux et une bonne carrure. À son arrivée, il m'avait paru plus petit que Gabriel, mais parce qu'il s'était tenu les épaules voûtées. En découvrant Aline, il s'était redressé, de sorte qu'il égalait son ami. Ses cheveux en bataille dissimulaient à peine sa peau blanche, presque diaphane, et la constellation de taches de rousseur qui débordait de son nez à ses joues. Joli garçon, oui, mais d'une beauté dérangeante. Il n'avait pas l'air malsain, ni même méchant, mais... et je mis le doigt sur ce qui ne collait pas : Lucien dégageait quelque chose de triste qui me donnait envie de fuir à toutes jambes.

D'un froncement de sourcils, Gabriel adressa un reproche à Aline.

— *Parle...*

Parle, ça commence à devenir louche.

— Elle est encore bouleversée par cette nuit, tenta Gabriel.

Pour la première fois, Lucien sembla prêter attention aux paroles de son ami. Le sérieux de ses traits chamboula Aline jusqu'au tréfonds de son ventre. Ce ne fut toutefois rien en comparaison de ce qu'elle ressentit lorsque sa voix, grave et sonore, murmura entre nous :

— Que s'est-il passé ?

Il planta ses iris dans les siens. J'eus envie de m'ôter les miens du bout des ongles. Aline se liquéfia.

— Une rupture, répondit Gabriel du tac au tac.

— *Une rupture aortique !* raillai-je.

Comme convenu, Gabriel appliquait son plan – un bon plan. Il fallait reconnaître que ce mec avait l'air plutôt futé – en tout cas davantage que ce bellâtre aux yeux de merlan frit.

— *Au regard ténébreux,* me corrigea Aline. *C'est un écorché !*

— *Merlan frit...* insistai-je.

— *Té-né-breux !*

— *Mer-lan-frit.*

— *Tén...*

— Désolé pour toi, nous interrompit Lucien, navré.

Aline battit des cils. Le son de cette voix familière l'obligea à prendre conscience de l'évidence qu'elle refusait d'admettre.

— *Je dois être en train de rêver...* pensa-t-elle.

Comment expliquer, sinon, qu'elle se trouvait face à l'homme qu'elle voyait chaque nuit en songe, depuis des mois? Elle se demanda si elle avait bien quitté sa cellule, se faisant la réflexion que tout ça, depuis le début, pouvait n'être qu'une hallucination. Robert s'amusait peut-être, en ce moment même, à aligner des bonbons sur son téléphone.

Gabriel toussota. Cette présence, bien que vaporeuse, la ramena sur Terre. Jamais ses rencontres avec son prince charmant n'avaient été parasitées par un Gabriel !

— Elle n'a plus d'endroit où vivre, précisa ce dernier. T'accepterais qu'elle reste avec nous quelque temps ?

— Oui, bien entendu ! Tu peux t'installer dans la chambre du fond, à côté de la mienne.

— *Autant lui dire d'emménager directement dans ton lit...* maugréai-je.

Aline se tendit comme un arc. Toute innocente qu'elle était, elle ne songeait pas aux galipettes, mais elle comprenait tout de même que la chambre de Lucien jouxtait la sienne et que, de ce fait, elle venait de passer la nuit à un mur de distance de lui. Elle en était toute retournée ! Je ravalai mon agacement et lui rappelai ce que cette réponse impliquait, pour elle, pour nous :

— *On peut rester...* chuchotai-je à son oreille.

Alors, elle s'enflamma, et je regrettai mon commentaire. Selon elle, accepter avec autant de facilité une étrangère sous son toit ne pouvait signifier que deux choses : soit Lucien avait l'âme très charitable, soit elle ne lui était pas si *étrangère*. Autrement dit, il l'avait peut-être reconnue. À cette idée, l'espoir lui réchauffa le ventre.

— *Troisième possibilité, il veut te...*

— *Arrête,* m'intima-t-elle.

— *Comme tu préfères, mais parle-lui ou il risque de changer d'avis !*

— Tu es blessée ? demanda Lucien qui, en miroir, toucha son propre bras.

Elle ne dit rien. Lucien se tourna donc vers Gabriel, mais celui-ci haussa les épaules.

— Est-elle... sourde ? *Es-tu sourde* ? l'interrogea-t-il en détachant chaque mot.

Écorché, peut-être, crétin, sans aucun doute... Il reposa la question en langue des signes, mais je décidai que cela ne changerait pas mon *diagnostic*.

— Non, elle t'entend, répondit Gabriel du bout des lèvres. Enfin, je crois... Il ne manquerait plus que ça, grommela-t-il tout bas.

Lucien adressa son plus beau sourire à Aline. Je roulai si fort des yeux, qu'ils faillirent imprimer le même mouvement aux siens. Elle pencha la tête, s'éclaircit la gorge. Allez, juste quelques mots, quelques syllabes, n'importe quoi, mais arrête de baver devant ce type comme devant une vitrine à desserts ! Ses lèvres s'entrouvrirent, mais, quand elle releva le menton, sa langue retomba inerte contre ses dents. Le regard de Lucien, rivé au sien, la réduisait au silence. Il était miraculeux qu'elle respirât encore !

Ils s'admirèrent l'un l'autre dans le blanc de l'œil pendant une éternité. Aline songea à toutes ces fois où elle l'avait aperçu dans ses rêves, toutes ces fois où elle avait cru reconnaître sa voix parmi les autres – toutes ces fois où je m'étais moquée d'elle. Elle n'avait jamais imaginé le rencontrer en chair et en os. Je réfléchis, moi, que ce ne pouvait pas être un hasard, une pure coïncidence. Elle n'avait pas pu débouler dans sa vie ainsi, dans sa propre maison, à un mur de lui, comme ça, sans raison...

— *Ester... !* conclus-je.

J'en imposai le visage à Aline, le superposai, non sans mal, à celui de Lucien. Quelques pièces du puzzle s'alignèrent dans notre esprit. Ester et Gabriel suspectaient Lucien d'en être *un*, comme Aline. Un quoi ? Cela restait à déterminer. Mais rêver l'un de l'autre ne prouvait-il pas qu'ils en étaient ? Je refusais de croire à une coïncidence.

Aline, suivant mon raisonnement, eut envie de tout raconter à Gabriel : les songes, les rencontres, tout, pour qu'il nous déclare aptes, selon ses mots, et que l'on se mette en route sur-le-champ pour cette fameuse réserve. Elle se l'imaginait comme un monde nouveau, libre, bon, peuplé d'êtres à son image, même si elle ignorait ce que cela signifiait.

— *Prudence...* susurrai-je.

Je faisais confiance à Ester, mais pas à Lucien, et encore moins à Gabriel. Nous devions rester sur nos gardes.

Lucien fit un pas vers elle. Son corps, notre corps, cessa toute activité. Elle reconnut, au fond de ses yeux, la petite couronne brune qui entourait ses pupilles. Elle m'en imposa l'image sous toutes ses coutures. Pour elle, c'était la preuve irréfutable qu'elle n'avait pas tout imaginé. Elle l'avait vue tant et tant de fois, cette malheureuse couronne. À l'entendre, elle la fascinait depuis des siècles. Elle avait empli son ennui de leurs rencontres et elle la hantait depuis. Les yeux de Lucien brûlaient, selon elle, d'un feu étrange, impossible à apaiser. Combien de nuits, combien de jours avait-elle passés à se les remémorer ? Trop, assurément.

— Nous connaissons-nous ? J'ai l'impression de t'avoir déjà vue quelque part, lui dit-il tout bas.

Gabriel croisa les bras. La poitrine d'Aline, elle, se gonfla d'espoir. Il l'avait bel et bien reconnue ! Il ne lui en fallait pas plus : elle s'imagina aussitôt blottie contre son cœur…

Elle se dit qu'il l'avait lui aussi cherchée, qu'il avait écouté chaque voix dans l'espoir d'y déceler la sienne. Elle se figura qu'il avait, tout comme elle, tenté de s'endormir à n'importe quelle heure pour la retrouver. Elle crut qu'il avait passé ses journées à repenser à elle, encore et encore, en espérant ressentir à nouveau toutes les sensations de leurs mystiques rencontres. Les paroles de Lucien venaient de craquer une allumette dans son cœur. L'incendie gagnait son corps tout entier. Elle inspira une grande et brûlante bouffée d'air par le nez, enfin prête à lui répondre.

— Ça m'étonnerait, la coupa Gabriel. Aline arrive de loin.

Elle lui jeta un regard noir.

— Vraiment ? Je suis presque sûr de te connaître, insista Lucien.

Un sourire monta aux oreilles d'Aline, mais il retomba bien vite :

— Ne serais-tu pas allée en fac d'Histoire, l'année dernière ? On avait un cours ensemble, non ? Une option littéraire. Désillusions romantiques du XIXe, ça te parle ?

Douche froide. En fac d'Histoire... ? Non, il ne se souvenait pas d'elle ! Comment aurait-il pu confondre, sinon, leurs escapades avec une vulgaire rencontre sur le banc inconfortable d'un amphithéâtre ? Il ne se souvenait pas d'elle, se répéta-t-elle. Il ne la reconnaissait pas ! Pire, il la prenait pour une autre ! Devant sa détresse, je ressentis moi-même un pincement, là où devrait se trouver ma poitrine. Gabriel enfonça le clou :

— Je t'assure que tu ne la connais pas, pas du tout !

Lucien parut déçu. Je le lui fis remarquer, espérant lui remonter le moral. Ma pauvre Aline n'était pas assez solide pour porter le poids d'un cœur brisé...

— As-tu eu droit à une petite visite ? se reprit Lucien au bout d'un interminable silence.

— Non, répondit Gabriel, tendu. Elle est arrivée dans la nuit.

Disant cela, il posa une main faussement compatissante sur l'épaule d'Aline. Je retins mon agacement. Elle secoua la tête.

— Dans ce cas, je me dévoue.

Mes jambes, ses jambes, ramollirent comme du beurre au soleil. Pour le dissimuler, elle opina du menton, mais il tremblait.

Alors que Lucien lui désignait la porte qui menait au couloir, Ester surgit dans l'encadrement. Ce fut au tour de mon cœur, ou à ce qu'il en restait, de palpiter à contretemps.

— Lucien, le salua-t-elle en entrant.

— Ester, l'imita-t-il.

— J'vois que t'as rencontré Aline.

Ester vint se tenir aux côtés de mon autre moi-même. Elle passa un bras autour de ses épaules. Si seulement j'habitais encore ce corps... ! Ce geste chassa la main de Gabriel, ce qu'Aline trouva salutaire. Sa langue parvint à se désengourdir. Elle respira avec un peu plus de liberté.

— J'allais lui faire faire un tour de la maison.

Ester alla s'asseoir sur la table.

— Une visite guidée ? Tu t'prends pour l'seigneur d'un château ?

Elle s'empara d'une mandarine qui traînait là et entreprit de la décortiquer du bout de l'ongle. Lucien ne rit pas.

— Donc, t'es d'accord pour qu'elle reste ? demanda-t-elle en faisant gicler un quartier sous sa dent.

À peine Lucien eut-il le temps d'acquiescer qu'elle jetait un regard plus qu'appuyé à Gabriel, lequel signifiait de toute évidence : je te l'avais bien dit !

— On a une chambre de libre, de toute manière, fit Lucien en se retenant de loucher sur Aline.

Ester approuva, satisfaite, puis recracha un pépin. Gabriel, un peu en retrait, se tordit les doigts.

— C'est parti ? demanda avec timidité Lucien à Aline.

Elle opina si vivement, que notre tête faillit dévier de son axe.

— Tu as assez vu cette vieille cuisine ! plaisanta-t-il. Allons au salon !

Gabriel parut plus offensé que si l'on avait insulté sa famille sur six générations. Il se força néanmoins à sourire :

— Je viens avec vous !

Aline pesta en secret.

— Comme tu veux, répondit Lucien.

Il fit signe à Aline de passer devant lui. Elle avança donc, mais la pauvrette était toute chose ! Dans le couloir, elle sentit la présence irradiante de Lucien dans son dos. Elle en oublia comment marcher, manquant de s'*auto-crochepatter*. Je pouffai.

— *Tu n'as qu'à prendre ma place,* maugréa-t-elle à l'intérieur.

Je souris, car j'aimais son répondant. Elle se l'autorisait rarement, mais ces brèves joutes me tenaient en éveil. Je songeai d'ailleurs que je ne savais pas combien de temps encore j'existerais ainsi, à travers elle, accrochée à ce corps, notre corps. Une divisée en deux… mais jusqu'à quand ? Gabriel fit craquer ses doigts. Le *clac* de ses os nous remit les idées en place. Aline se renfrogna :

— *Il ne nous fait pas confiance,* pensa-t-elle avec amertume.

C'était vrai, mais peut-être à raison. Ses lèvres pouvaient s'emmêler aussi bien que ses pieds, et elle risquait donc un faux pas à tout instant, lequel nous conduirait à la rue, ou pire, nous ramènerait à la case départ, dans notre cellule, à la merci de Robert, de Burish et de ses expériences.

— Sur ta droite, indiqua Lucien alors que nous parvenions au bout du couloir.

Aline poussa la porte.

CHAPITRE 2 : VISITEUSE

— Voici le salon, fit Lucien.

— Et la salle à manger, compléta Gabriel, même si on ne lui avait rien demandé !

— Entre, je t'en prie.

Je me moquais bien de cette visite. Tout ce dont j'avais envie, c'était de faire volte-face et de me perdre dans les iris de Lucien. Son corps, comme un aimant, attirait le mien. Chaque pas que je faisais, dans un sens ou dans un autre, me ramenait à lui.

Au bout d'un moment, n'y tenant plus, je pivotai, mais tombai nez à nez avec Gabriel. Il me fit les gros yeux. Pour me donner contenance, je reportai mon attention sur la télévision allumée. Un homme et une femme se faisaient face autour d'une table ovale. Entre eux, un présentateur :

— *J'aimerais bien voir les chiffres sur lesquels vous vous appuyez, monsieur, pour légitimer ces violences.*

Elle n'eut pas le temps de renchérir.

— *Violences !* la coupa-t-il. *Tout de suite les grands mots !*

Il recula dans son siège :

— *Vous ne savez pas ce que vous dites !*

— *Je sais très bien ce que je...*

Il l'interrompit à nouveau.

— *Du calme ! Vous allez vous faire du mauvais sang !*

Il rit grassement, se tournant vers le journaliste pour y trouver un appui. Ce dernier leva les paumes en signe de paix. Il adressa un sourire d'une blancheur publicitaire à la caméra et annonça, d'un ton maîtrisé :

— *Nous allons faire une pause, le temps pour notre spécialiste et mademoiselle de retrouver ses esprits.*

— Pardon pour ça, s'excusa Lucien en désignant l'écran. On a oublié de l'éteindre. La télécommande nous échappe fréquemment. Pour le peu que je la regarde, en plus…

Il s'agenouilla devant le canapé et entreprit de farfouiller entre les coussins.

— Attends, je vais t'aider, fit Gabriel.

À l'image, un fond noir apparu. Une représentation de la Terre surgit, puis les trois lettres P U R vinrent s'apposer en majuscule en son centre, comme une estampille.

— *Faites le choix d'un carburant issu de la Terre, faites le choix de PUR,* murmura d'une voix sensuelle une femme invisible.

Ma petite voix eut un rire cynique. Il redoubla avec la seconde publicité, où trois jolis porcinets se mirent à se trémousser sur une musique pop. Sans transition apparut une large et belle table ronde aux allures champêtres. Une seule assiette fut dressée, puis de délicates tranchettes de jambon rose pâle y retombèrent en une élégante pyramide. À son sommet, des lettres calligraphiées inscrivirent coquettement le nom de la marque.

— Je la tiens ! s'écria Gabriel en brandissant la télécommande.

Lucien la récupéra et éteignit cet écran infernal. La petite diode verte du cadre noir clignota encore quelques secondes avant de rendre son dernier souffle et de passer au rouge.

— Voilà, fit Lucien.

Il replongea les yeux dans les miens, mais s'en détourna pour admirer le bout de ses chaussures. Troublée moi aussi, je reportai mon attention sur les meubles, effleurant du doigt le velours d'un plaid jeté avec négligence sur le dossier d'un fauteuil. Je remarquai soudain la bibliothèque et surtout ses gros ouvrages. Il devait y avoir un dictionnaire parmi eux ! Je me promis d'en emprunter un.

Lucien et Gabriel s'exclamèrent en même temps :

— Voici donc le salon !

— C'est le salon !

Lucien se tourna vers Gabriel.

— C'est bon, je m'en occupe.

Gabriel referma la bouche.

— Tous les meubles appartenaient à ma grand-mère, même le canapé, reprit-il chaleureusement.

J'opinai, essayant de me concentrer sur ses paroles plutôt que sur le conflit que je sentais se jouer en fond. Quelle relation avaient-ils, ces deux-là ?

— *Pas ton... problème...* me susurra ma petite voix.

Les meubles, regarde les meubles, me répétai-je. Ceux de sa grand-mère. Ceci expliquait la décoration. Je fis semblant de m'y intéresser, me prenant de passion pour l'abat-jour d'une vieille lampe.

— En fait, cette maison était la sienne. Elle la tenait elle-même de sa mère et me l'a léguée, à sa mort.

Je perçus une discrète fêlure dans ses mots.

— Désolée, fis-je, faute de mieux.

Lucien écarquilla les yeux. Je pris conscience qu'il venait de m'entendre pour la toute première fois. Il me scruta de ses étranges prunelles.

— Tu as une voix particulière, souffla-t-il avant de se confondre en excuses. Je ne veux pas dire qu'elle n'est pas belle. Elle est très bien, ce n'est pas... Oublie, je suis bête.

— On me le dit souvent, le rassurai-je. Euh, que j'ai une drôle de voix, pas que je suis bête ! Ni toi, d'ailleurs, bien sûr !

— *Au secours... Rendez-moi sourde et aveugle... !*

— *Commence par te faire muette,* protestai-je.

Il émit un rire gêné.

— Es-tu sûre que l'on ne s'est pas déjà vus ?

Je jetai un coup d'œil à Gabriel, lequel attendait dans un coin, plus tendu qu'un ressort.

— C'est peu probable, éludai-je.

Et ce n'était pas un vrai mensonge. Lucien acquiesça, mais je lus de la déception sur ses traits. Cela ne suffit pas à me remonter le moral.

— Tu disais que la maison était à ta grand-mère ? tentai-je pour relancer la visite.

Il sourit avec tristesse.

— *Bravo...* me congratula ma petite voix.

Quelle idiote ! Je lui causais du chagrin en lui reparlant de cette femme qu'il avait dû beaucoup apprécier ! Mon cœur me pinça un peu entre les côtes. Que ressentait-il ? Que ressent-on quand on a une grand-mère, quelqu'une sur qui compter ? Que ressent-on quand on la perd... ? Une famille... grandir avec des adultes, des adultes qui m'auraient aimée, que j'aurais aimés en retour... Que ressentirais-je ?

Ma petite voix m'imposa avec force et douleur le visage de monsieur Deulort. Je le repoussai. Bien sûr, en un sens, il était mon père, mon père de sang, mais ce n'était pas assez pour parler de famille. Quelque chose manquait.

— *Oui... tes souvenirs...* regretta-t-elle.

— *Non, pas seulement,* lui dis-je.

Mais c'était inexplicable. Sous mes paupières bruissa une blouse blanche, celle de mon infirmier, Frank, qui était sans doute ce qui se rapprochait le plus d'une famille pour moi. Il avait veillé sur ma petite personne tout ce temps, bravant même parfois les interdits, comme lorsqu'il m'avait emmenée respirer l'air de la nuit. Il était celui qui avait séché mes larmes et égayé mes tristes journées. Il m'avait rassurée, réconfortée...

— *Très peu écoutée...*

Il avait ses défauts, bien sûr, mais, au fond, il était gentil ! Mon cœur se serra. Il n'était pas revenu pour moi, hier soir... Il ne m'avait pas bordée. Il avait eu peur, de moi. Il m'avait fuie. Et moi, j'étais partie...

Ces pensées m'attristèrent. Cela dut se voir, car Lucien afficha une mine coupable. J'oubliais, parfois, que ce stupide corps traduisait tout, qu'il rendait visible la moindre de mes émotions au reste du monde. Maudit corps !

Lucien s'approcha d'un pas. Il se retenait d'avancer davantage, comme moi. Sans ce fichu Gabriel… Mais Lucien m'adressa un sourire qui soulagea instantanément mon cœur, me laissant légère, l'esprit vaporeux, en proie à une délicieuse ivresse, mais aussi un peu vide, en dessous.

— *Bizarre…* marmonna ma petite voix.

Je planais trop pour y réfléchir.

— Ne t'en fais pas, reprit Lucien. Quand je pense à elle, c'est avec nostalgie.

— Tu l'aimais beaucoup, commentai-je.

— C'est elle qui m'a élevé, en fait. Je n'ai même eu qu'elle. Nous avons été tous les deux si longtemps…

Ses mots se perdirent dans un silence religieux. J'en oubliai Gabriel.

— Excuse-moi, je ne voulais pas te rendre triste, fis-je.

— Ce n'est rien. Et toi, as-tu de la famille ? Des frères et sœurs ?

Gabriel se rappela à nous :

— Non, elle n'a personne.

Ma petite voix grogna.

— Vous vous connaissez bien, tous les deux ? nous demanda Lucien.

Je secouai la tête avec plus de vigueur que nécessaire. Cela amusa Lucien qui parut…

— *… soulagé ?*

Mais son rire me sembla énigmatique. Il lui manquait quelque chose, un peu comme s'il se trouvait dépossédé de la joie qui aurait dû l'accompagner.

— On s'est rencontrés ce matin, affirma Gabriel. Mais on a eu le temps de discuter.

Lucien acquiesça distraitement et m'invita à le suivre.

Nous empruntâmes l'escalier : Lucien en tête, Gabriel en dernier, et moi entre les deux. Je grimaçai à chaque pas à cause de mes fichues courbatures.

— *Combien de muscles possède un corps humain ?*

Je fis taire ma petite voix avant de devoir écouter une réponse sarcastique. Elle se contenta donc de rire au loin. Il me sembla qu'elle avançait devant Lucien. J'en fus déstabilisée et ratai une marche. C'est Gabriel qui me rattrapa.

— Fais attention, marmonna-t-il, bougon.

— Pardon, fis-je sur le même ton.

— Tout va bien, là derrière ?

Nous opinâmes du menton, synchrones.

— Je suis juste un peu gauche.

— Un peu ? se moqua Gabriel.

— *Bel euphémisme...*

Je ravalai mes protestations et, du même coup, ma fierté. Lucien grimpa les dernières marches.

— La maison est plutôt vieille, mais elle tient bon, déclara-t-il lorsque l'escalier grinça sous son pied. Quand mon arrière-grand-mère l'a fait construire, ce n'était qu'un petit village. Il y avait surtout des champs. Au fil des années, il s'est développé, et une ville a poussé tout autour de la bâtisse. Pourtant, elle a toujours refusé de la vendre.

Je repensai aux photographies décorant ma nouvelle chambre. Avaient-elles été prises ici ? Les paysages qui y apparaissaient s'étendaient-ils, cachés sous nos pieds, sous le goudron et la chaussée ? Je parvins au sommet des marches en me massant les cuisses.

— Il y a quatre chambres à l'étage, dont une un peu plus grande. C'est la mienne.

Il me sourit et me désigna la porte au fond du couloir, puis il m'en montra une autre.

— La plus proche de l'escalier, c'est celle d'Ester. Tu y as peut-être déjà fait un tour.

Je secouai la tête. Il poussa le battant, me laissant alors découvrir une jolie pièce bleu clair dont le papier peint dessinait d'élégantes arabesques. Ester ne devait pas l'apprécier, car elle l'avait recouvert autant que possible de posters.

— Tu peux entrer, ça ne la dérangera pas, fit Gabriel dans notre dos.

CHAPITRE 3 : CRÉPI

Sur les murs de la chambre d'Ester : des groupes de musique, des affiches de films, des portraits d'athlètes. Je m'attardai sur celui d'une femme aux cheveux roux, coiffés en pagaille, qui posait en tirant une langue fendue en deux. Sur le poster d'à côté, une autre bandait un arc et semblait la viser de sa flèche. Un lit simple, en bois laqué noir, se trouvait collé contre la cloison du fond. Une couverture blanche, bariolée de motifs roses et orange, jetée en hâte sur ce lit défait, traînait à moitié par terre. Je tournai sur moi-même et me stoppai net en me retrouvant face à un appareil de torture.

— C'est son vélo elliptique, m'expliqua Lucien.

— À quoi ça sert ?

— À travailler l'endurance, les muscles des jambes, répondit Gabriel.

À ces mots, les miens protestèrent plus encore que ce matin. La douleur m'irradia des pieds à la tête.

Ce n'est pas pour vous... maugréai-je en serrant les dents.

— Tu as mal quelque part ? me demanda Lucien.

J'écarquillai les yeux. Étais-je si transparente ? Un rapide coup d'œil à Gabriel m'indiqua qu'il surveillait le moindre de mes faits et gestes. Je fis non du menton. Lucien suivit mon regard et fronça les sourcils. Inquiète qu'il lût en moi ce que je ne devais pas révéler, je baissai le nez et m'absorbai dans les nœuds du parquet.

— Très joli, ce bois...

Je ne me détendis que lorsque Lucien reprit sa visite.

— Juste à côté, c'est celle de Gab. Ces deux-là sont voisins, pour le meilleur et pour le pire, mais surtout pour le pire !

La plaisanterie ne suffit pas à dérider Gabriel.

— On peut ? lui demanda Lucien, la main déjà sur la poignée.

La curiosité me gagna. À quoi pouvait bien ressembler la chambre de cet imbécile ? Serait-elle à l'image de l'air renfrogné qu'il affichait depuis tout à l'heure, ou lumineuse et douce comme il l'avait été en cuisine ?

— Allez-y. Il n'y a pas grand-chose à en dire, répondit-il dans mon dos.

Lucien poussa la porte. J'entrai d'un pas mal assuré, avec l'impression de pénétrer dans un lieu interdit, puis déchantai. La pièce était vierge, au point que les murs étaient nus. Certes, d'un vert éclatant, mais nus. Ni posters, ni cadres, ni photos. Nus. Ce n'était pas même de la tapisserie comme dans la chambre d'Ester, mais de la simple peinture. Je l'effleurai du bout des doigts. Sa surface était étrange, pleine d'aspérités, émoussée à ma hauteur, mais tranchante au-dessus.

— Du crépi, expliqua Gabriel du bout des lèvres.

— Cela se faisait beaucoup dans le temps, ajouta Lucien. J'ai voulu le lisser avant l'arrivée de Gab, mais c'était trop dur, alors j'ai abandonné en cours de route. Je l'ai peint en vert pour couvrir les dégâts. Je sais, le rendu n'est pas terrible...

— On s'en moque, le rassura Gabriel. J'y suis très bien, dans cette chambre.

Mensonge ? À part des meubles de circonstance, il n'y avait rien.

Lucien et Gabriel m'observèrent avec attention. Je posai mon regard au hasard sur des choses insignifiantes, comme les draps bien lisses du lit fait au carré. Ils n'avaient rien de spécial, à part une bande à motifs géométriques. Je m'avançai vers le bureau qui faisait face au mur. Il était rangé, parfaitement ordonné. Rien n'en dépassait, pas un papier, pas même un bout de gomme traînant là, rien ! Il aurait été vide si un ordinateur ne s'était pas trouvé dessus.

— Gabriel passe tout son temps derrière cet écran.

J'interrogeai celui-ci du sourcil.

— Je travaille à distance, m'assura-t-il, les yeux dans les yeux.

— Comme tu peux le constater, tout le reste est dans son état d'origine, m'indiqua Lucien.

— Sauf les murs que tu as massacrés, fit mine de plaisanter Gabriel.

— Sauf les murs que j'ai massacrés, je le reconnais, s'amusa Lucien.

Pour la première fois, ils s'adressèrent un vrai regard. Ce contact m'accrocha le cœur d'une drôle de manière.

— *Jalouse... ?* fit ma petite voix.

Je la repoussai. Non, bien sûr que non. C'était étrange, voilà tout.

— On dirait qu'il n'a jamais défait ses valises, n'est-ce pas ? Je n'arrête pas de le lui dire, lança Lucien en revenant vers moi.

— Tu exagères...

Gabriel lui donna un léger coup de coude. Lucien lui adressa un sourire en retour. Je levai le nez pour penser à autre chose, remarquant alors un bouquet de lavande séchée pendu au lustre. « J'adore cette odeur », m'avait confié Gabriel dans la salle de bain. Non, je n'apprenais rien de nouveau sur lui dans cette chambre. Cette absence de personnalisation faisait même froid dans le dos.

— *L'ordinateur...* susurra ma petite voix à mon oreille.

Et je compris immédiatement où elle voulait en venir. Si Gabriel passait en effet ses journées sur cet appareil, c'était que quelque chose d'important devait se cacher là-dedans, quelque chose qui me permettrait d'en découvrir plus, sur lui, sur son travail, sur la réserve. Je louchai dessus, mais il était fermé, et Gabriel se tenait devant.

— *Je pourrais revenir une autre fois, un jour où il serait déverrouillé,* suggérai-je à ma petite voix. *J'y apercevrais peut-être quelques onglets intéressants, des documents laissés ouverts par mégarde, une fenêtre ou deux sur ses secrets.*

Je m'imaginai m'introduire dans sa chambre en pleine nuit.

Gabriel dormirait à poings fermés, je soulèverais l'écran d'un geste lent... Je me réfrénai. Et puis quoi, encore ? N'est pas Ester qui veut ! Ma petite voix ne cacha pas sa déception.

— *Notre corps,* lui fis-je amèrement remarquer, *est maladroit, empoté, un véritable vacarme ambulant. Jamais je ne pourrais réussir une telle prouesse.*

Interrompant le fil de mes pensées, Lucien me demanda :

— Quelque chose te tracasse ?

Je fis non de la tête, mais après réflexion, osai une question :

— Comment vous êtes-vous rencontrés, Gabriel et toi, et Ester ? ajoutai-je avec un peu trop de précipitation.

Cela amusa beaucoup ma petite voix.

— *Jalouse...* chantonna-t-elle.

Gabriel m'adressa un regard lourd de reproches, qui disparut dès que Lucien se tourna vers lui.

— De façon tout à fait ordinaire, en fait. Les factures s'accumulaient, et puis ça faisait beaucoup d'espace pour une seule âme...

Il se racla la gorge.

— Alors, j'ai mis une annonce en ligne pour trouver des colocataires. Ester et Gabriel ont répondu le jour même. Je les ai rencontrés et n'ai pas cherché plus loin.

— *Comme un... coup de foudre...*

— *Il a l'esprit pratique, c'est tout,* grommelai-je en pensée.

— *Hum, hum...*

— *L'explication de Lucien est décevante,* lui fis-je remarquer pour changer de sujet. *Elle ne nous apprend rien sur nos hôtes.*

Mais ma petite voix n'était pas de cet avis. En se la repassant au crible de la conversation surprise un peu plus tôt entre Ester et Gabriel, elle refusa d'y voir des coïncidences. Elle imagina au contraire ces deux-là en agents sous couverture, ou quelque chose de cet acabit. Pourquoi se seraient-ils installés si vite chez Lucien, sinon ?

J'observai Gabriel à la dérobée. Il n'avait pas l'air d'un agent secret. Les yeux dans le vague, il semblait m'avoir oubliée et contemplait son ami. Je lui soumis donc une autre théorie, bien différente : Gabriel avait le béguin pour Lucien.

— Au début, la cohabitation n'a pas été facile, dit Gabriel tout bas. Lucien était resté seul très longtemps…

— Certes ! s'amusa Lucien. Mais tout compte fait, je suis bien content d'avoir rencontré ces deux-là !

Il adressa un sourire chaleureux à Gabriel, qui retrouva toutes ses couleurs.

— Résultat, plaisanta Gabriel, Luce ne peut plus se passer de nous.

L'intéressé leva les yeux au plafond.

— Ce qu'il ne faut pas entendre !

Gabriel croisa ostensiblement les bras, l'air boudeur, mais Lucien glissa la main autour de ses épaules, et cela le dérida aussitôt. J'eus la désagréable sensation d'être de trop dans la pièce.

— *Tu vas devoir…* susurra ma petite voix dans mon dos.

Elle dut prendre une inspiration, qui, en vérité, ressemblait plus à une aspiration, de l'intérieur. C'était sa façon de rire.

— *… partager…*

Je manquai de m'étouffer. Lucien relâcha son étreinte. Gabriel se renfrogna.

— Allez, la visite n'est pas terminée.

Nous traversâmes donc le couloir.

— Là, les toilettes. J'imagine que tu le sais déjà. Ici, la salle de bain, m'indiqua Lucien en passant.

J'opinai, en vérité trop heureuse qu'il me rappelât ces emplacements *ô combien stratégiques*. Cette maison était tordue en tous sens : on pouvait s'y perdre bien trop vite. Après réflexion, je jugeai que c'était le sens de l'orientation qui me faisait défaut. Avoir passé le plus clair de mon temps dans une cellule m'en excusait…

— Et voici ma chambre, pile en face de celle de Gabriel, et juste à côté de la tienne.

Un sourire me monta aux oreilles : ma chambre, ma propre chambre, la mienne, collée à la sienne…

— Je te préviens, c'est un peu en désordre.

Gabriel ricana.

CHAPITRE 4 : TOILE

La chambre de Lucien était-elle bien la plus grande comme il l'avait annoncé un peu plus tôt ? Difficile à dire ! Un cataclysme l'avait recrachée, la laissant sens dessus dessous.

Des livres plus ou moins épais, certains séparés de leur couverture, jonchaient le sol comme les plis d'un gros tapis. Sur le bureau, d'autres ouvrages côtoyaient des sculptures en argile, des feuillets, des croquis et des aquarelles. Un peu partout, des pinceaux trempaient dans des pots remplis d'une eau devenue rouge, violette ou bleuâtre. Un chevalet, posé sur une bâche, occupait un coin de la chambre. Près de lui s'entassaient toutes ensemble toiles vierges, peintes et inachevées.

Ma petite voix, pourtant loquace ces derniers temps, demeura muette devant l'étendue du bazar. De mon côté, j'avouais être surprise. Même si je lui avais imaginé un côté excentrique, Lucien conservait une apparence lisse, propre sur lui. À le voir, à l'entendre, il semblait avoir un esprit ordonné et tranquille. Sa chambre tenait un tout autre discours.

— Voici ma grotte, comme dit Gab.

Il ne paraissait troublé ni par la profusion anarchique de tous ces objets ni par notre intrusion dans son chaos personnel – du moins, si tel était le cas, il n'en montrait rien. Ne trouvant rien à répondre, je hochai la tête longuement et me tournai vers les murs. La tapisserie, qui mêlait des nuances de rouge et d'orange entrelacées, achevait de transformer cette chambre en un véritable cabinet de curiosités. Au-dessus du lit défait, Lucien avait d'ailleurs accroché une myriade de croquis et de notes. Sur quelques morceaux de papier apparaissaient des proverbes, des maximes et des mantras. Sur d'autres, je découvris des poèmes ou bouts de poèmes, simples vers isolés à la calligraphie tremblotante et serrée, qu'une main maladroite s'était appliquée à rédiger et que Lucien avait éparpillés avec soin. Leurs mots se répandaient comme une traînée de poudre jusqu'au plafond, où ils côtoyaient une araignée sur sa toile. J'en lus quelques-uns. Et ils me frappèrent l'âme.

J'attends, depuis longtemps maintenant, que le silence cesse et qu'il se taise.
Il règne sur chacune de ces nuits en prince souverain. Terrible écho à mes pensées.

L'espoir absurde de réparer ceux que l'on aime.
Comme poncer une pièce rouillée les mains liées.

Comment vivre, le cœur à l'air, sans qu'il s'effrite au vent,
qu'il s'érode avec le temps.
Moi, je voudrais tant que mes rires soient profonds.

L'ombre des branches qui danse
le long de ta peau blanche.

Il y a dans ma voix des mots qui s'écorchent
vivants.

Mes pensées heurtent des dunes d'angoisse
dans le plus sinistre secret.

Encore un soir sans étoiles,
Mais pas sans toi, leur égal.
Devant tes yeux, comment garder la pitié sous terre ?

— *Déprimant*... décréta ma petite voix.

Pour ma part, même si je n'en saisissais pas parfaitement le sens, j'en éprouvais une intime compréhension. Ces lettres trouvaient en moi une résonance qui, je le sus, ne me quitterait jamais. C'étaient des bouts d'âme collés sur un vieux mur. Cela me parut magnifique et grotesque à la fois – en un mot, sublime. Je tâchai de les graver au plus profond de ma mémoire. Sans oser me tourner vers Lucien, je me sentis plus proche de lui. C'était comme si nous avions eu l'une de ces longues et pourtant silencieuses conversations. Je ne m'arrachai à cette lecture que lorsque j'éprouvai le regard de Gabriel posé sur moi.

En enjambant le désordre, je m'avançai vers des tableaux abstraits rassemblés dans un coin.

— Tu es un artiste, soufflai-je à Lucien.

— Qui a beaucoup de talent, renchérit Gabriel dans mon dos.

— Merci, mais ce n'est pas grand-chose.

Gabriel fit claquer sa langue. Voilà qu'enfin nous tombions d'accord : Lucien ne devait pas se dévaloriser !

Je ne pus me retenir d'effleurer une toile qui montrait une très longue ligne rouge tracée au milieu d'un tourbillon noir, comme une entaille dans une tempête. La peinture, encore humide, me colora le bout des doigts. Je les frottai, sans cesser de contempler cette intime exposition.

— *Glauque...* commenta ma petite voix.

Non, sombre. Lucien doit avoir l'âme un peu torturée. C'est le lot de tous les artistes, pas vrai ?

Certains de ses tableaux, plus figuratifs, représentaient des paysages désertiques et abrupts, faits de falaises et de cratères, de ravins et de gouffres. L'un d'eux attira plus particulièrement mon attention, car c'était le seul où se trouvait un minuscule personnage. Réduit à une silhouette opaque, il possédait un double, aux contours imprécis, estompés, presque effacés... *Comme une ombre... !* réalisai-je en même temps que ma petite voix. Une ligne mince, irrégulière mais appuyée, séparait ces personnages de part et d'autre de la toile. En arrière-plan, d'un côté, un ciel étoilé, une colline et une cascade. De l'autre, une voûte en feu, un dégradé rougeoyant qui s'assombrissait peu à peu pour aller se confondre en un aplat de couleur cendre. La puissante voix d'Ester me tira de ma contemplation :

— Gab ! Ta soupe déborde !

L'intéressé jura entre ses dents.

— Ne bougez pas, je reviens, nous promit-il en m'adressant un regard appuyé.

Enfin seuls ! Je ne pus m'empêcher de sourire et de me tourner vers Lucien, qui me scrutait déjà. Je baissai les yeux. Un court rire gêné nous prit. Nous nous excusâmes en même temps. Pourquoi ? On ne le savait pas.

— Je ne veux pas paraître insistant, mais je suis quand même presque sûr de t'avoir rencontrée avant. Je n'arrive pas à m'ôter cette idée de la tête.

— *Prudence...* me rappela ma petite voix.

Je ravalai mes mots, mais pas mes espoirs. Il allait peut-être finir, de lui-même, par se souvenir de nos rendez-vous.

— J'ai la même impression, répondis-je innocemment.

— Quand je vois tes yeux... me dit-il tout bas.

— Oui ?

Mon corps, sans que je le lui aie commandé, fit un pas vers lui. Lucien ne bougea pas. Remarquait-il que je me tenais un peu plus près ?

— Ils sont si sombres, s'étonna-t-il.

— Je sais, m'impatientai-je.

Il inclina la nuque d'un mouvement imperceptible, et mon buste, en réponse, se redressa un peu. Si j'avais été en mesure de respirer – et d'aligner plus de deux ou trois neurones – peut-être aurais-je pu identifier son parfum épicé.

— *Je ne veux...*

— On dirait que tu n'as pas d'iris, lâcha-t-il dans un murmure.

— *... pas voir ça...*

Je sentis ma petite voix s'éloigner, me laissant seule, terriblement seule. Ce vide acheva de me faire tourner la tête. Je surpris ma main en train de se lever, avec lenteur, vers le visage de Lucien. Je la regardai se porter à hauteur de sa joue, sans oser toutefois la toucher. J'en mourais pourtant d'envie. Lucien l'observa, captivé. Dans le mince espace nous séparant encore émanait une chaleur irradiante. J'effleurai sa peau du bout de l'ongle. Un frisson remonta le long de mon bras et releva, parcelle après parcelle, chacun de mes poils. Lucien, de ses yeux, me posa une question muette que je ne compris pas, mais à laquelle je fus prête à céder. Le gouffre de ses pupilles était insondable. La pièce tournoya autour de nous. Je me livrai à cette vertigineuse tentation... Mais Lucien recula.

— Je... je suis désolé, pour ta rupture, balbutia-t-il.

Ma rupture ? Je clignai des yeux. Quelle rupture ? Il me fallut une bonne seconde pour revenir à moi, pour me souvenir du mensonge de Gabriel. Je serrai le poing en jurant contre lui.

— Ce n'est rien, affirmai-je.

— On se connaît à peine, toi et moi, ajouta-t-il.

J'opinai, tâchant de dissimuler ma frustration.

— Celui ou celle qui t'a quittée devait être stupide.

Il m'adressa un sourire triste, et je bredouillai quelque banalité mal assurée.

— Je sais bien que, dans ces moments-là, il n'y a rien à dire, rien pour nous consoler, me répondit-il avec douceur.

L'idée que quelqu'un, quelque part dans ce monde, l'avait déjà fait souffrir me retourna l'estomac. Un sentiment étrange et violent griffa mon cœur de l'intérieur. Je luttai contre mon corps qui s'avançait à nouveau vers lui et débordait de l'envie furieuse de le serrer contre ma peau, tout en réalisant combien il m'allait être difficile de lui mentir. Chaque phrase qu'il prononçait me poussait à en prononcer une à mon tour, pour le simple plaisir de l'entendre encore, pour que ses mots vident le trop-plein de ma poitrine.

Pourtant, je voulais protéger mon histoire. Aurait-il, comme les autres, peur de moi s'il la découvrait ?

— N'en parlons plus, fis-je tout bas à Lucien.

Il me sourit. D'une main, il fit semblant de fermer sa bouche à clef. Cela me fit rire. Il m'invita à m'asseoir sur un tabouret. J'osai trois pas dans sa direction et… trébuchai sur une sculpture, glissai sur un livre, tentai en vain de me rattraper au coin du bureau, et pour finir, traversai une toile de mon talon, avant de m'affaler à ses pieds.

— Aline ! Ça va ?

— Je suis désolée ! couinai-je en essayant désespérément de m'extraire du papier.

Je ne fis que le déchirer davantage.

— Ce n'est rien, me rassura-t-il, j'en ai des dizaines comme celle-ci !

Je jetai un œil à l'œuvre en question. Il s'agissait d'un tourbillon de belles couleurs qui allaient néanmoins se fondre toutes ensemble en une masse noire – du moins, avant qu'il ne s'y trouvât ma cheville. Lucien s'agenouilla et tira sur la toile pour m'aider à la retirer. Je me raidis lorsque je pris conscience de notre proximité. Un nouveau vertige me gagna.

— Tu t'es fait mal ? me demanda-t-il, soucieux.

Je fis non de la tête, les mâchoires scellées.

— C'est bon, tu es libre.

Lucien recula. Je recommençai à respirer, mais un peu trop vite.

— La peinture n'était pas sèche, fit-il, ennuyé, en désignant le bas de mon pantalon tout noirci.

— C-ce n'est rien, fis-je.

Il tendit les doigts vers la tache, vers ma jambe. Il l'effleura. J'en oubliai jusqu'à mes cicatrices.

CHAPITRE 5 : DISCORDE

— Qu'est-ce qui s'est passé ?!

Nous nous tournâmes comme un seul corps vers Gabriel. Lucien retira la main de ma jambe.

— Rien de grave, lui assura Lucien, étonné comme moi du ton de sa voix.

Gabriel nous scruta l'un après l'autre, l'air sévère, sans quitter le pas de la porte.

— Je suis juste maladroite, ajoutai-je, un brin agacée par son intrusion.

La petite ride entre ses sourcils se creusa.

— Qu'est-ce que j'ai manqué ? insista-t-il.

— À part la performance artistique d'Aline ? Pas grand-chose !

Car tu as tout gâché, pestai-je en moi-même. Lucien m'adressa un sourire complice, comme s'il avait lu dans mes pensées. J'en fus mortifiée. Gabriel me fixa. Il semblait furieux. S'imaginait-il que j'avais révélé ses secrets ? Je ne savais plus où me mettre. Les commissures de Lucien retombèrent. Il croisa les bras, en digne miroir de Gabriel.

— Aline, on y va ! me cria Ester d'en bas.

— Dieu merci... !

— T'es où ? m'appela-t-elle d'un peu plus près.

— On est là, grommela Gabriel.

Ester l'ignora :

— J'ai hâte d'aller acheter ta brosse à dents et les *quelques* ingrédients de Gabriel !

La brosse à dents ! Je me souvins avec horreur que, depuis tout ce temps, je parlais à Lucien avec une haleine pestilentielle ! Comment avais-je pu oublier cet affreux goût pâteux sur ma langue ? Il me sembla que l'odeur se répandait dans l'air en ce moment même. Je retins ma respiration. Dans ma mémoire, un souvenir : Frank m'assurant que mon expiration matinale était responsable de la fanaison du bouquet d'iris abandonné sur le rebord de la fenêtre. Quand Ester fit irruption dans la pièce, je portai la main à la bouche.

— Alors, comme ça, on organise des réunions sans moi ? Vu vos tronches, j'imagine que j'ai rien raté.

La seule à rire fut ma petite voix.

— Quoi ? Lucien a remis ça avec son laïus sur sa regrettée grand-maman ?

— Ester ! protesta Gabriel.

Lucien ravala un ricanement gêné, et j'expirai discrètement un peu d'air. Malgré son cynisme, Ester avait percé l'atmosphère. Elle roula des yeux comme si cette conversation l'ennuyait déjà à mourir, se tourna vers moi :

— Bon, tu viens ou pas ? On va pas y passer la journée !

J'opinai du menton, la langue collée au palais, puis lui emboîtai le pas, non sans trébucher une dernière fois en traversant la pièce. Ce fut encore Gabriel qui me rattrapa.

— Merci, marmonnai-je du bout des lèvres.

— De rien, grommela-t-il.

Je fis une halte par la salle de bain pour me frotter la bouche avec un peu de dentifrice à l'aide d'un doigt, puis je rejoignis Ester, qui m'attendait au pied de l'escalier. Elle me regarda de haut en bas.

— Et ton blouson ?

Je haussai les épaules.

— Je n'en ai pas.

Pourquoi en aurais-je un ? Là-bas, à l'hôpital, il n'avait jamais été question de sortir.

— Dans ce cas, va m'en piquer un dans mon placard !

Je pivotai en direction de l'escalier, l'œil morne. Des marches, encore des marches! Je venais juste de les descendre malgré mes courbatures...

— Je vais t'attendre dans la voiture, me lança Ester.

La porte d'entrée claqua dans mon dos, ne me laissant d'autre choix que d'affronter cette ascension. Lucien et Gabriel étant toujours à l'étage, je songeai que c'était l'occasion de récupérer un dictionnaire dans la bibliothèque du salon. J'en trouvai un sur la dernière planche. Pour ne pas attirer l'attention, je rebouchai le trou en espaçant un peu les ouvrages. Ma petite voix soupira. Je l'exaspérais, parce que j'avais l'impression de commettre un vol. Puis je me résignai à prendre l'escalier, pour finir alourdie d'au moins quatre kilos de papier et de mots.

Je repassai en vitesse dans ma chambre – ma chambre! – pour dissimuler mon larcin sous le gros oreiller. Avant de l'y glisser, je ne pus m'empêcher de jeter un œil aux termes que j'avais notés un peu plus tôt de vérifier. Ensuite, j'allai farfouiller dans le placard d'Ester à la recherche de n'importe quelle veste à ma taille. J'en essayai deux ou trois, sans succès. Quand les manches ne pendaient pas jusqu'à mes pieds, mes épaules flottaient allègrement sous l'étoffe. J'optai pour le blouson le moins trop grand – cette tournure était incorrecte. Je me demandai pourquoi en faisant des ourlets. C'était le genre de question qui ennuyait ma petite voix.

Je m'apprêtais à quitter la chambre d'Ester quand je surpris une discussion entre Lucien et Gabriel pour le moins houleuse :

— Mais, bon sang, Gab, c'est quoi, ton problème ?

— Aucun ! répondit Gabriel avec insolence.

— Alors, pourquoi t'énerves-tu ?

— Je ne m'énerve pas !

Lucien rit.

— Ah non ?

— Non !

Je passai un œil timide dans le couloir. Il était désert. Les cris provenaient de la chambre de Lucien.

— *Ça chauffe*... susurra ma petite voix au loin, comme un envoyé spécial.

— Aline semble te causer du souci, lâcha Lucien.

C'était peu dire.

— Ne raconte pas n'importe quoi...

— Gab, insista Lucien.

— Non, j'ai pas de problème avec elle, pas du tout !

— Non ? répéta Lucien.

— Non ! s'écria Gabriel.

Puis il ajouta :

— Mais tu ne devrais pas croire tout ce qu'elle te dit.

Quel culot !

— *Chut*, fit ma petite voix.

Je protestai, cependant, elle m'ignora.

— De quoi parles-tu ? On a à peine échangé trois mots ! s'indigna Lucien.

— Raison de plus. Tu la connais même pas !

— Je m'en moque, c'est comme si je la connaissais déjà.

— Tu dis n'importe quoi !

— Gab, je l'ai vue quelque part, j'en mettrais ma main au feu !

— Impossible.

— Pourquoi ? s'impatienta Lucien.

— Parce que, répondit sèchement Gabriel.

Un silence de mort s'abattit sur la maison, puis Gabriel avoua :

— Je ne veux pas que tu la regardes comme ça.

Lucien rit jaune.

— Et comment je la regarde ?

— Ne fais pas l'innocent.

— Tu te fais des idées...

— Arrête. Tais-toi. J'ai tout vu ! Je connais ce regard. Avant...

avant, tu... pour moi... ! bredouilla-t-il.

— Tu es jaloux ! s'étonna Lucien.

— Pas du tout, rétorqua Gabriel.

Puis un claquement sourd fit trembler jusqu'aux fondations de la maison. Des talons martelèrent le sol. Je me planquai.

— *Gabriel s'en va...* susurra ma petite voix.

Une porte, sans doute celle de Lucien, se rouvrit. Il s'égosilla dans le couloir :

— On n'a pas fini !

Mais Gabriel ne lui répondit pas.

— *Gabriel descend... à la cuisine...*

Comment pouvait-elle savoir ce qu'il faisait ? Une conscience n'est pas censée voir ce que des yeux ignorent. Nouveau claquement. C'était le moment de m'éclipser sur la pointe des pieds. L'escalier grinça sous mon poids, mais je parvins en bas sans encombre, me dépêchai de rejoindre Ester.

— T'en as mis, du temps ! grommela-t-elle au moment où je me laissais tomber sur le siège passager, essoufflée comme si j'avais pris part à tous ces cris.

— Désolée, soupirai-je.

Ses yeux clairs me dévisagèrent. Je leur adressai un sourire navré, mais mon esprit demeurait ailleurs, désordonné.

— Alors, comment tu le trouves ?

— Qui donc ? bredouillai-je.

Elle me scruta, consternée.

— Le blouson.

Je baissai le nez sur la veste noire enfilée dans sa chambre.

— Parfait, fis-je en remontant l'une des manches dont l'ourlet s'était déjà défait.

— Tu pourras le garder. Il me va plus depuis longtemps !

Elle gonfla le biceps, me sourit, puis démarra.

CHAPITRE 6 : GALERIES

Ester s'engagea sur l'avenue principale. L'ombre des immeubles qui nous abritaient recula, et le soleil frappa notre parebrise de toute son éblouissance. Ce mot existait-il ? Je pourrais le vérifier dans mon nouveau dictionnaire ! Les mains de ce corps – de mon corps – se portèrent à mon visage pour m'en protéger.

— Ça va pas ? demanda Ester.

— Je pense que mes yeux manquent de pratique.

— Hein ?

— Je sors rarement en plein jour, expliquai-je.

Et c'était peu de le dire. Je ne distinguais rien au-delà du capot. Ester, elle, parvenait à conduire tout en me faisant la conversation. Ce ne pouvait être qu'une question d'habitude. Elle était peut-être bel et bien surhumaine.

— *Elle porte des lunettes... de soleil...*

Comme si elle l'avait entendue, Ester me les tendit.

— Mais, et toi ?

— T'occupe.

Disant cela, elle les plaça dans mes paumes. La monture était large, mais rebiquait sur les bords, comme les ailes d'un papillon. Cela la rendait très tape-à-l'œil. L'ironie d'une telle expression me plut.

— Elles te vont ?

Je glissai les épaisses branches derrière mes petites oreilles. Les yeux d'Ester firent la navette entre moi, la route et le compteur.

— Pas terrible.

Je les ajustai.

— Pas terrible du tout ! pouffa-t-elle. Mais alors vraiment pas !

Me voyant faire la moue, elle retint un rire.

— À ce point ? fis-je, vexée.

Pour toute réponse, Ester abaissa mon pare-soleil. Dans le petit miroir, je rencontrai une jeune femme au visage mangé par deux énormes verres teintés.

— On dirait une...

— *... grosse...*

— ... mouche, compléta Ester en se mordant la lèvre, les commissures jusqu'aux oreilles.

Devant mon expression, elle n'y tint plus. Je laissai sa bonne humeur me contaminer et me mis à glousser à mon tour.

— L'essentiel, déclara-t-elle en tentant de se reprendre, c'est qu'ça fonctionne !

Puis nos rires, peu à peu, se tarirent, et nous nous plongeâmes chacune dans nos propres pensées. Le reste du trajet se fit ainsi, en silence. Je me perdis pour ma part dans la contemplation des lignes blanches qu'avalait la voiture avec, dans mon esprit, la dispute entre Lucien et Gabriel qui revenait et revenait encore, comme une valse. Ma petite voix s'indigna de m'entendre culpabiliser, comme si j'avais la moindre prise sur mes sentiments !

— On est presque arrivées, annonça Ester. J'te propose de commencer par le centre commercial.

Elle lorgna les manches du blouson que je venais de retrousser une fois de plus.

— J'ai une bonne adresse, tu vas voir.

À ces mots, je me figurai une modeste boutique au fond d'une belle galerie pleine de glaces, m'imaginai y défiler dans une collection choisie par une vendeuse au sens de la mode inégalable, le tout sous les applaudissements d'Ester. Ma petite voix rit au fond de ma tête.

— *Ridicule...*

Je la repoussai.

— Ensuite, on ira au supermarché pour les courses de Gab et les bricoles qui te manquent.

— Comme une brosse à dents, soupirai-je.

Ester fit mine de se pincer le nez.

Nous passâmes sous un gros panneau. Je lus « Centre commercial La Sirène », puis « Parking réservé à la clientèle ». Ester s'engouffra dans le souterrain. Une obscurité presque complète tomba dans l'habitacle. Je me tournai de tous côtés, prête à céder à la panique, mais Ester tapota son sourcil.

— *Tes lunettes...* s'exaspéra ma conscience.

Je les retirai et découvris les larges néons blancs qui éclairaient sans faille chaque recoin du sous-sol. Pour dissimuler mon embarras, je les rangeai avec soin dans la boîte à gants.

Ester finit par trouver une place, une toute petite place, entre deux grosses voitures. L'une d'elles mangeait allègrement la ligne. Elle jura contre son conducteur dans des termes bien peu flatteurs, mais parvint à se glisser d'une manière fort habile, et en marche arrière, dans l'interstice. Pour tout dire, j'eus plus de mal à m'extraire du véhicule qu'elle n'en eut à la garer. En ouvrant ma portière, celle-ci cogna dans la voiture d'à côté – celle qui débordait.

— T'as rayé sa bagnole ?

Je constatai les dégâts. Il n'y avait rien, ni d'un côté ni de l'autre !

— Non, fis-je avec soulagement.

— Dans ce cas...

Elle s'approcha et, tirant une clef de sa poche, entailla la carrosserie du conducteur. Sans me laisser le temps de réagir, elle m'entraîna par le bras.

— Ça lui apprendra !

Le *clac* de verrouillage automatique des portes résonna froidement dans mon dos après quelques pas. Dans quoi m'embarquais-je ?

Ester me fit traverser tout le parking sans emprunter de passage clouté. Le bruit des pneus crissant à la moindre intersection était infernal. Je me concentrai sur les talons d'Ester, qui claquaient en rythme, et sur les chuintements de mes semelles plates. Ça sentait l'essence, l'huile de moteur et le vieux caoutchouc brûlé. Nous étions presque arrivées quand mon pied buta sur le seul trottoir qu'il aurait dû franchir.

— *Attention... !* fit ma petite voix avec un temps de retard.

Ester me rattrapa.

— *Empotée...*

— *Pourquoi n'irais-tu pas hanter quelqu'un d'autre, aujourd'hui ?* m'agaçai-je.

Ester se dirigea vers un escalier, mais je nous stoppai net en découvrant sa hauteur vertigineuse.

— Elles me portent à peine, expliquai-je en lui montrant mes jambes.

Cela l'amusa.

— À cause d'hier ? Surtout, l'dis pas à Gab. Il te préparerait tout un programme pour t'remettre en forme !

Je grimaçai à cette atroce idée.

— J'aurais dû emporter mon fauteuil.

Le sourire d'Ester s'estompa.

— J'aurais dû y penser. Excuse-moi.

— Ce n'est pas de ta faute. Je croyais pouvoir m'en passer.

— Viens, on va prendre l'ascenseur.

Quand les deux portes d'acier miroitant s'ouvrirent sur le centre commercial, je regrettai d'avoir rangé les lunettes de soleil. Tout était si lumineux ! Je dus suivre Ester les yeux plissés.

Il me fallut plusieurs secondes avant d'oser lever le nez au ciel, mais je finis par découvrir la présence d'un second étage. Un vide circulaire nous permettait d'apercevoir quelques boutiques au-dessus de nos têtes. Le plafond, lui, n'était rien d'autre qu'un toit de verre aux larges carreaux inclinés, alignés et montés sur des poutres en fer noir qui allongeaient les galeries dans une effrayante perspective. Le soleil s'y cognait avec force, réchauffant son intérieur. Songeant que peu de choses, en définitive, me distinguaient d'une tomate dans une serre, je tentai de m'abriter dans l'ombre d'Ester, mais elle filait déjà en direction des vitrines, là où le monde s'amassait. J'allais la perdre si je n'accélérais pas.

La foule, peu à peu, s'intensifia et, avec elle, l'insupportable bourdonnement sonore. Chaque parole prononcée, chaque pas et chaque trépignement nourrissaient le brouhaha, amplifiaient la cacophonie ambiante. Mes mains se plaquèrent sur mes oreilles. Je cherchai Ester des yeux, le cœur battant. Je la vis se faire emporter par le flot du monde.

Une nausée me souleva la langue, remontant à travers ma tête dans un épouvantable frisson. Il y avait tant d'odeurs, tant de parfums contraires qui se mêlaient ! Un homme me frôla. Son déodorant chimiquement mentholé frappa le fond de mes sinus.

— Ester ? Ester !

Je me retournai pour l'appeler et heurtai une dame, qui grommela quelques reproches qui se perdirent dans la discordance des voix humaines. Je luttai pour remonter le courant de cette foule menaçante. Enfin, j'aperçus Ester, dont la tête dépassait un peu plus loin. Je parvins à la rattraper, me raccrochai à son bras.

— T'es là, constata-t-elle avant de se remettre en marche.

Cette fois, je ne la lâchai pas, la laissant fendre le monde pour nous deux. Cela n'empêcha pas deux enfants de me bousculer dans le dos. Ils s'enfuirent à toutes jambes, des éclats de rire sur leurs pas, slalomant entre les adultes et leurs sacs. Des bribes de conversation me parvinrent par vagues, selon le flot des personnes qui nous dépassaient :

— La réunion a duré des plombes. Je suis rincée ! déclara un tailleur noir.

— J'y crois pas, dis-moi pas qu'il t'a dit ça? s'indigna une adolescente au téléphone.

— Timothée, reviens ici ! hurla un père à son fils.

— J'aurais dû mettre une petite laine, chevrota une grand-mère.

Le flux et reflux des conversations tourbillonna dans mon esprit. Les voix s'entrechoquèrent, se superposèrent dans un désordre chaotique. Les phrases, bouts de phrases, telles des lames, heurtèrent mon corps, coque trouée d'un paquebot. Leur sens, pris dans le ressac, se brisa. Je commençai à tanguer, embarquée dans un étrange mal de mer, mais continuai d'avancer dans l'écume des syllabes éparses.

— Je n'aurais pas dû dépenser autant pour une simple paire de chaussures.

— Allez, quoi, juste un verre !

— Ils font des soldes, non ?

— On a essayé cette recette l'autre soir.

— Je ne sais pas ce qui lui a pris...

— Mince, désolé, j'ai oublié ma monnaie.

— Et là, je lui ai dit ses quatre vérités, comme ça, *cash*.

— Vous devriez laisser les enfants chez leurs grands-parents, ça vous ferait un bien fou !

— Excuse-moi, t'aurais l'heure ?

Avec les mots, un torrent d'émotions diverses. Je maintins miraculeusement le cap sur Ester, mon phare dans la tempête. Elle se retourna, articula quelque chose. Je lus sur ses lèvres :

— Ça va ?

Sa voix, comme celle de Frank l'autre fois, me parut lointaine, prise dans du verre. Cette fois, je compris que c'était moi, la prisonnière d'une bouteille jetée à la mer. Elle m'extirpa soudain hors de la foule. Je me retrouvai à l'ombre d'un gros pilier. Elle planta ses paumes sur mes épaules, me regarda au fond des yeux, l'air grave.

— Courage, souffla-t-elle avant de me saisir par la main et de m'entraîner en direction d'une boutique.

Les portes automatiques coulissèrent, nous laissant nous y faufiler. Mon cœur redoubla de protestation en découvrant l'intérieur plein à craquer. Des dizaines de femmes, pour l'essentiel, déambulaient dans les rayons étroits, faisaient grincer les cintres sur les portants, prenaient, reposaient et froissaient des articles bariolés. Nous passâmes devant l'une d'elles, qui abandonnait un jean roulé en boule sur un présentoir à t-shirts.

— Viens, dit Ester.

Elle m'empoigna par le bras.

— Excusez-moi, pardon... Pardon ! Oh, mais poussez-vous ! s'énerva Ester.

Elle resserra sa prise, plantant sans le vouloir ses ongles dans ma chair. J'y trouvai quelque réconfort. Elle nous fit dépasser la file des clientes attendant la libération d'une cabine d'essayage. Nous parvînmes, elle, moi et mon corps en coton au rayon chaussettes, tout au fond du magasin. Ici, c'était plus tranquille – trop tranquille, comme dans l'œil du cyclone.

CHAPITRE 7 : ESSAYAGE

Ester se hissa sur la pointe des pieds – pour la forme – et, tel un périscope humain, scruta les quatre coins de la boutique.

— Ah ! la voilà ! s'exclama-t-elle.

Elle fit signe à quelqu'une de nous rejoindre. Il me fallut un peu de temps pour discerner la silhouette qui se faufilait adroitement dans notre direction. Cette dernière se planta face à nous, un badge épinglé à son chemisier.

— Ramona ! la salua Ester.

— Ester, fit la dame en retour, un sourire fatigué sur les lèvres.

— Ne bouge pas, me dit Ester en entraînant cette femme, Ramona, un peu plus loin.

Je restai dans mon coin sans pouvoir entendre un mot de leur conversation. Entre le brouhaha et la musique qui sortait des enceintes, je n'arrivais pas même à penser ! L'enfer sur Terre existe : c'est un magasin de prêt-à-porter.

Je devinais tout de même que j'étais l'objet de leur discussion, car Ramona me jetait plusieurs coups d'œil indiscrets. Ester me fit signe d'approcher.

— Aline, me dit-elle, je te présente Ramona. C'est une amie. Grâce à elle, on va pouvoir faire nos essayages dans l'arrière-boutique, histoire d'éviter la foule.

Je ne pus m'empêcher de dévisager Ramona, elle-même occupée à me scruter.

— Merci, bredouillai-je.

Son sourire plissa les ridules au coin de ses yeux.

— Il n'y a pas de quoi. Les amies d'Ester sont mes amies.

Sa voix, douce et chaleureuse, dégageait une sérénité résignée douloureuse. J'eus envie de rester près d'elle, mais Ester me tirait déjà par la main.

— Allez, viens.

J'adressai donc un petit au revoir à Ramona, qui retourna à son travail.

Ester me fit passer la porte réservée au personnel et m'entraîna aux toilettes.

— Y a pas de vestiaire, m'expliqua-t-elle alors que je levais un sourcil. J'vais te chercher quelques trucs à essayer. Tu fais du combien ?

Je haussai les épaules. Je n'en avais aucune idée.

— Montre, dit-elle en m'obligeant à pivoter.

— Que fais-tu ? protestai-je alors qu'elle m'agrippait le col.

— Je voudrais lire les étiquettes. Merde, elles ont été coupées ! Tu sais quoi ? File-moi tes fringues, ça ira plus vite.

Je clignai des yeux, un peu confuse, mais Ester ne me laissa pas le choix. Elle se tourna face au mur et me tendit une paume ouverte dans son dos. Je me déshabillai donc maladroitement, puis elle partit sans un regard en arrière.

J'ignore combien de temps j'attendis ainsi, à moitié nue dans les toilettes des employés d'un magasin de prêt-à-porter, mais j'en profitai pour tenter de retrouver mes esprits, apaiser mes sens et mon cœur encore tout affolés.

On toqua à la porte. La voix d'Ester me parvint étouffée de l'autre côté :

— C'est moi, ouvre.

Elle fit passer des habits à travers l'entrebâillement. Il y avait de tout : des t-shirts, des pulls, des gilets, des pantalons, des jeans et même des sous-vêtements, ainsi que deux ou trois paires de chaussures de différentes tailles, sans oublier un nouveau blouson. Le vrai calvaire commençait.

Loin de ce que j'avais imaginé un peu plus tôt, essayer autant de tenues dans une pièce aussi étroite s'avérait une véritable épreuve, un tour de force prodigieux. Je luttai contre les boutons, les fermetures éclair, les volants, les froufrous et les cols trop serrés, en particulier avec ceux pouvant se confondre avec une manche ou une jambe. Je m'emmêlai les pinceaux plusieurs fois, trouvant le moyen d'enfiler les hauts par l'en bas, les bas à l'envers et les chaussures au mauvais pied.

Ester, derrière la porte, me pressait, soupirant toujours plus exagérément quand je paraissais à moitié débraillée devant elle. Elle se chargeait de m'apporter des vêtements, beaucoup trop de vêtements, qui s'amoncelaient un peu partout. Entre deux essayages, elle faisait le tri entre ce que je devais garder et ce qu'il valait mieux laisser ici. J'éliminai moi-même un bon nombre d'articles dans lesquels je n'étais pas à l'aise, parce que j'y étais trop à l'étroit, parce que le tissu était trop rêche ou au contraire trop glissant sur ma peau. Seule une veste, noire et descendant à mi-cuisses, m'alla comme un gant. Elle était en plus doublée d'une étoffe très douce à l'intérieur. Elle n'avait rien d'exceptionnel, mais elle était parfaite. Alors que je montrais un énième pantalon à Ester, je lui demandai :

— Comment as-tu connu Ramona ?

Ester me fit tourner sur moi-même.

— Je bossais ici, y a longtemps.

— C'était une collègue ?

Elle acquiesça, peu concernée par cet échange.

— C'est pour ça qu'elle nous a laissées entrer ?

— Hum, hum... et puis parce qu'elle est des nôtres. Fléchis un peu les genoux pour voir... C'est trop serré ?

— Des nôtres ?!

Elle ne me répondit pas, attendant que je m'exécute. J'obtempérai en grimaçant.

— Ça me comprime le ventre, fis-je.

Ester pointa donc du doigt la pile d'habits que je ne garderais pas :

— Suivant !

Je refermai la porte en soupirant. Soit Ester avait un goût prononcé pour la mode, soit elle en avait un pour la torture !

— *Ou les deux...* s'amusa ma petite voix alors que j'enfilais un t-shirt.

Quand je rouvris, Ester ajusta le tissu au niveau de mes épaules et épousseta une bourre invisible.

— Parfait, on le prend.

Je le plaçai sur la bonne pile.

— Je dois encore essayer tout ça ? me plaignis-je en découvrant les derniers articles.

Ester suivit mon regard.

— Non, ça, c'est pour moi.

Le soulagement qui traversa mon corps tout entier la fit rire.

— D'ailleurs, mate-moi cette robe !

Mon bourreau passa la tête entre le cintre et le col pour me montrer le rendu. Elle entreprit de se pavaner, imitant la démarche d'une mannequin.

— T'en penses quoi ? demanda-t-elle en prenant la pose.

— *Sublime...*

— Tu es très belle, commentai-je.

Ester balança une mèche par-dessus son épaule.

— Je sais !

Cette assurance fit chavirer ma petite voix. Moi, je jalousais sa confiance en elle. Serais-je un jour aussi à l'aise dans mon corps ? Ester contempla les tas de vêtements.

— Je crois qu'on en a assez.

Enfin... ! Quitter cet enfer !

— Faut juste que j'passe dans une boutique de maquillage, et on pourra y aller.

Non ! me récriai-je. *Malédiction !*

— Je ferai vite, promit Ester.

Elle m'affubla de l'une des casquettes qu'elle prévoyait d'acheter, ramassa le linge que nous ne gardions pas et entreprit de le plier avec soin. Elle me chargea ensuite d'une pile derrière laquelle je disparus. Je dus me tordre le cou pour m'orienter.

— Ester, je n'ai pas d'argent ! réalisai-je soudain.

— T'occupe.

— Non, ça me gêne, avec tout ce que tu as déjà fait pour moi...

Elle fit claquer sa langue.

— C'est l'boulot qui paye, pas moi. Tu m'dois rien.

En contemplant sa trouvaille, la petite robe noire, elle ajouta entre ses dents :

— Et eux, ils me doivent bien ça.

Retourner arpenter les galeries fut aussi éprouvant que la première fois. Le tourbillon menaçant de la foule se reforma très vite. Ester le fendit facilement. Moi, je marchai tant bien que mal dans ses pas, fixant sa chevelure bleutée de toutes mes maigres forces.

— On va prendre l'escalator, m'indiqua Ester.

L'escalator ? Ma petite voix m'offrit une image, le vague souvenir d'une peur enfantine, celle d'être engloutie et déchiquetée par l'appareil. Je ravalai ma salive.

Nous parvînmes au bas des lames d'acier qui surgissaient des entrailles de la Terre pour glisser vers l'étage. Ça n'avait pas l'air stable. Quel brillant esprit devait-on encore remercier ? L'inventeur de la débroussailleuse ou celui de la fraise dentaire ?

Je suivis Ester de près, de crainte de rater le pas, mais cela n'y manqua pas. La coordination ou la synchronisation – ou les deux – me firent défaut, et je posai le pied sur la tranche. Ester me retint sans sourciller.

— T'es une catastrophe ambulante !

Elle me lâcha, et je m'imaginai perdre à nouveau l'équilibre, tomber en arrière, renverser toutes les personnes derrière nous dans un ridicule jeu de dominos. D'une main moite, je m'agrippai à la rampe. Elle bougeait aussi, bien sûr! Je n'écoutai pas la petite voix dans ma tête qui tenta de m'expliquer pourquoi c'était en vérité ingénieux qu'elle glissât comme le reste. Nous parvînmes enfin à l'étage. Je n'avais plus qu'à lever le pied au moment opportun. Je n'eus pas le temps de savourer ma victoire. Ester filait tout droit en direction de la boutique de maquillage.

Dès que les portes du magasin s'ouvrirent, un monstrueux afflux de parfums, tous plus forts les uns que les autres, déferla dans mes narines pour aller résonner à l'intérieur de ma boîte crânienne. Un peu sonnée, j'observai mon reflet sous mille et une coutures, dans la multitude de miroirs, petits et gros, répartis sur chaque présentoir et chaque comptoir. J'admirai le ballet lumineux des blushs irisés et des fards pailletés en m'attardant même trop longuement sur cet éclatant et bariolé kaléidoscope. La nausée me revint, me souleva le cœur.

Ma vision se brouilla, et les odeurs se mirent à flotter dans l'air comme des étoiles colorées, rouges, vertes, jaunes ou bleues selon la fragrance. De ce côté, la fraise chimique, ici, la fleur de coton, et là-bas, la vanille chaude. Je les touchai du bout des doigts. Elles frémirent, commencèrent à danser, formant une ronde autour du visage inquiet d'Ester, penché sur moi. Ses lèvres murmurèrent quelque chose d'incompréhensible. Je contemplai ses syllabes s'envoler, rejoindre les étoiles parfumées qui valsaient à travers tout le magasin. Elle m'abandonna pour aller se fondre dans les ombres de celles et ceux qui flânaient dans les rayons.

Dans ma confusion, je me laissai tomber dans un coin, ne pouvant rien faire d'autre que d'attendre son retour. N'en supportant pas davantage, j'appuyai la tête sur mes genoux.

La silhouette d'un homme s'accroupit devant moi, m'observa.

— Mais qu'est-ce que tu fiches ici, parasite?

— *Robert... !* comprit avec horreur ma petite voix.

Le sol tangua. Je sentis que l'on me tirait par le bras. Je n'eus pas la force de résister. À nouveau, je fus plongée dans la foule, sans acclimatation. J'eus vaguement conscience d'être de retour dans les galeries : je luttais contre le mal-être qui ne cessait de croître. Ces jambes, qui me portaient à peine, ramollirent un peu plus. Mon corps se changeait en guimauve fondue. Je ralentis le pas malgré moi.

— J'ai besoin d'espace... soufflai-je peut-être à voix haute.

J'allais m'effondrer. Étrange, j'en étais soulagée. Il ne me restait qu'à me laisser engloutir par la foule, par ses mots, ses parfums, ses émotions. Mes paupières cédèrent. Je me vis par-dessus. Je contemplai ce corps qui devait être le mien, depuis le plafond. Mon corps, puis le noir.

CHAPITRE 8 : TEMPÊTE

Je m'éveillai, la tête comme dans une casserole, allongée sur une banquette. Ne reconnaissant pas le plafond que je contemplais, je me redressai.

— Ça va mieux ? me demanda Ester en ponctuant sa phrase d'un bruyant *sirotement*.

Nonchalamment installée en face de moi, elle finissait de vider un verre décoré d'une ombrelle, qui avait dû contenir du jus de fruits, peut-être du jus d'orange. Sous mon nez, ma nouvelle casquette reposait, le ventre à l'air. Elle avait dû me la retirer. Ou peut-être m'en étais-je occupée. Ma tête me brûlait.

— Que s'est-il passé ?

La voix rocailleuse qui prononça ces mots me fit un drôle d'effet.

— Tu nous as fait une syncope, déclara-t-elle, la paille toujours entre les dents.

Je me frottai la nuque.

— Où sommes-nous ?

— Dans un café. Je t'ai portée ici après m'être débarrassée des curieux.

— Et Robert ?

Elle leva un sourcil.

— Robert ?

— Oui, où est-il ?

— J'sais pas, c'est qui ?

J'avais peut-être rêvé...

— Dis plutôt... cauchemardé...

Le sang pulsait douloureusement à mes tempes.

— Tiens, avale ça.

Ester poussa dans ma direction un grand verre d'eau dans lequel finissait de se désagréger un petit comprimé effervescent.

— De quoi s'agit-il ?

— De quoi te requinquer.

Je portai la boisson à mes lèvres sans poser plus de questions. De légères bulles me picotèrent l'arrière de la gorge. C'était amer.

— Il faut qu'on discute, lâcha-t-elle alors que je me pinçais le nez pour avaler le fond salé et granuleux.

Un serveur apparut cependant.

— Ah ! On dirait qu'on va mieux !

On ? Je le fixai avec hostilité.

— On va vous prendre deux chocolats chauds pour fêter ça, déclara Ester, tout sourire.

Mon ventre gargouilla à ces mots. Elle se corrigea, amusée :

— Deux *grands* chocolats chauds, avec supplément chantilly, supplément cannelle et...

Elle hésita.

— Et supplément coulis de chocolat noir.

Elle me jeta un coup d'œil.

— Plus un muffin chacune, au citron pour moi.

Le serveur se tourna vers moi.

— Euh, pareil, bredouillai-je.

Il hocha la tête et s'éclipsa. Ester se débarrassa de la paille pour avaler la dernière goutte de jus prise entre les glaçons, puis se renfonça dans son siège.

— Je disais, faut qu'on discute.

— De quoi ? fis-je, encore groggy.

— Tu sais ce qui t'est arrivé ?

— Tu viens de dire que j'avais fait un malaise.

— Ouais, mais pourquoi ?

Je haussai les épaules.

— Je l'ignore. Il y avait trop de… tout. De lumière, de bruit, d'odeurs. Tous ces gens…

— Je vois, commenta-t-elle avec un sourire.

— Comment fais-tu pour le supporter ?

Comme le soleil, ce n'était peut-être qu'une question d'habitude. J'étais restée murée si longtemps dans le silence, dans ma bulle, dans cette cellule… Ester glissa une mèche de cheveux derrière son oreille, dont elle tira quelque chose.

— Comme ça, me répondit-elle.

Je contemplai, surprise, le bouchon rose dans sa paume. Elle le remit aussitôt en place. Ainsi, elle non plus ne supportait pas tout ce bruit. Tous ces gens, là dehors, portaient-ils aussi des protections auditives ? Du bout de sa paille, Ester fit rouler et tinter les glaçons du fond de son verre :

— Tes sens ont été un peu surchargés.

— Oui, j'imagine.

Où voulait-elle en venir ?

— Est-ce que t'as *vu* des trucs bizarres ?

Je haussai les épaules.

— Difficile à dire, tout est très *bizarre* pour moi, avouai-je en jetant un regard à la pièce.

Le serveur apporta notre commande. Il déposa avec précaution la tasse fumante sous mon nez.

— Et voilà pour vous. Bonne dégustation, mesdames.

Le parfum de cannelle emplit mes narines et me fit saliver. Je plongeai la petite cuillère dans la crème qui flottait sur le liquide chaud, la portai avec régal à mes lèvres.

— C'est bon ?

En réponse, j'y abattis une seconde fois la cuillère.

— Tu vois le vieux, là-bas ?

Ester désigna un grand-père assis près de la vitre, qui trempait un gâteau dans son café en observant les gens passer.

— Oui ? fis-je.

— Regarde-le.

— C'est ce que je fais.

— Non, *regarde-le*, insista-t-elle.

— Mais je le regarde !

— Pas comme il faut.

Allons bon, il n'y avait pas cent cinquante manières de regarder quelqu'un, pas vrai ? Je soupirai, mais fixai l'homme plus intensément.

— Pas avec tes yeux.

— Ça risque de compliquer les choses, ironisai-je.

— Faut... déformer ta vue, m'expliqua Ester.

— Déformer ma vue ?

— Oui. Céleste appelle ça « voir flou pour voir net ».

Je comprenais mal ce qu'elle attendait de moi. Je me bornai à scruter ce grand-père. Au bout d'un moment, mon attention commença à s'étioler. Je me dissipai. Mon regard se raccrocha au vide. Le décor se troubla. Et puis, tout à coup, je la vis, l'ombre assise en face de l'homme.

— Une ombre, chuchotai-je pour moi-même.

— Une ombre ? Intéressant, commenta Ester. Quoi d'autre ?

Ma petite voix me fit remarquer la drôle de brume en train de se former au-dessus de ces deux personnages.

— Alors ? s'impatienta Ester.

La brume épaissit, se ramassant en un véritable nuage. Je ne répondis pas, subjuguée devant cette soudaine dépression atmosphérique. Allait-il se mettre à pleuvoir, ici, à l'intérieur, au beau milieu d'un café ? Mais non, il ne plut pas. À la place, le nuage rampa au plafond pour couvrir sa surface, grossit jusqu'à emplir tout l'espace.

— Il a l'air triste, m'entendis-je expliquer.

— Il a *l'air* ?

— Il l'est, me corrigeai-je.

— Maintenant, regarde-moi, m'ordonna Ester.

Je clignai des yeux, me tournai vers elle.

— Tu vois quelque chose ?

— Non, fis-je. Enfin, si, mais...

— Mais ?

— Mais je ne sais pas. C'est que tu es... *brouillée*.

Ester croqua dans son muffin.

— Cha, ch'est normal, rétorqua-t-elle, la bouche pleine.

Pourtant, nous n'étions pas certaines de ce que nous observions. Une brise balaya une mèche d'Ester, puis le souffle redoubla. Ses longs cheveux, soulevés par des bourrasques de plus en plus fortes, fouettèrent sa peau. En quelques secondes, son visage, mangé de vents, disparut.

— Alors ? insista la voix d'Ester, comme si rien de tout cela n'était réel.

Je ne sus que répondre. Je ne la voyais plus. Un battement de cils, et les rafales se changèrent en une tempête déchaînée. Personne, dans le café, ne réagit.

— Aline... ! tonna une voix.

Et puis, tout à coup, l'atmosphère s'effondra sur elle-même. Les cotonneux nuages blancs encore accrochés au plafond furent aspirés, mus par une force mystérieuse, par quelque siphon invisible dont Ester formait manifestement le cœur. Je croisai une dernière fois son regard, avant qu'elle ne disparût dans l'œil du cyclone.

— Ester ! hurlai-je.

Mais mon cri, dans la tourmente, ne produisit aucun son.

— *Elle n'a pas été emportée...*

Je l'ignorai.

— Ester !! me récriai-je.

Dans le vacarme furieux, je n'eus aucun écho.

— *C'est elle, l'ouragan,* comprit ma petite voix.

— C'est impossible.

Je contemplai, accrochée de toutes mes forces à la banquette et à la table, la tornade qui, à présent, me faisait face.

— Ester… ? murmurai-je.

Je tendis la main à l'aveuglette, au milieu de la catastrophe, et finis par atteindre les doigts d'Ester. Aussitôt, je fus projetée en arrière, frappée sourdement par la puissance de ce cataclysme comme par l'onde de choc d'une explosion. Je me cognai la tête au dossier. Mes oreilles et le vent sifflèrent.

CHAPITRE 9 : ÉCHAPPÉE

— Aline, t'es toujours avec moi ?

La tempête se dissipa, le vent retomba. Au milieu d'un reste de brume, je contemplai le visage rieur d'Ester, penché sur moi.

— Tu… la tornade… bafouillai-je, encore sous le choc.

Ester s'exclama :

— C'est original !

Voyant ma tête, elle ajouta :

— Tout va bien. Regarde autour de toi.

La pièce s'avérait intacte. Aucun débris. Aucun ravage. Soit le cyclone avait par miracle tout épargné, soit mes hallucinations avaient recommencé. À quel délire de mon imagination venais-je une nouvelle fois d'assister ?

— *Je ne crois pas que…* murmura ma petite voix.

J'interrogeai Ester des yeux, mais elle se contenta de me sourire, l'air satisfait.

— On aura vite fait de rejoindre la réserve, avec toi ! s'exclama-t-elle en me pointant du bout de sa cuillère.

Puis elle se massa la tempe comme elle le faisait si souvent.

— Qu'est-ce que c'est, au juste, la réserve ?

— Un endroit pour les gens comme toi.

Encore cette expression.

— C'est-à-dire… ? insistai-je.

Ester trempa tranquillement les lèvres dans son chocolat. Je l'imitai, l'esprit toujours embrumé. Au lieu de me répondre, elle changea de sujet :

— J'sais que c'est pas mes affaires, mais c'était comment là-bas ?

— À l'hôpital ?

Je haussai les épaules.

— Ennuyeux, surtout.

Je m'épargnai la mention de Robert. Qu'en penserait Ester, elle qui était si forte ? Que j'aurais dû me défendre ?

— Tu n'avais rien pour passer le temps ?

— À part les examens, les rendez-vous médicaux et les bilans de santé, non, pas grand-chose. Quelques livres, quelques films. On ne me laissait pas sortir de ma chambre, encore moins du bâtiment.

Ester avala un peu de chocolat.

— C'était bien un hôpital ?

Je contemplai la fin de la crème chantilly se dissoudre dans mon verre.

— C'est comme ça qu'ils l'appelaient, oui.

Elle me fixa un long moment, pensive.

— Qui dirigeait l'établissement ?

— Monsieur Burish.

Elle hocha la tête, et je sus qu'elle notait mentalement son nom.

— Pourquoi ces questions ? demandai-je, l'air de rien.

— J'suis curieuse.

Elle me sourit. Je gouttai au muffin.

— C'est bizarre qu'ils t'aient enfermée comme ça, tu trouves pas ?

Je haussai à nouveau les épaules. Ce n'était pas une chose à laquelle j'aimais réfléchir.

— Et avant ça, tu vivais où ? C'était quoi, ta vie ?

Je me trémoussai sur ma chaise.

— Une vie ordinaire, j'imagine. Monsieur Deulort m'a montré des photos d'avant l'accident. Je suis allée au lycée, j'avais des amis, j'étais invitée à des fêtes, à des anniversaires...

— Mais tu ne t'en souviens pas, compléta-t-elle.

J'acquiesçai.

— Pourtant, t'as retrouvé la mémoire.

— Non, mais je suis sortie du coma grâce à monsieur Burish, c'est déjà beaucoup.

On croirait entendre Frank.

— Je vois, marmonna Ester. Mais pourquoi ça te fait sourire ?

— Pour rien.

Son téléphone vibra. Elle l'extirpa de sa poche, jeta un œil las à ce qu'il affichait, déclina l'appel d'un doigt et posa l'appareil face contre terre – ou contre table, en l'occurrence.

— Tu m'as suivie sans hésiter, cette nuit.

Cette nuit, me répétai-je avec l'impression d'avoir vécu mille vies entre-temps.

— Je t'ai fait confiance, lui remémorai-je d'une petite voix.

Je fus surprise de la voir baisser le regard. Une nouvelle vibration me fit sursauter. Ester consulta le téléphone. Elle jura, porta l'appareil à son oreille et grommela :

— Je suis en congé !

Avant de raccrocher aussi sec.

— Ester ?

— Oui ? soupira-t-elle, le nez sur son écran.

— Je peux te poser une question ?

— Ouais, s'impatienta-t-elle.

— Tu es prise dans une tornade ?

Elle hésita.

— Non, pas vraiment.

— Mais alors, qu'est-ce que ça veut dire ? Qu'est-ce que j'ai vu ?

Elle m'arrêta du doigt.

— On avait dit *une* question.

— Une dernière, dis-je.

— Essaye toujours.

— Qu'est-ce qui se passerait si je ne réussissais pas le test de Gabriel ? Car il s'agit bien d'un test, n'est-ce pas ?

— En quelque sorte, mais faut pas t'inquiéter, ça crève les yeux que t'en es une.

— Une quoi ?

Ester me considéra, un sourire en coin.

— Déso, pas le droit d'en cracher plus.

Son portable vibra pour la troisième fois. Cette fois-ci, elle l'éteignit avec rage. Je profitai de cette distraction :

— Et Lucien ? fis-je d'un air innocent.

Elle sourcilla.

— Quoi, Lucien ?

— Il est… Ça crève les yeux, pour lui aussi ? tentai-je en reprenant sa drôle d'expression.

Elle hésita de nouveau.

— Disons que c'est un peu plus compliqué le concernant, même si Gab sera bientôt fixé, j'en suis sûre.

Avant de réaliser ce que je faisais, je demandai :

— Il y a quelque chose, entre Gabriel et Lucien ?

Aussitôt, je me mordis la langue. Ester, elle, soupira.

— Tu n'aimes pas Lucien, compris-je.

Elle se massa les tempes.

— Non, c'est pas que je l'aime pas… On n'est pas très proches, c'est vrai, mais c'est pas quelqu'un de mauvais, je l'déteste pas. C'est que… j'arrive pas à le cerner. Je m'inquiète juste pour Gab, avoua-t-elle. Ça va mal finir pour lui.

— Pourquoi ça ?

Ester se passa une main sur le front.

— Gab est très… Disons que c'est quelqu'un de solaire, quelqu'un d'joyeux, qui veut aider les autres, qui essaye de te remonter le moral… Tu vois un peu le truc ? m'expliqua-t-elle, mal à l'aise.

J'opinai, pourtant peu convaincue.

— Alors que Lucien…

Elle réfléchit.

— Je crois qu'il est brisé. Quand Gab est avec lui, j'le reconnais plus. Je pense que Gab a besoin de quelqu'un de stable. Luce ne l'est pas. Depuis que je le connais, j'ai l'impression qu'il est toujours sur le point de basculer.

— Dans quoi ?

Ester eut un petit rire sans joie, mais ne me répondit pas. Ma main, mue par un drôle d'instinct, se posa sur la sienne. Elle recula.

— Faut être sur tes gardes, Aline. Avec Lucien, comme avec les autres.

J'opinai timidement. S'incluait-elle dans ces autres ? Je me gardai bien de l'interroger.

— Je vais payer.

Elle se leva, se dirigea d'un pas pressé vers le comptoir. Le reste de brume s'écarta pour la laisser passer.

— On est parties ? demanda-t-elle en revenant.

Je zieutai la foule qui piétinait derrière la vitrine. Ce siège était si confortable ! Ne pouvions-nous pas demeurer là, à boire des chocolats et à manger des muffins jusqu'à la fin des temps ? Ou au moins jusqu'à la fermeture ?

— Promis, on s'en va. On doit juste faire quelques courses. C'est à deux minutes en voiture.

Maudit Gabriel, pestai-je en moi-même.

— Alors, tu viens ? insista-t-elle.

Mais la peur viscérale de me retrouver au milieu de cette foule avait vissé mon derrière à la banquette. Ester se rassit à côté de moi.

— Voilà ce que tu vas faire, dit-elle avant de se pencher à mon oreille.

Dans son souffle, il me sembla sentir un reste de tempête.

— C'est un exercice.

Génial, grommelai-je. *La dernière fois que j'en ai tenté un...*

— J'ai pas le droit d'intervenir, mais bon, tu sais, au fond, je m'en cogne.

— Pourquoi ?

Elle ignora ma question.

— Quand tu seras au milieu de la foule, imagine une bulle.

— Une bulle ? m'amusai-je.

— Oui, une bulle, répondit-elle très sérieusement. Comme si tu te trouvais au centre d'une très grosse bulle impossible à franchir.

Je roulai des yeux.

— Une bulle, répétai-je tout haut. Et ils ne pourraient pas franchir une bulle ?

— Fais un effort, s'exaspéra-t-elle en haussant le ton.

Je ravalai mes doutes. Elle se remit à chuchoter.

— Tu dois y penser de toutes tes forces. Tu verras, ça marche. Enfin, il paraît.

Je finis par hocher la tête, mais sans y croire.

— Et surtout, n'oublie pas, il faut voir flou pour voir net.

Disant cela, elle serra ma main, fort, très fort, pour m'obliger à me lever, et me vissa la casquette sur le crâne. Les cloches du café sonnèrent le coup de départ. Ester m'entraîna dans les galeries, au milieu de cette foule qui, aussitôt, me submergea.

Pour la troisième fois, j'eus l'impression de me noyer. Désespérée, je cherchai ses yeux pour le lui faire comprendre, mais la lumière aveuglante du soleil, à travers le toit en verre, foudroyait mes nerfs. Les sons, les bruits, les mots pulsaient et cognaient de nouveau dans mon crâne. Ils y rencontraient le mélange éclatant des odeurs. Les gens me frôlaient, me bousculaient, me heurtaient, et avec eux, un étourdissant défilé d'hallucinations : ici, il pleuvait sur la tête d'une dame, là, les jambes d'un homme s'enlisaient dans des sables mouvants. C'était à n'y rien comprendre.

Je recommençai vite à perdre pied. Alors, comme si cela avait eu une chance de fonctionner, je fermai les yeux et visualisai une bulle, une très grosse bulle. C'était ridicule !

Comme prévu, rien ne se produisit.

— *Réessaye,* susurra-t-on à mon oreille.

Voir flou pour voir net, me répétai-je en me laissant cahoter par les passants. Je me figurai la bulle avec plus de clarté et tentai, cette fois, de l'intégrer à ce qui m'entourait. Leurs voix, cependant, continuaient à affluer, et mes parois imaginaires ne tenaient pas. Ester pressa ma main. Je me raccrochai à ce contact, à ses ongles dans ma chair. Je la pris pour centre, reformai la bulle autour de nous.

— *Ça marche,* souffla-t-elle.

— Bravo, me congratula Ester.

J'ouvris un œil prudent et constatai, abasourdie, que les gens, à présent, nous contournaient.

— Comment... ? bredouillai-je.

Ester ne répondit rien. Sans me regarder, elle sourit.

Nous étions presque arrivées à l'ascenseur, quand elle se retourna pour me fixer. Elle planta ses prunelles claires si profondément dans les miennes, que je vacillai. Cela fit éclater la bulle. Comme si une digue avait cédé, la foule reflua. Les portes s'ouvrirent dans un *ding*, et Ester me poussa, avant que le monde ne déferlât sur nous. Puis celles-ci se refermèrent, nous baignant dans le silence le plus complet.

— Ne me regarde pas comme ça, fis-je en détournant la tête.

La descente s'amorça.

— Comment je te regarde ?

— Comme si j'étais une créature monstrueuse.

Ester, qui ne m'avait pas lâchée, secoua ma main.

— Je ne penserai jamais ça de toi !

J'opinai, troublée par le vibrato dans sa voix. L'éclairage grésilla avant de se mettre à clignoter.

— C'est pas vrai ! s'exclama Ester.

— Qu'est-ce qu'il y a ? On va rester coincées ? m'inquiétai-je.

— Non, grommela-t-elle.

Les portes s'ouvrirent. Ester m'entraîna par le bras. Nous traversâmes le parking à grandes enjambées. Sur notre passage, la lumière des néons vacilla comme la vague déferlante emporte le soleil. Ester sortit ses clefs, pressa le pas. Je la suivis tant bien que mal, malgré les protestations de mes mollets, de mes pieds, de mon dos et de chaque parcelle de ma peau. Nous atteignîmes la voiture. Un homme énervé gesticulait à côté. Il était grand, costaud et n'avait pas l'air conciliant.

— Toi ! grogna-t-il.

— Monte, m'ordonna Ester.

Je passai sous le nez du gorille, qui m'ignora, aveuglé par sa rage. Je me glissai côté passager.

— Tu sais pas te garer ?! beugla-t-il sur Ester.

Celle-ci le toisa. Je refermai prudemment la portière, comprenant que ce devait être le conducteur dont Ester avait rayé la voiture.

— J'te retourne la question, fit-elle.

L'individu s'approcha, le poing en l'air. Mais soudain, et de toute sa hauteur, il tomba à genoux, en pleurs.

— Bordel, qu'est-ce qui m'arrive… ? sanglota-t-il en se touchant les joues.

Ester pivota, mais il n'y avait personne derrière elle.

— J'ai pas besoin de ton aide, Céleste !

Disant cela, elle contourna l'homme, qui tenta malgré tout de s'agripper à sa cheville. Elle se dégagea sans effort et s'installa derrière le volant. Dès qu'elle referma la portière, le gorille se releva comme si le sortilège avait été levé. Il brandit son téléphone, furibond :

— Tu vas voir ce qu'on va te faire !

Je jetai un coup d'œil inquiet à Ester : elle fulminait.

— Ouais, allô ? Non, je l'ai pas trouvée ! Pourtant, des folles, y en a à la pelle. Y en a une qui vient de rayer le fourgon ! entendis-je déblatérer alors qu'Ester démarrait. Reviens, salope !

Il courut derrière notre voiture, parvint à taper sur le capot, mais le souterrain fut plongé dans le noir. Ester accéléra.

— Je t'ai dit que j'avais pas besoin d'aide ! s'énerva-t-elle.

— Mais... à qui parles-tu ?

— À personne, me répondit-elle sèchement.

Les néons clignotèrent.

— Arrête tes conneries !

— Qui, moi ?

— Mais non, pas toi !

— Qu'est-ce qui se passe ?

— T'occupe !

Nous déboulâmes dans la rue, dépassâmes le panneau du centre commercial. Une ombre, postée à côté, nous regarda nous éloigner.

Sur le trajet, je ne dis rien. Était-ce moi, ou... ? Trop d'éléments ne collaient pas. C'était sans doute comme à l'hôpital. J'imaginais des choses qui n'existaient pas. Mon esprit me jouait encore l'un de ses tours.

— *Mais Ester... Céleste... ?* murmura ma petite voix.

C'est impossible.

— *Et la bulle... ?*

Ce ne devait être qu'une histoire de posture. Oui, de simple posture. J'avais voulu croire Ester. Alors, j'avais cessé de craindre la foule. Ce ne pouvait être qu'une espèce d'effet placebo bizarre. Elle insista :

— *Ils se sont écartés...*

C'était ce corps, mon corps, qui avait dû changer d'attitude. Il avait dû me faire paraître plus confiante. Oui, ce n'était qu'une bête question de langage du corps ! Mon infirmier m'en avait déjà parlé. Voilà, un ridicule tour de passe-passe que je m'étais joué, à moi-même et aux autres !

— *Mais, Ester...* répéta-t-elle.

Je ne sais pas.

— *La tornade...*

Je n'y comprends rien.

— L'homme...

Assez !

— Et la porte...

La porte ? Quelle porte ? Elle fit surgir du tréfonds de ma mémoire un haut battant blanc, entrouvert et gravé d'une drôle de spirale. L'irrégularité de mon cœur sonna à mes tempes. Je les forçai à se taire, tous. Je ne voulais ni en entendre ni en voir davantage.

— Mon esprit me joue des tours... me répétai-je tout bas.

CHAPITRE 10 : MARCHÉ

Ester tira le frein à main un peu brutalement, la tête d'Aline rebondit sur l'appui-tête.

— Déso, fit Ester. On est arrivées.

Mon autre moi-même n'avait jamais vu de supermarché et s'enthousiasmait à l'idée d'en découvrir un. J'avais beau côtoyer ses méninges, je ne la suivais pas sur ce point. Les rares occasions où j'avais accompagné une nourrice dans l'une de ces enseignes avaient suffi à en forger en moi un souvenir bien différent : les rayons surchargés, les publicités dans les enceintes, les *bips* incessants des caisses, les enfants morveux dans les caddies, les ancêtres mous du genou à l'heure de pointe et les blagues lourdingues au moment de payer. « Ah, si ça ne passe pas, c'est que c'est gratuit, pas vrai ? » Mais Aline ne retenait que les couleurs et les formes, comme si je lui servais ces souvenirs au travers d'une loupe déformante.

Ester fouilla ses poches, en tira un paquet de mouchoirs, de vieux chewing-gums, un rouge à lèvres, un bouton, trois pièces, un jeton et enfin – enfin ! – la liste de course de Gabriel, froissée, en boule. Aline récupéra un chariot comme une enfant surexcitée. Elle refusait de se préoccuper de ce qui venait de se passer alors que cela m'obsédait. Impuissante, je leur emboîtai le pas. Elles se reflétèrent dans les portes vitrées, pas moi.

Ester lissa la note lorsque nous franchîmes les barrières automatiques. Les roues se mirent à heurter les joints du sol carrelé, faisant vibrer jusqu'aux dents d'Aline, qui s'en moquait. Elle découvrait l'entrepôt comme un nouveau monde.

— On va pas y passer la journée, décréta Ester.

Elle s'empara sans ménagement du chariot. Direction : le rayon des fruits et légumes.

Étonnamment, c'était désert. Étaient-ils tous fourrés au centre commercial ? Tant mieux. Aline n'était pas prête à revivre cette folie. J'étais d'ailleurs surprise de ne pas l'entendre s'irriter contre la musique et les publicités, contre les diverses et dérangeantes odeurs qui s'entremêlaient sous le cruel éclairage blanc.

La liste de Gabriel obligeait à parcourir chaque rayon. Aline en était ravie ! Il n'y avait pourtant rien de trépidant là-dedans, mais elle lisait n'importe quelle étiquette à sa portée, touchait chaque objet du bout du doigt, piochant par moments un produit de nécessité, comme des bandages dignes de ce nom. De mon côté, l'ennui me gagnait. Je fixai ainsi mon attention sur le roulis machinal du chariot, sur les joints et le tintement de la chaîne qui pendait au guidon en plastique.

— Brosse à dents, rappela Ester en passant près du rayon hygiène.

— Merci, soupira Aline en s'inquiétant de nouveau d'avoir incommodé son cher et tendre avec son haleine fétide.

Je me traînai, lasse, derrière Ester. De combien d'ingrédients ce satané Gabriel avait-il besoin pour sa satanée tambouille ?

Au fil de notre avancée, des bribes de conversations nous parvenaient. Je n'en retins qu'une :

— Excusez-moi, monsieur, vous n'auriez pas des pansements de couleur ? demanda une cliente à un employé accroupi, occupé à ranger des articles sur le rayonnage le plus bas.

— Derrière vous, marmonna-t-il sans lever la tête.

— Mais il n'y en a que des clairs, dit-elle.

L'homme se dévissa le cou.

— Désolé, m'dame, les noirs n'existent pas. On a des invisibles, si vous voulez.

— Merci quand même, fit-elle avant de s'éloigner à petits pas.

L'employé retourna à sa besogne, une main sur les reins.

— *Bienvenue dans la réalité...* ironisai-je à l'attention d'Aline.

Mais elle n'avait rien écouté.

— À quoi ça sert ? demanda-t-elle à Ester.

Celle-ci opéra un paresseux demi-tour, puis étouffa un petit rire quand elle découvrit ce qu'Aline pointait du doigt.

— Ça se met autour du... enfin, tu vois. J'vais pas te faire un dessin !

Mais Aline restait perplexe. Je dus donc, moi, lui faire un dessin, un dessin mental, avec flèches, légende et code couleur. Le temps d'expliquer le concept de préservatif, Ester avait déjà disparu. Aline la retrouva quelques rayons plus loin.

— *Môsieur* veut des pâtes complètes aux graines bio élevées en plein air de j'sais pas quoi, rien d'autre, râla-t-elle, le nez dans la liste.

Elle posa les mains sur les hanches, fixant d'un œil morne le mur de coquillettes face à nous.

— Il se débrouillera avec ça, ronchonna-t-elle en piochant un paquet au hasard.

Puis elle colla le papier dans les mains d'Aline.

— Tu lis quoi, ensuite ? J'arrive pas à déchiffrer.

L'écriture était tremblante et serrée. Je contemplai une vaguelette qui faisait office de mot. Aline haussa les épaules.

— Bon, on va le lui demander, histoire d'éviter une grave crise diplomatique !

Ester tira le portable de sa poche en soupirant. Elle l'avait éteint un peu plus tôt, après des appels mystérieux. Il lui fallut donc une minute pour le rallumer.

— On en profitera pour l'engueu...

Mais elle ne finit pas sa phrase.

Ding ! sonna le téléphone.

Ester fit une drôle de tête.

Ding, ding, ding !

Les notifications s'enchaînaient.

Ding, ding, ding, ding, ding!

Ça ne s'arrêtait plus.

— Fait chier, jura Ester.

— Qu'est-ce qui se passe ?

Elle se pencha sur l'écran. J'y jetai un œil, moi aussi, alors qu'elle remontait le fil des très nombreux textos, messages vocaux, appels en absence et diverses alertes. Elle s'apprêtait à composer le dernier numéro, quand une image de vieille et laide sorcière apparut, surmontée du prénom Céleste. Ester décrocha sans attendre.

— Quoi, Céleste ? Respire, Céleste, j'comprends rien ! Quoi ? Mais non, j'peux pas, là. En plus, je suis avec Aline... Oui, celle de l'autre fois. Comment ça, y a que moi ? Tu plaisantes, c'est mon seul jour de congé depuis... Panique pas, c'est bon, j'y vais ! Des enfants ?! Mais... D'accord, d'accord. Calme-toi ! Envoie-moi l'adresse. J'y vais tout de suite.

Le téléphone vibra contre son oreille. Ester le consulta avant de le recoller à sa joue.

— C'est à deux pas. Je m'en occupe ! Et arrête de t'énerver, Céleste... Si, tu t'énerves, là ! Quoi, tu t'inquiètes ? C'est pareil ! Écoute, tu m'engueuleras demain, OK ? Ou pourquoi pas lundi, vers onze heures ? Pas avant, je voudrais faire la grasse mat'... Oh ça va ! Si on peut plus rire... ! Oui, d'accord. Oui, je te dis ! Et rappelle à Véra de former les nouveaux, y en a marre à la fin !

Elle jura une fois de plus et lui raccrocha au nez.

— Il faut que j'aille bosser, déclara-t-elle à l'attention d'Aline.

Elles considérèrent le chariot.

— Je reviendrai chercher ça plus tard.

— Et moi ?

— J'ai pas le temps de te ramener à la maison. Tu resteras dans la voiture.

— Non, je t'accompagne !

— T'es sûre ?

Aline se mordit la langue.

— *Dis oui, dis oui, dis oui…* l'implorai-je.

Elle acquiesça donc timidement.

— *Enfin un peu d'action !* m'exclamai-je tandis que mon autre moi-même portait un ongle à sa bouche.

— Comme tu voudras, marmonna Ester.

Puis elle planta ses yeux clairs dans ceux d'Aline :

— J'espère que t'as le cœur bien accroché !

CHAPITRE 11 : CHEMINEMENT

Le trajet me semblait durer une éternité, tant la peur et la curiosité se disputaient mon corps. Mes yeux cherchaient de tous côtés, à chaque intersection, le moindre indice sur l'endroit où nous nous rendions. Ma jambe ne tenait plus en place, tressautant malgré moi, tandis que mes dents rongeaient inlassablement le même ongle. En quoi pouvait bien consister le travail d'Ester ? À quoi devais-je m'attendre ? Ma petite voix, dans mon dos, se repassait en boucle la sinistre mise en garde d'Ester :

— *J'espère que tu as le cœur bien accroché... J'espère que tu as le cœur bien accroché... J'espère que tu as le cœur...*

— Tais-toi, maugréai-je.

— J'te demande pardon ? s'offusqua Ester.

— Non, rien, m'excusai-je. Je parle toute seule.

Elle m'adressa un coup d'œil intrigué, mais concentrée sur la route, ne dit rien. Je retournai me ronger l'ongle, ou plutôt ce qu'il en restait.

— *Le cœur bien accroché... accroché...*

Je commençais à me demander qui de nous deux se le répétait. Pour tâcher de penser à autre chose, j'observai le paysage, suivis du regard plusieurs passants sans grand succès, jusqu'à ce qu'une femme rousse traversât la rue. L'image de Lucien s'imposa dans notre esprit. Je me laissai volontiers emporter par ce souvenir. Ma petite voix battit en retraite et partit se terrer dans les tréfonds de ma conscience. Enfin, le silence se fit dans ma tête et dans l'habitacle. Je cessai de me ronger l'ongle, ma jambe s'immobilisa. Je songeai à Lucien, à ses mots, à ses morceaux de poèmes. Mon sang ralentit. Mais Ester étouffa soudain un gémissement de douleur et se dépêcha d'arrêter la voiture sur le côté. Les freins couinèrent. Je l'observai, inquiète, se masser la nuque, la mâchoire serrée.

— Tu as mal quelque part ?

Ester m'ignora.

— Sont là, déclara-t-elle en attrapant son sac.

— Qui donc ?

En lieu et place de réponse : un claquement de portière.

— Magne-toi, me pressa-t-elle en ouvrant la mienne.

— Où sommes-nous ?

Silence. Elle fixait les grilles d'un parc. Cette fois, je m'armai des lunettes de soleil.

M'extraire de la voiture ne fut pas chose aisée – maudites courbatures ! Ester, elle, se dirigea droit vers l'entrée. Je lui emboîtai le pas. Il nous fallut zigzaguer entre les passants qui allaient et venaient. Elle s'arrêta, se frotta la tempe.

— Par ici !

Nous nous aventurâmes sur des chemins pavés.

Le soleil brillait, haut dans le ciel. Les promeneurs exposaient leur nez à sa douce chaleur. Nous croisâmes essentiellement des couples qui flânaient, main dans la main, des parents conduisant des poussettes et quelques adolescents qui marchaient en bandes. Presque personne ne s'était hasardé sous les arbres, dans la pelouse encore humide.

Ester accéléra le pas. Elle semblait tendue, ce qui n'était pas très rassurant ! Nous contournâmes une aire de jeux. Je me dépêchai de la suivre, des rires d'enfants sur les talons. Je dépassai après elle le bavardage poli des adultes qui les surveillaient, assis sur des bancs, puis n'entendis bientôt plus que l'écho des cris joyeux émanant des toboggans.

Ester emprunta un sentier sauvage, créé à force de passage. Elle prit ensuite à gauche, puis à droite. Mais comment faisait-elle pour se repérer dans cette immensité verte? Et elle fila à toute vitesse, oubliant que je faisais trois pas quand elle n'en faisait qu'un. Je réprimai un point de côté et accélérai, tête basse. Raté pour le ménagement des courbatures!

Le nombre de promeneurs diminua au fil de notre progression. Nous atteignîmes ce qui devait être le cœur du parc, où seul un artiste occupé à croquer le paysage s'était aventuré. Son tableau ne ressemblait en rien à ceux de Lucien, mais je ne pus m'empêcher d'associer cette toile à celle dans laquelle je m'étais empêtrée un peu plus tôt ce matin. À nouveau, la chambre de Lucien se présenta à mon esprit, avec toutes ses peintures, ses dessins, ses livres éparpillés, mon pied coincé, sa main si près de ma peau et ses mots... Je me cognai dans le dos d'Ester, qui s'était arrêtée.

— Et... maintenant? fis-je sans oser demander si nous étions perdues.

— J'sais pas. Laisse-moi me concentrer.

Ester se tourna de tous côtés, donnant l'impression de flairer une piste. Un pli creusa son front.

— Par là, m'indiqua-t-elle.

Nous empruntâmes un nouveau sentier, boueux cette fois, et il fallut patauger dans les gargouillis visqueux de la terre pendant plusieurs longues et atroces minutes. Au bout d'un moment, et alors que mes pieds s'apprêtaient à refuser d'avancer davantage, nous rejoignîmes une placette goudronnée, mais vide.

Ester nous fit suivre un petit chemin. Il nous mena droit devant les cages d'un modeste zoo dont les enfants s'étaient désintéressés. Dans les cellules, des animaux esseulés tournaient en rond sur un sol inondé mais stérile. J'observai, le cœur serré, un oiseau décharné tentant de passer le bec à travers le grillage pour attraper le brin d'herbe qui lui faisait de l'œil. Il s'enfuit au passage d'Ester. Je m'arrêtai, arrachai quelques pissenlits, que je glissai dans l'enclos, puis courus rejoindre Ester.

Elle ne disait rien. J'avais bien compris qu'elle n'était pas de nature très bavarde, mais son silence me paraissait si profond à cet instant, qu'il m'inquiétait. Qu'avait-elle en tête ? Je la revis emportée dans mon hallucination par la tornade du café. La curiosité me poussa à retenter l'expérience. Je fixai donc son dos et attendis le brouillard. La magie opéra. Je ne tardai pas à percevoir, comme un peu plus tôt, le vent qui se levait et la brume qui se formait autour d'elle. Ester se retourna brusquement, des éclairs dans les yeux.

— Arrête ça ! Tu vas me faire perdre leur piste !

La surprise chassa aussitôt tous les nuages.

— Comment... comment as-tu su que je... ? balbutiai-je.

Mais Ester ne m'écoutait déjà plus.

— J'crois que c'est par là, déclara-t-elle.

Nous marchâmes encore bien trop longtemps à mon goût. Ma colonne vertébrale frottait contre ma chair. Mes côtes se tassaient. Je n'en pouvais plus. Je traînais des pieds, des bras, avançant comme un vrai zombie. Ainsi absorbée par les plaintes de ce maudit corps, je ne vis qu'après l'avoir dépassée qu'Ester s'était de nouveau arrêtée.

— Aline, me rappela-t-elle d'un air grave, sans cesser de fixer quelque chose dans les buissons.

Je revins sur mes pas, suivis son regard et me figeai devant cette vision d'horreur.

CHAPITRE 12 : UN CORPS

— *Beurk !* s'exclama ma petite voix.

Un corps se trouvait là, basculé dans les buissons. C'était celui d'un vieil homme aux cheveux blancs, dont le visage avait conservé la dernière expression : l'effroi. Ses rides creusaient ses joues, rendant plus affreuse encore sa défiguration. Ester s'approcha. Je restai en retrait, retenant un haut-le-cœur. Rien n'aurait pu me préparer à ce si triste et monstrueux spectacle, car c'était même la première fois que je voyais un mort.

Ester, pensant tout haut, fit remarquer que sa chemise avait été arrachée. Des lambeaux de tissus et de peau gisaient tout autour de lui. Je posai malgré moi les yeux sur son torse exposé, griffé, lacéré de part en part, si profondément, qu'il me sembla apercevoir ses organes. Mon cœur propulsa un liquide glacé dans mes veines. Je détournai la tête. De cette chair sanguinolente émanait une puanteur indescriptible que je retiendrais pour toujours comme celle de la mort.

— Eh ben, on l'a pas loupé, commenta Ester.

Elle s'accroupit près de lui. Pour ne pas tourner de l'œil, je me concentrai sur ses cheveux à elle, ses mèches bleues que le vent agitait. Elle sortit un mouchoir de sa poche et souleva la main de l'homme pour l'examiner.

— Il est encore chaud, c'est récent. Et il a du sang sous les ongles, murmura-t-elle.

L'odeur de rouille révolta mon estomac.

— Il en a partout, répliquai-je, écœurée.

Combien de litres pouvait bien contenir un corps humain ?

— C'que je veux dire, s'agaça-t-elle, c'est qu'il s'est peut-être battu, ou débattu.

Je déglutis, me maudissant mille fois d'avoir demandé à l'accompagner. Il n'y avait pas d'autre dépouille ici. Cela signifiait que celui ou celle qui avait commis une telle boucherie rôdait toujours dans les parages, potentiellement tout près de cet homme, tout de près de nous ! Mon corps fut pris d'incontrôlables tremblements.

— Ou alors, poursuivit Ester, c'est le sien, et ça veut dire qu'il s'est fait ça tout seul.

— Pourquoi se serait-il infligé un tel supplice ?!

Ester réfléchit à la question avec une tranquillité déroutante. Pourquoi n'était-elle pas, au minimum, troublée par la vue d'un cadavre encore chaud ? Était-ce cela, son travail ? Trouver et examiner des corps ? Intervenir quand de vieux messieurs se faisaient charcuter dans les parcs publics ?

— C'est *ça* que l'on est venues chercher ici ? demandai-je du bout des lèvres.

— Pas vraiment, mais ça arrive.

— *La classe*, commenta ma petite voix.

Ester s'arma d'un autre mouchoir et appuya du bout du doigt sur un ongle de l'homme. Une goutte de sang perla à son extrémité, puis coula le long de sa paume. Je plaquai une main sur ma bouche, manquant de peu de rendre mon chocolat.

— Pas eu le temps de sécher, observa Ester en inclinant la tête sur le côté.

Je tentai de fixer mon attention sur les feuilles des branches bruissant au-dessus de nous.

— Il faut que l'on appelle les secours ou la police, fis-je, le nez en l'air.

La langue d'Ester claqua.

— Pas encore.

N'en pouvant plus, je décidai de m'éloigner un peu du cadavre – mais pas beaucoup, car le tueur pouvait être tout près. Pourquoi n'étais-je pas restée dans la voiture, en sécurité ? Je tournai la tête pour respirer le parfum d'herbe et d'écorce mouillées et essayai de réfléchir à la situation. Pourquoi Ester refusait-elle d'appeler à l'aide ? Quel rôle jouions-nous ici ? Je croyais que ses missions ressemblaient à celle de cette nuit. Pourtant, je ne voyais aucun lien et rien de commun entre ce meurtre, mon évasion et sa colocation avec Lucien et Gabriel. Tout cela ne collait pas. Elle était peut-être une sorte de détective multifonctions ? Le couteau suisse des enquêteuses ? Je l'observai à la dérobée. Et pour le compte de qui travaillait-elle ? Pour cette fameuse Céleste ?

Mon regard dévia de nouveau vers les blessures du vieil et pauvre homme. Je me détournai aussi vite, l'image cependant gravée sur ma rétine. Je fermai les yeux pour la chasser. Je ne voulais pas me souvenir de cet homme, de ce qui était arrivé à son corps. Trop tard. Un profond malaise gagnait le mien. N'étions-nous rien d'autre que de la viande ? N'étions-nous réductibles qu'à de la chair, du sang et des os ? Cette soudaine lucidité quant à la fragilité de l'existence humaine me troua le ventre. Sans y faire attention, je m'éloignai un peu plus.

Que m'avait-il pris ? Pourquoi avais-je suivi Ester ? Pourquoi, même, avais-je quitté ma douillette petite cellule ? Tout cela allait me hanter, pour toujours. Jamais je ne pourrais extraire ce terrifiant souvenir de ma conscience. Elle en serait entachée à vie ! Comment Ester pouvait-elle supporter tout ceci sans ciller ? Son sang-froid était-il impressionnant ou angoissant ? Je ne parvins pas à me décider. Moi, à côté d'elle... Mais elle m'avait prévenue, pourtant !

— *J'espère que tu as le cœur bien accroché...* me rappela ma petite voix.

Non, je n'avais pas le cœur bien accroché. Pas du tout ! Il faisait du yo-yo dans ma poitrine, entre mon ventre et ma gorge, qu'il cognait à la recherche d'une échappatoire.

Tout absorbée par mes réactions physiques à la vue de la mort, je trébuchai sur une racine et tombai à plat ventre dans l'herbe froide. J'en eus le souffle coupé. Tout mon corps protesta, m'enjoignant à rester couchée. Sans doute l'aurais-je écouté si je n'avais pas senti, juste au-dessus de moi, une sinistre présence.

CHAPITRE 13 : PERSPECTIVE

Une petite fille! Pas un tueur en série, pas un redoutable boucher sociopathe, mais une petite fille, une toute petite fille qui me fixait de ses grands yeux! Quand je me redressai, elle rapetissa davantage. Je considérai ses joues baignées de larmes et l'effroi dans son regard. La pauvrette tremblait du bout de ses pieds jusqu'à la pointe de ses mignonnes petites couettes. Et soudain, je compris qu'elle aussi avait pu me prendre pour le meurtrier. Peut-être même le croyait-elle encore, d'ailleurs! Je levai vers elle des paumes incrustées de gravillons :

— Tout va bien, je ne te veux aucun mal.

Elle recula cependant. Alors seulement, je remarquai le petit garçon qu'elle cachait dans son dos. Celui-ci pleurait à gros sanglots et lui ressemblait comme deux gouttes d'eau.

— C'est ton frère?

La fillette fit un pas de plus en arrière. J'eus peur de la laisser s'échapper.

— Viens avec moi, fis-je.

Elle pouvait bel et bien tomber sur le meurtrier. Il valait mieux les ramener auprès d'Ester.

— Venez, insistai-je.

Mais la petite recula encore de trois pas, prête à s'enfuir. Dans l'urgence, j'attrapai le poignet de son frère.

— Le touche pas!

Son hurlement déchira l'air en deux. La terre, les arbres, à son cri, tous tremblèrent, puis le buisson près de nous se mit à remuer, et quelque chose bruissa entre ses feuilles.

— *Un serpent*... comprit ma conscience.

Je me figeai. Une bête s'extirpa de sous les broussailles, glissant sur le gazon de toute son épaisse peau luisante, sa langue sortie, ses pupilles en deux fentes étrécies comme des billes d'agate. Il s'arrêta face à moi, se redressa, siffla à nouveau – sinistre avertissement. J'agrippai avec plus de fermeté le bras du garçon, me tenant prête à l'entraîner avec moi dans ma fuite.

— Lâchez-le ! se récria la fillette.

— Chut, ne crie pas, murmurai-je, un œil sur l'animal.

Mais un nouveau bruissement de feuilles m'alerta. Un deuxième serpent apparut, bien plus gros que le premier. Il ondula sur le sol, puis s'arrêta pour me fixer à son tour.

— Viens avec moi, dis-je tout bas.

— Non ! hurla la petite.

Une langue fourchue de plus se joignit aux deux premières, puis une autre et encore une autre. Très vite, je fus dépassée. Ce ne furent plus deux, ni même trois, mais bien quatre, puis cinq bêtes qui se dressèrent face à nous, puis six, sept, huit... Je cessai de les compter, c'était peine perdue. Ils affluaient aux hurlements de la petite.

— Ne crie pas...

— Non ! Non ! Non ! continuait-elle.

Ce son devait les exciter. Mais d'où sortaient-ils ? Des sifflements me parvenaient à présent de tous côtés. Ce parc en était-il à ce point clafi ? Je ne poussai pas la réflexion, ils se tenaient prêts à nous attaquer. Je craignais pour ma vie, pour notre vie. Je n'osais plus bouger. Il y en avait dans les arbres, sur les branches au-dessus de nos têtes. Je m'aperçus avec horreur qu'ils nous avaient encerclés. Juste derrière moi, un nouveau buisson s'agita, plus énergiquement que tous les précédents. Mon cœur manqua un battement.

— Aline ? entendis-je soudain.

— Ester ! fis-je de soulagement avant de réaliser dans quel piège elle venait de tomber. Ne reste pas là ! Va-t'en !

— Quoi ? Pourquoi ? Qu'est-ce qui se passe ?

— Mais enfin, tu ne vois rien ? glapis-je. Regarde tous ces serpents ! On ne s'en sortira pas, va chercher de l'aide.

Elle me rejoignit, enjambant les monstres.

— Non ! gémis-je. Recule !

— Aline, dit-elle d'une voix ferme, il n'y a rien. Pas une écaille.

— Bien sûr que si ! Ils sont partout ! Tu ne les vois donc pas, là, à tes pieds !?

— Ils ne sont pas réels.

Ester s'approcha et posa une main sur mon front.

— Te laisse pas berner, dit-elle avec calme.

— Quoi ? pleurai-je. Je ne comprends pas. Ils sont juste ici !

L'un d'eux siffla plus fort, ouvrant une gueule béante, gigantesque. Ses crocs luisirent au soleil. Je me recroquevillai en fermant fort les yeux.

— Aline, insista-t-elle, c'est comme la tornade.

Je ne l'écoutais pas. La peur était trop forte, battait trop puissamment dans mes veines.

— Aline, regarde.

— Non, hoquetai-je.

— Aline, regarde cette gamine !

— Je ne veux pas voir ça...

— Regarde-la comme tu m'as regardée.

— *Le cœur bien accroché...* répéta ma petite voix.

Des larmes plein les joues, j'entre-soulevai une paupière. La fillette me fixait, le visage fermé.

— Que ressent-elle ? me demanda Ester dans un chuchotis qui se confondit avec les sifflements.

— Elle est terrifiée, sanglotai-je.

Comme moi. Ester devrait l'être aussi !

— Par quoi ?

Sa question me parut si stupide, que je rouvris les yeux pour de bon.

— Par quoi... ? Mais, Ester, tu vois bien...

— Par quoi ? répéta-t-elle, inflexible.

J'examinai la petite.

— *Voir flou... pour voir net...*

Ce n'étaient pas ces monstres qu'elle fixait. Non, c'était moi.

— Elle a peur de moi, réalisai-je.

Dans mon esprit, un déclic. Le monsieur du café, son chagrin et les nuages mystérieux. Et maintenant, cette fillette, sa terreur et ces horribles bestioles... Se pouvait-il... Comment ? Les serpents, c'était elle qui les produisait, je le comprenais à présent. Ils venaient d'elle. Ils étaient ses craintes, matérialisées sous mes yeux, comme la brume de tristesse du vieil homme.

— *Comme la tornade... d'Ester...*

Mais pourquoi a-t-elle peur de moi ? Elle devine bien que je ne suis pas une tueuse !

— *Le garçon...* susurra ma petite voix.

Je m'aperçus que je cramponnais toujours sa main. Je le relâchai. Il courut se réfugier dans le dos de sa sœur. Les serpents cessèrent aussitôt d'affluer, leurs angoissants sifflements diminuèrent.

— Tu les vois encore ? me demanda Ester.

J'opinai en silence.

— Si tu ne peux pas les faire partir, change-les.

— Que je les change ?

— Transforme-les en autre chose.

Je ris nerveusement.

— Comment ?

Cela n'avait aucun sens. Pour toute réponse, Ester tapota mon front, entre mes sourcils. Je m'appliquai donc à regarder ces animaux sous un nouveau jour, à essayer de trouver en eux autre chose que de la peur. L'exercice était difficile, impossible même. J'eus beau me concentrer de toutes mes forces, rien ne changea.

— *Les serpents ne sont que... le message...*

— Mais pas le messager, complétai-je.

Je relevai la tête. L'expression de terreur de la fillette me souleva le cœur. C'était elle que je devais atteindre. C'était pour elle que je devais anéantir ces horreurs. Pauvre petite. Ce n'étaient que des enfants, d'innocents et insouciants enfants. Aucun d'entre eux ne devrait ressentir une telle frayeur, ne devrait être hanté comme elle l'était. Je fixai la fillette, répétant en pensée comme si je m'adressais à elle :

— *Je ne vous ferai aucun mal, jamais. Jamais. Jamais, jamais, jamais...*

Quelque chose, dans son attitude, me laissa d'abord croire que le message était passé, mais les serpents se remirent à siffler. Sa peur me sembla alors plus profonde. Je représentais autre chose pour elle, et ce que j'incarnais la terrifiait.

— Qu'est-ce qu'elle dirait, cette vieille sorcière, pour t'aider... ? réfléchit tout haut Ester. Un truc du genre : essaye d'entrer en résonance avec elle.

N'avait-elle rien de plus vague ? Je soupirai.

— *Tout va bien et tout ira bien,* insistai-je à l'adresse de la petite.

Mais cela sonnait bien creux. Mes mots étaient mensongers. Une larme brillante roula sur sa joue et, soudain, je me vis dans ses yeux. Je me sentis d'un coup si vieille et en même temps si jeune... Ce corps, mon corps, avait beau vivre depuis plus de vingt-cinq années, mon esprit, amputé des souvenirs de son passé, conservait une certaine immaturité. Moi aussi, j'étais une enfant effrayée et noyée dans ce monde gigantesque. L'insécurité m'était devenue familière. Ce latent sentiment d'urgence ne me quittait jamais. Je ne pouvais pas feindre le calme. Je ne pouvais pas donner l'illusion de la tranquillité. Cette fillette n'était pas stupide. Elle méritait la vérité.

— *Je t'ai menti,* me repris-je en pensée. *Je ne sais pas si tout va bien se passer. En fait, personne ne le peut, pas même les adultes. Ce monde est vaste et inconnu, et plein de dangers, de méchants et d'injustices, surtout pour une enfant comme toi. Alors, tu as raison d'avoir peur, tu as le droit d'avoir peur.*

— *Parfait... bonne mise en confiance...* railla ma petite voix.

Je ne lui accordai pas mon attention.

— *Mais tu sais ce que j'ai appris ? On n'est jamais complètement seul. Regarde la grande à côté de moi qui a l'air de faire la tête. C'est Ester, mon amie. Elle m'est venue en aide. Elle semble exceptionnelle et elle l'est, mais je crois bien qu'en vérité, il y a des Ester tout autour du monde, des femmes et des filles pour se soutenir. Moi-même, j'espère pouvoir jouer ce rôle un jour. Je lui rendrai la pareille et je sauverai d'autres personnes à mon tour. Alors, vois-tu, partout sur Terre, tu as des sœurs ! Toutes ne te viendront pas en aide, c'est vrai, mais tu en trouveras assez pour pleurer, trembler, se battre et se relever avec toi. Mon amie et moi en faisons partie. Je te promets, je te jure que nous ne te ferons aucun mal.*

La petite fille n'entendit sans doute pas ces mots, mais elle sembla en comprendre l'intention. J'en eus la certitude lorsque, sous mes yeux, les serpents tombèrent en poussière, ne laissant derrière eux que leurs écailles, brillantes, colorées et irisées, qui tapissèrent le sol entre elle et nous comme un chemin de sable. Je l'admirai un instant, puis me figeai. Venais-je de faire passer un message mental à cette enfant ? Venais-je d'influencer ses émotions par la pensée ? Non, impossible. Je savais le corps humain capable de bien des bizarreries, mais pas de celle-ci. C'était une coïncidence, ou bien j'étais folle. C'était ce qu'ils disaient toujours, *folle*. Bien sûr. Nerveuse, je ris, mais Ester, elle, resta très sérieuse, alors, sur le coup, j'acceptai. J'acceptai de n'y rien comprendre.

— Vous êtes en sécurité, dit-elle tout bas aux enfants.

Le garçon sortit du dos de sa sœur en chassant des larmes de ses joues potelées. Celle-ci l'imita. Je me tournai vers Ester, le cœur à l'envers et les idées en désordre, mais elle ne m'accorda pas un regard et s'accroupit près d'eux. L'aînée se tut tandis que son frère renfouissait son visage dans ses cheveux.

— Je suis Ester et voici mon amie, Aline, dit-elle.

La fillette m'interrogea muettement. Je lui souris pour l'encourager.

— Je m'appelle Nesrine, murmura-t-elle alors.

— D'accord, Nesrine. Où sont vos parents ?

Pour toute réponse, elle serra son frère contre elle.

— Vous vous êtes perdus ? Qu'est-ce qui vous a effrayés ?

J'étais pour ma part certaine qu'ils avaient vu le cadavre, ou pire, avaient assisté à sa mise à mort ! Nesrine continuait d'ailleurs à jeter des coups d'œil anxieux autour d'elle.

— Vous avez eu peur du vieux monsieur, c'est ça ?

Nesrine contempla ses pieds, puis opina du menton.

— Tu sais ce qui lui est arrivé ?

À cette question, le petit corps en face de nous fut pris de soubresauts. De grosses larmes éclaboussèrent le bout de ses souliers. Les sanglots de son frère se mêlèrent aux siens.

— Vous avez été très courageux, les complimenta Ester.

Le garçon renifla, essuya son nez dans sa manche, puis afficha son air le plus fier. Nesrine releva, elle, des joues collées de cheveux. Elle essaya d'articuler quelque chose, mais cette tentative ne fit que redoubler ses hoquets. Ester se massa le front.

Je tendis une paume à Nesrine, qui y glissa sa main humide. Son frère l'imita, et je scellai ainsi leurs petits doigts. *Ce n'est plus de la peur,* réalisai-je sans savoir trop comment. *Ils sont désemparés. Ils se sentent coupables de quelque chose.* Mes lèvres s'entrouvrirent, mais aucun son n'en sortit.

Je me tournai vers Ester. Celle-ci demeurait maîtresse d'elle-même. Si seulement je pouvais lui ressembler, ne serait-ce qu'une minute... Je dirigeai vers elle toutes mes pensées comme on jette une ancre à la mer, et l'improbable se produisit : peu à peu, son calme se diffusa en moi, d'abord de manière lente et intermittente, puis avec régularité. Enfin, ce fut comme si son sang-froid pulsait dans mes propres veines.

Je ravalai mes larmes. L'étrange énergie d'Ester remonta dans mes paumes. Elle me picota les doigts. Le petit garçon, soudain, soupira. Les épaules de l'aînée se détendirent. Sans lâcher ma main, cette dernière nous raconta alors, les yeux dans les yeux, tout ce qu'elle avait vu.

CHAPITRE 14 : NESRINE

Nesrine nous expliqua ce qui s'était passé.

— Le monsieur de là-bas, dit-elle en pointant la scène de crime de son petit doigt, il est venu discuter avec ma maman.

Elle m'entraîna d'un côté. Ester et le garçon nous suivirent.

— C'est elle, ma maman.

Elle nous montra une silhouette, avachie un peu plus loin sur une table de pique-nique, que nous n'avions alors pas remarquée. Ester et moi nous regardâmes.

— Allons la voir, dit Ester.

— Ma maman, elle était fâchée contre le monsieur, poursuivit Nesrine tout en marchant. Nous, on jouait avec les autres, mais quand j'ai monté en haut du toboggan, j'ai bien vu qu'ils étaient en dispute. J'ai surveillé, parce que ça m'inquiétait, mais après, il est parti.

— Et ensuite ? demandai-je avec douceur.

— Bah, ensuite, Naïm a voulu voir les z'animaux.

Nous jetâmes en même temps un coup d'œil au petit qui shootait dans le même caillou depuis quelques pas.

— Ceux du zoo ?

— Oui. Maman était encore toute retournée, ça se voyait, et plus tard, à un moment, elle s'est sentie pas bien, alors on est allés s'asseoir. Elle nous a dit qu'elle était beaucoup fatiguée et de ne pas nous éloigner. À moi, elle a dit de surveiller Naïm et elle a dit aussi d'autres choses, mais j'ai pas compris, et elle s'est endormie.

Nous étions presque arrivés aux tables.

— Elle n'a pas bougé depuis ? demanda Ester.

Nesrine secoua vivement ses couettes.

— Et le monsieur ?

— Le monsieur, il est revenu, il est venu me parler, il a dit que Maman lui avait dit de nous ramener à la maison.

Ester, à côté de moi, se tendit sous ses airs impassibles. Le vent fouetta mon visage. La voix fluette de Nesrine se mit à trembloter :

— Mais moi, je savais bien que c'était que des mensonges, alors je lui ai dit non ! Comme ça : non ! non ! non !

Ester serra le poing. Le sang, dans mes veines, devint plus acide. Bizarrement, je demeurais connectée à elle. Nesrine hoqueta.

— Mais il m'a pas écoutée, il nous a attrapés par le bras, moi, je lui ai mordu la main, et puis j'ai couru super vite (je cours vraiment super vite), mais il tenait toujours Naïm, c'est pour ça, j'ai appelé Maman, mais elle s'est même pas réveillée. J'ai crié, j'ai crié contre le monsieur, je lui ai dit qu'il était méchant, qu'il avait pas le droit de s'approcher de mon petit frère, et tout.

Ester s'avança vers la mère pour l'examiner, lui prit le pouls. Elle me fit un signe de tête qui pouvait dire tout et son contraire.

— Que s'est-il passé ensuite ? demandai-je, troublée.

Les yeux d'Ester brillèrent d'une sourde rage. Le vent redoubla, balayant de mèches bleutées son visage sévère. Elle m'adressa un regard lourd d'épouvantables vérités. Je me glaçai d'effroi.

— Il s'est mis à crier très, très fort, d'un coup, et il a lâché Naïm. Il criait au secours, au secours, comme ça ! Comme s'il y avait un gros monstre. Il s'est mis presque tout nu, il a commencé à se griffer partout, il disait aussi plein de gros mots, mais j'ai pas droit de les répéter, les gros mots...

Ester se retint de sourire.

— Tu n'as pas besoin de les répéter, continue.

La petite reprit son souffle en parlant, comme le font les enfants.

— Après, il est tombé dans les buissons, moi, j'ai emmené Naïm, et on s'est cachés en attendant que Maman, elle se réveille.

Nesrine et Naïm se serrèrent contre ma jambe. Je jetai un regard à Ester. L'homme, pour qui j'avais éprouvé un peu plus tôt de la compassion, était donc un… Je n'osai dire le mot. Ma petite voix le pensa néanmoins si fort, que cela résonna dans ma tête. Ester me fit signe d'approcher. En silence, elle me montra une trace de piqûre sur le bras de la femme. Stupeur, colère et peur durent passer sur mes traits, ce qui n'échappa pas à Nesrine.

— Elle va se réveiller bientôt ?

Encore sous le choc, je tardai à répondre. Naïm se jeta aussitôt sur sa mère :

— Maman ! Maman !

Ester les rassura :

— Ne vous inquiétez pas. On va l'aider.

J'inspirai trois grandes bouffées d'air froid, tâchant de retrouver mon calme. Je devais garder l'esprit clair et rationnel, comme Ester.

— C'est fini, tout ira bien, murmurai-je pour eux autant que pour moi.

— Nous allons l'emmener à l'hôpital, dit Ester aux enfants. Qui peut-on prévenir ? Votre père ?

— Oui, acquiesça Nesrine, mais il est au travail.

— Tu connais son numéro ? Ou le mot de passe du portable de ta mère ?

La petite fit non de la tête, deux fois.

— D'accord, dit Ester avec douceur. Nous verrons ça plus tard.

— Tu viens avec nous ? s'inquiéta Nesrine en me serrant la main.

Ester répondit à ma place :

— Bien sûr qu'Aline nous accompagne ! On forme une équipe, elle et moi.

Et elle m'adressa un clin d'œil. Je me forçai à sourire, mais l'idée de remettre les pieds dans un hôpital me révulsait. Plutôt affronter une deuxième armée de serpents… !

— Et qu'est-ce qu'on fait de *lui* ? demandai-je avec mépris.

Je pointai du pouce l'endroit où il gisait.

— On le balance au fond d'un fleuve ? suggéra Ester.

J'arquai un sourcil.

— Quoi ? T'préfères les lacs ?

— Ester... fis-je.

— La mer ? Ça va faire loin.

— Ester.

— Il doit déjà avoir les poumons troués, continua-t-elle. Il coulerait à pic : affaire réglée !

— Il mérite de payer.

— Il est crevé. Qu'est-ce que tu veux qu'il paye de plus ?

— Sa réputation, par exemple ! Il faut que les gens sachent. On doit prévenir la police.

— Comme tu préfères, dit-elle sans conviction.

Elle passa donc quelques coups de fil, puis nous couchâmes la femme sur le flanc, dans la pelouse. Au bout d'un moment, Ester nous laissa pour aller guider l'ambulance jusqu'à nous. Les petits et moi nous assîmes près de leur mère. Nesrine se mura dans un profond silence. Quant à Naïm, sans me lâcher la manche, il entreprit d'arracher consciencieusement le moindre brin d'herbe dépassant de plus d'un pouce autour de nous. Des larmes affluèrent dans ces maudits yeux, mes maudits yeux. Alors que je les retenais, la poésie de Lucien me passa dans la tête :

Comment vivre, le cœur à l'air, sans qu'il s'effrite au vent,

qu'il s'érode avec le temps.

Moi, je voudrais tant que mes rires soient profonds.

CHAPITRE 15 : HÔPITAL

Je passai les portes de la clinique après Ester et les enfants, le courage au fond des chaussettes, avec au ventre l'impression d'être une imbécile, comme une prisonnière fraîchement échappée allant se pavaner sur le parvis du pénitencier voisin. Je reconnus tout de suite l'odeur de javel et me vis tomber sur Robert ou monsieur Burish. J'imaginais qu'ils seraient là, dans le hall, à guetter mon arrivée, armés d'une camisole et d'un tranquillisant, peut-être même d'un scalpel.

Ce n'était pourtant pas *mon* hôpital, mais mes intestins se changèrent en un énorme sac de nœuds. Ce ne fut que lorsque je me forçai à lever le nez que mon corps se détendit : au lieu des sinistres couloirs de ma mémoire, je découvris un lieu peuplé et animé, dont l'accueil débordait de patients et où la salle d'attente ne réussissait pas à en contenir tout le flux. Pas de Robert, pas de monsieur Burish. Et pas de Frank non plus...

Tous ces malades se pressaient, plus ou moins mal en point, seuls, avec famille ou amis. Ceux qui restaient debout faute de siège se balançaient d'un pied sur l'autre, quand leurs jambes le leur permettaient. Ester, les enfants et moi parvînmes à nous faire une petite place contre un mur et nous prîmes notre mal en patience. J'eus tout le loisir d'observer ce monde, de m'étonner de la liberté avec laquelle il entrait et sortait du bâtiment. Personne, ici, n'était prisonnier. Cette découverte me laissait un arrière-goût amer sur la langue.

Un homme en blouse se présenta. Nous le suivîmes. Dans les couloirs, d'autres malades, parfois allongés sur des brancards, attendaient leur tour. Des dizaines d'infirmiers et d'infirmières, de médecins, hommes ou femmes, piétinaient partout, allaient et venaient sans relâche, de chambre en chambre.

— Cet endroit est à la fois si vivant et si près d'expirer... remarquai-je tout bas.

— Patientez ici, on vous appellera, nous dit notre guide avant de disparaître dans un froissement de blouse.

Une pensée émue pour Frank lesta mon cœur dans ma poitrine.

La mère fut prise en charge. La police nous interrogea. Ester s'occupa du témoignage. Je me contentai d'acquiescer après elle. On nous proposa de laisser les enfants et de rentrer, mais Ester refusa. Nous attendîmes donc avec eux.

Naïm et Nesrine se comportaient convenablement, pour des petits de leur âge. Ester, ceci dit, s'était rapprochée d'un distributeur et avait acheté leur bonne conduite avec un sachet de bonbons dinosaures pour l'une et des barres choco-caramel pour l'autre. Nesrine, tout occupée à trier les verts des rouges, ne prêtait pas attention à ce qui l'entourait. Son frère non plus, dont le visage dégoulinait de chocolat.

— Mesdames, si vous voulez bien me suivre...

On nous mena à une petite chambre où était allongée la mère de Nesrine et Naïm.

— Maman ! s'écrièrent en chœur les enfants.

Ester les retint.

— Elle se repose, leur dit la médecin avant de se tourner vers nous. Elle ne devrait plus tarder à se réveiller. Vous avez été entendues par la police ?

Ester acquiesça. La femme considéra le garçon qui se cramponnait à ma jambe.

— Vous êtes de la famille ?

— Non, se contenta-t-elle de répliquer.

— Vous étiez au bon endroit au bon moment, dans ce cas. Ces

enfants ont eu de la chance de tomber sur vous.

Sa voix était douce mais fatiguée.

— Oui, acquiesça Ester en ponctuant sa réponse d'un sourire poli.

— *De la chance...!?*

Pas de chance là-dedans. Ester avait été envoyée délibérément sur les lieux. Je le comprenais, bien qu'à moitié.

— Vous savez ce qui est arrivé à ce... à cet *homme*? se contint Ester.

La médecin secoua la tête.

— Il semblerait qu'il se soit infligé lui-même ses blessures, mais nous ignorons pourquoi. Les analyses ont écarté la piste des substances. Une autopsie a été exigée.

— Je vois, fit Ester.

— Vous avez aussi besoin de soins? me demanda-t-elle en indiquant mon bras, là où se trouvait l'entaille de Robert.

— Non, c'est vieux, lui dis-je.

D'un jour à peine, mais cet épisode sanglant s'était déroulé à des années-lumière d'ici.

— Nous avons appelé le père, expliqua-t-elle alors en désignant les enfants. Il ne devrait plus tarder. Vous pouvez rentrer chez vous.

— On va rester encore un peu, le temps qu'il arrive.

La femme jeta un œil au cadran de sa montre, puis lui adressa un sourire reconnaissant.

— Vous m'ôtez une épine du pied. Je dois y aller. Au plaisir, mesdames.

Et elle s'éclipsa. Nesrine tira sur la manche d'Ester, qui dut se pencher de toute sa hauteur.

— Je vais être punie? demanda-t-elle.

— Non, pas du tout, tu ne l'as pas fait exprès!

Fait quoi? J'interrogeai Ester du menton, mais elle se contenta de me sourire. Elle attendait, comme à son habitude, que je réponde à mes propres questions.

— Votre père va arriver. Il vous ramènera à la maison.

— Et Maman ?

— Elle sera bientôt guérie, promis.

— Promis juré ? intervint Naïm.

— Promis juré, et même craché !

Elle se racla grassement la gorge, jusqu'à ce que le petit lui crie :

— Beurk ! Arrête, je te crois !

Ester rit, satisfaite. Elle s'accroupit et chuchota :

— Demain, une dame de mon travail viendra chez vous.

— Elle va nous mettre en prison ?

— Non, ma puce. Le seul qui aurait dû aller en prison dans cette histoire, c'est le méchant monsieur.

Nesrine se balança d'un pied sur l'autre.

— Alors, pourquoi une madame doit aller nous voir ?

— Pour discuter avec vos parents.

— Pourquoi ?

— Parce que t'es une petite fille très spéciale, répondit Ester en louchant dans ma direction.

— Pourquoi ? répéta Nesrine.

Ester lui ébouriffa les cheveux.

— Patience !

Quand le père arriva, Ester s'entretint avec lui dans le couloir, loin de nos oreilles indiscrètes.

Le trajet du retour me parut bien silencieux. Nous avions récupéré nos courses sans échanger un regard et demeurions muettes dans l'habitacle de la voiture. Ester par habitude, moi car je restais bien trop troublée pour formuler la moindre pensée cohérente à voix haute. L'adrénaline était retombée peu à peu, et mon corps, meurtri de fatigue, ne tenait droit que parce que tous ces mystères l'animaient encore.

Tout ce que j'avais vu, cru voir, et tout ce que j'avais entendu me semblait délirant. Rien ne faisait sens. C'était comme se réveiller d'un cauchemar sans queue ni tête, mais de l'un de ceux qui vous laissent malgré tout une absurde impression de réel pour la journée. Et peu importait la façon dont je tentais d'organiser les événements : tout restait confus, brouillon, incohérent, insensé. Les questions se bousculaient, et je ne parvenais même pas à me décider sur celles que je devais – pouvais – poser à Ester.

— Tu savais que l'homme serait là ? osai-je enfin.

Ester secoua la tête.

— J'aurais bien aimé, s'agaça-t-elle.

— Et leur mère ?

— Non plus.

— Alors, pourquoi devions-nous aller au parc ? Qui nous y a envoyées, et pourquoi ? Était-ce une coïncidence ?

— Nope, se contenta de répondre Ester.

Je pris une grande inspiration.

— Pourquoi devions-nous y aller ? insistai-je.

Ester m'adressa enfin un regard.

— Tu devrais plutôt me demander pour *qui*.

— Pour qui ? m'impatientai-je. Pour les enfants ?

Elle roula des yeux las dans ma direction.

— Ester, dis-je avec gravité, tu es en train de me dire que tu les cherchais ?

— Moi ? s'insurgea-t-elle faussement. Mais moi, j'dis rien du tout !

Pourtant, elle m'adressa un clin d'œil.

— Ta mission, qu'est-ce que c'était ? Si tu ne savais pas pour l'homme et la mère, pourquoi devions-nous retrouver les enfants ?

— C'est vrai, je savais pas pour l'homme et la mère, éluda-t-elle.

Je me passai la langue sur les dents. Ester prenait un malin plaisir à me faire tourner en rond. J'étais trop épuisée pour m'énerver, mais je commençais à en avoir assez.

— Je n'y comprends rien, avouai-je.

Ester tendit les bras sur le volant.

— Tu ne te poses pas les bonnes questions. Tu ne te demandes pas pourquoi tu as pu me voir dans une tornade ? Ou pourquoi ces enfants et toi, vous vous êtes retrouvés entourés de serpents ? Ou même comment tu as pu repousser la foule du centre commercial ?

À vrai dire, je m'étais convaincue d'avoir eu affaire à un savant mélange d'hallucinations et de hasards. Je lui déballai mes piteuses théories. Elle rit.

— Bon, et tu ne te demandes pas comment cet homme a fini en charpie ?

Je me remémorai ses habits et sa peau en lambeaux, ses plaies sanguinolentes. Je secouai la tête, autant pour répondre à Ester que pour chasser cette image.

— Comment le pourrais-je ? me plaignis-je. Les médecins eux-mêmes ne se l'expliquent pas. Il se serait fait ça tout seul. Il devait être fou, c'est tout.

— La folie ? Trop facile. T'es plus maligne que ça et t'es bien placée pour savoir que ça justifie pas tout…

Comme je haussai les épaules, Ester soupira, exaspérée par les lenteurs de mon esprit. Je croisai les bras. Elle n'avait qu'à cracher le morceau !

Ma petite voix imita Gabriel et son air pincé :

— *Le protocole… !*

J'avais beau connaître Ester depuis très peu de temps, je l'imaginais mal à cheval sur quelque règlement. Ce jeu de devinettes devait l'amuser. Je ne voyais que cela. Qu'est-ce qui m'échappait ? La réponse se trouvait sous mes yeux, j'en avais conscience.

— C'est la gamine, me souffla Ester au bout d'un long mutisme.

— De quoi, la gamine ?

Ester me laissa cogiter.

— Tu veux me faire croire que c'est cette petite qui a assassiné cet homme, cet homme *adulte* ? Impossible. D'ailleurs, le médecin l'a bien dit, il s'est…

— Fait ça tout seul, acheva Ester. J'confirme, il s'est fait ça seul.

Nous nous étions arrêtées à un feu rouge. Je la dévisageai.

— Mais, bredouillai-je, quel rapport avec Nesrine dans ce cas ?

Ester riva ses prunelles grises aux miennes dans un long et amusé sous-entendu. J'éclatai d'un rire nerveux.

— Tu ne vas quand même pas me faire croire qu'elle l'a forcé à se lacérer la peau, pas vrai ? Ce n'est pas ce que tu veux me dire, hein ? Pas vrai ?

— J'te le dirai pas alors.

Le feu passa au vert.

— Elle l'a forcé à se lacérer la peau, réalisai-je, soufflée.

Ester haussa les épaules.

— Tu te moques de moi, protestai-je, incrédule.

Nouveau haussement. Je comprenais pourquoi ce tic énervait mes interlocuteurs.

— Mais ce n'est pas possible. Comment ? Pourquoi ? Elle… Comment ?! Non, tu te moques !

Je cherchai en vain à ajouter cette pièce au puzzle, mais l'effroi qu'elle m'inspirait m'en empêchait. Ce n'était qu'une plaisanterie, une sombre plaisanterie, forcément. Ester me laissa délibérer en silence.

— Elle… elle en fait partie ?

— Tu vois, quand tu veux.

Tout un tas de nouvelles pensées se fracassa dans mon esprit. Cette petite, tentai-je de m'expliquer, était quelque chose que j'étais moi aussi, puisque j'avais, comme elle, été une mission pour Ester.

— Et comme… Lucien…

Elle avait amené l'homme à s'infliger ces blessures. Moi, j'avais obligé la foule à s'écarter, les enfants à se calmer. Nous n'avions pas eu besoin de les toucher, nous l'avions fait par la pensée, mais comment ? Non, impossible. Les serpents, la tornade, le nuage... Je ne pouvais pas y croire. Étais-je aussi capable de mener quelqu'un à sa mort, par une simple suggestion d'esprit ? Je ne voulais pas y croire. Je refusais d'y croire !

— *La réserve...* réalisa soudain ma petite voix.

— Où comptes-tu nous emmener ? demandai-je brusquement.

— Pour l'instant, à la maison.

Ester mit le clignotant, tourna au coin d'une rue. Je reconnus l'avenue principale. Nous étions presque arrivées.

— Pas un mot, ni à Lucien ni à Gabriel, ni à qui que ce soit d'autre. C'est bien compris ?

Je contemplai le visage grave d'Ester, dont toute trace de malice s'était évaporée, et ravalai mes questions.

BON VIVANT, N. M.

Au féminin : *bonne vivante.*

Se dit d'une personne qui aime la vie et sait profiter de ses plaisirs. Plus particulièrement, le bon vivant est celui qui apprécie la nourriture, prend du plaisir à boire et à manger.

La locution « mort-vivant » existe, mais « mauvais vivant » reste introuvable.

IV

CHAPITRE 1 : COUPABLE

Ester déposa dans l'entrée les lourds sacs de courses qui contenaient nos emplettes. Je vins y mettre à côté, avec mille précautions, les maigres effets dont elle avait bien voulu me confier la charge, soit deux paquets de rouleaux de papier toilette.

— *Quel honneur...* railla ma petite voix.

— *Elle a raison,* soupirai-je. *Je ne pourrais pas soulever bien plus...*

Nos mésaventures au centre commercial, puis au parc avaient épuisé mes dernières forces. Mon corps n'était plus qu'un amas de chair et d'os mous, tremblotants et gélifiés, dépourvu d'énergie propre. Paradoxalement, mes pensées fusaient à tout-va !

Ester jeta sa veste au crochet tandis que je me hissais sur la pointe des pieds pour y accrocher à côté mon blouson, toujours trop grand et trop lourd pour moi. Puis elle retira ses chaussures sans même se baisser, en faisant glisser les talons contre ses orteils. Pour ma part, j'extirpai avec maladresse mes pieds endoloris de mes baskets et perdis même une chaussette au passage, laquelle resta collée à l'une des semelles à cause de la sueur.

— Je la repêcherai plus tard, me résignai-je.

Puis je me tournai vers l'escalier, cherchant l'énergie de l'affronter pour apporter mes rouleaux à l'étage et ainsi accomplir ma médiocre et ridicule mission.

— T'occupe, me dit cependant Ester. Mets-les sur les marches, le prochain à monter les prendra !

— Merci, soufflai-je. J'aurais dû grimper sur les genoux, mon corps est éreinté !

Une idée en entraînant une autre, je demandai :

— Tu penses que le mot « éreinté » est formé sur « rein » ?

L'étymologie devait être intéressante…

— J'sais pas, mais pour quelqu'un d'éreinté, j'te trouve bien bavarde, grommela-t-elle en soulevant sans effort les gros sacs, comme s'ils n'étaient remplis que d'air et de plumes.

Puis elle se dirigea vers la cuisine sans rien ajouter, alors je lui emboîtai le pas, bien embarrassée de mes mains vides et de ma tête pleine de questions.

— On dirait qu'ils sont partis, fit-elle remarquer.

À ces mots, la dispute que j'avais surprise entre Lucien et Gabriel me revint en mémoire. Mon esprit, noyé par les extraordinaires événements de la journée, essoré par les révélations en demi-teinte d'Ester, l'avait oubliée.

— Et… c'est inhabituel ? m'enquis-je.

Ester hissa les sacs sur le plan de travail. Elle considéra les plis rouges que les anses avaient imprimés aux creux de ses paumes.

— Hum, non, pas trop, dit-elle en se les frottant distraitement. Gab ne tient pas en place. Quand il n'est pas aux fourneaux, il est quelque part dehors, va savoir où !

— Et Lucien ?

— Bah, aussi bien il est dans sa chambre et peint un machin flippant de plus pour son musée des horreurs…

Elle entreprit de ranger les courses dans les placards. Je l'imitai, me demandant si je pouvais lui poser d'autres questions à propos de ses missions, de moi, de mes prétendues capacités. Le seul fait de me trouver dans l'enceinte de cette maison semblait me l'interdire. Dans le doute, je me tus. Connaissant mal la cuisine, je fus affectée à la mise au réfrigérateur des produits frais.

— J'vais devoir faire mon rapport à Véra, à propos de tout à l'heure, murmura soudain Ester.

Elle ne prit pas la peine de m'expliquer de qui et de quoi il s'agissait. J'ouvris la bouche, puis me ravisai. Je devais peut-être me contenter de la laisser parler et d'écouter…

— Elle mettra sans doute Gab au courant, alors autant que je le fasse avant elle, ajouta-t-elle en empilant trois conserves de flageolets.

Muette, j'opinai en espérant dissimuler les questions collées à mes lèvres.

— De toute façon, il a besoin de savoir ce qui s'est passé pour rendre son verdict sur toi.

Je me rembrunis. Bon sang, pourquoi revenait-il à ce maudit Gabriel de décider de mon sort !? Avant même de me rencontrer, il me méprisait. Après la dispute surprise ce matin entre Lucien et lui à mon sujet…

Je regardai Ester s'énerver contre un paquet de biscottes qui refusait obstinément d'entrer dans un placard déjà plein à craquer, assez grand, mais pas bien fourni en étagères. L'espace du bas aurait plutôt dû accueillir un balai. À la place, ils avaient entassé ici une quantité astronomique de provisions.

— Fait chier ! jura-t-elle en forçant sur la porte. Ce truc pourrait contenir un mort ! Alors, pourquoi ça marche pas !?

— Je ne comprends pas… fis-je d'une petite voix. Tout à l'heure, tu m'as pourtant dit de ne pas parler d'aujourd'hui à Gabriel.

— Ouais, toi, tu te tais ! C'est à moi de le faire, répondit-elle en pesant de tout son corps contre le battant.

J'osai un :

— Pourquoi ?

La porte du placard céda tout à coup, se refermant dans un effroyable craquement de biscottes, fort similaire à du cartilage que l'on aurait broyé.

— Parce que, souffla-t-elle, exaspérée. Je suis pas censée emmener des verts avec moi lors des opérations.

— Des verts ?

Au lieu de me répondre, Ester me tendit un sachet de poires que je rangeai dans le bac à légumes.

— J'espère que Gab est allé courir... Généralement, ça le calme. Je vais attendre qu'il ait pris une bonne douche et, comme ça, il m'cassera pas trop la tête.

Je sentis mes sourcils s'arrondir.

— Mais non, pas au sens littéral, Aline, m'expliqua-t-elle en secouant ses longs cheveux bleus. Il va me casser les oreilles, si tu préfères, me soûler, avec des paroles. C'est une expression.

Bien entendu, mais j'avais visualisé l'ensemble. Je baissai le nez, un peu gênée. Avec la fatigue revenaient mes mauvaises habitudes, comme celle de tout comprendre de travers. Je savais pourtant bien que les mots étaient traîtres. À l'hôpital, ils avaient même embauché une spécialiste pour m'apprendre – me réapprendre – ces fourberies du langage.

— Vous faites la paire, toi et Gab, s'amusa Ester.

Sans remarquer mon air outré, elle continua :

— Lui aussi, il a du mal avec les expressions. C'est à cause de sa mère, parce qu'elle parlait pas français quand elle est arrivée ici. Elle a voulu s'y mettre, mais elle a acheté un bouquin un peu à l'aveuglette. Il se trouve que c'était en fait une compilation de citations. D'après Gab, elle n'a utilisé que des proverbes pendant longtemps. Ça donnait des espèces de répliques en kit qu'elle refaisait à sa sauce !

Je songeai à ma propre mère, à celle qu'elle avait pu être. Ester se reprit :

— Enfin, bref. Pour l'affaire d'aujourd'hui, Gab, je l'adore, hein, c'est pas la question...

Elle piocha dans le sac de courses et en tira un bocal de lentilles.

— ... mais il est si coincé du bulbe, avec ses protocoles. Il nous en ferait tout un foin !

Je me demandai comment ces deux-là pouvaient s'entendre aussi bien, comment une Ester si désinvolte, si peu prompte à respecter les règles, pouvait se lier d'amitié avec un Gabriel à l'air austère. Une histoire de complémentarité, sans doute. Ester me mit un gros sac de haricots verts dans les mains. Surprise par son poids, je manquai de le laisser tomber.

— Ça va avec le surgelé, me dit-elle alors que je forçais déjà pour le faire entrer dans le bac à légumes.

— Tu devrais peut-être attendre plus longtemps avant de raconter à Gabriel ce qui s'est passé aujourd'hui… proposai-je.

Quelques foulées et une douche ne suffiraient pas, j'en étais certaine, à le mettre dans de bonnes dispositions vis-à-vis de moi. Le nez dans le congélateur, je frissonnai. En relevant la tête, je vis qu'Ester m'observait, la main refermée autour d'un petit sac de farine. Étais-je supposée lui parler de ce que j'avais entendu ce matin ? Lucien et Gabriel ignoraient que j'avais surpris leur dispute. Ne trahirais-je pas leur confiance en ouvrant la bouche ?

Mais Ester continuait à me scruter en silence. Elle resserra sa prise sur le paquet, dont jaillit un léger nuage poudré. Je déglutis et me servis de yaourts aux fruits comme d'une dérobade. Je fis mine de les ranger pour me cacher derrière la porte du réfrigérateur. Les yeux perçants d'Ester toujours sur le dos, je suivis une goutte de condensation qui glissait le long de l'emballage cartonné, puis me plongeai dans une lecture minutieuse des ingrédients : lait de soja, sucre, myrtilles, sels de calcium, ferments…

Je ne pouvais pas risquer de tout raconter, d'autant plus que je comprenais peut-être mal l'enjeu de cette dispute. Lucien n'avait-il pourtant pas été clair ? Ma petite voix se remémora ses mots :

— *Tu es jaloux… jaloux…*

Je fus bien contente d'avoir la tête plongée dans l'air frais, car une bouffée de chaleur remonta sous mes joues. Cependant, l'appareil, trop longtemps ouvert, se mit à émettre de faibles bips, qui devinrent de plus en plus stridents. Ester me claqua sa porte au nez.

— Si tu sais quelque chose, parle, me commanda-t-elle, ses yeux plantés au fond des miens.

— Ils se sont disputés, lâchai-je.

Langue traîtresse qui n'aura pas tenu cinq minutes !

— Qui ? Gab et Luce ?

Je restai muette.

— Je vois, marmonna-t-elle.

Puis elle réfléchit.

— Ouais, alors on va attendre que l'orage soit passé avant de balancer les nouvelles.

Son clin d'œil ne suffit pas à me dérider. Je demeurai raide comme un piquet. Gabriel ne me le pardonnerait jamais… Ne venais-je pas de signer mon retour à la case départ ? Je vacillai en songeant à ma cellule, à Robert.

— *On n'y remettra jamais les pieds… Quoi qu'il arrive…*

Un fracas fit soudain trembler toute la maison : un claquement de porte assez fort pour fissurer un mur. Puis Gabriel déboula en trombe dans la cuisine, vêtu d'un jogging et de ses baskets, les joues rouges, tout dégoulinant de sueur et de colère, ses boucles gouttant sur ses épaules. Il se figea sur le seuil, comme surpris de nous trouver ici, et son œil se posa sur mon pied nu. J'essayai de le cacher derrière l'autre. Il sourcilla, mais reprit vite son air hargneux. Ce grincheux me jeta un dernier regard noir, avant de décider de m'ignorer. Il me passa donc devant, traversant la cuisine en quelques rageuses enjambées. Il s'empara d'un verre, le remplit à ras bord et repartit en martelant le sol de ses talons, les doigts crispés autour de la coupe qui menaçait de déborder. Un juron nous parvint de l'escalier.

— Qui a laissé du papier sur les marches ? J'ai failli me casser la figure !

Je me mordis la joue, retenant un ricanement nerveux. Ester me fit signe de me taire, tout en s'esclaffant elle-même. Nous l'entendîmes se diriger vers sa chambre, puis sa porte claqua violemment. Alors, je ne ris plus du tout.

— J'vais peut-être même attendre quelques semaines de plus,

remarqua Ester.

Je restai un instant à observer les minuscules gouttes d'eau par terre, échappées de son verre, puis Ester se planta devant moi :

— Ils se sont engueulés à propos de quoi ?

Je n'osai répondre.

— Aline, c'est important. Je dois savoir.

Une boule se forma au fond de mon estomac.

— *Encore de la... culpabilité...* s'impatienta ma petite voix.

Oui, de la culpabilité, et alors que je n'avais aucune raison d'en ressentir ! Le responsable, après tout, c'était ce maudit Gabriel ! Je n'avais jamais voulu me le mettre à dos, surtout dans ma position. Ce n'était tout de même pas de ma faute s'il s'emportait et brisait au passage sa relation avec Lucien ! Je n'y étais pour rien. Je n'avais pas même demandé à venir ici.

— Je n'y suis pour rien, répétai-je tout haut.

— Toi ?! s'exclama Ester.

Je me mordis la langue et fixai le bout de mes pieds.

— Je vois... ajouta-t-elle simplement.

Elle me considéra un instant, mais se détourna pour rouvrir un placard :

— Ça te dit, des pâtes ?

CHAPITRE 2 : GOUTTE À GOUTTE

N'étions-nous pas trop avancées dans la journée pour un plat de pâtes ? Je jetai un œil au tic-tac de la vieille horloge : il était quinze heures passées. Le poids qui pesait sur ma poitrine creusa soudainement un vide gigantesque dans mon estomac.

— C'est la seule chose à peu près comestible que j'peux te préparer, fit Ester. Le cuistot, c'est Gab, pas moi. J'ai pas assez de patience pour ça !

Je pinçai les lèvres. Gabriel, patient ? Ce même Gabriel qui venait à l'instant de faire trembler tout le quartier ?

— *Demande-lui... si elle en connaît... un autre...* proposa ma petite voix.

— Ça me dit bien, répondis-je par politesse à la place.

Ester s'empara aussi sec d'une casserole, la remplit d'eau froide, la posa sur la plaque de cuisson d'un geste un peu brusque, puis y cassa des spaghetti en deux, sans même attendre un frémissement. Elle pesta en trouvant un tiroir vide, ouvrit le lave-vaisselle, en tira deux fourchettes sales qu'elle nettoya d'un bref coup d'éponge. Elle jeta une pastille dans l'appareil, appuya sur un bouton et le referma du pied. Il se mit à vrombir.

Alors qu'Ester continuait à s'affairer, j'écoutai la machine s'emplir, fascinée. De l'eau se déversait à l'intérieur dans un ronflement soporifique tandis que les parois de la casserole se recouvraient de pétillantes petites bulles.

Vidée de toute énergie, je me glissai à table. Ester me rejoignit. Nous nous fixâmes une seconde, puis elle sortit son téléphone et m'oublia, une fourchette à la main. Comme elle s'en était servie un peu plus tôt pour remuer, celle-ci goutta sur le bois. Je me laissai bercer par ses *plics* et ses *plocs*.

Dans le presque silence, à l'unisson avec l'ébullition de la casserole, le lave-vaisselle ronronnait. Au bout d'un moment, son roulis redoubla, frappant et s'agitant contre ses parois et ses couverts. Le soleil avait beau briller, cogner contre la vitre, déverser son éclat sur le carrelage, les ruades de l'eau trompaient mon corps, me donnant l'impression qu'une lourde pluie s'abattait à l'intérieur même de cette cuisine. Je l'imaginai se propager de pièce en pièce...

Tout était sens dessus dessous, moi la première. Un long *glouglou* se manifesta, qui finit emporté par le siphon et ses tuyaux. Je me frottai les yeux et me levai pour me servir à boire, réalisant alors combien cette pièce était morne. Où était passée la belle énergie que j'y avais sentie ce matin, au petit déjeuner ? Peut-être n'était-ce que l'odeur de vanille qui s'en était allée. L'amidon se répandait à présent à sa place, mêlé aux rots de l'évier. Et puis, il manquait...

— *Gabriel...* comprit ma petite voix.

Je la fis taire.

— *Ses chants...*

... étaient partis avec les parfums chauds et sucrés de sa cuisine, oui. Mais je ne voulais pas penser à lui. L'image de Lucien s'imposa dans ma mémoire.

Lucien...

Je m'appuyai contre le plan de travail, laissai mon esprit divaguer, se perdre dans la contemplation de l'écume se formant dans la casserole. Et puis, sans crier gare : *pschitt !* L'eau des pâtes déborda, et je sursautai. Elle crépita au contact de la plaque rouge. Ester bondit aussitôt.

— Merde, Aline ! jura-t-elle. Fallait prévenir !

Pschitt... De petites bulles roulèrent encore avant de s'évaporer. Il n'en resta bien vite plus qu'une mousse brunissante. Ester retira précipitamment la casserole. Je contemplai l'auréole brûlée.

— Pardon, parvins-je enfin à bredouiller.

Elle soupira en s'emparant d'une passoire.

— T'excuse pas.

Nous mangeâmes en silence. Ester louchait sur moi de temps à autre tandis que je me forçais à ravaler des questions qui me coupaient l'appétit. Je perdais un temps fou à essayer d'entortiller mes spaghetti au bout de ma fourchette. Le coulis de tomate qu'Ester avait ajouté les avait rendues glissantes. Elles retombaient chaque fois avec mollesse dans un *splash!* écarlate. Je finis par m'agacer contre les doigts malhabiles dont j'étais affublée et repoussai mon assiette. Mon ventre était noué. Rien ne servait de lutter.

En plus, les souvenirs du jour bouclaient sous mon crâne. J'en revoyais des fragments décousus : l'homme, sa chair meurtrie, son sang, la terreur des enfants, les pleurs sur la rondeur de leurs joues, les serpents... Au fond de mes oreilles, des portes s'ouvraient, grinçaient et claquaient à tout rompre. Des visages flottaient, tournoyaient : le sourire de mon infirmier, le rictus de Robert, le regard torve de monsieur Burish, celui embué de larmes de monsieur Deulort, les lunettes du doc et la chevelure bleue d'Ester, les yeux chocolat de Gabriel, et surtout – surtout ! – la profondeur abyssale des pupilles de Lucien.

— T'aimes pas ? me demanda Ester, la bouche pleine et sanglante de sauce tomate.

— Je n'ai pas très faim, finalement.

— Faut pas gaspiller !

Disant cela, elle s'empara de mon assiette et la vida dans la sienne. En l'observant finir de bon appétit, je ne pus m'empêcher d'étirer les lèvres. Comment, en une nuit et une demi-journée à peine, un électron libre comme Ester était-il devenu l'unique élément stable de ma vie ?

Après le repas, mon corps réclama du repos. Je me sentais rincée, et mes épaules pesaient du plomb. Je m'allongeai donc sur le canapé tandis qu'Ester vaquait à ses occupations. Toutefois, la pièce me sembla vite bien trop grande pour moi seule. En pensant qu'un retour dans mon cocon me calmerait, je me dirigeai vers *ma* chambre. Je passai d'abord devant celle d'Ester, où elle pédalait de toutes ses forces sur sa machine infernale. Les pieds en caoutchouc de l'appareil se soulevaient et retombaient, martelant le parquet sourdement. Je m'éloignai en secouant la tête. Comment pouvait-elle avoir la force de s'asseoir sur ce truc après une journée pareille ?

Je dépassai la chambre de Gabriel, puis revins sur mes pas... Je m'arrêtai, hésitante. La porte n'était pas fermée. Personne à l'horizon. Gabriel s'était-il absenté ? Nous ne l'avions pas entendu ressortir. Je louchai malgré moi sur son ordinateur portable. Celui-ci était ouvert, et allumé. Des dunes s'étendaient au loin sur le fond d'écran. Je m'avançai, me stoppai aussitôt.

— *Vas-y*... m'encouragea ma petite voix.

Mais je me mordis la joue en n'osant ni pénétrer ni repartir, demeurant ainsi coincée sur le seuil. Cet ordinateur pouvait peut-être répondre à bon nombre de mes questions...

Il me suffit d'entrer, me motivai-je. Je n'ai pas besoin de toucher quoi que ce soit. Je n'ai qu'à regarder. Non, ce serait mal. Mais, d'un autre côté, m'en voudrait-on vraiment d'essayer de découvrir ce que moi j'étais ? Car j'étais bien *quelque chose*. Je pourrais aussi en apprendre plus sur cette réserve où Ester avait promis de m'emmener. Un minuscule coup d'œil, rien qu'un mini riquiqui petit coup d'œil. Personne n'en saurait jamais rien... J'avançai d'un pas.

— Tu cherches quelque chose ? gronda une voix terreuse dans mon dos.

Je me figeai.

— Aline, je peux t'aider ?

Ça ne sonnait pas comme une question. Je pivotai et me

liquéfiai sous l'éclat de ses prunelles. Adieu, regard chocolat, bonjour, sables mouvants… ! L'envie urgente de me carapater souleva mes pieds, mais Gabriel se trouvait dans l'encadrement de la porte, au beau milieu du passage.

— *Mens…* murmura ma petite voix.

— Je… je me suis égarée.

— *Mieux que ça… !*

— Je ne retrouvais plus ma chambre, dis-je un peu trop vite.

Gabriel leva un sourcil inquisiteur. Combien de temps s'était-il tenu dans mon dos ? M'avait-il vue hésiter ? Son corps, raide, avança vers moi. Je fermai les yeux, mais il me passa devant pour aller claquer l'écran de son ordinateur d'un coup sec.

— Au bout du couloir, à côté de celle de Lucien, grogna-t-il.

L'amertume de sa voix me brûla la peau. Je voulus me terrer quelque part.

— C'est la goutte qui fait déborder la vase… ! l'entendis-je marmonner alors que je rejoignais ma chambre les épaules basses.

Je donnai deux tours de clef derrière moi en espérant me protéger de sa colère. Sans relever l'ironie de m'être tant habituée aux verrous qu'à présent je les tirais moi-même, j'inspirai une grande bouffée d'air et me laissai retomber sur le lit. Le tambour de mon cœur battit à contretemps plusieurs dizaines de minutes encore, avant de s'apaiser. Au plafond, la même brume que dans le café, et derrière, des fissures. Des fissures ?

— *Pas réel…* susurra ma petite voix.

L'épuisement gagnait mon esprit. Mes paupières recouvrirent mes yeux. Dans leur ombre, des filaments de lumière se mirent à danser. Je laissai mon corps peser de tout son poids, se lover contre le matelas. Les événements du jour, déjà confus, se brouillèrent un peu plus. Le sommeil m'emporta. Avec lui, d'autres voix.

— Silence, pitié, silence…

Et je sombrai.

CHAPITRE 3 : SOUPE AU LAIT

Par-delà les abysses du sommeil, on susurra mon prénom.

— *Aline...*

Alors, d'une douce léthargie, je commençai à émerger.

— *Aline...*

— *Aline...* répétèrent d'autres voix, loin au-dessus de moi.

— Aline !

Un choc sourd. Je me redressai subitement dans mon lit, cherchant de tous côtés le danger à fuir, l'urgence à éviter. Mon œil droit demeura fermé, comme celui de l'effrayante poupée trônant sur l'une des étagères. Nouveau choc, venu de la porte. Je me frottai le visage.

— Qui est là ? parvins-je à peine à articuler.

— Aline ! J'te jure que j'vais entrer de force ! J'vais défoncer cette porte !

Ester, réalisai-je.

— Avant de tout casser, on pourrait peut-être envisager de la démonter... grommela quelqu'un.

Gabriel. Je me crispai.

— Aline ! Ouvre !!

Et elle tambourina du plat de la main, assez fort pour faire trembler la structure.

— Elle est peut-être partie... suggéra Gabriel.

L'espoir que je sentis poindre dans sa voix me ranima aussi bien qu'un seau d'eau froide.

— Quelle espèce de... !

Mon juron fut étouffé par de nouveaux chocs, puis quelqu'un

frappa tout contre le bois :

— Aline, c'est Lucien. On s'inquiète pour toi.

Mon corps se mit sur ses pieds, tituba, l'esprit encore derrière lui.

— Fais passer les outils, entendis-je Ester marmonner.

Je parvins enfin à la porte et l'ouvris, tombant nez à nez avec Lucien, qui écarquilla de grands yeux. Derrière lui, Gabriel leva les bras au ciel :

— Elle est toujours là !

— T'as une sale tronche, commenta Ester en dessous de moi.

En dessous ? Je baissai la tête pour la découvrir accroupie devant une caisse débordante d'outils tous plus contondants les uns que les autres, une espèce de lourde spatule à la main.

— Contente de pas avoir à faire ça, dit-elle en l'agitant.

Lucien me toucha le bras.

— Nous avons cru que tu avais fait un malaise.

À son contact, je me sentis effectivement tourner de l'œil. Gabriel avait néanmoins le chic pour m'électriser :

— *Ils* ont cru que tu avais fait un malaise, le corrigea-t-il.

Je m'apprêtais à lui jeter un regard noir, quand Lucien me devança. Je posai donc à mon tour la main sur la sienne – peut-être par provocation. Gabriel tiqua, ce qui me fit sourire.

— J'étais venu te chercher pour dîner. Il y a de la soupe, m'expliqua Lucien.

— De la soupe froide, maugréa Gabriel.

Je tâchai de l'ignorer.

— Mais quelle heure est-il ?

— Trop tard pour dîner, rouspéta-t-il encore.

Ester s'impatienta :

— Gab, sérieux, ferme-la !

Puis elle se tourna vers moi :

— Bon, vu qu'on sait que t'as pas été *kidnappée*...

Gabriel roula des yeux au plafond.

— Je me casse : j'ai un rendez-vous !

Elle papillonna de ses longs cils dans ma direction.

— *Du mascara...*

Ester était apprêtée. Elle avait enfilé une belle robe noire pailletée, très chic et fendue sur le côté.

— Tu ne dînes pas avec nous ? réalisai-je.

— *Non...* me répondit avec amertume ma petite voix.

Ester secoua ses mèches bleues alors que je l'implorais du regard. Elle ne pouvait pas me faire cela... Non, non, non ! Elle n'allait pas m'abandonner au beau milieu du champ de bataille, à un tête-à-tête (à tête) avec Lucien et Gabriel !

— Désolée... articula-t-elle.

Puis elle s'éloigna dans un scintillement de robe, la caisse à outils à la main.

À table, l'atmosphère s'avérait comme prévu aussi froide que la soupe. J'en avalai avec peine du bout de ma cuillère.

— Peux-tu me passer le sel, s'il te plaît ? me demanda Lucien avec un sourire excessivement affectueux.

S'il cherchait à énerver Gabriel davantage, c'était réussi. Je tendis la main sans parvenir à atteindre la salière. Gabriel la poussa avec dédain dans ma direction. Elle se renversa – par accident ou non – entre nous trois.

— Bravo ! ironisa Lucien, qui se déploya au-dessus de la table pour se servir dans le petit tas ainsi formé.

Puis le silence s'abattit à nouveau. Lucien et Gabriel reprirent leur joute muette, faisant claquer leurs cuillères au fond des assiettes comme autant de coups de langue et d'épée. La culpabilité me griffait l'estomac par-dedans. *Ce ne sont pas mes histoires...* me répétai-je. Mais la soupe, malgré tout, me semblait bien amère.

Assez ! Ils n'allaient tout de même pas s'en vouloir jusqu'à la fin des temps, pour rien, pour moi !

— Tu n'aimes pas, constata Gabriel alors que je plissais le nez.

— La soupe ? Disons qu'elle n'est pas...

Je cherchai mes mots.

— ... commune.

— Hum, c'est parce que j'y mets des lentilles et des épices, marmonna-t-il. Ou bien tu fais partie de ces gens qui détestent la coriandre ?

Je fis non de la tête. Gabriel jeta un œil à Lucien, s'attendant peut-être à une réflexion de sa part, mais celui-ci l'ignorait avec superbe.

— Ester et toi avez trouvé votre bonheur au centre commercial ? m'interrogea soudain ce dernier avec une légèreté toute composée.

— Oui, il y avait le choix, répondis-je avec timidité, sans préciser que notre virée s'était transformée en une terrifiante mission de sauvetage à laquelle je n'avais rien compris !

Ce que j'avais vu, vécu, me paraissait si énorme, si extraordinaire... Ester était loin, aussi recommençai-je à me demander si je n'avais pas tout inventé.

— *Non...*

Ou si elle ne s'était pas payé ma tête.

— *Jamais...*

Ce serait tordu de me laisser me croire capable d'influencer les émotions des autres...

— *Tu n'as qu'à... réessayer...* suggéra ma petite voix.

Et elle imposa dans mon esprit ce qui se trouvait en fait sous mes yeux : Lucien en train de fulminer et Gabriel au bord de la rupture aortique.

— *Cobayes... parfaits...*

— *C'est une mauvaise idée,* lui dis-je.

Mais dans le silence, la vieille horloge tiqua fébrilement.

— Oh ! Et après tout, pourquoi pas ? Cette situation est déjà ridicule !

— Tu as dit quelque chose ? releva Lucien.

— Non, ce n'est rien, mentis-je.

Ma petite voix avait raison : il fallait essayer. Le moment était idéal. Ester n'était pas là pour faire un tour de passe-passe, et j'avais deux imbéciles à calmer sous le nez. J'interrogeai ma conscience en soufflant par réflexe sur ma soupe :

— *Quel sentiment communiquer ?*

— *Apaisement... ?* proposa-t-elle.

Mais je devais commencer par tranquilliser mon propre esprit.

— Tu te sens bien, Aline ? me demanda Lucien en me scrutant. Tu fais une drôle de tête...

Je portai les mains à mon visage. *Maudit corps,* pestai-je en moi-même. Une grimace de concentration avait dû me trahir.

— *Il ne peut pas... soupçonner... ça...* m'encouragea ma petite voix.

— *Non, bien sûr que non. Qui le pourrait ? C'est de la folie !* m'égosillai-je en pensée.

Puis je rassurai Lucien avec un sourire :

— Tout va bien.

— C'est ma soupe. Elle ne l'aime pas, intervint Gabriel en faisant racler sa cuillère contre la porcelaine.

Je tâchai de l'ignorer.

— *Reprenons,* dis-je à ma petite voix pour m'encourager.

Malgré toutes mes grimaces, je ne parvins cependant pas à m'apaiser. Je commençais même à me demander si je ne rajoutais pas de l'angoisse à cette ambiance déjà pesante.

— *Essaye encore... Essaye... autre chose...*

— Quoi donc ?

Et puis je pris conscience que Lucien et Gabriel se déchiraient, parce qu'ils oubliaient ce qu'ils éprouvaient l'un pour l'autre, la reconnaissance qu'ils se vouaient probablement depuis leur rencontre, les bons moments passés ensemble, la joie partagée...

— *Voilà ce que je dois retrouver pour eux,* pensai-je.

Mais quand avais-je été joyeuse et reconnaissante moi-même pour la dernière fois ? Pas aujourd'hui, de toute évidence. Tout ceci m'avait plongée dans une nervosité considérable. Peut-être dans ma cellule ? Hum. Les mois s'y étaient si bien ressemblés, et je m'y étais morfondue tant d'années... Bon sang, il devait bien y avoir un événement agréable auquel faire appel !? Ma vie n'avait pas pu être triste à ce point, n'est-ce pas ? Étais-je si pathétique ?

— *Un peu...*

— *Tais-toi,* grommelai-je.

Et je fouillai ma mémoire. La fois où Frank m'avait emmenée sur le balcon me revint à l'esprit. Cette joie-là, cependant, avait été entachée de chagrin. Non, ce n'était pas la bonne émotion à transmettre. Je repensai alors à mon dernier anniversaire, quand il m'avait apporté un énorme gâteau que nous avions mangé ensemble à même le plat, une fourchette dans chaque main. Un pincement serra mon cœur, et je chassai cette pensée, constatant avec amertume que je ne trouvais rien. Avoir été amputée en mémoire de toute une vie ne facilitait pas les choses...

Ma petite voix et moi contemplâmes notre visage déformé dans le creux vide de la cuillère à soupe, puis elle força un souvenir dans ma tête : l'arrivée d'Ester dans ma cellule. Bien sûr ! Elle était là, ma plus récente source de bonheur ! Ester m'avait aidée à me libérer !

Alors, nous nous repassâmes, en accéléré, notre course dans les couloirs, ma peur au ventre, notre saut depuis la terrasse, puis l'escalade du dernier mur entre nous et le monde. Oui, ce souvenir contenait une joie pure, euphorique, presque violente ! Il ne restait plus qu'à trouver comment transmettre cette bonne énergie à ces deux idiots...

Par instinct, je voulus tendre la main vers eux, les saisir comme je l'avais fait avec les enfants, mais je me réfrénai. Cela aurait été incongru, d'une part. Ensuite, ils étaient deux chats échaudés prêts à se battre au moindre mouvement suspect. Mieux valait ne pas se trouver entre eux deux. Et puis, surtout, je n'étais pas certaine de parvenir à maintenir le cap si ma peau venait à toucher celle de Lucien… À cette simple idée, mon cœur s'affolait déjà. Leur envoyer un message mental me parut une bonne alternative. Néanmoins, leur conflit, si épais, m'empêchait de me concentrer sur des phrases complètes. À la place, donc, je décidai de reproduire l'exercice de la bulle.

J'en dessinai les contours dans mon esprit, d'abord pour me soustraire à l'hostilité ambiante. Cette dernière prit contenance et commença à faire pression contre les frêles parois de ma protection. J'envisageai de l'élargir, ce qui s'avéra encore plus complexe.

Quand je réussis cependant à l'étendre à Lucien et Gabriel, ce fut insuffisant : une rancœur froide, tout aussi tenace, remplaça leur haine. Je me concentrai sur mon souvenir pour le leur transmettre. Plutôt que sur des mots, je m'appuyai sur des impressions. Le mur, le haut mur. Le vide. La peur… Courage ! Nous sautons le pas. Ester court, et je m'élance après elle. Derrière moi, l'hôpital rapetisse et, avec lui, mes craintes. Liberté ! Enfin ! J'éprouve pour Ester et mon corps une reconnaissance infinie.

Sans doute mes lèvres me trahissaient-elles encore en élargissant mon sourire, mais je les ignorai. Je me fondis moi-même dans cette quiétude pour ne pas la laisser s'échapper. J'inspirai et j'expirai plusieurs fois, avant d'oser une vérification. Les traits du visage de Lucien paraissaient moins crispés, mais ils restaient difficiles à déchiffrer.

— *Ça fonctionne ?* demandai-je à ma petite voix.

— *Oui, regarde…*

Un mince sourire étira alors ses lèvres et effaça enfin la ride soucieuse entre ses sourcils. Ses yeux se mirent à briller avec tendresse. Il leva la tête et se tourna vers Gabriel. Celui-ci, cependant, l'ignorait. Ce qu'il fixait, intrigué, fasciné, c'était moi.

Il n'y avait plus de colère sur ses traits, et il avait cessé de malmener son assiette, mais quelque chose dans sa façon de me dévisager m'inquiéta : devinait-il ce que j'étais en train de faire ? Car oui, je le faisais bien, j'influençais leurs émotions, aussi incroyable que cela pût paraître ! Impossible d'en douter à présent. C'était une vérité délicieuse, et terrifiante.

Quand il s'arracha à moi pour se tourner vers Lucien, ce dernier lui sourit si chaleureusement, que c'en devint comique. Gabriel passa alors de Lucien à moi, de moi à Lucien. Ses yeux, sous les boucles souples qui lui mangeaient un peu le front, retrouvèrent la douceur de leur teinte chocolat.

— Aline ? me demanda-t-il, sans animosité, aucune.

Mais d'une voix si suave, si dépourvue de colère et d'angoisse, qu'il me sembla l'entendre enfin telle qu'elle devait être. Je perdis toute contenance. La bulle éclata aussi sec. Tout le ressentiment que j'avais maintenu loin de nous, que j'avais repoussé de toutes mes forces contre les murs, reflua comme une vague. Il se déversa dans la cuisine. Ce fut la douche froide.

Lucien, toute chaleur envolée, se leva et jeta son assiette au fond de l'évier. Il pivota sur ses talons et quitta la pièce, les yeux brillants de rage. Je me tournai vers Gabriel, pétrifiée. Ses épaules s'étaient contractées de nouveau. Il affichait un air grave, mais se maintenait immobile. Au bout d'un moment, il fit craquer ses mains et gagna la porte, lui aussi, disparaissant dans le couloir sur les pas de Lucien.

Dans la cuisine, il ne resta plus que moi, les tic-tac fébriles de l'horloge, le métronome désordonné de mon cœur, et un verre, celui de Lucien, couché sur la table. Une petite flaque se forma. L'eau atteignit le bord et se mit à couler, goutte après goutte, sur le carrelage froid. Les plic-ploc se mêlèrent au ronronnement du vieux réfrigérateur.

— Qu'ai-je fait ?!

CHAPITRE 4 : CONFIDENCE

— *Qu'ai-je fait ? Mais qu'ai-je fait !* se répétait Aline dans son lit.

— *Rien...* m'exaspérai-je.

Depuis ce dîner catastrophique, elle mettait nos esprits au supplice, se triturant la cervelle sans relâche, bouclant sur tout ce qu'elle avait fait de mal, selon elle.

— J'ai tout gâché !

— *Mais non...*

— Ils me détestent tous les deux.

— *Ce n'est pas grave...*

— On va se retrouver à la rue, ou pire ! Oh non, non, non. Je ne veux pas retourner là-bas. On ne peut pas retourner là-bas.

— *Ça n'arrivera... pas...* m'épuisai-je.

— Qu'ai-je fait ! Mais qu'ai-je fait !

— *Tu vas nous faire... un nœud au cerveau...*

Ses pensées dérangeaient les miennes, et ses flagellations mentales ne m'aidaient pas à y voir clair. Il y avait eu trop d'événements, trop de découvertes, trop de virages émotionnels pour une seule petite journée, pour une seule petite personne - deux moitiés de personne, en l'occurrence.

— *S'il te plaît... tais-toi...* l'implorai-je.

Mais elle n'en fit rien.

— J'ai tout gâché, vraiment tout gâché...

Excédée, je décidai de m'éloigner autant que possible en profitant du lest que j'avais gagné sur le lien qui nous unissait. Comme la maison était petite et que la chambre d'Aline donnait sur la route, je parvins jusque dans la rue. Je pus même marcher un peu dans l'impasse, puis ma laisse mystique m'immobilisa. Impossible de prendre l'air, pensai-je. Je ne suis plus qu'une ombre sans corps, sans vie. Je ne peux pas éprouver le souffle de la nuit sur mon visage, sa fraîcheur, ses humides parfums… Devant cette réflexion, je me sentis soudain très seule, plus seule que jamais.

Autour de moi, il n'y avait pas un bruit, pas un passant à l'horizon. Voilà que je regrettais les ruminations d'Aline… Je m'apprêtais à rentrer, quand je remarquai un félin sur un balcon au-dessus de moi. Il était blanc et haut sur pattes, à l'exact opposé de Globule, mon gros chat noir qui me manquait tant. Étrangement, il semblait me suivre des yeux. Dans le doute, je lui fis un petit signe. Il déguerpit.

D'abord, je n'osai croire qu'il m'avait vue, pensant qu'autre chose avait dû l'effrayer. Puis je songeai que les animaux sentaient et entendaient ce que nous ne percevions pas toujours, comme Globule dans le bureau du psychiatre.

Cette pensée en entraînant une autre, je me souvins du soir où Aline m'avait regardée. Ça n'avait duré qu'un instant et ne s'était pas reproduit depuis. Mais… et s'il y avait un moyen… ? Si je n'étais pas condamnée à l'invisibilité éternelle… ?

L'apparition d'une silhouette au bout de la rue me tira de ces élucubrations. C'était Ester, la belle Ester, dont le froid mordait les joues. Elle devait rentrer de son rendez-vous… *Il est encore tôt,* pensai-je. *Il s'est peut-être mal passé…* Puis je songeai qu'Aline me traiterait d'égoïste si elle m'entendait espérer une chose aussi triste.

Ester se dirigeait vers moi, de son air ferme et assuré. Je crus un instant qu'elle me voyait enfin, mais elle me traversa. Un pincement serra ce cœur qui jamais plus ne serait mien. D'instinct, je lui emboîtai le pas, mais elle s'arrêta sous un lampadaire.

— *Ester ?* l'appelai-je bêtement.

Elle ne bougea pas. Non, elle ne m'entendait pas non plus. J'étais ridicule de l'espérer ! Elle souffla entre ses mains, piétina. Une voiture aux vitres teintées s'avança dans l'impasse. Ester se redressa. L'autre passa sans freiner, mais fit ensuite demi-tour sur la placette avant de s'immobiliser devant Ester. Le conducteur ne coupa pas le moteur. Ester ouvrit la portière et s'assit à l'arrière. Le véhicule ne démarra pas pour autant, et elle en ressortit presque aussitôt. La voiture redisparut dans la nuit.

— *Mais qu'est-ce que tu fabriques… ?*

Ester examina quelque chose dans son sac à main, sourit, puis se mit en route vers la maison. Que cachait-elle ? Puisqu'Aline n'avait pas réussi à accéder à l'ordinateur de Gabriel, je songeai que je pouvais peut-être tirer quelque chose de mon invisibilité.

Dans l'escalier, une marche grinça sous le pied d'Ester, pas sous le mien. Pressée, elle se dirigea vers sa chambre, vérifia le couloir, entra, n'alluma qu'une petite lampe, referma la porte sans bruit, puis poussa un long et profond soupir. Alors, elle vacilla.

Par réflexe, je me plaçai à côté d'elle, prête à la rattraper, sauf que je ne pouvais pas plus la toucher que la soutenir. Je crus qu'elle allait s'évanouir, mais elle atteignit son lit en titubant. Elle s'y laissa tomber assise, la tête entre les mains. Qu'avait-elle ? Je me rapprochai d'un pas impuissant.

Au bout de secondes qui me parurent des heures, elle émergea. Elle tendit des doigts tremblants vers son sac. Elle parvint à en sortir un sachet en papier blanc dont elle vida le contenu sur le drap. Plusieurs petits cylindres s'entrechoquèrent : des stylos injecteurs.

L'une de mes amies, diabétique, en avait pour son insuline. Je savais qu'ils servaient pour tout un tas d'autres affections. Ester, pourtant, ne semblait pas malade – du moins, pas d'habitude.

Elle en saisit un au hasard, le fit rouler entre ses doigts. Je devinai une étiquette blanche, mais ne pus lire l'assemblage hasardeux des lettres. Elle remonta le bas de sa robe, mordit dans le capuchon qu'elle cracha un peu plus loin. J'eus à peine le temps d'apercevoir l'aiguille qu'elle se la plantait déjà dans la cuisse. Je détournai les yeux.

— T'affole pas, marmonna-t-elle en la retirant.

Une goutte de sang se forma au point d'injection. Elle ne prit pas la peine de l'essuyer. Et moi, je restai sans voix. Elle m'avait parlé. À moi ?!

— C'est rien, répéta-t-elle en relevant la tête.

Impossible ! Comment... ? Ses yeux me cherchaient dans la pièce. Il y eut un silence, terriblement long, avant qu'elle n'ajoutât tout bas :

— J'te vois pas, mais j'te sens.

Je crus défaillir.

— *Et tu peux m'entendre ?* demandai-je d'une petite voix.

— J'ai déjà senti ta présence près d'Aline, continua-t-elle. Tu la suis depuis combien de temps ?

Je m'apprêtais à répondre, mais elle enchaîna :

— Si jamais tu me parles en ce moment, te fatigue pas, ça ne sert à rien.

Son regard se posa sur les cylindres.

— J'me drogue pas, au fait. Ce sont des médicaments contre ma maladie. Ils sont pas remboursés, ici, alors un type leur fait passer la frontière pour moi.

Elle repoussa les stylos injecteurs et s'allongea.

— J'en ai besoin, contre la douleur, souffla-t-elle, les yeux fermés.

Je m'assis au bout du lit, le cœur gonflé. Pour la première fois depuis longtemps, dans l'intimité de cette petite chambre, j'avais l'impression d'occuper de l'espace.

— J'ai mal, chaque jour. De temps en temps, c'est insupportable.

Il y eut un blanc, puis elle ajouta entre ses dents :

— Eh, si tu le dis à quelqu'un, j'te préviens... !

Mais elle n'eut pas l'énergie d'achever sa menace.

La vue de sa jambe nue remuait quelque chose en moi. Sans même savoir de quoi elle souffrait, je réalisais combien nous nous étions trompées à propos d'elle, Aline et moi. Je l'avais crue forte, parce qu'elle ne ressentait rien, qu'elle était un bloc de glace insensible et inarrêtable. Nous étions à mille lieues de la vérité.

— J'imagine que tu me suis depuis un moment. Toi aussi, tu penses que j'suis colérique, impatiente, impulsive, irascible... ?

— *Quoi ? Non, bien sûr que non,* murmurai-je en vain.

— C'est ce qu'elle a dit.

Elle ? Son rendez-vous, peut-être.

— C'est pour ça qu'elle m'a plaquée... comme les autres.

Elle rit tristement, posant le dos de ses mains sur ses yeux qui commençaient à briller.

— Mais j'ai gagné le droit d'être en colère, en fait. Je devrais même l'être bien plus que ça ! Je devrais être en fureur, parce que c'est injuste... parce que j'ai eu assez mal dans ma vie pour être en colère pendant... pendant... je sais pas... un million d'années, au moins... !

— *Ester...* chuchotai-je.

Mais sa voix se brisa :

— J'ai gagné ce droit !

Elle serra le poing, et cela fit blanchir ses jointures. Je tendis la main, effleurai presque sa peau.

— J'ai gagné ce droit... répéta-t-elle plus bas.

Je voulais la rassurer, la consoler, mais comment ? Elle ne me voyait pas, ne m'entendait pas et ne sentait pas mon contact.

— J'sais pas pourquoi j'te raconte tout ça... T'en as rien à faire de mes problèmes !

Elle se massa le front et renifla :

— Et si on parlait de toi, plutôt. T'en es une, hein ?

— *Une quoi ?*

— Ce doit être effrayant.

Ester se rassit difficilement, me chercha dans la pièce. Elle se tourna du bon côté, mais s'adressa au vide.

— Pourquoi tu suis Aline ? Ton corps est là-bas, lui aussi, à l'hôpital ? Tu sais, on peut t'aider. On peut t'amener à la réserve. Je parlerai de toi à Céleste. Si jamais tu la vois pendant un voyage, tu peux lui demander conseil. En attendant...

Elle tira un stylo de son sac à main et écrivit sur le sachet qui traînait toujours. La pointe faillit transpercer le papier.

— Voici mon numéro. Mémorise-le. Quand tu retourneras dans le vrai monde, appelle-nous. On t'aidera avec tout ça.

Ester semblait partir du principe que j'avais un corps, un autre corps que celui d'Aline. Elle ne savait pas que nous étions une, divisée en deux. Je me répétai quand même ces chiffres, peut-être pour lui faire plaisir, ou peut-être parce qu'elle venait de faire naître un doute au fond de moi. Elle se rallongea, et je m'étendis à côté d'elle, la contemplai, effleurai sa main.

— *Tu as le droit d'être en colère*, chuchotai-je. *Et tu as le droit de ne pas toujours être forte...*

Ses traits se détendirent. Au bout d'un moment, elle s'endormit tout à fait et se mit même à ronfler, ce que je trouvai adorable. Je profitai encore un peu de cette paix avant de retourner auprès d'Aline.

CHAPITRE 5 : INSOMNIE

— Je peux changer les émotions des autres... me répétai-je pour la énième fois.

Ce qui me dérangeait, ce que je ne parvenais pas à élucider, c'était pourquoi ça m'avait semblé si facile, presque familier. Je me levai pour faire face à mon reflet dans le miroir et nous interrogeai, ma petite voix et moi. Les pupilles noires qui me fixaient restèrent obstinément muettes.

Toutes mes questions me ramenaient à celle-ci : qui étais-je ? Jamais ces mots ne m'avaient remuée à ce point. Ce n'était pourtant pas la première fois. Au contraire, ils me hantaient depuis toujours. Mais aujourd'hui, il s'était produit quelque chose, quelque chose qui m'avait rapprochée de moi-même.

Cela avait été si facile ! Un peu de concentration, et voilà, j'avais insufflé une émotion à quelqu'un d'autre. Incroyable ! En comparaison, réapprendre à marcher, à parler ou même à manger m'avait demandé des efforts surhumains... Là, tout au contraire, ça avait été naturel, comme une évidence, comme expirer en sortant de l'eau... En un mot : instinctif.

Mais pourquoi me sentais-je plus en phase avec ce don étrange, cette partie de moi dont j'ignorais tout, plutôt qu'avec ce corps, mon corps, dans lequel j'avais grandi et que je traînais, disait-on, depuis toutes ces années ? Sur cette autre question, mes pensées butaient. Le malaise me gagna à force de me scruter ainsi dans la glace. Mes contours, dans le miroir, vacillèrent. J'eus la désagréable impression d'être à côté de moi-même. Mon enveloppe restait pourtant bien là, sous mes yeux, mais cette drôle d'impression, celle de ne pas exister, demeurait tenace. Et en même temps, je touchais presque du doigt quelque chose, comme une vérité à mon sujet…

— Qui es-tu ? me répétai-je.

Ma petite voix frissonna. Elle aussi était prise dans un déchirement.

— *Qui sommes-nous… ?*

Mais il n'y avait que le silence pour nous répondre. J'enfilai alors un pyjama et me glissai sous la couette : nous étions trop en désordre pour y voir clair, et il nous fallait du repos.

Je fermai les yeux. Je les fermai fort. Très fort.

Et j'attendis.

Encore.

Et encore.

Et encore…

Mais mon corps avait dormi tout l'après-midi. Il refusait donc furieusement de coopérer ce soir, malgré toutes mes prières.

Mes pensées recommencèrent à tournoyer, emportées dans une danse folle et impossible à apaiser, qui les propulsait à toute vitesse sous ce crâne malade, triste et fiévreux. Frustrée, je roulai sur le côté, entraînant la couverture avec moi. Je la repoussai : j'étouffais. Mon cœur battait trop vite, trop fort, trop. Et je me remis sur le dos. Pourquoi le matelas me grattait-il à présent ? Pourquoi n'arrivais-je jamais à dormir quand je le souhaitais !

Dehors, à part quelques vrombissements de moteurs, quelques hurlements de motos ponctuels, c'était le calme plat, de ceux qui paraissent suspects. À côté, ma poitrine produisait un boucan monstrueux, assourdissant dans cette maison assoupie où tout était tranquille, sauf moi.

Tout à coup, un chat trouva l'instant propice à d'atroces vocalises. Je frisai la crise cardiaque, me redressai cramponnée au lit, tous ongles sortis, mais déjà, le silence se redéployait, et mon cœur reprenait sa fanfare.

Le sifflement du vent et les rayons blanchâtres de la lune filtraient à travers les très minces fentes des volets. Ils dessinaient des ombres dans la pièce, orchestraient la danse macabre de ces silhouettes. Le curieux malaise me brassa à nouveau. Au diable la chaleur : je me roulai en boule et ramenai la couette sur mon nez. Je tirai trop cependant, et le froid mordit mes pieds. Mes poils se hérissèrent. Aussitôt, mon esprit détraqué m'imposa une vision horrifique, celle de milliers de petits insectes cauchemardesques grouillant et grimpant sur mon corps, fourmillant sur mon épiderme. Je me tournai de l'autre côté, chassant l'image dans un soupir.

Les draps ne sentaient déjà plus la lavande, ou si peu. En un rien de temps, ce corps les avait empestés de sa sueur. Le linge froissé collait à ma peau qui, elle-même, me brûlait. Mon buste, mon dos, mon âme, tout était en feu. Je me tortillai. Pas une position n'était confortable, ni même supportable. Je me forçai à rester immobile, un instant, une éternité... Cela ne fit qu'engourdir le bras sous ma tête. Je dus le déplacer en le saisissant de l'autre main, comme un morceau de viande lourd et tiède. Je me retournai pour contempler le plafond, serrant et desserrant le poing pour obliger le sang à circuler.

Tant de choses me préoccupaient. Tant de choses refusaient de se démêler. Et puis, pour couronner le tout, il y avait Lucien, derrière cette cloison, si fine. Je songeai à notre tête-à-tête, près de son lit, au milieu de ses peintures et de ses mots dérangés, au fait qu'il me suffirait de me lever pour le rejoindre... L'une des strophes découvertes sur le mur de sa chambre me revint en mémoire :

J'attends, depuis longtemps maintenant,
que le silence cesse et qu'il se taise.
Il règne sur chacune de ces nuits en prince souverain.
Terrible écho à mes pensées.

Je battis des cils pour chasser son souvenir. Ceux-ci en accrochèrent un autre au passage : les yeux chocolat de Gabriel et la façon dont ils avaient tenté de me sonder.

— Songe à autre chose ! m'intimai-je.

J'appuyai sur mes paupières, mais, bien sûr, puisque ce cerveau de malheur faisait toujours le contraire de ce qu'on lui demandait, je ne pus bientôt plus réfléchir à autre chose. J'enfonçai donc ma tête dans l'oreiller, me retins d'y étouffer un cri. Maudite mémoire ! Maudit corps… !

Résignée, j'envisageai d'allumer la lampe de chevet pour aller me plonger dans mon dictionnaire. Je sentais d'ici son parfum apaisant, l'odeur du vieux papier encré, les pages lisses sous mes doigts… J'avais besoin de me transporter hors de cette chambre. Des mots, n'importe quels mots feraient l'affaire !

Mais à la simple pensée de tendre le bras, de subir l'éclat de l'ampoule, mon corps capitula. Tout bien considéré, il était épuisé ! Le matelas était si confortable, et il y était si bien enfoncé… ! Il n'avait pas la force de bouger. Il voulait dormir. Voyons, pourquoi ne voulais-je pas le laisser dormir… ?

Une profonde léthargie me remonta des pieds à la tête. Je levai les yeux au ciel, mais il ne fallait pas perdre cette occasion. Je tentai donc de fondre mon esprit dans cette atonie, et j'y parvins. Mes paupières s'alourdirent tout à fait. Mes os et ma chair pesaient de tout leur poids sur moi et le matelas dont, peu à peu, les contours s'estompaient. Je les laissai me lester dans les méandres du sommeil.

— Bonne nuit, corps, chuchotai-je avant de sombrer.

Un grincement de porte me répondit.

CHAPITRE 6 : ERRANCE

— *Enfin !* s'enthousiasme quelqu'un tandis que je contemple la porte, l'immense porte blanche qui s'est matérialisée dans la chambre et qui lévite, entre plancher et plafond, au-dessus de mon lit.

Je dois être en train de rêver, me dis-je. Je me mets debout et, en équilibre sur le matelas, réussis à l'atteindre. Du bout des doigts, je redessine l'étrange spirale gravée dans son bois.

Ma petite voix trépigne.

— *Ouvre... !* m'ordonne-t-elle.

Le battant me fixe. Il attend, immobile, et ainsi rattaché au vide, que je me décide. Des bruits – non, des voix – me parviennent de l'autre côté.

La porte bâille. Je tends les doigts vers la poignée, enclenche le mécanisme et découvre alors, stupéfaite, un mur d'eau dont je ne vois ni le commencement ni la fin. Il a l'air d'être figé dans le temps, solide comme un miroir. Je trouble mon reflet de l'index, entrouvre ce rideau liquide. Cela me laisse tout juste le temps d'apercevoir les marches qui se trouvent derrière lui. Puis le flot se stabilise, cesse d'ondoyer et durcit à nouveau. Je fais un pas en avant.

Alors que je traverse l'étrange cascade, le haut et le bas s'inversent. Je me retrouve à l'envers, à l'endroit, étirée, pressée, retournée, puis l'eau me recrache de l'autre côté. J'ai le vertige. Je tangue. Je suis en haut d'un escalier. Je vois flou. Il ne faut pas tomber, je dois me ressaisir.

Il fait sombre. Sous mes pieds nus, la marche est fraîche et râpeuse, presque rocailleuse. Ma vision se précise. L'escalier m'apparaît dans toute sa profonde verticalité. Les bruits, les voix sont toujours là, inintelligibles, brouillées entre elles, mais elles sonnent avec plus de clarté tout de même. Pourtant, c'est étrange, j'ai l'impression d'avoir la tête sous l'eau. Quelque chose me pousse à descendre. La curiosité? Non, une mécanique, une habitude, un déjà-vu. Je connais le chemin. Malgré tout, j'hésite. Une force fait pression contre mon dos. Je me laisse alors guider sans opposer de résistance.

Fascinée, je m'aperçois que je lévite à quelques centimètres au-dessus des marches. Je ne sais ni où ni dans quoi je suis. C'est un espace bizarre, une matière particulière, inconnue. Ce n'est pas de l'air, pas tout à fait de l'eau. Pourtant, je nage, je flotte, je vole sans effort vers le bas de cet escalier dont je ne vois pas la fin. Les voix, au fur et à mesure, se densifient. Je ne sais combien de temps dure ma descente. J'atteins un palier. À partir de là, je me retrouve enveloppée dans une brume scintillante.

Soudain, une jeune femme en émerge. Elle prend corps à côté de moi, paraît amusée. Je la contemple. Je l'ai déjà vue quelque part.

— Qui es-tu?

Elle me tend des doigts vaporeux. Je les saisis, et nous restons ainsi. Elle caresse du pouce la cicatrice à mon poignet, me sourit de nouveau. Elle incline notre poignée de main. Je découvre, sur son propre bras, incrusté dans son semblant de peau, la même ligne, parfaitement symétrique à la mienne. Je relève la tête, plonge dans ses yeux noirs, si profondément noirs.

— *Je suis Cassandre...* susurre sa voix.

Mais ses lèvres n'ont pas remué.

Elle presse mes doigts et m'indique l'immense porte blanche que je viens de franchir, tout en haut au-dessus de nous. Elle dépose un baiser sur mon poignet, puis lâche ma main et me contourne. Elle grimpe les trois premières marches d'un pas aérien, se retourne, m'adresse un dernier sourire, puis reprend son ascension. Je la regarde s'éloigner avant de poursuivre ma descente à travers le liquide vaporeux, tout droit en direction des voix.

Un pas après l'autre, je parviens au bas de l'escalier. Pour autant, mon pied ne touche pas terre et repose sur du vide. Il n'y a rien ici, rien ni personne, pas même à l'horizon. Pourtant, les voix sont là. Elles sont des milliards et se chevauchent, se superposent dans une polyphonie brouillonne, tintamarresque et chaotique. Je tourne sur moi-même, éblouie par l'immensité. À perte de vue : le néant. C'est comme plonger au cœur de l'infini. Il n'y a plus que la brume scintillante pour me tenir compagnie. À force de tendre l'oreille, il me semble que les voix en proviennent, qu'elles passent par ses éclats, par sa poudre étoilée. Ou peut-être la compose-t-elle ?

Où aller ? Ni route ni chemin. Je déambule au hasard. Au bout d'un moment, un nouvel escalier se dessine dans l'espace vide, là où devrait être ma gauche. Bientôt, j'en retrouve un peu partout, qui zigzaguent en tous sens sans respecter la gravité. Certains sont même à l'horizontale, plusieurs s'avèrent retournés, sous moi, sous la surface, de sorte qu'ils donnent l'impression de descendre vers moi, au lieu de monter. C'est à n'y rien comprendre. Tous ces escaliers ne sont rattachés à rien, puisqu'il n'y a rien. Ils s'achèvent sur des paliers invisibles, à de secrets étages qui me semblent inaccessibles.

D'abord, je demeure subjuguée : il n'y a ni endroit ni envers, ni ciel ni terre, rien d'autre que du vide et des marches. Ensuite, je prends conscience de ma situation : lequel ai-je pris pour parvenir jusqu'ici ? Lequel choisir pour rentrer ?! Je tente de passer chacun d'eux en revue. Mais autant fouiller l'éternité ! Ils sont des centaines, des milliers, plus encore, et tous identiques !

Un vent de panique souffle dans ma poitrine. Je me tourne de tous côtés, achevant ainsi de dissiper le peu de repères qu'il me restait, et me voilà égarée pour de bon !

J'erre au hasard, me précipite d'un côté ou de l'autre, retourne sur mes pas plusieurs fois. Je cours, je nage, je flotte, je me débats dans toutes les directions, mais rien ne fonctionne. Je suis perdue.

Complètement, totalement, absolument perdue. Des larmes descendent vers mes yeux, remontent vers mes lèvres. Je les sens couler, salées dans mon cœur, puis j'éclate en gros sanglots.

Les voix autour de moi commencent à résonner plus fort, à cogner plus fort, provoquant des douleurs dans mon crâne. Elles me vrillent bientôt les oreilles comme un essaim d'abeilles en colère. J'appelle à l'aide. Personne ne me répond. Mes mots doivent se perdre dans cet assourdissant chaos...

Je me rends compte que quelqu'un manque : ma petite voix. Où est-elle ? Où est-elle quand j'ai besoin d'elle ! Pourquoi plus personne ne susurre du fond de ma conscience quelques piques sarcastiques ? Ma tête est si vide, sans elle, si pleine de ces autres voix...

Je dois rentrer ! Je hurle le premier nom qui me passe sur la langue : Ester ! Il faut qu'elle vienne me sauver, me délivrer, me tirer de ce cauchemar. Car, oui, c'est un cauchemar, bien sûr. Ce n'est qu'un cauchemar ! *Ester ! Ester, viens me chercher !* Toutes les voix se taisent, sauf l'écho de la mienne, confuse et solitaire, qui me renvoie ma détresse au visage.

Alors, j'appelle Lucien, je crie son nom. Désespérée, j'implore même Gabriel ! Mais personne ne répond et personne ne vient, et je demeure seule, irrémédiablement seule, si petite et si perdue dans cette immensité.

Je me laisse tomber sur ce semblant de sol où je lévite plus qu'autre chose. J'enfouis ma tête entre mes genoux, me balance pour apaiser la terreur et la nausée furieuse qui menacent de me prendre le cœur.

Comme on se chante une berceuse, je pense alors à lui, à mon infirmier, à Frank. À lui qui, tant de fois, tant de nuits, m'a rassurée, m'a consolée. Si seulement je pouvais être à ses côtés à cet instant... Il me réconforterait. Il emplirait ce néant de ses joyeux et incessants bavardages...

Tandis que je pleurniche sur mon sort, un étrange clapotis se réverbère à travers tout l'espace. Je tends l'oreille, incertaine. Puis une douce musique carillonne au-dessus de moi. Bruit de loquet. Je redresse la tête, écarquille les yeux.

Une nouvelle porte, blanche comme toutes les autres, mais sans spirale, se tient au milieu de la brume et du vide, telle une évidence. Elle n'est rattachée à rien, à aucun mur. Elle trône dans le néant.

Je me lève, l'ouvre avec précaution, craignant qu'avec un geste brusque, elle s'évapore et disparaisse.

CHAPITRE 7 : RÊVE FAMILIER

— Je suis désolé… Oh, si tu savais comme je suis désolé… !

Qui est là ? songeai-je, l'esprit embrumé. Je soulevai une paupière, mais une pellicule d'huile semblait recouvrir ma cornée et rendait le monde brillant tout autour de moi.

— Je suis désolé, se lamenta encore cette voix, si familière.

Le soulagement inonda mon cœur une seconde quand je la reconnus, avant de réaliser ce que cela signifiait. Je me redressai alors subitement et ouvris les yeux en grand. La brume se dispersa. Mon regard buta sur le blanc immaculé des murs et du plafond.

— Si tu savais comme je m'en veux ! répéta Frank.

Je me tournai de tous côtés.

— Non… soufflai-je, confuse.

Mais tout était bien là, aussi net que dans mon pire souvenir : les barreaux du lit, les rideaux jaunis, le lino bleui, le fauteuil roulant, et même le bouquet d'iris sur le rebord de la fenêtre. Mon ancienne chambre était comme je l'avais laissée.

Je revins avec horreur à mon infirmier. Il se tenait à mon chevet et continuait à psalmodier des excuses, les yeux fermés, la tête basse, cramponné à un pan du drap blanc. L'angoisse me serra l'estomac.

— Comment suis-je arrivée ici ?!

— Je suis désolé, désolé, poursuivait Frank. Tout ça, c'est de ma faute !

— De ta faute ? C'est toi qui m'as retrouvée ?

— Si je n'avais pas réagi comme ça, tu ne te serais pas enfuie…

— Je ne me suis pas enfuie à cause de toi, le rassurai-je.

— J'ai été stupide. Stupide, stupide, stupide ! répétait-il en se frappant la poitrine.

— Mais non, ne dis pas ça...

— Je suis désolé, vraiment désolé. Je me sens si coupable, pour tout, m'interrompit-il.

— Je ne t'en veux pas, tentai-je.

Il se tut.

— Quand m'a-t-on ramenée ici ? Je ne m'en souviens pas.

Une grosse larme tomba de sa joue, roula sur le drap. Je posai la main sur la sienne. Il frissonna, les paupières toujours closes, puis rabaissa ses manches.

— Je ne t'en veux p... allais-je répéter, mais il renifla et reprit son monologue.

— Si j'avais su... S'ils m'avaient dit plus tôt, pour toi ! J'aurais pu me préparer, j'aurais pu encaisser ! Tu vois, j'aurais su comment réagir, s'ils m'avaient laissé le temps... !

— Je vais bien, ne t'en fais pas. J'étais en sécurité, j'étais chez... des amis, éludai-je.

Il me coupa presque la parole.

— Tu sais, j'espère que tu as trouvé un endroit où t'abriter, quelqu'un d'honnête pour t'accueillir.

— Comme tu peux le constater, tout va bien, je vais bien, le rassurai-je. J'étais en train de te dire que je me suis fait des amis, et...

— Mais au fond, c'est sans doute mieux que tu sois partie, parce qu'il se trame des trucs pas nets, ici, des trucs dangereux. Tu sais, j'ai essayé de les mettre sur de fausses pistes. Je suis tellement désolé... J'espère que tu es en sécurité.

— Mais, je... balbutiai-je, perplexe.

— Monsieur Burish, quand il nous a expliqué, quand il nous a dit toutes ces choses à ton sujet... Il nous a parlé de ce qu'il comptait faire aussi... Pas de tout, sans doute, mais... Je n'aurais jamais cru ça possible. Et pourtant, tu sais que je ne manque pas d'imagination ! J'ai l'esprit ouvert, moi, quand même ! Mais ce qu'il prévoit... Non, c'est pas joli...

— De quoi tu...

— Il y en a qui ont refusé de coopérer. Eh bien, ils sont partis, mais partis, *partis*, tu vois ?

— Ils sont morts ?! m'effarai-je.

— Ce ne sont que des rumeurs, bien sûr, mais... enfin, tu comprends.

— Non, je ne comprends rien ! m'exclamai-je, excédée.

Il ne leva pas même le nez pour me regarder.

— Je me suis laissé entraîner là-dedans. Je n'aurais jamais dû faire confiance à monsieur Burish. C'est trop tard, pour moi.

Je me radoucis.

— Tu as des ennuis ? Que se passe-t-il ?

— J'espère au moins que toi, tu es bien cachée et qu'ils ne te retrouveront pas. Je préfère encore te savoir ailleurs.

Je le contemplai, les yeux ronds.

— Bien cachée ? Je suis sous ton nez !

— Je l'espère pour toi, mais aussi pour nous, tu vois.

— Nous ? Qui ça, nous ? Que se passe-t-il à la fin !

Les paupières closes, il se mit à réciter tout bas, entre ses lèvres, des mots inaudibles. Allons bon, priait-il maintenant ? J'attendis, les paumes ouvertes d'incompréhension, qu'il daignât me répondre.

— S'il te plaît, explique-moi ce qui m'arrive, l'implorai-je.

Il se redressa. Pleine d'espoir, je lui tendis la main. Mais quand il leva les yeux vers moi, il ne croisa pas mon regard et fixa un point à travers moi.

— Tu me manques. C'est égoïste, je sais, murmura-t-il.

Il... Il ne me voit pas ? Il ne me voit pas ! J'agitai le bras sous son nez : il ne cilla pas.

— Tu ne me vois pas ?! m'étranglai-je.

Pas de réponse.

— Et tu ne m'entends pas non plus, constatai-je avec effroi.

Frank continuait à regarder dans le vague, comme si je n'existais pas. Une bouffée de panique remonta dans ma gorge. Pourquoi ne me voyait-il pas ? Que se passait-il ? Comment étais-je revenue ? N'avais-je donc plus de corps ? Je baissai la tête sur mes jambes et sur mes pieds. Non, j'étais toujours bien rattachée à ce maudit corps. Mais, à vrai dire, celui-ci n'était pas dans son état normal. Il brillait d'une drôle de lueur.

— Que m'arrive-t-il ?!

Frank sécha ses larmes, puis se leva et se dirigea vers la sortie, sans un mot. Je sautai du lit et me précipitai sur ses pas, mais trop tard : il referma la porte à clef derrière lui.

— Laisse-moi sortir ! criai-je en secouant la poignée, résolument immobile.

Je tapai alors sur le bois du plat de la main, ce qui ne produisit aucun son.

— Laisse-moi sortir ! hurlai-je, affolée. Je suis là ! Je suis là !

Mais la porte demeura close. Je l'appelai encore, entre deux sanglots étranglés.

— Frank ! Frank ne me laisse pas, je suis là ! Frank... ? Ho, hé, il y a quelqu'un ? Laissez-moi sortir ! Vous ne pouvez pas me laisser là ! Je suis là ! Je suis là !!

De rage, de terreur, je tambourinai, frappai le battant du poing, lui donnai des coups de pied, mais mes gestes étaient freinés, pris dans des sables mouvants comme dans ces rêves où l'on fait du surplace.

— Laissez-moi sortir...

Dans une ultime tentative, je reculai, puis, l'épaule en avant, je m'élançai – au ralenti – en fermant tout de même les yeux en prévention du choc.

Il n'y en eut pas. Je basculai et m'étalai de tout mon long dans le couloir.

Quand je me redressai et me tournai d'un air bête vers la porte, je découvris qu'elle était toujours close. Je m'en assurai trois ou quatre fois. Je me retournai donc, les poings sur les hanches, pour confronter le coupable de cette mauvaise blague, mais c'était désert et sombre. Les faibles diodes vertes indiquaient les issues de secours. J'agitai les bras en direction de l'éclairage automatique, en vain.

— Allons donc ! Tu ne me calcules pas non plus ? m'agaçai-je.

Et j'examinai mes mains. Ce n'était peut-être qu'à cause de cette lueur verte, mais elles me semblaient bizarres, incohérentes. Elles bougeaient de façon trouble, se déplaçaient à la fois trop vite et trop lentement, comme s'il manquait des images à ma vue. Leur mouvement me paraissait étrange et saccadé. Je les agitai à toute vitesse de droite à gauche, les secouai de bas en haut, sans succès. Mes pieds, mes jambes, tout mon corps s'avérait atteint du même décalage.

— Tu es là ? demandai-je à ma petite voix.

Mais elle ne me répondit pas.

— Toujours quand on a besoin d'elle… marmonnai-je.

Des timbres inconnus me parvinrent soudain d'un angle. Les néons de l'éclairage automatique se déclenchèrent aussitôt un à un. La lumière se propagea jusqu'à moi, dans une succession de *clac, clac, clac* grésillants. J'étais à découvert !

Affolée, je cherchai une planque, un placard, n'importe quel objet assez large pour me dissimuler, mais le couloir était cruellement vide. Je me jetai alors sur les portes autour de moi, qui restèrent closes. La panique m'envahit. Je ne devrais pas me trouver là ! Je luttai encore contre la poignée de mon ancienne cellule. Comment avais-je pu traverser ? Il était trop tard pour le découvrir. Deux silhouettes prirent forme. Impuissante, je me pressai contre un mur en rentrant le ventre et en retenant mon souffle, priant pour bien être invisible.

— Tu ne peux pas faire ça ! s'écria l'une des voix.

Un homme.

— Moins fort, on pourrait nous entendre !

Une femme.

— Plus personne ne traîne dans ce couloir, maintenant, répondit-il en haussant les épaules.

Sa consœur jeta de petits coups d'œil nerveux autour d'elle.

— On ne sait jamais.

Elle ne me voit pas, me rassurai-je sans oser expirer malgré tout.

— Pourquoi veux-tu partir ? Tu as perdu la tête ! Regarde ce qui est arrivé aux autres ! s'écria l'homme.

— Burish est fou... murmura-t-elle en se courbant un peu. Je dois penser à mes enfants. Je dois les emmener loin d'ici.

Ils continuaient à se rapprocher.

— Tu l'as entendu comme moi, ça ne servirait à rien. Où que tu ailles, s'il parvient à ses fins... Si son plan fonctionne... !

— Alors, j'aurai passé mes dernières heures avec eux.

— Ils te retrouveront avant. Et on sait tous les deux ce qu'ils te feront, ce qu'ils leur feront...

— Je dois prendre le risque, je n'ai pas le choix.

— Ne dis pas ça...

— Il vaut mieux la mort, lâcha-t-elle.

L'homme secoua la tête :

— On l'ignore. Ce n'est peut-être pas si terrible. Peut-être que Burish a raison. Peut-être que nous nous sentirons plus libres. Peut-être que...

Elle sourit, désabusée :

— Cela fait beaucoup de *peut-être.*

— Reste, l'implora-t-il.

— Je ne peux pas.

— Reste, répéta-t-il plus bas. Fais-toi discrète, avec moi. Nous serons peut-être épargnés.

— Burish n'acceptera aucune exception.

— Tu n'en sais rien...

— Mais même s'il nous épargnait, est-ce ce que tu veux, vivre dans un monde dirigé par ce fou furieux ?

Ils s'arrêtèrent juste en face de moi. L'homme planta ses yeux brillants dans ceux de la femme.

— Pour l'instant, je veux nous garder en vie.

— Ce n'est pas une vie...

— Reste, reste avec moi... bredouilla-t-il.

— Je ne peux pas.

— Alors, attends ! Attends encore un peu, attends de voir... ! Ils ne la retrouveront peut-être jamais !

— Ils la cherchent partout. Ils finiront bien par lui mettre la main dessus.

— Attends...

— Ce n'est plus qu'une question de temps. Cassandre va réapparaître, insista-t-elle.

Cassandre... mais... c'est moi ?! réalisai-je, terrifiée.

— Sans elle, il ne peut rien faire. Tant qu'elle reste loin d'ici, nous sommes à l'abri.

Mais je ne suis pas loin d'ici ! eus-je envie de leur crier.

— Je ne peux pas prendre ce risque.

— Alors, tu préfères crever tout de suite ! cracha-t-il soudain.

Elle observa un silence, et il baissa la tête, le cœur au bord des lèvres.

— Je ne veux pas me disputer avec toi.

— S'il te plaît, reste...

Elle posa la paume sur son bras qu'elle pressa avec tendresse.

— Tu pars quand ? se résigna-t-il au bout d'une interminable attente.

— Dans quelques heures.

— Quelques heures !

Elle opina. À court de mots, il lui saisit la main et la serra fort, si fort que leurs jointures blanchirent. Comme elle étouffait un sanglot, l'homme l'étreignit. Mon cœur se contracta maladivement. Il posa son front contre le sien, essuya ses joues du pouce, mais ses propres larmes dévalaient sur son visage.

— Viens, allons prendre l'air, chuchota-t-il comme si la moindre syllabe plus haute que l'autre risquait de hâter son départ.

La femme me frôla en passant.

— Il fait de plus en plus froid dans ces couloirs… observa-t-elle en croisant les bras.

Puis ils s'éloignèrent, emportant avec eux la lumière des néons.

Mon cœur cognait à l'envers. Je n'avais aucune idée de ce que préparait monsieur Burish, j'ignorais pourquoi j'étais concernée, mais cette conversation volée me plongeait en alerte jusqu'à la moelle. Ne sachant que faire, j'entrepris de suivre cet homme et cette femme. Ils avaient déjà atteint la cage d'escalier, celle-là même que nous avions empruntée avec Ester pour nous enfuir.

Je me rendis compte en marchant que je ne sentais plus toutes les douleurs de mon corps, que je n'avais plus aucune courbature. J'étais d'une incroyable légèreté. Mes jambes se trouvaient pourtant toujours là. Je m'en assurai encore une fois. Je descendis à leur suite, avec l'impression d'être trouée quelque part.

Au détour d'un couloir, des cris brisèrent le silence solennel. L'homme saisit le bras de la femme et pressa le pas. Je m'arrêtai, moi, devant la porte d'où grondait cette colère terrible, celle de monsieur Burish.

Ma petite voix m'aurait sans doute ordonné de partir loin d'ici, de sauver ma peau, mais elle n'était pas là, et je devais savoir, je devais comprendre. S'il y avait le moindre indice, il se trouvait derrière cette porte.

— Vous êtes un incapable ! tonna monsieur Burish. Et vous osez encore vous présenter devant moi !

J'allais coller, tremblante, l'oreille au battant, quand tout à coup, je rebasculai en avant, comme si le bois avait cessé d'être bois, comme s'il avait cessé d'être matière. J'atterris dans un bureau mal éclairé et tombai nez à nez avec monsieur Burish.

Nos regards se croisèrent, je crus défaillir, mais il reporta son attention ailleurs, quelque part sur le mur. Ses yeux brillaient d'une lueur cruelle, alors que, comme d'habitude, le reste de son corps demeurait flegme. Ce décalage m'avait toujours semblé inquiétant. Aujourd'hui, de si près, c'était terrifiant. Je me rassurai un peu : il ne me voyait pas non plus.

Un reniflement m'alerta. Dans le dos de monsieur Burish se tenait son assistant, dont la chemise à carreaux tremblait de tous ses plis. Monsieur Burish fit soudain volte-face. L'autre vacilla.

— Comment diable est-il possible que vous ne l'ayez toujours pas retrouvée !? Avec tous les moyens dont nous disposons ! Vous devriez avoir honte !

Le pauvre se cramponna à sa tablette et ne parvint qu'à bredouiller de piteuses excuses.

— Comprenez-vous, reprit monsieur Burish, que, sans elle, nous sommes tous condamnés ?

— N-n'avons-nous pas assez d-de données p-pour... bégaya-t-il.

Monsieur Burish le coupa.

— Pensez-vous que je la chercherais ainsi, si je n'avais plus besoin d'elle ?

L'assistant blêmit :

— Mais, aujourd'hui, nous avons le deuxième spécimen...

Un deuxième... spécimen ? Mes réflexions tournèrent court, car monsieur Burish laissa éclater un râle qui déforma sa bouche en une hideuse grimace. Le sang de l'assistant quitta tout à fait son visage, et je crus qu'il allait s'évanouir.

— Dois-je donc toujours tout vous expliquer ? Êtes-vous à ce point dépourvu de jugeote !

— M-monsieur, je...

— Les résultats ne sont pas concluants, dit-il entre ses dents. Vous le comprenez ? J'ai besoin de Cassandre. Alors, écumez cette monstrueuse planète s'il le faut, mais ramenez-la-moi ! Et vivante !

L'assistant se décomposa davantage.

— Mais, monsieur...

— Assez ! tonna monsieur Burish, hors de ses gonds. Ce n'est pas une requête, c'est un ordre !

Sa colère porta tant et si bien dans le petit bureau, que même les tableaux aux murs tremblèrent. J'en oubliai comment respirer. L'autre leva la tablette devant son visage, mais aucun coup ne vint. monsieur Burish, à la place, se racla la gorge, et sa voix se fit brusquement caressante :

— Je ne voulais pas vous effrayer, pardonnez-moi. Mes mots ont dépassé ma pensée.

L'assistant demeura cependant immobile, pétrifié. Il sursauta lorsque monsieur Burish posa une main paternelle sur son épaule.

— Vous devez me faire confiance, j'ai besoin d'elle pour nous sauver.

Son employé opina d'un menton tremblant.

— C'est aussi pour vous que je le fais, pour vous tous.

Il ajouta, se perdant dans ses pensées :

— Sans elle, je ne peux pas résoudre l'épineux problème de l'attraction corporelle. Le comprenez-vous ?

À nouveau, l'assistant acquiesça.

— Et si nous ne parvenons pas à résoudre ce problème, dites-moi, que se passera-t-il ?

Monsieur Burish attendit, la main toujours sur l'épaule du jeune homme. D'une petite voix, ce dernier murmura :

— La décorporation ne sera pas possible ?

Monsieur Burish hocha la tête.

— La décorporation ne sera pas possible ! Et qui en pâtirait ?

L'assistant hésita.

— Tout le monde ? hasarda-t-il.

Monsieur Burish acquiesça, satisfait, et se tourna vers la porte – vers moi.

— C'est le sort de toute l'humanité qui est en jeu.

— Mais, monsieur, insista l'autre dans son dos, que dois-je dire à monsieur Deulort ? Il ne cesse de m'interroger, et je...

Monsieur Burish sourit de toutes ses dents. Mon corps tout entier se raidit.

— Eh bien, que nous cherchons sa fille !

D'un rire à glacer le sang, il ajouta :

— N'est-ce pas ce que nous faisons ?

L'assistant, timide, opina. Monsieur Burish se tourna vers lui de trois quarts.

— Comptez-vous demeurer planté là ?

— Non, monsieur, s'empressa-t-il de répondre.

Il se dirigea vers la porte en se retenant de contourner plus largement monsieur Burish. Ce dernier l'arrêta au moment où il posait enfin la main sur la poignée :

— N'oubliez pas que j'ai besoin de quelqu'un comme vous pour parler en mon nom.

L'assistant lui adressa un timide petit hochement de tête, puis s'éclipsa sans demander son reste. Alors que le battant se refermait, un sourire carnassier étira les lèvres de monsieur Burish, qui glissa entre ses dents :

— Mais des comme vous, il en existe des tas.

Je tentai de ne pas paniquer, mais toutes les fibres de mon corps me hurlaient de fuir à l'autre bout de la Terre. Non, ce n'était pas suffisant. Disons Mars. Ou Pluton ! Plus loin encore ?

Que ferait Ester ? Que ferait ma petite voix ? voulus-je me raisonner. Elles ne laisseraient pas la terreur dicter leur conduite ! Monsieur Burish fit quelques pas vers la fenêtre. Son reflet me renvoya les deux poches formées sous ses yeux. Pensif, il contempla les arbres du parc. Je me glissai derrière lui. *Je dois en apprendre plus. Je ne peux pas partir d'ici sans découvrir ce qui est en jeu,* me dis-je pour me donner du courage.

Des tas de documents étaient étalés. Par où commencer ?

Alors que je survolais toutes ces pages sans y rien comprendre, mes yeux furent soudain irrésistiblement attirés vers l'extrême bord du bureau. Un calepin noir était ouvert, en équilibre. Un papier, contenant un tableau, y était agrafé.

Je me penchai pour y voir plus clair et constatai qu'il s'agissait des notes du psychiatre, celles qu'il avait prises lors de notre entretien. À leurs côtés s'en trouvaient d'autres, certaines signées de la main de monsieur Burish. La même écriture noircissait les pages du calepin, qui devait appartenir à ce dernier.

Je parcourus ces lignes, d'abord sans y comprendre quoi que ce soit, puis le sens s'imposa, peu à peu, de mieux en mieux, horriblement. Et je lus et je relus ces mots, ces monstrueux, ces épouvantables mots, avec toute la vérité qu'ils contenaient en si peu de lettres. Je les relus, plusieurs fois, refusant d'y croire. Je les lus et les relus, toujours avec la même impression de chuter dans le vide.

— Non. C'est impossible. Impossible...

Je secouai la tête, priant pour les oublier, tentant de chasser le vertige qui remontait sous ma peau, mais finis par tomber en avant. Je me rattrapai de justesse au bureau, dont le bois redevint bois, dont le bois redevint matière, et heurtai le calepin au passage. Celui-ci vacilla, puis bascula pour de bon et se referma d'un coup sec – bien trop audible – en percutant le parquet. Monsieur Burish pivota :

— Qui est là ?

Je reculai d'effroi. Sous mes pieds, le plancher grinça. Monsieur Burish avança dans ma direction, fouilla la pièce en fronçant les sourcils. Soudain, il croisa mon regard et écarquilla de grands yeux étonnés. Je titubai en arrière. Mon dos cogna contre la porte. Je me jetai sur la poignée sans parvenir à l'actionner.

— Ouvre-toi, pitié, ouvre-toi... l'implorai-je.

Désespérée, j'agrippai l'encadrement. Monsieur Burish fit un pas en avant. Impuissante, réduite à un animal pris au piège, je me plaquai contre le bois. Un deuxième pas. Il était tout près. Un de plus, et il mettrait la main sur moi. Je fermai les yeux, actionnai la poignée sans relâche.

— Ouvre-toi, ouvre-toi, ouvre-toi… suppliai-je.

Et sans crier gare, je basculai de l'autre côté.

CHAPITRE 8 : ABANDON

La porte me recrache, claque d'un coup sec et disparaît. Le brouhaha désordonné ne m'y trompe pas : je suis de retour dans la nébuleuse. Monsieur Burish ne m'a pas suivie. Je me relève, chasse le nuage de brume scintillante, cherche urgemment mon chemin. Un seul désir m'anime :

— Je veux rentrer chez moi !

Je ne le crie pas pour elles, pour les voix, mais pour moi, parce que je n'ai pas le choix, parce que c'est une pensée qui m'étrangle, parce qu'il faut que je la hurle.

— Je veux rentrer… ! Je veux rentrer chez moi !

Et soudain, je fonds en larmes : ces mots sont vides, ces mots ne signifient rien. « Chez moi » ne signifie rien. « Chez moi » n'existe pas. « Chez moi » n'a jamais existé, pas plus à l'hôpital que dans la maison de Lucien. « Chez moi » n'est pas un lieu, « chez moi » est une idée. Et il n'y a pas de chez-moi possible, pour moi. Pas de foyer. Aucun. Je me sens petite, toute petite, et misérable, et seule.

— Je veux rentrer chez moi… !

C'est absurde, mais je le veux quand même. C'est un besoin, une urgence qui me creuse le cœur. Il *faut* que je rentre. Je *dois* rentrer, même si cela ne signifie rien. Je hurle ces mots alors que d'autres me hantent, ceux du calepin de monsieur Burish. Ce que j'y ai découvert, sur ces pages, sur moi, sur ce que je suis… Plus rien n'a d'importance. Je n'ai plus aucun chez-moi au monde.

— Je veux rentrer chez moi !

M'époumoner ne suffit pas. Je souhaiterais vomir ces mots, me vider de ce trop-plein qui me submerge, de ce trop-plein de rien…

Mais je ne le peux pas. Alors, je reste prostrée, seule, noyée de larmes, des minutes, peut-être des heures entières. Qu'importe ! Le temps est privé de sens.

Pourtant, l'orage intérieur finit par se dissiper, et l'idée obsédante s'amenuise. Elle ne disparaît pas tout à fait, mais des réflexions plus raisonnables parviennent à se frayer un chemin jusqu'à moi. Je repense au couple, je repense à leur conversation ainsi qu'à celle de monsieur Burish avec son assistant. J'assemble les pièces. Et c'est la douche froide, celle qui vous électrocute. Je me redresse. Je dois rentrer, oui, mais pour informer Ester de ce qui se trame là-bas !

Je regarde partout autour de moi, à la recherche de l'escalier emprunté à l'aller, mais comme un peu plus tôt, ils sont des milliers et tous identiques ! Impossible de reconnaître le mien. Perdue pour perdue, je décide d'avancer au hasard. Après une longue marche, au détour d'un amas de brume, une silhouette se dessine.

— Eh, vous, s'il vous plaît ! Non, attendez ! l'appelé-je. Je me suis égarée ! Savez-vous où nous sommes et comment rentrer ? Non, restez ! Ne partez pas ! Quel est le bon escalier ?

Je me stoppe net quand la personne se tourne pour me faire face. Et quand elle plonge enfin son regard dans le mien, l'espace, entre nous, se réduit instantanément. Les flammes de ses yeux brûlent d'une façon étrange dans cet univers stellaire, pourtant, je les reconnais :

— Lucien ? murmuré-je.

Ma voix se perd dans la nuée des autres voix. Il me sourit, mais il a un drôle d'air. Il pointe du doigt une forme, à quelques pas de nous : une flaque opaque qui s'élargit au fur et à mesure que je la regarde.

— Qu'est-ce que c'est ?

Ma question me revient en écho, répétée et réverbérée par toutes les voix de la brume. Lucien, insistant, montre à nouveau l'étendue sombre. Intriguée, je m'en approche, me penche à sa surface. Ce n'est pas une flaque, mais un véritable gouffre, rempli d'une eau noire qui ne reflète rien. Je constate que je ne peux pas en détacher le regard – ce qui devrait m'effrayer, sans doute. Je demande, tout bas :

— Qu'est-ce que c'est… ?

Lucien ne répond rien.

Le gouffre a des profondeurs abyssales, je le sens, je l'espère. Subjuguée, je tends la main pour effleurer sa surface. Lucien ne cherche pas à m'en dissuader. Je ne devrais peut-être pas… mais la tentation est trop forte. J'ai pourtant la vague impression d'oublier quelque chose, quelque chose d'important. Un reste de pensée flotte, me traverse et m'échappe. Je contemple l'eau. Non, ce n'est sans doute rien… Je ne désire rien d'autre que de la toucher. Qu'ai-je de mieux à faire, de toute manière ? J'y plonge les doigts, mais suis surprise de n'y rien ressentir. Ce n'est pas même l'absence de quelque chose, c'est le vide, le néant absolu. Je lève le nez vers Lucien, qui se tient penché au-dessus de l'eau noire.

— Pourquoi ai-je tant envie d'y aller ? chuchoté-je, comme pour partager un secret.

Mais il ne me répond pas. Il semble avoir oublié jusqu'à ma présence. Cette eau nous attire à elle. Je devrais résister. J'ai quelque chose à faire, quelque chose de crucial à dire, à révéler…

— Quoi donc… ? demandent les voix toutes ensemble.

Je n'en sais rien.

— À qui… ?

Je ne le sais plus. Cela me trouble et remue un fond d'émotion en moi, quelque chose qui a le goût de la peur, mais c'est trop fugace pour me faire reculer.

— Ce ne devait pas être très important, me dis-je en contemplant l'ondulation hypnotique sous mes doigts.

J'y enfonce le bras tout entier. Un curieux soulagement me gagne. L'eau me lave d'une souffrance déjà oubliée. Elle dissout en même temps cette désagréable sensation de perdre quelque chose. Je jette un dernier coup d'œil à Lucien : il n'a pas bougé. Ensuite, c'est comme une pulsion, presque une fatalité. Il faut que j'y aille, que j'y retourne. La tête la première, sans hésiter, je plonge dans le gouffre. Et je me laisse couler.

L'eau n'a pas de température. Le visage de Lucien, à la surface, s'éloigne. Les voix se réduisent progressivement à un mince filet, à un sifflement léger, plus léger que l'air, puis c'est le silence, un fascinant et terrifiant silence. Je l'écoute, avide, se déverser en moi.

Mon cœur ralentit. Il bat une dernière fois, dans un ultime effort, puis cesse de lutter. J'observe mes mains que, peu à peu, l'obscurité engloutit. Je ne les sens plus. Mon corps disparaît avec elles.

Qui suis-je ? Le temps et l'espace se confondent. Je ne suis rien. Je ne suis pas. Je n'ai jamais été rien d'autre que du vide. J'en suis venue, j'y retourne. Ma délivrance, mon soulagement. Je rentre chez moi...

Je contemple, indifférente, quelques souvenirs me quitter, se dissoudre avec la nuit. Et je ne ressens plus rien... Le gouffre se confond en moi. J'en suis son prolongement...

Mais soudain, dans un dernier sursaut de lucidité, mon esprit convulse. L'urgence le contracte tout entier, puis surgit un indicible effroi. Aussitôt, les ténèbres l'engloutissent. Ce soubresaut, comme le reste, sombre dans l'oubli, et je cesse de me débattre. Des mots me parviennent de loin. Qui, déjà, en est l'auteur ?

Mes pensées heurtent des dunes d'angoisse

dans le plus sinistre secret...

— Aline ! résonne une voix dans la nuit.

Qui est Aline ?

— Aline ?

La voix éclaire les ombres.

— Bon sang, Aline !

Je reprends péniblement conscience.

— Aline, est-ce que ça va ?

Non, laissez-moi. Partez, partez, je veux rester là. Ne rien ressentir, ne plus être...

— Tu m'entends ? Aline ? Aline !

Partez...

Mais mon esprit est arraché au gouffre, mon corps ramené vers la surface. Je fais le chemin inverse, à une vitesse hallucinante, éclatante. Je retraverse la brume, remonte l'escalier sans toucher terre, entrevois une porte blanche et, enfin, je bats des paupières.

— Aline, reste avec moi.

Je pousse un hurlement de douleur que j'entends résonner au fond de ma chair, de ma moelle. Je vais imploser. Trop chaud ! Trop froid aussi ! Les bruits, les odeurs. Trop de tout. Trop. Je suis à l'étroit. Je vais manquer d'air ! Où est l'espace ? Il me faut de l'espace !

— Regarde-moi, Aline.

Je veux dire quelque chose, mais ne parviens pas à parler. Ma langue repose avec mollesse dans ma bouche, anesthésiée. Un haut-le-cœur l'ébranle pourtant.

— Je te tiens !

Je comprends qu'on me porte. Mon crâne pèse du plomb. Je n'ai pas la force de le relever.

— Tout va bien, tout va bien.

Je suis déposée sur une surface douillette. On glisse quelque chose sous ma nuque : un oreiller ? Je secoue la tête, nauséeuse.

— Tu vas vomir ? s'alarme la voix. Ne bouge pas, je reviens.

Comme si je le pouvais !

Puis on place entre mes mains quelque chose comme un gros saladier en plastique. On m'aide à me redresser. Je contemple ce que j'ai sous le nez : une bassine. Il ne m'en faut pas plus : je rends mon dîner.

Le mélange de soupe et d'acide me brûle la gorge. Après

plusieurs contractions de mon estomac, je prends enfin une bouffée d'air. Alors, je pose les yeux sur celui qui m'a portée jusqu'ici, dans ce canapé, et m'observe avec inquiétude.

— Tiens, fait-il en me tendant un mouchoir blanc.

Je m'essuie le menton en réprimant un nouveau haut-le-cœur.

— Voilà ce qui arrive quand on floue avec le jeu… !

Et je n'ai pas la force de corriger son expression.

CHAPITRE 9 : PLUIE

— C'est impossible... me répété-je, debout au milieu de la chambre d'Aline.

Mais puisque je contemple mes pieds, mes propres pieds, je dois bien me rendre à cette évidence : je suis moi, je suis Cassandre et j'ai retrouvé mon corps ! Ça s'était déjà produit, quand j'avais pu frapper Robert, mais mon autre moi-même se trouvait là, consciente, en partie aux commandes. Je n'avais jamais eu le contrôle total, pas jusqu'à aujourd'hui !

Mais qu'a fait Aline à mes orteils ? Depuis combien d'années n'ont-ils pas croisé une lime, un exfoliant, une crème hydratante ?! Ma parole, ils ont fait un stage intensif en milieu hostile ! Elle va m'entendre, si elle revient un jour. Je n'ose pas espérer le contraire.

Elle a en effet franchi la porte blanche. Comme dans le bureau du psychiatre, je l'ai vue s'extraire de sa coquille, mon corps, et prendre la forme d'une ombre. À cet instant, elle doit être en train de descendre l'escalier situé derrière la cascade, ce même escalier qui la mènera au monde parallèle.

Un rire nerveux éclate dans ma gorge. Surprise par le son de ma propre voix, je me tais, puis le laisse à nouveau se propager à travers tout mon être. M'entendre, m'entendre avec des oreilles, mes oreilles, ne plus être qu'un spectre est troublant, mais grisant ! De l'eau roule sur mes joues. Ce sont des larmes de bonheur, des larmes de soulagement.

Je porte les mains à mes yeux, fais danser ces doigts qui sont les miens. Le ravissement est total, absolu. Comme une gamine, je trépigne et j'étreins mon corps, mon propre corps, cet ami que je croyais perdu.

— Tu m'as tellement manqué !

Le temps s'écoule à nouveau. Je contemple la chambre. Elle paraît plus éclatante, plus colorée. Même les bruits sont lumineux. Je le réalise d'ailleurs soudain :

— Il pleut !

L'idée a à peine effleuré mon esprit que je dégringole déjà l'escalier. Je traverse le couloir, fonce tout droit sur la porte d'entrée et pose un pied nu dehors, puis je me précipite sur la placette en ouvrant grand les bras, mes bras. Je tends mon visage au ciel et me tiens là, sous les gros nuages noirs de pluie et de nuit, sous l'orage, sous les éclairs, dans mon propre corps. L'eau ruisselle sur ma peau. Y a-t-il sensation plus exquise ? Je la laisse couler jusque dans ma bouche et je ris, je ris aux éclats !

J'avais presque oublié ce que cela faisait, d'exister, de vivre ! Je songe soudain à Ester. Je veux aller la voir, lui parler, l'étreindre, l'aimer comme elle le mérite, qu'elle me regarde ! Je virevolte, prête à revenir sur mes pas, mais quelqu'un d'autre m'attend sur les marches.

— Aline ?

Gabriel.

— Aline, est-ce que ça va ?

Je ne sais que dire, que faire. Il me prend pour elle.

— Tu m'entends ? Aline ? Aline !

J'hésite, mais, quand enfin je trouve mes mots, il est trop tard. Je suis expulsée, brusquement, violemment, encore. La douce sensation de pluie s'évapore. Je retrouve le néant, à la place que j'abhorre : je redeviens la petite voix.

Je vois Gabriel se précipiter pour rattraper mon corps – non, le corps d'Aline – qui s'effondre dans la rue.

— Aline, reste avec moi.

CHAPITRE 10 : DÉCENTRÉE

— Tu es de retour ?

Nous étions plongés dans une demi-pénombre.

— De retour ? répétai-je, toujours nauséeuse.

Gabriel m'étudiait de ses yeux chocolat, le front plissé. Désorientée, je baissai le nez. Sur mes genoux se trouvait une bassine, pleine des restes de mon dîner. Le poing appuyé sur les lèvres, la mâchoire serrée, je secouai la tête pour réprimer un nouveau haut-le-cœur.

— Donne, je vais aller la vider.

Je la lui tendis sans le regarder, honteuse de son contenu, honteuse d'être vue ainsi. Au moins, il n'était pas Lucien. Il s'éclipsa.

D'un œil encore larmoyant, je reconnus les meubles du salon. J'étais assise sur le canapé, en travers, les jambes surélevées par une pile de coussins, arrivée là je ne savais trop comment. Je frissonnai et remarquai du même coup l'humidité qui me collait à la peau. J'eus d'abord peur de m'être uriné dessus, mais constatai bien vite que j'étais en vérité trempée de la tête aux pieds. Qu'avait-il bien pu se passer ? Profitant de l'absence de Gabriel, je portai une manche à mon nez. Ce n'était pas de la sueur. Avais-je pris une douche tout habillée ? M'étais-je baignée quelque part ? À la recherche d'indices, je regardai autour de moi, mais ne trouvai rien.

La pièce me plongeait dans un drôle de clair-obscur. Dans un coin, une petite lampe à l'abat-jour en dentelle étirait l'ombre des meubles. Face à moi, l'écran de la télévision montrait un reportage mis en pause. Le titre – *La vie est-elle possible ailleurs que sur Terre ?* – s'affichait sur une bande noire, par-dessus l'image figée d'une galaxie.

Sa lueur violette, un peu spectrale, se diffusait jusque dans le salon. J'avais l'impression de me trouver au cœur d'une améthyste.

J'entendis Gabriel approcher, tournai la tête vers lui, mais trop vite. La pièce se remit à valser. Je dus me pincer l'arête du nez.

— Reste tranquille, m'intima-t-il en me tendant de l'eau.

Je grimaçai et déclinai du menton.

— Trop barbouillée, expliquai-je.

— Si tu ne bois pas, tu vas avoir sacrément mal au crâne.

— Trop tard, râlai-je.

Il m'ignora, saisit ma main et referma de force mes doigts autour du verre. J'allais protester quand il déposa une couverture sur mes jambes.

— Merci, fis-je d'une petite voix.

— Une pastille ?

Il me tendit une coupelle pleine de bonbons aux emballages colorés. J'en piochai un au hasard.

— Merci, répétai-je.

— Qu'est-ce que tu as pris ?

Je fis rouler la douceur sur ma langue.

— Hum, framboise, je crois.

Gabriel en tira une de la même couleur et s'installa avec nonchalance au bout du canapé, là où s'arrêtaient mes pieds.

— Tu sais où tu te trouves ?

— Chez Lucien.

À ce prénom, il se raidit, mais acquiesça.

— Quel mois ?

Je le dévisageai. Était-il devenu idiot ?

— Mars, bientôt avril. Pourquoi ?

— Pour vérifier.

— Vérifier quoi ?

Il ne me répondit pas.

— Mais quelle heure est-il ? demandai-je alors.

— Quatre heures du matin.

— Du matin ! m'exclamai-je.

Du pouce, il me désigna la nuit derrière la fenêtre.

— Et tu ne dors pas ?

Il afficha un air mi-agacé, mi-amusé, qui creusa sa fossette.

— Je vous retourne la question, madame la somnambule.

Je le fixai.

— Tu ne connais pas ce mot ?

— Si, mais je ne me souviens de rien.

— C'est un peu le principe.

Cette idée me bouleversait plus que de raison. Gabriel ne pouvait pas le comprendre. J'avais l'impression qu'une division, invisible et irréversible, était advenue, quelque part entre mon corps et moi. Celui-ci avait toujours eu une certaine indépendance, une certaine autonomie par rapport à moi. Mais découvrir qu'à présent, il était capable de prendre les commandes pour de bon, de vivre librement sa vie de corps lorsque j'étais inconsciente... La nausée me remonta à nouveau dans le nez. Je fermai les yeux de toutes mes forces.

— Je t'ai vue traverser le couloir, entendis-je Gabriel m'expliquer. Je n'ai pas compris tout de suite que tu dormais debout. Tu es allée droit sur la porte d'entrée, sans un mot. Je me suis dit que tu voulais peut-être prendre l'air, ou que tu avais décidé de nous quitter...

— Navrée de te décevoir, marmonnai-je.

Il ignora la pique.

— Puisque tu ne répondais pas, je t'ai suivie. J'ai remarqué que tu étais pieds nus. Et tu as marché dehors, sous la pluie, comme ça. Une seule chaussure, ça ne m'aurait pas étonné, mais aucune... ? se moqua-t-il. Bref, j'ai compris que quelque chose cochait.

Ceci expliquait au moins mes vêtements trempés. Ce n'était pas de la sueur, mais de la pluie.

— Que s'est-il passé ensuite ?

— Pas grand-chose. Tu t'es effondrée, je t'ai rattrapée, puis je t'ai amenée sur le canapé et te revoici.

— Et me revoici, me répétai-je.

Je portai une main tremblante au métronome détraqué dans ma poitrine. Gabriel s'aperçut que ça n'allait pas. Il pressa le bout de mon pied à travers la couverture.

— Hé, tout va bien, murmura-t-il.

Sa paume chaude, à travers le tissu, réchauffa les orteils que je ne sentais plus, ou trop bien. Je restai parfaitement immobile. Les larmes affluèrent au bord de mes yeux. Au moindre geste, elles couleraient, sauf que je ne voulais pas pleurer, pas devant Gabriel.

— Tout va bien, répéta-t-il. Tu as fait un voyage.

Je ne pus retenir un reniflement.

— Un voyage ?

Gabriel se gratta la tête et fit craquer ses mains.

— Il faut que je t'explique deux ou trois choses, finit-il par me répondre. Je ne peux pas tout te dire, mais même si on ne s'apprécie pas beaucoup, toi et moi, ça me fait mal au cœur de te voir comme ça. J'imagine que, quand on est amnésique, c'est encore plus angoissant.

Je me cachai le visage pour dissimuler mes joues mouillées.

— C'est normal d'être déboussolée, me rassura-t-il. Ils en passent tous par là.

Un reniflement gras m'échappa. Adieu, dignité !

— Ils ?

Gabriel inspira un grand coup avant de répondre :

— Les gens comme toi.

Puis il ajouta dans un chuchotis :

— On vous appelle les « décentrés ».

J'écarquillai les yeux, mille questions sur la langue, mais Gabriel m'arrêta d'un geste.

— Laisse-moi parler.

Pourtant, il resta muet, fixant le plafond à la recherche des mots adéquats.

— Tout à l'heure, au souper, commença-t-il, prudent, tu as fait quelque chose, pas vrai ?

Je me remémorai l'horrible dîner ainsi que ma vaine tentative pour apaiser les choses entre Lucien et lui. J'avais essayé d'insuffler entre eux un peu de joie, comme j'avais supposément calmé les enfants du parc ou repoussé la foule du centre commercial. J'opinai.

— Tu as réalisé toute seule que tu avais ce don ? Ou c'est encore Ester qui a vendu la bêche ?

— Tu veux dire la mèche ?

— C'est presque pareil.

Ce fut à mon tour de me gratter la tête. Ester était loin d'avoir tout dit, mais elle m'avait mise sur cette voie.

— Je l'ai compris presque toute seule, déclarai-je.

Il sourit, exaspéré.

— Ne te fâche pas contre Ester.

— C'est Ester, j'ai l'habitude, se contenta-t-il de répliquer.

J'osai une question :

— Est-ce que le somnambulisme et le *don*, demandai-je en reprenant ses propres mots, sont liés ?

— Plus ou moins. Le somnambulisme est un effet secondaire du don. Ça arrive parfois lors des premiers voyages. Ça passera avec le temps.

— Alors, ça va recommencer... compris-je.

— Sans doute.

Je devais afficher une mine horrifiée, car il s'empressa de me rassurer :

— Ne t'inquiète pas ! On voyage peu par accident, car ça requiert de l'entraînement. Les verts comme toi sont loin de voyager tous les quatre lutins.

Je me frottai les tempes.

— Tu parles d'un *voyage*... Cela signifie-t-il que je partais quelque part, avant que tu ne me rattrapes ? Où donc ?

— Non, tu as mal compris. Ton corps ne va nulle part. Sauf quand on est somnambule, bien sûr.

— Tu m'embrouilles, me plaignis-je.

— Oui, pardon. D'habitude, je n'ai pas à expliquer ça. Moi, je me contente de... Enfin, ce n'est pas la question. Un voyage, c'est un peu comme un voyage astral. Tu vois ce que c'est, un voyage astral ?

Je me grattai la tête. Gabriel parut bien embêté.

— Bon. En gros, dans un voyage astral, le corps et l'esprit, ou l'âme, ou peu importe comment tu appelles ça, sont séparés. L'esprit voyage, il se déplace dans le monde, mais sans avoir besoin du corps.

— Comme un fantôme ?

— J'imagine qu'on peut dire ça, oui...

— Quel est le rapport avec le don ?

— Céleste te l'expliquera mieux que moi.

— Qui est Céleste ? Ester et toi n'arrêtez pas de parler d'elle.

— Une amie, éluda-t-il.

Je compris qu'il ne m'en dirait pas plus sur ce point.

— Tu ne te souviens de rien du tout ? me demanda-t-il. Généralement, ça revient un peu après, à retardement, comme un rêve.

— Non, rien, c'est le trou noir.

Ces derniers mots, prononcés par hasard, agitèrent quelque chose au fond de moi. Je contemplai la nuée d'étoiles à l'écran, cette galaxie violacée, ces minuscules petits éclats de lumière, et je pensai au scintillement, celui de la brume. À partir de là, le reste du voyage se déversa en cascade dans ma mémoire, et mes yeux s'ouvrirent en grand. La porte. Le miroir dans l'encadrement. Les marches. L'eau vaporeuse. D'autres escaliers, ces innombrables escaliers. *Cassandre*. La cicatrice. Les milliers de voix. Lucien et le gouffre abyssal. Je me tournai vers Gabriel, le souffle court. Ce dernier croisa bras et jambes d'un air satisfait :

— Ah, ça y est, ça te revient !

Encore sonnée, je hochai la tête. Ce voyage… Je n'avais jamais observé quelque chose d'aussi grand, d'aussi beau, d'aussi spectaculaire. Cette expérience avait été sublime, bien que terrifiante.

Gabriel se pencha vers moi, les yeux brillants.

— À quoi ressemble ton autre monde ?

— Mon autre monde ?

— Chaque décentré en a sa propre vision, précisa-t-il sommairement.

— Comment est-ce possible ?

— Ton guide te l'expliquera mieux que moi, mais pour faire court, ton cerveau n'est pas capable d'assimiler ce qu'il ressent, d'où ta vision. C'est une sorte d'hallucination. C'est fascinant d'ailleurs. Je pense que la façon dont on perçoit ce monde en dit long sur nous. Enfin, sur les décentrés… Alors, comment c'était ?

Je cherchai mes mots, lui en dressai un tableau laborieux. Notre alphabet n'était pas suffisant. Les sensations, là-bas… Il était impossible de les expliquer. Cela revenait à décrire les couleurs à un aveugle. Moi-même, je ne réussissais pas à assimiler ce que j'avais vu, entendu, perçu. Ce voyage était un rêve déjà vieux qui m'échappait. Gabriel m'écouta pourtant sans m'interrompre une seule fois et parut fasciné par mon piètre compte rendu. La lueur dans ses yeux ne vacilla que lorsque je mentionnai Lucien et le gouffre.

— Il y avait aussi autre chose, déclarai-je soudain, une chose dont je devais absolument me souvenir… Je ne suis pas restée dans cet autre monde, comme tu dis. J'en suis sortie, à un moment, je crois. Et j'ai vu…

— Quoi donc ?

J'inclinai la tête.

— Je ne sais plus, mais c'était important.

Ce que je cherchais était là, juste là, comme un mot pendu au bout d'une langue.

— Qu'était-ce… ? Qu'ai-je raté ?

Le sang pulsa avec fébrilité dans mes veines. Qu'oubliais-je ? Gabriel se laissa retomber dans le canapé.

— Mon rapport sera vite écrit ! Tu en es une, c'est sûr. Tu es une décentrée, affirma-t-il.

Cette déclaration coupa court à mes réflexions. Voilà, c'était dit, acté : j'étais une décentrée.

CHAPITRE 11 : ACCORDS

— Ester va donc m'emmener rencontrer d'autres décentrés, conclus-je après un interminable silence.

Ce mot, *décentré*, faisait tout drôle contre mes dents. Gabriel leva l'index :

— Non, pas tant qu'on ne saura pas si Lucien en est un aussi.

— Je l'ai croisé pendant mon voyage, lui rappelai-je. Ça ne compte pas ?

Gabriel secoua la tête.

— Non, ça ne fonctionne pas ainsi. Il faut que le don de Lucien se manifeste en lui, directement, et que j'en sois témoin, ou bien qu'il se confie à moi, comme tu viens de le faire. En fait, tu aurais pu voir n'importe qui dans ton autre monde, même Ester ou moi !

— Parce qu'Ester et toi n'êtes pas des décentrés ?

— Moi, non. Je ne suis qu'un simple veilleur...

— Un veilleur ?

Gabriel se fit craquer un à un les doigts de la main.

— Je t'en dis trop. Je n'aurais jamais dû commencer cette conversation, pas au milieu de la nuit. Je n'ai pas les idées claires.

— Gabriel, s'il te plaît, l'implorai-je.

Il regarda du coin de l'œil la galaxie à l'écran. Je crus un instant qu'il s'était tu pour de bon, mais il finit par céder, prenant ce ton professionnel derrière lequel il semblait souvent se cacher :

— Les veilleurs et les veilleuses sont des personnes qui n'ont pas le don, mais qui ont appris l'existence des décentrés d'une façon ou d'une autre, par accident, par exemple parce qu'elles les côtoyaient. Leur rôle, c'est d'identifier les décentrés et de les guider jusqu'à la réserve.

— Si je te suis bien, vous les aidez, nous aidez, me repris-je. Mais comment le faites-vous sans avoir le don ?

Il rit avec douceur.

— Parfois, c'est pratique de ne pas l'avoir. Ça évite certaines… interférences. Mais tu as raison, beaucoup de veilleurs sont aussi des décentrés.

— Parle-moi de la réserve.

— Aline, me dit-il, exaspéré, je ne dois pas te parler de ça, tu comprends ? Je n'en ai pas le droit.

— Mais j'en suis une ! Pourquoi tous ces secrets ?

— Parce que c'est dangereux ! s'énerva-t-il.

Je croisai les bras, tâchant de ravaler ma frustration. Gabriel soupira en se passant une main fatiguée sur le visage.

— Tu n'as qu'une chose à savoir, c'est que la réserve est un endroit sûr, construit par et pour les décentrés.

Sentant ses réticences sur ce sujet, j'en déviai un peu, de peur que sinon, il ne se tût complètement :

— Et Ester, c'est une veilleuse ou une décentrée ?

— Une veilleuse… mais aussi une décentrée… plus ou moins.

Je me penchai vers lui.

— Parce que l'on peut être plus ou moins décentré ? chuchotai-je.

Il m'imita, s'inclinant à son tour :

— C'est une dolente.

— Une dolente ?

— Oui, c'est un vieux mot pour parler de quelqu'un qui souffre. Les dolents et les dolentes sont assez rares. En fait, leur don est malformé. Au lieu de pouvoir voyager ou influencer les émotions, Ester ne peut que ressentir la présence des autres décentrés.

— Par la douleur… compris-je.

Il hocha la tête.

— Quand un décentré utilise son pouvoir, plus Ester s'en trouve près, et plus elle a mal. Ça lui file une migraine, du genre de celles qui t'arrachent le crâne. C'est comme si l'on jouait à chaud-froid avec son cerveau.

— Mais c'est horrible… soufflai-je.

Gabriel opina :

— Mais très pratique.

— Certes. Mais pourquoi n'a-t-elle pas l'air… ?

Il sourit.

— … de souffrir le martyre ? Parce qu'elle a trop de fierté pour le montrer. Et puis, c'est une coriace.

Cela, je voulais bien le croire. Il devait en falloir, de la force et du courage, pour jouer les veilleuses quand la simple présence de ceux que l'on aidait nous mettait au supplice. Je repensai à la mission à laquelle j'avais participé malgré moi. Tout s'éclairait, à présent. Dans le parc, c'était ainsi qu'elle s'était orientée, grâce à la douleur. Elle l'avait écoutée pour retrouver les enfants. Mais comment avait-on su, au départ, qu'ils se trouvaient là ? J'allais poser la question à Gabriel, mais il ne me laissa pas en souffler un mot :

— Aline, tout ça doit rester entre nous. C'est très important.

Je hochai distraitement la tête.

— Je suis sérieux, insista-t-il.

— On ne me croirait pas même si j'allais le crier sur les toits. On me prend déjà pour une folle… !

J'eus un rire sans joie.

— Détrompe-toi, beaucoup seraient prêts à te croire. C'est arrivé, dans le passé. Et ce serait catastrophique si ça recommençait. Tu comprends ? Il y a toujours eu des personnes malveillantes pour traquer les décentrés, les faire prisonniers et les forcer à commettre des crimes à leur place. Tu imagines le pouvoir que ça représente ?

Je songeai au cadavre de l'homme étendu dans les buissons et acquiesçai d'un menton tremblant. Gabriel se tourna de tous côtés, comme si nous étions surveillés, puis reprit :

— Ce sont des dons très puissants. Nous ne devrions même pas en parler, pas ici, en tout cas.

Je remontai un peu le plaid. Gabriel contempla ses mains.

— Il y a longtemps, bien avant qu'Ester et moi ne travaillions pour la réserve, les veilleurs et les veilleuses avaient le droit de tout révéler aux nouveaux décentrés, dès le début. Sauf qu'un jour, une verte a pris ça bien trop à la légère.

— Que s'est-il passé… ? m'enquis-je.

— Des groupuscules ont appris l'existence des décentrés. Il y a eu une traque, puis…

La voix de Gabriel sonna comme un glas :

— Puis ils ont trouvé la réserve.

La boucle qu'il glissa derrière son oreille s'en réchappa aussitôt.

— C'étaient des mercenaires, et ils avaient des projets…

— Et ensuite ? demandai-je, le ventre noué.

— Ensuite, Magda la directrice de la réserve à cette époque, a réussi à les convaincre de laisser les décentrés tranquilles. Personne ne sait comment elle a fait. La légende raconte qu'elle a manipulé l'esprit de tous les soldats en même temps…

L'histoire finissait bien, mais j'en gardais un goût amer. Étions-nous en sécurité, ici ? Ne devrions-nous pas nous dépêcher de rejoindre cet endroit ?

— Dans combien de temps pourras-tu vérifier que Lucien en est un ?

— Je n'en sais rien. J'essaye de trouver une preuve depuis des mois.

— Comment vas-tu faire, si vous ne vous parlez même plus ? Vous devez vous réconcilier !

Non pas que j'avais très envie de voir ces deux-là bras dessus, bras dessous, mais attendre les bras croisés ne me disait rien qui vaille. Gabriel ravala un rire.

— C'est pas aussi simple.

Je posai les mains sur les hanches.

— Si.

— Non.

Tête de mule, faillis-je lui répondre.

— À ce propos, Aline, ne refais plus jamais ça.

— Ça, quoi ?

— Manipuler notre esprit.

— Je voulais vous aider…

— Nous aider ou t'entraîner ?

Je baissai la tête.

— Il y avait une telle animosité dans la pièce…

— Peut-être, mais on n'est pas des pantins. Tu ne peux pas changer ce qu'on ressent juste parce que ça ne te va pas.

Je me demandai si nous parlions toujours de la même chose.

— En plus, tu ne maîtrises pas encore ton don. Ça aurait pu très mal se terminer ! Tu ne dois pas l'utiliser, pas avant d'être formée à la réserve.

— Je ne le ferai plus, promis-je.

— Et puis, ajouta Gabriel en détournant les yeux, ce qu'il y a entre Lucien et moi, ça ne te concerne pas.

Je me tortillai. Ça, ce n'était pas vrai, puisque Lucien avait accusé Gabriel d'être jaloux, jaloux à cause de moi. Cela ne faisait-il pas de moi l'une des premières concernées ?

— Pourquoi vous êtes-vous disputés? Vous aviez l'air si proches… tentai-je.

Les mains de Gabriel s'agitèrent sur ses genoux.

— Oui, on est proches, bafouilla-t-il comme si cela répondait à la question.

Je pris sur moi, inspirai :

— Il faut que tu lui parles.

— Il est trop en colère contre moi pour l'instant.

Je dus me faire violence pour le détromper :

— Non, c'est faux, il est triste.

Gabriel releva le nez, l'air rajeuni.

— Ah oui ? C'est ce que tu as *senti* ?

J'acquiesçai. Gabriel se gratta le coin de l'œil du bout de l'ongle, puis m'adressa un sourire timide.

— Je lui parlerai, promit-il à moitié.

La télévision, lassée d'attendre de voir son documentaire relancé, se mit en veille. Je contemplai le fond d'écran : la terre, ronde et bleue, et sa mince atmosphère contre le noir cosmique.

— Il faut quand même que je te dise un truc, Aline.

Mon sang se glaça : quoi donc ?

— Lors du dîner, quand tu as utilisé ton don... Ce que j'ai ressenti...

— Je ne le ferai plus, promis-je à nouveau.

— Ce n'est pas ça, souffla-t-il.

Je me tus, me bornant à le fixer. Il reprit :

— C'est juste que je n'avais, je crois, jamais éprouvé quelque chose comme ça.

Vraiment ? Gabriel n'avait pourtant pas semblé bien déstabilisé par ma piètre tentative.

— Et donc, je voulais te demander... Est-ce que c'était ce que tu ressentais, toi, à ce moment-là, ou bien... ? Enfin, ce que je voudrais savoir, c'est d'où ça t'est venu.

— J'ai utilisé un souvenir, expliquai-je avant d'éclater de rire.

Gabriel me dévisagea.

— Pardon, c'est nerveux ! C'est juste que j'ai perdu la mémoire, alors ça fait drôle de dire ça !

La moue qu'il m'adressa me ramena sur Terre. *Gabriel n'est pas mon ami,* me rappelai-je.

— Ne me regarde pas comme ça. Je n'ai pas besoin de ta pitié.

— Compris.

Un silence s'installa.

— Ça signifie que tu es plus avancée qu'on le pensait. On va devoir se dépêcher de partir pour la réserve. Et ça veut dire mettre les douches doubles avec Lucien.

— Tu veux dire les bouchées doubles ?

— Hum, ouais, c'est ça.

— Mais pourquoi ? Qu'est-ce que ça change ?

Gabriel contempla ses mains.

— Parce qu'un don mal maîtrisé, ça peut devenir dangereux.

— Pourquoi ? Comment ?

— Ça, tu n'as pas besoin de le savoir pour le moment.

— Si, puisque tu as l'air de dire que je suis une bombe à retardement !

Gabriel secoua la tête.

— On ne te laissera pas exploser, promis.

Mais je ne pus m'empêcher de penser que ça l'arrangerait bien.

— Si ce n'est pas indiscret, sur quel souvenir tu t'es appuyée ?

— Sur la nuit où Ester m'a aidée à me libérer.

Les yeux de Gabriel s'arrondirent.

— Ils te retenaient bien prisonnière, alors ?

— On va dire qu'ils ne m'ont jamais demandé mon avis, murmurai-je, amère.

— Et tu n'étais pas heureuse, constata-t-il.

— Non. Enfin, si. C'est compliqué. Je n'étais ni heureuse ni malheureuse. J'étais. C'est tout.

— Je ne crois pas que l'on puisse utiliser ce verbe comme ça...

Je grattai la cicatrice à mon bras. Gabriel la vit et se tut. Un besoin viscéral de combler ce silence souleva ma langue.

— Je me sentais très seule, surtout. L'ennui, c'est pire que tout. Sans Frank, mon infirmier, je ne sais pas ce que je serais devenue. Il me manque... Et en même temps, j'ai peur qu'il me retrouve. Je ne veux pas retourner là-bas. Je ne *peux* pas y retourner.

La force de ma voix dans ces derniers mots me surprit. À nouveau, l'impression d'oublier quelque chose de très important me tordit le ventre.

— Tu n'avais rien pour te distraire, rien du tout ?

Je me frottai la nuque.

— Je restais des journées entières attachée à mon lit ou à mon fauteuil. Parfois, on venait me chercher pour des examens...

Mais cela valait mieux que les séances de torture de Robert. N'osant toujours pas lever le nez vers Gabriel, je contemplai ses doigts et leur agitation. Il serra le poing.

— C'est ignoble ! s'indigna-t-il.

J'esquissai un sourire.

— C'était ma vie.

Soudain, Gabriel glissa sa main sous mon menton et le releva, m'obligeant à rencontrer ses yeux. La gravité de son regard chamboula la pesanteur dans la pièce.

— Aline, c'était ignoble, répéta-t-il. Ils t'ont maltraitée. C'est eux qui devraient avoir honte, pas toi !

J'acquiesçai, le visage toujours entre ses doigts.

— Gabriel, je te jure que je ne suis pas dangereuse...

Il me relâcha.

— Je t'ai entendu, avec Ester. Tu avais peur que je sois une folle dangereuse. Je te jure... allais-je répéter.

— Oh ! Aline, je suis désolé ! s'exclama-t-il.

— Non, c'est moi, je...

— Non, tais-toi. Je n'aurais jamais dû... Ce que j'ai dit, je l'ai dit parce que... C'est vrai, j'avais peur, mais pas de toi, pas vraiment. En fait, ça m'a rappelé... mais ça n'a rien à voir avec toi. Quand même, ça ne m'excuse pas. C'est moi, c'est moi, répéta-t-il en tremblant. Aline, les mots que j'ai utilisés, je n'aurais jamais dû... Je suis désolé.

Il observa une minute de silence pendant laquelle je ne pus m'empêcher de le détailler. Gabriel était très beau. Je le remarquais à présent. Il détourna les yeux, reportant son attention sur ses mains qu'il tordait.

— Et puis, je crois que j'avais deviné, au fond, que tu allais lui plaire, lui plaire plus que moi.

— Tu ne me connaissais pas.

Je le fixai sans trouver une seule parole réconfortante. J'aurais dû jubiler de cet aveu… Pourquoi, au contraire, me sentais-je aussi coupable ?

— Je ne l'avais jamais vu regarder quelqu'un comme il t'a regardée. À l'instant où il t'a rencontrée…

— Gabriel… murmurai-je, embarrassée.

— J'suis jaloux, lâcha-t-il.

Et que pouvais-je répondre à une telle confession ?

— Je le suis toujours. Et même si je te déteste pour ça, en fait, je crois que je me déteste encore plus.

Il laissa échapper un rire sec.

— J'suis ridicule !

— Mais non…

— Si, Aline. Si. Depuis que j'ai rencontré Lucien, je suis devenu quelqu'un d'autre. Quand il est là, je me sens plus léger, et en même temps, j'ai l'impression d'avoir le cœur à l'air. C'est pire que ça : il est mon cœur, mon soleil. Il me fait planer, mais quand il s'éloigne, quand l'effet se dissipe… Ester a raison… Avec lui, je perds la mesure. Je n'ai plus la pitié sous terre.

— La pitié sous terre ?

Il me semblait avoir déjà croisé ces mots quelque part…

— C'est une expression, tu sais, pour dire qu'on est à côté de la réalité, qu'on n'est plus très objectif.

— Tu veux dire les pieds sur Terre ?

— Oui, peut-être. Enfin, ce n'est pas ça, l'important. L'important, Aline, c'est que je suis désolé de t'avoir traitée comme je l'ai fait. Même si Lucien et toi vous rapprochez, ça ne me donne pas le droit d'être odieux. Pour mon bien, il faudrait d'ailleurs que je te le laisse, mais je sais que je n'y arriverai pas.

Il hésita, puis se reprit :

— Tu dois comprendre que je ne vais pas abandonner. Je vais me battre pour lui. Tu saisis ? Je ne te laisserai pas me le prendre.

Son sourire penaud et ses yeux chocolat reflétèrent la Terre tournant sur le fond d'écran. Je me contentai d'opiner et de demander :

— Alors… on ne pourra jamais être amis, toi et moi ?

— En partie seulement.

— Dommage.

— Oui.

— Il faudra qu'on reste cordiaux.

— Oui, et respectueux.

— Et honnêtes.

Il hocha la tête.

— Mais concernant Lucien…

Et il conclut à ma place :

— Que le meilleur gagne.

Nous contemplâmes chacun un coin de la pièce. Gabriel se racla la gorge.

— Est-ce que tu veux quand même bien que je sois ton veilleur ? Parce que je peux l'être, je suis même un bon veilleur, d'habitude.

— À une condition, annonçai-je avec sévérité.

Il plongea dans mon regard.

— Tout ce que tu désires.

— Je souhaiterais, dis-je en marquant une pause dramatique, que tu cuisines à nouveau des gâteaux comme ce matin ! Disons… au moins une fois par semaine, jusqu'à notre arrivée à la réserve.

Un large sourire étira ses lèvres.

— Ça me paraît raisonnable, si je peux t'en faire goûter d'autres !

Il me tendit une main, que je regardai sans comprendre.

— Serre-la. On scelle notre accord.

Je pressai alors avec douceur la paume contre la sienne. Sa peau était tiède, rassurante. L'air me mordit les doigts sitôt que je la lâchai.

— Tu veux retourner te coucher ? me demanda-t-il.

Je secouai la tête :

— Je n'ai pas sommeil.

En vérité, je craignais de *voyager* de nouveau. De quoi mon corps serait-il capable, la prochaine fois ? Irait-il s'improviser équilibriste sur les ponts, marcher à reculons sur les toits, jouer à la marelle en travers de la route ?

Gabriel n'insista pas. Il nous prépara des infusions et relança le documentaire. Je restai pour le regarder avec lui, blottie sous la couverture dont j'acceptai de lui céder un petit bout. Nous nous laissâmes alors bercer par la voix régulière du journaliste et les images des sondes spatiales envoyées à la dérive, loin à travers le système solaire.

CHAPITRE 12 : MÉPRISE

Je me réveillai en sursaut, intimement connectée à l'épaule de Gabriel par un filet de bave brillant que je m'empressai d'essuyer d'un revers de main. Par chance, il ne remarqua rien. Il demeurait immobile, assis, une seule jambe tendue sur le côté, la tête renversée en arrière, mais le visage lisse, serein, tranquille, sans un battement de cils, sans un frémissement de narine…

— *Il est… ?* demandai-je à ma petite voix.

Mais le vibrant et retentissant ronflement qui remonta de la gorge de l'intéressé me rassura : non, il ne s'était pas brisé la nuque. Je souris, commençai à me frotter les paupières, quand un toussotement me parvint de l'autre bout de la pièce. Je découvris alors Lucien, installé dans un fauteuil. Une odeur de brûlé flottait dans l'air.

— Bien dormi ? me demanda-t-il en reposant son livre sur le guéridon.

Depuis combien de temps était-il là ? Avait-il vu le filet de bave ? Je l'examinai de mes yeux mi-clos. Ses traits étaient tirés, ses cernes marqués. Il affichait un air maussade qu'il ne cherchait pas à dissimuler. Son irritation se déploya entre nous, épineuse.

— Non, chuchotai-je pour ne pas réveiller Gabriel.

Il scruta son ami avant de revenir à moi, puis son regard se porta machinalement sur son livre. En le récupérant, il me demanda :

— Vous avez passé la nuit ensemble ?

Il le rouvrit sur ses genoux, au hasard, sans y prêter attention, et entreprit de corner et décorner le coin d'une page.

— En partie, oui, répondis-je sans trop comprendre où il voulait en venir.

Dans ses yeux brillèrent deux flammes brunes. L'atmosphère s'épaissit. Ma petite voix choisit ce moment pour se rappeler à moi :

— *Il s'imagine que vous avez...*

L'image qu'elle construisit dans mon esprit me fit bondir.

— Oh ! Ce n'est pas ce que tu crois ! m'exclamai-je dans la précipitation. J'ai été somnambule ! Gabriel m'a empêchée d'aller me balader pieds nus sur la route !

Lucien arqua les sourcils, reconsidérant le ronfleur entre nous. La tension se dissipa, comme les flammes dans ses yeux et l'odeur de brûlé.

— Ça m'arrivait aussi, quand j'étais petit, fit-il. Ce n'est pas toujours drôle.

— C'était la première fois, pour moi, je crois.

Nous nous étions mis d'accord, sans nous consulter, pour parler tout bas.

— Tu n'en es pas sûre ? me demanda-t-il dans un chuchotis.

— Non, puisqu'avant, je dormais attachée.

Quand ses yeux s'arrondirent, je pris conscience de ma bourde.

— Je voulais dire enfermée, euh, la porte fermée, tentai-je de me rattraper.

Mais Lucien ne releva pas.

— Ce pourrait être à cause du stress, se hasarda-t-il. Avoir emménagé ici en urgence n'a pas dû être facile.

— O-oui, c'est vrai, bredouillai-je.

Mieux valait changer de sujet.

— J'ai cru comprendre que tu t'étais disputé avec Gabriel, lâchai-je un peu trop vite.

Je me mordis aussitôt la langue. Quelle idiote ! De tous les sujets possibles, il avait fallu choisir celui-ci ! Lucien feuilleta son livre, à l'endroit, puis à l'envers.

— Oui, marmonna-t-il.

J'hésitai, puis osai :

— Ça se voit que vous tenez l'un à l'autre.

Et son silence me fit mal.

— Oui, finit-il par reconnaître.

Cela me fit plus mal encore.

— Mais parfois, il est tellement... Il est si... rah ! grogna-t-il.

L'ouvrage, dans ses mains, battit des ailes. Lucien l'ouvrait et le refermait sans trouver les mots adéquats.

— Ce ne sont pas mes affaires, dis-je en jetant un œil au dormeur, mais vous devriez discuter...

Ces mots me coûtaient. Je ne les avais dit qu'en songeant à la réserve, à tous ces gens comme moi qui m'attendaient là-bas, à ce chez-moi que je m'imaginais. Lucien baissa la tête.

— Oui, je sais.

Il m'adressa un sourire timide que je lui retournai, puis un silence poli s'installa. J'y remarquai alors quelque chose, ou plutôt l'absence de quelque chose : Gabriel ne ronflait plus.

Lucien et moi restâmes ainsi à nous regarder dans les yeux, sans oser, ni l'un ni l'autre, rompre notre muette discussion, jusqu'à ce que Gabriel bâillât. Mon cœur se remit alors à battre.

— Aline ? s'écorcha ce dernier, de la rocaille dans la voix.

— Je crois qu'on s'est endormis devant le documentaire.

— Quelle heure il est ? grommela-t-il.

— L'heure d'une promenade ? intervint Lucien.

Gabriel ouvrit des yeux si grands et se dévissa si bien la tête, qu'il eut un instant l'air d'un grand-duc étonné. Il bafouilla :

— O-oui, avec p-plaisir. Laisse-moi juste le temps de me changer !

Il se leva d'un bon et se précipita à l'étage.

— Tu veux venir ? me proposa Lucien.

Je dus me faire violence pour répondre :

— Non, merci. Je crois que vous avez besoin de vous retrouver un peu tous les deux.

La déception glissa sur ses traits. Je me mordis la langue.

— *Tu vas céder...* se moqua ma petite voix.

Il était là, tout baigné de lumière matinale, plus attirant encore que la veille. À cet instant, je comprenais ce que Gabriel avait voulu dire par « avoir le cœur à l'air ». En présence de Lucien, je me sentais d'une incroyable légèreté, et en même temps, au bord de la rupture aortique. Refuser de le suivre, c'était comme nager à contre-courant.

Par bonheur, je pouvais compter sur la fidèle fragilité de ce corps, mon corps, pour décider. Il me clouait sur place : mes jambes me faisaient bien trop mal, tout comme mes bras, et l'entièreté de mon organisme. Les voyages impliquaient-ils des courbatures... ? Des déchirures... ? Combien de temps avais-je bien pu piétiner sous la pluie avant d'être rattrapée par ce fichu Gabriel ? Quand celui-ci revint, tout apprêté, j'eus un pincement au ventre – de la faim, probablement.

— Ester n'est pas levée, alors, tiens, voici mon portable. Si tu as besoin de me joindre, appelle Lucien. Il est dans les favoris.

— Tu lui prêtes ton téléphone ? s'étonna Lucien. Je croyais que tu ne supportais pas de laisser quelqu'un d'autre le consulter.

Gabriel et moi échangeâmes un regard. Je savais très bien pourquoi il me le cédait, à moi, mais pas à Lucien – pas encore. Maintenant, j'étais dans la confidence. Maintenant, je connaissais l'existence des décentrés.

— C'est juste qu'elle n'en a pas, répliqua Gabriel.

Mentir sans mentir : il était passé maître dans cet art. Lucien ne répondit rien. Il me dit de faire comme chez moi, de me servir dans les placards au besoin, puis la porte se referma sur leurs pas, et je me retrouvai seule, dans cette grande maison vide, tiraillée entre une étrange amertume et une profonde angoisse. Le mot décentré flottait au plafond. Je le fixai d'un air morne.

CHAPITRE 13 : SUR LE CARREAU

Je traînai mon estomac vide à la cuisine. Comme il criait famine, je m'étais laissé convaincre d'avaler quelque chose. Je me servis donc des biscottes – en miettes, puisqu'Ester leur avait réglé leur compte, la veille, en voulant les faire entrer à tout prix dans le placard. Me résignant, je les balançai au fond d'un bol comme des céréales.

— Une décentrée, me répétai-je en touillant cette drôle de mixture.

— *Une décentrée...*

Ne devrais-je pas me sentir soulagée d'avoir enfin un mot pour me définir ? Il me semblait bizarrement incomplet. J'eus une fois de plus dans le ventre cette impression d'oublier quelque chose, quelque chose de crucial, quelque chose qui allait me tomber sur le coin de la tête si je ne réagissais pas très vite ! Mais quoi ? J'avalai sans m'en rendre compte la fade bouillie de biscottes. Seules des pensées parasites concernant Lucien et Gabriel parvinrent à me détourner un peu de ce mauvais pressentiment. Que faisaient-ils en ce moment ? S'étaient-ils réconciliés ? À quel point... ? Et combien de centimètres séparaient encore leurs corps ?

Ester traversa le couloir à toute allure.

— Ester, tu es levée ! Où vas-tu ?

— À plus !

Et la porte claqua.

— Il va falloir nous débrouiller, dis-je à ma petite voix.

Mais elle m'ignora, elle aussi.

Je passai la matinée cramponnée au portable de Gabriel, que

j'emportai jusque dans la salle de bain. Je fis bien cependant, car on m'appela alors que je prenais une douche. La sonnerie, à cause de la résonance du carrelage, me vrilla les oreilles. Je me précipitai sur l'appareil. Une couche de buée s'était formée sur l'écran. Je l'essuyai du bout d'une serviette et décrochai en panique, toute ruisselante d'eau. Le visage de Gabriel m'apparut, en contre-plongée. Ses yeux s'arrondirent démesurément.

— *Aline ? Tu es encore nue ?*

La voix de Lucien, à côté de lui, s'indigna :

— *Quoi ? Et comment cela, encore ?!*

— Pardon, j'étais sous la douche, fis-je en redressant l'appareil pour ne cadrer que ma tête.

Gabriel se gratta le menton.

— Tu avais quelque chose à me dire ?

Je vis le coude de Lucien lui frapper les côtes.

— *Euh, oui !* sembla-t-il se souvenir. *Lucien voulait...*

Nouveau coup.

— *Je voulais savoir,* se reprit-il, *si un laser game t'intéresserait. Nous pourrions y aller ce soir, tous ensemble, Ester, Lucien, toi et moi ?*

— C'est un restaurant ?

— *Non, pas du tout ! C'est un jeu. Le but, c'est de se tirer les uns sur les autres.*

— Cela ne paraît pas très amusant, fis-je remarquer.

— *Donne-moi ça,* ordonna Lucien.

Soudain, son visage apparut dans le mince cadre noir. Il me scruta. Pour la première fois de ma vie, je me sentis très, très nue.

— Salut, bredouillai-je d'une petite voix.

Il me sourit, sembla oublier ce qu'il voulait me dire.

— *Salut...*

Puis il se ressaisit :

— *Gabriel n'est pas doué pour expliquer. Je prends le relais. Déjà, sache que ce ne sont pas de véritables armes. Les joueurs portent un gilet.*

Sur ce gilet, il y a des capteurs laser. Il faut les viser avec un pistolet spécial, mais c'est indolore. C'est pour de faux.

J'opinai sans l'avoir écouté. Ses yeux me fascinaient. Même à travers l'écran, ils conservaient cet éclat hypnotique. Gabriel lui reprit le téléphone, m'arrachant à mes rêveries.

— *Tu es partante, alors ?*

— Euh, oui, je crois.

— *Parfait !*

— Vous rentrez bientôt ? m'enquis-je.

— *Pas tout de suite. On va passer un petit moment ensemble.*

Il m'adressa un regard entendu. J'acquiesçai, l'estomac à l'envers.

— *Ester n'est pas encore levée ?*

— Elle est sortie.

Il ne demanda ni où ni pourquoi, ni pour combien de temps.

— *Si on n'est pas revenus pour le déjeuner, il y a des restes dans le frigo. Sers-toi ou commande-toi quelque chose. Ma carte est sur le comptoir.*

— *Sympa...* marmonna ma petite voix.

— *Mêle-toi de tes affaires,* lui répondis-je mentalement.

— *Tout va bien ?*

— Oui.

— *Menteuse...*

— *Silence !*

— *Dis-lui que c'est un conn...*

— *S'il y a le moindre problème, tu m'appelles, d'accord ?*

— *Que veux-tu qu'il lui arrive ?* s'amusa Lucien, hors du cadre.

Il lui reprit le téléphone des mains.

— *Aline, si jamais tu t'ennuies, n'hésite pas à...*

Mais l'image dégringola en opérant des vrilles vertigineuses : le visage de Lucien, le macadam, une chemise à carreaux, Lucien à nouveau, puis je contemplai le ciel. Il se baissa pour récupérer l'appareil, et son front réapparut.

— *Pardon, je t'ai laissée tomber,* plaisanta-t-il.

— Rien de cassé ?

— *Non, rien. Je ne regardais pas devant moi. Je me suis cogné contre un homme. Que disais-je, déjà ? Hum. Cela me reviendra. Je dois y aller, Gab recommence à faire la tête. À ce soir !*

— *Je ne fais pas la t...* entendis-je râler.

Mais Lucien raccrocha, et je retournai sous la douche pour laver la jalousie en train de monter dans mon cœur.

Ester rentra un peu avant midi.

— J'suis de retour ! lança-t-elle depuis le couloir.

— Je suis là, lui indiquai-je.

J'avais établi mon campement au salon et tentais désespérément de réduire mon cerveau au silence en lisant un livre pioché au hasard dans la grande bibliothèque. Ester fit son entrée dans la pièce, les cheveux en bataille, du mascara sur les joues.

— T'as de sacrés cernes, lâcha-t-elle de but en blanc.

— Toi aussi, lui signalai-je.

— Touché. Tic et Tac ne sont pas là ?

— Lucien et Gabriel ? Non, ils sont sortis.

— Ensemble ?

— Ensemble.

— Je vois. Tant mieux, j'imagine.

Mais elle n'eut pas l'air convaincue. Elle pointa la fenêtre.

— En parlant de sortie, toi, évite de mettre le nez dehors sans nous pour l'instant.

— Pourquoi ?

Elle se laissa tomber dans le canapé, à l'endroit exact où Gabriel s'était tenu un peu plus tôt.

— Parce que j'suis presque sûre que la ville grouille de flics en civil aujourd'hui. J'sais pas ce qu'ils cherchent, mais vaut mieux pas flâner sans papiers, surtout dans ton cas. Bon, t'es une femme, mais quand même. Enfin, t'inquiète pas, j'vais aller t'en faire faire. J'connais un gars.

— Dans mon cas ?

Ester me désigna d'un ample geste de la main :

— T'as quand même conscience d'être noire, rassure-moi ?

J'aurais plutôt qualifié mon teint de marron foncé, avec un je-ne-sais-quoi de fumé, mais ma petite voix me souffla que ce n'était qu'une manière de parler, alors je me contentai de plisser les yeux :

— Il paraît, en effet...

Ester eut l'air décontenancée, ce qui était assez rare pour être souligné.

— Donc tu vois ce que je veux dire.

Mais elle ne poursuivit pas. À la place, elle se mit à la recherche de la télécommande.

— Non, je ne vois pas, murmurai-je.

Ester souleva un magazine, puis un plaid.

— C'est peut-être pas plus mal, grommela-t-elle en glissant sa main entre deux coussins.

— Pourquoi ?

J'adressai la même question à ma petite voix, mais elle me parut aussi réticente que notre hôte :

— *Ça ne t'avancerait à rien...*

— Tu essayes de me protéger, compris-je. Ce n'est pas la peine.

Ester se tut. J'insistai donc auprès de ma petite voix, qui céda.

— Avec l'argent de Papa, j'ai été plutôt épargnée, mais...

Des souvenirs passèrent à toute vitesse dans sa mémoire. Elle les retint en partie, surtout les plus affreux, et les brouilla pour m'empêcher de les discerner avec clarté. Elle ne me servit que son quotidien, ordinairement injuste, banalement violent. Ces événements, mis bout à bout, firent monter en moi une colère sourde.

Elle me laissa par exemple revivre le jour précis où on l'avait prise pour une femme de ménage dans l'une des entreprises de son père, les trop nombreuses fois où quelqu'un lui avait demandé ses origines avant son prénom, ou bien quand de parfaits inconnus avaient touché ses cheveux sans son consentement (ces mêmes cheveux qu'à l'école ses camarades avaient surnommés « le mouton »). Elle me plongea dans un cours de danse au cours duquel le professeur lui avait reproché de ne pas faire d'efforts, lui affirmant qu'elle avait le rythme *dans la peau*. Elle se souvint du scandale provoqué par une femme dans un cinéma à moitié vide, car elle avait osé l'afro et s'était trouvée par hasard devant celle-ci...

— *Et cette histoire de policiers ?* lui demandai-je en pensée.

Elle poussa un profond soupir au fond de ma tête.

— *Disons que tu ne sais jamais... sur qui tu tombes...*

Une image floue traversa son esprit et, malgré ses efforts pour me la cacher, elle m'atteignit. Le quartier était chic. Il faisait grand soleil. Le nom des rues s'écrivait en lettre d'or sur les façades. Cassandre était à genoux au bord d'un trottoir, les mains dans le dos. Des lumières bleues clignotaient, quelqu'un lui aboyait des ordres. Des sacs en papier décorés de dorures jonchaient le sol, éventrés. Près d'eux gisaient, à même le goudron, des vêtements neufs, des parfums et des bijoux de luxe. Son portable ? Confisqué. La tête baissée, elle ne voyait des policiers qui l'encerclaient que les bottes, les jambes et la matraque.

— Tu nous expliques où tu as trouvé tout ça ?

Elle leva un œil. L'homme épluchait ses reçus de carte bancaire, une lueur de méfiance dans le regard. Elle fut obligée de se justifier :

— Je suis en vacances. Je rentrais d'une journée shopping entre copines. Vous ne les avez pas arrêtées. Pourquoi moi ? Je n'ai rien fait de mal, dit-elle avec le plus de calme possible alors que ses entrailles bouillonnaient.

— On a reçu un signalement. C'est notre boulot, jeune fille.

— J'ai payé tout ce qui se trouve là.

Des badauds ralentirent pour contempler la scène. Personne, parmi eux, ne protesta. Elle sentit leurs chuchotis courir sur sa peau.

— Mais bien sûr, et avec quel argent ?

— Celui de mon père.

— C'est cela, oui ! s'amusa-t-il.

La deuxième paire de bottes parut embarrassée :

— Elle dit peut-être la vérité, tenta leur propriétaire.

Mais le premier n'écouta pas son second. Il la fit fouiller. Ils ne daignèrent la relâcher que lorsque l'un d'eux reconnut enfin son nom, Deulort, sur sa carte d'identité. Pas une explication, pas une excuse. Ils lui rendirent son téléphone du bout des doigts et retournèrent à leur véhicule en traînant des pieds, l'un déçu de ne pas avoir trouvé une bonne raison de l'embarquer. Elle dut rassembler elle-même ses affaires, sous le jugement des passants, en retenant fièrement ses larmes.

Ester s'éclaircit la gorge, se rappelant à moi.

— Je pense que tu devrais voir ça avec Gab. Je pourrais te l'expliquer, mais c'est pas quelque chose que je vis, alors que lui, il ramasse pas mal. Par contre, je suis ta femme si tu veux parler d'à quel point les hommes sont des raclures de...

— J'ai compris, l'interrompis-je.

— *Elle oublie de dire... que c'est donc la double peine... pour nous...* chuchota ma petite voix.

J'opinai, repensant à ma vie à l'hôpital. J'avais bien remarqué des différences de carnation, mais jusqu'ici, ça n'avait été pour moi qu'une donnée de plus, comme la taille, le poids ou la couleur des yeux. Je songeai soudain à Robert et à la haine qu'il me vouait.

— Tu crois que... ?

— *C'est possible.*

— Ce monde est horrible, soufflai-je à voix haute.

— Et t'as encore rien vu! railla Ester en retrouvant enfin la télécommande entre deux plis.

Elle loucha sur moi.

— T'as changé un truc ? T'as l'air différente.

Je haussai les épaules.

— J'ai voyagé cette nuit, selon Gabriel. Et j'ai été somnambule.

— Je vois.

Elle ne m'interrogea pas davantage. Elle posa les pieds sur la table basse, s'enfonça dans le canapé et ferma les yeux.

— Je n'ai pas beaucoup dormi non plus, déclara-t-elle dans un profond bâillement.

— *La pauvre...* murmura ma petite voix.

Je lui demandai ce que cela signifiait, mais elle se tut.

— Au fait, Lucien et Gabriel ont prévu un taser game, ce soir, dis-je pour changer de sujet.

— Un laser game, tu veux dire ?

— Oui.

— Pff, encore ?!

— Tu n'aimes pas ce jeu ?

— Le jeu, si, mais gagner chaque fois, c'est d'un ennui... !

Et elle ponctua son exclamation d'un clin d'œil tout cerné de noir. Cela ne suffit pas à me faire rire, car j'étais trop préoccupée. Cette histoire de papiers d'identité avait réveillé en moi cette horrible impression de passer à côté de quelque chose d'important. Ester était là. Il fallait que je lui parle. Mais de quoi, déjà ? J'eus beau fouiller ma mémoire dans tous ses coins et recoins, je ne trouvai rien, sinon l'oubli.

— On prendra le tram ce soir pour y aller, alors tu devras t'accrocher !

— M'accrocher à quoi ?

Ester coula un regard exaspéré dans ma direction.

— Oh, je vois. J'imagine que cela ne pourra pas être pire que de découvrir le cadavre d'un pédocriminel dans un parc.

Pour toute réponse, Ester me sourit.

CHAPITRE 14 : DÉRAILLEMENT

Quelques personnes se rapprochèrent des portes.

— *Prochain arrêt : La Piscine...* annonça la voix sensuelle du tramway.

Ester se trouvait un peu à l'écart, adossée à une vitre, une main sous son téléphone. Lucien, Gabriel et moi nous tenions au centre de la rame. Je contemplais le bout de nos six chaussures, réunies autour de la barre que nous agrippions avec fermeté.

— *La Piscine,* chantonna la voix.

Je resserrai les doigts autour du métal. Comme il l'avait fait à chaque arrêt, le tramway freina en crissant. Ester, imperturbable, s'inclina en avant, puis en arrière, avant de se redresser une fois l'appareil immobilisé. Dès que les portes chuintèrent, le flux et reflux des passagers reprit. Quelques-uns se précipitèrent à l'extérieur, d'autres se ruèrent dedans et prirent place. Ce transbordement humain me donnait le tournis. *Ding, ding, ding* sonna le tramway :

— *Prochain arrêt : Bibliothèques universitaires...*

Le corps d'Ester, solidement ancré dans le sol, pencha le temps de l'accélération. Pour ma part, je me cramponnai à la barre, le ventre serré et tous les muscles contractés. Promenant mon regard à travers la rame, je consultai les affiches placardées un peu partout. Elles mettaient en garde contre les agressions et le vol, ou bien menaçaient les fraudeurs d'une amende exorbitante. J'accrochai l'œil fixe d'une caméra, puis reportai mon attention sur le schéma des arrêts. Ce n'était, après tout, que la millième fois que je le relisais !

— *Et tu n'as toujours pas compris... dans quel sens... nous allons...* s'exaspéra ma petite voix.

— Je t'en prie, éclaire ma lanterne, grommelai-je.

— Tu as dit quelque chose ? me demanda Gabriel.

— Non, rien.

Il y eut un silence.

— J'espère que le laser game va te plaire.

Je lui souris par politesse. Je n'avais ni la force ni l'envie de jouer à tirer sur quelqu'un, encore moins sur mes seuls amis, et sur Gabriel. Je jetai un œil aux passagers. Où se rendaient-ils, tous et toutes ? Rentraient-ils ? Partaient-ils ? Vers qui ? Vers quoi ? *Comme il est curieux que nos muettes et cloisonnées existences puissent se croiser ainsi, en silence, dans la plus parfaite mais mutuelle ignorance*, songeai-je.

Il y avait foule à cette heure. Les strapontins moquettés de rouge étaient tous occupés. La plupart des passagers restaient donc debout. Ils se raccrochaient à une barre ou à une anse qui pendait mollement du plafond. Certains, comme Ester, faisaient sans.

Un petit, grimpé sur un siège côté fenêtre, s'amusait à coller le nez à la vitre pour y souffler de la buée. Sa mère le gronda, et il se rassit en boudant. J'eus une pensée pour les enfants du parc, me demandant si je les retrouverais à la réserve. Le tramway s'arrêta, puis repartit.

Je recommençai à me sentir fébrile, comme dans les galeries. Cette fois, je savais pourquoi : j'étais une décentrée. J'avais pour fardeau d'éprouver ce que ressentaient les uns et les autres. Ici, ils étaient nombreux. Pour moi, c'était un déferlement à chaque nouveau passager, car chacun embarquait avec lui un bagage émotionnel lourd et brouillon. Ainsi se succédaient, s'amalgamaient et s'exaltaient : gaieté, joie, plaisir, amusement, sympathie, tendresse, amour, fierté, convoitise et jalousie, jubilation, passion, désir, excitation et impatience, contentement, étonnement, confusion, surprise, curiosité, mais aussi angoisse, nervosité, appréhension et inquiétude, méfiance, crainte, peur, irritation, colère, haine, rage et amertume, aversion, dégoût, mépris et frustration, doute, honte, culpabilité, remords, regret, découragement, tristesse, chagrin, désarroi, solitude et peine, douleur et puis désespoir, et enfin ennui.

Mon esprit, noyé dans ce bouillonnement, ne pouvait identifier ce qui revenait à chacun. C'était d'autant plus déroutant que mon corps, conjointement, subissait lumières, bruits, odeurs, frôlements... Ne parvenant pas à fixer mon regard quelque part dans la rame sans avoir le tournis, je reportai mon attention sur le paysage qui filait à petite vitesse. Le décor se résumait en fait à des murs bétonnés, des façades en crépis, des vitrines miroitantes et parfois à une file de personnes au volant, le visage fermé, coincées dans des embouteillages. Cette vue ne suffit pas à détourner mon esprit du flot d'émotions qui pulsait tout autour de moi et en moi, de plus en plus fort. La paume de ma main devint moite. Je n'osai lâcher prise pour l'essuyer. Lucien, près de moi, faisait une drôle de tête. Il se raccrochait à la barre comme à celle d'un wagon de grand huit.

— *Il en est un, lui aussi, un décentré, forcément...* déclarai-je à ma petite voix.

— *Le Carrousel...*

La rame se remplit. Je me demandai qui plierait en premier : les os de la main de Lucien, ou le fer ?

— *Prochain arrêt : Grand-place...*

Ding, ding, ding.

Lucien pâlit. Sa nervosité devint flagrante. Pourtant, je ne sentais rien émaner de lui alors qu'il était très proche. Avec mon don, sa gêne devrait être palpable, s'enfoncer dans mes côtes ! Je fermai les yeux pour me concentrer, en vain.

Quand je les rouvris, je surpris Gabriel en train de nous scruter, Lucien et moi. Son inquiétude me picota le ventre. Lucien, qui fixait intensément quelque point invisible au loin, ne parut pas s'en apercevoir. Son corps était rigide, à un rien de l'implosion.

— Plus que trois arrêts, murmura Gabriel comme un encouragement, comme une promesse.

Lucien ne cilla pas. L'avait-il entendu ? Je souris à Gabriel pour le rassurer. Ester, étrangère à cet échange, ne leva pas le nez. Elle avait mis des écouteurs, et son pouce, inlassable, glissait de bas en haut sur son écran. Je ne sentais pas grand-chose non plus, venant d'elle : ni joie ni peine, rien de particulier, alors que son visage changeait en permanence au rythme des vidéos qui défilaient sur son appareil. Elle paraissait sauter du rire à la tristesse, de l'attendrissement à l'indignation, en boucle, mais de manière creuse. Je réprimai un haut-le-cœur et retournai admirer le sol.

— *Grand-place,* annonça la voix.

Les freins crissèrent dans un bruit suraigu. Ma vision se troubla. Je vis, un peu sonnée, que mes doigts avaient lâché la barre. Le tramway décéléra, et tout se passa très vite : mon corps fut emporté par une vague invisible, heurta le dos d'un homme et reçut alors un violent coup dans le ventre.

Pliée en deux, le souffle court, les yeux hagards, je levai la tête vers ce passager. Il me fallut plusieurs battements de paupières pour comprendre qu'il ne s'était pas même retourné. Il ne m'avait pas frappée, mais la haine qui défigurait son âme, si.

— Pardon, dis-je d'une petite voix.

L'homme se contenta de me jeter un regard méprisant par-dessus son épaule. La vague invisible reflua, et moi avec. Dans un éclair de lucidité, j'entrevis la main de Gabriel et m'y raccrochai. Il me ramena vers la barre.

— Ça va ? lus-je sur ses lèvres.

J'opinai, mais ne pus retenir un dernier coup d'œil vers l'homme. Comment, sous la surface d'un si petit dédain, pouvait-il gronder une haine si impétueuse ? Une telle violence contenue faisait froid dans le dos... Au-dessus de moi, la voix annonça de son humeur toujours égale :

— *Prochain arrêt : Le Pont...*

Sauf que cet uppercut émotionnel avait réduit à néant mes

maigres défenses : les sentiments des autres me frappèrent tous ensemble. Je commençai à perdre pied. Lucien s'en sortait-il ? Je n'osais le regarder. Je levai le nez vers Gabriel, dont le corps avait trois têtes. Ses lèvres remuèrent, mais je n'entendis rien, sinon un cacophonique brouhaha de voix. Je sentis le tramway ralentir. Je tanguai, mais Gabriel pressa ma main autour de la barre. Je me raccrochai à ce contact tiède. Il serait mon roc dans la tempête. J'entrevis les yeux gris d'Ester posés sur moi. Elle fronça les sourcils. Gabriel, sous mon nez, agita trois index. Trois ?

— *Plus qu'un arrêt,* précisa ma petite voix.

Ma respiration était si désordonnée, si désaccordée... Mes poumons allaient finir soit par manquer d'air, soit par imploser, sous la pression.

— *Inspire, expire... Inspire, expire...*

Le tramway redémarra et, malgré un écart de ma part, je parvins à maintenir mon corps en place.

Au bout d'une éternité passée dans cet état second, je nous sentis à nouveau décélérer. J'entrevis, au milieu des étoiles, Lucien se précipiter en direction des portes. Il appuya sur le bouton d'ouverture avant même l'arrêt de la machine. Dès qu'elles daignèrent bouger, il se rua à l'extérieur. Ester le suivit d'un pas tranquille. Je compris que je devais sortir, moi aussi, si je ne voulais pas rester coincée pour toujours dans cet appareil infernal. Rien à faire, pourtant. Mes pieds demeuraient résolument vissés au sol et mes doigts si bien boulonnés à la barre, que c'était peine perdue. La panique s'empara de moi et acheva de me paralyser. Seuls mes yeux pouvaient encore remuer de droite à gauche. Gabriel était-il déjà descendu ?

Soudain, et à mon grand soulagement, je le sentis derrière moi. Il pressa avec douceur mon épaule, et cette simple impulsion décolla enfin mes talons. Sans me lâcher, il me guida jusque sur le quai. Mon corps obtempéra.

L'air de la ville gonfla mes narines, puis les odeurs de cigarettes, d'urine et de pots d'échappement me firent rendre mon dernier repas dans une poubelle. Gabriel tint mes tresses en arrière, me frottant le dos. Il me tendit un mouchoir et une pastille quand je relevai le menton.

Autour de moi, la foule s'était dispersée. Un panneau indiquait l'arrivée du prochain tramway. À côté, dans le globe d'une caméra, clignotait une petite diode rouge.

— Ça va mieux ?

Je me tournai vers lui et acquiesçai, encore fébrile.

— Le laser game n'est plus qu'à quelques pas.

Nous retrouvâmes Lucien et Ester un peu plus loin.

— Vous en avez mis, du temps ! grommela Ester.

— C'est vous qui avez piqué un sprint ! s'indigna Gabriel.

— Désolé, c'est ma faute, intervint Lucien. Vous savez bien que je ne supporte pas les transports en commun.

Gabriel le scruta :

— Pas de souci.

CHAPITRE 15 : S'ÉQUIPER

De dalle en dalle, de pavé en pavé, nous remontions un grand boulevard. Je gardais les yeux baissés, aveuglée par le soleil rasant. Ester avait pris la tête de notre petit groupe, ce qui me permettait de me protéger dans son ombre.

Au bout d'une marche interminable, je découvris la devanture du fameux laser game. Le nom du centre, *InterstelLaser*, brillait en vert, en grosses lettres néon. Je considérai un instant le reflet que renvoyèrent les portes teintées, puis elles coulissèrent.

— C'est parti, déclara Ester en se frottant les mains.

L'intérieur me laissa bouche bée :

— C'est…

— … *immense…* !

— Ça en fait, de l'espace, hein ! plaisanta Gabriel.

Je fis quelques pas sur la moquette bleu nuit, tournai sur moi-même en admirant, émerveillée, les hauts murs noirs striés de rayons laser. Il y avait même un étage, en mezzanine, auquel on accédait par une échelle ou un ascenseur. Au rez-de-chaussée, un véritable décor de science-fiction avait été mis en place. Nous traversâmes ainsi la réplique d'un astéroïde, puis la carcasse d'un vaisseau. Ester ne put s'empêcher de pianoter sur les diodes rouges illuminant son panneau de contrôle. Gabriel, de son côté, serra la main d'un mannequin revêtu d'une combinaison spatiale. Pour ma part, je sursautai au détour d'une planète en découvrant un petit bonhomme vert. Il avait un corps chétif, mais de longs doigts comme ceux d'une grenouille, une tête énorme et de grands yeux ovales, noirs et brillants. Ceux-ci me renvoyèrent ma propre image, déformée. En reculant, je me cognai contre Lucien.

— Pardon.

— Ce n'est rien. C'est bien fait, ne trouves-tu pas ?

J'acquiesçai.

— Et ce n'est pas tout, me dit-il en levant le nez.

Je ne pus m'empêcher d'entrouvrir les lèvres sous l'effet de la surprise. Du plafond noir comme l'espace tombaient de milliers de petites étoiles, de minuscules ampoules recréant un véritable ciel artificiel.

— Magnifique... soufflai-je.

— Cela ne vaut pas celles d'une nuit d'été, murmura-t-il.

— Je demande à voir, badinai-je.

— Rendez-vous pris.

Nous nous remîmes en marche, si près l'un de l'autre, que nos bras se frôlèrent. Ce contact m'électrisa. Pour me donner contenance, je levai la tête vers de grands numéros en lettres blanches qui ornaient de larges portes.

— Qu'est-ce que c'est ? fis-je en les pointant du doigt.

Il y en avait même à l'étage.

— Les salles de jeu, les arènes, m'expliqua-t-il sans me quitter des yeux.

Nous nous avançâmes vers l'accueil, où des écrans de surveillance, juste au-dessus du comptoir, nous renvoyaient nos silhouettes en triple exemplaires, sous trois angles différents. Un guichetier au t-shirt floqué d'une petite fusée s'exclama :

— Gabi !

— Salut, Ravi, répondit l'intéressé en passant le bras par-dessus la caisse pour lui serrer la main.

Il porta en même temps celle restée libre à son cœur.

— Comment ça va depuis l'autre fois ?

— Ça peut aller, et toi ?

— Ça va, ça va. Mais qui est-ce que tu nous amènes là ? Notre championne !

— Ravi, le salua Ester.

— Tu sais qu'on t'a mise au tableau des records ?

Il pointa, derrière lui, sa photo placardée en haut d'un mur.

— Pff... souffla Gabriel.

Ravi éclata d'un rire franc, solaire.

— Encore votre rivalité ? Ah ! Je suis content de vous voir, les amis ! Attendez une minute, Lucien, c'est toi ? Tu es là, toi aussi ? C'est formidable !

Lucien adressa un bref signe amusé à Ravi, preuve que l'enthousiasme de ce dernier était communicatif. Il me jeta un sourire un brin malicieux :

— Et la nouvelle, c'est qui ? Vous ne me la présentez pas ?

— Ravi, voici Aline, déclara très solennellement Gabriel en m'attirant à lui.

— Enchanté, Aline !

— *Un vrai rayon de soleil... C'en est... écœurant...* pesta ma petite voix.

Ravi nous regarda tour à tour, Gabriel et moi, en dodelinant de la tête, puis pivota tout entier dans ma direction.

— Il en a eu, des rencards, ici, mais c'est bien la première fois qu'il nous ramène une aussi jolie demoiselle !

Gabriel manqua de s'étrangler. Il me relâcha aussitôt.

— Nous ne sommes pas... bredouilla-t-il.

Lucien s'approcha d'un pas.

— Elle est charmante, Gabi, insista Ravi, toujours avec ce hochement.

— Nous ne sommes pas ensemble, s'empressa-t-il de finir.

— Pourquoi ?! Gabriel n'est pas à ton goût ? me demanda-t-il dans une fausse messe basse.

— Je... euh, ne parvins-je qu'à balbutier.

Il se redressa et s'esclaffa.

— Je vous taquine !

— Bon, Ravi, intervint Ester, c'est pas qu'on n'est pas contents de te voir, tout ça, tout ça, mais l'heure tourne, et j'ai un record à battre.

Elle pointa sa photo au mur. Ravi éclata de rire.

— Pardon !

Il se pencha sur son écran.

— Vous aviez réservé ?

— Oui, pour dix-neuf heures, répondit Lucien un peu durement.

Ravi pianota sur le clavier.

— Alors, voyons voir… Ah ! Je vous vois, ça y est. La salle 3, donc.

Il leva le nez vers nous.

— Vous trois, je sais que vous savez jouer, mais la demoiselle, elle a au moins une idée des règles ?

— On se charge de lui faire le topo, s'impatienta Ester.

— Dans ce cas, je ne vous accompagne pas. Vous connaissez le chemin. Et, Gabi, sans rancune ?

L'intéressé lui répondit par un demi-sourire. Je suivis la petite troupe jusqu'au vestiaire.

— Avant d'entrer dans l'arène, il faut qu'on s'équipe, m'expliqua Lucien.

Gabriel intervint :

— Et avant ça, on doit faire les équipes.

— Des équipes ? Ah non, c'est chacun pour soi ! s'exclama Ester.

Gabriel me désigna du doigt :

— Aline n'a jamais joué, on est obligés d'en faire. On ne va pas la laisser sous la douche.

— Sur la touche, le corrigea Lucien.

— Oui, comme vous voulez, je dis juste qu'on ne doit pas jouer chacun pour sa gomme.

— Tu le fais exprès ! s'énerva Ester.

Gabriel croisa les bras sur sa poitrine. Elle l'imita et déclara :

— Bon, si tu veux, mais je prends Lucien.

Celui-ci accepta son sort sans broncher et fit un pas pour se ranger à ses côtés.

— Quoi ! s'offusqua Gabriel. Ah non ! C'est moi qui prends Lucien. Tu n'as qu'à prendre Aline, toi. Après tout, c'est ton amie, pas la mienne.

Lucien, vraisemblablement habitué à ce manège, s'avança pour rejoindre Gabriel. Il ne s'émut pas de se voir barrer le passage par le bras d'Ester.

— Hors de question. C'est toi qui veux faire des équipes, Gab, donc tu la prends avec toi. Un point, c'est tout.

Je me raclai la gorge, histoire de leur rappeler que, houhou ! j'étais là, juste là, sous leur nez ! Ils m'ignorèrent.

— Si je la prends avec moi, je suis sûr de perdre ! Tu as vu toi-même comme elle se sert de ses pieds ! Imagine ça combiné à ses bras !

— Dis plutôt son bras. L'autre, c'est Frankenstein ! Et elle t'entend, je te signale, alors tu pourrais lui témoigner un peu de respect ! s'indigna Ester en me pointant du doigt.

Je levai les yeux au ciel devant tant de mauvaise foi.

— Dit-elle ! piailla d'ailleurs Gabriel.

— J'ai un record à battre, moi, lui rappela-t-elle.

— Moi aussi !

Ester éclata de rire.

— Ah ouais ? Lequel ? Celui du plus grand nombre de défaites consécutives ou celui du score le plus bas de toute l'Histoire de l'humanité ?

— Je pourrais gagner si tu arrêtais de tricher !

— Mauvais perdant !

— Tricheuse !

— *Loser* !

Gabriel la pointa du doigt.

— Je croyais que tu pouvais nous battre même avec une main attachée dans le dos ? lança-t-il sur un ton de défi.

C'était moi, la main attachée dans le dos ? Ester pinça les lèvres en me jaugeant du coin de l'œil :

— Là, ce serait plutôt me retrouver ligotée à une chaise, tête en bas dans la fosse aux crocos…

Je me vexai, toussotant pour le faire savoir, mais en vain.

— Poule mouillée, marmonna Gabriel.

— Toi-même, blaireau !

Gabriel se mit à pousser des *cot, cot, cot,* ma foi fort réalistes.

— Conifère !

— Nyctalope !

— Qu'est-ce qu'ils font ? demandai-je tout bas à Lucien.

— Insultes non discriminantes. Ils ont trouvé ça sur le Net, un soir… me répondit-il, exaspéré. Tu verras, on finit par s'habituer.

— Batracien de fond de bassin !

— Tubercule ! Cunicultrice ! Pédoncule !

— Pétoncle ! Fils de yack ! continua Ester.

— Cot, cot, cot, cot ! reprit Gabriel.

— Raclure de pédiluve !

— Cot, cot, cot, cooot !

— Mais tu vas te taire, espèce de gnou !

— C'est celui qui le dit qui paye !

— Ça veut rien dire, face de pet !

À court de mots, ils se regardèrent en chiens de faïence.

— Aline et moi n'avons qu'à nous mettre ensemble, suggéra Lucien.

Ils se tournèrent vers lui tel un seul corps, le fixant comme s'il venait d'outrager l'univers tout entier. Gabriel pointa Ester du pouce.

— Pour me retrouver en équipe avec elle ? Tu es fou !?

— Jamais de la vie ! rajouta Ester.

Enfin tombés d'accord sur quelque chose, ils hochèrent la tête en cadence.

— Dans ce cas, déclara Lucien en tirant de la monnaie de sa poche, décidons à pile ou face. Pile, Aline va avec Gabriel. Face, elle va avec toi, Ester.

Ester et Gabriel protestèrent dans un premier temps, mais finirent par grommeler, en chœur :

— OK.

Je m'assis en boudant. Lucien jeta sa pièce.

— Face. Aline, tu fais donc équipe avec Ester.

Gabriel adressa un pied de nez à celle-ci.

— Ravale ce rire, toi. Ma victoire n'en sera que plus écrasante !

— Terriens ou aliens ? demanda Lucien à Gabriel.

— Peu importe.

— Qu'est-ce que cela veut dire ? intervins-je.

— Ce sont les équipes prédéfinies. Il faut choisir si l'on est l'un ou l'autre.

— On prend l'équipe des terriens, répondit Gabriel qui, déjà, s'approchait d'un gilet.

Ester baissa enfin les yeux sur ma petite personne :

— Sérieux, tu n'as jamais joué ? Même pas au paintball ?

Je lui adressai un sourire embarrassé.

— La balle au prisonnier ? Non, jamais ?!

Le rire de Gabriel redoubla dans son dos. Elle m'entraîna plus loin. Tout en m'aidant à enfiler un gilet bien trop grand pour moi, elle m'expliqua les règles, le décompte des points, les cibles à privilégier.

— Il y en a cinq. Tu verras, elles brillent. Gab et Luce sont terriens, ils seront en bleu. Nous, on sera en vert. Surtout, tire pas sur le vert ! Tu marquerais contre ton propre camp ! Concernant les cibles, il y en a une énorme dans le dos. C'est celle qui rapporte le moins, mais c'est la plus facile. Une autre au niveau du ventre, une près du cœur, plus petite, et une minuscule sur chaque épaulette. Ce sont celles qui valent le plus. Toi, concentre-toi déjà sur le dos.

Elle me montra comment tenir le pistolet, comment viser et comment tirer, m'expliqua que, lorsque l'on touchait un adversaire, son gilet s'éteignait et que son arme devenait inactive pendant quelques secondes. Elle m'en fit la démonstration sur Gabriel, qui venait juste d'enfiler le sien. Comme annoncé, sa lumière disparut.

— Hé ! C'est de la triche ! protesta-t-il.

Ester l'ignora. À la place, elle m'abreuva d'informations et d'astuces que je ne retins pas. À la fin, voyant mon air perdu, elle soupira.

— Sinon, essaye de rester cachée.

Puis elle me fit pivoter vers les portes. Lucien vint se tenir à mes côtés. Je sentis mon estomac remonter d'un cran.

— Ils sont toujours comme ça ?

— Seulement quand il s'agit de gagner, me répondit-il, un sourire en coin.

J'opinai, mais il ne lâcha pas mes yeux, comme s'il attendait un mot de ma part, ou avait lui-même quelque chose à me dire. Je voulus soutenir son regard, mais mon cœur fébrile s'emballa. Lucien se pencha vers moi.

— Bonne chance, souffla-t-il du bout des lèvres à mon oreille.

— Que le meilleur gagne ! s'interposa Gabriel.

Je n'eus pas le temps de réagir. Les portes s'ouvrirent, et Ester me poussa dans l'arène.

CHAPITRE 16 : MANQUÉ !

— Je vais éteindre. Le décompte va bientôt commencer. Tenez-vous prêts, annonça Ravi à travers les enceintes.

Lucien, Ester, Gabriel et moi fûmes plongés dans la troublante obscurité de l'arène et baignés dans sa fantomatique lueur bleutée, couleur fond marin.

Au sol, des bandes réfléchissantes éclairaient les cloisons et les paravents du labyrinthe. Un peu partout, nous pouvions apercevoir des fresques fluorescentes reproduisant un décor de science-fiction. Nos corps, eux aussi, luisaient. Émerveillée, je contemplai mes amis, dont le blanc des yeux, des dents et de tout ce qu'ils avaient de clair rayonnait de façon irréelle et magique.

Ester dissimula la photoluminescence de ses cheveux sous une casquette noire. Quelques mèches échappées continuèrent toutefois d'illuminer sa nuque. Gabriel, à côté d'elle, s'accroupit et resserra les lacets éclatants de ses baskets. En me tournant vers Lucien, je constatai qu'il m'étudiait. Je lui souris, un peu troublée, mais Ester m'appela. Je fis un pas vers elle, empotée dans mon gilet trop long et trop lourd. Le câble qui reliait mon pistolet à mon plastron cogna contre mes jambes.

— Pourquoi tu marches en crabe ?

J'agitai le câble. Elle leva les yeux au ciel.

— N'oublie pas de viser. Le nombre de tirs compte dans le calcul des points.

Elle m'indiqua les cibles bleues sur Lucien et Gabriel, mes adversaires, mais je savais que jamais je ne réussirais à atteindre qui que ce soit, quoi que ce soit. Je parvenais à peine à soulever mon arme.

Gabriel, concentré, serrait la sienne contre son torse. Il attendait avec nervosité le coup de départ. Lucien, lui, tenait son pistolet pointé vers le sol. Quant à Ester, elle avait déjà le doigt sur la gâchette, prête à dégommer ou Gabriel ou Lucien, ou quiconque en travers de son chemin. Mes lèvres s'étirèrent. Quelle tête de pioche, celle-là !

Elle me signala le plafond du bout de son arme. Un décompte s'afficha en projection.

5...

Une musique dramatique monta.

4...

Ester se pencha vers moi.

— Dès que le top est donné, tu déguerpis, compris ?

3...

Gabriel défia Ester du regard. En le voyant faire, elle éclata d'un rire confiant et fit glisser un pouce sous sa gorge :

— T'es un homme mort, articula-t-elle.

2...

Je me tournai vers Lucien.

1...

Il m'adressa un sourire étincelant.

0 !

Le gong résonna à travers l'arène. J'oubliai d'expirer. Sans hésitation, Ester, Gabriel et Lucien s'élancèrent et se dispersèrent dans le labyrinthe. Au plafond, le zéro fut remplacé par un nouveau décompte : nos trente minutes de jeu. Les enceintes commencèrent à diffuser une musique électro angoissante dont le rythme imitait le battement d'un cœur inquiet.

— *Tu as raté le coche...* s'exaspéra ma petite voix.

Oui, j'étais restée plantée là, les bras ballants, toute seule sur ce semblant de ligne de départ. Je dus forcer mon corps à réagir pour me précipiter à mon tour au milieu des cloisons. Déjà, des cris de victoire –ceux d'Ester – et de rage – ceux de Gabriel – résonnaient à travers toute la salle.

Ester m'avait dit, ou plutôt ordonné, de m'éloigner le plus possible des zones de tir. Je décidai de suivre son conseil, non sans pester contre ce jeu abject. Que pouvait-on trouver d'amusant à faire semblant de s'entre-tuer ? Je longeai, à couvert, une rangée de paravents, passant de l'un à l'autre avec autant de discrétion que mon lourd et bruyant attirail me le permettait.

— *Un éléphant dans un... magasin de... porcelaine,* commenta ma petite voix.

Je progressai avec lenteur, m'enfonçant plus profondément dans l'arène. Cette salle était immense. Je ne croisai personne. Au plafond, trois minutes s'étaient déjà écoulées, et l'on ne m'avait toujours pas tiré dessus !

— *Bravo...* railla-t-elle.

Ce n'était que partie remise, je le savais, je le sentais, même. L'enthousiasme d'Ester se rapprochait d'ailleurs à grands pas, suivi de près par une détermination farouche que j'attribuais à Gabriel. Tout à coup, au détour d'une cloison, un juron éclata. Ester passa sous mes yeux, en petites foulées, le visage illuminé par un sourire fluorescent. Gabriel était sur ses talons, mais la poursuivait le gilet éteint. Je changeai de cap pour m'éloigner de ces deux forcenés.

Une pente se présenta à moi. Je levai le nez : un étage ! Cette salle était gigantesque ! Je patinai un peu dans la montée à cause de mes semelles lisses – et de mon manque de coordination –, mais parvins en haut. Essoufflée, je me dissimulai derrière un paravent strié de fentes horizontales à hauteur d'yeux, qui donnaient sur le rez-de-chaussée. J'eus ainsi tout le loisir de voir Gabriel retraverser le labyrinthe en courant, le bras tendu en arrière, tirant au hasard sans réussir à toucher Ester qui le poursuivait en zigzaguant.

J'essayai, sans trop de conviction, de viser Gabriel depuis mon petit point de mire, mais il se déplaçait trop vite. Il disparut dans l'ombre d'une cloison. Je compris qu'il allait tenter une embuscade.

Ester aussi dut deviner ses intentions, car elle contourna astucieusement le paravent et le surprit par-derrière. Gabriel détala, mais trop tard. Ester fit mouche. Le gilet éteint, il poussa un gémissement plaintif.

Mes yeux cherchèrent Lucien, que j'aperçus en train de marcher au hasard dans les couloirs, juste en dessous de moi. Je tentai le tout pour le tout. Je glissai mon pistolet dans l'une des fentes, visai et tirai. Par un surprenant miracle, je l'atteignis !

Je retins un petit cri de fierté, puis un rire lorsque, perplexe, il se tourna en tous sens à la recherche de son attaquant. Bien vite, il leva le nez vers moi. Gagnée par le jeu, je m'accroupis. M'avait-il repérée ? Un coup d'œil au plafond m'indiqua qu'il restait déjà un peu moins d'un quart d'heure. Je décidai de changer d'endroit au cas où il m'aurait vue, mais tandis que je me relevais, on toussa dans mon dos. Mon cœur s'affola. Lucien se tenait là, tout près de moi.

— Tu devrais te mettre à courir, dit-il d'une voix chaude.

Je m'élançai en riant. Il me prit en chasse. En moi se mêlèrent l'envie d'être rattrapée et celle de ne jamais mettre fin à cette course. Exaltée, je traversai l'étage à toutes jambes, manquant de peu de heurter tous les murs jetés sur mon passage. Ma petite voix, à plusieurs reprises, ferma les yeux, mais je parvins à avancer de cloison en cloison, zigzaguant comme j'avais vu Ester le faire.

Au bout d'un moment, je ralentis. Lucien avait disparu. J'avais réussi à le semer. Le point douloureux sous mes côtes m'enjoignait à faire une pause. Je me trouvais à côté d'une descente. Alors que j'envisageais de retourner au rez-de-chaussée, Lucien bondit tout à coup à ma gauche. Je sursautai, reculai.

— Attention ! cria Lucien.

Avant que mon corps ne basculât à la renverse et ne roulât tout en bas de la pente, Lucien referma la main autour de mon poignet et me ramena contre lui. Nos gilets s'entrechoquèrent.

— Merci, soufflai-je.

— Ça va ? murmura-t-il.

Son visage n'était plus qu'à quelques centimètres au-dessus du mien. J'osai un regard vers ses lèvres. Troublée, je hochai la tête, mais il ne me lâcha pas pour autant. Sa gorge, tout près de mon nez, répandait une chaleur brûlante qui m'obligea à déglutir. Son cœur pulsait sur sa bouche.

Lucien desserra son étreinte. Je titubai. Quand avais-je cessé de respirer ? Il me scruta alors que je tâchais de reprendre mon souffle, puis un sourire espiègle étira ses lèvres. Il pointa son pistolet laser sur moi. En face, une cible, celle de ma poitrine. Mon arme – que j'avais lâchée dans ma presque-chute – pendait lourdement dans mon dos. Je levai les mains, vaincue.

— Tu as gagné, répondis-je, amusée.

Lucien plongea ses yeux dans les miens. Sous cette lumière noire, leur expression paraissait plus intense encore. Ils ravivaient la brûlure sur ma peau échauffée, là sur mon poignet, où ses doigts m'avaient touchée. Cette chaleur me contamina tout entière, remontant jusqu'à mes joues, irradiant tout ce corps, mon corps, sur son passage. Une agitation nerveuse traversa les traits de Lucien. Son sourire espiègle retomba. Il abaissa le pistolet. L'air sérieux et grave qu'il afficha m'alarma. Un désir furieux battit à travers ma chair. Difficile de déterminer de qui, de lui ou de moi, il émanait. De nous deux réunis, semblait-il.

Lucien avança d'un pas. Mon cœur eut un raté. Soutenir l'éclat de ses yeux devint douloureux. Impossible, pourtant, de m'arracher à leur contemplation.

— Que fais-tu ? fis-je, pantelante.

Il ne dit rien, mais inclina, avec une lenteur extrême, son grand corps vers le mien, son visage vers le mien, sa bouche vers la mienne. Ma gorge, en réponse, se contracta et se tendit vers lui.

— J'ai rêvé de toi tant de fois, dit-il tout bas, dans un murmure chaud, à quelques centimètres de moi.

J'opinai, comme s'il s'était agi d'une question, et le bout de mon nez effleura le sien. Son regard descendit sur mes lèvres. Je levai les yeux vers les siennes, le cœur vibrant, le souffle court. Encore un millimètre, encore un millimètre pour goûter leur chaleur...

— Aline ! On fricote pas avec l'ennemi ! brailla tout à coup la voix courroucée d'Ester.

Il n'en fallut pas davantage pour briser la magie. Lucien se redressa subitement, ôtant ses lèvres de ma portée pour faire volte-face, mais Ester ne lui laissa pas le temps de réagir. Elle lui tira dessus, puis déguerpit, non sans m'adresser auparavant avant un geste qui signifiait : « Toi, je t'ai à l'œil ! »

Lucien se tourna vers moi, ses cibles éteintes, l'air gêné. Je ris, nerveuse, le cœur encore tout déréglé. Mon prénom résonna dans sa voix :

— Aline... murmura-t-il en passant une main sur ses lèvres.

Un drôle de frisson courut le long de ma colonne. Je relevai la tête vers lui, interdite, mais prête à reprendre là où nous nous étions arrêtés. Un mouvement, en périphérie, attira toutefois mon attention.

Détourner une brève demi-seconde les yeux de Lucien me suffit pour croiser ceux de Gabriel, posté un peu plus loin, les épaules basses, alourdies de chagrin. Quand il vit que je l'avais vu, il recula et disparut dans le labyrinthe. Lucien, qui regardait ses pieds, ne le remarqua pas. Une pierre roula au fond de mon ventre, froide et tranchante.

— Aline... répéta-t-il.

— Je dois y aller, lâchai-je.

Ma phrase sonna plus sèchement que prévu, mais je ne donnai pas à Lucien le temps de réagir. Je tournai les talons, dévalai la pente et allai me perdre au rez-de-chaussée. Ma fuite s'acheva dans une impasse où je me laissai tomber sur les fesses, le cœur battant. Que m'avait-il pris d'abandonner Lucien ainsi ? Mon cœur finit par ralentir, mais pas mes pensées. Pour me calmer, je fixai le décompte des minutes au plafond.

J'aurais dû lui expliquer, lui dire que Gabriel nous regardait, lui dire qu'il l'aimait et que, mais bon sang, pourquoi n'était-ce pas réciproque ? *Non, Aline,* me repris-je, *ce ne sont pas tes sentiments, ce sont ceux de Gabriel.* Mais s'il l'aimait, et si Lucien l'aimait aussi ? Je songeai aux poèmes écrits de sa main, collés sur son mur :

Encore un soir sans étoiles,

Mais pas sans toi, leur égal...

À quoi Lucien pensait-il ? À Gabriel ? Avait-il été son astre ? L'était-il toujours aujourd'hui ? Je me souvins que ces vers avaient une suite, mais impossible de me la remémorer. La jalousie, la culpabilité, ou les deux, me trouaient le cœur. Gabriel n'avait-il pourtant pas déclaré que, l'un et l'autre, nous n'avions pas notre mot à dire sur la relation que nous entretenions chacun avec Lucien ? « Que le meilleur gagne », avait-il dit. Cette pensée ne m'apaisait pas. La douleur de Gabriel...

J'en vins à regretter ma cellule. Là-bas, au moins, je pouvais fréquenter Lucien en toute liberté, la nuit, en rêve, le côtoyer au quotidien, sans pincement sous le cœur, sans écharde dans la gorge, sans Gabriel. J'enfouis la tête entre mes genoux. *Non, je suis ridicule,* me dis-je. *Je ne peux pas souhaiter être restée enfermée, maltraitée. Je ne peux pas désirer n'avoir jamais rencontré Lucien en chair et en os. Et je ne peux pas me mettre dans des états pareils pour des hommes que je connais à peine ! Ridicule, ridicule, je suis ridicule !*

— *Tu l'as dit... !*

Et pourtant...

— *Et pourtant... ?*

— *Et pourtant, je l'aime,* complétai-je.

Je l'aimais avant même de le savoir réel, bien vivant dans ce monde.

— *Pourquoi… ?*

— *Et pourquoi pas !* me rebiffai-je d'abord.

Puis je soupirai et répondis avec sincérité :

— *J'ignore pourquoi. Parce qu'il me ressemble, je crois. Parce qu'il me fait me sentir moins seule et qu'il apaise cette sensation pénible dans ma poitrine. Parce que l'on est destinés l'un à l'autre, non ?*

J'enfouis la tête plus profondément entre mes genoux, espérant me résorber sur moi-même.

— *Et puis…*

— *Quoi… ?*

— *Il y a autre chose. Je ne sais pas si c'est de l'amour, mais…*

Je n'osai le dire et me contentai de le penser : à présent que ce corps, mon corps, côtoyait Lucien, il le désirait avec force. Et cela, j'en étais certaine, était réciproque. Je n'avais pas pu l'inventer. Les émotions de Lucien m'avaient embrasée. Elles s'étaient mêlées aux miennes dans un flot tempétueux et brûlant. Une telle occasion se représenterait-elle ? Me pardonnerait-il d'avoir déguerpi ?

CHAPITRE 17 : COLLIMATEUR

L'horloge au plafond n'affichait plus que trois minutes de jeu lorsqu'Ester déboula dans l'impasse. Elle braqua son arme dans ma direction avant de se rendre compte que ce n'était que moi.

— Mais qu'est-ce que tu fiches ici ?

— Une pause, affirmai-je en essayant de dissimuler mon chagrin.

Mais ma voix éraillée me trahissait. Ester me contempla, consternée.

— À trois minutes de la fin ?

Je haussai les épaules. Elle émit un petit claquement de langue impatient :

— Je vois, c'est à cause de lui !

Je baissai le nez sur mes chaussures.

— T'as envie de m'en parler ?

Je sentais que cette question lui coûtait, aussi ne lui répondis-je pas. Puis son agacement me gagna, si bien que je ne sus plus vraiment, qui d'elle ou moi, était irritée à ce point. Peut-être lui en voulais-je, au fond, d'être intervenue alors que Lucien allait m'embrasser. Ester se massa les tempes.

— Bon, viens avec moi, faut te défouler.

Elle me tendit la main. Je ne la saisis pas tout de suite, mais finis par céder. Ma rancune était injuste. N'étais-je pas plutôt furieuse contre moi-même ?

— J'ai un plan, me dit-elle à l'oreille avant de me l'expliquer.

Ester prévoyait de servir d'appât et voulait attirer Lucien ou Gabriel dans ma direction, dans une zone où je me tiendrais en embuscade.

— Un travail d'équipe, conclut Ester avec un clin d'œil.

J'acceptai sans beaucoup d'entrain.

— Comment saurai-je qu'ils arrivent, si je reste cachée ?

— Tu utiliseras ton don.

— Quoi ? Non ! Gabriel a dit que...

— Oublie Gab, râla-t-elle.

Je ravalai mes protestations.

— J'te demande pas de manipuler quelqu'un. Essaye juste d'être à l'écoute des émotions autour de toi. Que ce soit Gab ou Luce, tu devrais les sentir approcher, et là, BAM ! Tu déboules et tu les shootes !

— Ce n'est pas très fair-play...

Elle leva les yeux au ciel.

— Se servir de ce que la nature nous a donné, c'est pas tricher.

Cet adage me parut tout à fait contestable, mais Ester l'asséna avec une telle confiance, que je n'osai répliquer.

Postée à l'endroit qu'elle m'avait indiqué, j'écoutais ses dernières recommandations tout en me demandant, comment, dès le départ, j'avais bien pu me laisser embarquer dans ce maudit jeu.

— Tu ne réfléchis pas, tu tires, compris ? Et pas de quartier !

Je hochai la tête. Ester retira sa casquette. Sous l'éclairage, ses cheveux bleus ruisselèrent de lumière et s'éloignèrent. Restée seule, je jetai un œil au décompte. Les minutes s'égrainaient à vue d'œil. Je me fis réceptive aux émotions des autres autant que possible, mais ce fut bien inutile :

— Tricheuse ! T'as pas le droit de dissimuler les cibles avec tes cheveux !

Ester passa en trombe devant ma cachette, et je sautai sans réfléchir face à Gabriel, que je mis en joue. Les yeux écarquillés, il manqua de me rentrer dedans. Mon arme se trouva pile à hauteur de son cœur.

— *Quelle ironie...*

— Tire, Aline ! s'impatienta Ester derrière moi.

— *Ce ne sera que la deuxième fois...* susurra avec cynisme ma petite voix.

La musique angoissante cessa. Le décompte sonore des dernières secondes commença à résonner. Gabriel reprit ses esprits et leva son pistolet vers moi.

— Aline ! se récria Ester.

Je détournai les yeux.

Et tirai.

Le gong de fin retentit. Quand je les rouvris, Gabriel, gilet éteint, me contemplait avec un mélange de déception et de respect. Ester, surexcitée, se mit à sauter sur place comme une enfant :

— On vous a bien eus ! On vous a bien eus !

— On ne connaît pas encore les résultats, la réfréna Gabriel sans grande conviction et sans me lâcher du regard.

Ester lui jeta un baiser, puis rejoignit les vestiaires en dansant. Gabriel finit par m'adresser un petit sourire qui allégea un peu le poids sur mes épaules. Respectueux, il me tendit la main, et je pressai ma paume contre la sienne. Sa peau tiède était douce.

— Bien joué.

— Toi aussi.

Lucien passa à côté, lui tapota le dos, en m'ignorant.

— Allons-y avant qu'Ester ne s'impatiente et n'étrangle Ravi pour récupérer la feuille des scores, fis-je, amère.

Dans les vestiaires, celui-ci annonça sans surprise qu'Ester et moi – disons surtout Ester – avions gagné. Je sentis le regard de Lucien, indifférent aux chiffres, posé sur ma nuque, ainsi que celui de Gabriel. Je fis semblant de me concentrer sur les fanfaronnades d'Ester, lesquelles se changèrent en un discours d'autoremerciement.

— J'vais payer, déclara-t-elle enfin.

— Je m'en occupe, rétorqua Gabriel. C'est moi qui vous ai

invités.

— Ah, non ! Tu vas pas me prendre la tête comme l'autre fois ! J'paye, c'est tout.

Gabriel allait refuser, mais Ester ajouta avec un sourire provocant :

— C'est la moindre des choses après t'avoir massacré.

— Et moi, je vais me rafraîchir, intervint Lucien.

Gabriel et moi nous retrouvâmes seuls dans le hall, à danser d'un pied sur l'autre.

— On sort prendre l'air ? proposa-t-il au bout d'un moment.

Une brise vivifiante souffla sur mon visage transpirant et s'engouffra vigoureusement dans mes poumons. La nuit était belle, douce. Les lampadaires ne nous dissimulaient rien du long boulevard. Nous y fîmes quelques pas silencieux. Gabriel éprouvait plus de peine que de colère, et je sentais celle-ci s'infiltrer par tous les pores de ma peau. Je n'avais pas envie de ressentir ce qu'il ressentait, de m'immiscer dans son intimité, mais je contrôlais de moins en moins ce fichu don.

— Gabriel... dis-je tout bas.

Sans se tourner vers moi, sans cesser de contempler l'horizon, il m'interrompit :

— Ne dis rien.

— Je voulais juste...

— Tout va bien, Aline.

Il m'adressa un bref sourire.

— Non, Gabriel, écoute. Je ne l'ai pas fait. Je ne l'ai pas embrassé.

Sa peine n'en fut que plus profonde.

— Bah t'aurais dû, répondit-il, amer.

— Mais...

— Tu as gagné, Aline. Lucien et moi, nous ne sommes qu'amis. C'est comme ça, c'est la vie. Et je ne veux pas de ta pitié. J'espère que tu le rendras heureux.

— C'est ce qu'il t'a dit ce matin lors de votre promenade, compris-je.

Gabriel prit une grande inspiration, comme s'il s'apprêtait à répondre, mais s'en abstint. Après quelques longues secondes d'apnée, il souffla de l'air sans paroles. J'avais donc visé juste.

— Le jeu t'a plu ? me demanda-t-il.

Je haussai les épaules.

— Bravo pour ton tir à la fin. Je ne m'y attendais pas.

— Tout le mérite revient à Ester.

— Je ne le démentirai pas, me taquina-t-il.

Il me donna un petit coup de coude.

— Mais tout de même, tu es plus coriace que tu en as l'air.

— J'imagine que je dois le prendre comme un compliment ?

— T'auras pas mieux.

— Merci, dans ce cas. À ton avis, Ester va se vanter de cette partie pendant combien de temps ?

— Oh ! s'exclama-t-il en faisant mine de compter sur ses doigts. À vue de nez, là comme ça… je dirais… pendant… Allez, un siècle, peut-être deux !

— Une broutille, pouffai-je.

— Une bricole, renchérit-il.

Nous nous regardâmes d'un air très sérieux avant d'éclater d'un rire nerveux mais consolant. Bientôt, je le sus, nous ne rîmes plus d'Ester, mais de nous-mêmes. C'était l'un de ces rires salvateurs, l'un de ceux qui pansent les plaies et bercent le cœur.

Gabriel me tendit le bras galamment. Je m'y appuyai, et nous marchâmes ainsi, bras dessus, bras dessous, d'un réverbère à un autre, d'une flaque de lumière à une autre, le long du boulevard. Nous passâmes devant une petite famille, un couple et un jeune garçonnet que les parents balançaient entre eux. Celui-ci prenait son envol avec de l'élan, et chaque fois que ses pieds quittaient le sol, que le vent balayait ses cheveux, il éclatait d'un rire cristallin.

— J'aurais bien aimé avoir des parents, laissai-je échapper.

— Tout le monde a des parents, fit remarquer Gabriel.

— Oui, mais il y a avoir et *avoir*.

Gabriel baissa la tête.

— Ça, c'est certain. Tu n'as pas connu les tiens ?

— Je n'ai jamais eu l'impression que mon père était mon père. Je sais, ce n'est pas clair, mais...

— Si, je vois ce que tu veux dire. Et ta mère ?

— J'ignore qui elle est. J'ai cru comprendre qu'elle m'avait laissée à mon géniteur quand je n'étais encore qu'un bébé.

— C'est peut-être mieux ainsi.

— Tu dis cela par rapport à la tienne ?

— La mienne ? Oh, ça, non ! Ma mère était géniale !

Il se tut, sourit en contemplant le ciel.

— Je suis désolée pour toi, fis-je.

— Elle n'est pas morte.

— Oh, j'ai pensé que... Où est-elle, dans ce cas ?

Il hésita un moment, si bien que je crus qu'il ne me répondrait pas. Puis, il lâcha sans me regarder :

— Dans une clinique psychiatrique.

— Oh, fis-je encore, ne trouvant rien de plus approprié.

Je faillis m'emmêler les pieds, mais retrouvai un semblant de stabilité.

— Ester m'a dit qu'elle ne parlait pas bien cette langue et que tes expressions approximatives te venaient d'elle, dis-je pour alléger la conversation.

Son rire, clair, bref, fusa entre nous.

— C'est vrai ! Elle avait une manière bien à elle de parler notre langue, surtout quand j'étais tout petit ! Ester a mentionné le livre d'expressions ?

Je hochai la tête, ravie d'avoir replacé un sourire sur ses lèvres.

— C'est pour cette raison que tu déformes toi-même les mots si souvent ?

Il se pencha vers moi :

— Pour être tout à fait honnête, parfois, je sais que ce ne sont pas les bons mots, mais c'est ainsi que ma mère les disait. C'est une manière de la garder près de moi. Et puis, certains assemblages sont poétiques.

Je songeai aux poèmes écrits par Lucien. Cela avait dû le séduire, tout comme moi.

— D'où venait-elle ?

— Du Maroc.

— Ton père aussi ?

Gabriel se rembrunit, et je regrettai aussitôt ma question.

— Non, fit-il. Mon père était d'ici. Il l'a rencontrée pendant un voyage là-bas. À l'époque, il était photographe. Il lui a vite demandé de l'épouser et, en quelques mois, elle quittait sa famille pour s'installer ici.

— Ça a l'air d'une belle histoire, tentai-je.

— Sur le papier, oui, sans doute.

Il soupira.

— Mon père, au premier abord, paraît toujours charmant, mais ce n'est pas une bonne personne. Par malheur, quand elle l'a découvert, il était trop tard.

Gabriel prit une grande inspiration et fit craquer les os de sa main.

— Quand j'ai eu dix ans, elle est tombée malade, et il est devenu encore plus violent. Au bout d'un moment, je crois qu'elle ne s'en rendait même plus compte. Elle s'était construit son propre monde. Mais il fallait bien la faire manger, la laver...

— C'est toi qui faisais ça pour elle ?

Il hocha la tête.

— À dix ans... ! m'indignai-je.

— Et vers mes treize ans, mon père en a eu assez de ses cris, de ses larmes, de moi. Alors, il nous a foutus à la porte, sans rien, sans remords.

— Comment as-tu fait ?

Il haussa les épaules, ainsi que la mienne au passage, puisque je lui tenais toujours le bras.

— Je me suis débrouillé. J'aurais pu aller en foyer, mais Maman…

— Et le reste de ta famille ?

— Mon père a obligé ma mère à louper tous les ponts avec les siens, assez facilement d'ailleurs, puisqu'ils s'étaient opposés à ce mariage. Encore aujourd'hui, j'ignore qui ils sont. Du côté paternel, j'ai bien une tante, mais je pense qu'elle aussi subissait les colères de cet homme. Un jour, elle a cessé de venir nous voir. Il n'y a donc eu plus que ma mère et moi, nous deux contre le reste du monde, le reste de *ses* mondes. Je peux te dire que c'est difficile, à treize ans, de vivre avec sa folledingue de mère dans la rue !

Il soupira.

— Désolé, je ne voulais pas dire…

— Ce n'est rien. Comment t'en es-tu sorti ?

Il rit jaune :

— Eh bien, il faut croire que l'univers a eu pitié de ma pauvre carcasse ! J'ai croisé le chemin d'Ester et je lui ai sauvé les niches. Tu t'en doutes, elle raconte une tout autre version depuis.

Il ponctua sa phrase d'un roulement de paupières amusé.

— En remerciement, elle m'a parlé des décentrés, de la réserve et m'a proposé de devenir veilleur. Le salaire m'a permis de placer Maman dans une bonne clinique.

Je serrai son bras, fort, très fort, les yeux humides.

— Ne t'en fais pas pour moi, me rassura-t-il. Je vais bien, et elle va bien, enfin, autant que possible. Et puis, tout n'était pas toujours horrible ! Quelquefois, elle émergeait et reprenait les choses en main. Le temps d'une journée, elle redevenait ma maman. On était quand même à la rue, mais elle recousait mes habits, me racontait des contes du pays, elle marchandait avec le premier venu et, le soir, nous faisions un festin digne des rois !

— Elle doit beaucoup te manquer.

Il serra les dents.

— J'aurais aimé qu'elle m'en dise plus sur mes origines, qu'elle m'apprenne à parler sa langue, par exemple. Aujourd'hui, j'ai l'impression d'avoir été amputé d'une partie de mon histoire.

Voilà une sensation que je connaissais bien, trop bien.

— Tout ce qu'elle a pu me transmettre, poursuivit-il, c'est sa cuisine. À part ça, mon père avait interdit tout ce qui se rapprochait de près ou de loin au Maroc, même mon prénom. Il l'a obligée à le changer alors que j'étais encore tout petit. Je l'ai découvert quand elle a commencé à dérailler, parce qu'elle s'est mise à m'appeler autrement.

— Pourquoi as-tu gardé « Gabriel » ?

— L'habitude ? En plus, c'est quand même elle qui l'a choisi. Mais je ne sais pas trop. Je crois que je ne me sentirais pas tout à fait légitime d'utiliser l'autre… Et puis, c'est plus facile à porter, ici.

Je ne trouvai rien à rétorquer.

— Et toi, tes origines ?

— Ma petite voix me dit que nous avons de la famille en Guadeloupe. Je serais née là-bas, mais n'y aurais pas vécu longtemps.

Il parut intrigué.

— Ta petite voix ? Tu veux dire ton petit doigt ?

— Oui, voilà, éludai-je.

— Tu ne m'en raconteras pas plus ?

Je haussai les épaules.

— J'ai tout oublié. Qui je suis, d'où je viens, c'est la grande question.

Un soupir m'échappa.

— Dis-moi plutôt comment ta mère t'avait appelé, avant « Gabriel ».

Il m'adressa un sourire malicieux.

— Tu le sauras un jour, peut-être, si tu es sage !

Je le bousculai, en espérant que Gabriel, en dépit de tout ce qu'il y avait entre lui, Lucien et moi, deviendrait un ami précieux.

— On devrait faire demi-tour, suggéra-t-il au bout d'un moment. Les autres vont se demander où on est.

Sans nous lâcher, nous tournâmes dans une drôle de valse. Gabriel ajouta même un petit pas de danse du plus bel effet.

Alors que je grattais la cicatrice à mon bras en regardant les passants, mon sourire retomba. Je reconnus avec effroi, à quelques mètres de nous, Frank, l'assistant de monsieur Burish, et Robert. Ils se dirigeaient droit vers nous. Que faisaient-ils là ? Pourquoi étaient-ils là ? Et depuis combien de temps ? M'avaient-ils vue ?

Je baissai la tête, poussant Gabriel à ralentir, mais c'était peine perdue. Nous allions bientôt les croiser, et ils me reconnaîtraient. Mon corps se contracta. Cette impression d'avoir oublié quelque chose de très important refit plus durement surface.

— Tu as une sacrée poigne, s'amusa Gabriel.

Je ne répondis rien. Je voulais disparaître, être invisible. Gabriel remarqua mon trouble.

— Qu'est-ce qu'il y a ?

Je ne réussis pas à ouvrir la bouche. Mes dents restaient scellées, fondues entre elles. Il me semblait que ma langue me trahirait à des kilomètres à la ronde, si je venais à prononcer un seul murmure.

— Aline ? insista Gabriel.

— *Dis-lui...* ordonna ma petite voix.

— Tu vois les hommes qui arrivent vers nous... ? parvins-je à chuchoter, en prenant garde à ne pas lever les yeux.

— Oui. D'ailleurs, c'est marrant, je crois que celui avec la chemise à carreaux, c'est celui que Lucien a heurté ce matin.

— *Ils nous cherchent...*

— Ne les fixe pas ! Ce sont des employés de l'hôpital. S'ils me reconnaissent, ils m'arrêteront et me ramèneront là-bas.

Sauf qu'il n'y avait nulle part où se cacher. Le long boulevard bien éclairé ne dissimulait rien.

— *Faites... demi-tour...* ordonna ma petite voix dont le sentiment d'urgence redoublait le mien.

Nous ne le pouvions pas. Cela paraîtrait suspect. Nous venions de le faire à l'instant. Il ne fallait surtout pas attirer l'attention sur nous.

— *Alors... à gauche !*

Elle m'indiqua une ruelle plus étroite, perpendiculaire au boulevard.

— À moins de courir, on ne l'atteindra pas sans les croiser d'abord.

— *Entrez dans... une boutique.*

— Et nous rapprocher des éclairages ?

Ma petite voix se retrouva à court d'idées.

— Je ne veux pas y retourner, m'étranglai-je.

Gabriel se tourna de tous côtés, cherchant lui aussi une solution. Son regard accrocha un bus arrivant derrière nous, qui nous dépassa et mit son clignotant. Puis il considéra un groupe de touristes.

— Tu me fais confiance ? murmura-t-il.

— Oui, soufflai-je.

Mais il ne fit rien, continua à avancer.

— Tu as un plan ?

— Attends...

— Non, il faut qu'on fasse quelque chose, maintenant !

— Attends, je te dis.

Puis le bus tourna à gauche, plus loin, dans la ruelle que ma petite voix avait remarquée. Au même moment, le groupe de touristes voulut traverser, alors le bus, pour les laisser passer, s'immobilisa, haut comme un mur entre nous et mes poursuivants. Sautant sur l'occasion, Gabriel m'entraîna de côté, contre les grilles d'un magasin.

— Mais qu'est-ce que tu fais ?

— Assieds-toi ici.

— Mais...

— Dépêche !

— Mais...

Gabriel lorgna les piétons qui finissaient de traverser.

— Fais-moi confiance et assieds-toi !

Disant cela, il ébouriffa ses boucles, déboutonna sa chemise à moitié, se débrailla du mieux qu'il put, puis retira sa veste et se pencha vers moi.

— Mais qu'est-ce que tu fais ?!

Pour toute réponse, il la posa sur moi comme une couverture, ne laissant dépasser que mes yeux, puis il s'assit à son tour, tira un mouchoir de sa poche, l'étala devant nous et y jeta trois pièces.

— Baisse la tête !

— Ça ne fonctionnera jamais, ils me cherchent !

Le bus redémarra.

— La tête ! répéta-t-il avec fermeté.

J'obtempérai, fixai les pavés sous mes pieds.

— Ça ne fonctionnera jamais... me lamentai-je encore.

— Silence.

Et nous attendîmes. Pendant des secondes. Des secondes qui me parurent des heures. Une éternité. Puis le temps s'arrêta tout à fait quand je reconnus, tout près, les voix de Frank et de Robert :

— J'en ai marre, on la retrouvera jamais ! beugla Robert.

— Possible, répondit Frank de son timbre nasal.

— Tout ça parce que t'as pas été foutu de l'attacher correctement !

— Je sais.

— Et que t'as pas été capable de lui remettre son putain d'émetteur !

— Je sais. Mais toi, tu l'as laissée s'échapper au centre commercial, fit-il remarquer.

Robert poussa un grognement :

— J'ai détourné les yeux cinq minutes, le temps d'appeler le patron ! Mais t'étais où, toi, pendant ce temps ? Hein ? Je t'avais demandé de la surveiller !

Je dus me faire violence pour ne pas lever la tête.

— On est sûrs qu'elle est passée par ici ?

— D'après nos images, oui, répondit la voix de l'assistant.

— Bordel, cracha Robert.

J'étais juste là, sous leurs nez. Mon cœur battait la chamade. L'urgence ordonnait à mes pieds de prendre la fuite. Je réfrénai cette pulsion en me pressant contre Gabriel, m'enveloppant dans son parfum de lavande, me demandant si je le respirais pour la dernière fois. Gabriel chercha ma main, la serra fort, si fort, puis se pencha vers moi. Ses lèvres effleurèrent mon oreille, et son souffle tiède me picota la nuque.

— Je vais te sortir de là.

La panique m'obligea à lever le menton. Ce fut à ce moment que Robert tourna les yeux dans notre direction. Gabriel inspira un grand coup.

— *Oh non...*

L'infime partie de moi croyant encore pouvoir s'en tirer vola en éclats quand Gabriel se mit à crier :

— Eh, M'sieur ! Une p'tite pièce pour mon r'pas !? Allez ! S'vous plaît !

Je me pétrifiai, mortifiée, m'attendant à voir leurs six yeux se poser sur nous – sur moi. À la place, Robert détourna la tête.

— Putain d'branleurs d'assistés... marmonna-t-il.

Et il nous passa devant... Il nous passa devant ! Tout bonnement, sans nous accorder l'ombre d'un regard !

— *C'est comme être... invisible...* réalisa ma petite voix.

J'en étais soufflée. Mon choc et mon soulagement étaient tels, que je redressai le nez. Je croisai alors d'autres yeux : ceux de Frank. Il ne s'était pas détourné. Au contraire, il était planté devant nous. Il m'observait, de la stupeur sur les traits. Je me figeai sur place. Robert, un peu plus loin avec l'assistant, le héla :

— Qu'est-ce que tu fous? Tu viens?! Le parasite va pas se retrouver tout seul!

Frank passa de Robert à nous, de nous à Robert. Je retins mon souffle, sans parvenir à aligner mes pensées. Gabriel, à côté de moi, se tendit comme un arc. Il resserra sa main autour de la mienne, prêt à m'entraîner dans sa fuite. Frank sourit.

— Hé! cria-t-il alors à son groupe.

Gabriel s'accroupit.

— Attendez-moi! poursuivit Frank.

Et il les rattrapa en quelques enjambées, sans un regard en arrière.

— *Qu'est-ce... Qu'est-ce qu'il vient... de se passer...* ? s'interrogea ma petite voix.

— Il m'a épargnée... soufflai-je tout haut.

Gabriel se laissa retomber sur les fesses. Nous restâmes ainsi, abasourdis, à réchauffer le goudron froid pendant une bonne dizaine de minutes.

— Ne traînons pas là... finit-il par décider.

Nous nous relevâmes, échangeâmes un regard, et je me jetai à son cou. Gabriel se figea d'abord, puis me rendit mon étreinte avec force. Quand je reculai d'un pas, il entreprit d'arranger ses boucles.

— On a eu chaud!

Encore tremblante, j'opinai.

— Ils sont partis, ne t'en fais pas.

— Mais ils me cherchaient et ils continueront de le faire.

Quelque chose gratta mon crâne au fond de ma conscience, quelque chose comme un souvenir, quelque part loin dans ma mémoire. J'oubliais quelque chose...

— Viens, allons voir les autres, me dit Gabriel en me prenant la main.

Je le suivis sans un mot, l'esprit préoccupé. Comment m'avaient-ils retrouvée ? Ils avaient parlé d'images... Je jetai de petits coups d'œil anxieux autour de moi et, en levant le nez à la fraîcheur de la nuit, je remarquai le globe opaque d'une caméra, placé sous un lampadaire. Je compris alors que ce n'était pas un hasard, pas une simple coïncidence, la malchance d'une croisée de destinée. Si, parmi toutes les rues, tous les boulevards de toutes les villes, ils étaient venus arpenter celui-ci, que j'arpentais moi-même à cet instant, c'était parce qu'ils avaient su que j'y serais.

— Ils nous observent...

Gabriel ne dit rien, mais serra ma main un peu plus fort. C'était sans doute la seule et la meilleure réponse à m'apporter. Je pris conscience que, sans lui, je serais restée plantée en pleine lumière à attendre mon sort. Sans lui, je serais en ce moment même en route pour ma cellule, pieds et poings liés, droguée sans nul doute. Mon corps tout entier fut pris de tremblements.

— Merci, soufflai-je entre deux claquements de dents.

Gabriel se gratta la nuque, mal à l'aise.

— C'est mon travail de veilleur, déclara-t-il d'un ton faussement égal.

Ester et Lucien nous attendaient à la sortie du laser game.

— C'est pas trop tôt ! s'écria Ester en nous voyant revenir.

— Désolée, fis-je d'une voix blanche.

Mon inquiétude dut transparaître, car elle s'adoucit :

— On poireaute depuis des lustres, nous reprocha-t-elle pour la forme.

Lucien nous dévisagea, Gabriel et moi. Il me tendit les bras et, d'instinct, je quittai ceux de Gabriel pour les siens. Lucien ne dit rien. Il ne posa pas de questions. Il avait sans doute compris qu'un événement terrible venait de se produire et m'avait bouleversée. Il se tut et se contenta de me serrer contre lui. Nichée ainsi, brûlée avec délicatesse par sa chaleur, je repris mon souffle et m'allégeai de la terreur qui, quelques minutes plus tôt, perçait mon cœur.

— Un peu plus, et je lançais un avis de disparition… ! renchérit Ester pour combler le silence.

Sur le trajet du retour, Lucien ne me quitta pas. Il glissa sa paume dans la mienne, qui tremblait encore. Je m'y accrochai. Le vacarme furieux de mes pensées devint moins écrasant. Ma main s'apaisa, puis, peu à peu, s'engourdit.

Ester nous appela un taxi, qu'elle obligea à faire quelques détours. Je me contentai de suivre le groupe, l'esprit embrumé, comme anesthésié. Je n'en émergeai qu'une fois à la maison, au seuil de ma chambre.

— Veux-tu que je reste un peu avec toi ? me demanda Lucien sur le pas de la porte, ses doigts toujours entremêlés aux miens.

La seule pensée de devoir le lâcher ravivait les soubresauts de mon cœur. Je le serrai plus fort.

— Oui, reste, s'il te plaît.

Alors, nous nous allongeâmes sur le lit, côte à côte, et contemplâmes religieusement le plafond.

— Tu as envie de m'en parler ? murmura-t-il au bout d'un moment.

— Je ne le peux pas, fis-je tout bas.

Et c'était la vérité, pour mille et une raisons. Lucien n'insista pas. À la place, il m'embrassa sur la joue. Nous ne discutâmes ni de cet événement ni de notre baiser manqué pendant le jeu. Petit à petit, mon esprit se clarifia à son contact. Plus rationnelle, je parvins à réfléchir. Je réalisai combien ma position était précaire : ils me recherchaient, et ils avaient les moyens de me retrouver. Je n'étais pas en sécurité, pas même ici. Sans trop savoir pourquoi, il me sembla que mes amis ne l'étaient pas non plus.

ÊTRE, VERBE INTRANSITIF

Sens A. « Être » s'emploie pour mettre en relation le sujet et l'attribut.

L'univers est infini. Qui suis-je ?

Sens B. Suivi d'un adverbe ou d'une préposition, « être » peut signifier « se trouver, se tenir, appartenir... ».

Être ici, là, ailleurs, dehors, loin, en bas, en haut, au-dessus, au-dessous, être à la fenêtre, avec les siens, contre le mur, en vie...

Sens C. « Être » s'emploie de manière absolue pour « exister ».

Être ou ne pas être ? Je pense donc je suis...

L'article se poursuit sur plusieurs pages.

V

CHAPITRE 1 : CASE DÉPART

— Qui étaient ces gens ? me demanda Ester le lendemain, en se laissant tomber sur le bout de mon lit.

Encore en pyjama de si bonne heure, je me redressai un peu pour me donner plus d'allure.

— Robert et Frank, mes infirmiers, et l'assistant de monsieur Burish, le directeur de l'établissement où tu m'as… trouvée, lui expliquai-je.

Ester se passa une main sur le visage. Je ramenai les genoux sous mon menton.

— Et vous dites qu'ils te cherchaient à la sortie du laser game ?

Gabriel hocha la tête pour moi. Lui aussi s'était invité dans ma chambre où se tenait cette réunion de crise improvisée. Il s'était posté dans un coin, mal à l'aise d'occuper cet espace.

— Mais comment savaient-ils que t'y serais ?

— Ils doivent avoir accès aux caméras. J'en ai compté quelques-unes.

— Où ça ?

— Dans la rue, sur le quai du tramway…

— Admettons, mais ils devaient bien avoir une vague idée de l'endroit où te chercher. Ils peuvent pas surveiller tout le pays !

— Si, avec la reconnaissance faciale, intervint Gabriel. Le gouvernement l'a mise en place il y a quelque temps. Mais comment ils y ont eu accès, c'est ce que je ne comprends pas… Ce qui est sûr, c'est qu'ils savaient où te trouver. Le type avec la chemise à carreaux…

— L'assistant de monsieur Burish, précisai-je.

— Oui, lui. Lucien s'est cogné dedans hier matin, pendant notre promenade. Tu te souviens, Aline ? On était au téléphone, pas très loin de la maison.

J'opinai du chef.

— Ils devaient déjà patrouiller, conclus-je.

— Alors, aussi bien, c'étaient pas des flics en civil… ! réalisa Ester.

— Hein ? fit Gabriel.

— En rentrant, hier, j'ai dit à Aline de ne pas sortir, parce qu'elle n'avait pas de papiers d'identité et que des types louches rôdaient un peu partout dans la rue. J'ai imaginé que c'était la police, mais en fait…

Un long silence s'étira entre nous. Nous plongeâmes chacun dans nos propres pensées, pesant ces mots, ces faits, et tout ce qu'ils impliquaient. Ester joignit les index devant les lèvres et fixa le sol, l'air d'essayer d'assimiler toutes ces informations. Au bout d'un moment, elle conclut avec une véritable solennité :

— Putain, on est dans la merde.

— Que va-t-on faire ? demandai-je tout en me disant que le fardeau que je représentais pour eux s'alourdissait considérablement.

— J'en sais rien, avoua-t-elle.

Gabriel se fit craquer un doigt et réfléchit à voix haute :

— Si on l'amène tout de suite à la réserve, ils pourraient nous suivre, et on mettrait en danger tous les autres.

Songeait-il donc à me renvoyer là-bas ? Non, ils n'oseraient pas, mais ils pourraient bien m'abandonner, pensai-je en serrant un peu plus fort mes genoux contre ma poitrine.

— Ouaip, acquiesça Ester.

Je n'avais qu'une envie : devenir petite, si petite, si minuscule, si insignifiante, qu'ils m'oublieraient tous. Je resterais avec Ester et Gabriel, comme un insecte à la fenêtre.

— Mais si on ne l'y conduit pas, son don risque de dégénérer, et elle finira quand même par tous nous mettre en danger, poursuivit Gabriel.

Mes mains se firent moites, mais je n'osai bouger d'un ongle.

— Ouaip… répéta Ester.

Ils réfléchirent tous deux très au problème, autrement dit, à moi. La sueur imbiba peu à peu mes chaussettes. *Pitié, ne me renvoyez pas là-bas, ne m'abandonnez pas…*

— On n'a pas le choix, décréta Ester.

Je déglutis.

— Aline, dit-elle en se tournant vers moi.

Puis la sentence tomba :

— Tu vas rester confinée.

— Non, pitié, ne m'abando… !

Je m'interrompis quand son dernier mot me monta enfin au cerveau.

— Confinée ? hoquetai-je alors en sautant du lit.

Bien sûr, cette perspective valait mieux que celle d'être réexpédiée par colis timbré à monsieur Burish ou que celle de me retrouver livrée à moi-même dans le vaste monde. Pourtant, mon estomac avait l'ingratitude d'en être écœuré !

— Ouaip, et jusqu'à nouvel ordre ! Je ne veux plus te voir hors de cette baraque, plus du tout, pas même d'un poil de c…

— Et s'il y a une urgence ? l'interrompis-je.

— On avisera.

Mes lèvres se contractèrent maladivement.

— Je n'y arriverai pas, glapis-je.

Gabriel parut bien embêté, mais Ester, les bras croisés, demeura inflexible. Je portai une main à cette poitrine, ma poitrine, où semblait s'enfoncer un poignard brûlant, autour duquel, à présent, mon cœur convulsait.

— Elle a raison, tenta de me calmer Gabriel. Pendant quelque temps, il vaut mieux te tenir à barreaux.

— À carreaux… ! le corrigeai-je en m'indignant de ce lapsus.

— Aline, c'est sérieux, intervint Ester.

— Je le sais bien, oui, mais je ne veux pas, je ne *peux* pas me retrouver une nouvelle fois cloîtrée entre quatre murs. À quoi bon éviter l'hôpital si c'est pour finir à nouveau entravée !

— *Ne sois pas stupide...* s'agaça ma petite voix.

— Vaut mieux ici que là-bas, non ? me provoqua Ester.

Mais des tremblements incontrôlables secouaient à présent tout mon être. Je croisai les bras à mon tour, non pour protester, mais pour me calmer en me berçant.

Bien sûr, Ester avait raison. D'un point de vue rationnel, je le savais, oui... mais il ne suffisait pas de me le répéter pour faire taire la terreur sourde, dévorante, en train de s'insinuer dans toutes les fibres de mon corps.

— *Tu ne seras pas seule... cette fois...* me rappela ma petite voix.

Et elle me fit relever la tête, remarquer l'air inquiet d'Ester et de Gabriel.

— On ne peut pas faire autrement, me dit celui-ci tout bas. Dès qu'on le pourra, on partira pour la réserve. Là-bas, personne ne te retrouvera, mais en attendant...

Je détournai les yeux, dissimulant les larmes qui menaçaient de franchir le seuil de mes cils.

— En plus, ça me laissera le temps d'étudier un peu plus le cas de Lucien, pour qu'il vienne avec nous, avec toi.

Je devinais bien ce qu'il tentait de faire, mais cela ne fonctionnait pas. Cette maison se changeait en un nouveau cloître. Je glissai un doigt entre mes dents, entrepris de me grignoter la peau tout autour de l'ongle.

— Et si tu essayais de tenir un journal pendant ton...

— Mon emprisonnement ?

— Ton séjour ici, me corrigea-t-il.

Je haussai les épaules.

— Ça t'occupera.

Second haussement.

— Et puis, Lucien a un faible pour les amoureux de l'écriture, me rappela-t-il.

CHAPITRE 2 : JOURNAL

Jour 1

Cher journal... je ne sais pas quoi écrire, mais puisque je m'ennuie déjà assez pour n'avoir rien de mieux à faire, me voici... Que dire ?

J'essaye de prendre mon mal en patience, mais c'est plutôt le mal qui me prend. Je n'arrive pas à sortir de mon lit. Depuis l'ordonnance d'Ester, on dirait que mon corps a déclaré forfait, s'est résigné à végéter pour l'éternité, comme avant. Pour l'instant, t'écrire n'y change rien. J'ai à peine la force de tenir ce stylo.

Voici donc ma conclusion du jour : Gabriel a des idées débiles, mais je suis plus débile encore de l'avoir écouté.

Jour 2

Cher journal, j'ai réussi à sortir de mon lit pour, à la place, tourner en rond dans ma chambre, dans la cuisine, dans toutes les autres pièces, et dans ma tête.

La solitude me tient compagnie : Ester a été envoyée en mission et n'est toujours pas rentrée tandis que Gabriel passe tout son temps avec Lucien, après m'avoir demandé de prendre mes distances.

Il ~~prétexte~~ explique avoir besoin d'investiguer seul sur le potentiel décentrisme de son ami. ~~La jalousie me dévore le cœur~~. Comme j'espère plus que tout voir Lucien nous accompagner à la réserve, j'emploie tous mes efforts à ne pas entraver l'enquête.

Autrement dit, je l'évite autant que possible. Gabriel, pour m'aider (soi-disant), lui a raconté qu'après le laser game, j'ai rencontré un ex-amant auquel je songe toujours et que je préfère demeurer à la maison pendant quelque temps.

Bien entendu, j'ai essayé de convaincre Gabriel de défaire ce mensonge, mais il estime qu'il serait trop périlleux d'expliquer à Lucien que je suis recherchée sans lui révéler tout le reste, comme le vrai métier d'Ester, venue me délivrer de cet enfer.

Cette ruse, censée m'empêcher de trahir l'existence des décentrés, me tord le ventre chaque fois que je croise Lucien – d'autant plus que celui-ci se montre charmant. Ne sachant trop comment se comporter avec moi, il m'apporte des infusions (beaucoup d'infusions), et je les finis (toutes) pour éviter d'être impolie, pour éviter de lui parler, pour éviter d'avoir à lui mentir encore plus. C'est devenu notre unique moyen de communication : il fait bouillir de l'eau, me sert une tasse, puis je bois en silence, et nous gardons les yeux baissés.

Il doit penser que cela me réconforte et m'en apporte d'autres, toujours plus de verres, de mugs, de chopes, de bols. Je passe mon temps aux toilettes à vider le trop-plein : de l'urine, des larmes et de la morve ! Le corps humain est un répugnant sac à liquides.

Jour 3

Cher journal, j'ai craqué de bon matin ! La peur d'être retrouvée a beau me creuser l'estomac, j'ai supplié Ester de me laisser sortir, de me conduire au bout de la rue (juste au bout, pas plus loin) pour respirer un autre air que celui-ci. Elle n'a rien voulu entendre. Il se trouve qu'elle a réfléchi et pense qu'ils ne recherchent pas, je cite, une « malade échappée d'un asile », mais qu'ils connaissent peut-être la vérité au sujet des décentrés et m'ont étudiée en secret. Je préfère ne pas y songer…

Cet après-midi, j'ai tenté l'impossible : une sieste. Aussitôt les yeux fermés, je me suis retrouvée propulsée au cœur d'un voyage improvisé. J'ai ainsi revu l'autre monde, celui où règnent cette brume, ces voix, toutes ces portes et ces escaliers. Je voulais du dépaysement : j'ai été servie ! Depuis, j'ai bien du mal à m'en remettre. Au moins, cette fois, je n'ai pas *somnambulé* (ce mot devrait exister).

Ester m'a semblé inquiète quand je lui ai fait part de cette mésaventure. Puisqu'elle est une dolente, une décentrée particulière, ses émotions restent illisibles par mon don. Par ailleurs, je crois avoir volontairement omis de l'interroger. J'ai déjà bien assez de soucis sous le crâne !

Gabriel, tout au contraire, est un livre ouvert. Je ressens tout ce qu'il ressent, et donc tout ce qu'il éprouve pour son ami. Cela creuse davantage le malaise entre Lucien et moi, car il m'est très difficile de différencier mes sentiments de ceux des autres.

~~Maudit Gabriel, qui m'empêche d'accéder à…~~

Lucien doit bien se dire que quelque chose ne tourne pas rond chez moi, mais il ne pose pas de questions. Cela nous arrange tous plus ou moins. Il semble aussi avoir renoncé à me noyer à force de tisanes. J'ignore si je dois m'en réjouir.

Jour 4

Cher journal, ce matin, vers neuf heures, après un entretien mystérieux avec madame Tisset (la directrice de la réserve), Ester a demandé à Céleste et à son équipe de mener l'enquête sur monsieur Burish et ses sbires. J'y ai pensé toute la journée, et mon esprit n'a eu de cesse d'envisager le pire. La mortelle routine en train de s'installer dans cette maison transforme cela en obsession. Même le sujet *Lucien* ne m'en détourne pas. Il faut dire que nous sommes toujours très maladroits l'un avec l'autre, tant et si bien qu'à présent, nous nous évitons. Et si, par hasard, je le croise, mes sourires sont si crispés, qu'il doit craindre de finir mordu.

Ce qui me travaille le plus, c'est que nous n'avons pas reparlé de notre baiser manqué au laser game. Je voudrais bien crever l'abcès, mais il y a tous ces non-dits entre nous, et Gabriel, qui m'oblige à lui mentir, et ses émotions, et les miennes, et les siennes, et ces fichus protocoles, et puis ma peur de le perdre, ma peur de redevenir la « folledingue »...

Malgré tout, je ne peux m'en empêcher. Je pense à lui et je lui tourne autour, comme le moineau réclame son pain, mais reste trop lâche pour approcher : un pas en avant, trois battements d'ailes en arrière. Si l'ennui ne me tue pas, c'est donc le ridicule qui le fera !

Heureusement, mes deux geôliers veillent à ne jamais nous laisser seuls. Ils doivent craindre une trahison de ma langue (surtout Gabriel, tient à préciser Cassandre – qui se croit amusante).

Nous mangeons presque toujours tous ensemble. Nous regardons la télévision et nous nous affrontons lors de jeux de société.

Ce soir, pourtant, quand Ester a gagné pour la cent quarante millième fois et que Gabriel a décrété qu'elle avait triché en observant un reflet dans son verre, provoquant par la même la rage de son ennemie, Lucien et moi avons échangé un sourire vrai, honnête, sincère. Le premier depuis longtemps. Il n'a pas duré, mais cela a suffi à panser mon cœur un instant.

Jour 5 (ou 6 ?)

Cher journal, tout comme moi, ma petite voix ne trouve rien pour se distraire, surtout quand Ester s'absente. De mon côté, je rumine mon incapacité à m'adresser à Lucien. Nous n'échangeons plus que des banalités : bonjour, bonsoir, bon appétit, bonne nuit...

Je suis en train de le perdre.

Demain, j'y suis donc résolue, j'irai lui parler, en tête-à-tête, les yeux dans les yeux, le cœur en face du cœur, et peut-être, soyons fous, les mains dans les mains. Je garderai pour moi mon passé à l'asile et l'existence des décentrés, je ne lui révélerai pas la vraie raison de mon confinement, mais je lui expliquerai au moins pourquoi j'ai fui au laser game. Je lui dirai que notre baiser aurait blessé Gabriel, témoin de la scène. Je lui avouerai qu'autrement, j'en aurais été comblée, que j'en avais rêvé, que j'en rêve encore, que je l'espère et y pense un peu plus chaque jour, car ses lèvres réclament les miennes qui, à tout instant, répondront à cet appel.

Demain, je lui déclarerai tout cela ! Que je sois foudroyée sur place si je ne tiens pas parole !

Jour ?

Cher journal, crois-tu que l'orage puisse frapper à l'intérieur d'une maison ? Oui, je me suis défilée... Je n'ai pas embrassé Lucien. En fait, je ne lui ai ni parlé ni souri.

Pour ma défense, il ne me facilite pas les choses ! Aujourd'hui, il est resté enfermé dans son antre. Il n'en est sorti qu'en coup de vent, pour aller rincer ses pinceaux, nettoyer les taches de peinture sur ses mains ou refaire le plein de douceurs à grignoter. Gabriel, lui non plus, n'a pas pu l'approcher. Il n'est même pas venu à table.

La maison me semble sur le point d'imploser sous l'effet du vide, de s'effondrer sur elle-même. Et l'ennui, au cœur de cette dépression, me heurte avec tant de violence, que le vélo elliptique d'Ester commence à me faire de l'œil ! Je touche probablement le fond...

Jour 7 ?

Cher journal, cela fait déjà une semaine de confinement (si peu ?). Et j'ai enfin pu faire quelque chose ~~d'intéressant~~ : du ménage !

Bien sûr, mes colocataires ont refusé de me confier une tâche trop délicate, du genre de celles qui mettraient mes mains maladroites en contact direct avec de la porcelaine, du verre, ou tout autre matériau un brin fragile. Je me suis vue reléguée au nettoyage de la salle de bain. Gabriel s'est tout de même moqué de moi quand je suis partie avec mon seau : « Je parie qu'elle va quand même réussir à fendre un carreau ou à inonder tout l'étage ! »

Je lui ai tiré la langue, et ça l'a fait rire.

~~Nous nous entendons bien~~, quand Lucien n'est pas dans les parages, ~~je lui suis reconnaissante de veiller sur moi, je commence vraiment à l'apprécier~~, nous nous supportons de plus en plus. Ma petite voix, elle, ne jure toujours que par Ester. Des fois, il me semble qu'elle l'accompagne, même si c'est impossible.

Jour 8

Cher journal, écrire est devenu un rituel qui me calme. ~~Gabriel a peut-être eu une bonne idée, tout compte fait~~. Cela ne suffit pas à me désennuyer, mais je parviens à m'occuper un peu : aujourd'hui, j'ai fini deux livres avant l'heure du déjeuner. Puis, en rentrant d'une mission, Ester m'a initiée aux séries. C'est mieux que rien, mais elle est repartie avant le dîner, et je me suis donc retrouvée seule, sur le canapé, coincée entre Lucien et Gabriel. La gêne était troublante, et le sofa s'est changé en un bateau qui tangue. Même si je savais qu'il ne s'agissait là que d'un effet secondaire de mon don, que d'une hallucination de plus, j'ai eu bien du mal à ne pas passer par-dessus bord !

Un peu plus tard, juste avant de consigner ces mots, j'ai marché, sur la pointe des pieds, jusqu'à la porte de Lucien. Je suis parvenue à lever la main, mais pas à toquer, et je suis repartie, ma petite voix moqueuse sur les talons.

Jour 9

Cher journal… Combien de temps, dis-moi, dois-je encore rester ici ? Gabriel ne réalise aucun progrès avec Lucien~~, et je commence à me dire qu'il le fait exprès~~ !

Ester, elle, me semble de plus en plus inquiète quand je voyage. Cela ne lui ressemble pas et me préoccupe, d'autant plus qu'elle m'évite, car mon don incontrôlable la met au supplice. Elle n'en montre rien, mais je le devine.

Quant aux non-dits entre Lucien et moi, ils prennent un peu plus d'épaisseur chaque minute. Je dois vraiment aller lui parler !

Gabriel, de son côté, se réjouit de cette situation. Il n'en laisse rien transparaître, mais je le sens, dans ma chair. Je ne peux pas le lui reprocher (il ne peut pas maîtriser ses sentiments), mais ça m'agace au plus haut point !

Jour 10

Cher journal, à ce stade, tu dois toi-même t'ennuyer. Moi, j'en viens à souhaiter un peu d'action, et même à entendre monsieur Burish toquer à ma porte, ou pire, Robert. Les points de suture à mon bras commencent tout juste à se résorber. Je perds la tête, je crois.

Jour 11

Cher journal, je retire ce que j'ai dit hier ! La peur d'être retrouvée m'a réveillée plusieurs fois cette nuit, et dans mes cauchemars, j'ai revu l'asile, les salles d'examens, Robert… Non, je ne veux surtout pas y retourner ! Plutôt finir momifiée dans le plaid du canapé !

Au petit matin, quand je suis enfin parvenue à me rendormir, j'ai voyagé de nouveau. Gabriel avait pourtant dit que cela n'arrivait pas très souvent aux apprentis décentrés, ceux qu'il appelle « les verts ». Je commence à croire qu'il ne m'a pas dit toute la vérité. À quels autres sujets me ment-il encore ?

~~Jour 11~~ Jour 12

Cher journal, l'angoisse de demeurer cloîtrée ici jusqu'à la fin des temps m'a tenue éveillée à son tour. Mes cernes n'ont jamais été aussi profonds. Mes nerfs fourmillent tant et si bien, que j'ai essayé le vélo elliptique d'Ester ! J'ai de ce fait mal aux mollets, aux cuisses, aux fesses, et dans des endroits improbables, comme aux coudes et sous les ongles.

Erratum : Là, j'ai touché le fond !

Jour 13

Cher journal, je voyage, beaucoup, trop, et malgré moi ! Je retourne invariablement au même endroit, dans l'embrun mystérieux de cet autre monde, au milieu de ces portes absurdes et de ces escaliers sans fin. Je me réveille ensuite avec l'impression d'une nuit blanche, et toujours avec la sensation d'oublier quelque chose d'important. Il ne m'en reste, chaque fois, qu'un intime sentiment d'urgence, mais sans cause, sans but. Ma mémoire se censurerait-elle ?

Nota bene : Gabriel est parti quelques jours. Il doit aller former de nouveaux veilleurs dans une région voisine. J'en suis soulagée ! Je ne supportais plus sa délicieuse satisfaction lors de mes maladroites conversations avec Lucien.

Jour 14

Cher journal, j'en ai marre de t'écrire et je suis fatiguée, mais ce soir, je fais durer ce petit rituel, car j'ai peur d'aller au lit. De plus en plus souvent, lorsque je m'endors, le visage de monsieur Burish m'apparaît, déformé par un rire odieux. Parfois, je le vois me ramener de force dans ma cellule, m'y jeter sans ménagement. Monsieur Deulort pleure, Robert s'esclaffe tandis que Frank se détourne, puis monsieur Burish finit par se pencher sur moi, l'œil avide. Et quand je tourne la tête, je découvre, sur un lit collé au mien, un bouquet d'iris bleus. Ensuite, systématiquement, monsieur Burish me tend un miroir. Je me réveille alors en sursaut.

Je ne veux pas y retourner, mais que pourrais-je te raconter d'autre ? Mes paupières sont déjà lourdes...

Jour 15

Cher journal, je dois l'admettre, Gabriel ~~me manque~~ est parti depuis trop longtemps. Son absence m'aide à prendre conscience de la place qu'il occupe dans cette maison ~~et dans ma vie~~. Quand il est là, il l'égaye : il donne la réplique à Ester, la fait tourner en bourrique, l'exaspère, mais provoque son rire, aussi. Il la distrait de sa douleur, de sa maladie, d'autant plus handicapante que mon don s'active sans cesse. Gabriel pousse Lucien à sortir de sa grotte, même si leur relation semble s'être refroidie. Dans la cuisine, il fait chanter les casseroles, danser les aromates, pleurer les oignons et crépiter les épices~~, et cela réchauffe mon cœur~~. Sans lui, mon confinement s'est *morosifié* (terme à inventer). ~~J'ai hâte qu'il revienne~~.

Jour 16

Cher journal, Gabriel est ~~enfin~~ rentré ! Ce soir, j'ai reconnu ses pas familiers dans l'escalier alors que je luttais contre une énième insomnie et que je cherchais quoi t'écrire. Sa bonne humeur s'est tout de suite glissée sous toutes les portes jusqu'à moi. Je suis donc prête à m'endormir, apaisée. Et je suis résolue à parler à Lucien, dès demain ! Cette fois-ci, rien ni personne ne m'en dissuadera.

CHAPITRE 3 : FUGITIVE

— *Réveille-toi...*

— Non, encore un peu, gémis-je.

— *Lève-toi...*

Je poussai un grognement.

— *Qu'on en finisse... avec... cette journée...*

— Drôle de manière de me motiver... !

Je remontai la couverture jusqu'à mon nez.

— *Lucien...* me rappela-t-elle.

Ce mot m'électrisa.

— Tu as gagné !

Comme je me l'étais promis tard la veille au soir, aujourd'hui, je parlerais à Lucien.

Cependant, quand je mis un pied hors du lit, je le regrettai aussitôt. J'étais vaseuse et courbaturée. Mon corps était tendu, nerveux, frustré, mais lourd en même temps, las, exténué. Ce devait être l'effet de la claustration, ou du stress. Mon ventre gargouilla. Je me sentais tout entière comme mon estomac : vide. Je ne pouvais pas m'adresser à Lucien dans cet état !

Une pensée me vint : Gabriel était rentré. Il avait donc peut-être préparé de délicieux gâteaux qui m'attendaient avec impatience, tout juste sortis du four, bien chauds et bien sucrés ! Cette idée me donna la force de descendre à la cuisine.

En passant la porte, je constatai, déçue, qu'il n'y avait ni tartes, ni sablés, ni Gabriel en vue. Seule Ester se trouvait là, attablée. Elle décolla à peine le nez de son écran.

— Aline, me salua-t-elle avec mollesse.

Elle semblait tout aussi fatiguée que moi. De profonds cernes violacés étiraient la peau sous ses yeux étrécis. Ses cheveux, bien que peignés, avaient un je-ne-sais-quoi de plus terne et de moins souple.

— Salut, Ester.

J'ouvris un placard.

— Lucien et Gabriel ne sont pas levés ?

Elle haussa les épaules.

Je contemplai les étagères bien remplies sans parvenir à me décider. Tout et rien me faisaient envie en même temps. Mon ventre était noué, gonflé et tendu. Ce satané corps devait couver quelque chose. J'optai pour de banales céréales.

— On a un léger problème, déclara Ester quand je fus installée.

— Lequel ? m'agaçai-je.

J'étais d'une humeur massacrante, et cela ne me ressemblait pas. Pouvais-je enfin sentir ce qu'éprouvait Ester ? Était-ce elle ou moi que cette sourde rage dévorait ? Non, c'était impossible : les dolentes étaient illisibles.

Ester attendit que les céréales que je versais au fond de mon bol cessassent de tinter.

— Celui-ci, répondit-elle en me tendant son téléphone.

Je toisai tour à tour Ester et l'écran.

— C'est une photo de moi, et alors ?

— Regarde mieux, s'impatienta-t-elle.

Je dévisageai donc mon propre reflet, au sourire radieux et pourtant creux.

— Je ne comprends pas où tu veux en venir, marmonnai-je.

— Tu te demandes pas d'où je la tiens ?

Si, maintenant qu'elle le disait.

— C'est un avis de recherche, m'asséna-t-elle.

Une céréale craqua sous ma dent.

— Quoi ?! m'exclamai-je en l'avalant de travers.

Ester attendit que j'eusse fini de tousser, mais mes veines se mirent à pulser à mes oreilles. L'une d'elles se boucha sous la pression. Ce qu'elle me dit ensuite, je l'entendis étouffé.

— Ça tourne en boucle à la télé et sur les réseaux.

Je me frottai la tempe.

— C'est ton père qui l'a lancé.

Le sang continuait à affluer dans ma tête. Il me semblait qu'il allait bientôt me jaillir des narines. Un goût de rouille se répandit sur ma langue, et je me pinçai l'arête du nez.

— Aline, tu m'écoutes ? Je suis en train de te dire que le pays tout entier est à ta recherche !

Elle fit défiler des pages sur son téléphone : « Monsieur Deulort a perdu son héritière ! » « Où est la fille chérie de monsieur Deulort ? » « Le riche monsieur Deulort à la recherche de sa fille. » « Monsieur Deulort offre la richesse à qui retrouvera sa fille… » C'étaient les gros titres.

— *Ils vont nous ramener…*

— Je ne veux pas retourner là-bas ! m'affolai-je.

— Tu n'y retourneras pas. Gab et moi, on y veillera.

— Comment ?

— En continuant à te cacher comme on le fait.

— En me gardant enfermée éternellement ? C'est ça, votre plan ?!

Je m'interrompis. Ester arqua un sourcil.

— Pardon, je suis à cran.

Elle ignora mes excuses :

— On va se mettre en route plus tôt que prévu pour la réserve. Là-bas, tu seras tranquille.

— Mais, réalisai-je alors, et Lucien ? Gabriel n'a pas encore pu prouver qu'il est un décentré. Nous n'allons tout de même pas partir sans lui !

— S'il le faut, si. Lucien n'est plus notre priorité.

— Mais c'est la mienne !

Ester me jeta un regard consterné.

— Vous ne vous parlez même plus…

J'ignorai la remarque :

— Vous reviendrez le chercher ?

— Non. Le délai est dépassé pour lui. D'autres potentiels décentrés ont besoin de nous.

Mes lèvres tremblèrent. Ils ne pouvaient pas faire ça ! Ils ne pouvaient pas l'abandonner ! Je ne pouvais pas renoncer à lui. Pas à Lucien. Je l'avais enfin rencontré, après tout ce temps à le croiser dans mes rêves. Je ne pouvais pas lui tourner le dos.

— Désolée, me jeta Ester au visage.

J'avalai avec rage une cuillérée de céréales et les mâchai consciencieusement pour calmer mes nerfs. Il fallait trouver une solution pour Lucien. Ma petite voix était furieuse, elle aussi, mais contre moi, parce qu'elle me voyait prête à risquer ma liberté, et peut-être même plus, pour lui. Quand elle essaya de me faire entendre raison, je la repoussai sans ménagement. Elle était du côté d'Ester, comme toujours ! Votre conscience ne devrait-elle pas plutôt se ranger dans votre camp ?

Elle continua à gratter le fond de ma tête, jusqu'à m'entendre admettre que, peut-être, elles n'avaient pas tort. J'inspirai par le nez.

— On va attendre que ça se tasse un peu et on partira. D'ici là, Aline, tu réponds pas à la porte, tu te montres pas dans la rue, ni même à la fenêtre. Compris ?

Ma colère reprit le dessus, mais je ne bronchai pas, du moins en surface. Ester appuya les doigts contre ses tempes qu'elle massa.

— Gabriel est au courant ? demandai-je avec amertume.

— Oui.

— Et il est d'accord avec ça ?

— Il sait qu'on n'a pas le choix.

À ces mots, de toutes mes forces, de tout mon cœur, je le détestai. Comment pouvait-il être prêt à abandonner Lucien ? Il ne pouvait pas lui faire ça !

— *Si... pour toi...* susurra ma petite voix.

Je la renvoyai au fond de ma tête.

— Et si Lucien découvre l'avis de recherche ? réalisai-je soudain.

— Aucun risque, c'est qu'un vieux croûton ! Il n'utilise son téléphone que pour... téléphoner. C'est déjà un miracle qu'il sache se servir de la visio ! Il ne verra rien. C'est pas comme si on collait des affiches dans les rues.

— Et la télévision ?

— M'en suis occupée.

— Tu t'en es... occupée ?

Ester sourit.

— Disons que, si on te le demande, elle est chez un réparateur, parce que j'ai *accidentellement* donné un grand coup de manche à balai dans l'écran, en faisant le ménage ce matin. Oups !

Ma première pensée, ridicule pensée, fut que je n'avais donc plus accès à ce moyen de distraction, alors que j'allais rester coincée ici encore un moment. La nervosité me tordit les entrailles.

— *Calme-toi...*

Mais je n'y arrivais pas. J'étais trop fatiguée, trop irrationnelle, trop. Quelque chose n'allait pas. Quelque chose ne tournait pas rond, dans ce corps, mon corps. De quoi s'agissait-il, à la fin ?

Ester se prit la tête dans les mains. Un vent de culpabilité me secoua soudain. La pauvre souffrait chaque fois que j'utilisais mon don, et en ce moment même, il était déchaîné ! J'étais ingrate, trop ingrate. Ester avait rendu ma liberté possible. Elle et Gabriel ne faisaient que me protéger. La honte commença à me grignoter le cœur. À cet instant, Gabriel entra dans la pièce.

CHAPITRE 4 : SURVIVANCE

En apercevant Gabriel, j'eus tout à la fois envie de bondir à son cou, de pleurer dans ses boucles et de lui écraser le nez avec l'encyclopédie la plus lourde et la plus assommante de toute la bibliothèque.

Devenir lunatique ! Il ne me manquait plus que ça !

Ce détraquement me donna le tournis. Maussade, je songeai que si celui-ci était dû à l'enfermement, je n'étais pas près de retrouver une stabilité mentale digne de ce nom. Puis je pris conscience que Gabriel était lui aussi d'une humeur changeante, mais surtout massacrante.

Grâce à mes aptitudes de décentrée, il était *lisible*. Ester, en revanche, restait encore une énigme, prise dans sa tornade, dans sa douleur qui, entre elle et moi, faisait barrage.

Gabriel nous salua sans nous adresser un regard, puis se planta devant la bouilloire. Le sol tremblait sous ses pas, mais ce n'était que la matérialisation de son sentiment via mon don.

— On doit se décider pour une date, fit Ester.

Aucune réponse. Je me sentis ridicule d'avoir blâmé Gabriel pour ce départ anticipé. Il en souffrait tout autant. La bouilloire siffla. Ce fut seulement quand le silence se fit que Gabriel marmonna :

— Laisse-moi le temps de me réveiller.

Il se concocta un thé à la menthe très parfumé, puis s'attabla, soudain plus abattu qu'énervé. Ester expira. Je les considérai tour à tour. Ils avaient mauvaise mine.

— *Toi aussi...*

Était-ce dû à la situation, ou étions-nous tous tombés malades ?

Ester se tourna vers moi en retenant un bâillement.

— Puisque que vous êtes là tous les deux, il faut qu'on cause, déclara-t-elle.

— Quoi encore ? répondit Gabriel, irrité.

— L'équipe de Céleste a trouvé quelque chose sur l'hôpital, enfin, sur ton espèce d'asile, Aline.

Je cessai de mâcher. Gabriel s'immobilisa, la tasse au bord des lèvres.

— Éclaire-nous, s'impatienta-t-il.

Ester prit une profonde inspiration.

— Déjà, on sait pourquoi c'était au milieu de nulle part. En fait, à l'origine, c'était un vieux couvent. Il a été racheté par ton père.

— Mon géniteur, la corrigeai-je.

— Ton géniteur, se reprit-elle, qui l'a transformé en cette sorte d'hôpital-asile-labo de recherches.

— Ce n'est pas un scoop, grommelai-je.

— Il y a autre chose ? demanda Gabriel à ma place.

Dans la tempête d'Ester, le tonnerre roula. J'avalai les céréales que j'avais gardées dans ma joue.

— Céleste a lu qu'après cet achat, ton géniteur a disparu de la circulation.

Ester baissa la tête. L'atmosphère s'alourdit.

— Et ? fis-je, inquiète.

— Je ne sais pas comment te dire ça. Tu dis ne pas te souvenir de ton accident, celui qui t'a rendue amnésique...

— Accouche ! s'écria Gabriel, dont le souffle chassa la vapeur d'au-dessus de sa tasse.

— Monsieur Deulort a acheté cet endroit après que sa fille, *Cassandre*...

Ma petite voix se réveilla en entendant son prénom. Ester leva les prunelles vers moi, Gabriel suivit son regard.

— ... a fait une tentative de suicide.

Gabriel se figea sur place et, à retardement, écarquilla de grands yeux.

— Un suicide qui aurait mal tourné, ajouta Ester.

— Quoi ? ne parvins-je qu'à articuler.

— Non pas qu'une tentative de suicide puisse bien tourner, j'imagine, crut-elle bon de préciser.

Un silence tomba entre nous, lourd comme du plomb.

— Tu... tu as essayé de mettre fin à tes jours ? me demanda Gabriel avec un tremblement dans la voix.

Cassandre, dans mon crâne, se fit minuscule. Elle recula tout au fond de ma conscience, gagnée par la honte. Je secouai la tête, non pour nier, mais par incrédulité.

— Ton coma, ce serait à la suite de cette tentative de suicide, expliqua Ester.

— Je... je ne me souviens de rien. Ils parlaient d'un accident...

— Mais tu n'as jamais cherché à savoir ce que c'était, cet accident ? demanda Gabriel.

— Je... Non, répondis-je dans un filet de voix.

— Monsieur Deulort a écumé les cliniques, rencontré les plus grands spécialistes. L'affaire a été médiatisée, à l'époque.

— Et tu dis qu'il a ensuite disparu ? l'interrogea Gabriel.

Ester acquiesça.

— Céleste pense qu'il a rassemblé une équipe pour s'occuper d'Aline, je veux dire de Cassandre, et que s'il a racheté ce couvent, c'était pour en faire un hôpital rien que pour elle.

Je n'écoutais que d'une oreille. J'avais tenté... de mettre fin à ma vie ? Une tentative... de suicide... Impossible. À un moment, dans cette existence dont je ne me souvenais pas, mon mal-être avait été assez fort pour faire de la mort une chose acceptable, un espoir.

La mort, l'idée de la mort, m'avait déjà effleurée, mais jamais sérieusement ! J'y avais pensé quand l'ennui m'étreignait dans ma cellule, quand j'avais l'impression de n'être rien ni personne. Mais ce n'était qu'une idée, une idée comme une autre qui me traversait lorsque la mélancolie s'abattait sur mon corps, mon corps trop lourd et trop étroit à la fois. Jamais elle ne s'était ancrée en moi ! Du moins, je l'avais cru.

Je me regardais de nouveau comme une étrangère. Qui était cette personne qui avait vécu dans ce corps avant moi et qui avait voulu en finir ? Ce ne pouvait être moi ! Une chose aussi violente ne pouvait tout de même pas s'oublier !

— Ce qu'il y a, continua Ester, c'est que Céleste ne comprend pas comment tu peux être là, aujourd'hui, face à nous. Ça la rend dingue. D'après les bilans médicaux qu'ils ont retrouvés – me demande pas comment –, t'étais cuite, *dead*, *finito*.

Et elle se passa le pouce sous la gorge pour illustrer ses propos. Je ne me vexai pas, car je ne me sentais pas concernée. Ses mots flottaient dans la cuisine sans m'atteindre. Ce n'était pas de moi qu'elle parlait. Ce ne pouvait pas être de moi. Je l'écoutais comme on lit le fait divers d'un inconnu dans la presse.

— Comment ça ? l'interrogea Gabriel, dont la tasse, toujours pleine, ne fumait plus.

— En gros, elle n'aurait pas dû pouvoir sortir de son coma.

— Tu es donc un miracle ! commenta Gabriel en m'adressant un sourire.

Je le contemplai comme à travers du verre.

— Monsieur Burish… fis-je.

— Quoi ?

— C'est monsieur Burish qui m'a réveillée.

— Comment ? demanda Gabriel.

Je haussai les épaules. Ester se racla la gorge.

— À propos de Burish…

— Quoi encore ?

Voulait-elle me lâcher une nouvelle enclume sur la tête ? Elle hésita, regarda Gabriel pour trouver en lui quelque secours, mais il attendait la suite, tout comme moi. Sur son front perlaient de petites gouttes de sueur. Avions-nous de la fièvre ? Peut-être délirais-je en ce moment même ! Et si tout ceci n'était qu'une vilaine blague de mon corps fatigué ?

— Il est comme qui dirait... un peu... mort.

Gabriel et moi dévisageâmes Ester. Il laissa échapper un ricanement nerveux :

— Un peu ?

— Mais il allait bien, la dernière fois que je l'ai vu, balbutiai-je.

Le rire de Gabriel redoubla, mais cette fois solitaire, effrayant. Quand il se tut enfin, un frisson remonta le long de ma colonne vertébrale.

— Déterre notre lanterne, s'il te plaît.

Ester se pencha sur la table, comme si elle fomentait là un mauvais plan.

— D'après les archives, il serait mort il y a plus de dix ans...

Gabriel fronça les sourcils. Stupide, je me contentai de fixer Ester.

— Mais ce n'est pas possible, marmonna-t-il.

— Il était bien vivant, quand je suis partie avec toi, lui assurai-je.

Ou alors... N'avais-je côtoyé que des spectres ?

Ester poussa un grognement d'impatience.

— Vous êtes lents à la détente !

— Viens-en au fait, s'énerva Gabriel.

— Mais enfin, bande d'enclumes ! Ça veut dire qu'il se fait passer pour mort !

Elle eut un rire sinistre :

— C'est ça, ou on a affaire à un fantôme.

Gabriel se rembrunit tandis que je me tassais sur mon siège.

— Et pourquoi pas ? intervint-il. Après tout, on est bien placés pour savoir que le surnaturel, parfois, ça existe !

— Des fantômes, Gab, enfin ! Ne dis pas n'importe quoi !

— Il y a anguille sous moche.

— Anguille sous *roche*, Gab, anguille sous *roche*, le corrigea Ester alors que mon esprit m'imposait l'une et l'autre image.

Elles me parurent chacune incongrue.

— Un homonyme ? suggérai-je d'une petite voix.

Ester et Gabriel se tournèrent vers moi comme un seul corps.

— Elle a raison, approuva Gabriel. C'était peut-être une autre personne.

Ester secoua la tête et nous tendit son téléphone.

— C'est bien lui, ton Burish ?

Mes yeux, d'abord peu coopératifs, finirent par se concentrer. Je le reconnus immédiatement. Malgré des cheveux blancs et des rides en moins, il n'y avait aucun doute, il s'agissait bien de monsieur Burish, de *mon* monsieur Burish.

— C'est ridicule ! s'écria Gabriel. Et pourquoi se ferait-il passer pour mort ?

— Enfin une bonne question ! bâilla Ester. Céleste pense qu'il ne supportait plus son image dans les médias.

— Il était connu, lui aussi, comme Deulort ?

— Pas pour les mêmes raisons. Je vais vous lire le mail de Céleste, elle explique ça mieux que moi.

— Oui, fais donc ça, soupira Gabriel.

CHAPITRE 5 : BURISH

Ester, penchée sur ton téléphone, entonna d'une voix monocorde :

— Monsieur Burish, né dans une famille de classe moyenne, blablabla, je vous passe les détails. Elle m'a tout mis. Il suit un cursus scientifique, change de spécialité plusieurs fois sans jamais parvenir au bout de ses études, blablabla. Il s'engage en faveur de l'écologie – ça, c'est important – au point d'être arrêté à de multiples reprises lors de manifestations pour trouble à l'ordre public et atteinte à agent, *et cetera*.

— Il a l'air cool, intervint Gabriel. Et c'est ça qui l'a rendu célèbre ?

— Non, tais-toi, j'y viens.

Elle poursuivit :

— Il devient célèbre grâce à des propositions délirantes pour sauver l'humanité de la crise écologique, comme, par exemple… Bon, ça, je passe, on s'en fout. Ces machines font de lui la risée des médias, blablabla, si bien que, quand il s'engage en politique, on ne le prend pas au sérieux. Il est invité sur les plateaux pour le buzz. On se moque de ses revendications et on l'attend au tournant pour les colères qu'il pique.

Ester nous tendit l'écran.

— Regardez.

Gabriel cliqua sur le petit triangle en filigrane. Une vidéo se lança. Je reconnus monsieur Burish, plus jeune, assis sur un tabouret. Il faisait face à une journaliste. À sa droite se tenait un homme, à sa gauche, une femme.

— Monsieur Burish, on dit que vous ne voulez pas d'enfants.

N'est-ce pas une décision égoïste? demanda de but en blanc la journaliste.

Elle battit de ses faux cils recourbés à l'extrême en attendant la réponse de l'intéressé. Monsieur Burish accusa le coup. Il s'humidifia les lèvres, choisit ses mots avec soin :

— *Voyez-vous, ce n'est pas que je n'en désire pas dans l'absolu, mais je n'en souhaite pas dans ces conditions. Mettre au monde un petit être demande beaucoup d'espoir. C'est une tranquillité d'esprit dont je suis dépourvu, pour l'instant.*

— *Vous n'aimez pas les enfants,* observa la journaliste.

— *Non, ce n'est pas...*

— *Et de quelles conditions parlez-vous ?*

— *Vous le savez très bien. Nous le savons tous ! La planète ne sera plus viable d'ici...*

— *N'y a-t-il pas de madame Burish dans votre vie ?*

— *Ce n'est pas la question. Ce que je veux dire, c'est...*

— *Peut-être n'avez-vous tout simplement pas trouvé chaussure à votre pied !* commenta-t-elle, un sourire scotché sur les lèvres.

Elle se tourna vers l'invitée.

— *Vous, Blandine, accepteriez-vous un rendez-vous galant avec notre charmant monsieur Burish ?*

La jeune femme rit.

— *Euh, je... Non.*

— *Voyez, monsieur Burish, vous effrayez ces dames !*

— *Je n'ai que faire des femmes,* s'agaça monsieur Burish.

Les sourcils de la journaliste s'arrondirent autant qu'ils le purent – c'est-à-dire très peu.

— *Quelque chose à nous confesser, monsieur Burish ?*

— *Comment ?*

— *Nous sommes au XXIe siècle, chacun est libre de sa sexualité. Vous pouvez tout nous dire, ça restera entre nous,* s'amusa-t-elle.

— *C'est hors de propos !*

— *Nos spectateurs veulent pourtant savoir.*

— *Alors, vos spectateurs sont de grotesques ignares !*

La journaliste prit un air choqué.

— *Modérez-vous, voyons !*

— *Non, nous ne pouvons plus nous le permettre !*

Elle rit et s'inclina légèrement.

— *Vous, vous complotez quelque chose. Dites-nous tout !*

— *Moi ? Et vous, à quoi jouez-vous ?*

— *Oh ! Encore vos théories conspirationnistes ?*

Monsieur Burish s'étrangla. Son menton se mit à trembler.

— *Mes théories... conspirationnistes ? Ce que je vous annonce n'est que la stricte vérité, appuyée par la science, des chiffres, des faits ! L'humanité court à sa perte ! Nous croulons sous des études à ce sujet, et vous... Vous... !*

Il leva un doigt accusateur vers la journaliste, mais ne parvint pas à trouver ses mots. Celle-ci fit mine de calmer le jeu :

— *Ne soyons pas si pessimistes !*

— *L'humanité...*

— *Rien ne sert de s'alarmer !*

Il se racla la gorge, tenta de se faire entendre.

— *La planète... !* reprit-il.

— *Mais laissez-la donc tranquille, cette pauvre planète !*

Monsieur Burish se redressa sur sa chaise, mais la journaliste se tourna vers le chroniqueur.

— *Notre expert, monsieur Monge, a d'ailleurs de bonnes nouvelles au sujet de l'environnement !*

Monsieur Burish, dont la tête rougissait à vue d'œil, disparut de l'écran. La caméra l'expédia hors champ pour se braquer sur monsieur Monge.

— *En effet, Édith,* reprit monsieur Monge.

L'homme inclina ses lunettes, trop petites pour lui, et feignit de lire des notes, qu'il ponctua de quelques regards aux téléspectateurs :

— *Première bonne nouvelle, Édith, une nouvelle loi obligera, dès l'année prochaine, tous les élevages à désigner un référent « bien-être animal » !*

— *C'est grotesque !* entendit-on protester monsieur Burish.

— *S'il vous plaît, monsieur Burish, ne nous coupons pas la parole.*

— *Deuxième bonne nouvelle,* poursuivit monsieur Monge en haussant le ton, *le gouvernement a décidé d'augmenter le nombre de lignes de train. La planète devrait apprécier ce geste !*

— *Après les avoir presque toutes supprimées... ?* railla monsieur Burish.

— *Chaque geste compte, monsieur Burish,* répliqua le chroniqueur.

— *Certains plus que d'autres !*

— *Enfin, troisième bonne nouvelle,* continua plus fort monsieur Monge, *les émissions de gaz à effet de serre ont été particulièrement basses cette année ! Les chiffres restent à confirmer pour les secteurs de l'industrie, du transport et de l'agriculture, mais pour le reste, ils sont plutôt encourageants !*

— *Avez-vous conscience de ce que vous dites ?!* s'indigna monsieur Burish.

La caméra reprit un plan large. Même d'ici, l'on pouvait voir une veine grossir à vue d'œil sur son front.

— *Ce sont de très bonnes nouvelles, monsieur Burish, vous ne pouvez pas le nier.*

— *Regardez-moi bien !*

— *Pourquoi ne pas reconnaître que vous n'aimez simplement pas les enfants ?* intervint monsieur Monge. *Ne feriez-vous pas une dépression ? C'est courant de nos jours.*

— *Oh ! Vous, fermez-la !*

— *Un peu de respect, monsieur Burish, nous pouvons avoir des divergences d'opinions, mais rien ne sert de nous insulter.*

Monsieur Burish ravala son indignation. Il prit sur lui et se rassit.

Entre ses dents, il déclara :

— *Les écosystèmes ont atteint un point de non-retour. C'est la fin, la fin pour nous, les êtres humains.*

Tous gloussèrent, sauf Blandine, qui restait muette. Monsieur Burish sortit un petit papier de sa veste, quelque peu froissé, auquel il se raccrocha. Il le tint tremblant entre ses mains, tentant de lire ce qu'il avait noté dessus, mais ses interlocuteurs ne le laissèrent pas prononcer un mot.

— *Qu'avez-vous là ? La liste des grands méchants ? Et vous avez mis les riches, comme vous dites, tout en haut ?* s'esclaffa monsieur Monge.

— *Non, les médias. Mais il est vrai que l'un et l'autre ne sont que les deux faces d'une même pièce ; en or, bien entendu.*

La journaliste porta une paume à son cœur.

— *Notre maison brûle et…*

— *N'avez-vous pas écouté notre météo, tout à l'heure ? Les températures ont drastiquement chuté,* commenta monsieur Monge.

— *Vous confondez météo et climat,* intervint enfin Blandine.

Le pauvre monsieur Burish, tout étonné de trouver un semblant d'appui, observa un silence. Monsieur Monge fit mine de n'avoir rien entendu et secoua la tête :

— *Vous êtes un extrémiste !*

— *C'est notre situation, notre situation à tous, qui est extrême ! La fin du monde approche, de notre monde !*

Mais sa phrase fut accueillie d'un grand rire auquel seule Blandine ne prit pas part. Monsieur Burish bondit de sa chaise. Le cameraman fit un gros plan sur son front où toutes ses veines saillaient de rage et de désespoir. Il brandit son papier, les yeux embués :

— *Écoutez-moi !* hurla-t-il du plus profond de ses entrailles.

Mais les rires démesurés de la journaliste et de monsieur Monge couvraient sa voix. Il abattit son poing sur la table, qui vola en éclats.

La résonance du verre brisé perdura dans le silence choqué qui suivit, puis tout le plateau s'ébranla. La sécurité saisit monsieur Burish tandis qu'un médecin se précipitait pour éponger son sang.

— *Vous ne valez pas la peine d'être sauvés ! J'abandonne ! Je vous abandonne !* hurlait-il tandis qu'on le ramenait en coulisses.

La caméra zooma sur le visage de la journaliste, qui reprit aussitôt son masque :

— *Les aléas du direct ! Nous nous retrouvons après une page de publicité.*

Gabriel interrompit la vidéo, et nous restâmes silencieux, jusqu'à ce qu'Ester intervînt :

— Et ce n'est pas tout ! Ils ont créé un montage, avec musique et tout le tintouin ! Ça a fait le tour du monde, regardez !

Mais Gabriel repoussa l'écran qu'Ester lui tendait.

— Ils ne l'ont pas épargné. Je comprends qu'il ait voulu disparaître.

Ester opina.

— Mais quand même, quelque chose me cigogne.

— Me *chiffonne*, Gab, me *chiffonne*, le corrigea Ester.

Il l'ignora.

— Il n'a jamais été médecin. Alors, comment aurait-il pu sortir Aline de son coma ? Et puis, quel est le rapport avec l'environnement ? Enfin, s'il y en a un.

— C'est la question que je me pose et qui va finir par faire imploser Céleste.

Gabriel but une gorgée de son thé refroidi, puis repoussa sa tasse, dégoûté.

— Il s'est peut-être contenté de réunir la bonne équipe de soignants, proposa-t-il.

Je songeai à Robert le tortionnaire, à mon infirmier sans formation et au psychiatre radié de l'ordre.

— Les plus grands spécialistes ont dit à ce Deulort qu'ils n'y pouvaient rien, alors j'y crois pas trop !

Gabriel se gratta la tête. Ester posa les pieds sur la table.

— Moi, ce que je me demande, c'est surtout pourquoi il s'est intéressé à Aline. Sans vouloir te vexer, Al, mais les suicidaires comateuses, ça avait pas l'air d'être sa came, à l'époque.

— Ester, lui reprocha Gabriel.

Elle leva les mains en signe de paix.

— On ne sait rien d'autre ?

— Non, rien. Un jour, les médias ont annoncé sa mort. Des compilations parodiques, des montages et des extraits d'émissions comme celui-ci ont fleuri un peu partout sur Internet, et puis plus rien. Il est tombé dans l'oubli.

Gabriel se massa la paume. Pour ma part, je me rongeai l'ongle du pouce. Ester se leva et remplit son verre au robinet.

— Donc, si je résume, dit-elle entre deux gorgées, voilà ce qu'on sait : Deulort, ton géniteur, a racheté un couvent moisi au fin fond d'une forêt sinistre pour le transformer en une espèce d'hôpital-asile à moitié hanté, où tu étais la seule et unique patiente, dans l'espoir de te réveiller de ton coma, dans lequel tu as fini après une tentative de suicide ratée dont tu ne te souviens même pas. Et il a placé à la tête de cet établissement Burish, un activiste-écolo-savant-fou rendu timbré par les médias et la politique, qui se fait passer pour mort depuis plus de dix ans. J'oublie rien... ?

Gabriel et moi demeurâmes immobiles.

— Quoi ? J'ai dit un truc qu'il fallait pas ?

— C'est juste que... murmurai-je.

— C'est sans queue ni fête, acheva Gabriel.

Ester revint s'asseoir. Lasse, elle posa le menton sur ses poings :

— Il y a forcément un lien avec le fait qu'Aline soit une décentrée. Ça peut pas être un hasard.

— Tu penses que Burish savait pour Aline et que c'est pour ça qu'il s'est rapproché de Deulort ?

Ester haussa les épaules.

— Mais comment aurait-il pu se douter de quelque chose ? Céleste elle-même n'a perçu le pouvoir d'Aline qu'il y a peu. Et puis, quel rapport avec le reste ? Et comment l'a-t-il sortie du coma ?

— On passe à côté de quelque chose.

Pour ma part, je réprimai une nausée et fermai les yeux.

— Je n'ai pas les idées assez claires pour réfléchir, fit Gabriel. Je suis patraque aujourd'hui.

— Ah, toi aussi ? entendis-je répondre Ester.

— On a dû attraper un truc qui traîne. Lucien a l'air encore plus à l'envers que d'habitude.

— Et toi, Aline ? Tu te sens malade ?

J'appuyai les doigts sur mes paupières jusqu'à voir danser des étoiles. Oui, je l'étais. Nos discussions avaient attisé mon mal et détraqué davantage ce corps que la nausée refusait donc de quitter. Le bas de mon ventre commençait à me faire atrocement souffrir. Chaque minute qui passait en tendait un peu plus la peau, les muscles et les nerfs.

— Il faut que j'aille aux toilettes ! m'exclamai-je en bondissant de ma chaise.

CHAPITRE 6 : SANG D'ENCRE

— Aline, tout va bien là-dedans ? me demanda Gabriel de derrière la porte.

— Non, pleurai-je en retour. Je crois que je vais mourir ! Ester avait raison, je n'aurais pas dû survivre à mon coma, et donc mon corps me lâche !

— Comment ça ? Qu'est-ce qui se passe ?

C'était Ester. Je contemplai le battant sans parvenir à m'expliquer, les yeux mouillés de larmes, le pantalon sur les chevilles, les fesses sur la cuvette froide.

— Je perds du sang, hoquetai-je en considérant ma culotte maculée de rouge.

La porte demeura silencieuse.

— Vous êtes toujours là ? reniflai-je.

— Aline, est-ce que tu as tes règles ? demanda Gabriel.

Je me mouchai dans du papier toilette, avec réticence, car cela contractait les muscles de mon ventre et ravivait la douleur. Ce fut pourtant suffisant pour qu'il se déchirât. Je me retrouvai avec le menton plein de mucus.

— J'ignore de quoi tu parles, fis-je d'une petite voix, une bulle au nez.

— Voilà pourquoi je me sens si bizarre, dit Gabriel plus bas, en aparté à Ester. Elle ne contrôle pas son don ! Elle nous influence sans le faire exprès.

— Tu veux dire qu'on ressent les effets de ses règles ? chuchota Ester.

— En quelque sorte. Ça arrive souvent à la réserve avec les verts.

Mais attends, toi aussi ? Tu n'as pas juste mal à cause de son don, tu ressens ses effets, ses véritables effets ?

— Ouais, râla Ester. Comme si je n'avais pas assez des miennes !

— Mais tu es censée être immunisée... À part avec Véra, jamais tu n'as...

— Exact, le coupa-t-elle.

— C'est pas bon, pas bon du tout, marmonna Gabriel.

— Non, surtout qu'elle perd le contrôle... Gab, on devrait être à la réserve depuis des jours ! Elle a besoin d'être formée, et vite, avant que ça ne dégénère !

— Je ne veux pas laisser Lucien, répondit piteusement Gabriel. Je suis certain qu'il en est un, c'est sûr, c'est évident !

— On n'a plus le temps.

— Non, je peux réussir.

— Gab, c'est trop dangereux. Déjà qu'elle est recherchée...

— S'il te plaît, Ester. Si ça empire, promis, on mettra les moelles.

— Les voiles, le corrigea-t-elle.

— S'il te plaît... répéta-t-il.

— Bon, d'accord. Mais je te laisse deux semaines, et pas un jour de plus. Et au moindre incident...

— On se fait la balle, c'est juré !

J'entendis Ester soupirer.

— Alors, je ne vais pas mourir ? sanglotai-je de mon côté.

— Va-t'en, Gab, je m'en charge.

Gabriel m'adressa quelques mots qui se voulaient rassurants avant de partir.

— Aline, mets du papier toilette dans ta culotte et viens avec moi à la salle de bain.

Un instant plus tard, je traversais le couloir en canard, avec la désagréable sensation que du sang chaud me coulait le long des cuisses.

Ester referma la porte derrière nous et me fit signe de m'asseoir sur le rebord de la baignoire. Je m'y installai, plus que mal à l'aise. Elle s'appuya contre le lavabo, bras croisés.

— Bon, relax, tu vas pas mourir. T'as juste tes règles. Tu les avais jamais eues ?

Je secouai la tête, une main posée sur mon ventre où une force mystérieuse prenait un malin plaisir à tirer mes organes vers le bas. Je me déchirais de l'intérieur sans pouvoir rien n'y faire.

— Pourtant, tu as dépassé l'âge depuis longtemps. J'ai eu les miennes à neuf ans, m'expliqua-t-elle.

Cela me rassura un peu. C'était donc un passage obligé ? Si la Ester de neuf ans y avait survécu, je devais pouvoir m'en sortir... *Mais, et si c'était comme la varicelle ?* pensai-je soudain. *Il y a des maladies qu'il vaut mieux avoir tôt !*

— Là-bas, ils te donnaient la pilule ou un truc comme ça ?

Je haussai les épaules.

— J'avais des médicaments à prendre chaque jour.

— Je vois. Bon, j'imagine qu'ils ont peut-être arrêté tes règles, ou que c'est un effet du coma. J'en sais rien, j'suis pas toubib. T'es peut-être juste à la traîne.

— *Bel euphémisme...* susurra ma petite voix, comme sortie de nulle part.

Elle était très amusée par la situation, mais je n'y fis pas attention. Je remarquai en revanche qu'elle s'absentait de plus en plus souvent, ces derniers temps. *Où étais-tu ? J'ai cru que j'allais mourir !* me plaignis-je en pensée.

— Donc, c'est ta première fois, constata Ester, qui ignorait tout de mes discussions internes.

— La première dont je me souviens, en tout cas.

— Et personne t'en a jamais parlé ?

Je fis non de la tête très lentement, pour ne pas me donner le tournis. Ester se massa le front.

— Les règles, c'est... Comment t'expliquer... ? Tu sais comment on fait des mioches ? me demanda-t-elle à la place.

— Oui, mon infirmier, Frank, me l'a dit.

Il l'avait d'ailleurs fait avec un embarras manifeste dont je n'avais toujours pas compris la raison.

— Mais il t'a pas parlé des menstruations, lui reprocha-t-elle.

Je fis non de la tête.

— Génial. Bon, en gros, tu connais l'histoire des petites graines mâles et femelles ? L'ovule et les spermatozoïdes ?

J'acquiesçai.

— Tu sais que l'ovule est libéré par l'un des ovaires et va dans l'utérus ?

Elle posa la main sur son bas-ventre.

— Là, en vue d'une grossesse, l'utérus se recouvre exprès d'une sorte de… comment dire… d'une muqueuse, pour que le truc reste bien accroché, tu piges ?

Oui, je commençais à comprendre.

— S'il ne rencontre pas un spermatozoïde, il finit par être évacué. Pour ça, la muqueuse se détache et donc saigne. Le sang coule depuis l'utérus et sort par le vagin. Les règles, c'est ça. C'est approximatif, mais tu saisis, ou pas ?

J'acquiesçai, puis demandai :

— Alors, dans combien de temps ce sera terminé ? Une heure ? Deux ?

Ester se pinça les lèvres.

— Compte plutôt une semaine.

— Une semaine !

Non, hors de question. Au fond de ma tête, ma petite voix se fendait la poire. Ester me considéra, mi-amusée, mi-consternée.

— Ce sera peut-être moins. Selon les personnes, ça varie.

— Mais je souffre ! me plaignis-je.

Ester inspira une grande bouffée d'air et se frotta la tempe.

— Oui, c'est normal.

Je la dévisageai. M'annonçait-elle sans sourciller que j'allais endurer ce tourment pendant près d'une semaine ?

— Enfin, ce que je veux dire, c'est que, si tu as un peu mal le premier ou deuxième jour, que ça tiraille, par exemple, c'est à peu près naturel. Si c'est trop douloureux, que tu dois te gaver de cachetons et que t'es à *ça* de tourner de l'œil, alors je t'emmènerai chez un toubib, mais j'espère que ce sera pas nécessaire. J'te rappelle que t'es recherchée partout ! Je me vois pas me pointer avec toi dans une salle d'attente...

Je serrai le poing.

— Une semaine, me répétai-je à voix haute.

— Ouais.

— Ce n'est pas grand-chose, une semaine, dans une vie, tentai-je de relativiser.

— Oups... !

— Comment, *oups* ?

— J'aurais dû être plus précise... En fait, Aline, ça va revenir.

— Quoi ? Quand ? Ne me dis pas chaque année, je ne pourrai pas le supporter !

Ester se mordit la lèvre.

— Non, tous les mois.

— Quoi ! m'étranglai-je.

— Tous les vingt-huit jours, à peu près.

J'eus envie de la secouer. Comment pouvait-elle m'annoncer cela ainsi ? Quoi ! Endurer cette douleur ? Et tous les mois ? Tous les mois ! Non. Non, je m'y refusais. Hors de question ! Hors-de-ques-tion... ! *Maudit corps, il aura ma peau !*

Ester se massa le haut du crâne du bout des doigts.

— Il te faut une protection, contre le sang. Je sais que t'es pas très à l'aise avec ton anatomie. J'imagine que t'es pas encore prête à mettre quelque chose à l'intérieur, comme un tampon ou une coupe ?

Elle mima l'insertion. Mes yeux s'arrondirent.

— C'est bien ce que je pensais. T'as de la chance, j'ai toujours des serviettes en stock. Ça se colle au slip.

Elle saisit un paquet dans lequel des sachets carrés roses étaient en rangs serrés.

— Voilà à quoi ça ressemble, dit-elle en éventrant l'un d'eux.

— On dirait une couche, marmonnai-je.

— C'est un peu l'idée, ouais. Je reviens avec du linge et je te montrerai comment la mettre. Bouge pas !

Je levai les yeux au ciel. Comme si j'avais eu l'intention d'aller me balader cet état, les fesses tachées de sang !

Je pris une douche, puis Ester m'apprit à coller les ailettes de la serviette au dos d'une culotte.

— Tu devras la changer quand elle sera trop imbibée.

— Et pour la douleur ?

— J'vais t'amener un truc.

— Il faut un truc costaud, car j'ai mal partout, pas juste dans le bas du ventre. Es-tu sûre que je ne risque pas de mourir ?

Ester sourit.

— Sûre. Avec les règles, il y a *quelques* effets secondaires.

Ma petite voix rit à ce mot.

— Quelques ? la repris-je, suspicieuse.

Elle inspira avant de compter sur ses doigts :

— Seins douloureux, mal de dos, ballonnements, gonflement du ventre, crampes, migraines, acné, faim... Hum, quoi d'autre encore...

— Encore ?!

— Fatigue, douleurs musculaires et articulaires, constipation ou diarrhée. C'est au choix, ou parfois un peu des deux...

— Génial, grommelai-je.

— Et puis les changements d'humeur sont aussi de la partie. Les émotions sont plus intenses, surtout la tristesse et la colère.

Je me passai une main sur le visage, justement excédée.

— Mais qui ne serait pas à cran avec tout ça, hein ! plaisanta Ester.

Je la fixai, mortifiée. *Maudit corps, maudit corps,* me répétai-je en boucle. Bientôt, j'en fulminai. C'était injuste ! Trop injuste ! Pourquoi ? Pourquoi devait-il fonctionner ainsi ? Je ne pus m'empêcher de m'imaginer le jeter à terre, le balancer au sol comme un vieux costume trop usé.

Je me rassis sur le rebord de la baignoire, l'estomac à l'envers, et me contentai de ressasser ces violentes pensées en tâchant d'ignorer la force obscure qui essayait d'arracher mes organes par le bas. J'avais beau ne pas les porter dans mon cœur, je préférais encore les savoir au chaud, près de celui-ci.

— Calme-toi, maugréa Ester en se massant les tempes.

— Désolée, répondis-je d'un ton sec, avant de m'adoucir. Pardon...

— Il faut que tu fasses gaffe. Chez les personnes décentrées, les premières règles rendent parfois le don incontrôlable. Le tien est visiblement puissant. Tu influes sur les émotions de Gab et de Lucien depuis ce matin.

Elle observa un silence. La culpabilité me rongea l'âme, et je ravalai ma colère.

— Et puis, avoua-t-elle, c'est possible que tu m'affectes quand même un peu. Je me sens tendue, moi aussi.

— Je croyais que tu étais hermétique à tout ceci ?

Elle me considéra avec gravité.

— C'est bien ce qui m'inquiète.

Voyant mon air, elle reprit avec plus de légèreté :

— En attendant de tirer ça au clair, tu seras gentille de pas partager tes symptômes avec les autres. En tout cas, pas avec moi. J'ai eu les miennes y a une semaine, ça me suffit !

— Je crois que je vais aller m'allonger, fis-je, nauséeuse.

— Bonne idée. Je dis à Gab de te monter un médoc contre la douleur.

J'opinai et me rendis jusqu'à ma chambre, à grand renfort de froufroutements de serviette que tout le voisinage – j'en avais la profonde conviction – entendait tout aussi bien que moi.

CHAPITRE 7 : COMBUSTION

Trois ou quatre crises de nerfs plus tard, je dus reconnaître que, ce matin, le ciel m'était tombé sur la tête. Non pas une, ni deux, mais bien trois fois ! Mes règles s'étaient déclenchées, je faisais l'objet d'un avis de recherche relayé par des millions de personnes et, pour couronner le tout, je venais de découvrir que mon accident, celui qui m'avait valu un coma, un alitement, de la rééducation et des années à la merci de Robert, m'incombait, car j'avais tenté l'impensable : un suicide.

Je restai un moment en boule sous ma couverture, roulée autour de ma douleur, terrifiée à l'idée d'être retrouvée par monsieur Burish ou de voir mon corps se lever sans moi pour finir ce qu'il avait entrepris ce jour-là.

Peu à peu, l'amertume prit le pas sur la peur. Je jurai contre monsieur Burish, Robert, monsieur Deulort, et même Frank et tous les autres, et ma petite voix, pour avoir gardé cet horrible secret, et contre Ester et Gabriel pour me l'avoir révélé. J'en voulais à l'humanité tout entière, mais surtout à ce corps, ce maudit corps, mon corps.

Quand j'eus vidé toute ma hargne par mes canaux lacrymaux, je pus enfin aligner mes pensées et me poser les bonnes questions. En me demandant si mon cerveau n'avait pas volontairement dissous le traumatisme de ma presque mort dans l'amnésie pour m'en épargner, j'en vins à m'interroger sur cette impression d'oublier quelque chose. Celle-ci ne m'avait pas quittée depuis mon premier voyage, lorsque j'avais été somnambule et que Gabriel m'avait rattrapée juste à temps. Qu'avais-je pu découvrir dans l'autre monde qui me hantait, mais dont je refusais de me souvenir ? Était-ce aussi grave que d'avoir tenté de mettre fin à mes jours ? Je consultai ma petite voix à ce sujet, mais elle s'était repliée et plongée dans ses propres angoisses.

Les heures me semblaient s'écouler à rebours. Je les passai dans mon lit à enchaîner toutes les positions possibles et imaginables pour me soulager ou le corps ou l'esprit, en vain.

Maudites règles ! pestai-je. *Maudite odeur de fer rouillé qui me pique le nez chaque fois que j'ai le malheur de décroiser les jambes !*

Je changeai de serviette si souvent, qu'Ester s'agaça. Elle eut beau me dire et me redire que la gêne était normale, et que « mais bon sang, Aline, les protections, ça coûte une blinde », je ne voulus rien entendre !

Puis le médicament apporté par Gabriel finit par agir un peu, et mon aigreur se dissipa en partie. Je songeai à Ester, à ses propres douleurs. Une dolente... Comment pouvait-elle vivre avec une souffrance quasi quotidienne ? Je comprenais mieux ses impatiences, ses brusqueries et son cynisme. Comment, même, n'était-elle pas devenue plus amère, plus venimeuse ? À sa place, pensai-je – et déjà les mots m'échappaient –, à sa place, j'aurais sans doute envisagé la mort.

À midi, Gabriel m'apporta un repas que je dévorai. Il m'apprit qu'Ester avait dû quitter la maison. Mon décentrisme incontrôlable lui tapait trop sur le *spécimen*. Il s'éclipsa lui aussi, s'excusant de ne pas être capable de le supporter, car il lui donnait le *calamar*. J'accueillis sa remarque avec une excessive animosité, lui en voulant, même si cela était injuste, de pouvoir s'éloigner de moi quand je ne le pouvais pas. Puis je songeai que je pouvais voyager. Je l'avais souvent fait inconsciemment, alors pourquoi pas consciemment ? Cependant, j'eus beau essayer, je n'y parvins pas. Mon esprit demeurait sans doute trop encombré, et la douleur et la peur formaient un barbelé trop serré autour de mon âme pour me le permettre.

Dans l'après-midi, ma nervosité céda la place à une violente fatigue qu'elle avait savamment dissimulée. Vidée de toute mon énergie, je n'eus bientôt plus même la force de détester mon corps. Je restai sur mon lit, comme la coquille inhabitée que j'étais, recroquevillée, pelotonnée, à attendre l'écoulement du sang. Ce ne fut qu'en fin de journée que l'on toqua à ma porte :

— Aline ?

Je me redressai en grimaçant.

— Aline, c'est Lucien, dit celui-ci de sa voix grave. Gabriel m'a dit que tu avais tes règles.

Je cherchai quelque chose à répondre et ne trouvai rien : je n'étais pas certaine de vouloir le recevoir dans ces conditions.

— Je t'apporte une bouillotte, ajouta-t-il de l'autre côté.

Mon cœur, pourtant faible, se raviva dans ma poitrine.

— Et du brownie, chantonna-t-il comme s'il fallait m'amadouer.

— La porte est ouverte, soufflai-je d'une voix brisée.

Lucien passa la tête et fit un pas hésitant dans ma chambre, la bouillotte sous le bras, une assiette de gâteaux dans la main. Il n'alla guère plus loin que le seuil.

— Gabriel l'a fait riche en fer, dit-il en inspectant le plat. Une histoire de noix, je crois.

Il me scruta. Je ne bougeai pas, songeant que je devais avoir bien piètre allure. J'avais en effet renfilé mon pyjama et je pouvais sentir les cernes sous mes yeux se creuser un peu plus chaque seconde. Quant à mes cheveux, je n'imaginais pas le massacre ! Je baissai la tête, mal à l'aise. La voix de Lucien perdit un peu de son entrain :

— Et ça, c'est la bouillotte que je t'ai promise.

— Merci.

Toujours encombré de ses présents, il dansa d'un pied sur l'autre.

— Comment te sens-tu ?

Son air triste me frappa soudain : à cause de mon don, je le contaminais avec mon désespoir !

— Aline ? insista-t-il.

— Bien, je vais bien, m'empressai-je de répondre alors qu'il faisait un pas en avant.

Lucien déposa timidement la bouillotte et l'assiette sur mon lit, puis recula pour revenir à sa place.

— Aline, dit-il en contemplant ses pieds, je sais que ce n'est sans doute pas le meilleur moment, mais comme je n'en ai pas eu l'occasion avant, je tenais à m'excuser.

Mes cernes durent dessiner de grands ronds sur mon visage. Lucien me jeta un petit regard inquiet.

— Je n'aurais pas dû essayer de t'embrasser, lâcha-t-il alors.

Puis il ajouta d'une traite, comme une phrase répétée mille fois :

— J'espère que tu me le pardonneras, parce que je ne me suis jamais senti aussi bien près de quelqu'un.

J'en restai bouche bée.

— T-tu crois que je t'en veux d'avoir essayé de m'embrasser ? fis-je, incrédule.

Lucien papillonna.

— Ce n'est pas le cas ?

— Non, soufflai-je.

— Mais alors, pourquoi ?

Il n'avait pas besoin d'en dire davantage. Je savais ce qu'il me demandait : pourquoi avais-je tourné les talons ? Pourquoi ne lui avais-je pas accordé ce baiser tant désiré ?

Ma langue inspecta toutes mes dents sans parvenir à formuler une réponse claire. Mon esprit était encore trop embrumé. À la place, je l'invitai donc à s'asseoir à côté de moi et divisai le brownie. Je lui en tendis une part, qu'il garda dans la paume. Je mordis dans la mienne.

— Si quelqu'un doit s'excuser, c'est moi, avouai-je, tremblante.

Lucien plongea si profondément ses yeux dans les miens, que ce fut comme s'il tenait mon cœur nu entre ses mains.

— Ne me regarde pas de cette manière, dis-je d'une petite voix. Ça me donne le tournis.

Il sourit, puis, en bon comédien, s'absorba dans la contemplation du lustre au plafond.

— C'est mieux, m'amusai-je.

— Alors, je vais rester ainsi. Si je comprends bien, ce n'est pas l'idée de m'embrasser qui t'a fait prendre les jambes à ton cou ?

Je fixai la gorge où battait son sang.

— Non, soufflai-je un peu vite.

Il déglutit, sa pomme d'Adam remonta.

— Tant mieux, murmura-t-il.

— Ester, tentai-je d'expliquer, n'est pas la seule à nous avoir vus.

— Gabriel, réalisa-t-il aussitôt.

Je hochai la tête sans trop savoir si je devais en dire davantage. Lucien baissa soudain les yeux sur moi :

— Je n'éprouve rien pour lui, déclara-t-il.

J'eus l'impression de descendre d'un grand huit.

— Mais lui... fis-je avec douceur.

— Il m'aime, j'en ai conscience.

— J'en ai eu mal au cœur, quand je l'ai vu... expliquai-je, l'estomac tout à coup très lourd.

— Tu ne dois pas t'en vouloir. Ce n'est pas à cause de toi.

Cette phrase et ses yeux chassèrent le poids sur ma poitrine. Ma peine commença à se dissoudre dans la sienne, puis il baissa la tête, et je remarquai sa propre culpabilité.

— Ce n'est pas de ta faute non plus, murmurai-je.

— Si, un peu. Je l'ai laissé espérer trop longtemps. J'ai été trop indécis.

Je sentis alors poindre sa tristesse qui, tout en douceur, nous enveloppa. Je me rapprochai et posai la joue sur son épaule. Je n'essayai pas de la manipuler, de la changer, puisque Gabriel me l'avait interdit, mais je la regardai croître autour de nous comme l'eau qui monte. Bientôt, je ne sus plus à qui de nous elle appartenait. Ce n'était qu'une vision, une matérialisation de mon esprit, mais cette eau semblait brûlante, à peine supportable. Mes pieds furent douloureusement immergés. Les vapeurs dessinèrent des nuages au-dessus de nos têtes. Lucien prit ma main et caressa mon poignet du bout du pouce, provoquant des frissons tout le long de mon bras, en désaccord avec la moiteur de la pièce.

— Je l'aime. J'aime Gabriel, mais pas ainsi, acheva-t-il tandis qu'une vague nous submergeait.

Je retins ma respiration.

— Ce dont je suis sûr, c'est que je me sens bien avec toi.

Et il effleura mes doigts. Je serrai les siens en retour et lui souris, mais une crampe me déchira soudain le ventre. Fichues règles ! Fichu corps ! Lucien me tendit la bouillotte sans dire un mot, et je la pressai contre ma peau. Comment avait-il su pour la douleur ? Avais-je grimacé ? Ou bien l'avait-il sentie, parce que je ne contrôlais pas mon pouvoir et la lui avait imposée ? Se pouvait-il que son propre don… ? Nous ne pouvions pas le laisser là ! Je ne pouvais pas partir sans lui ! Il devait être un décentré.

— Allonge-toi, pose ta tête sur mes genoux, me dit-il.

Je basculai. Il se pencha au-dessus de moi.

— Ferme les yeux.

Cette proximité renflamma tout mon corps. Je m'arrachai avec effort à sa contemplation pour observer à la place les filaments rougeoyants sous mes paupières closes. Lucien effleura mon front. Sa paume était brûlante, mais cela me fit du bien. Il frôla mes joues, dessinant des sillons de feu sur ma peau, soignant le mal par le mal. Puis il écarta la bouillotte que je tenais toujours contre moi et glissa la main sur mon ventre. Mon corps me parut tout à coup plus grand, plus large, moins lourd. La gravité n'exerçait plus sur moi autant de force, autant de pression. J'étais moins à l'étroit. La nausée avait disparu. La fatigue se dissipait. Elle ne fut bientôt plus qu'un lointain souvenir. Mes angoisses, réduites en cendres, semblaient n'avoir jamais existé.

Je battis des cils, confuse. Ses paupières étaient baissées, son air tendu, mais concentré. Était-il en train de m'influencer, de manipuler mes émotions ? Je le scrutai. Il était si beau. Impossible de penser à autre chose. Je reconnus cependant la douleur quand elle passa sur ses traits et me redressai.

— Lucien ? Tout va bien ?

Il ouvrit des yeux fatigués et m'adressa un petit sourire sans me répondre. Autour de nous, l'eau refluait. Quand elle disparut complètement, quand il ne resta plus que cette épaisse vapeur, il se releva avec précaution.

— J'ai promis à Gab de l'aider en cuisine, je dois le rejoindre.

— Déjà ? laissai-je échapper.

— Je viendrai te chercher quand ce sera prêt.

Disant cela, il se pencha vers moi. Je fermai les yeux et, d'instinct, tendis les lèvres, le cœur au bord de l'implosion. Mais celles de Lucien n'effleurèrent que mon front. Je le dévisageai, à la fois déçue et consternée. Son sourire s'élargit, avec un je-ne-sais-quoi de triomphal qui m'agaça un peu. Puis il quitta la pièce, emportant avec lui la brume et sa chaleur.

CHAPITRE 8 : BUTOIR

Ester avait décidé que nous partirions pour la réserve dans deux semaines, avec ou sans Lucien, ce qui ne laissait à Gabriel plus que ce court laps de temps pour prouver son décentrisme.

Deux semaines. Quatorze jours. À terme, cela ferait un mois de confinement entier pour moi, mais je m'en moquais bien ! Tout ce qui comptait, c'était que Lucien pût nous accompagner.

Ce dernier ne se doutait de rien, ni de l'enquête que menait Gabriel sur lui, ni de mon avis de recherche qui parcourait le monde. Il vivait dans sa bulle, dont il me permettait heureusement l'entrée.

Le premier jour, dans sa chambre, il m'initia à la peinture, puis me fit poser sur un petit tabouret où je demeurai immobile sous la brûlure de son regard, le cœur battant, le corps tremblant. Nous prîmes ensuite l'habitude de veiller au salon, tard le soir. Il s'installait à l'envers, sur le canapé, et je l'imitais. Nous discutions ainsi pendant des heures, la tête en bas, le visage et le cœur gorgés de sang.

Je découvrais un Lucien misanthrope, qui répétait souvent qu'il avait le reste du monde en horreur. Pourtant, lorsqu'il m'en parlait, lorsqu'il évoquait ces autres qu'il disait ne pas supporter, je comprenais qu'il éprouvait pour eux un amour farouche, si pur que c'en était violent. Les sujets de conversation écumés, nous contemplions le silence ensemble. Entre nous, les mots s'avéraient superflus. Je résistais à mon désir de l'embrasser, si difficile fût-il, car je craignais malgré tout de devoir le quitter et que ce fût plus douloureux encore.

Le troisième jour, Gabriel crut déceler quelque chose. Mon cœur s'emplit d'espoir, mais ensuite, il ne parvint pas à confirmer ses soupçons, et le temps reprit sa course effrénée.

Ma relation avec Gabriel s'envenimait, au fur et à mesure que je me rapprochais de Lucien. Le cinquième soir, il me reprocha de lui voler de précieux moments avec lui, si bien que nous nous disputâmes à voix basse toute la nuit. Il prétextait avoir besoin d'être au plus près de lui pour étudier son décentrisme, et j'arguais que je pouvais l'aider dans cette tâche. Nous parvînmes à un compromis : passer du temps tous les trois, ensemble. Ainsi, Gabriel nous organisa un petit atelier de cuisine, durant lequel il perdit plus d'une fois son sang-froid, parce que Lucien et moi gloussions comme de mauvais élèves quand notre professeur jurait en brandissant un livre au-dessus de nos têtes qu'il n'avait jamais vu quelqu'un massacrer à ce point une recette. Plus tard, il m'avoua qu'il n'avait pas observé Lucien se conduire aussi naturellement depuis un moment, ce qui était de bon augure pour ce que nous fomentions.

Mais huit jours avant notre voyage, ce fut la catastrophe : Lucien se dégotta un petit boulot de caissier au musée du coin, raccourcissant ainsi d'une bonne moitié le temps qu'il pouvait encore nous consacrer. Gabriel m'en fit le reproche, comme si j'avais pu l'en dissuader !

À partir de là, Ester tint pour acquis notre départ sans Lucien. Elle estimait que nous perdions notre énergie à lui chercher un don qu'il n'avait pas et annonça donc notre arrivée à tous les trois à la réserve. Cela fait, elle commença à réunir ses affaires, ce qui me plongea dans un acide désarroi, mais provoqua comme un électrochoc chez Gabriel. Ce dernier s'immisça plus en profondeur dans la vie de Lucien au point de devenir son ombre, allant ainsi jusqu'à l'accompagner et le raccompagner du travail tous les jours. Il faisait tout pour déclencher son don. Il menait de véritables interrogatoires, à peine déguisés, dans l'espoir d'y déceler un indice, le moindre début de preuve de son décentrisme, ainsi qu'un rêve étrange et récurrent, signe d'un voyage. Il l'espionnait, notait tous ses changements d'humeurs et les nôtres, y cherchant une influence quelconque venue de Lucien. Et tout cela en vain.

Devant cet échec cuisant, je me promis de revenir très vite auprès de Lucien après ma formation à la réserve, mais Gabriel me détrompa : l'on ne la quittait pas ainsi. Une fois que l'on commençait son apprentissage, on devait obtenir l'accord de madame Tisset, la directrice, pour repartir dans le monde, et elle ne l'octroyait pas avant des années et des années d'entraînement. Cette mesure, disait-il, visait à limiter le danger de laisser ébruiter l'existence des décentrés. Je déclarai que je refusais de me rendre à la réserve dans ces conditions. Il me fit observer que je prendrais dans ce cas de gros risques pour ma propre sécurité, ainsi que pour celle de Lucien : mon don pouvait causer des dégâts irrémédiables. Je fermai donc ma bouche et je repartis maudire la planète tout entière dans ma chambre en pleurant à chaudes larmes.

Pour ne rien arranger, la nuit qui suivit cette conversation, je voyageai une nouvelle fois à travers cet étrange monde parallèle, pendant bien trop longtemps au goût de Gabriel et surtout d'Ester. Lorsque je demandai à l'un ce qu'il y avait de mal à cela, il prétexta une course à faire et ne revint pas avant des heures. Quant à l'autre, elle voulut d'autant plus précipiter notre départ. Gabriel dut m'épauler et lui répéter sans cesse qu'abandonner Lucien allait à l'encontre de leur conscience professionnelle. Elle finit par capituler, mais surtout à cause des poussées incontrôlables de mon don qui lui filaient le tournis. Elle était la seule à s'en plaindre. Gabriel semblait trop préoccupé pour s'inquiéter de mes effets sur lui. Lucien, de son côté, ne s'apercevait de rien, comme s'il lui avait toujours été naturel de ressentir des émotions venues d'une autre personne.

Il ne nous restait déjà plus que trois petits jours, soit soixante-douze heures à peine avant le départ. Je devais me rendre à l'évidence : en ce laps de temps, jamais nous ne réussirions ce que Gabriel avait vainement tenté pendant des mois, jamais nous ne prouverions le décentrisme de Lucien. Je décidai alors, avec le cœur plus gros que l'immeuble voisin, de mettre ce temps à profit pour forger d'heureux derniers souvenirs avec lui.

CHAPITRE 9 : IMPRÉVU

Il était deux heures du matin, mais je tournais encore dans mon lit à cause du sinistre décompte de ces trois derniers jours. J'en devenais folle. Comment allais-je bien pouvoir faire mes adieux à Lucien ? Et dire que je ne l'avais pas embrassé... Dans la pénombre, je contemplais cette chambre, *ma* chambre, le cœur criblé de petites balles invisibles. C'était cet endroit tout entier qui allait me manquer. Je tentais de le graver dans ma mémoire, comme les yeux de Lucien...

Un discret *toc-toc* m'interrompit. Je tendis l'oreille. Le *toc-toc* reprit, contre ma porte. Je me levai donc et ouvris, pour tomber nez à nez avec Gabriel.

— Gab ?

— Chut !

Il s'assura par-dessus son épaule qu'il n'avait pas été suivi, puis passa la tête au-dessus de moi pour vérifier que personne d'autre ne s'y trouvait. Sa satisfaction me fourmilla dans le dos.

— Qu'est-ce qu'il y a ? m'agaçai-je.

— Tu es en pyjama ? chuchota-t-il.

— On est au beau milieu de la nuit. Tu t'attendais à une tenue de plongée ?

Il sourit malicieusement.

— Habille-toi, j'ai une surprise.

Il me réexpédia dans ma chambre d'une poussée et referma ma porte. Je n'eus d'autre choix que d'enfiler les premiers vêtements que je trouvai. Quand je rouvris, il n'avait pas bougé. Il s'était adossé au mur, dans l'ombre.

— C'est bon ?

— Oui.

— Alors, viens.

— Où va-t-on ?

— Tu verras.

La curiosité l'emportant, je le suivis. Il me fit descendre l'escalier, jeta un sac épais sur son épaule et déverrouilla la porte d'entrée. Je m'arrêtai net.

— Viens !

Il m'attendait déjà sur le perron.

— Je ne suis pas censée sortir, tu te souviens ? On pourrait me reconnaître.

Il opéra un tour sur lui-même et écarta les bras :

— Il n'y a pas un rat, déclara-t-il.

J'ignorai l'expression erronée.

— Et les caméras ?

Ses bras retombèrent. Il réfléchit, puis retira son sweat-shirt.

— Tu n'as qu'à prendre ça, dit-il en me le tendant.

Je passai la main sous la lumière du réverbère pour le récupérer.

— Qu'est-ce que tu attends ? Mets-le !

Une légère brise à l'odeur de nuit effleura mon visage et m'apporta le réconfortant parfum de lavande du tissu que je froissais entre les doigts. À moins de trois jours de notre départ, risquais-je vraiment quelque chose ? L'appel de l'extérieur était plus fort que ma peur. Je cédai et passai le sweat-shirt encore tiède.

— Comme il est doux ! m'exclamai-je.

— Il te plaît ?

— Beaucoup.

— Alors, je te le donne.

— Quoi ? Non, voyons, je ne disais pas cela pour...

— Je le sais, mais prends-le.

— Mais...

— Pas de mais, ça me fait plaisir.

— Je ne peux pas accepter, il est à toi, je…

— J'y tiens. Ma mère avait l'habitude d'offrir à ses amis ce qu'ils appréciaient. Je n'aimerais pas la décevoir.

Son visage s'illumina d'une douce tristesse.

— Elle se trimballait toujours avec deux bouteilles de parfum dans son sac, pour en avoir une à donner au cas où on la complimenterait à ce propos. Sacré phénomène ! Même après avoir perdu la boule, elle faisait ainsi. Certes, elle n'entassait alors plus qu'un bric-à-brac dont personne ne voulait, mais…

— C'est adorable.

— Oui !

Il sourit.

— C'est si facile de te parler d'elle…

Puis il se reprit.

— Bref. Tu dois me laisser t'offrir ce sweat.

Je ne trouvai rien à redire.

— Parfait ! Mais il faut mettre la capuche, murmura-t-il en la refermant lui-même autour de mon nez à l'aide des cordons.

— Je ne vois plus rien ! protestai-je.

— Je te guiderai.

— Ester va te tuer si elle apprend que je suis sortie.

— Elle n'en saura rien.

Je lui adressai une moue sceptique à travers la mince ouverture. Ester savait tout. Ester remarquait tout. Elle était déjà en train de se choisir un mur sur lequel clouer la tête empaillée de Gabriel.

— Dis-moi au moins où l'on va.

— C'est une surprise, alors ne pose pas de questions.

Je reconnus un tintement de clefs.

— On utilise la voiture d'Ester ?

— Tu arrives à y voir avec cette capuche sur les yeux ? s'étonna-t-il.

Je lui indiquai que non.

— On ne fait que la lui emprunter, se reprit-il.

— *Tu* ne fais que la lui emprunter.

— *Le mur du fond... au-dessus de son lit... Ester va le transformer en... une belle... gargouille...* s'amusa ma petite voix.

Elle s'était enfin réveillée. Je souris, mais Gabriel m'entraînait déjà par le bras.

Il m'aida à entrer dans la voiture et m'attacha lui-même, car je n'y voyais rien. Quand il referma ma portière, je trichai en agrandissant un peu l'ouverture de la capuche. Gabriel s'installa méthodiquement derrière le volant, rapprochant son siège, ajustant les rétroviseurs, puis il boucla enfin sa ceinture.

— C'est parti !

Il desserra le frein à main, accéléra, mais le moteur crachota. Notre carrosse cahota, avant de s'immobiliser.

— Ce n'est rien, j'ai calé. Je n'ai pas l'habitude...

— De conduire ?!

— De cette voiture, conclut-il, vexé.

— As-tu ton permis, au moins ?

Gabriel me jeta un regard outré.

— Tu crois que je prendrais le volant, sinon ?

Je haussai les épaules.

— Pourquoi pas ? fis-je. Tu viens bien d'outrepasser la règle suprême imposée par Ester en me faisant sortir de la maison.

Ce qui était d'ailleurs le monde à l'envers ! Gabriel les respectait toutes toujours très scrupuleusement – à part quand il s'agissait de mentir. Était-ce qu'il faisait en ce moment, me mentir ?

Il se vexa un peu plus.

— J'ai mon permis, affirma-t-il.

Il s'apprêtait à redémarrer, les mains sur le volant, mais voulut quand même ajouter :

— Et je ne suis pas toutes les règles.

— Hum, hum, fis-je, sceptique.

— Je sais prendre des libertés.

— Je n'en doute pas.

— Et m'amuser.

— D'accord, acquiesçai-je.

— Je suis un vrai boute-en-train, le roi de la fête ! poursuivit-il pourtant.

— *Avec ces expressions... ?* se moqua ma petite voix.

Je ris.

— C'est la vérité ! piailla-t-il.

— Mais je te crois !

— Mes amis te le diront.

— Quels amis ?

— Ceux de la réserve !

Et notre sourire retomba à ce mot.

— Trois jours, soupira-t-il en redémarrant.

— Trois jours, répétai-je.

— J'espère que ma surprise va te plaire, s'empressa-t-il d'ajouter. J'ai pensé que ça te ferait du bien de changer un peu d'air. Et ne t'inquiète pas, là-bas, les caméras ont été désactivées.

Nous nous mîmes en route. Il alluma la radio, passa de fréquence en fréquence, jusqu'à tomber sur une mélodie dirigée par une proche cousine de la guitare. Ses cordes sonnaient double, et leurs notes, vibrantes mais claires, s'entrelaçaient à une vitesse effrénée, comme si le corps du musicien était contaminé par la fièvre de l'instrument. Le martèlement discret d'un tambourin l'encourageait dans cette transe. Distrait, Gabriel tapota sur le volant.

Il monta le volume, presque sans s'en rendre compte, quand une voix puissante, rauque mais ondulante, se mit à chanter des mots dans une langue étrangère. Il y avait une forme d'urgence dans la cadence qui prenait au cœur. Quelque chose, dans ce rythme, dans cette montée en spirale des notes, lui fit serrer le poing, mais un poids invisible parut glisser de ses épaules.

— Ton père n'a pas arraché toutes tes racines, remarquai-je à voix haute. La mémoire est une drôle de machine… J'en sais quelque chose.

Gabriel me jeta un coup d'œil, surpris. Puis il me sourit, mais avec de la tristesse sur les lèvres. La lumière et l'obscurité se disputèrent ses traits tout au long du trajet.

À un carrefour, je le scrutai. Pourquoi prendre le risque de me laisser sortir trois jours avant notre départ ? Pour me permettre de respirer un autre air ? Je voulais bien le reconnaître, Gabriel était toujours aux petits soins pour moi, mais ce prétexte ne tenait pas. Ce n'était pas un acte de charité. Que cachait-il ? Où m'emmenait-il ? Et s'il prévoyait de se débarrasser de moi ? Plus rien ne se dresserait alors entre lui et Lucien !

Gabriel arrêta la voiture sur un parking vide, et je déglutis. Il n'y avait rien, sinon un bâtiment formé d'une grosse coupole, comme un bol géant posé à l'envers ou la soucoupe d'un vaisseau spatial écrasée dans la terre.

— Cache bien ton visage et suis-moi.

J'obéis, le cœur battant. Que pouvais-je faire d'autre ? Rester là ? Ce parking ne me disait rien qui vaille. Nous le traversâmes donc à petits pas. Je gardai le nez rivé sur mes pieds, mais trouvai quand même le moyen de buter contre la seule marche sur notre passage. Gabriel se moqua de moi, puis me tint le bras jusque devant la grande porte en verre du bâtiment.

Tintement de clefs. Il la déverrouilla.

CHAPITRE 10 : EAU TROUBLE

À peine Gabriel eut-il poussé la porte qu'une puissante odeur de chlore me remonta dans les sinus. Ne me laissant pas le loisir de m'en plaindre, il m'entraîna à l'intérieur, où il faisait plus noir que dehors.

— Ne bouge pas, me dit-il.

Je levai les yeux au ciel. C'était une manie !

Clac, clac, clac.

Les néons au-dessus de nos têtes s'illuminèrent les uns après les autres. Je battis des cils, éblouie. Gabriel me tira encore par la main, et je n'eus le temps que d'entre-lire une affichette collée à la vitre d'un guichet. Elle disait : « Port du maillot de bain obligatoire. »

— Tada ! s'écria Gabriel, les bras grands ouverts devant une gigantesque piscine.

Je contemplai son eau bleue, lisse, et les épaisses lignes noires sur le fond.

— *Des couloirs de nage...* m'expliqua ma petite voix, avant de plonger dans un silence intense, de l'un de ceux que l'on réserve au recueillement.

Qu'avait-elle ?

À chaque coin, une échelle en métal émergeait et agrippait les bords. Du côté le plus profond, le dessous de drôles de tremplins blancs et d'un grand toboggan jaune se reflétait à la surface.

— Une piscine publique, constatai-je.

Mes mots résonnèrent en écho dans la coupole trouée de hublots.

— Oui ! se récria Gabriel. C'est génial, non ? Le gardien est un ami. Il me devait un petit service !

— C'est *ça*, ta surprise ? réalisai-je avec horreur.

Les lèvres de Gab s'étirèrent en un large sourire. Il hocha vivement la tête.

— Mais je ne sais pas nager !

— Tu ne sais pas, ou c'est encore un truc que tu as oublié ? C'est comme le vélo, ne t'en fais pas, ça revient tout seul !

Je me gardai bien de lui dire que j'ignorais aussi comment tenir sur un vélo.

— Je n'ai pas de maillot de bain, lui fis-je remarquer, espérant ainsi échapper à une mort certaine par noyade.

À cette remarque, ma petite voix recula au fond de ma tête.

— J'ai pensé à tout ! se congratula Gabriel.

Il déposa alors son sac entre nous, en tira deux épaisses serviettes et un maillot une pièce aux couleurs vives qu'il me tendit.

— Et si ce n'est pas à ma taille ? tentai-je.

Gabriel leva un doigt, l'air de me dire « Attends une seconde ». Il plongea à nouveau la main dans le sac et en sortit quatre autres, identiques, mais plus ou moins larges.

— J'ai pensé à tout !

— Formidable, grommelai-je.

— Change-toi vite.

Résignée, j'entrepris de retirer mon haut.

— Non, pas ici ! s'étrangla Gabriel en détournant les yeux.

La nudité posait décidément un problème que je ne comprenais pas… Gabriel m'indiqua les vestiaires du doigt. Je soupirai, mais jetai sur mon épaule ce qui semblait à ma taille. Il me fallut quitter chaussures et chaussettes pour plonger les orteils dans l'eau froide d'un vieux pédiluve. Je traversai des douches communes sur la pointe des pieds. Sous mon talon, les petits carreaux blancs étaient inconfortables et mal collés.

Une dizaine de tentatives pour passer mon maillot plus tard, je rejoignis enfin Gabriel. Je jetai un œil au sien. Il avait enfilé un short de bain à motif tropical et était torse nu. En me voyant revenir, il détourna le regard. Avais-je mis la tenue de travers ? Dans le doute, je voulus resserrer les bretelles, mais m'emmêlai les mains avec les ficelles.

— Tu peux m'aider... ?

— Euh, oui, bien sûr.

Je lui tournai le dos. Ses doigts glissèrent le long du tissu. Sa peau, comme toujours, était d'une douceur tiède.

— Merci.

Je lui fis face, mais il posait le regard partout sauf sur moi.

— Ça ne me va pas, c'est ça ?

Gabriel daigna alors enfin croiser mes yeux, les fixant avec effort.

— Si, au contraire.

Et il se racla la gorge. Je le dévisageai, ne comprenant pas trop ce qu'il voulait dire par là.

— Un jour, tu me diras ce qui est arrivé à ton bras ? me demanda-t-il en observant la dernière blessure infligée par Robert.

Elle était loin d'être cicatrisée.

— Ce n'est rien, dis-je.

— Est-ce que quelqu'un t'a fait du mal ?

— Ce n'est pas important.

Gabriel soupira, mais n'essaya pas de me tirer les vers du nez.

— *Pourquoi protèges-tu... ce monstre... ?*

— *C'est Gabriel que je protège,* lui répondis-je en pensée. *Il n'a pas besoin de s'inquiéter pour nous.*

— En tout cas, si je rencontre un jour celui qui t'a fait ça... annonça-t-il.

— Tu ne feras rien du tout !

— Je...

— Rien du tout, répétai-je. Promets-le-moi !

Il hésita, mais finit par lâcher :

— Mes promesses ne valent pas grand-chose.

Sur ce, il m'adressa un sourire qui creusa sa fossette, puis il fit un tour sur lui-même :

— Bon, et moi ? lança-t-il sur un ton plus léger. Ne suis-je pas le plus beau ?

Il prit la pose, les mains sur les hanches. Je levai les yeux au ciel :

— La grande classe !

Et je lui tendis les maillots qui ne m'allaient pas pour qu'il les remît dans son sac.

— À l'eau !

La grimace que je lui adressai le fit éclater de rire.

Penchée au-dessus de l'échelle, je contemplais les dernières marches déformées par les ondulations.

— Ça a l'air profond…

— Tu as pied.

— Et si tu te trompes ?

Gabriel se prit le menton dans les mains.

— Hum, dans ce cas, en toute logique, je suppose que… tu boiras la tasse.

Je le fusillai du regard.

— Fais-moi confiance, dit-il avec douceur.

Je trempai donc un orteil dans l'eau glacée, frissonnai. Quel était le pire ? Mourir par hypothermie ou par noyade ?

Je sentis ma petite voix se crisper.

— Je plaisantais, lui dis-je à voix haute.

— Quoi ?

— Oublie, je parle toute seule.

Je soupirai et me plaçai sur la marche d'acier, sous l'œil attentif de Gabriel. Puis je descendis, en douceur, retenant ma respiration lorsqu'il fallut passer le ventre et la poitrine.

— Tu peux lâcher l'échelle, s'amusa Gabriel.

— Une seconde !

Je jaugeai de l'orteil la distance me séparant du fond et rencontrai le sol carrelé. Je m'écartai du bord, avançai dans l'eau sur la pointe des pieds, les coudes en l'air. Gabriel me rejoignit.

— Elle est bonne !

Il fit quelques brasses autour de moi.

— Tu plaisantes ? Je suis à *ça* de perdre l'usage de mes doigts de pieds !

— On croirait voir Lucien ! laissa-t-il échapper.

En s'entendant prononcer ces mots, il se tut.

— Il faut que tu bouges, dit-il alors que je commençais à claquer des dents.

Je sautillai sur place. Il s'esclaffa.

— Apprends-moi, au lieu de te moquer !

— Je ne me moque pas !

Mais son rire redoubla devant mes sourcils froncés.

— Il te suffit d'imiter les grenouilles, me dit-il. Tu as déjà vu une grenouille ?

En guise de réponse, je le toisai.

— Comme ça !

Il accompagna sa parole d'un geste des bras. Je le singeai malaisément.

— Voilà, tu le tiens ! Ensuite, tu fais pareil avec les jambes.

Il fit quelques ronds autour de moi.

— Tu surestimes ma coordination bras-jambes.

— Essaye, insista Gabriel.

Je pris alors mon courage à deux mains – au sens littéral – en brassant l'eau avant de décoller les pieds du sol. Je bus aussitôt la tasse. Les yeux et la gorge brûlés de chlore, je toussai en maudissant mille fois Gabriel, qui se noyait lui aussi à moitié, mais de rire.

— J'abandonne, déclarai-je en me dirigeant vers l'échelle.

Gabriel me rattrapa par le bras. Fichue flotte qui m'empêchait d'avancer plus vite !

— Non, attends, je vais t'aider !

— Commence déjà par virer ce sourire de ton visage, grommelai-je.

Il courba alors la bouche et les sourcils en un même mouvement triste.

— C'est mieux ?

Je me mordis la lèvre. Je ne voulais pas rire.

— Allez, viens, insista-t-il. Remets-toi dans la position de tout à l'heure. Je te soutiens.

— À une seule condition, rétorquai-je.

Il plissa les yeux.

— Essaye toujours.

— Dis-moi ton prénom, celui qu'utilisait ta mère.

Gabriel fit rouler des syllabes entre ses dents, hésitant à me livrer cette information.

— Quoi ? Ce n'est quand même pas top secret !

— Tu sais, même Ester ne le connaît pas.

— Vraiment ?

— Vraiment.

— Et Lucien... ?

— Lucien non plus.

— Alors, tu ne me le confieras pas non plus, compris-je.

Gabriel se gratta la tête.

— Tu me promets de le garder pour toi ?

J'acquiesçai très vite.

— De ne faire aucun commentaire ?

Nouvel assentiment.

— Et de me laisser t'apprendre à nager ?!

Là, je grimaçai, mais finis par consentir. Après tout, c'était le *deal*. Gabriel se passa une main dans les cheveux, comme s'il s'apprêtait à commettre une monumentale erreur, mais tint parole. Il se pencha à mon oreille où il ne souffla que deux syllabes :

— Jibril.

— Comme c'est joli, dis-je en tournant la tête.

Mon nez effleura le sien. Gabriel s'immobilisa. Il y eut un moment de flottement, à l'issue duquel il déclara :

— Tu sais ce qu'il te reste à faire, pas vrai ?

Je poussai un profond soupir et tendis les bras devant moi.

— Si je me noie… le menaçai-je.

— Je t'autorise à venir me hanter.

Gabriel se glissa à mon côté.

— Je peux ? demanda-t-il en approchant la main de mon ventre.

Ce geste provoqua d'agréables remous contre ma peau. J'acquiesçai avec timidité. Il la pressa donc contre elle. Son contact, à travers l'étoffe, s'avérait confortable.

— Lève les pieds. Je te tiens.

Je m'allongeai dans l'eau. Gabriel glissa l'autre paume plus haut, à la naissance de mes seins et, avant même de le réaliser, je me retrouvai à l'horizontale.

— Ne me lâche pas ! m'écriai-je.

— Quand tu seras prête.

— Je ne le suis pas.

— Fais la grenouille.

Gauche, je m'agitai avec un défaut de symétrie évident. J'éclaboussai Gabriel au passage et lui donnai quelques coups – en vérité bien mérités.

— Dès que tu le sens, tu me le dis, et je m'écarterai.

— Quoi ? Non ! m'étranglai-je.

— Sinon, ce n'est pas de la nage, c'est de la flottaison, Aline.

Je grommelai. Comme ma bouche se trouvait à moitié immergée, je bullai par accident. Cela fit rire Gabriel.

— Tu es prête ? demanda-t-il au bout d'un moment.

— Oui ? fis-je, incertaine.

— *On sait faire…* susurra ma petite voix alors que Gabriel me lâchait.

Je fermai les yeux, et miracle ! j'avançai !

— Ne va pas trop loin, tu n'auras pas pied là-bas !

— Comment je tourne ? Comment je tourne ! Ah, comme ça ! J'y arrive ! Gabriel, regarde, je nage !

Je revins à lui et lui sautai au cou :

— Merci !

Je déposai un baiser sur sa joue.

— Mais je n'ai rien fait, objecta-t-il comme chaque fois que quelqu'un le remerciait.

Je m'écartai sans le lâcher et surpris un coup d'œil à ma poitrine. Quand il vit que je l'avais vu, il recula en se confondant en excuses.

— Je... je vais me rafraîchir les idées.

Ce qu'il fit, littéralement : il plongea sans rien dire en me laissant là.

— *Je ne comprends pas ce qui vient de se passer*, dis-je à l'attention de ma petite voix.

Mais elle ne me répondit pas. Elle rit, et ce fut tout.

Quand Gabriel revint, il affichait son air professionnel.

— Est-ce que ça t'intéresserait de travailler sur tes voyages ? me lança-t-il de but en blanc.

— Je croyais que je ne devais pas user de mon don avant d'avoir été formée à la réserve ?

Gabriel se glissa une boucle détrempée derrière l'oreille.

— Disons que, comme tu l'utilises déjà à tout-va sans le vouloir, j'ai pensé qu'apprendre à le maîtriser un peu mieux ne te ferait pas de mal.

— D'accord, mais pourquoi m'exercer trois jours avant de partir ?

— Parce qu'il faut que tu saches...

— Oui ?

— Que les voyages peuvent être dangereux, dit-il d'une petite voix hésitante. Des décentrés sont restés coincés dans l'autre monde. Donc si Ester tient tant à ce que nous mettions les toiles au plus vite, c'est parce qu'elle a peur que ça t'arrive.

Je clignai des yeux, deux fois, sans parvenir à assimiler cette information.

— Et tu me proposes de pratiquer encore plus ?

— Non, enfin, si... En temps normal, poursuivit-il, les verts, les nouveaux, ne sont pas de grands voyageurs, et le problème ne se pose pas avant d'atteindre la réserve, ou alors on se dépêche de les y emmener. Là-bas, ils sont accompagnés par des guides pour découvrir comment le faire sans risque. Mais toi, tu es en avance tandis que nous, à cause de Lucien, sommes à la traîne.

Sa tristesse pesait tant, que l'eau ne suffisait pas à la porter. Je vis du coin de l'œil le carrelage se fissurer : une vision due à mon don.

— J'ai pensé que, si tu apprenais à contrôler un peu mieux tes voyages, Ester accepterait peut-être de retarder notre départ. Ça me laisserait plus de temps avec Lucien. Je sais que, pour toi, ça voudrait dire rester enfermée plus longtemps et augmenter le risque d'être retrouvée, mais...

— D'accord, le coupai-je.

— Quoi ?

— Je suis d'accord.

— Mais tu as entendu la partie où je disais que c'était dangereux ?

— Comment procède-t-on ?

Il se racla la gorge.

— Il faudrait que tu réussisses à aller et venir d'un état à l'autre une dizaine de fois, au moins, pour commencer.

— Ça fait beaucoup, soufflai-je.

Il opina.

— Voilà pourquoi je t'ai amenée ici, en fait. Tu m'as raconté que ton monde était sous-marin, ou presque. J'ai pensé qu'être dans l'eau t'aiderait à faire la transition.

— Mais, concrètement, comment puis-je voyager ? D'habitude, quand cela m'arrive, je suis en train de dormir, ou presque, lui rappelai-je.

— Je ne suis ni un décentré ni un guide. Je ne saurais pas te répondre. J'ai juste observé la formation des verts, une fois ou deux.

— *On va encore... crever...* marmonna ma petite voix.

— Et donc ? Qu'as-tu retenu ? demandai-je en l'ignorant.

— Que ça ressemble un peu à de l'hypnose. Tu en as déjà fait ?

Je hochai la tête, songeant à ma séance avec le doc, juste avant l'arrivée d'Ester dans ma vie. Je me souvins du timbre du psychiatre, du remous de l'aquarium. Je m'étais laissée bercer, et ensuite... n'avais-je pas voyagé pour la première fois ?

— Et je sais que, quand ça ne suffit pas, les guides utilisent un caisson de privation sensorielle. Je n'avais pas ça sous la main, mais une piscine fera peut-être l'affaire !

Il fixa l'eau, une petite ride entre les sourcils.

— Allons-y.

Gabriel regarda autour de lui, cherchant sans doute comment et par où commencer.

— Et si tu faisais la planche ? Ça pourrait t'aider à te détendre.

Il me montra comment faire, mais je ne parvenais pas à maintenir la position. Mon fessier coulait et m'entraînait inexorablement vers le fond.

— Je vais te soutenir, déclara-t-il.

Il glissa donc une main dans mon dos, une autre sous mes jambes. Un soupir d'aise m'échappa. Cette position était très apaisante. Je me laissai flotter, légère, et fermai les yeux avec l'impression de dériver.

De cette façon, mon corps me semblait moins lourd. Je m'arrachais à la pesanteur de ce monde. L'eau, contre moi, était tiède. Je m'étais habituée à sa température. L'air de la nuit, en revanche, soufflait sa fraîcheur. Il effleurait les parties nues de ma peau qui dépassaient à la surface. Je frissonnai, me recouvrant de chair de poule. Il fallut me focaliser sur le contact des mains de Gabriel avec mon corps pour en faire abstraction. Son propre épiderme, sous l'eau tiède, me semblait brûlant. Me regardait-il comme je l'avais surpris à le faire tout à l'heure ? Je n'osais rouvrir les yeux pour le vérifier.

— *Concentre-toi...*

— J'essaye.

— Tu vas y arriver. Rappelle-toi tes voyages accidentels. Que voyais-tu en premier ?

Je fouillai ma mémoire. J'en tirai des bribes, de confus fragments d'images. L'une d'elles s'imposa :

— Une porte, murmurai-je.

Et pas n'importe laquelle...

— À quoi ressemble-t-elle ?

La voix de Gabriel était une caresse à la surface de l'eau.

— Elle est blanche.

— C'est bien, continue.

Je pris le temps de l'observer. La scène était floue, tremblotante. J'obligeai donc ma mémoire à accommoder. Le souvenir devint plus net. Je focalisai mon attention sur sa poignée.

— *Ouvre-la...* susurra ma conscience.

De toutes mes forces, de toute ma concentration, je m'imaginai poussant le battant.

— *Ouvre-la... !*

Mais la gigantesque porte ne bougeait pas d'un pouce. Je forçai encore, m'agitai dans les bras de Gabriel.

— Respire, l'entendis-je murmurer.

J'écarquillai les yeux. Penchée au-dessus de moi, aux côtés de Gabriel, une ombre se trouvait là. Elle m'observait. Je la fixai. Elle ne semblait pas belliqueuse. Ses mots, bien audibles, résonnèrent depuis l'intérieur de mon crâne :

— *On n'enfonce pas une porte pour voyager. On la laisse nous traverser.*

Une voix paisible, féminine, différente de celle parasitant mes réflexions. Gabriel ne réagit pas. Il ne la voyait pas. Il ne l'entendait pas.

— Respire, répéta-t-il.

Pour tâcher de me calmer, j'inspirai, exposant un peu plus de ma peau nue. Mes poumons se gonflèrent d'air chloré. Puis j'expirai avec douceur. Et l'eau me recouvrit à nouveau. J'inclinai la tête en arrière, relâchant les muscles de ma nuque. Des vaguelettes léchèrent les bords de mon visage, au plus près de mes yeux. Le silence résonnait étrangement, en accord avec les battements de mon cœur.

Je visualisai le bois blanc une nouvelle fois, assez pour oublier Gabriel et le reste, et me retrouvai alors face à lui. J'étais debout, et je marchais à la surface comme sur un miroir gigantesque.

On n'enfonce pas une porte, on la laisse nous traverser, me répétai-je.

J'inspirai à nouveau, expirai. Et soudain, un léger et très lointain grincement. Le battant s'ouvrit seul, sous l'effet d'une poussée mystérieuse, découvrant une cascade figée dans l'encadrement. De l'autre côté, rien, semblait-il, sinon le vide. Je m'approchai, devinai un escalier immergé derrière ce miroir, qui descendait vers l'infini noir.

Je fis un pas en avant, mais quelque chose me retint, comme un élastique autour de la taille et des jambes. Je luttai pour avancer, mais les liens rétrécirent, formant un étau enserrant mon corps. La première marche était là, juste là! J'inspirai à nouveau, plus profondément encore, comme une apnéiste. Je m'élançai et me jetai à l'eau.

L'élastique claqua dans mon dos. Aussitôt, je dégringolai l'escalier à une vitesse ahurissante. Je heurtai le fond. À plat ventre, souffle coupé, je toussai, crachai. Sans moyen de reprendre ma respiration.

L'instinct de survie me mit à genoux. Je me frappai la poitrine du poing pour forcer l'air à y entrer, sans résultat. Je relevai la tête vers la surface, songeant à Gabriel. Je l'appelai de toutes mes forces, ce qui ne fit que laisser échapper un peu plus de mon précieux oxygène. Je retombai à plat ventre et je l'implorai de me venir en aide, sauf qu'il ne le pouvait pas. Il m'avait prévenue. Je me retrouvais seule au monde, ici, au bas de cet escalier fantasmatique, et j'allais y mourir. C'était une certitude. C'était mon destin.

CHAPITRE 11 : PLONGEON

— *Tu n'es pas seule...* susurra une petite voix au-dessus de moi.

Je relevai la tête. Ce visage... Je n'eus pas le temps d'aller au bout de ma pensée. Elle se pencha vers moi et m'enlaça, me soufflant à l'oreille quelque exhalaison de vie. Le lien qui m'avait empêchée d'avancer un peu plus tôt, mais qui s'était défait, se renoua dans mon dos et se tendit aussi sec, comme une corde. Je me redressai sous son effet.

— *Aline !* me héla une autre voix étouffée par l'eau.

Je n'eus pas le temps de discuter avec mon double. On me remonta à la surface. Je n'eus pas besoin de prendre appui sur les marches. C'était comme descendre en rappel le long d'un mur, sauf qu'il s'agissait d'une ascension.

— *Aline ! Aline !*

Gabriel ? Je devinai son visage, pourtant tout brouillé, et j'émergeai.

— *Aline, respire ! Aline !*

Je franchis le cadre de la porte blanche.

— Respire ! Je t'en prie, respire !

Panique. Aspiration saccadée. Yeux écarquillés.

— Doucement, doucement.

Gabriel !

— Doucement...

Nous étions toujours dans l'eau, mais près du bord. Il me tenait dans ses bras, une main sur ma joue. J'inspirai et expirai douloureusement.

— Que... s'est-il... passé ? hoquetai-je d'une voix brisée.

— Je ne sais pas. Tu as cessé de respirer. J'ai eu si peur !

Je voulus me redresser, mais il resserra sa prise autour de moi.

— Ça va… aller… toussai-je.

Il me tapa dans le dos. Je fus secouée par une nouvelle quinte, sèche. Gabriel grimpa sur le rebord et m'aida à sortir de l'eau. Il courut chercher une serviette.

— Je suis désolé, dit-il en m'en entourant.

Elle était épaisse, douce, tiède et sentait la lavande.

— Je n'aurais jamais dû te demander ça. Je suis désolé, désolé !

— Ne le sois pas. Lucien…

Je me dégageai.

— Je veux réessayer, déclarai-je entre deux toussotements.

Gabriel écarquilla les yeux.

— Tu es folle !

— Je veux réessayer, répétai-je avec plus d'aplomb.

— Hors de question !

— J'y étais presque, Gab.

— C'est trop dangereux ! Je ne peux pas aller te chercher dans l'autre monde. S'il t'était arrivé malheur…

— Je suis descendue trop vite. On n'enfonce pas une porte, on la laisse nous traverser.

— Où as-tu entendu ça ?

Je reculai d'un pas.

— Aline, qu'est-ce que tu fais ?

— Je ne suis pas seule, là-bas.

— Comment ça ?

Mon talon se posa sur les lames de la gouttière à débordement qui longeait le bassin.

— Il faut que je réessaye. Pour Lucien.

Gabriel leva les paumes en signe d'apaisement.

— Il n'en vaut pas la peine.

Il avança.

— Aline…

Je l'ignorai. Il prit un ton menaçant :

— Aline !

Je fixai l'eau, me tournai du côté le plus profond. *Je sais nager*, m'encourageai-je. *Ce corps sait nager. Et je sais voyager.*

— Aline, répéta Gabriel, d'une voix cette fois impuissante et suppliante.

Je me détournai et, sans réfléchir, je plongeai.

Tout se passa très vite. La porte apparut, couchée tout au fond de la piscine. Je me précipitai vers elle, laissant échapper quelques bulles dans mon sillon. À mon approche, son battant s'ouvrit en grand. Nous nous étions reconnues. Il claqua et cogna contre le sol carrelé. Son poids fit vibrer le bassin et mon crâne, déjà sous pression.

Je n'avais pas beaucoup d'air, mais tant pis. J'atteignis l'encadrement. Secouée par un vertige, je m'y cramponnai un instant. La porte s'ouvrait sur l'obscurité et le silence. J'y passai la tête. Le chlore cessa de me brûler les yeux et le nez. L'oxygène cessa de me manquer. J'y étais presque. J'allais m'y jeter en intégralité, lorsque, sans crier gare, je fus happée et tirée en arrière.

Le battant se referma d'un coup sec, emportant la nuit avec lui. Je tournai la tête. Gabriel m'avait attrapé le bras. J'essayai de me dégager, mais il le pressait. Quand je trouvai ses yeux, la réalité me frappa, comme elle secoue le rêveur par l'épaule. Je devais remonter ! J'allais manquer d'oxygène ! Dans ma panique, je laissai échapper le peu d'air qu'il me restait. Indifférentes à mon sort, les bulles, paresseuses, rejoignirent la surface en virevoltant, emportées loin au-dessus de nos têtes par la poussée de l'eau.

Je battis des bras, des jambes. Comment avais-je bien pu nager jusqu'ici ? Gabriel tira sur mon poignet pour attirer mon attention. Il me fit signe de me calmer et de me cramponner à lui. J'enfonçai mes doigts dans ses épaules. Il me saisit par la taille, prit appui sur le fond et, d'une impulsion, nous ramena.

— Attention ! s'étrangla-t-il alors que je le coulais dans ma panique.

Il m'aida à regagner l'échelle. Je me traînai sur les genoux hors de la piscine.

— Mais à quoi tu pensais ! rugit-il alors que, penchée en avant, je crachais de l'eau.

Ne parvenant pas à reprendre mon souffle, je ne répondis rien. Le sol tanguait. Les yeux encore brûlés et larmoyants, j'avais du mal à trouver ceux de Gabriel. Je ne distinguais que sa silhouette, qui faisait les cent pas devant moi.

— Tu voulais finir le travail, c'est ça ? s'époumona-t-il.

Son hurlement retentit sous la coupole.

— Te suicider pour de bon ? C'était ça, l'idée ? Tu viens juste d'apprendre à nager !

Sa voix emplissait tout l'espace. Elle résonnait contre les carreaux, portée en écho par la surface de l'eau. Il s'arrêta face à moi, furieux et trempé jusqu'aux os. Je n'eus pas la force de supporter son regard. Je contemplai la flaque qui se formait sous ses pieds.

— Mais qu'est-ce qui t'est passé par la tête !

— Du chlore, plaisantai-je comme Cassandre l'aurait fait.

Le rire sombre de Gabriel me gifla. Je tentai, à mon tour, de hausser le ton, mais c'est d'une voix cassée que je lançai :

— Lucien, Lucien m'est passé par la tête ! Et par le cœur.

Gabriel, à ces mots, ferma si fort les yeux, que c'en parut douloureux. Il inspira profondément par le nez, appuya le poing sur ses lèvres tremblantes. Le sol craquela autour de nous. Je contemplai, désarçonnée, les perles d'eau au bout de ses longs cils. Elles coulèrent sur ses joues. Le carrelage se fissura pour de bon.

— Arrête ! Arrête de ressentir ça ! m'égosillai-je. Je ne veux pas que tu ressentes ça !

— Quoi donc ?! rugit-il en rouvrant des yeux rouges et mouillés.

— La peur !

Sa voix se creusa comme celle d'un enfant :

— Je n'ai pas peur.

Il mentait.

— Je vais bien, soufflai-je. Je vais bien.

Il secoua ses boucles brunes, gorgées d'eau, et en trois enjambées, abolit l'espace qui nous séparait encore. Il se jeta dans mes bras et m'enlaça si fort, que je crus manquer d'air à nouveau. L'asphyxie était douce, mais je toussai. Gabriel desserra son étreinte aussitôt, sans me lâcher pour autant. Quand il baissa les yeux sur moi, sa peur céda le pas à une vague de culpabilité qui noya mon cœur.

— Ça non plus, je n'ai pas envie que tu le ressentes, murmurai-je tout contre lui.

— Ester a raison. Il faut qu'on rejoigne la réserve au plus vite. S'il t'était arrivé quelque chose...

— Je vais bien, le rassurai-je.

— J'ai été égoïste !

— Tu pensais à Lucien.

— Non, je pensais à moi. *Je* voulais que Lucien vienne avec nous, parce que *je* voulais être avec lui. Je n'ai pensé à rien d'autre, je n'ai pas pensé à toi.

— Dans ce cas, nous sommes deux.

Gabriel m'ignora.

— Je n'ai pas pensé à toi, répéta-t-il. Ça n'arrivera plus.

Il m'étreignit à nouveau, fort, fort, fort, comme si je risquais de disparaître, puis il chuchota :

— Je suis un veilleur. Je suis censé veiller sur toi.

Prenant mon visage entre ses mains, il déposa un vigoureux baiser sur mon front, mes tempes, entre mes sourcils, et ses yeux tombèrent sur mes lèvres.

— Mais ta bouche est bleue ! Tu claques des dents ! s'exclama-t-il, horrifié.

Il me frictionna.

— Je vais bien, le rassurai-je en vain.

Il s'arracha à moi pour récupérer plus de serviettes sous lesquelles m'ensevelir.

— Je n'ai pas si froid, mentis-je, seulement les cils et le bout du nez à l'air.

Gabriel ignora ma remarque. Il nous fit asseoir sur un banc. Sous toutes ces épaisseurs, je devais ressembler à un bonhomme de neige. Je considérai la surface de l'eau. Elle était plane, lisse, tranquille, comme auparavant, comme si rien ne s'était passé. Je pris conscience du drame auquel je venais d'échapper.

— Bon, après ça, c'est clair, Ester n'acceptera jamais de repousser notre départ, pensai-je tout haut.

— Non. Et on devrait éviter de lui en parler, ou elle le hâtera davantage.

— Je suis sûre qu'elle est déjà au courant. Elle va nous ligoter et nous jeter dans son coffre.

— Tu exagères. Elle ne voit pas tout. Et puis, tant que j'ai les clefs, on ne risque rien !

— Elle sait tout, insistai-je, tout comme elle sait que tu as volé sa voiture.

Gabriel porta la paume à son cœur, offusqué.

— Je ne l'ai pas volée, je l'ai empruntée !

Je gloussai.

— Je te conseille de réviser ta défense, si tu ne veux pas que la peau de tes fesses finisse en sac à main.

Il feignit le choc :

— Elle oserait ?

Gabriel parut réfléchir.

— Question bête. Elle oserait, c'est clair ! Mais admets que ça ferait un très beau sac à main...

Je pouffai dans ma serviette.

— Bon, elle devrait tout de même le raser assez souvent... acheva-t-il.

Il me regarda, les lèvres pincées, en hochant la tête avec gravité. Et nos nerfs lâchèrent en même temps. Nous partîmes dans un fou rire qui dura plusieurs minutes. Chaque fois que l'un de nous parvenait à reprendre son sérieux, l'autre éclatait d'un grand coassement sonore ou d'un reniflement terrible, et ça recommençait.

Quand, enfin, nous eûmes essoufflé tous nos rires et retrouvé notre sang-froid, il nous fallut essuyer les larmes sur nos joues.

— Que fait-on, maintenant ? demandai-je.

— Rien, assura Gabriel. Nous n'avons plus qu'à profiter de Lucien pendant les trois jours qu'il nous reste encore.

Il se massa les paumes.

— Tu penses que tu ne trouveras rien d'ici là ? Il y a toujours une petite chance, non ?

Je posais la question, tout en connaissant déjà la réponse.

— Je ne sais pas. Non. Peut-être. Minime.

— Tu dois continuer d'essayer.

Il plongea ses yeux chocolat au fond des miens.

— Bien sûr.

Son ton était résolu. Pourtant, nous restâmes silencieux un moment, assis côte à côte sur notre banc, tous deux le cœur serré à l'idée de devoir partir sans Lucien.

— Tout ça pour rien, murmurai-je en contemplant la piscine.

— Tu auras au moins appris à nager !

Je lui jetai un regard de travers.

— À peu près, concéda-t-il.

Alors, je lui donnai une petite tape sur le bras.

— Et tu auras fait du sport, continua-t-il.

Nouvelle tape.

— Aïe ! s'indigna-t-il.

Mais son sourire, large et généreux, plissait le coin de ses yeux.

— Accéder à la réserve, ça demande un effort physique, se

justifia-t-il.

— Quel genre d'effort ? me méfiai-je.

— Oh, pas grand-chose, un peu de marche, selon le chemin que l'on prend. Pas de quoi en faire tout un tas.

— Un plat, le corrigeai-je.

Je le toisai. Me mentait-il encore ?

— Plus que trois jours, souffla-t-il.

CHAPITRE 12 : SCELLÉE

Quelle cruche ! Aline avait bien failli y passer ! Et tout cela pour les beaux yeux d'un mec, de Lucien ? Bon sang, nous n'avions rien en commun, à part ce corps.

Je pestai un moment contre son très mauvais sens des priorités, et, ce faisant, j'arpentai la nébuleuse de l'autre monde où j'étais restée quand elle avait dû remonter.

Si, pour Aline, s'orienter dans cet univers relevait du miracle, pour moi, c'était devenu une habitude et une évidence. C'était donc parce que je commençais à si bien connaître cet endroit, que mon attention fut attirée par cette porte étrange, encore jamais vue.

Celle-ci était d'un rouge sombre, n'avait ni poignée ni serrure. L'on aurait dit un mur. Elle avait un je-ne-sais-quoi d'inquiétant : bien que sa peinture semblât fraîche, son aspect écaillé laissait penser qu'elle était restée abandonnée là une éternité.

Alors que j'en approchais, elle se mit à s'effacer, se confondant à nouveau avec le néant dont elle avait surgi. Je me pressai, assez pour atteindre le battant que je poussai, mais sans succès. J'y donnai un coup, puis reculai aussitôt d'un bon pas, car il trembla monstrueusement. L'on aurait dit que j'avais réveillé une créature horrible, enfermée de l'autre côté.

J'envisageais de déguerpir, quand mon pied roula sur un petit objet. Je plongeai la main dans la brume pour le récupérer. Quand j'en tirai une clef brillante et froide, la porte s'immobilisa dans un silence des plus mystérieux. J'approchai le métal de son bois. À ma grande surprise, une serrure et une poignée se matérialisèrent. Faisant confiance à mon instinct, je la déverrouillai. Ce geste, je ne le savais pas encore, me changerait à jamais.

Le battant s'ouvrit : rien n'en sortit. J'avançai avec prudence : rien à l'intérieur. Il faisait nuit noire. Un pas de plus. Je franchis le seuil. Et d'un coup sec, la porte se referma derrière moi, dans un effroyable craquement. Mon sang ne fit qu'un tour. Je me jetai sur elle pour vérifier que je n'étais pas prisonnière. À mon grand soulagement, ce n'était pas le cas. Je m'en éloignai un peu, et elle claqua à nouveau. Cette fois, je ne sursautai pas. *Bon,* pensai-je. *Ce n'est pas si grave. Ce n'est pas ce qui me ralentirait le plus si je devais fuir. Et puis, elle n'a pas l'air de se verrouiller, et même si cela arrivait, il me resterait la clef.* Je me rassurai en la serrant dans ma paume.

— Les bizarreries de l'autre monde... me dis-je tout haut pour me donner du courage.

Je trouvai un interrupteur sur ma gauche et pus ainsi chasser les ombres. Je reconnus alors cette pièce, où Aline et moi avions déjà été : le bureau de Burish.

Néanmoins, tout était un peu déformé : les meubles se tenaient au mauvais endroit, certains avec une teinte différente. La tapisserie ne cessait de changer de couleur, incapable de se fixer. L'ensemble, surtout, restait flou. Je ne pouvais identifier qu'un morceau du décor à la fois. L'on aurait dit un rêve, ou un souvenir altéré par la mémoire. Me trouvais-je dans celle d'Aline ?

J'arpentai la pièce. Une seule chose demeurait nette depuis ses quatre coins : le calepin noir que j'apercevais, posé sur le bureau, grand ouvert. Je voulus m'en approcher, mais, aussitôt, l'espace se distordit, s'allongeant, me condamnant au surplace. Je m'immobilisai et instantanément, tout retrouva ses proportions. J'en profitai alors pour me jeter à plat ventre en avant, mais l'ensemble se mit à rouler comme un manège fou, provoquant une tempête infernale de feuilles et de dossiers. Je me cramponnai au bois de toutes mes forces.

— Je n'abandonnerai pas ! criai-je.

Ma voix fut emportée par le tournoiement de l'air.

— Jamais ! Aline, tu m'entends ? Je sais que c'est toi !

La vitesse redoubla. Le tonnerre gronda. Des éclairs illuminèrent le sol. Je ris :

— Tu ne peux pas me tuer, je suis déjà morte !

Cela fit son effet. Le manège ralentit.

— Je ne suis pas ton ennemie, l'encourageai-je. Je suis toi. Tu te souviens ?

La tempête se dissipa alors, le bureau s'immobilisa, et les feuilles retombèrent un peu partout en manteau de neige. Je pus enfin me pencher sur le calepin.

Une page y avait été agrafée : il s'agissait du tableau du psychiatre, le même que celui imprimé par Ester la nuit de notre évasion, mais l'on avait noirci celui-ci de mots. Je reconnus la balafre rouge en travers du papier et les observations notées pendant la séance avec Aline, sauf qu'il y en avait davantage. Je m'y intéressai religieusement, avec la certitude d'y découvrir quelque chose de terrible.

Les lettres demeurèrent d'abord troubles et brouillées, puis l'ensemble se révéla, inaltéré. Mes yeux parcoururent ces lignes avec avidité. Il me fallut un peu de temps pour comprendre ce que je lisais, en particulier ce qu'il y avait dans la case tout en haut, à gauche, que le psychiatre avait raturée et corrigée à la main. Je n'y avais pas prêté attention jusqu'ici, mais quand je parvins enfin à la décrypter, mon esprit vola en éclats.

— Non… soufflai-je. C'est impossible… !

Je restai foudroyée. Puis l'inconcevable se fraya en moi un chemin, et je voulus aussitôt sortir de là, remonter à la surface, rejoindre le vrai monde pour informer Aline de cette révélation. Mais quand je pivotai, un sentencieux *clac* de verrou scella la porte. Je me précipitai sur elle, avant de me souvenir que j'en détenais la clef. Je laissai échapper un soupir en l'approchant de la serrure. À cet instant, l'une et l'autre s'évaporèrent. Je refermai le poing sur du vide, me jetai alors sur la poignée, qui disparut à son tour, suivie du battant tout entier.

Désespérée, je cognai le mur où la porte s'était trouvée, puis toutes les cloisons en vain. Trop tard, j'étais prise au piège !

— Aline ! Aline, je suis là ! Je sais tout ! Aline, laisse-moi sortir !

Silence abyssal.

CHAPITRE 13 : INVITATION

Cela faisait déjà cinq bonnes minutes que je faisais le pied de grue devant la chambre de Lucien en contemplant sa fichue porte fermée.

— Tu ne vas pas te dégonfler encore une fois... me maudis-je.

Mais comme je ne trouvais ni le courage de toquer ni celui de faire demi-tour, je restais donc dans le couloir, les bras ballants, nez à nez avec le bois. Ce n'était plus le malaise de notre baiser manqué qui me retenait, puisque nous l'avions résolu, mais la peine et la culpabilité qui me rongeait l'âme. Notre départ était prévu pour le lendemain matin, aux aurores, avec ou sans Lucien, mais plus probablement sans. Gabriel et moi avions échoué : je n'étais pas parvenue à maîtriser l'art du voyage, et il n'avait pas réussi à déclencher le don de Lucien.

Néanmoins, notre veilleur ne s'avouait pas vaincu. Il orchestrait en ce moment même un énième et ultime stratagème : il avait invité Lucien à une fête chez Ravi, son ami de longue date qui travaillait au laser game. Il l'attendait là-bas. Lucien devait le rejoindre dans peu de temps.

Celui-ci était en train de s'apprêter, de l'autre côté de cette fichue porte. C'était un exploit bien mystérieux : comment s'était-il laissé convaincre, lui qui n'aimait ni la foule, ni la musique forte, ni la danse? Lui dont la soirée idéale consistait plutôt à peindre ou à bouquiner près du feu ? Au fond, ses raisons importaient peu. Tout ce qui comptait, c'était qu'il restait un espoir, même infime. Je souris à cette idée, puis contemplai mes pieds.

Demain matin... Il était déjà si tard... Gabriel jouait le tout pour le tout ! En cas d'échec, à la pointe du jour, Lucien se retrouverait seul, absolument seul. J'en étais malade, et mon cœur, à l'envers, comme retroussé, exposé à la vue de tous.

Ces trois derniers jours, la douloureuse vue de Lucien m'était devenue de plus en plus insupportable au fur et à mesure qu'Ester chargeait le van en secret. Aux denrées non périssables et aux conserves s'étaient peu à peu ajoutés des médicaments, des produits de première nécessité, puis des sacs de linge et, pour finir, une montagne de babioles dont je ne comprenais pas l'utilité. C'était la tradition, m'avait-on dit. Quand une équipe de veilleurs revenait, elle rapportait toujours de petits cadeaux pour les plus jeunes de la réserve.

J'avais beau désirer de toute mon âme me retrouver là-bas, vivre enfin parmi les miens, les inlassables allers-retours d'Ester, parfois secondée de Gabriel, me plongeaient dans un profond désarroi. Cela n'était rien, toutefois, en comparaison de ce que me faisait éprouver la décision qui avait été prise : ne rien dire à Lucien et partir en cachette.

Ester prévoyait en effet de ne lui laisser qu'une simple note, prétextant, pour Gabriel, une urgence familiale, et pour elle, une mutation de dernière minute dans laquelle je la suivais. Elle avait proposé cela par pur esprit pratique, pour ne pas s'embarrasser des questions de Lucien. Gabriel ne s'y était pas opposé, par une lâcheté que je ne comprenais que trop bien, moi l'incapable qui n'osais toujours pas toquer à sa maudite porte !

Lucien ne se doutait de rien. Il ignorait tout ce qui se jouait dans son dos. Moi, il me semblait que l'une de mes côtes s'était délogée, repliée, brisée et menaçait à tout moment de me transpercer le cœur. Certes, il avait bien remarqué que je n'allais pas très bien et avait donc tenté de me remonter le moral. Il y était toujours parvenu à force d'étreintes, mais chaque fois qu'il s'était éloigné, l'os s'était enfoncé un peu plus en profondeur dans ma poitrine.

À présent que ces dernières vingt-quatre heures touchaient à leur fin, je ressentais le besoin viscéral de lui dire quelques mots d'adieu, fussent-ils à demi-mot, fussent-ils incompris. Je ne pouvais me résoudre à ne laisser derrière moi qu'une note, d'ailleurs écrite par une autre.

J'avais donc tourné en rond toute la journée, à la recherche des paroles adéquates. Ma petite voix n'avait été d'aucune aide. Depuis notre rencontre dans l'autre monde, depuis qu'elle avait sauvé ma vie, ce soir-là à la piscine – car c'était ce qu'elle avait fait, j'en avais pris conscience après coup –, elle était demeurée muette, et absente. N'ayant pour finir rien trouvé à dire à Lucien (que peut-on bien dire dans pareille situation ?), je m'étais résolue à improviser un discours, convaincue qu'une fois devant lui, je puiserais en mon cœur les mots justes.

— Allez, me répétai-je pour m'encourager.

Je déglutis, repliai les doigts, levai enfin le poing et... frappai dans le vide. Lucien, la poignée dans la main, me souriait :

— Il me semblait bien avoir senti une présence.

Il m'invita à entrer d'un geste. En passant, je remarquai la chemise qu'il n'avait pas fini de boutonner. Je fis quelques pas hésitants, bizarrement remuée à la vue de sa peau nue entre les pans du tissu. J'interrogeai ma petite voix sur cette nouvelle sensation : pas de réponse.

— Voulais-tu me dire quelque chose ?

Je louchai malgré moi, fascinée, sur la ligne de poils qui disparaissait dans son jean.

— Aline ?

Sans parvenir à dégrafer mes yeux de son épiderme, je bafouillai des mots incompréhensibles, des syllabes, tout au plus. Lucien suivit mon regard et rit. Il me tourna le dos. Mes idées s'éclaircirent – un peu trop! Blanc complet. Improviser?! Comment avais-je pu m'imaginer improviser un discours d'adieu !

— Je ne sais pas pourquoi j'ai accepté d'aller à cette soirée, marmonna-t-il.

— Gab sera content de t'y voir, bredouillai-je.

Il se retourna, la chemise boutonnée jusqu'au col, et me demanda de but en blanc :

— Voudrais-tu venir avec moi ?

Je le dévisageai.

— À la fête ?!

Il sourit :

— Oui, mais nous pouvons aussi nous enfuir tous les deux.

J'en rêvais !

— Ce serait une très mauvaise idée, soupirai-je.

Et pour cause, mon don devenait chaque jour plus incontrôlable, et mon avis de disparition tournait toujours en boucle un peu partout. Monsieur Deulort l'avait même relancé en doublant la récompense.

— S'il te plaît, insista Lucien. J'ai deux masques.

Il souleva une pile de croquis. En dessous, deux loups en dentelle rouge se révélèrent à moi.

— Celui-ci, c'est le mien, et celui-là, si tu le veux bien, est pour toi.

Il me le mit délicatement dans les mains, effleurant mes doigts au passage.

— Il est magnifique, soufflai-je.

Lucien porta le sien à son visage. Je remarquai alors le léger trait de crayon noir sous ses yeux, lesquels paraissaient plus fascinants encore. Je me perdis un instant dans la couronne de feu brun qui cernait ses pupilles...

— Mais pourquoi des masques ? me repris-je.

— Il s'agit du code vestimentaire de la soirée. Le thème, c'est le bal masqué. Une idée fantasque de Ravi !

Je contemplai le loup, en songeant que l'on ne me reconnaîtrait pas avec cet accessoire. Il couvrait tout le haut du visage : la moitié du front, le nez et même une bonne partie des joues. Ça n'en restait pas moins un très mauvais plan, risqué ! D'autant plus qu'une fête était l'endroit idéal pour surcharger les sens d'une décentrée. Voilà bien pourquoi Gabriel y emmenait Lucien. Et si, moi, je provoquais là-bas un raz-de-marée émotionnel incontrôlable ? Et puis, Gabriel apprécierait moyennement de me voir débarquer à une soirée où il n'avait invité que Lucien, pas vrai ? De toute manière, désirais-je moi-même me mêler au monde... ?

— Alors, qu'en dis-tu ?

Ses yeux scintillaient.

— Je ne sais pas trop, répondis-je.

— On devrait rester ensemble, insista-t-il.

Je me figeai, interdite.

— J'ai envie de passer cette soirée avec toi, ajouta-t-il plus bas.

Le moral dans les chaussettes, la culpabilité dans la gorge, j'évitai son regard. Comment lui refuser cet ultime rendez-vous ? Lucien reprit :

— Si tu m'accompagnes, tu me verras danser...

Je souris et lui répondis avec la même malice dans la voix :

— Voilà qui donne matière à réfléchir !

L'idée me vint de demander son avis à Ester, qui pourrait trancher à ma place. J'embrassai Lucien sur la joue :

— Je te réponds dans une minute.

Et je filai.

Je trouvai Ester dans sa chambre, tout occupée à suer à grosses gouttes sur son vélo, à pédaler comme si sa vie en dépendait.

— Tu es poursuivie par un monstre ? plaisantai-je.

Elle ne me répondit pas.

— Ester ! l'appelai-je.

Rien. Je remarquai ses écouteurs.

— Ester, répétai-je, cette fois-ci en approchant la main pour lui tapoter l'épaule.

Je n'eus pas le temps de la toucher. Elle saisit mon poignet au vol et me tordit le bras comme un ninja. Je geignis.

— Aline, mais qu'est-ce que tu fabriques ? me reprocha-t-elle en me relâchant. Faut pas me prendre par surprise comme ça !

— Désolée...

Elle retira un écouteur.

— Qu'est-ce qui se passe ?

Sa musique pulsait si fort, que je l'entendais d'ici.

— Lucien vient de m'inviter à la fête chez Ravi, répondis-je en me massant la main.

Elle croisa les bras.

— C'est un bal masqué, précisai-je en lui montrant mon loup.

Elle le fixa sans mot dire.

— D'accord, ce n'est pas grave. Je vais annoncer à Lucien que je dois rester là !

Ester me rattrapa par la manche alors que je tournais les talons, l'un de ses sourcils très haut sur son front :

— Tu lâches l'affaire aussi facilement ?

— Euh, oui ? Ce n'est sans doute pas une bonne idée, tu as raison, affirmai-je.

Elle plissa les yeux.

— Explique-moi plutôt pourquoi tu ne veux pas y aller.

— Mais si, je le veux, je venais te le demand... !

Elle m'arrêta d'un geste.

— Tu mens plus mal que tu ne joues au laser game. Et, crois-moi, t'as deux mains gauches.

— Je suis recherchée, je te rappelle. Ça m'inquiète.

Elle balaya ma remarque.

— Tu seras masquée, tu me l'as dit toi-même.

— Lors de la fête, oui, mais pas sur le trajet. Je devrais prendre les transports en commun.

— Je pourrais t'emmener.

— Il y a aussi mon don.

— Quoi, ton don ?

— Je pourrais ne pas me contrôler et influencer tout le monde. On pourrait comprendre ce que je suis.

— Entre l'alcool et le reste, si quelqu'un ressent quelque chose d'anormal, tu penses que sa première hypothèse sera qu'une nana modifie ses émotions grâce à son espèce de superpouvoir ?

— Et si je voyage par accident ?

— C'est déjà ce que tu fais ici.

— Oui, mais...

— Et puis, là-bas, il y aura un décentré pour te venir en aide.

— Qui ça ?

— Ravi, quelle question !

— Ravi est un décentré ?!

Elle m'adressa un regard affligé.

— Ravi est un décentré, me répétai-je.

Cela expliquait pourquoi sa joie de vivre m'avait paru si communicative au laser game : elle l'était au sens propre !

— Tu peux y aller, conclut-elle.

— Mais il y a cinq minutes, tu...

Elle sourit, et je compris alors son petit manège. Je m'assis sur le bord du lit, vaincue.

— Je n'en ai pas très envie, admis-je.

— Pourquoi ?

— Parce que.

— Parce que... ?

— Parce que c'est le dernier soir avec Lucien !

— Et ?

— Et je n'arrive même pas à le regarder dans les yeux.

Un silence accueillit mon aveu. Ester retira le deuxième écouteur et s'installa près de moi.

— Tu devrais y aller.

— À quoi bon !

— Tu le regretteras, sinon.

Je haussai les épaules, tout en sachant qu'elle avait raison.

— Fais-moi confiance, ajouta Ester en me donnant un coup de coude.

Je lui souris timidement.

— Va dire à Lucien que je vous conduis là-bas, conclut-elle. Attends !

Je fis volte-face.

— Oui ?

— Rassure-moi, tu comptes pas sortir fagotée comme ça ?

Elle désigna du menton le jean délavé et le pull bariolé que j'avais enfilés au hasard.

— Euh, si ?

Ester émit un claquement de langue désapprobateur, puis je n'eus d'autre choix que de la laisser m'habiller à sa guise.

— C'est bien mieux. Tourne, pour voir ? C'est pas parfait, mais c'est bien. Ça met au moins ces deux-là en valeur ! dit-elle en pointant ma poitrine quelques minutes plus tard. Faut qu'ils prennent un peu l'air, Aline ! Bien, mais il manque quand même quelque chose...

Elle fourragea dans sa penderie, faisant crisser un à un les cintres sur la barre en métal.

— Ah ! Le voilà !

Elle en sortit un sublime blazer rouge, légèrement pailleté.

— Mais il est trop grand pour moi.

— C'est le style. Tiens, passe-le.

En me faisant un ourlet aux manches, elle décida qu'un peu de maquillage égayerait ma tête d'enterrement. Elle regretta de ne pas avoir le nécessaire pour mon teint, mais elle m'habilla les yeux et les joues. Je la laissai ainsi me poudrer et me farder. En vérité, je l'aurais même autorisée à me déguiser en farfadet, si cela avait pu retarder encore un peu l'inévitable.

— Et voilà ! Tu es radieuse ! déclara-t-elle en me tendant un petit miroir.

Je croisai mon visage dans le reflet.

— Je suis... soufflai-je.

— Magnifique ?

Je lui souris, mais en revenant à mon image, il me sembla que quelque chose clochait.

— Qu'est-ce qu'il y a ?

— Je l'ignore.

— Le maquillage ne te plaît pas ?

— Non. Il est très bien. Ce n'est pas ça.

— Alors quoi ?

— Je ne sais pas. J'ai l'impression qu'il me manque quelque chose.

— Oui, une coupe de cheveux digne de ce nom. Ça fait combien de temps que tu n'as pas défait tes tresses ? dit-elle en collant un œil dessus. Je pourrais te faire des vanilles. Une ex m'a appris la technique.

Elle vérifia l'heure sur son téléphone :

— Oublie, ça va être bien trop juste. On verra ça la prochaine fois.

La prochaine fois... me répétai-je, le cœur serré.

CHAPITRE 14 : PIÈCE RAPPORTÉE

Lucien ouvrit galamment ma portière, puis me tendit la main.

— Madame, fit-il d'une voix cérémonieuse.

Ester, derrière le volant, roula des yeux dans le rétroviseur.

— Bonne soirée, Ester, dis-je en ajustant le masque sur mon nez.

— Profite bien d'cette soirée !

Elle ponctua sa phrase d'un rire et d'un clin d'œil, mais je ne m'y trompai pas. Elle était inquiète et n'avait qu'une hâte : mettre mes fesses dans le van pour m'emmener à la réserve. Je lui adressai un sourire rassurant et saisis la main de Lucien. Elle redémarra, et nous nous retrouvâmes seuls dans ce quartier résidentiel. Lucien désigna la maison de Ravi du doigt, bien que ce ne fût pas nécessaire. La musique la faisait trembler sur ses fondations. Je serrai les dents. Du sang-froid, il faut garder mon sang-froid !

Lucien soupira. Il n'avait pas plus envie que moi de s'y rendre.

— On peut toujours rentrer, si tu préfères, me dit-il.

J'inspirai un grand coup.

— Non, Gabriel t'attend à l'intérieur.

— Pour Gabriel, alors ! nous encouragea-t-il.

Pour toi, le corrigeai-je en pensée. Puis nous remontâmes l'allée dans un silence pesant.

— *Ne suis-je pas en train de faire une erreur ?* demandai-je en pensée à ma petite voix.

Pas de réponse.

— On y est, déclara Lucien.

Il posa les pieds sur un paillasson kitsch où il était inscrit : « Merci d'essuyer votre mauvaise humeur ! »

— Du Ravi tout craché, marmonna Lucien, qui lisait comme moi.

Après quelques vains coups de sonnette, lesquels se perdirent dans l'assourdissant vacarme, Lucien poussa la porte. Je dus retenir ma respiration en découvrant le lieu : tous les meubles du salon avaient été déplacés contre les murs, mais le moindre espace ainsi libéré se trouvait envahi par une foule d'invités qui sautait au rythme des basses. Mes muscles se contractèrent. Lucien me serra la main un peu plus fort.

Il nous fallut traverser la piste, passer entre les bras qui se levaient dans la disharmonie la plus totale, les pieds qui tapaient toujours plus fort, les têtes secouées et les fesses remuées ; en bref, entre tous ces corps grouillants qui se trémoussaient sous des lumières stroboscopiques installées pour l'occasion. Lucien évita de justesse une main qui ne fit heureusement qu'effleurer son œil. Je n'eus pas autant de chance avec un talon qui m'écrasa l'orteil. Mais qui danse en bottes ?!

— Pardon, excusez-moi, excusez-nous... Pardon ! dut répéter Lucien en boucle pour fendre la foule.

Je lui emboîtai le pas en m'agrippant à lui, craignant de finir avalée par une vague.

— Lucien ? Aline ? Mes amis ! Je vous ai à peine reconnus ! s'exclama Ravi, sur qui nous tombâmes par hasard.

Il dodelinait de la tête, en rythme avec la mélodie. Je le saluai de la main, le cœur soudain plus en fête. Comment avais-je pu ignorer son décentrisme ?

— Où est Gab ? demanda Lucien.

Ravi, sans cesser de danser, fronça les sourcils. Il n'entendait rien à cause de la musique, bien trop forte pour un espace si exigu.

— Où est Gabriel ?! lui cria alors Lucien dans l'oreille.

Ravi leva un pouce pour signifier qu'il l'avait compris. Il se hissa sur la pointe des pieds et pointa une direction :

— Là-bas ! hurla-t-il.

Petite, sans possibilité de me repérer au milieu de la foule, le champ de vision par ailleurs étréci par mon loup, je dus m'en remettre à Lucien.

— Pardon, excusez-nous, pardon, reprit donc celui-ci, bravant avec peine la marée humaine.

Nous dépassâmes la piste de danse improvisée et parvînmes près de chaises et de fauteuils. Les invités s'y reposaient, parfois les uns sur les genoux des autres. J'avisai enfin Gabriel, que je reconnus grâce à ses boucles. Il portait un loup bariolé de losanges colorés. Assis à l'extrémité d'un accoudoir de canapé, il gesticulait en tous sens. Le groupe d'amis autour de lui buvait ses paroles, riait, s'exclamait, poussait de grands « Ho ! », de profonds « Ha ! ». Je ne pus m'empêcher de sourire. *Le roi de la fête*. Il ne m'avait pas menti !

— Je vous jure qu'à cause d'elle, ce jour-là, j'ai failli perdre mes sourcils ! s'écriait-il tandis que nous nous rapprochions.

Ses camarades gloussèrent.

— D'ailleurs, où est-elle ? Elle n'est pas venue ? demanda une jeune femme.

— Qui ça ? Ester ? Elle avait du travail !

— À cette heure-ci ?! s'indigna une autre.

Gabriel haussa les épaules. Lucien lui tapota le bras pour se manifester. L'intéressé eut besoin d'une seconde pour le reconnaître à cause de son masque, puis son visage s'illumina :

— Lucien ! Tu es là !

— Oui, et c'est bien la dernière fois ! Tu as vu le monde !?

Gabriel rit sous son loup, mais il me sembla qu'une ombre avait obscurci ses beaux yeux chocolat.

— Ravi ne fait jamais les choses à moitié...

— Dis plutôt qu'il a perdu le contrôle !

— Ne commence pas à faire ta mauvaise tête.

Gabriel passa un bras autour des épaules de Lucien et me

remarqua enfin.

— Aline ? C'est toi ?

Je lui adressai un petit sourire, en espérant de tout cœur qu'il ne me reprocherait pas trop de m'immiscer une fois de plus entre Lucien et lui.

Lucien déboutonna le haut de sa chemise.

— Quelle chaleur ! Je vais me chercher à boire. Aline, désires-tu quelque chose ?

— Euh, oui. Quelque chose avec des bulles, s'il te plaît.

J'aimais bien leur crépitement sur ma langue.

Lucien s'apprêtait à partir en oubliant Gabriel. Je lui donnai un discret coup de coude.

— Oh ! Euh, et toi, Gab ?

Mais Gabriel ne fut pas dupe. J'en voulus à Lucien de le faire souffrir.

— Surprends-moi ! dit-il d'un ton faussement enjoué.

Lucien opina et se dirigea vers le bar, disparaissant ainsi au milieu de la foule. Gabriel me tira par le bras.

— Mais qu'est-ce que tu fiches ici ? me demanda-t-il quand nous fûmes loin de son groupe d'amis.

— Lucien m'a invitée.

Il me dévisagea, consterné.

— Je n'ai pas eu le cœur de refuser. Je suis désolée, je ne voulais pas gâcher ta soirée.

— Aline, ne t'excuse pas, dit-il en posant ses paumes contre mes joues. Je suis content que tu sois là !

Il se pencha à mon oreille.

— Je suis juste inquiet pour toi.

— J'ai mon masque, le rassurai-je.

— Et ton don ? Comment te sens-tu, dans tout ce chaos ? Ravi et moi avons travaillé à le rendre le plus insupportable possible pour un décentré.

— Ça va, mentis-je.

En vérité, la tête me tournait déjà. Avant que Gabriel ne la saisît entre ses mains, elle me semblait piégée dans un étau de bruits, d'odeurs, de lumières, d'émotions et de sentiments contraires.

— Si tu trouves que c'est trop pour toi, préviens-moi.

J'opinai.

— Promets-le-moi.

— Promis.

Il déposa un baiser sur mon front et recula.

— Tu penses que ça va marcher, pour Lucien ? demandai-je.

— Je l'espère. Ce sera en tout cas l'occasion de le désinhiber un peu !

— Tu veux le faire boire ?! m'indignai-je.

Gabriel allait me répondre, mais Lucien revint. Celui-ci rapportait, sur un plateau dangereusement déséquilibré, un gobelet pétillant et quatre tout petits verres d'un liquide translucide.

— De la limonade pour toi…

Il me la tendit.

— Et pour nous : des shots !

Il en donna un à Gabriel, puis avala cul sec les trois restants. Gabriel m'adressa un regard appuyé, et je le vis déposer sa part sur un autre plateau qui passait. Je lui souris. Il avait enfilé son costume de veilleur, et cela me réchauffait le cœur. Il m'interrogea d'un sourcil, mais je haussai les épaules en portant le gobelet à mes lèvres. La gorgée acide pétilla contre mes dents, puis il ne resta que le goût frais et sucré du citron sur ma langue.

Je tentai de me concentrer sur cette sensation, mais elle ne suffisait pas à dissiper le désordre qui me gagnait peu à peu au milieu de cette foule aux émotions contraires, pleine de cris, de rires, de chants et de tourments. Ma vision se troubla un peu. Gabriel dut remarquer mon mal-être. Il passa un bras autour de moi.

— Tu tiens le coup ? s'inquiéta-t-il à mon oreille.

J'opinai d'un menton fébrile, mais, déjà, la tiédeur de sa peau me ramenait à moi. J'inspirai son parfum de lavande. Lucien nous regarda sans comprendre :

— Que lui as-tu dit ? lui demanda-t-il.

— Que tu es sexy dans cette chemise ! mentit Gabriel.

Lucien se pencha en avant.

— Quoi ? Je ne t'entends pas ! Le son est trop fort !

Gabriel prit une grande bouffée d'air. À pleins poumons, il hurla :

— J'ai dit : tu es sexy dans cette chemise !

Sauf que sa voix résonna à travers toute la pièce : nous étions entre deux chansons, et un bref silence s'était installé. Toutes les têtes se tournèrent vers nous. J'étouffai un rire. Gabriel, à moitié honteux, fit semblant de se cacher dans mon dos. L'hilarité de Lucien, lorsqu'il sortit de son hébétude, fut emportée par la musique relancée.

— Lucien m'a promis que je le verrais danser. Vous devriez y aller tous les deux ! proposai-je.

Lucien me jeta un regard indigné, comme si je lui avais demandé d'avaler une guêpe.

— Traîtresse, articula-t-il.

Il pointa un doigt vengeur vers moi, mais déjà, Gabriel l'entraînait sur la piste, et j'allai stratégiquement me poster près du buffet où j'aurais tout le loisir de savourer le spectacle. Je m'emparai d'une part de pizza en passant et mordis dedans avec appétit tandis que Gabriel se donnait corps et âme sur la musique. Sa chorégraphie ne ressemblait à rien, mais il y mettait tout son cœur, se déhanchant comme si personne ne le regardait. Face à lui, Lucien, embarrassé, se dandinait.

— Vous êtes ensemble ?

Je me tournai vers la jeune femme qui s'était placée à côté de moi. Elle pointa la piste de son verre.

— Euh, en quelque sorte, oui, répondis-je.

Mais nous allons bientôt devoir nous quitter, pensai-je.

Je lui adressai un petit sourire poli.

— Veinarde ! C'est un mec bien.

— Tu le connais ? m'étonnai-je.

J'avais bêtement imaginé que le cercle de Lucien se limitait à Ester et Gabriel.

— Qui ne connaît pas Gabriel ! s'exclama-t-elle.

Je la dévisageai, stupide. Comprenant la méprise, je m'empressai de la corriger :

— Oh ! Je pensais que tu parlais de Lucien ! Gabriel ? Non ! Il n'y a rien entre Gab et moi. Rien du tout. On est amis, c'est tout. Juste amis ! De bons amis, c'est vrai, mais rien qu'amis, oui !

Elle éclata de rire.

— D'accord, d'accord, je te crois !

Elle s'excusa et se pencha vers moi :

— Et donc, il est libre ?

— Euh, oui.

— Dans ce cas, tu pourrais lui glisser un mot pour moi ?

— Quel genre de mot ?

Elle pouffa de nouveau.

— Ben voyons ! Un qui lui ferait comprendre que je suis intéressée, moi !

Pour la première fois, je la regardai. C'était une belle et grande rousse, aux proportions idéales. En bref, un Lucien au féminin. Oui, elle plairait à Gabriel ! À qui ne plairait-elle pas ? Je ne parvins qu'à battre des cils. Sa demande me révoltait.

— Je m'appelle Sofia, ajouta-t-elle.

Je hochai la tête, pensivement occupée à analyser cette drôle de boule dans mon ventre.

— Et toi ?

— Aline.

— C'est très joli.

Je grinçai des dents. En plus, elle s'avérait sympathique ! À tous les coups, elle était aussi intelligente. Parfaite, elle était parfaite. Mais pourquoi cela m'énervait-il ? Nous nous tûmes pour observer Lucien et Gabriel danser. Une autre jeune femme s'approcha.

— Ils se sont enfin mis ensemble ? nous demanda-t-elle en prenant un biscuit.

— Non. Aline sort avec Lucien, répondit Sofia à la nouvelle venue.

Elle me désigna du pouce. J'adressai un sourire crispé à l'intéressée.

— Sérieux ?! ne put-elle s'empêcher de s'exclamer.

Elle me dévisagea sans honte puis, faisant tomber des miettes au passage, pointa Gabriel. Celui-ci dévorait Lucien des yeux.

— Tu devrais t'inquiéter, alors !

Et elle éclata d'un rire franc en me poussant presque pour accéder à la pizza.

— Ne fais pas attention à Cécilia. Elle aime mettre son grain de sel partout, me dit la rousse à la beauté ensorcelante.

Puis elle entraîna son amie par le bras, l'empêchant de croquer dans le fromage qui coulait de sa part et qui s'écrasa donc mollement sur ses chaussures.

De nouveau seule, je reconsidérai Lucien et Gabriel. Ce dernier m'adressa un coucou que je lui rendis, mais mon cœur, à présent, me semblait dévié, pincé, rongé. Gabriel fit tourner Lucien sur lui-même. J'eus soudain l'impression d'assister à une rencontre intime où j'étais de trop. Les basses cognèrent contre mes os. Les aigus creusèrent mes tympans. Une telle stridulation me devint insupportable. J'avisai un coin tranquille, moins éclairé, plus isolé, et m'y réfugiai.

CHAPITRE 15 : DÉBORDEMENT

Alors que je me débattais avec mes nerfs, tâchant de dénouer la pelote qu'ils formaient, je croisai par accident le regard d'un homme posté un peu plus loin. Il portait un loup en plastique noir qui le rendait très élégant. Il leva un verre vers moi et, ne sachant que faire, je lui adressai un sourire timide. Il dut prendre cela comme une invitation, car il se dirigea droit sur moi, serpentant habilement entre les convives pour m'atteindre. Un signal d'alerte crispa mon estomac. Il parvint près de moi et se glissa à mon côté.

— Bonsoir, ma belle, souffla-t-il à mon oreille d'une haleine chaude et moite.

Je m'écartai.

— On se connaît ?

— Pas encore.

Il fit un pas en avant. Je l'arrêtai d'une main.

— Qu'est-ce que vous voulez ?

Son sourire dévoila des dents presque aussi blanches que sa chemise.

— Toi, répondit-il enfin.

Je ne savais pas très bien ce qui était en train de se jouer, mais mes tripes, elles, le réalisaient très bien. Elles me crièrent de fuir, de détaler, mais la crainte m'interdisait tout geste brusque. J'appelai à l'aide ma petite voix, sans succès. Ma tête demeurait vide.

L'homme sembla lire dans mon esprit et savourer mes peurs. Il me tendit un verre. Je le refusai. Il insista, ne me laissant d'autre choix que de le prendre. Je l'acceptai, mais avec la ferme intention de ne pas y toucher. Je le reposai dès que possible sur un guéridon derrière moi.

— Je voulais voir si tu étais belle aussi de près.

Il me détailla de haut en bas, comme un morceau de viande. J'en eus la chair de poule.

— C'est... satisfaisant, conclut-il. D'habitude, je préfère les minces, mais ça fera l'affaire.

Je fronçai les sourcils, reculai encore, heurtant le guéridon.

— Je suis venue ici pour être tranquille, dis-je le plus froidement possible.

L'homme m'ignora. Il porta une main à ma joue. Je me dégageai.

— Tu es plus belle quand tu souris. Tu ne veux plus me sourire ?

— Laissez-moi.

— Une fille bien roulée comme toi, seule dans un coin ? Tu sais, c'est dangereux !

Je me redressai.

— Je vous ai demandé de partir.

— Tu es jeune, n'est-ce pas ?

Il m'adressa un immonde rictus de carnassier.

— Fais-moi voir.

Il tira sur mon masque. Je n'eus pas le temps de réagir. Les ficelles qui le maintenaient cassèrent. Je me retrouvai le visage nu, nez à nez avec cet individu. Je me dissimulai de mes mains, mais l'homme saisit mes poignets et me plaqua contre le mur.

— Lâchez-moi ! hurlai-je en me débattant. Lâchez-moi !

Il resserra sa prise.

— Tu me dis quelque chose, ma belle. On s'est déjà croisés ?

— Non ! Vous faites erreur !

Je détournai les yeux tandis qu'il me scrutait. Il avança sa figure plus près de la mienne. Je cherchai du coin de l'œil des visages familiers dans la foule, repérai Lucien et Gabriel. Ils n'avaient presque pas bougé et dansaient toujours. J'envisageai de les appeler, puis me ravisai. Si quelqu'un se retournait, il me verrait sans mon masque.

L'homme sortit une langue dégoulinante de sa bouche et, s'approchant de mon cou, y fit rouler ses lèvres dégoûtantes. Mon esprit, révolté, prêt à se battre, secoua tout mon corps d'une décharge, mais celui-ci se figea, tétanisé, sidéré. Réduite au silence, je ne pus que hurler dans mon crâne, tempêter, pleurer. Puis un acouphène assourdissant obligea ces cris intérieurs à cesser quand le pervers empoigna ma fesse et descendit sa gueule plus bas, laissant une traînée de bave froide et écœurante sur ma poitrine qu'il dénudait du bout de l'ongle. Glacée d'effroi jusqu'aux tréfonds de ma tête, je fermai les yeux.

Non, non, non, me répétai-je. *Non, non, non !*

Mon esprit se raccrocha à ce mot, puis se pétrifia à son tour, sclérosé comme mes jambes et mes bras. Tout, en moi, se tut. J'assistais au cauchemar de loin. Ce n'était pas mon corps, ce n'était pas moi. Je n'étais plus concernée. Au loin, Lucien et Gabriel dansaient en riant. Une dernière supplique souleva mon cœur :

— *Gabriel...*

C'est alors que je le vis pivoter brusquement. Non pas Gabriel, mais Lucien. Il n'eut pas besoin de me chercher dans la foule. Son instinct le tourna vers moi, et son regard se planta droit dans le mien.

Il m'a entendue, pensai-je.

Je l'observai fendre la marée humaine, porté par une vague de colère qui vint se fracasser derrière moi. Il empoigna le type par le col, le plaqua contre le mur et l'injuria de mots qui vibrèrent comme des coups de poing. Gabriel, sur ses talons, mit quelques secondes à comprendre. Il dut retenir le bras de notre ami avant qu'il ne s'abattît sur le rictus de mon agresseur.

— Lucien, calme-toi ! Tout le monde nous regarde !

Gabriel venait de remarquer mon masque, dans la main de l'homme.

— Je m'en cogne ! hurla Lucien d'une voix enragée.

Il pressa un peu plus le type contre le mur. À retardement, celui-ci pâlit.

— Pardon, bredouilla-t-il. Je savais pas qu'elle était à toi.

— Ce n'est pas la question ! vociféra Lucien en lui postillonnant au visage.

Gabriel en profita pour lui arracher sans ménagement le loup et me le rendre. Je le renouai de mes doigts tremblants.

— Lâche-le, Lucien.

Lucien l'ignora.

— Lucien, insista Gabriel.

Pour toute réponse, il grogna.

— S'il te plaît, intervins-je alors d'une voix blanche.

Lucien m'adressa un regard fou.

— Je ne veux pas attirer l'attention sur moi, m'expliquai-je.

Il me scruta de ses yeux exorbités, puis une lueur d'inquiétude passa sur ses traits, et il relâcha l'homme. Celui-ci resta planté là, avant de redresser son col avec nonchalance, un sourire plus insolent encore sur les lèvres.

— La prochaine fois, laisse pas ta copine mettre un décol...

Il n'eut pas le temps de finir sa phrase. À la place, sa mâchoire émit un craquement sourd. Le type tituba, porta la main à sa bouche.

— Putain ! Il m'a *cashé* une dent, *che* con ! gémit-il en crachant.

Lucien et moi contemplâmes, abasourdis, Gabriel qui secouait le poing.

— Quoi ? Ne me regardez pas comme ça. Moi aussi, ça me démangeait ! s'écria-t-il alors que du sang commençait à dégouliner du menton de sa victime et entachait peu à peu sa chemise blanche.

Lucien croisa les bras, satisfait.

— Qu'est-ce qui s'est passé ? demanda une voix derrière nous.

Nous nous tournâmes comme un seul corps vers Ravi. Il nous considéra tour à tour, Lucien tendu, Gabriel penaud, moi terrifiée, et l'édenté qui se tenait la tête. Le sourire de Ravi s'évapora. Je constatai que je ne l'avais encore jamais vu sans.

— Ce *type*, se retint Lucien, s'en est pris à Aline.

Ravi détailla l'homme, puis s'avança vers lui. Mon agresseur, d'abord peu impressionné, se recroquevilla ensuite peu à peu tandis que toute la lumière semblait refluer vers Ravi, plongeant l'autre dans une obscurité glaciale. J'ignorais que l'on pouvait utiliser son don ainsi. J'en éprouvai une peur intime, en même temps qu'une intense jubilation.

Ravi secoua la tête, les lèvres pincées.

— Je te raccompagne vers la sortie, *l'ami*. Il ne faudrait surtout pas que tu te perdes. Tu comprends, je n'aime pas trop signaler des *disparitions* aux flics. Ça me fend toujours le cœur.

L'homme déglutit. La menace était à peine voilée. Ravi l'empoigna par les épaules, en tordant l'étoffe de sa chemise et sans doute aussi sa peau, puis l'escorta comme promis en direction de la porte.

— Ça va aller? me demanda Gabriel quand ils eurent quitté mon champ de vision.

Je ne parvins qu'à lui adresser un demi-sourire. La vérité, c'était que je sentais encore les doigts et la langue de l'homme sur ma poitrine et que cela nouait mes cordes vocales.

Lucien nous pressa soudain tout contre lui.

— Je vous aime si fort, tous les deux! murmura-t-il d'une haleine alcoolisée.

Le feu de sa peau désinfecta la mienne et, peu à peu, stérilisa mon cœur. Je m'en écartai quand je me souvins que, le lendemain, il découvrirait sa maison vide. Mes boyaux se tordirent à nouveau.

Gabriel rit :

— J'en connais un qui a trop bu.

— Où est la salle de bain ? demandai-je.

Je devais m'éclaircir les idées, je devais me laver de tout ceci. Lucien pointa mollement du doigt une direction. Gabriel m'en indiqua une autre :

— À l'étage, au fond du couloir. Je t'accompagne ?

Je fis non de la tête.

— Ça va aller, répondis-je.

Mais je mentais.

Il me fallut traverser le salon bondé pour atteindre l'escalier. C'était au bout du monde pour l'état dans lequel je me trouvais. L'homme avait beau avoir été mis dehors, je ne parvenais pas à m'apaiser et j'avais l'impression de le voir sur tous les visages. Je ne désirais plus rien d'autre qu'un peu de solitude. Pourtant, chaque marche qui me séparait de la fête rendait mon corps un peu plus lourd, mon ventre un peu plus tors. J'arrivai avec peine en haut de l'escalier, le cœur retroussé, refermai bien vite la porte de la salle de bain derrière moi, retirai mon masque et enfin respirai.

La musique était moins violente, ici, même si les basses continuaient malgré tout de propager leurs vibrations dans les murs et dans mes os. Il faudrait m'en contenter ! Je m'appuyai contre le lavabo.

Mon cœur battait avec force, mais sa cadence diminuait déjà. L'adrénaline qui l'avait irrigué plus tôt refluait. J'ouvris le robinet et passai ces mains, mes mains, sous l'eau froide, pour me rafraîchir les idées. Cela me fit du bien.

Je m'aspergeai le visage, le cou, le buste, la moindre parcelle que l'homme avait ne serait-ce qu'effleuré. Ce fut insuffisant. Avisant une savonnette rose, je m'en emparai et la frottai énergiquement contre mes paumes, mes doigts, sous mes ongles, remontant bientôt jusqu'au-dessus de mon coude.

Je rinçai.

Et je recommençai.

Et je rinçai.

Et je recommençai. Encore et encore, et encore. Ma peau s'asséchait, mais trop occupée à repousser les assauts de ma mémoire, je ne m'en inquiétai pas. En fait, j'étais prête à la polir, la peler, l'arracher pour exfolier de mon esprit le contact de la langue baveuse de l'homme sur elle, le souvenir de sa poigne sur ma fesse.

Je recommençai l'opération un nombre incalculable de fois. L'eau coulait, encore et toujours, mais ne soignait rien. La peau de mes doigts se fripa bientôt, et mes mains, transies de froid, d'effort et de peur, se mirent à trembler. Mes yeux s'embuèrent. Les secousses remontèrent dans mes lèvres. Je claquai des dents. Mon cœur, dans ma poitrine, se serra tant, que je crus qu'il allait se briser en petits morceaux, se répandre sur la faïence. Voilà ce qui allait se produire. Voilà ce que j'espérais.

En relevant la tête, j'aperçus mon reflet, trouble, dans le miroir. Ce corps et ce visage me parurent plus étrangers que jamais. Je me sentais dépossédée de moi-même. Je fermai les yeux, de toutes mes forces, chassant deux chaudes larmes, et me laissai tomber sur les carreaux froids.

On toqua à ma porte. Je ne réagis pas. Je ne voulais voir personne. Je voulais n'être personne, me replier sur moi-même au point de disparaître. Mais on insista.

— C'est occupé ! répondit ma voix brisée.

Le battant s'entrouvrit malgré tout. Dans l'entrebâillement, la tête de Gabriel apparut. Le soulagement que j'éprouvai alors me souleva l'âme.

— Gabriel… hoquetai-je.

Il me regarda, puis le lavabo, le sol que j'avais inondé et enfin ma peau. Il ne dit rien. Aucun mot ne pouvait effacer ce qui venait de m'arriver, et il le savait. Il s'approcha de moi avec douceur, s'assit à mes côtés. L'eau imbiba son pantalon, mais il s'en moquait bien. Il passa le bras autour de mes épaules et me pressa fort.

En moi, ce geste anodin disloqua un barrage que je n'avais pas soupçonné. J'éclatai en lourds et discordants sanglots. Gabriel resserra son étreinte. Il me laissa tout le silence, et je m'y vidai de mes larmes.

De l'eau finit par me couler par le nez. Gabriel me tendit un mouchoir pour colmater la brèche, mais plusieurs furent nécessaires pour en venir à bout : chaque fois que je m'en croyais débarrassée, le flot redoublait. Mais les pleurs finirent par se tarir. Alors, Gabriel prit la parole :

— Tu veux rentrer à la maison ? proposa-t-il d'une petite voix.

Je m'essuyai le nez, les joues et les yeux, sans doute rougis et gonflés, et secouai la tête.

— Non. Je dois rester. Je veux rester.

Je ne voulais pas rentrer. Je ne voulais pas retourner dans ma chambre et me retrouver seule. Soudain, la foule en train de danser au rez-de-chaussée me parut attirante. J'étais prête à m'y noyer. Tout devint préférable à l'idée de demeurer loin des autres, à ressasser mon agression en attendant d'abandonner Lucien dès le petit matin.

— Je veux penser à autre chose, expliquai-je à Gabriel.

Il essuya du pouce la dernière larme échappée de mon œil et me sourit.

— C'est toi qui décides.

— On reste.

— Tout ce que tu voudras.

Je reniflai.

— Allez, on a un Lucien à décentrer, me rappela-t-il.

CHAPITRE 16 : BAS LES MASQUES

Comme Gabriel le supposait, Lucien avait déserté la piste de danse pour aller prendre racine au bar, à mi-chemin entre les pizzas et les cupcakes.

— Vous êtes revenus ! s'écria-t-il en nous voyant approcher.

Il nous enlaça.

— Tu devrais ralentir sur la boisson, Luce.

Celui-ci opina du menton, mais trop vivement, comme un enfant qui ment. Gabriel lui retira son verre.

— Je voulais le désinhiber un peu, pas le rendre ivre mort, m'expliqua-t-il par-dessus la musique.

Soudain, le tempo s'essouffla, laissant place à une mélodie plus suave. Lucien en profita pour reprendre son précieux breuvage et le vider d'une traite. La voix de Ravi crachota dans les enceintes :

— Mes amis, il est temps de calmer les esprits !

Je l'aperçus debout sur une chaise, un micro à la main au milieu des danseurs.

— Vous me connaissez, je suis fleur bleue, continua-t-il, un sourire dans le ton. Alors, on enchaîne avec un slow pour toutes les âmes sœurs de la soirée, et je sais qu'il y en a !

Gabriel et moi jetâmes en même temps un regard embarrassé vers Lucien, qui semblait n'avoir rien entendu. Ce dernier fixait avec obstination le fond de son verre, comme s'il allait se remplir à force de ruminations.

— Vous devriez aller danser tous les deux, déclara Gabriel.

Je secouai la tête, lui montrai mes pieds.

— Je ne sais pas m'en servir.

— Lucien te guidera.

L'intéressé loucha sur moi de ses grands yeux vitreux.

— Je ne crois pas qu'il soit en état…

La joue de Gabriel se creusa d'une fossette :

— Ça le réveillerait un peu. Et c'est plus facile que de nager !

Je lui adressai une moue dubitative.

— Lucien, tu feras de ton mieux ?

Ce dernier, avec un train de retard évident, s'exclama dans une articulation approximative :

— Je ferai de ton mieux !

Cela me fit rire, et j'acceptai. Gabriel, d'une tape dans le dos, nous encouragea, et je me retrouvai donc au milieu des autres couples. Plus facile que de nager, mon œil ! Me voilà un poisson hors de l'eau !

Lucien, grand prince, se pencha pour donner un baiser maladroit sur mon poignet, puis m'attira à lui, mais il tituba et manqua de tomber à la renverse en m'entraînant avec lui. Nous parvînmes malgré tout à nous stabiliser. Pour ne pas me sentir encore plus ridicule, j'essayai d'imiter les autres danseurs. Je posai deux mains timides sur les épaules de Lucien, mais celui-ci, trop soûl, demeura les bras ballants. Je tentai tout de même d'imprimer un mouvement à nos deux corps, mais il restait un poids mort, lourd et immobile.

Brusquement, son visage lisse et blanc se para d'une expression horrifiée et d'une drôle de couleur. Il s'écarta, le poing sur les lèvres.

— Désolé, je ne me sens… pas… très… bien.

Et il s'enfuit en courant, me laissant seule au milieu de la piste. Gabriel vola à mon secours.

— Qu'est-ce qui lui a pris ? me demanda-t-il en me tendant une main.

Je la saisis d'un geste machinal.

— Je ne sais pas. Je crois qu'il a eu un haut-le-cœur.

Gabriel déposa mes paumes sur ses épaules et m'attrapa par la taille. Je m'aperçus soudain que nos corps se balançaient en rythme, indifférents à notre conversation.

— Son don se manifeste peut-être enfin, déclara-t-il.

Je n'osai le contredire, mais à mon avis, Lucien avait trop bu. Gabriel observa un silence, puis réfléchit tout haut :

— Tout à l'heure, je crois qu'il a senti que tu étais en danger, avec ce sale type.

— C'est vrai, concédai-je.

— Il était dos à toi. Il n'avait aucun moyen de te voir. C'est forcément son don qui s'est manifesté. Tout allait bien, il riait, et soudain, son visage s'est décomposé. On aurait dit qu'il avait été frappé par quelque chose. Il s'est tourné vers toi comme s'il savait où te trouver !

Un frisson de dégoût me parcourut l'échine. Je me concentrai sur Gabriel, sur ses yeux chocolat.

— Tu ne penses pas plutôt que c'est mon don qui l'a alerté ? J'étais terrorisée. Je ne contrôlais plus rien.

Les sourcils de Gabriel retombèrent. Il me pressa un peu plus contre lui.

— Aline, je suis désolé de ne pas l'avoir senti, de ne pas être intervenu plus tôt. Si j'avais su… Si j'avais pu…

— Ce n'est pas ta faute, j'aurais dû…

— Non, me coupa-t-il.

Il me fit tourner, mais ce fut la pièce tout entière qui se mit à tourbillonner quand il m'éloigna de lui. Tant d'émotions contraires virevoltaient et se heurtaient dans la moiteur de la salle… C'était un déferlement permanent qui s'amplifiait un peu plus chaque minute. Seul Gabriel me semblait stable. Il me ramena à lui, me soutenant plus qu'il ne dansait. Je posai la tête sur son épaule. Mon rocher dans la tempête. Sans surprise, il sentait la lavande. Je repris une bouffée d'air.

— Lucien n'est toujours pas revenu, s'inquiéta-t-il au bout d'un moment.

Il le chercha des yeux. Je n'eus pas cette force.

— Il doit encore être aux W.-C., parvins-je à articuler.

— Tu tiens le coup ?

Je haussai les épaules.

— Courage. Il faut aller voir s'il va bien.

Il n'avait pas lâché ma main. Je le suivis jusqu'aux toilettes. Une jeune femme en sortit. Non, Lucien n'était pas là. L'inquiétude me réveilla, et je sentis comme un poids inconfortable dans ma trachée.

— Séparons-nous, proposa Gabriel.

Il s'occupa de l'étage, et moi, j'arpentai le rez-de-chaussée où je vérifiai chaque pièce. Toutes avaient été plus ou moins envahies par la fête. De coup d'épaule en coup d'épaule, j'avançais, mais la boule dans ma gorge grossissait.

Je visitai un bureau, une chambre et même le garage, sans résultat. Puis il devint de plus en plus difficile de maintenir le cap sans perdre pied dans le désordre d'émotions qui me heurtait toujours plus fort. Je traversai un couloir en titubant.

— On a forcé sur la boisson ? se moqua une voix sur mon passage.

— Aline, tout va bien ?

Je levai le nez et, malgré ma confusion, reconnus Sofia, la belle rousse. Je n'eus ni la force ni l'envie de lui parler. Je pressai le pas, poussai la porte de la cuisine.

La pièce était tout encombrée de corps en train de discuter, de manger et de boire. Alors que je faisais le tour de l'îlot central, enseveli sous une pile de verres à moitié vides, de bouteilles entamées et de restes de nourriture, je butai contre une jambe, celle de Lucien ! Il était assis ou plutôt avachi contre un placard.

— Lucien ! m'écriai-je.

L'intéressé leva sur moi des yeux troubles, inexpressifs. Il battit des cils avec une extrême lenteur, puis me répondit :

— Je cherche Gab, tu l'as vu ? Il faut... il faut que je lui parle.

— Mais nous étions dans le salon. C'est toi qui es parti !

Il referma paresseusement les paupières.

— Ah, oui. C'est vrai...

Mon inquiétude s'évapora alors qu'il me semblait pourtant qu'elle aurait dû croître. À la place, le sang fiévreux qui battait dans mes veines reflua. Je commençai à me sentir vaseuse. La pièce se mit à tourner, et je me laissai donc tomber à côté de Lucien, soudain vidée de toute énergie.

— Que voulais-tu dire à Gabriel ? demandai-je malgré le trouble dans mes idées.

Mon corps, mon esprit, mon être tout entier roulait au ralenti.

— Q-que je suis désolé, bredouilla Lucien.

— De quoi ?

Lucien sortit brusquement et temporairement de sa léthargie :

— Eh bien, qu'il m'aime !

— Lucien... tentai-je de l'apaiser.

Mais ma tête, comme la sienne, retomba contre le placard. Lucien marmonna quelque chose que je ne compris pas, parce qu'il n'articulait pas, parce qu'il me devenait plus difficile de me concentrer sur sa voix. Cette maison était si bruyante... ! La musique si furieuse... ! Le vacarme des émotions devait y être pour quelque chose. Près de Lucien, elles étaient à la fois plus violentes et plus douces, plus désordonnées, plus contradictoires. Elles gravitaient avec plus de force qu'ailleurs. Je me demandai, dans un sursaut de lucidité, si Lucien n'en était pas la source unique. Il rayonnait en tout cas d'une chaleur étouffante, liquéfiante. Le sol se déforma sous nos pieds. Je fermai les yeux pour ne pas m'abandonner à ces roulis.

— Il va me quitter, tu sais. Mais je ne veux pas qu'il me quitte...

La voix de Lucien se fit lointaine. Je songeai au lendemain. Avait-il deviné notre départ ? Je n'eus pas la force de pousser cette réflexion plus avant. Lucien ajouta par ailleurs quelques mots, mais inaudibles, incohérents, puis laissa retomber de nouveau sa tête contre le placard. Quelle singularité gravitationnelle nous retenait ici ?

— Une fois, Gab et moi, nous avons failli nous embrasser, comme toi et moi, murmura-t-il. C'était bien, ça me semblait bien...

Lucien passa un bras autour de mes épaules. La pièce tangua encore plus vite. La chaleur devint insupportable. Mes veines se changèrent en torrents de lave. Je cherchai en moi ma petite voix, ne la trouvai toujours pas. Que m'aurait-elle dit ? Qu'aurait-elle fait ? Elle m'aurait intimé de me lever, de me sortir de là, parce que quelque chose clochait ! Mais je n'en avais pas la force. Je roulai des yeux vers Lucien, qui contemplait le plafond, subjugué par quelque chose que je ne voyais pas. Quel ciel observait-il ainsi ?

— Je voudrais le rendre heureux, mais je ne le peux pas, se reprocha-t-il.

— Tu as... trop bu...

Mes lèvres pesaient du plomb. Mon corps me paraissait plus déformé que jamais. Lucien m'ignora.

— Pourquoi sont-ils tous malheureux ! beugla-t-il tout à coup.

— Qui... ?

— Mais les gens ! Tous les gens !

Il soupira, et sa tête retomba.

— C'est à cause de la solitude. Les fêtes sont l'antichambre de la mort. Il n'y a rien de pire pour se sentir seul au monde...

Je glissai ma main dans la sienne, la pressai, sans force aucune.

— Je suis là... Tu n'es pas seul.

Lucien agrippa soudain mes doigts et planta ses yeux dans les miens.

— Aline, je ne cesserai jamais de rêver de toi, même quand tu m'auras quitté, toi aussi.

Je fouillai mon esprit à la recherche de paroles rassurantes, mais ne trouvai que des mensonges et des neurones engourdis. Je m'abstins alors de tout commentaire, m'en tenant au silence, laissant reposer ma tête trop lourde sur l'épaule brûlante de Lucien.

— Tu me comprends, dit-il tout bas.

Je ne sus s'il s'agissait d'un constat ou d'une question.

Lucien irradiait d'émotions foudroyantes qui provoquaient en moi une douleur agréable. Je me fis distraitement la réflexion qu'elles étaient trop nombreuses et trop puissantes pour n'appartenir qu'à un seul individu. J'eus alors la certitude, tout au fond de moi, que Lucien était un décentré. J'aurais dû m'en réjouir. Ma conscience, déjà lointaine, traversée de part en part par ce flot tumultueux et bouillonnant, impossible à endiguer, se tut. Mes yeux se refermèrent. Une grande porte se dessina en filaments d'or sous mes paupières tandis que la voix de Lucien, tout près de moi, tournait en boucle sur la solitude des fêtes et la condition humaine.

— Ils dansent. Ils crient. Mais au fond, ils sont aussi vides que moi. Ils ne le voient pas. Ils ne veulent pas le voir. Moi, je n'ai pas le choix, je le porte en moi.

Je ne l'écoutais plus. Ses mots n'étaient plus que des séquences sonores dépourvues de signification.

— Des coquilles vides. C'est ce que nous sommes, tous. De tristes coquilles vides.

Je n'étais plus rien, plus personne.

— C'est le plus dur à supporter, leur solitude. Mais elle me fait du bien, aussi.

Un liquide au goût de fer rouillé coula à l'arrière de ma bouche. Je m'en moquai. Je pouvais bien faire une hémorragie interne : je n'étais rien, rien d'autre qu'une coquille vide.

Lucien retira son masque. Ce mouvement de bras fit retomber ma tête plus lourdement contre la porte du placard. Mes yeux s'entrouvrirent. Ils contemplèrent son visage dont les contours étaient flous, imprécis, effacés. Son trait de maquillage avait coulé d'un côté, traçant une longue larme noire le long de sa joue blanche.

— Je ne l'aime pas, enfin, je crois. Ou peut-être un peu, mais pas comme toi. Ce n'est pas grave. Au fond, il ne m'aime pas, il a besoin de moi. Et moi, moi, je voudrais être lui, je crois.

Ma main se leva, mue par un chagrin indicible, et se posa sur sa peau humide.

— C'est mieux s'il me quitte. Toi aussi, tu devrais me quitter. Je détruis tout, Aline. Tout.

Les flammes de ses yeux dévorèrent le dernier lien qui me tenait éveillée. Je refermai les miens, m'enlisai et sombrai. L'espace s'ouvrit en grand devant moi et en moi. Les ténèbres m'engloutirent. La douleur cessa, pour de bon.

CHAPITRE 17 : INCONSCIENCE

— *Aline ! Aline, réveille-toi !*

Secousse. Agitation du bras. Entrebâillement des cils. Visage soucieux penché en avant. De nouvelles turbulences ébranlent le corps, mais les yeux se referment, et tout redevient noir.

— *Aline ! Ne voyage pas ! Tu m'entends ? Ne voyage pas !*

Tapotement des joues. Effort démesuré pour soulever les paupières. Elles pèsent une tonne.

— *Contrôle-toi, contrôle ton don !*

Gabriel ? Un sursaut de conscience s'éclaira au fond de mon être. Je remarquai la douleur sur ses traits et le mince filet de sang coulant de son nez. Que se passait-il ? Je roulai des yeux embués vers Lucien. Celui-ci se tenait le visage entre les genoux et se balançait d'avant en arrière.

— Je dois te sortir de là, marmonna Gabriel.

En retour, je ne pus émettre qu'un gémissement.

— Il faut partir. Aline, tu m'entends ?

Il saisit ma main et me tira en avant. Mon être inerte vacilla, puis je fus soulevée de terre.

— Accroche-toi.

Mes membres et ma tête retombèrent avec mollesse de chaque côté, dans le vide que les bras de Gabriel ne contenaient pas. Je n'étais plus qu'une poupée de chiffon sur son épaule, un corps creux.

— Ne ferme pas les yeux ! m'ordonna-t-il.

Je les rouvris donc, mais dans un effort prodigieux, qui me permit toutefois d'entrevoir le salon de Ravi entre quelques battements de cils démesurément lents, comme des fondus au noir sur une vieille bande abîmée. L'ensemble m'apparut à l'envers, car j'avais la nuque renversée.

La piste de danse avait été désertée.

Battement.

Les invités se tenaient la tête. Du sang coulait de leurs narines où se pressaient des mouchoirs gorgés de rouge.

Battement.

Des cris, des pleurs.

Battement.

La musique résonnait toujours, continuant à faire trembler les murs, mais dans le silence des voix humaines. Le pas de Gabriel était assuré. Je rebondissais contre son dos.

Battement.

Le perron.

Battement.

Un trottoir. Le sol froid et granuleux.

— Reste là ! Je reviens, je vais chercher Lucien. Ester est en route.

Battement.

— Ne ferme pas les yeux, surtout !

Battement.

Les talons de Gabriel s'éloignant.

Quand je repris conscience, j'étais assise par terre, à même la poussière. Je laissai ma tête peser contre mes genoux. L'air frais de la nuit fit glisser quelques tresses, me balaya la nuque, et cela me raviva un peu. Je recommençai à respirer plus librement.

Que s'était-il passé ? Le blazer prêté par Ester était taché, couvert de sueur, de larmes et d'autres choses encore, mais sa couleur vermillon me trompait. Je frottai cette bouche et ce menton qui étaient miens. De petites pelures rougeâtres tombèrent en pluie sous mes doigts. J'avais saigné du nez. Soudain, une voix :

— Te revoilà !

Battement pour chasser les dernières lueurs.

— Je t'ai manqué, ma belle ?

Contraction immédiate du ventre. Je me relevai en titubant.

— J'ai eu le temps de réfléchir un peu, me dit-il. Et je me souviens. T'es la gonzesse qui a disparu !

La panique choqua mon cœur comme un défibrillateur.

— Vous vous trompez, balbutiai-je, le souffle court.

— Non, non, j'ai raison ! chantonna-t-il de sa bouche édentée. Il y a une belle récompense pour ta tête, en plus !

Il s'approcha de moi à pas de loup. Je reculai à une distance d'un pas, puis de deux, qu'il abolit en une enjambée.

— Mais bon, ça ne concerne que ta tête, pas vrai ? Pour le reste...

Il se pencha sur moi, lorgnant mes cuisses d'un œil lubrique. Mes pensées s'entrechoquèrent. Fuir ! Vite ! Non, impossible...! Je me ferais un nœud aux mollets ! Il me rattraperait sans effort ! Je tenais à peine debout. Peu importe ! Fuir ! Non. C'était ce qu'il désirait. C'était une chasse pour lui. Je refusais de lui donner cette satisfaction. Quoi d'autre ? Attendre ? Mourir ?! Courir, courir vers la maison, courir vers Gabriel ! Je jetai un coup d'œil vers la porte.

— N'y pense même pas.

Il m'attrapa le poignet et colla son visage près du mien. Il voulait se repaître de ma peur. Je pouvais sentir son plaisir malsain couler et empéguer ma peau. Une vision, ce n'était qu'une vision. Mon don.

Nouveau regard du côté du seuil. *Que fait Gabriel ? Pourquoi n'est-il toujours pas là ? Combien de temps lui faut-il pour sortir Lucien ? Tu es seule,* me dis-je. *Et ma petite voix, où est-elle ? Pourquoi ne me guide-t-elle plus ?*

Je me repris. Elle me conseillerait d'utiliser mes talents de décentrée. Je pouvais le forcer à ressentir quelque chose, quelque chose d'autre que cette morbide jubilation. La peur ! Je pouvais lui renvoyer ma peur, la faire sienne, renverser le rapport de force. Comment ? Aucune idée. Mon cœur battait à tout rompre. Mes pensées se déployaient en essaim, incontrôlables. Je me tassai sur moi-même.

L'homme, brusquement, me saisit les tresses d'une main, obligeant ma tête à basculer en arrière. De l'autre, il m'enserra le cou. Mon sang se figea tout à fait. Comme un peu plus tôt, je demeurai paralysée. Le peu de courage que j'étais parvenue à assembler vola en éclats.

— Gabriel… appelai-je d'une voix étranglée.

— Lâche-la, répondit quelqu'un dans le dos de l'individu, d'un ton empli d'une violence contenue, mais glaciale.

Je l'aurais reconnue entre mille !

Une lame courut le long du cou de mon agresseur, s'arrêta au niveau de sa jugulaire. Puis elle s'y enfonça avec douceur, sans percer sa peau, mais juste assez pour affoler son pouls.

— Ester !

Passé la surprise, l'homme me repoussa, sans toutefois céder à la panique. À la place, il éclata d'un rire sinistre, puis pivota vers mon amie, négligeant le couteau qui lui tailla pourtant un collier sanglant. Je fis deux pas de côté.

— Deux pour le prix d'une, c'est mon jour de chance ! crut-il bon de plaisanter.

Mais il ignorait qu'il venait de tomber sur plus fort que lui.

Ester, d'abord, ne cilla pas, puis son visage se déforma en un sourire plus infernal que le sien et déjà victorieux. Le rire de l'homme cessa aussitôt. Ester savoura en silence sa mine déconfite et se donna même la peine de lui adresser un énigmatique clin d'œil, avant de lui frapper avec violence le genou du pied, pour lui asséner ensuite un grand coup de genou dans les parties. Il n'eut pas le temps de réagir. Il tomba au sol en position fœtale, les mains entre les cuisses, en jurant des atrocités.

— Putain ! répéta-t-il entre deux souffles de douleur. T'es qu'une… salope !

Mais Ester rit et le poussa du bout de sa botte. L'homme roula dans la poussière.

— Qu'est-ce qui se passe ?

Gabriel, le bras de Lucien autour du cou, découvrait la scène.

— Oh, rien, s'amusa Ester. Comme tu le vois, j'offre des vasectomies gratuites sur mon temps libre. La routine !

Il secoua le poignet de Lucien.

— Aide-moi au lieu de te vanter !

— Je la retrouverai, menaça le type entre ses dents.

Ester lui cracha au visage et, bras dessus, bras dessous, nous nous mîmes en route. Les pieds de Lucien traînaient au sol. L'homme beugla encore, mais pour la forme, quand nous fûmes assez loin.

— Ma parole, tu t'es garée à l'autre bout du monde ! pesta Gabriel en laissant échapper le bras de son ami, qui pendit alors, inerte, dans le vide.

Il le rajusta.

— J'me suis mise là où il y avait de la place. J'ai pris le van.

Elle le désigna du doigt, à cheval sur un trottoir.

— Le van ! s'exclama Gabriel.

— Ouais, j'étais en train de charger les derniers sacs quand tu m'as appelée.

— Quel est le problème avec ce van ? demandai-je.

— Il est lent, il fait du bruit, il pue... quoi d'autre ? Ah oui, comme tu peux le constater, il est moche, aussi ! En gros, ton arrière-arrière-grand-père est moins décrépit que ce vieux débris !

— Ester ! la rabroua Gabriel.

Comme j'étais restée confinée, je ne l'avais encore jamais approché. Le van, très kitsch, couleur rouille sous sa peinture blanche écaillée, était couvert de stickers floraux.

— Et t'as pas vu le pire !

Elle m'indiqua l'arrière où je trouvai écrit d'une main grossière : « Je préfère être en retard dans ce monde qu'en avance dans l'autre. » Des marguerites faisaient office de points sur les i. Je souris en coin.

N'importe quelle devise aurait mieux convenu à Ester.

— Mais il tient assez la route pour nous conduire jusqu'à la réserve, expliqua Gabriel.

Je me tournai vers Lucien.

— Il est rond, t'en fais pas, s'amusa Ester. Hein ? Pas vrai que t'es rond, Luce ?

Elle souleva son menton, qui retomba.

— Justement... murmurai-je.

Ester s'installa derrière le volant. Je me glissai à l'arrière après avoir aidé Gabriel à repousser plusieurs fois les bras et jambes de Lucien à l'intérieur du véhicule, puis il s'assit à l'avant, avec Ester. Nous roulâmes plusieurs minutes dans un silence de plomb et, peu à peu, le bruit sous mon crâne diminua. Mes esprits s'assemblèrent, avec lenteur et difficulté, mais ils s'assemblèrent tout de même.

— Bon, vous comptez me dire ce qui s'est passé, ou pas ? lança Ester alors que je me posais moi-même cette question.

Gabriel se frotta une main fatiguée sur le visage. Il lorgna Lucien, toujours à peine conscient, dont la tête ballottait, d'un côté et de l'autre, en avant, en arrière, au gré des coups de frein et d'accélérateur d'Ester.

— Aline a perdu le contrôle, expliqua-t-il. Puis les invités ont morflé.

D'un lever de sourcil, Ester l'incita à poursuivre.

— On a tous commencé à ressentir une douleur horrible.

— Une douleur ?

Je croisai le regard d'Ester dans le rétroviseur.

— Oui. Pas physique, mais tout comme. J'ai eu l'impression d'avoir... le cœur brisé.

Une demi-seconde à peine, Ester sembla vaciller, mais cet ébranlement fut si vite balayé par sa nonchalance habituelle, que je me demandai si je n'avais pas rêvé.

— Je vois. D'où ton saignement de nez, constata-t-elle d'un air tranquille.

Il acquiesça.

— Ça arrive parfois, me rassura Gabriel.

Il se tourna de nouveau vers Ester.

— Je dois dire que c'est une sacrée décharge émotionnelle qu'elle nous a envoyée là ! Sans l'entraînement et un peu d'adrénaline, je serais encore prostré dans un coin comme les autres. Bon, ils s'en remettront !

— Mais, réalisai-je, ça ne venait pas de moi !

— Quoi ?

Gabriel se retourna sur son siège. Ester grilla – accidentellement ou non – un feu rouge.

— Pas que de moi, nuançai-je.

Gabriel me dévisagea, puis ses yeux s'arrondirent, et ses traits s'éclairèrent.

— Lucien ? demanda Ester à sa place.

Je haussai les épaules.

— Je crois, oui.

— Tu crois, ou tu en es sûre ?

— Je... je ne saurais pas l'expliquer. C'était lui et, en même temps, c'était moi.

Ester prit un virage serré, et je me raccrochai à ma ceinture.

— C'était comme si, tout à coup, j'étais devenue... devenue...

— Quoi ? s'impatienta Ester.

Le visage de Gabriel s'assombrit.

— Un pont. Un pont entre les émotions de Lucien et celles des invités. À un moment, j'ai été... Je ne sais pas. Submergée. Pardon, c'est ridicule, m'empressai-je d'ajouter.

Gabriel se tourna lentement vers Ester, qui ne quitta pas la route des yeux, mais acquiesça devant sa question muette.

— Qu'est-ce qu'il y a ? Qu'est-ce que ça veut dire ?

— J'ai merdé ! Voilà ce que ça veut dire, Aline ! J'ai merdé !

Il se prit la tête entre les mains, s'injuriant lui-même.

— C'est-à-dire ?

Seul le ronflement du moteur résonnait dans l'habitacle, par dessous le tremblement des bagages.

— Lucien est sans doute un cristallisoir, expliqua Ester.

— Un *cristallasoir* ?

— Cristallisoir, me corrigea-t-elle. C'est un type très particulier de décentré, rare.

Elle enclencha pour la première fois le clignotant. Dans le rétro, la lumière vacilla quelques secondes sur son masque d'indifférence, trop bien composé pour être vrai.

— Ces décentrés-là ne se contentent pas de ressentir les émotions des autres, ils les cristallisent, les absorbent.

Devant mon air perdu, elle ajouta :

— Comme une grosse éponge.

La tête de Lucien roula sur l'appui-tête.

— Alors, si je comprends bien, il a *épongé* les émotions des invités, et c'est pour cela qu'ils se sont sentis si mal.

Ester prit une longue inspiration.

— Non, les cristallisoirs ne font qu'absorber ce que l'on ressent. Ils peuvent mal pousser les autres à éprouver quelque chose.

— Mais, les invités ?

— Tu l'as dit toi-même : tu as servi de pont.

Les pièces s'assemblèrent. J'en restai bouche bée.

— Tu veux dire que j'ai redirigé vers eux ce que Lucien leur a volé ?

Elle acquiesça :

— Et ça a tout décuplé.

— J'ai merdé, répétait Gabriel dans son coin. Je n'ai jamais pensé à ça ! Je n'ai jamais envisagé Lucien comme un cristallisoir. C'était pourtant évident ! Dire que j'étais là, à me regarder le nombril. J'ai merdé !

— T'as rien à te reprocher, Gab. C'est si rare ! Moi aussi, j'ai senti quelque chose, une fois, au dîner, juste avant de rencontrer Aline. Mais c'était presque rien.

Gabriel continua cependant de se maudire.

— J'aurais dû m'en apercevoir. C'était mon rôle, ma mission de veilleur ! J'ai merdé.

— Tu ne pouvais pas...

— Si ! C'était sous mes yeux ! Ça. Lui ! Je croyais qu'il me rendait plus léger, et c'était le cas, mais pas comme je le pensais. Il absorbait mes émotions ! Chaque jour, toutes mes contrariétés, tous mes chagrins, toutes mes peurs... et moi, moi, je n'ai rien remarqué !

— Le mal est fait, décréta Ester. Dis-toi que l'on va pouvoir l'emmener avec nous à la réserve !

Elle se tourna vers Lucien et moi, soudain soucieuse.

— D'ailleurs, il est toujours dans le coaltar ?

— Il a bien trop bu, me désolai-je.

Gabriel sécha d'un revers de main des larmes que je n'avais pas vues couler.

— Pas à ce point, me contredit-il. Ester a raison. Quelque chose loche.

— Cloche, le corrigea Ester.

Je tapotai les joues de Lucien.

— Lucien, réveille-toi, on est arrivés.

— Je pense qu'il... Merde ! Qu'est-ce que c'était que ça ?

— Quoi ? Où ?

Ester pointa le tableau de bord du menton.

— Là, un voyant s'est allumé. Mais c'est bon, il a disparu.

— C'est un vieux tacot. C'est sans doute une fausse alerte.

— Lucien ! répétai-je, peu intéressée par ces considérations mécaniques.

Il gémit, et ses paupières se soulevèrent, découvrant des yeux blancs, révulsés. Sa tête retomba mollement dans mes mains.

— Il ne va pas bien !

— Il voyage, déclara Ester, l’air grave.

CHAPITRE 18 : AU BOUT DU FIL

Ester et Gabriel durent se plier en quatre pour parvenir à extraire Lucien du van. Elle le prit par les épaules et lui par les pieds. Son corps, lesté par son propre poids, inexorablement prisonnier de la gravité, dessina un V dans le vide quand ils le bringuebalèrent vers la maison. Je marchai en tête, ouvrant les portes et éclairant le passage.

Gabriel poussa plusieurs jurons tous plus grossiers les uns que les autres quand il fallut hisser Lucien en haut de l'escalier. Il le portait à bout de bras. Le dos de Lucien frôla les arêtes et faillit y racler sa colonne. Ester, tous muscles bandés, lui en fit le reproche.

Ils parvinrent enfin à la chambre de Lucien et lâchèrent son corps sur le lit défait. Lucien s'enfonça dans le matelas, le visage impassible.

— Il pèse son poids, commenta Ester en s'étirant les bras.

Gabriel, arc-bouté, les mains sur les lombaires, gémit en guise d'acquiescement. Il soupira d'aise quand un grave *clac!* retentit. Il revint ensuite, l'air préoccupé, vers son ami qui gisait là, inconscient.

Lucien semblait ne rien ressentir, mais dans le doute, et parce que je me sentais impuissante, je tirai sur les draps pour lui éviter un pli inconfortable sous les omoplates et lui caressai la joue. Son visage, si pâle, et le soulèvement mécanique de sa poitrine firent monter en moi une sourde angoisse. Incapable de supporter plus longtemps cette vision macabre, je me tournai vers Ester et Gabriel, qui n'avaient pas prononcé un mot.

— Vous êtes sûrs qu'il est en train de voyager ? Et s'il était malade ? S'il avait trop bu ?

Je ne demandai pas ce qui était le pire.

Mon veilleur secoua ses boucles brunes au fil de mes questions, de haut en bas, de gauche à droite. Au lieu de me répondre, Ester se dirigea vers la fenêtre et referma les rideaux d'un coup sec. Un craquement de doigt résonna dans la pièce : Gabriel s'évertuait à faire sauter tous les os de sa main un par un, incapable de lâcher Lucien des yeux, l'air rongé par une angoisse que je ne comprenais pas, que je ne voulais pas comprendre. Gabriel m'avait bien parlé des dangers liés aux voyages, mais, non, Lucien allait s'en sortir ! Gabriel finit par s'en détourner, fixant les toiles peintes avec regret :

— Tout était là… marmonna-t-il.

Je l'ignorai :

— On devrait contacter un médecin, insistai-je.

— Trop risqué, souffla Ester.

— S'il est bien en train de voyager, et c'est le plus probable, on pourrait dévoiler l'existence des décentrés, expliqua Gabriel d'une petite voix.

— Et toi, tu es toujours recherchée, me rappela-t-elle.

— Il n'existe pas de médecins décentrés ?

— Pas dans le coin. Et je suis sûr que ce n'est pas nécessaire.

J'agrippai la main de Lucien.

— Et si vous vous trompiez ?

Gabriel hésita. Il se tourna vers Ester, qui soupira.

— Ça va, ça va, je téléphone au doc de garde à la réserve.

Elle pianota sur son portable tout en grommelant :

— Mais je sais reconnaître un voyage quand j'en vois un…

Elle enclencha le haut-parleur et déposa l'appareil aux pieds de Lucien. Je m'assis tout près. Gabriel, lui, demeura debout, figé, tendu. D'interminables *bips* résonnèrent dans la chambre, puis un crachotement, et soudain :

— *J'écoute,* assura une voix ensommeillée.

— Salut, Inaya, c'est Ester.

— *Oh, bonsoir, Ester. Tout va bien ? Ce sont encore tes douleurs, c'est ça ? Ou bien toujours tes cauchemars ?*

Je zieutai Ester sous mes cils. Gabriel ne sourcilla pas.

— Je suis avec Gabriel et Aline, répondit-elle en évitant mon regard.

— *Oh, excuse-moi. Bonsoir, Gabriel, et bonsoir, Aline. Enchantée de te rencontrer. Ester m'a beaucoup parlé de toi,* dit Inaya d'une voix douce.

Gabriel et moi la saluâmes tour à tour. Ester, embarrassée, enchaîna :

— En fait, on est quatre. Lucien est avec nous. Enfin, presque. Je te résume la situation : Lucien, Gabriel et Aline sont allés à une fête, mais il y a eu un hic.

Un hic ? Ester avait l'art et la manière d'exposer les catastrophes.

— Je te passe les détails, mais on a découvert que Lucien est un cristallisoir.

— *Oh ! C'est si rare !* s'étonna Inaya.

— Puis Aline a provoqué un rebond sans le vouloir. C'est d'ailleurs comme ça que l'on a compris pour Lucien. Je les ai récupérés en urgence. Lucien était un peu sonné. Il a fini par perdre connaissance. Depuis, il voyage.

— Mais c'est peut-être autre chose ! intervins-je.

— *Où êtes-vous en ce moment ?*

— Dans la chambre de Lucien, répondit Ester. Nous l'avons couché dans son lit.

— *D'accord. Il est toujours inconscient ?*

— Oui.

— *C'était la première fois que se manifestait son don ?*

Ester nous consulta des yeux, Gabriel et moi. Il haussa les épaules, et je pinçai les lèvres. Nous l'ignorions. Nous n'avions rien vu.

— On ne sait pas. Peut-être, oui. Ou non, mais jamais aussi fort, fit Ester.

— *Bon, étant donné les circonstances, surtout avec un rebond, il est très probable qu'il soit en train de voyager. Pour lever le doute, je vais vous poser quelques questions.*

— On t'écoute, dit Gabriel.

— *Vous étiez donc à une fête,* reprit doucement Inaya.

Ester hocha la tête comme si celle-ci se trouvait là.

— *Est-ce que Lucien a bu ?*

— Oui, répondis-je.

— Un peu, rectifia Gabriel. Il est loin d'avoir picolé assez pour un coma éthylique. Et je l'ai déjà vu se soûler bien plus que ça !

— Mais nous l'avons perdu à un moment, pendant la soirée. Il a pu boire davantage à ce moment-là.

— *D'accord. Est-ce qu'il réagit quand vous lui parlez ou que vous le touchez ?*

Ester pinça sans ménagement la jambe de Lucien :

— Nope, un vrai cadavre.

Je tressaillis.

— *Des nausées, des vomissements avant ça ?*

— Il s'est senti mal avant le rebond, mais c'était sans doute la surcharge émotionnelle. On ne sait pas s'il a vomi, déclara Gabriel.

— *Et comment est sa respiration ? Est-elle irrégulière, un peu bruyante, voire hachée ?*

Nous nous tournâmes tous trois vers Lucien.

— Non. Il est réglé comme du papier à horloge, assura Gabriel après un instant.

— *Depuis combien de temps est-il inconscient ?*

Ester consulta son téléphone.

— Bientôt une heure.

Sa réponse nous plongea dans un profond silence.

— Ça commence à faire long, réalisa Gabriel.

Ester croisa les bras.

— *Est-ce que sa peau vous paraît froide et moite ?* poursuivit Inaya.

Je tendis une main vers les tempes de Lucien.

— Il est brûlant ! m'exclamai-je.

— Brûlant ? répéta Ester.

Elle reproduisit mon geste sans s'arrêter à son front. Elle toucha sans ménagement ses joues, son cou, son torse.

— Il n'était pas aussi chaud quand on l'a porté, murmura-t-elle.

— On n'avait pas vu ça… ajouta Gabriel.

Sur ma peau courut un frisson.

— *Vous avez de quoi prendre sa température ?* demanda la voix toujours calme et mesurée d'Inaya.

Ester revint avec le thermomètre. C'était une sorte de petit pistolet en plastique blanc qu'elle braqua sur le front de Lucien, comme une arme. Je la regardai faire, médusée. Elle appuya sur la gâchette, puis consulta l'écran de l'appareil.

— Trente-huit cinq.

— C'est mauvais signe ? m'enquis-je.

— *Il a un peu de fièvre. Rien qui indiquerait un traumatisme ? une lésion ? Il n'est pas tombé, ne s'est pas cogné ?*

Gabriel et moi secouâmes la tête.

— *Une ou des maladies déclarées ?*

— Non, il est en parfaite santé, même s'il n'est pas très sportif, répondit Gabriel en lui coulant un regard tendre.

Je mesurai pour ma part mon ignorance à ce propos. Je devais me rendre à l'évidence : Gabriel le connaissait mieux que quiconque, moi y compris.

— Il a saigné du nez, mais les autres aussi. Ce doit être le rebond, intervint Ester.

— *Oui.*

— Alors, c'est sûr, il voyage ? demandai-je d'une petite voix.

— *Il est toujours délicat de réaliser un diagnostic à distance,* répondit Inaya, *mais nous pouvons exclure le coma éthylique, si c'est ce à quoi tu pensais. Il est probable qu'il voyage, comme le disait Ester.*

— D'accord ! soufflai-je, soulagée. Dans combien de temps va-t-il revenir ?

Le silence qui suivit m'indiqua que je ne me posais pas la bonne question. Ils en étaient venus à une conclusion que je ne pouvais pas supporter.

— *Aline, cela n'en est pas moins grave...* murmura Inaya.

— Mais il va revenir, pas vrai ? Pas vrai ? insistai-je.

Je savais que l'esprit pouvait se perdre dans l'autre monde, mais je refusais de l'envisager pour Lucien. Personne n'osa me répondre.

— *Je peux difficilement me prononcer sur l'issue,* avoua Inaya au bout d'un moment.

— Mais moi, j'en reviens bien chaque fois ! m'exclamai-je. Mis à part la petite promenade nocturne et l'incident de la piscine, je ne suis jamais allée bien loin !

Ester leva un sourcil au mot *piscine*, que j'ignorai.

— *Une heure, c'est plutôt long, pour un voyage,* tenta de m'expliquer Inaya.

— Mais il va bien, il va bien ! Il n'a pas beaucoup de température, c'est ce que tu as dit !

— *En effet,* répondit Inaya d'un ton posé. *Et c'est parfois bénin, en particulier chez les verts. C'est le signe que l'esprit et le corps surchauffent un peu.*

Gabriel demeura tendu, imperceptiblement penché vers le téléphone, attendant comme moi le revers de ce propos qu'il connaissait sans doute déjà.

— *Mais chez d'autres, la fièvre peut indiquer que l'expérience est... trop intense. Et étant donné sa durée...*

Je considérai Lucien, étendu là. Mon sang tourbillonnait au rythme des pensées qui s'entrechoquaient dans mon crâne. Ester s'assit. Sa jambe s'agita, tressautant en cadence sur son axe.

— *Aline,* fit Inaya d'une voix plus tendre encore, *les voyages durent en moyenne quelques minutes pour la grande majorité des décentrés. Ceux qui sont entraînés ou qui ont de la chance peuvent rester dans l'autre monde une heure, parfois deux, mais quand ils commencent à avoir de la fièvre...*

Je l'interrompis :

— Quand... ?

— *Quand faut-il cesser d'espérer?* compléta-t-elle à ma place. *Passé cinq heures. C'est la durée maximale observée, avec des séquelles bien souvent. Mais ça, tu le savais déjà, Ester. Au-delà, nous considérons n'importe quel décentré comme perdu.*

Perdu. Ce dernier mot tomba sur mon cœur comme une enclume.

— *Est-ce qu'il a convulsé ?*

— Pas encore, souffla Ester en croisant et décroisant les bras.

Elle me glissa un coup d'œil, puis en fit autant avec Gabriel. Ce dernier restait calme, ce qui n'avait pourtant rien de rassurant. Ester remercia Inaya et raccrocha. Le silence dans la pièce s'épaissit. Mon sang battait à tout rompre dans ma cage thoracique. L'idée de l'arracher et le jeter aux pieds de Lucien comme une offrande me traversa l'esprit. J'inspirai lentement pour ne pas défaillir, mais l'obscurité brûlante de l'air attisait le feu dans ma poitrine.

Un brusque frappement de mains me tira de ma torpeur. Gabriel, tout sourire, s'exclama :

— Il devrait donc bientôt être de retour ! Ça me laisse tout juste le temps de lui cuisiner un bon petit plat. Il aura sans doute faim à son réveil. Ça creuse, de voyager !

Ester et moi restâmes interdites.

— Non, Gab, ce n'est pas ce que voulait dire Inaya.

Mais Gabriel n'écoutait plus. Il était déjà parti. Depuis l'escalier, il nous jeta, dans un rire :

— Ne vous inquiétez pas ! Chef Gabriel est sur le coup !

— Il n'a pas compris ? demandai-je.

— Je crois que si. Un peu trop bien, même.

Je contemplai Lucien, étranger au drame en train de se jouer ici.

L'eau salée menaça de franchir la barrière de mes cils.

— Il nous faut un deuxième avis !

J'implorai Ester.

— Ça ne servirait à rien.

— On ne peut pas se contenter d'attendre qu'il soit trop tard !

Machinalement, je l'attrapai par le poignet et, sans le vouloir, plantai mes ongles dans sa chair. Ester ne broncha pas. Elle me laissa faire. Avec calme, elle ressortit le téléphone de sa poche.

— Il nous reste une dernière option.

— Laquelle ? m'empressai-je de demander.

— Céleste, répondit-elle.

Ce nom seul suffit à me rassurer. Ester avait beau se moquer à longueur de temps de cette mystérieuse Céleste, elle semblait avoir en elle une confiance franche et absolue.

— Pour une fois que c'est à mon tour de la réveiller en pleine nuit...

Ester ponctua sa phrase d'un rire jaune, puis porta l'appareil à son oreille.

— Allez, réponds... Réponds, espèce de...

— *Bonsoir à toi aussi,* fit quelqu'un à l'autre bout.

— J'te mets sur haut-parleur, déclara abruptement Ester. Je suis avec Aline.

— *Bonsoir, Aline.*

— Bonsoir, Céleste.

Je me sentis soudain insignifiante devant la grande et intimidante Céleste dont on m'avait tant parlé. Sa voix, pourtant, n'avait rien d'impressionnant. Elle était aiguë, fluette – certes moins que lorsqu'étouffée par l'oreille d'Ester –, mais détonait d'avec l'image que mon esprit avait façonnée d'elle. Entre les plaisanteries d'Ester à son sujet et les louanges de Gabriel, j'en étais venue à me la représenter comme une vieille dame un peu bourrue, un peu têtue, mais à l'intelligence et à la sagesse d'une druidesse. Sauf que cette voix-ci était jeune.

Ester soupira, ne sachant comment poser sa question. Céleste sembla prendre immédiatement la mesure de la situation.

— Que se passe-t-il ?

Alors, Ester lui raconta tout : la fête, le don exceptionnel de Lucien, le rebond, le voyage. Tout.

— Tu penses que tu peux... ?

— *J'arrive,* déclara Céleste sans la laisser finir.

De graves bips signalèrent que Céleste avait raccroché. Je me tournai vers Ester, l'air stupide :

— N'est-elle pas à la réserve ?

— Si.

Elle décroisa les jambes, se rassit plus à son aise et attendit. Je continuai de la dévisager. Cela la fit sourire.

— Son corps y est, précisa-t-elle.

Mes sourcils durent s'arrondir sur mon front, car Ester les suivit du regard.

— Essaye de voir flou.

Et elle m'assura d'un hochement de menton qu'elle ne se moquait pas de moi. Comme j'avais assisté à assez d'événements étranges pour ne plus jamais me montrer sceptique, j'obéis et fermai les yeux.

D'abord, je ne vis rien, sinon le noir sous mes paupières. Je les serrai un peu plus fort. Quelques filaments lumineux se mirent à danser. Voir flou... Je me répétai cette phrase. Une idée en entraînant une autre, je songeai bientôt aux poissons dans l'aquarium du doc. J'oubliai un instant ce que je cherchais et, comme la première fois, je les contemplai, subjuguée. Lorsque je revins à moi, ma vision se brouilla, puis je sursautai quand tout s'éclaircit : une ombre était là, penchée sur le corps inerte de Lucien. Je poussai un petit cri avant de comprendre que ce ne pouvait être que Céleste.

Elle se redressa et pivota vers moi. Ce n'était qu'une forme sombre, presque translucide, aux contours vagues. Elle n'avait ni yeux ni bouche, pourtant, elle me regardait. Elle leva une main vers moi, la posa sur son menton et l'en écarta. Ne comprenant pas son message, je me contentai de la fixer, hébétée. Elle inclina alors son semblant de tête sur le côté.

— *Bonjour, Aline*, entendis-je résonner dans ma tête.

Trop choquée par ce qu'elle venait de faire, je me figeai sur place. Comme je ne répondais pas, elle retourna se pencher au-dessus de Lucien et resta ainsi de longues minutes, auxquelles l'impatience d'Ester mit fin :

— Verdict ? Il est foutu ?

Ester s'était adressée à Céleste en fixant un point au hasard dans la pièce. Elle ne la voyait pas. L'ombre se dissipa comme la fumée d'une bougie tout juste soufflée. Je me frottai les yeux et, aussitôt, le téléphone d'Ester se mit à sonner. Ester décrocha et rétablit le haut-parleur.

— *Je ne le trouve pas,* annonça Céleste.

— Bien entendu, répondit sèchement Ester.

— *Ne transforme pas ta peur en colère.*

Cela ne fit qu'énerver Ester davantage.

— Épargne-moi ta psychologie de comptoir !

Le silence fut tel, que je me demandai si Céleste n'avait pas raccroché. Enfin, elle déclara :

— *Tu sais comme moi que ce n'est pas évident, surtout à distance et sans avoir déjà rencontré le décentré en chair et en os.*

— La petite Octavia, tu avais bien réussi à la récupérer, elle !

— *Elle n'avait pas parcouru une si grande distance.*

Nouveau silence, du côté d'Ester, cette fois.

— Donc, tu ne peux rien pour lui ?

La voix de Céleste devint douce :

— *Je suis désolée. Il est loin, Ester, trop loin.*

Les mots de Céleste, comme une sentence, firent convulser le corps de Lucien. Ester se leva d'un bond en jurant. Elle tira sur les pieds de Lucien pour que son crâne ne heurtât plus la tête de lit. Elle se dépêcha ensuite d'écarter la table de chevet que son bras menaçait de cogner et glissa plus de coussins sous sa nuque. Pétrie de peur, impuissante, je la regardai faire comme l'on voit déferler une inévitable catastrophe.

Subitement, les paupières de Lucien se retroussèrent. Il me fixa de ses globes exorbités, injectés de sang, mais dépourvus de toute lueur de vie. J'étouffai un cri horrifié.

— *Qu'est-ce qui se passe ? Tout va bien ?* demanda Céleste.

— Il a convulsé. Je déteste quand ils font ça !

Elle se laissa retomber sur le tabouret après les lui avoir refermés.

— Il s'est réveillé ?

Ma voix était blanche. Ester secoua la tête.

— Est-ce bon signe ?

Après tout, son être avait semblé agité par un encourageant sursaut de vie.

— *Non. C'est la preuve qu'il dépasse les limites de son corps,* expliqua Céleste.

J'éclatai en sanglots. Ester se massa les tempes.

— Aline, contrôle-toi. Tu me fais mal.

Elle le prononça dans un murmure qui disait toute sa peine, mais, égoïste, je l'ignorai. Le monde entier pouvait bien brûler à cet instant ! Mon cœur disparaissait sous un tsunami de larmes, et je voulais que la totalité de l'humanité plongeât avec moi.

— *Aline,* tenta de me rassurer Céleste. *Tout n'est pas perdu. Il peut très bien revenir de lui-même, retrouver le chemin. Il y a toujours une chance.*

— Mais elle diminue de minute en minute, grommela Ester, la tête dans la main.

— *Tant qu'il n'a pas dépassé les cinq heures réglementaires, tout peut encore arriver.*

— Ne lui file pas de faux espoirs, s'agaça Ester.

Le silence de Céleste valut mille mots.

— *Je suis déso...*

Mais Ester lui raccrocha au nez et jeta le téléphone, qui rebondit sur le lit, puis finit sur le plancher dans un choc sourd.

— Tu me fais mal au crâne, souffla Ester.

Je reniflai, me détournai pour projeter mon don et mon humeur dans une autre direction. Je retombai alors sur un morceau de poème collé sur le mur de Lucien :

L'espoir absurde de réparer ceux que l'on aime.

Comme poncer une pièce rouillée les mains liées.

— Va faire un tour, va manger quelque chose, m'intima Ester.

Pas question.

— Je veux rester auprès de Lucien.

Elle pointa son corps du pouce :

— C'est pas comme s'il était là !

Je plantai vigoureusement mes talons dans le sol.

— Va voir comment le *chef* s'en sort en cuisine.

Je songeai à Gabriel, si dévasté, qu'il refusait la réalité.

— Faut que quelqu'un veille sur lui. Va, je m'occupe de Lucien.

J'hésitai.

— Je ne bougerai pas d'un poil de cul, me promit-elle.

Je quittai la chambre en me traînant d'un pas lourd.

CHAPITRE 19 : CASSEROLES

Une dégringolade métallique me fit hâter le pas dans l'escalier. Puis je trouvai Gabriel à quatre pattes sous le placard de l'évier, cerné par une montagne de poêles, de woks et autres marmites qu'il avait entassés à même le carrelage. L'une des piles s'était écroulée.

— Mais que fais-tu ?

Gabriel se cogna le crâne en se redressant.

— Aïe… gémit-il en se contorsionnant pour s'extraire de son terrier.

Il pivota vers moi en se massant le sommet de la tête, ses boucles brunes aussi dérangées que ses idées :

— J'ai perdu une casserole, déclara-t-il.

Je considérai la cascade métallique déversée à ses pieds.

— Tu pourrais peut-être en utiliser une autre, me hasardai-je.

Il fronça les sourcils.

— Tu ne comprends pas. C'est de cette casserole-là que j'ai besoin.

Je l'observai, inquiète, mais Gabriel se déroba à mon examen pour retourner farfouiller au fin fond du placard. Je portai un ongle à mes dents. Ester avait raison. Il n'était pas dans son état normal. Je songeai que je ne pouvais pas les perdre tous les deux.

— Que comptes-tu préparer ? demandai-je pour faire la conversation.

La réponse de Gabriel me parvint étouffée :

— Des îles flottantes, le dessert préféré de Lucien !

Je hochai la tête. Qu'ignorais-je encore à son sujet ? Beaucoup de choses. Mon cœur remonta dans ma poitrine. J'essuyai la petite bille d'eau qui se forma au coin de mes cils.

— Je ne vais pas cuisiner que ça, ajouta Gabriel. Parce qu'il risque d'être affamé ! Je t'ai déjà dit que les décentrés ont faim proportionnellement au temps passé dans l'autre monde ?

Son déni se dressait entre nous tel un château de cartes, prêt à s'effondrer à la moindre brise de réalité. Je levai les yeux au ciel pour empêcher les larmes de couler. Je devais me montrer forte. Je ne voulais pas être celle qui y donnerait le coup de grâce.

— Des desserts, je vais en faire d'autres. Oui, d'autres desserts ! Du sucre... Où est le sucre... ? Ça lui fera du bien. Ça le requinquera ! Des makrouts, ça pourrait être pas mal, il aime bien ça, les makrouts. Ma mère m'en faisait parfois, quand j'étais triste. Les îles flottantes, ce sera la cerise sur le cadeau ! réfléchit-il tout haut.

Dans mon esprit, les mots de Céleste dansèrent parmi les ombres : « Il est loin, trop loin... Il y a encore une chance ! Trop loin... De l'espoir... ! »

Un cri de joie les chassa :

— Trouvée !

Gabriel se releva victorieux, brandissant la fameuse casserole au-dessus de sa tête, qui me semblait pourtant un peu cabossée. Il enjamba sans ciller le monstrueux bazar étalé au sol et commença à rassembler les ingrédients pour ses îles flottantes, le tout en sifflotant. Je me laissai tomber sur l'une des chaises tandis qu'il effectuait un petit pas de danse pour récupérer son tablier.

Son apparente bonne humeur vacilla néanmoins un instant lorsqu'il dut se battre contre les ficelles que Lucien nouait toujours pour lui. Il refusa mon aide, pesta, grogna, supplia, jura, pleura presque, puis réussit enfin à le faire seul. Son candide sourire revint déformer ses traits. Il attrapa un fouet et se remit à siffloter, comme si rien ne s'était passé, comme si rien n'était en train de se passer.

Son air léger se changea ensuite en un chant joyeux qui, à mes oreilles, sonna funèbrement. Le sol se déroba sous mes pieds. Je m'accrochai à la table pour ne pas m'effondrer. Au-dessus du sourire éclatant de Gabriel, un épais nuage noir se formait, menaçant, et le carrelage, autour de lui, commençait à craqueler.

Une demi-heure s'écoula. Les desserts et les pâtisseries s'étaient empilés sans que Lucien rouvrît les yeux. Ester m'assurait que sa température restait stable. Je ne savais si c'était une bonne ou une mauvaise nouvelle : mieux valait ne pas trop y réfléchir. Je ne quittais pas Gabriel d'une semelle. C'était la seule tâche qui me donnait l'impression d'être utile.

Une heure sonna. Je commençais à être à cran. Les visions se multipliaient. Ester m'apparaissait plus que jamais prise dans une tornade violente. Le sol, sous les pieds de Gabriel, se fissurait de plus en plus. Au plafond, des nuages noirs, toujours plus noirs, s'amassaient tous ensemble.

Au bout d'un moment, ce qui devait arriver arriva : Gabriel se retrouva à court de sucre. En toute logique, il s'attaqua donc au salé, répétant en boucle que Lucien était bien plus expérimenté en voyage que nous avions voulu le croire, que nous nous étions fourvoyés et que, d'ici une heure, il serait de retour.

— Il ne faut pas pendre l'ours avant de l'avoir tué, m'affirma-t-il entre deux plats.

Je n'eus pas le cœur de le corriger. Ainsi, aux parfums sucrés se mêlèrent bien vite des effluves d'épices et d'herbes, puis d'ail, d'huile et de sauces amères. La pièce s'emplit de tant d'odeurs disparates, que le tout devint écœurant. Les relents de l'évier parachevaient l'arôme. Les yeux me piquaient sans pouvoir dire si la faute revenait aux oignons ou à cette puanteur.

En plus, Gabriel n'avait laissé aucun répit au four et aux plaques de cuisson, qui fonctionnaient donc sans interruption depuis presque aussi longtemps que Lucien vagabondait dans l'autre monde. La chaleur était devenue insupportable, l'air plus sec que celui de la fumée. Gabriel, tout dégoulinant de sueur au-dessus de son émincé, n'en avait cure. Il me fallut toute la volonté de l'univers pour ne pas fuir la pièce.

Puis Lucien dépassa les trois heures de voyage. Gabriel, qui avait écoulé le stock de nourriture, se plongea jusqu'au coude dans la vaisselle accumulée un peu partout. Penché au-dessus de l'évier, il était trop occupé à frotter, gratter, récurer sans relâche les fonds brûlés des dernières casseroles, dans un tintamarre assourdissant d'entrechoquements de porcelaine et d'acier inoxydable, le tout recouvert par le chant qu'il poussait à tue-tête, pour m'entendre renifler.

Je n'en pouvais plus. J'étais épuisée. Mes nerfs lâchaient. Ma tête était plus lourde qu'une boule de bowling. La fête, le rebond comme ils disaient, et même mon agression me semblaient s'être produits dans un espace-temps différent. Dans l'attente du retour de Lucien, dans la peur de ne jamais le voir revenir, les minutes s'égrainaient avec plus de lenteur que l'eau salée n'érode la roche. Elles me filaient malgré tout entre les doigts. À ma propre angoisse se greffait celle de Gabriel, que son vacarme infernal ne parvenait plus à étouffer. Je m'éclipsai avant d'imploser.

Au chevet de Lucien, Ester, qui un peu plus tôt bavait sur l'oreiller à son côté, était cette fois bien réveillée. Comment pouvait-il en être autrement ? Tout le voisinage profitait des vocalises de Gabriel ! J'entrai d'un pas, fixant le linge humide qu'elle appliquait sur le visage du voyageur. Elle ne dit rien. En fait, elle ne me remarqua même pas. Son regard demeurait lointain, perdu, absent.

— Sa température a augmenté ? demandai-je.

Je crus d'abord qu'elle ne m'avait pas entendue, puis elle opina mollement du menton. Son mutisme me fut plus douloureux encore que les croassements pseudo-lyriques de Gabriel. Je m'assis à côté d'elle, puis elle daigna enfin lever les yeux sur moi.

— T'as une sale tête, commenta-t-elle.

Mes lèvres s'étirèrent, quelque peu rassurées.

— Je suis fatiguée, répliquai-je.

— Dans ce cas, va t'reposer. Il va te falloir des forces.

Je voulus répondre *non*, mais la syllabe se changea dans ma bouche en un monstrueux bâillement. *Maudit corps,* pestai-je en moi-même alors qu'Ester souriait.

— Vas-y, m'encouragea-t-elle.

Je n'acceptai que parce que je songeai que, peut-être, sur un coup de chance, je voyagerais et retrouverais Lucien.

— Réveille-moi dans quinze minutes.

Elle opina, retournant se pencher sur Lucien, son linge à la main, et moi, je me traînai jusqu'à mon lit. La seule pensée d'une couche douillette soutira à mon corps ses dernières forces. Je titubai, si bien que mon épaule heurtât l'encadrement de la porte. La douleur m'arracha un cri muet, puis je me laissai tomber sur la fraîcheur du matelas. Mon cœur, épuisé, palpita à contretemps.

Soudain, un boucan effroyable ! Je bondis de mon lit, me ruai d'instinct dans la chambre de Lucien.

— Mais que se passe-t-il ?

Ester haussa les épaules alors que mon sang finissait de faire des loopings sous mon crâne.

— Gabriel, me répondit-elle enfin.

Je jetai un œil à Lucien, toujours inconscient, et pivotai sur les traces du vacarme épouvantable. À présent bien réveillée, je le reconnus comme celui de l'aspirateur et je trouvai en effet Gabriel dans le salon, perché au bout d'une chaise, tout affairé à siphonner les poussières invisibles du dernier étage de la bibliothèque.

Quel idiot ! Peut-être aurais-je pu retrouver Lucien si j'avais pu atteindre le bon stade de sommeil !

Alors que je m'apprêtais à lui passer un savon, je remarquai qu'il ne chantait plus. Les lèvres pincées, les yeux étrécis par la fatigue et le chagrin, il fixait les quelques grains qui lui avaient échappé et osaient virevolter sous l'éclairage cru du lustre.

Je l'appelai, mais en vain. Même en m'époumonant, le bruit couvrait ma voix. Trop en colère pour tenter de le réconforter, mais pas assez rancunière pour l'arracher de force à sa machine, je capitulai et retournai à l'étage.

— Je crois que ses nerfs vont lâcher, fis-je en entrant.

Ester ne réagit pas.

— J'ai dormi longtemps ?

Elle n'eut pas besoin de consulter son téléphone pour me répondre.

— Trois quarts d'heure.

— Quoi ! Pourquoi ne m'as-tu pas réveillée plus tôt !? m'indignai-je.

— Il n'y avait rien de neuf.

J'observai Lucien, dont la poitrine se soulevait toujours très régulièrement, et fis le calcul. Il voyageait depuis bientôt trois… Non, quatre heures ! Plus qu'une, donc, avant… Non, je ne voulais pas y songer ! Je me laissai tomber près de lui, à même le sol.

Au bout d'une interminable attente, je m'aperçus que le silence régnait à nouveau dans la maison, mais d'une manière dérangeante. Il me sembla que c'était la ville tout entière, indifférente au sort de Lucien, qui s'était endormie. La haine monta dans ma poitrine, tel un poison acide. Je n'osai bouger et me cramponnai à sa main.

Un peu plus tard, un picotement douloureux dans le pied replié sous mon genou m'indiqua qu'il était temps de faire quelques pas. Je me levai, propageant ainsi la brûlure corrosive du sang dans toute ma jambe. Je titubai vers la salle de bain pour me rafraîchir les joues et les idées. À ma grande surprise, j'y trouvai Gabriel, penché en avant, les fesses en l'air, en chaussettes-claquettes dans la baignoire, le tablier de cuisine en travers du corps, deux gants en plastique jaune remontés jusqu'aux coudes, tout occupé à récurer les joints avec une brosse à dents.

— J'espère que ce n'est pas la mienne, tentai-je.

Seul le gratte-gratte des poils synthétiques me répondit.

— Gabriel ?

— Je n'ai pas le temps de discuter ! Lucien va se réveiller d'une minute à l'autre ! Tu sais ce que ça veut dire ? On va devoir partir pour la réserve ! Tous les quatre ! Et je refuse de laisser une maison sale derrière nous ! Il faut que ça brille ! dit-il d'une traite.

— Gabriel… répétai-je avec douceur. Gabriel ? Gab ?

Rien.

— Jibril !

Il se tourna subitement, m'autorisant ainsi à découvrir les larmes qui roulaient sur ses joues. Les miennes, appelées par les siennes, affluèrent à grande vitesse, et le barrage céda.

— Je ne peux pas, Aline. Je ne peux pas, dit-il entre ses dents.

Il réappliqua donc l'embout tremblant de la brosse à dents contre le joint et recommença à frotter, avec plus d'énergie encore. Tout son corps tressautait.

Cette vision fut mon électrochoc. Je m'aspergeai le visage et retournai dans la chambre de Lucien d'un pas déterminé.

CHAPITRE 20 : PARI

— Combien de temps ? demandai-je abruptement à Ester.

Surprise par le ton de ma voix, elle balbutia.

— Combien de temps ? répétai-je. Combien avant qu'il ne soit trop tard ?

— Ce n'est pas une science exacte.

— Combien ?

Elle me dévisagea.

— Dix minutes, peut-être moins.

Et alors, je prononçai ces mots auxquels je n'avais pas eu le courage de penser jusqu'ici :

— Je vais le chercher.

Ester me jeta un regard horrifié.

— T'es cinglée !

— J'y vais.

— Non. Si Céleste en est incapable, c'est peine perdue.

— Elle a dit qu'elle ne l'avait jamais rencontré en chair et en os. Ça change quelque chose ?

— Oui, mais... bredouilla Ester.

— C'est tout ce que j'ai besoin de savoir.

Ester reprit ses esprits.

— J'te laisserai pas risquer ta vie !

— Je crois deviner où il est. Non, je *sais* où il est.

Ester, butée, jeta un rire et ses longues mèches bleues en l'air.

— T'as jamais fait ça consciente !

— Si ! avouai-je.

— Quoi ? Comment ça ? Quand ?!

— Gabriel m'a emmenée à la piscine. J'ai essayé de voyager. On espérait que tu nous octroierais plus de temps si j'y parvenais, puisque c'était ce qui t'inquiétait.

Elle pointa Lucien d'un ongle.

— Et là, tu piges pourquoi ? C'est trop tard, Aline, tu dois te faire à l'idée. J'te le permettrai pas. C'est suicidaire !

— Puisque je te dis que je l'ai déjà fait !

— Et on sait comment ça a failli se finir, asséna la voix de Gabriel dans mon dos.

Je me retournai pour lui faire face. Les épaules basses, les yeux cernés, il me fixait d'une manière qui me troua le cœur.

— Alors quoi ? On reste ici bien sagement à attendre qu'il soit trop tard ? Et ensuite ?

— Facile, on l'enterre, lâcha Ester, cynique.

Je lui jetai un regard noir, rempli à ras bord de larmes.

— Laissez-moi.

— Aline, excuse-moi, se reprit Ester.

— Partez ! fis-je d'une voix brisée.

— Je ne voulais pas... Je plaisantais ! Aline... Tu me connais...

Ester tendit une main vers moi.

— Sortez ! criai-je.

— Non. J'te laisse pas sans surveillance.

Je m'essuyai le nez à revers.

— Tu l'as dit toi-même, de toute façon, je ne peux pas y aller. Je suis incapable de le sauver !

— Aline, insista Gabriel.

— Partez ! hurlai-je.

— Je suis désolée, répéta Ester.

Je m'égosillai alors :

— Partez ! Dégagez d'ici ! Tout ça, c'est votre faute ! Vous n'êtes pas des veilleurs ! Vous ne méritez pas de l'être ! Vous l'avez tué !

Ils se figèrent, choqués. Je m'en pris à Gabriel :

— Toi, c'est toi qui l'as tué !

Je désignai la porte d'un menton dédaigneux.

— Maintenant, foutez le camp ! Je ne veux plus jamais vous voir !

Les poings serrés, le cou trempé de larmes chaudes, je soutins autant que je le pus le regard mortifié de Gabriel. Ester l'arracha à sa stupeur, le visage plus fermé que jamais. Mon cœur se déchira en deux.

— Viens, Gab, dit-elle en l'emportant par le bras.

Je me ruai sur la porte après eux, la claquai et me dépêchai de tourner la clef. Pour respirer, il me fallut expirer tout l'air que contenaient mes poumons infectés de culpabilité.

— Je n'avais pas le choix, murmurai-je pour moi-même.

Le dernier regard de Gabriel, empli de honte et de chagrin, demeurait cependant gravé sur mes rétines. Je le chassai d'un geste.

— Je n'avais pas le choix, me répétai-je.

Sinon, ils ne m'auraient jamais laissée seule avec Lucien. Or, je devais l'être pour ce que j'avais à faire.

Pas de temps à perdre. Je m'avançai d'un pas tremblant vers le corps étendu. Comment procéder ? Mon instinct m'intima de me tenir aussi près que possible de Lucien. Je m'allongeai donc à côté de lui. Lorsque je fus à l'horizontale, mon cœur désordonné propulsa tant de sang dans mon crâne que le lit, fragile embarcation, se mit à tanguer. Je saisis la main de Lucien. Mes doigts, agités de spasmes nerveux, eurent du mal à la retenir. Je serrai plus fort et fermai les yeux, me répétant mille et une fois « Je connais le chemin ».

Je frappai mes pensées de ces quelques mots, encore et encore, jusqu'à la dissolution complète et absolue de leur sens. Et quand leur cadence n'évoqua en moi plus rien d'autre qu'une confusion sonore, qu'une étrange et bizarre harmonie, quand le souvenir de leur signification acheva de s'étioler tout à fait, une porte, *la* porte, grinça dans mon esprit. C'est alors qu'elle se matérialisa, là, au-dessus de moi, au plafond, parée de son bois blanc et de ses dorures. Le battant s'ouvrit, pendit dans le vide. Je n'eus pas l'occasion de m'en réjouir, car des trombes noires s'en échappèrent et s'abattirent sur le corps de Lucien et le mien. Un véritable torrent d'eau froide. Je manquai de passer par-dessus bord. J'eus, par miracle, la présence d'esprit de me raccrocher à la tête de lit. Je me maintins ainsi, contre vents et marées, au pied de la cascade violente et déferlante.

La pièce se remplit peu à peu, et notre embarcation tangua vite sous la poussée du flot, qui noya les toiles de Lucien, emporta pinceaux, papiers et vêtements dans son tourbillon. Le lit, soulevé comme un navire prenant sa respiration à marée haute, ne fit pas exception malgré son poids. J'eus beaucoup de mal à me convaincre que ce n'était là qu'une vision, qu'une illusion, une affabulation nourrie par la confusion de mon cerveau.

J'enfonçai mes ongles plus profondément dans le bois. Comment atteindre la porte au plafond tandis que j'avais contre moi toute la puissance de résistance d'un torrent ? Les suffocations de mon corps m'indiquèrent un problème plus urgent : l'air allait me manquer ! Cela commençait à devenir une mauvaise habitude.

L'inquiétude se changea vite en peur, et la peur en terreur. Elle se diffusa dans tout mon être. J'en oubliai Lucien. Mon esprit, submergé par cette pensée, ne parvint à élaborer aucun raisonnement clair et conscient. Je demeurai donc cramponnée à cette tête de lit comme un capitaine au mât de son navire, sans même envisager d'appeler à l'aide ou de nager jusqu'à la porte, la véritable porte, celle qu'un peu plus tôt j'avais refermée à clef.

Au bout de plusieurs secondes, peut-être des minutes ou des heures, je remarquai que la force de la cascade diminuait peu à peu. La pièce s'était emplie tant et si bien, que notre embarcation nous avait portés au plafond. Je le touchai du bout des doigts, jaugeant l'épaisseur d'air qu'il me restait, en aspirai une dernière bouffée, puis, inexorablement, l'eau engloutit tout.

Je mesurai alors combien le torrent avait rugi à mes oreilles tout ce temps. L'immobilité. L'absence de remous. Seules quelques fines bulles crépitaient toujours en s'échappant du mobilier. Pinceaux, toiles, bibelots remontaient à la surface. Un léger courant provenait encore de l'encadrement de la porte blanche et les repoussait. Le lit, mon radeau de fortune, tournoyait lui aussi dans la pièce, mais petit à petit, lesté par son propre poids et par le nôtre, il coulait vers le fond.

Me rappelant ma mission, je le lâchai, lâchai le corps de Lucien, qu'il fallait bien abandonner là pour ramener son propriétaire, et nageai avec maladresse jusqu'au battant donnant sur l'autre monde, qui formait une trappe au plafond. Je passai de l'autre côté. Mon cœur, aussitôt, s'ouvrit en grand. L'espace se dessina sous mes pieds. L'envers et l'endroit basculèrent, si bien que je manquai de foncer tête baissée dans l'escalier. Je retrouvai mon équilibre *in extremis*, mais retombai sur les fesses. Je me relevai sans interroger mon organisme, sa réserve d'air ou ses douleurs : Lucien était loin, très loin, je le savais. Il fallait se hâter. Je devais me rendre au gouffre d'eau noire.

Le brouhaha familier des voix se fit entendre peu à peu. Je refusai d'y prêter attention, pour ne pas perdre mon objectif de vue. Lucien, j'étais venue pour Lucien ! Je m'appelais Aline et je venais chercher Lucien.

Je descendis précipitamment, atteignis le nébuleux scintillement et accélérai le pas. Dans ma course, je ne pris pas le temps de contempler les escaliers verticaux et horizontaux, à l'endroit, à l'envers, qui flottaient en tous sens dans l'espace vide. Puis je m'arrêtai soudain, ne reconnaissant pas le carrefour où j'avais mis les pieds. Ne devrait-il pas y avoir des marches sur ma gauche, là où la brume décrivait une boucle ? M'étais-je égarée ?

Le gouffre, le gouffre... me répétai-je en pivotant sur moi-même. L'urgence m'étreignait avec violence. Tout à coup s'éleva une voix au-dessus des autres.

— *Aline... !*

Ma petite voix ! Cassandre ! Impossible de la confondre. C'était la mienne, avec un je-ne-sais-quoi en plus. Je ne l'avais pas entendue depuis des jours. Je tendis l'oreille.

— *Aline...*

Elle n'était plus dans ma tête. Elle était partout.

— Où es-tu ?

En retour, elle devint plus puissante. Elle surplomba toutes les autres qui lui servirent de chœur. Mais impossible d'identifier sa provenance.

— Où es-tu ? répétai-je en l'air.

— *Aline ! Laisse-moi sortir !*

Et soudain, la résonance de sa voix illumina les fines particules de brume, qui tracèrent un chemin de poussière éclatant jusqu'à elle. Je m'élançai sur cette voie, me dépêchant de suivre la lueur qui, déjà, disparaissait.

Au bout de quelques mètres, la matière étrange qui façonnait ce monde commença à me ralentir, si bien que je finis par faire du surplace. Je battis des bras, des jambes, de toutes mes maigres forces, mais ne progressai pas d'un millimètre. Mes membres me faisaient mal. Je redoublai quand même d'efforts, poussant un cri de rage, de frustration et de désespoir, qui se perdit dans le chaos ambiant, puis je me laissai tomber, le souffle court, sur ce semblant de sol. Combien de temps me restait-il ? Combien en restait-il à Lucien ? L'horloge s'arrêtait-elle dans l'autre monde ? Mais que faisait ma petite voix ! Pourquoi ne venait-elle pas m'aider ? Impuissante, je levai les yeux vers la surface où brillait un soleil éternel.

— Lucien ! hurlai-je en luttant contre l'élément invisible qui me retenait.

Autant s'époumoner face au vent. Le chemin de lumière disparut. *Cassandre, j'ai besoin de toi...*

— Lucien ! Petite voix ? Où êtes-vous ?

— *Aline... ! Aline, libère-moi !*

— Mais où es-tu ? pleurai-je.

— *Aline... Aline, libère-moi... moi... moi...* répéta l'écho.

— Je suis là ! m'essoufflai-je.

— *Je suis là... ! suis là... ! là... !*

— Où es-tu ?

— *Tu... ? Tu... ?*

— C'est Aline, c'est moi !

— *Moi... moi... moi...*

— J'ai besoin de toi. J'ai besoin de toi ! m'étranglai-je.

— *Toi... Toi... Moi...*

Ce dernier mot fut englouti par le silence. Je me croyais perdue à jamais, quand, soudain, une main se tendit vers moi. Mon visage, son visage, apparut au-dessus du mien.

Elle m'aida à me relever en me scrutant.

— *Il faut qu'on parle,* murmura-t-elle.

Je la contemplai. C'était mon double, mon parfait reflet.

— D'abord, nous devons trouver Lucien.

Elle hésita, mais acquiesça et se tourna dans une direction. Aussitôt, nous fûmes brusquement tirées en avant, ce qui me permit de m'extraire des sables mouvants. Des portes se succédèrent devant nous. Je crus me les prendre en pleine tête, mais nous les traversâmes toutes à la vitesse de l'éclair. Des couleurs, dans notre sillage, dansaient un peu partout. Je fermai les yeux. Et quand je les rouvris, je surplombais le gouffre d'eau noire.

Cassandre réagit avant moi en se précipitant près du bord. Quand je vis avec horreur qu'elle retenait un bras qui en dépassait, je me ruai dessus à mon tour.

— Lucien !

Je l'attrapai, moi aussi. Nous tirâmes de toutes nos forces, mais le bras se débattit. Il manqua même de nous faire tomber avec lui.

— Laisse-nous t'aider !

— *T'aider... ! T'aider...* répétèrent les voix.

Nous redoublâmes d'efforts. Le visage de Lucien émergea enfin. Il secoua pourtant la tête et tenta de retourner sous l'eau, comme appelé par de sirènesques abysses. Il s'arracha à nous et, entraînée par lui, je troublai la surface du pied. Le même besoin viscéral de sombrer dans le gouffre remonta alors par capillarité jusque dans mon cœur, l'animant, l'obsédant bientôt tout entier. À mon tour, je désirai plus que tout m'oublier dans ces ténèbres.

Mon double s'en aperçut. Elle lâcha Lucien pour me retenir d'aller plus loin, me secouant par les épaules et plongeant ses yeux, mes yeux, dans les miens, les siens. Elle y balança ainsi une ancre d'acier trempé, et son regard agrippa mon âme. Mon esprit s'y raccrocha. *Je ne dois pas céder,* me dis-je.

Lucien, de son côté, avait perdu pied et disparaissait sous cet obscur miroir. Il se laissait couler au fond, sans lutter. Je pressai la main de mon double, pour la rassurer et m'assurer moi-même, puis je me jetai à corps perdu après Lucien.

Cette eau noire m'absorba, parce qu'elle absorbait tout. Tout y était dissolu : la lumière, mon propre corps, ses émotions, les peines comme les joies, tout. Absolument tout. Mon identité elle-même aurait été menacée si ce regard-là, celui que m'avait adressé mon reflet, ne s'était pas ancré avec tant de solidité en moi.

Je heurtai une masse : Lucien ! Et je le tirai en arrière. Il me fallut pour cela déployer une force colossale, insoupçonnée jusqu'alors, mais je parvins à le ramener à la surface. Mon double m'aida à le traîner sur le bord, mais Lucien se releva et tenta de nouveau de retourner se jeter dans le gouffre.

Ma petite voix se tourna vers l'espace vide. Il s'y matérialisa, comme par enchantement, une grande porte blanche et dorée. Elle la poussa du doigt, ce qui suffit à décrocher son battant. Comprenant ce qu'elle attendait de moi, j'opinai. J'attrapai Lucien par le bras et sautai à travers, sans un regard en arrière, sans un regard pour l'eau.

— Pourvu qu'il ne soit pas trop tard…

— *Trop tard… trop… tard…* répéta l'écho dans mon dos.

Un grand claquement fit trembler tout mon être, et je revins à moi, me redressant comme une automate, la tête encore vibrante, mais le corps beaucoup plus lourd, l'âme plus écrasée. Il me fallut un instant pour m'apercevoir qu'Ester et Gabriel se tenaient devant moi. Derrière eux, la porte de la chambre avait été fracturée. Leurs yeux écarquillés achevèrent de me ramener sur Terre. Ce n'était pas moi qu'ils fixaient ainsi. Je me tournai lentement vers l'objet de leur stupeur et croisai alors le regard intense de Lucien.

Il ne m'avait pas lâché la main. Il s'y cramponnait même de toutes ses forces.

— Lucien ? murmurai-je, terrifiée à l'idée d'inventer tout ceci.

Un reste de brume scintillait au ras de ses cils. Il la chassa d'un battement de paupières, se redressa lui aussi, puis effleura ma joue.

— Lucien, répétai-je, soulagée.

Il approcha son visage du mien, sans rien dire. Son souffle chaud glissa sur ma bouche. Sans réfléchir davantage, je m'avançai à mon tour et, en riant, en pleurant, je pressai mes lèvres sur les siennes. Encore fiévreuses, elles avaient le goût salé des vagues et le mordant d'une brûlure. Lucien se raidit d'abord, puis s'abandonna tout à fait à ce baiser. Ses mains trouvèrent ma nuque, et il m'enserra tout contre lui.

— Je… vais… bien, essaya-t-il d'articuler au bout d'un moment, sa bouche toujours collée à la mienne.

Et je ris, je ris plus fort tout en l'embrassant. Je serais restée ainsi des heures et des heures, si un raclement de gorge embarrassé ne m'avait pas rappelé où j'étais et qui nous regardait. Je m'écartai. Nous nous retournâmes tous deux vers le bruit, vers Ester. Il y eut un silence inconfortable, puis elle déclara, avec tout le tact dont elle était capable :

— Contente de pas avoir à organiser tes funérailles !

Moi seule, sans doute, remarquai le pli annonciateur d'un sourire qu'elle dissimula en tournant les talons. Elle repartit en vitesse, refermant du pied la porte cassée, qui se rouvrit juste après en grinçant. Je laissai échapper un nouveau rire, mais qui mourut aussitôt quand je croisai le regard de Gabriel, indéchiffrable.

Ce dernier passait de Lucien à moi, de moi à Lucien, inlassablement, sans même cligner d'un œil. Mon don restait à vif. Je sentais ses émotions, toutes contradictoires, confuses et mélangées, illisibles. La météo au-dessus de sa tête ne cessait de changer. Je me rappelai bien vite ce que j'avais dit, ce que j'avais fait. Le plus douloureux pour lui avait-il été de m'entendre le rendre responsable de la mort de son ami ou de me voir l'embrasser sous son nez ?

— Gabriel, je suis désolée, pour tout, ajoutai-je d'une petite voix.

Il ne répondit rien, ne cilla pas.

— Gab ? l'interpella Lucien.

L'intéressé battit alors enfin des paupières et prit une profonde inspiration, comme s'il était resté en apnée. Le brouillard se dissipa. Il sembla nous regarder pour la première fois. Ses épaules, soulagées d'un poids invisible mais colossal, s'affaissèrent. Il fit d'abord un pas hésitant, puis se précipita pour nous enlacer. Il nous étreignit avec force, un sourire béat aux lèvres, nous couvrant de baisers sur le front et les joues.

— J'ai cru vous avoir perdus ! sanglota-t-il.

Il reprit ses embrassades. Lucien dut lui immobiliser la tête.

— Gab, je vais bien, tout va bien.

— J'espère que vous avez faim, tenta-t-il d'articuler, le visage pressé par les larges mains de Lucien.

Je partis dans un fou rire que le regard perplexe de Lucien fit redoubler. Gabriel s'y joignit, bientôt suivi par Lucien, même si celui-ci ne comprenait pas ce qu'il y avait de si drôle. Il nous fallut plusieurs longues minutes pour calmer nos nerfs et sécher nos larmes.

— Allons manger, fis-je, à bout de souffle.

Gabriel acquiesça, les yeux plissés par la joie, mais Lucien nous rattrapa par le bras :

— Attendez. Dites-moi d'abord ce qui s'est passé.

CHAPITRE 21 : FABLE

Lucien attendait toujours une réponse, mais comment tout lui expliquer sans avoir l'air de débarquer d'une autre planète ? Comment lui raconter tout ce qui s'était passé, tout ce qu'il avait traversé, ce que nous étions ? Comment lui révéler cette incroyable vérité sans qu'elle parût insensée ? Par où débuter ?

— *Il faut qu'on parle...* susurra ma petite voix, revenue avec moi de notre sauvetage.

— *C'est un peu rude...* lui répondis-je en pensée. *Je ne peux pas commencer comme ça.*

Elle avait repris sa place habituelle, au fond de ma tête.

— *Non... toi et moi... il faut vraiment... qu'on parle...*

Lucien croisa les bras.

— *Ce n'est pas le moment !* assurai-je à Cassandre.

— *C'est... important...* insista-t-elle. *J'ai vu...*

— *Le gouffre ? Oui, moi aussi.*

— *Non...*

— *Plus tard.*

— *Mais...*

Je la fis taire. Que dire à Lucien ? Que dire ! J'imaginai Ester à ma place : « Bah... t'as essayé de te suicider dans une dimension parallèle, et sinon, passe-moi le sel ! »

Fatiguée, je me tournai vers Gabriel, dont les yeux, fixés dans ceux de Lucien, ne daignaient pas m'accorder un battement de cils. Il avait l'habitude, lui, d'expliquer cela. Après tout, c'était lui, le veilleur, pas moi. C'était son rôle. Il allait tout démêler, tout rendre clair. Il m'avait lui-même révélé ma nature de décentrée et parlé de la réserve. Certes, il l'avait fait du bout des lèvres, mais il l'avait fait, et même s'il ne m'avait pas tout dit, il avait été assez convaincant pour ne pas passer pour un fou.

Gabriel entrouvrit les lèvres. Comme Lucien, j'y restai suspendue. Il les referma, puis les rouvrit encore.

— Tu as été drogué, lâcha-t-il soudain.

— Drogué ? répéta Lucien, incrédule.

— Drogué !? repris-je après lui.

— Oui, à la fête. Tu te souviens de la fête ?

Son ton était si assuré, que je doutai moi-même de ce que j'avais pourtant vécu.

— *Il ment...*

Et très bien. Mais pourquoi ce mensonge ? Avais-je manqué quelque chose ? Lucien devait nous accompagner à la réserve, et notre départ était prévu pour l'aube, c'est-à-dire dans quelques heures à peine. Il fallait bien l'en informer, pas vrai ? Comment Gabriel comptait-il faire ? L'y traîner par la peau des fesses sans la moindre explication ? Les plans avaient peut-être changé.

— La fête ? Oui, vaguement, répondit Lucien.

— Beaucoup d'invités ont été victimes de verres piégés. Ester est venue nous chercher. On t'a ramené à moitié délirant à la maison.

Gabriel osa un bref coup d'œil dans ma direction. À la lorgnette de mon don, il me sembla voir briller dans ses pupilles chocolat une lueur d'appréhension, de doute peut-être, ou de culpabilité. Mais après un tel voyage, j'étais trop épuisée pour le sonder davantage.

— Quel genre de drogue ? l'interrogea Lucien.

Gabriel glissa une boucle brune derrière son oreille. Je me demandai dans quelle mesure Lucien était capable de le lire. Les cristallisoirs avaient-ils les mêmes capacités que les décentrés ordinaires ?

Gabriel coupa court :

— Hallucinogène, éluda-t-il.

Lucien demeura pensif :

— Ceci explique mon drôle de rêve…

— Ton rêve ? fit Gabriel, innocent.

Mais Lucien se contenta de répondre :

— Cauchemar, plutôt. Il faut que j'aille le peindre, d'ailleurs.

— On est au beau milieu de la nuit, tu feras ça une autre fois.

Je notai qu'il n'avait pas dit demain. Lucien se frotta les yeux.

— Non, je risque de l'oublier.

Il releva brusquement la tête.

— Tout à l'heure, tu as dit : « J'ai cru *vous* avoir perdus. »

Il pivota vers moi.

— Toi aussi, Aline, tu as été droguée ?

Prise au dépourvu, je m'étranglai avec ma salive. Gabriel, sans se démonter, répondit à ma place :

— Beaucoup moins !

Lucien se passa une main sur le visage.

— C'est bien la dernière fois que nous mettons les pieds chez Ravi.

Gabriel sourit.

— C'est vrai qu'avec lui, ça tourne souvent à la mayonnaise.

— Au vinaigre.

— Quoi ?

— L'expression c'est : « Ça tourne au vinaigre. »

— Je ne vois pas pourquoi on dirait ça, protesta Gabriel. Tourner à la mayonnaise, ça veut bien dire ce que ça veut dire.

— Ah oui ? s'amusa Lucien.

— Oui ! C'est quand les choses se mélangent, deviennent trop troubles pour y piger quelque chose.

Lucien secoua la tête.

— Tu confonds.

Gabriel rejeta la remarque d'un geste. De mon côté, la pensée du vinaigre m'avait fait saliver, et mon estomac gargouilla, me rappelant combien il était vide. Gabriel avait raison : voyager, ça creuse.

— Venez manger quelque chose, il faut vous requinquer, proposa-t-il en me voyant me tenir le ventre.

— Je dois peindre, répéta Lucien.

— Tu peindras après, s'agaça Gabriel.

Quand nous fîmes irruption dans la cuisine, nous surprîmes Ester en train de dévorer de la semoule à même le plat. Mes commissures remontèrent.

— Tu veux ma photo ?! marmonna-t-elle en toussant quelques grains.

Elle remarqua Lucien.

— Alors, ça y est, Lucien, tu... continua-t-elle, la bouche pleine.

Gabriel, dans le dos du concerné, lui fit signe de se taire. Ester haussa un sourcil, prit le temps de mâcher et d'avaler avant de terminer :

— ... te sens mieux ?

— Je suis toujours sous le choc, admit-il.

— Normal, répliqua Ester en plissant les yeux.

— Mais je suis déjà plus en forme. Je suis désolé de vous avoir fait peur. Je n'avais jamais été drogué. Ivre, oui, mais drogué, jamais.

Ester jeta alors un regard interrogatif à Gabriel, puis à moi. Je haussai les épaules. Non, je ne comprenais rien non plus à cette ruse. Lucien se tourna vers le placard à vaisselle, et Ester en profita donc pour faire les gros yeux à Gabriel.

— Vous êtes adorables d'avoir veillé sur moi, ajouta Lucien, tout penaud.

Un petit caillou roula au fond de mon cœur. J'étais complice d'un mensonge qui le poussait à s'excuser et à nous remercier.

— Tout va bien, Aline ? me demanda-t-il soudain.

Il posa une main sur ma joue et, immédiatement, je me sentis plus légère. Un cristallisoir, Lucien était un cristallisoir. Comment ne l'avait-on pas remarqué ! Ester l'avait comparé à une éponge.

Venait-il d'absorber ma peine ? Je reculai d'un pas. Lucien battit alors des cils, surpris, et je m'en voulus plus encore. Bien sûr, il ne pouvait pas interpréter ce geste pour ce qu'il était. Gabriel détourna son attention :

— Devine quoi ! lança-t-il en tirant sa chaise. Je t'ai fait des îles flottantes !

— Ouais, entre autres, marmonna Ester. Toute ta réserve de bouffe y est passée.

Ainsi qu'une partie de la nôtre, pensa-t-elle sans doute. Lucien baissa les yeux et sembla enfin remarquer la farandole de desserts et de gâteaux sur la table. Son regard se porta ensuite sur les plats salés, alignés sur le plan de travail. Gabriel en avait transvasé la plupart dans des boîtes en verre et en acier qui formaient des piles à certains endroits. Il y en avait jusque sur le dessus du réfrigérateur et sur le rebord de la fenêtre. Lucien se frotta les yeux, se demandant sans doute s'il n'était pas encore soumis à un effet psychotrope.

— Merci, Gab, mais c'est trop, beaucoup trop, bredouilla-t-il.

— Ça m'a fait passer le temps, se justifia Gabriel, un sourire triste au coin des lèvres.

Lucien le prit dans ses bras.

— Excuse-moi de t'avoir causé tant de soucis.

Gabriel couina.

— Tu me serres trop fort !

Puis, enfin, nous nous mîmes à table. Chacun piocha et mangea ce qui lui faisait envie. Il y avait assez pour nourrir tout un village, mais trop peu pour combler le malaise au fond de mon estomac. Je me raisonnai. C'était un soulagement de voir Lucien éveillé, en pleine santé, déguster son dessert favori. Comme moi, Gabriel ne le quittait pas des yeux. Il l'observait avec joie et amour. Même Ester, qui le cachait bien, éprouvait un certain attendrissement.

Nous mangeâmes jusqu'à n'en plus pouvoir, jusqu'à ce que nos ventres soient bien rebondis et bien tendus, jusqu'à épuiser nos rires.

Ester déboutonna alors son pantalon et s'avachit sur la table. Gabriel, lui, repoussa sa dernière assiette avec une grimace de trop-plein. Il posa la tête dans une main, les yeux à moitié fermés. Seul Lucien restait éveillé, mais guère plus alerte. Je vis à son air qu'il divaguait. Je bus une gorgée d'eau, qui ne fit en vérité qu'ajouter de la lourdeur à mon estomac. La somnolence nous gagnait ainsi un à un. Ester déclara juste à temps :

— Faut aller se coucher.

Elle précisa, d'un regard appuyé que Lucien ne pouvait comprendre :

— On doit être en forme pour demain.

Ainsi, le départ pour la réserve était maintenu. Je consultai la vieille horloge de la cuisine. Nous avions quasiment fait une nuit blanche. Demain, c'était déjà aujourd'hui. Lucien se leva soudain.

— Je dois peindre !

Personne n'eut la force de l'en décourager.

Seule dans ma chambre, je me repassais cette interminable et cauchemardesque journée en mémoire, et comme d'habitude, mon corps refusait le sommeil. Et si Lucien voyageait encore par accident ? Et combien de fois avait-il épongé mes émotions ? Impossible de me l'ôter du crâne. Je pestai et me relevai. Presque sans m'en rendre compte, je traversai le couloir pieds nus et me plantai devant sa porte, entrouverte. J'entrai.

Lucien était en train de peindre, comme lorsque je l'avais quitté un peu plus tôt. Il semblait fiévreux, possédé par sa toile. Ses cheveux en bataille et les éclats de couleurs sur ses mèches indiquaient qu'il était inspiré. Je dus me signaler par un petit toussotement.

— Je ne t'avais pas vue, s'excusa-t-il dans un chuchotis.

— Ce n'est rien, l'imitai-je. Pourquoi discute-t-on à voix basse ?

Lucien pointa du pinceau une masse sous les couvertures. Il me fallut quelques secondes pour remarquer les boucles brunes qui en dépassaient.

— Il s'inquiétait pour moi, me confia Lucien.

Je souris. Bien sûr qu'il s'inquiétait. Gabriel s'inquiétait toujours !

— Tu peins ton voy... rêve ? me rattrapai-je.

Il acquiesça en m'invitant à me rapprocher. Je fis quelques pas et demeurai stupéfaite en découvrant la toile. Gabriel m'avait bien prévenue : chaque décentré avait sa propre vision de l'autre monde. Mais celle de Lucien s'opposait en tous points à la mienne. Pas d'eau, pas de brume. Je tentai de conserver un visage neutre, en vain sans doute. Je sentis Lucien se raidir.

— Ce sont... fis-je.

— Des flammes, oui.

Je ne trouvai rien à répondre. Lucien se laissa alors tomber sur son tabouret, là où, un peu plus tôt, Ester l'avait veillé. Il fit tourner le pinceau entre ses doigts et me raconta tout. Il avait visité un monde en feu, forgé par des brasiers ardents. Il s'était aventuré dans l'incendie des crépitements, au milieu des embrasements. Il avait traversé des fulminations, échappé de peu à la combustion. Il avait respiré la chaleur de l'air, assez pour suffoquer, assez pour se sentir brûler de l'intérieur.

— Toute cette fumée... murmura-t-il en scrutant sa propre toile.

Je suivis du doigt la traînée qu'il avait dessinée au fusain. Elle laissa sur ma peau une ombre charbonneuse.

— J'ai cherché une sortie, poursuivit-il. Mais plus j'avançais, et plus les brasiers croissaient. Certaines flammes viraient au bleu. J'en ai représenté une, ici.

Il la pointa de son pinceau. En la découvrant, j'eus l'impression d'avaler du sable. La vision de Lucien était cauchemardesque, effroyable. Il remonta sa manche et me tendit son avant-bras.

— Je ne sais pas comment je me suis fait ça, mais ça correspond à l'une des brûlures de mon rêve. C'est très étrange.

Je manquai une respiration. Sa peau était rouge, comme

marquée au fer. Son voyage avait-il pu affecter son corps ? Je chancelai, repensant à mes multiples noyades.

— Comment t'en es-tu sorti, dans ton rêve ? demandai-je.

— Un miracle !

Il caressa du doigt un aplat de peinture en arrière-plan. Ses yeux voyageaient dans les contrées mystérieuses de sa mémoire. Il me parla d'une colline merveilleuse, qui était apparue ainsi, subitement, par magie. Une oasis dans le désert. Le feu l'entourait, léchait ses bords verdoyants sans jamais la réduire en cendres. Elle était épargnée. Lucien s'y était aventuré, avait plongé les mains dans l'herbe. La rosée était encore fraîche. Une brise légère et revigorante agitait de grands arbres à large feuillage, plus verts que le vert de sa peinture. Il y avait trouvé une petite cascade d'eau claire dont le murmure avait chassé le crépitement des brasiers.

— J'ai voulu me réfugier au sommet de la colline, mais...

Il hésita, revenant à lui, à moi.

— Mais ?

— Quelque chose m'en a empêché.

— Quoi donc ?

Il évita mon regard.

— Toi. C'est toi qui m'en as empêché.

Nouvelle pelletée de sable.

— M-moi ?! m'étranglai-je.

J'en oubliai Gabriel. Je répétai, tout bas :

— Moi ?

Il hocha la tête, doucement.

— J'ai réussi à me dégager, à courir jusqu'au sommet. Et au bout, oh, Aline, tu n'imagines pas !

Il chercha ses mots.

— La colline se transformait en falaise. Tout à coup, j'étais face au vide.

Il rit.

— On aurait dit une distorsion de l'espace, quelque chose comme ça. D'un côté, il y avait des brasiers, de gros nuages noirs de fumée menaçante, et de l'autre, ce ciel bleu, infini.

Il me décrivit alors avec une précision déconcertante les vapeurs blanches comme neige qui scintillaient en contrebas.

— J'ai compris que c'était le seul moyen de m'échapper.

— Comment cela, t'échapper ?

Il hésita, mais, pour finir, lâcha :

— Il fallait que je saute, Aline. C'était plus fort que moi.

Le gouffre. Son ciel, c'était mon gouffre.

— Et... tu l'as fait ?

— J'ai essayé. Mais tu m'as retenu.

Mes sourcils s'arrondirent.

— Et puis, tu t'es dédoublée.

Il désigna deux points noirs sur son tableau. Stupéfaite, je les contemplai. Une telle conjonction de nos deux visions était incroyable. Il avait vu mon ombre. Il avait vu l'autre, ma petite voix, Cassandre.

— Je sais que ça paraît dingue ! se défendit-il.

Il rit, mal à l'aise.

— Il devait y avoir une sacrée dose dans les verres !

— Raconte-moi la fin, fis-je, très sérieuse.

— Tu...

Il évita mes yeux.

— Tu m'as rattrapé et ensuite...

— Et ensuite, quoi ?

Mon cœur manqua un battement.

— Toi, ou ton double, vous m'avez jeté dans un brasier.

Sa voix se brisa sur ce dernier mot. Il rit pour le dissimuler.

— C'est ridicule, laisse tomber.

— Non...

Je ne trouvai rien d'autre à répondre. De son point de vue, je n'avais pas été sa sauveuse, mais son bourreau. Je lançai un regard à la masse sous la couette. Gabriel était trop immobile.

— Ce n'est rien, Aline. C'est l'effet de la drogue, et ça ne signifie rien, tenta-t-il de me rassurer.

J'opinai, mais il lisait en moi.

— Je ne voulais pas te blesser.

Et le voilà qui s'excusait à nouveau !

— Ce n'est pas ce que tu crois.

Je m'essuyai le front, trempé de sueur.

— J'ai eu mon lot d'émotions pour la soirée.

Les yeux de Lucien s'agrandirent :

— Le sale type ! Je m'en souviens !

Il pressa ma main. Je la retirai.

— Excuse-moi.

— Non, tu n'as pas à t'excuser. Je n'ai simplement pas envie d'y penser.

Et je ne veux pas que tu endures la même chose que moi, en épongeant ma peine, faillis-je répondre. À la place, je coupai court.

— Il est temps d'aller me coucher.

Lucien ne dit rien.

— Tout va bien, le rassurai-je.

Je quittai sa chambre à reculons, puis tombai sur mon propre lit comme une masse, l'âme trop alourdie du voyage de Lucien pour me soucier du mien.

— *Aline...* murmura ma petite voix. *Il faut... que je te parle...*

Un mauvais pressentiment électrisa ma nuque, mais l'épuisement avait gagné chaque fibre de mon corps. Je l'ignorai, et mon esprit sombra dans le sommeil.

CHAPITRE 22 : LE CIEL SUR LA TÊTE

— Merde ! Aline ! Réveille-toi !!

Mon cœur bondit devant moi. J'y portai la main en essayant de chasser la buée de mes yeux, mais Ester me secouait comme un prunier.

— Réveille-toi ! Allez !

— Mais quoi ?! Que se passe-t-il ?

— T'as vu l'heure ? On s'est oubliés !

— Comment ça se fait ?

— Mon téléphone était déchargé ! s'impatienta-t-elle.

— C'est qu'on avait besoin de dormir. Et c'est toujours le cas, grommelai-je plus bas.

Je me laissai retomber sur le matelas, prête à reprendre le cours de mes rêves, mais Ester tira les rideaux d'un coup sec.

— Debout !

Je me détournai par réflexe pour éviter le foudroiement du jour, mais ce fut inutile. Dehors, il faisait encore nuit noire.

— Le soleil n'est même pas levé ! me plaignis-je en ramenant les draps au-dessus de ma tête. Combien de temps ai-je dormi ? Dix minutes ? Cinq ? Partez devant. Je vous rejoindrai plus tard.

Je soupirai d'aise, le corps pris entre le moelleux du matelas et la tiédeur de la couette, inspirai l'air chaud que formait cette bulle rassurante. Ester m'en priva en m'arrachant la couverture.

— On a un long trajet. On doit partir, tout de suite !

Je la maudis sur cinq générations – intérieurement, bien sûr.

— Bouge-toi, on va pas y passer la journée !

Je protestai, grelottante, mais Ester ne céda pas. Ce n'était pas son genre. Je me résignai donc en posant un pied hors du lit.

— Dépêche-toi. Habille-toi. Va prendre ton petit déj'. Tes affaires sont prêtes ?

Assembler les syllabes en mots dans ma tête me coûtait une énergie surhumaine, aussi ne répondis-je pas.

— Aline ? Alors ? Elles sont prêtes ? s'agaça-t-elle.

Je considérai, à côté de mes vêtements pliés pour la journée, le petit sac patientant dans un coin. J'y avais fourré mes maigres effets. Je le lui indiquai du menton.

— Parfait. Je vais le mettre dans le van ! me lança-t-elle avant de le soulever.

Puis, le soupesant, elle se tourna vers moi :

— Aline, me reprocha-t-elle, t'essayes encore de prendre un pavé ? C'est quoi, cette fois ? L'encyclopédie des inventions féminines attribuées à des mecs ?

Je haussai les épaules.

— Pff, se contenta-t-elle de répliquer, trop pressée pour entreprendre une négociation.

Elle emporta le sac, et je titubai peu après en pyjama dans le couloir.

— Que se passe-t-il ? Où va-t-on ? demanda Lucien, qui émergeait comme moi de sa chambre.

Gabriel ne l'avait pas encore mis au courant ? Celui-ci traversa à vive allure sous notre nez, une brosse à dents, un peigne et du savon sous le bras.

— Surprise ! lui lança-t-il au passage.

Puis il disparut dans une autre pièce. Lucien se tourna vers moi. Je restai coite. Pour une raison obscure, le secret tenait toujours.

Lucien et moi descendîmes l'escalier. Nous dûmes nous écarter, car Ester remontait en trombe. Puis nous prîmes notre petit déjeuner en silence, au rythme des allées et venues d'Ester et Gabriel, occupés à rassembler les dernières affaires.

— Gab, bon sang, dis-moi ce qui se passe, tenta Lucien alors que Gabriel venait d'entrer dans la cuisine.

Gabriel ne l'entendit pas – du moins, ce fut l'impression qu'il donna. Il saisit un sac de course et s'éclipsa.

— Gabriel ! hurla Lucien.

Mais son ami avait déjà disparu. J'évitai son regard, faisant semblant, sans trop d'efforts, d'être mal réveillée. Malgré tout, je songeai que Gabriel avait intérêt à avoir une bonne raison de me forcer à mentir !

Il revint alors que Lucien lavait nos bols et entreprit de rassembler les restes de nourriture du réfrigérateur dans une glacière qu'Ester se dépêcha de récupérer. Puis Gabriel repartit comme il était venu, et nous l'entendîmes grimper les marches. À l'opposé, la porte d'entrée claqua derrière Ester. Et moi, je demeurai les bras ballants dans la cuisine, ne sachant que faire de ce corps, mon corps, dans tout ce remue-ménage. Lucien avait l'air plus perdu que jamais.

— Voilà pour toi, déclara Gabriel en faisant de nouveau irruption.

Il laissa retomber un bagage plein à craquer aux pieds de Lucien. Ce dernier releva le nez, fronça les sourcils.

— De quoi s'agit-il ?

— D'un sac.

— Ça, je le vois bien, merci, s'impatienta Lucien.

— Ce sont tes affaires.

— Mes affaires ?

Lucien s'accroupit pour regarder ce que Gab avait emballé, mais au même moment, une stridulation de la sonnette me fit bondir au plafond. Qui pouvait bien se présenter à une heure pareille ? Lucien et moi interrogeâmes Gabriel, mais celui-ci semblait tout aussi surpris que nous.

— J'y vais, annonça Lucien.

Gabriel se tourna vers moi.

— J'ai un mauvais pressentiment, souffla-t-il.

Alors, il s'immobilisa pour ne perdre aucune miette de la conversation. Je tendis l'oreille à mon tour.

Lucien ouvrit la porte, dont je reconnus le grincement.

— Bonjour, fit une voix masculine, très grave.

— Bonjour, messieurs. Madame, salua Lucien.

Ses mots restèrent suspendus dans l'air.

— Je peux faire quelque chose pour vous ?

Raclement de gorge.

— Nous cherchons une jeune femme : Cassandre Deulort. Vous l'avez déjà vue ?

Gabriel se contracta comme un ressort. Mon sang se glaça.

— Non, ça ne me dit rien, répondit Lucien.

Évidemment, il ne connaissait pas Cassandre, il ne connaissait qu'Aline.

— Elle a disparu il y a plusieurs semaines. Elle est très malade.

— Malade ?

— Oui. Elle est mentalement dérangée. Vous n'avez pas vu les avis de recherche ?

— Non, désolé. J'évite l'actualité...

— Donc, vous ne l'avez jamais croisée ?

— Non, répéta Lucien. Je ne la connais pas. Je ne connais pas de Cassandre. Je suis navré de ne pouvoir vous aider davantage. Mais j'ouvrirai l'œil à l'avenir.

Le ton de l'individu devint plus sec.

— On l'a pourtant aperçue cette nuit à une fête, en votre compagnie. Un homme a témoigné.

Lucien bredouilla.

— J-j'étais bien à une fête, mais je ne me souviens pas d'une Cassandre. Il se trouve que j'ai été drogué à mon insu, là-bas. Vous avez sans doute été informé de ce qui s'est passé, vous avez dû recevoir des plaintes. En plus, il y avait beaucoup de monde. Je l'ai peut-être croisée sans le savoir. À quoi ressemble-t-elle ?

Il y eut un nouveau blanc, assez long pour me faire craindre le pire.

— Alors, vous la reconnaissez ? s'impatienta une voix féminine, aussi sèche que celle de son confrère.

— La photo est récente, commenta un autre homme.

Un portrait ! Voilà, j'étais fichue ! Lucien allait m'identifier et leur dire que j'étais là, à deux pas ! Ils viendraient s'emparer de moi, et tout serait fini. Ils me ramèneraient dans ma cellule. Qui sait ce que Robert me ferait ? Et monsieur Burish ? Je reculai un peu plus, me heurtant à la table. Cassandre me hurla de fuir, mais je cherchais déjà des yeux un moyen de m'échapper. La fenêtre ? Non, elle donnait sur un cul-de-sac. Elle m'obligerait à repasser devant la maison, où je tomberais nez à nez avec ces types. Comment, alors ? Trop tard. La voix de Lucien retentit, soudain privée de timbre :

— Désolé. Je n'ai jamais vu cette femme de toute ma vie.

J'en eus le souffle coupé. Venait-il... de me couvrir ?

— Notre source affirme pourtant vous avoir aperçus ensemble. L'un de vous lui aurait cassé une dent.

— Vous êtes de la police ? Où sont vos badges ?

— Livrez-nous la fille.

— Livrer ? s'étonna Lucien.

Gabriel attira mon attention en pressant mon bras. Il me fit signe de ne pas bouger et me quitta. Je le suppliai des yeux de ne pas me laisser, mais il le fit quand même.

— Dites-nous où elle est, gronda la voix du premier homme.

— Mais puisque je vous répète que je ne la connais pas ! s'écria Lucien.

— Bonjour, messieurs ! lança Gabriel faussement guilleret. Madame.

— Ces gens sont à la recherche d'une certaine Cassandre, souligna Lucien.

— Ah. Désolé, messieurs dames, mais aucune femme ne vit avec nous, si vous voyez ce que je veux dire, répondit Gabriel.

Qu'essayait-il de faire ?

— Permettez qu'on vérifie, siffla l'un des hommes.

— Vous ne pouvez pas vous introduire comme ça chez nous ! protesta Lucien.

— Non, vous n'avez pas le droit ! Attendez !

Des pas lourds résonnèrent dans l'entrée. Je considérai tout ce qui se trouvait autour de moi, sonnée. Mes jambes se mirent à courir chacune dans une direction, et mon cerveau ne parvint pas à aligner la moindre pensée cohérente. Je me figeai sur place en les entendant fouiller le salon. Des meubles furent tirés, des choses volèrent et retombèrent pesamment sur le sol. Les livres de la bibliothèque ? Puis ils progressèrent dans le couloir. Ils seraient bientôt dans la cuisine. Vite, une idée !

Ma petite voix m'imposa une image de toutes ses forces : le placard, et un souvenir, celui des parties de cache-cache avec son père. Je compris tout de suite où elle voulait en venir. Je me tournai sans attendre vers l'évier sous lequel Gabriel avait presque disparu cette nuit, quand il cherchait sa casserole fétiche. Je m'y précipitai et déchantai : c'était trop encombré maintenant pour m'y dissimuler ! J'avisai un autre placard, plus large, mais plus haut. Bingo ! Il était vide ! J'enlevai les deux planches qui servaient d'étagères et ne tenaient que sur deux clous, puis les fourrai en travers dans la première cachette venue : le four. Je dus ensuite me hisser dans la cavité, contorsionner tant bien que mal ces bras et jambes qui me gênaient tant. C'était très étroit. Je songeai soudain que je risquais de finir comme le paquet de biscottes qu'Ester y avait écrasé un jour.

Je tentai d'agripper le battant pour m'enfermer, mais, de l'intérieur, sa surface était lisse, sans poignée. Je ne pus que pincer son arête, lui donner un peu d'élan et retirer mes doigts avant qu'il ne claquât, tout en priant pour que le bruit ne les alertât pas.

— Attendez ! entendis-je hurler Gabriel.

La porte acheva de se refermer au moment exact où ils faisaient irruption dans la cuisine.

— *Chut!* m'intima Cassandre.

Je plaquai une main sur sa bouche, ma bouche.

— Non, attendez ! répéta Gabriel.

— Quoi ? rugit l'un de mes poursuivants. Quelque chose à cacher ?

Un silence s'installa, dans lequel ma respiration me parut trop bruyante. D'une voix mielleuse, Gabriel répondit :

— Non, mais vous ne vous êtes pas essuyé les pieds. Comprenez, j'ai fait le ménage très récemment…

L'homme grommela en retour quelque chose que je ne saisis pas, mais qui ressemblait fort à une insulte. Il ordonna à ses collègues de fouiller la pièce.

— Vous voyez bien qu'il n'y a personne, marmonna Lucien.

Ils l'ignorèrent.

— Vous allez quelque part ? demanda la femme.

Je pensai au sac de Lucien, resté dans la cuisine, et au vide laissé par tout ce qu'Ester avait chargé dans le van. Où était-elle passée, d'ailleurs ?

— Oui.

— Pourquoi ?

— Lune de miel.

— À d'autres !

— Où ?

— Vous connaissez Venise ?

Silence.

— Et ça, c'est pas à une fille, peut-être ? gronda la troisième voix, plus bourrue encore.

De quoi parlait-il ?

— C'est à moi ! s'indigna Gabriel.

— Et pourquoi quatre bols en train de sécher ?

— Vous faites la vaisselle tous les jours, vous ?

Gabriel répondait du tac au tac, sans perdre son sang-froid. Je bénis son talent d'improvisation.

— Vous êtes un petit malin, hein ? ricana-t-il.

Détonation sinistre, éclatements aigus. Je sursautai et manquai de me cogner.

— *Ce n'est que de la vaisselle...* me rassura Cassandre, comme si elle voyait ce qui se passait.

— J'aime pas les menteurs, cracha l'homme.

— Ni les bols, *a priori*, commenta Gabriel, un peu trop désinvolte à mon goût.

Un grognement, puis l'appel d'air caractéristique du réfrigérateur.

— Pourquoi c'est vide ?

— Je viens de vous dire qu'on partait en voyage.

Grincements familiers.

— *Oh non !*

Je me figeai, arrêtant de respirer. Des verres tintèrent, des gonds couinèrent, et le bois vibra, de plus en plus près de moi. Quelqu'un ouvrait les placards un à un. Bientôt, ils atteindraient le bout de la rangée et tomberaient sur moi. Impuissante, et pour me retenir de hurler, j'enfonçai les ongles dans ma chair. Ils avaient peut-être remarqué les planches dans le four...

Mon esprit se mit à inventer des solutions improbables, irréalisables, mais que j'envisageai malgré tout, tant ma situation s'avérait dramatique. Piquer un sprint, sauter par-dessus la table et m'enfuir à toutes jambes ? Me battre ? Briser un bol sur la tête du grand costaud ? Parce que c'était forcément un grand costaud. Assommer mes adversaires d'un coup de chaise comme une catcheuse surentraînée ? Gabriel avait-il déjà rangé et emporté ses épices ? Un souffle de piment dans les yeux ou du poivre, au pire du paprika, et le tour serait joué, non ?

— *On est foutues...* se désespéra ma petite voix.

— *Si tu as une meilleure idée !* répondis-je en pensée.

— *Utilise... ton don...* susurra-t-elle. *Influence-les...*

Plus facile à dire qu'à faire ! Je n'y étais pas parvenue quand j'en avais eu besoin, quand cet homme m'avait agressée. Je pouvais toujours voyager, mais à quoi cela m'avancerait-il ? J'essayai malgré tout de me concentrer, de faire le vide dans mon esprit. Impossible, mon cœur battait trop fort.

— Notre vaisselle vous plaît ? Je connais une brocante à quelques rues d'ici, parfaite pour les amateurs d'antiquités, crut bon de plaisanter Gabriel.

Mais à quoi jouait-il ? Que cherchait-il à faire en les provoquant ainsi ? Pour toute réaction, un autre éclat foudroyant de céramique. J'entendis chaque brisure s'éparpiller.

— Qu'est-ce que vous faites ? C'était à ma grand-mère ! s'indigna Lucien.

Nouveau choc, plus violent.

— Arrêtez ! Arrêtez ! implora Lucien.

Mais le bruit se répéta, encore, encore, et encore. À chaque fracture, je sursautais. L'homme vidait les placards, sans ménagement, en jetant toute la vaisselle sur le sol, qui se rompait en mille morceaux dans un tapage infernal. Dans ma panique, j'oubliai même qu'ils me voulaient vivante et imaginai mon crâne à son tour fracassé sur le carrelage. La cicatrice à mon bras causée par Robert, en sceau funeste, se mit à me brûler. Je portai les mains à mes oreilles pour couvrir le chaos. Un placard de plus, et l'on me trouverait. Je reculai dans le minuscule habitacle.

Un léger *poc* m'indiqua que l'on s'était emparé de la poignée.

L'hôpital. Ma cellule. *Ça y est. Adieu, liberté !*

La porte s'entrouvrit. Un filet de lumière jaillit. Je le contemplai à la manière d'une condamnée à mort, mon souffle suspendu comme le temps, bloqué dans ma poitrine.

— Dites donc, c'est qu'il vous va bien ce petit uniforme ! Je ne vous avais pas vu de dos. Il vous fait de très belles fesses. N'est-ce pas, Luce, que ça lui fait de belles fesses ?

— Toi, ta gueule ! Ou je te défonce ! rugit l'homme.

— Je n'en demande pas tant ! répondit Gabriel avant d'éclater de rire.

L'individu lâcha la porte de mon placard, qui se referma en grinçant très, très lentement. J'eus le temps de voir les bottes opérer un demi-tour. Elles écrasèrent la vaisselle brisée qui jonchait le sol, puis l'obscurité m'engloutit au moment même où un choc sourd, terrible choc, résonnait dans la pièce.

— Voilà qui devrait te calmer, pédale !

Gémissement plaintif.

— Il nous reste l'étage. Retournez-moi cette maison de fond en comble, aboya l'homme. Mais trouvez-la !

Dès que les bottes furent loin, Lucien murmura :

— Gab, ça va ?

Celui-ci grommela quelque chose d'incompréhensible, mais qui dut rassurer Lucien, car son ton changea :

— Dans ce cas, peux-tu me dire à quoi tu joues ? le rabroua-t-il. Et où est Aline ? Ou devrais-je dire *Cassandre* ? Et qui sont ces gens et que se passe-t-il ?

Je poussai avec prudence la porte de mon placard. Gabriel, une main sur l'arcade, se précipita pour m'aider à descendre.

— J'étais sûr que tu t'étais cachée là, murmura-t-il alors que j'enjambais les éclats de vaisselle.

Je le dévisageai, mortifiée en découvrant son œil rouge et larmoyant. Déjà, un hématome se dessinait tout autour.

— *Il l'a fait exprès... pour le distraire...* comprit ma petite voix.

Mon estomac se contracta.

— Aline, commença Lucien.

Mais Gabriel ne laissa pas à son ami le temps de poursuivre, et il ne me permit pas de m'expliquer. Il attrapa le sac de Lucien et le lui jeta dans les bras.

— Courez ! nous ordonna-t-il.

Puis il s'élança dans le couloir. Lucien et moi ne nous le fîmes pas dire deux fois. En passant, j'entrevis les dégâts : la maison avait été retournée, si bien que tout était sens dessus dessous. J'en eus un haut-le-cœur. Gabriel, sans un regard en arrière, poussa la porte d'entrée de toutes ses forces et se rua à l'extérieur, Lucien et moi sur ses talons.

— Par ici ! Le van est garé de ce côté !

Ester en sortit alors que nous n'étions plus qu'à quelques mètres.

— Magnez-vous ! s'écria-t-elle en faisant coulisser les portières.

— Parce que tu crois qu'on fait quoi, là !? s'époumona Gabriel. Qu'on cueille des pâquerettes ?

Mais le temps n'était pas à la chamaillerie. Ester ne répondit pas.

— Là-bas ! Rattrapez-les ! entendis-je hurler dans notre dos.

Ester se glissa derrière le volant avec plus de souplesse qu'un chat. Moi, je m'affalai à l'arrière comme un poids mort. Lucien m'imita en plongeant sur son siège. Ester n'attendit pas même que la dernière portière, celle de Gabriel, fût close. Elle démarra aussi vite que possible, et celle-ci se referma avec l'accélération.

Je collai le nez à la vitre. Les hommes se précipitaient sur leur propre véhicule qui, à mon grand désarroi, avait l'air bien plus robuste et bien plus rapide que notre tas de ferraille.

— Ils vont nous suivre ! s'exclama Gabriel.

— Relax, j'me suis occupée de leurs pneus, se vanta Ester, une mèche au vent.

Je les regardai en effet ressortir de la voiture pour constater les dégâts. Le plus énervé donna un vif mais ridicule coup de pied dans une roue. Je soupirai de soulagement.

— Mais ils ont vu le van et la plaque, souffla Gabriel.

— Un problème après l'autre.

Nous étions déjà bien engagés dans la rue. Ils rapetissaient à vue d'œil, tout comme la maison que nous laissions derrière nous. Je me dévissai la tête pour la contempler une dernière fois, avant qu'elle ne disparût au fond de cette impasse. Son toit noirci, ses coulées grises sous ses fenêtres, et même le rouge écaillé de ses volets m'étaient étrangers. Je n'étais presque jamais sortie de ces murs et n'avais pas eu l'occasion de m'attarder sur son aspect extérieur. J'en eus un pincement au cœur. Notre maison semblait si fragile, si petite, ainsi penchée entre les colossaux immeubles de la rue. Savoir qu'on avait saccagé, ravagé, fracturé son intérieur, mon foyer, me fendait l'âme. Elle paraissait plus vulnérable que jamais, comme moi.

Je considérai Lucien pour qui cela devait être plus difficile encore. Le pauvre ne devait rien comprendre à tout ceci et se retrouvait embarqué dans mes problèmes malgré lui, comme Ester et Gabriel, d'ailleurs. Ceux-ci étaient tous deux en train de fixer la ventouse du GPS au parebrise, se disputant sur le meilleur itinéraire à prendre. Cela, bizarrement, me fit sourire. Je me rendis compte que je n'avais pas besoin de cette maison : mon véritable foyer se trouvait là, avec eux. Mon chez-moi, juste ici.

— *On doit... parler...* susurra ma petite voix. *J'ai vu... quelque chose...*

— *Plus tard,* répondis-je.

Je contemplai la route.

— *Non... tout de suite...*

— *Non, plus tard. Pour l'instant, direction la réserve !*

— *Aline, ton prénom... Il y a un problème...* me souffla-t-elle malgré tout.

— Qu'est-ce que tu racontes ?

— *Le tableau... Le psychiatre a fait une faute... de frappe.*

Je me souvenais bien du tableau du doc. Nous l'avions imprimé dans son bureau, la nuit de mon évasion. Nous l'avions cru vide, mais le lendemain, nous y avions découvert un nom : Aline. Je l'avais fait mien.

— *C'était Alline avec deux l, c'est ça ? Alie, peut-être ? Ce n'est pas bien grave.*

— *Ce n'est pas... ça...*

Elle s'essoufflait. Il lui était toujours difficile de tenir de longues conversations mentales.

— *Je ne veux pas penser à ça,* m'impatientai-je en contemplant le soleil qui se levait.

— *Nous ne sommes pas une... divisée en deux...*

— *D'accord, si tu le crois.*

Elle continua :

— *Nous sommes deux... pour un seul corps...*

— *Je ne vois pas ce que cela change. Allez, arrête. Je te dis que l'on en parlera plus tard.*

Quelques vers écrits par Lucien me revinrent en tête. Ils tournoyèrent dans mon esprit, et je me les répétai, comme une musique, pour couvrir ses propos :

Il y a dans ma voix des mots qui s'écorchent vivants
Il y a dans ma voix des mots qui...

— *Il faut... que tu écoutes...*

Qui s'écorchent vivants. Dans ma voix, des mots qui...

— *Je ne fais que ça !*

— *Tu n'es pas... mon autre moi-même...*

Dans ma voix, ils s'écorchent...

— *Ah non ?*

— Non… Tu es… une autre. Je l'ai vu dans ton esprit… derrière la porte rouge…

Des mots… vivants…

— Tu ne sais pas de quoi tu parles !

— Tu l'as toujours su… Et ça explique… tant de choses…

— Tais-toi ! Je ne veux pas t'entendre !

— Écoute…

Mais mes pensées la devancèrent, et ma courte existence défila sous mes yeux : les trous dans ma mémoire, dans mon passé, cette sensation d'être née hier, d'être inadaptée, à côté de la plaque, ma maladresse chronique et cette impression d'étrangeté. Et puis, mon décalage avec ce corps, mon corps – non, le sien, le sien à elle, à Cassandre, à elle qui semble m'avoir précédée en tout, avoir vécu ici avant moi, à ma place, à sa place.

Je revois ma confusion, mes émerveillements, ma désorientation, mes lents apprentissages, qui n'en finissent pas, qui me paraissent impossibles. Tout prend une signification différente. Chaque chose qui m'est arrivée, chaque événement, le moindre détail. Je découvre tout sous un jour nouveau, lugubre, monstrueux, abominable.

Je sens le gouffre dans ma poitrine, mon inexplicable nostalgie d'un ailleurs inconnu, et puis le vide, le néant, tout ce qui me creuse. Dire que, tant de fois, j'ai eu l'air de débarquer d'une autre planète ! Comment ai-je pu être si bête ? Comment ai-je pu passer à côté ! Tout était là, sous mes yeux, tout, depuis le début ! De nouvelles images me traversent : ma visite dans le bureau de monsieur Burish, son calepin, ces mots, son mot, que j'ai oublié, que j'ai voulu oublier, cette nuit, quand mon corps a marché sans moi…

Je pense à l'expression qui assure que le sol se dérobe sous vos pieds à l'annonce d'une effroyable nouvelle, et je mesure combien elle est inexacte. Ce n'est pas le sol, mais le ciel tout entier qui se dérobe, non, qui s'étiole et qui craque. Puis c'est l'espace autour qui vole en éclats, pulvérisé, annihilé, suivi du temps. Et personne, dans l'habitacle fermé du van, n'en a la moindre idée.

Comme s'il fallait que ce soit dit, comme s'il fallait le rendre réel, Cassandre lâcha le mot, le mot tant attendu, le mot appréhendé, mais déjà connu. Au fond, je l'avais toujours su :

— *Aline... Le doc a écrit...* Alien...

Un barrage céda. Nous quittâmes l'impasse, et moi mon très cher corps.

BARRAGE, N. M.

Du verbe « barrer », de l'ancien français « *barre* », du latin médiéval « *barra* » : « barre transversale utilisée pour bloquer ou renforcer. »

Sens A. Le barrage désigne ce qui barre, empêche le passage, comme une barrière.

Sens B. Plus spécifiquement, le barrage est une structure construite pour arrêter, limiter ou contrôler un flux d'eau. Cette structure a un rôle de protection contre les dangers naturels et assure un approvisionnement régulier en eau, en générant de l'électricité et en favorisant l'irrigation, ce qui modifie cependant considérablement l'écosystème.

Sens C. Le barrage peut être métaphorique. Il est en ce sens synonyme d'« opposition ».

Sens D. Le mot « barrage » est utilisé dans de nombreux domaines, comme en psychiatrie pour signifier un brusque arrêt du discours, en musique pour nommer un ensemble de pièces de bois permettant d'assurer la solidité de l'instrument, ou encore dans le domaine de la pêche, où l'expression « filet de barrage » désigne le filet barrant un cours d'eau de façon à guider les poissons vers un piège.

REMERCIEMENTS

Tout d'abord, je remercie ma correctrice, Gaëlle Bonnassieux, pour ses relectures attentives et sa traque des adverbes que j'affectionne *tellement* !

Un grand merci également à mes tout premiers lecteurs et lectrices : Isabelle, Laure, Sophie, mes anciens et anciennes élèves (qui se reconnaîtront), ainsi qu'à mon conjoint, mon amour et mon premier fan, Mickaël.

Puisqu'il a en ce moment la patte sur mon clavier, je me dois de remercier aussi mon ~~patron~~ assistant à moustaches, mon chat Lumot, qui a veillé au strict respect de mes pauses dans ce travail de longue haleine. ~~Je le jure :~~ c'est à cause de lui que ce premier tome a pris tant d'années !

Pour finir, mille mercis à toi qui lis ces lignes ! Un livre dans un tiroir n'est qu'un manuscrit. C'est parce que tu as lu cette histoire qu'elle existe. Merci de m'avoir fait confiance. Merci de lui avoir donné vie.

Si cette histoire t'a plu, le plus beau soutien que tu puisses lui offrir est de lui donner un peu de visibilité : une recommandation à un proche, un avis sur une plateforme comme Amazon ou Babelio ou un partage sur les réseaux sont de précieux coups de pouce !

En attendant le prochain tome, tu peux aussi me suivre sur les réseaux (**@_morgan.e**) et m'encourager sur Tipeee si tu le souhaites : **fr.tipeee.com/morgan-e**

Tu aimerais participer à l'écriture du tome 2 ?

Si, comme Gabriel, tu as la fâcheuse habitude de déformer les expressions, tu peux me proposer tes drôles de dictons. Il se pourrait bien qu'il te les emprunte...

Plus d'informations sur :
www.morgan-e.fr

www.ingramcontent.com/pod-product-compliance
Lightning Source LLC
LaVergne TN
LVHW090543110826
845146LV00001B/6